中国社会科学院　学者文选

范　宁　集

中国社会科学院科研局组织编选

中国社会科学出版社

图书在版编目（CIP）数据

范宁集／中国社会科学院科研局组织编选. —北京：中国社会
科学出版社，2007.5（2018.8重印）
（中国社会科学院学者文选）
ISBN 978-7-5004-6085-5

Ⅰ.①范…　Ⅱ.①中…　Ⅲ.①文学研究—中国—文集
Ⅳ.①I206-53

中国版本图书馆 CIP 数据核字（2007）第 014225 号

出 版 人　赵剑英
责任编辑　周兴泉
责任校对　修广平
责任印制　张雪娇

出　　　版　中国社会科学出版社
社　　　址　北京鼓楼西大街甲 158 号
邮　　　编　100720
网　　　址　http：//www.csspw.cn
发 行 部　010-84083685
门 市 部　010-84029450
经　　　销　新华书店及其他书店

印刷装订　北京市十月印刷有限公司
版　　　次　2007 年 5 月第 1 版
印　　　次　2018 年 8 月第 2 次印刷

开　　　本　880×1230　1/32
印　　　张　14.5
字　　　数　349 千字
定　　　价　79.00 元

出 版 说 明

一、《中国社会科学院学者文选》是根据李铁映院长的倡议和院务会议的决定，由科研局组织编选的大型学术性丛书。它的出版，旨在积累本院学者的重要学术成果，展示他们具有代表性的学术成就。

二、《文选》的作者都是中国社会科学院具有正高级专业技术职称的资深专家、学者。他们在长期的学术生涯中，对于人文社会科学的发展作出了贡献。

三、《文选》中所收学术论文，以作者在社科院工作期间的作品为主，同时也兼顾了作者在院外工作期间的代表作；对少数在建国前成名的学者，文章选收的时间范围更宽。

中国社会科学院

科研局

1999 年 11 月 14 日

目　录

编者的话 ……………………………………………………（1）

文学史及文学理论研究

风流释义 ………………………………………………………（3）

文笔与文气 ……………………………………………………（19）

论魏晋时代知识分子的思想分化及其社会根源 ……………（25）

论魏晋志怪小说的传播和知识分子思想分化的关系 ………（49）

论研究中国文学史规律问题 …………………………………（72）

鲁迅在中国古典文学研究上的贡献 …………………………（95）

从北宋后期文坛看文学创作和政治斗争的关系

　　——变法与反变法斗争时期的文学 ……………………（110）

关于境界 ………………………………………………………（132）

金代的诗歌创作 ………………………………………………（148）

宋金元时代的文学 ……………………………………………（167）

争奇斗艳的明代小说 …………………………………………（196）

元代文学的特征及其演变 ……………………………………（207）

郑振铎对中国文学研究的杰出贡献 …………………………（225）

作家作品研究

魏文帝《典论·论文》"齐气"解 ……………………………（259）

陆机《文赋》与山水文学 ……………………………………（266）

八卷本《搜神记》考辨 ………………………………………（274）

二十卷本《搜神记》考辨 ……………………………………（286）

《离骚》、《远游》与"仙真人诗" …………………………（293）

李白诗歌的现实性及其创作特征 ……………………………（299）

牛郎织女故事的演变 …………………………………………（311）

《话本选》序言 ………………………………………………（325）

对陶渊明的一点理解 …………………………………………（362）

关于旧抄本蒲松龄的《聊斋诗文集》 ………………………（377）

《乾隆抄本百廿回红楼梦稿》跋 ……………………………（383）

关于高鹗续《红楼梦》及其他 ………………………………（387）

《博物志校证》后记 …………………………………………（392）

《水浒传》版本源流考 ………………………………………（405）

东京所见两部《水浒传》 ……………………………………（420）

《三国志演义》研究中的几个问题 …………………………（422）

纪念范宁先生（代后记）……………………………………（439）

作者著作目录 …………………………………………………（443）

作者年表 ………………………………………………………（449）

编 者 的 话

一

范宁先生字叔平，1916年8月7日生于江西瑞昌。1931年起先后在南京五卅、成美中学读书。1937年考入北平师范大学中国文学系。因抗日战争发生，该校与北洋工学院等迁至西安，组成西安临时大学；次年又迁陕南，改名西北联合大学。1939年他转学到由北京大学、清华大学、南开大学组建的昆明西南联合大学。1942年毕业后考入清华研究院，师从闻一多先生研究魏晋文学。1946年从清华研究院毕业后，任清华大学国文系助教、讲师。1951年任天津津沽大学副教授。1953年调中国科学院文学研究所古代文学研究组工作，任副研究员。1979年起受聘为研究员。1997年12月5日在北京逝世。

范先生在文学所工作期间，曾担任图书室主任、古代文学研究室副主任、《文学遗产》常务编委等职。他热爱祖国，关心国家的前途命运，拥护中国共产党，拥护社会主义。早在1944年冬当研究生时，即已经闻一多介绍加入了中国民主同盟，踊跃投身于当时如火如荼的爱国民主运动。解放后曾担任北京市第六届、第七届政协委员，民盟北京市市委常委，积极献言献策，参政议政。

二

作为著名文学史家，范先生的学术活动大致可分为两个阶段：解放前到解放后最初几年，主要从事魏晋文学的研究；1955年后，重点转移到宋元明清文学。在这两个阶段里，他的研究又偏重于小说方面。同时，对文人作品包括诗、文、戏剧和文学理论也有深入的研究。

还在研究院学习时范先生就发表了第一篇学术论文《风流释义》（载1944年《文史杂志》）。这篇论文考辨、剖析"风流"二字何时连文，"风流"一词最初见于何书，"风流"在两汉、两晋宋齐、梁陈以后等三个时期在意念上的差异和共同点，然后引申到"风流"在文学批评史上的意义（包括沈约、司空图、董解元的不同理解），最终把"风流"归结为"新颖而完善的风格"。考析十分精到、缜密。该文发表后，即得到当时学术名流朱自清、顾颉刚、冯友兰、汤用彤诸先生的赞许。

除《风流释义》外，解放前还发表了谈诗文风格的《魏文帝〈典论论文〉"齐气"解》和《陆机〈文赋〉与山水文学》等文。这些文章特别是《陆机〈文赋〉与山水文学》，当时及解放后都产生过不小的影响。

解放初期，范先生关于魏晋小说研究的重要论文有《论魏晋知识分子的思想分化及其社会根源》（载1955年《历史研究》）和《论魏晋志怪小说的传播和知识分子思想分化的关系》（载1957年《北京大学学报》）。在这两篇论文里，著者深刻阐明了志怪小说产生的历史根源，论定魏晋小说是魏晋知识分子思想分化的产品。他指出，魏晋时代由于内部权力再分配频仍，争权夺利十分激烈，一批知识分子依附在权门军阀之下，往往遭到屈辱和杀戮，致使"高人乐遗世，学者习虚玄"。其中何晏、王弼与嵇康、阮籍各走一端。又由于当时九品中正制度的变动，方士与名士时而分化，时而合流，这使得志怪小说与志人小说大量产生与传播。他的这些新论点，得到不少研究者的重视和称引。前一篇对魏晋社会政治及知识分子处境心态的精湛分析，还引起海外学界的注意，发表不久即被日本转载。

此外，《牛郎织女故事的演变》（载 1955 年《文学遗产增刊》）也是一篇力作。牛女故事主要形成于魏晋时代。该篇收集了当时有关牛女故事最完备的材料，国内外研究牛女故事的文章常见引用。

关于宋元明清文学的研究成果，可以《〈宋元明清白话小说选〉序言》，《〈水浒传〉版本源流考》为代表作。前篇后来收入《话本选》1959 年版仍作序言。这是一篇 3 万多字的长文，对中国白话小说的起源、发展及其特点作了精辟的阐述，解决了话本小说的分类等有争议的问题。《〈水浒传〉版本源流考》发表于 1982 年《中华文史论丛》，对《水浒传》的繁本与简本孰先孰后，以及繁本自身的刊刻流变，作了较为公允的论断。指出繁本中的容与堂百回本、杨定见百二十回本的关系，辨明李玄伯排印的弄虚作假的所谓"嘉靖本"，澄清了《水浒》版本上的诸多问题。此文得到国内外学术界的首肯。日本太内田之郎教授等写文章表示同意并予补充，流传在海外的一些刻本的某些问题从此论定。

另有总论元代文学的《元代文学流变及其特征》（载于《文学遗产增刊》），也是一篇较有影响的论文。

除众多单篇论文外，范先生尚有《博物志校正》、《异苑校订》、《白居易》等专著。其中以《博物志校正》（作为研究魏晋文学的重要成果之一）最为国内外学术界所注意。台湾有人将此书编译，发行岛内外。日本京都大学小南一郎等也曾予译介。

范先生不仅有个人独立研究的卓越成绩，还与他人合编过好几种书。其中以《话本选》和《中国文学史》（三卷本）流传最广。以范先生为第三卷主编的这部《文学史》曾多次再版，对我国古典文学研究与教学产生过很大的影响。

三

范先生是以研究六朝文学著名的。后因工作需要，他把主要精力转移到宋元明清文学。他研究的范围很广，其全部学术论文涉及从先秦到晚清的各个时期的作家和作品。虽然他是研究古典小说的著名专家，但他不把自己的研究拘囿于某一文体，或是某一时期的文学。像他那样的古典文学研究中的"通人"并不多见。他晚年在《中国社会科学》杂志上发表的《论研究中国文学史的规律问题》一文曾引起学术界的广泛注意和讨论。他不仅对整个中国古典文学有全面深刻的了解，还有广博的历史知识（他曾在《历史研究》杂志上发表过著名论文，并曾为《中国通史》撰写过重要篇章）。因此他是很有资格有能力来谈这个涉及数千年文学发展历程的重大题目的。

范先生早年受业于闻一多、朱自清两位大师。他的不少文章可以视为闻、朱治学的真传。闻先生的考据功夫，朱先生的考析（以考据为基础的分析）方法，在他的著作中都有很明显的表现。除前面提到的《风流释义》《"齐气"解》等文章及《博物志校正》等专著外，他还对《搜神记》、《红楼梦》等的版本问题有所考证。如他考订八卷本《搜神记》为伪书；而二十卷本是干宝所作，然亦有别人作品掺入，不是干宝原书。对于字义词致、作品真伪、版本源流的考辨，他都运用自如，多有创获。

善于考据虽是范先生治学上的一大特点，但他并不以考据为文学研究的终极目的。在关于研究中国文学史规律的那篇宏文里，他认定文学史作为文学科学的一部分，其研究对象是文学发展中的规律问题。同时他又指出规律的不完全性，"现象比规律更丰富"（列宁《哲学笔记》）；对文学作品的考辨、评论、鉴赏，同样是必要的。但这些只能是文学研究的起点，而不是终点。他显然是把考据和义理结合在一起的。为探索文学史中的规律问题，他在解放后很重视理论（主要是马列文论）的学习，且很有心得。他援引经典作家的论述，显得得心应手。他的引述与他所要论及的问题之间绝无扦格或生硬之处。这种精准自如的应用，表明他有很高的理论修养，对马列文论有深湛的理解。对于在20世纪三四十年代已开始从事古典文学研究的老一代学者来说，这是难能可贵的。

四

作为一份很有分量的学术遗产，读者可以从范先生的文集中吸取许多有益的东西。我们读他的著作，同时又是在走近一位诚笃、严谨的学者。他曾经在一篇纪念朱自清先生的文章中写道："有一件事至今想起来，还有一种压力。记得有一次我正翻阅《世说新语》，朱先生突然问我一个成语'过江名士多如鲫'，见于何书。我回答说，没有印象。先生叫我查一查。这真是大海里捞针，从何着手。我检翻了一些类书、辞书、民谣、民谚，和一些明清人的诗文集子，没有找到。过了一个多月朱先生又问我找到没有，我说没有。朱先生说，也不用专门去找，以后看书发现时告诉我。于今先生辞世已久，早已离开我们，但这一句话见于何书，至今仍未发现。每一念及，殊为怅然。"（《完美的人格——朱自清的治学与为人》，1987年三联书店）这里说的是朱自清先生的治学与为人。我们从字里行间也可以窥见范先生在治学与为人方面都严肃认真，从不苟且。他的文章立论慎重，援据精审，分析切实，不事张扬，宏于中而不肆于外。他学识渊博，却不矜才使气，凿空悬论。他求真务实的治学风格，与他诚恳朴实、平易近人的个性品质是一致的。这种纯正的学风，作为"无形资产"同样可以沾丐后学。

本书两类文章，分别按发表时间顺序编排，以便反映范先生学术研究的历程。书中所选，仅为范先生全部著作的一小部分。编者力求选录较具代表性的文章，以飨读者。这些文章发表时间跨越半个世纪，其中难免有排印等方面的讹误，编者也尽可能予以校正。但限于水平，在选目和校字方面恐皆未能尽如人意。并望专家、读者匡其不逮。

李少雍

2006年2月

文学史及文学
理论研究

风 流 释 义

一

文学批评中有许多词语（或术语）因为用得多用得久，意义繁复而模糊，叫人捉摸不定。"风流"这个词就是一个。沈约在《宋书·谢灵运传论》中说：

> 周室既衰，风流弥著。屈平、宋玉导清源于前，贾谊、相如振芳尘于后；英辞润金石，高义薄云天。

钟嵘《诗品·序》说：

> 迄于有晋太康中，三张二陆，两潘一左，勃尔复兴。踵武前王，风流未沫，亦文章之中兴也。

这里所说，涉及文学和时代两者的关系。而唐释皎然杼山《诗式》，"诗有四不"条下却说：

> 气高而不怒，怒则失于风流。

司空表圣《诗品·含蓄》也说：

> 不着一字，尽得风流。语不涉难，已不堪忧。是有真宰，与之沉浮。如渌满酒，花时返秋；悠悠空尘，忽忽海沤。浅深聚散，万取一收。

又宋叶梦得《石林诗话》卷上说：

> 许昌西湖与子城密相附。缘城而不可策杖往来。不涉城市。云是曲环作镇时，取土筑城，因以其地导溴水潴之。略广百余亩，中为横堤。初但有其东之半耳；其西广于东增倍，而水不甚深。宋莒公为守时，因起黄河春夫浚治之，始与西相通，则其诗所谓"凿开鱼鸟忘情地，展尽江湖极目天"者也。其后韩持国作大亭水中，取其诗名之曰"展江"。然水面虽阔，西边终易堙塞。数十年来，公厨规利者遂涸以为田，岁入才得三百斛，以佐酿酒，而水无几矣。予为守时，复以还旧，稍益开浚，渺然真有江湖之趣。莒公诗更有一篇中云，"向晚旧滩都浸月，遇寒新水便生烟"，尤风流有味。而世不传，往往但记前联耳。

这是说诗的味道，也就是桐城文派所谓"神理气味"的味，是指文学的风格说的。至于宋杨万里《挥麈录》上说：

> 周美成为溧水令，主薄之姬有色而慧，每出侑酒。美成为风流子以寄意焉。

而明周宪王《诚斋乐府》也说：

> 尝观昔人刘庭信有风流体乐府，皆豪放不羁，乃酒席戏漂荡子弟之语。

又董解元在《西厢记》上说：

> 俺平生情性好疏狂，疏狂的情性难拘束。一回家想么，诗魔多，爱选多情曲。比前贤乐府不中听，在诸宫调里却著数；一个个旖旎风流济楚，不比其余。

这儿"风流"一词所指的又是文体了。但"风流"这个词，不仅论诗文用到它。有人论字画也用它，唐张彦远《法书要录》说：

> 梁武帝命袁昂作书评云……王僧虔书犹如扬州王谢家子

弟，纵复不端正，奕奕皆有一种风流。

也有用它去评论音乐的，《文选》卷四十三袁宏三国名臣序赞，李善注引《琴赋》说：

体制风流，莫不相袭。

不管论音乐也好，论字画也好，论诗也好，讲到的是风格也好，体裁也好，在这些句子中，"风流"一词的意义，我们很难不假思索就说出来；它所指的究竟是什么东西很难确定。这其间有没有一个共同的概念呢？大凡一个词语，若是没有确定的意义，则和这个词有关的别的东西就没有办法弄明白。因此，我就想来分析"风流"一词的意蕴。

二

"风流"一词最初见于班固《汉书①·赵充国辛庆忌传赞》说：

山西天水陇西安定北地处势迫近羌胡，民俗修习战备，高上勇力，鞍马骑射。故秦诗曰："王于兴师，修我甲兵，与子偕行。"其风声气俗，自古而然，今之歌谣慷慨，风流犹存耳。

这里"风流"一词的意义，实在是"流风"一词倒过来用，它的意义和《孟子·公孙丑篇》说的：

① "风流"二字连文，最早见于董仲舒《贤良对策》。《汉书·董仲舒传》云："乌乎！凡所谓屑屑夙兴夜寐务法上古者，又将无补与？三代受命，其符安在？灾异之变，何缘而起？性命之情，或夭或寿，或仁或鄙。习闻其号，未烛厥理。伊欲风流而令行，刑轻而奸改，百姓和乐，政事宣昭。……"唯此处"风流"二字用法与吾人所欲讨论者意不尽同，此处"风流"字作动词用，"风流"二字在文法上叫做子句。此种用法，后人仍有承袭之者，若王仲宣《赠蔡子笃》所谓"风流云散，一别如雨"是也。

纣之去武丁未久也，其故家遗俗，流风善政，犹有存者。

同是指"风化"或"教化"说的。这是"风流"最初的意义。《后汉书·王畅传》张敞奏记王畅说："士女沾教化，黔首仰风流。"《魏志》十三《钟繇传》裴松之注引袁宏说："汉初惩酷刑之弊，务宽厚之论，公卿大夫相与耻言人过。文帝登朝，加以玄默。张武受赂，赐金以愧其心；吴王不朝，崇礼以训其失。是以吏民乐业，风流笃厚，断狱四百，几至刑错。岂非德刑兼用已然之效哉！"《北史·文苑传序》也说："金石可灭，而风流不泯。"这些也都是指"风俗""教化"的意义，是属于人群或者社会的。

晋以后才用"风流"来形容人物，那就成为"人格""风操""风骨""德操"等意义了。如《吴志》十九《诸葛恪传》臧均表说："诸葛恪得承祖考风流之烈。"《蜀志·刘琰传》说："有风流，善谈论。"《文选》卷四十三袁宏三国名臣序赞说："遐想管乐，远明风流。"《后汉书》八十三《周黄徐姜申屠列传序》云："余故列其风流，区而载之。"庾子山《枯树赋》说："殷仲文风流儒雅，海内知名。"《晋书·殷浩传》说："体德沉粹，识理淹长，风流雅胜，声盖当时。"

这是第一期"风流"的意义，无论指人群也罢，指个人也罢，都含有"道德高尚"的意味。第二期就不同了。《文选》卷五十九任彦升《刘先生夫人墓志》注引习凿齿《晋阳秋》说：

王夷甫乐广俱宅心事外。言风流者，称王乐焉。

又干宝《搜神记》卷十八记老狐见张华故事说："华见其总角风流，洁白如玉，举动容止，顾盼生姿，雅重之。"《世说新语·方正篇》说："孝武问王爽曰：'卿何如卿兄？'王答曰：

'风流秀出，臣不如恭；忠孝亦何可以假人！'"《品藻篇》说：
"韩康伯居然名士风流。"《赏誉篇》说："范豫章谓王荆州，
'卿风流俊望，真后来之秀。'王曰：'不有此舅，焉有此甥！'"
《晋书·王献之传》说："高迈不羁，风流为一时之冠。"又外戚
《王濛传》说："简文帝之为会稽也，尝与孙绰商略诸风流人。
绰言曰：'刘琰清蔚简令，王濛温润恬和，桓温高爽迈出，谢尚
清易令达。'"《王濛传》又说："濛少时放纵不羁，不为乡曲所
齿，晚节始励行，有风流美誉。虚己应物，恕而后行，莫不敬爱
焉……凡称风流者，举濛、琰为宗焉。"《南史·张绪传》说：
"刘悛之为益州，献蜀柳数株。……武帝以植于太昌灵和殿前。
常赏玩咨嗟曰：'此柳风流可爱，似张绪当年。'"又《王俭传》
说："俭常谓人曰：'江左风流宰相，惟有谢安。'盖自况也。"
《北齐书·郎基传》说："基性清慎，无所营求……唯颇令写书。
潘子义曾遗之书曰：'在官写书，亦是风流罪过。'"《唐书·杜
如晦传》说："英爽自喜，以风流自命。"

　　这里"风流"的意义，等于"风度""风标""风华（丰韵
才华）"，是说个人的。倘若说到社会，则如《晋书·礼志》说：

　　　　晋末风流相尚，宽衣博带。

　　所谓宽衣博带，本来就是胡服。《洛阳伽蓝记》卷三说：

　　　　陈庆之还梁，羽仪服式悉如魏法。江东士庶竞相模楷，
　　　　褒衣博带，被及秣陵。

　　认穿胡服为时髦，是当时一般人的心理，而且还不止于穿胡
服，《宋书·五行志》说：

　　　　胡床貊盘，翟之器也。羌煮貊炙，翟之食也。自太始以
　　　　来，中国尚之。

　　所以这是一种"风尚""时髦"的意思。故"风流"在第
二期的意义，是指仪容态度，言辞举措，一种外表的姿态美，或

内在的性格美。风流在这里不是一个"道德的概念",而是"审美的概念"。

不过这一用法到梁陈以后又起了变化,唐宋以来,"风流"多描述艳情了。《玉台新咏》卷五范靖戏妻萧娘说:

> 明珠翠羽帐,金薄绿绡帷,因风时暂举,想象见芳姿。清晨插步摇,向晚解罗衣,托意风流子,佳情讵可私!

同上卷江洪咏红笺说:

> 且传别离心,复是相思裹。不值情牵人,岂识风流座。

徐陵《玉台新咏》序上也说:

> 关诗敦礼,非直东邻之自媒,婉约风流,无异西施之被教。

唐李山甫《咏石头城》说:

> 南朝天子爱风流,尽守江山不到头。总是战争收拾得,却因歌舞破除休。

《太平广记》卷二百七十三妇人类引《庐氏杂说》曰:

> 举子某乙,洛中居人也。偶与乐妓茂英者相识,英年甚小。到江外,偶于饮席遇之,因赠诗曰:"忆昔当初过柳楼,茂英年小尚娇羞。隔窗未省闻高语,对镜曾窥学上头。一别中原俱老大,重来南国见风流。弹弦酌酒话前事,零落碧云生暮愁。"

《开元天宝遗事》说:

> 长安有平康坊,妓女所居之地。京都侠少,萃集于此;兼每年新进士以红笺名纸游谒其中。时人谓此坊为风流薮泽。

宋陶毅《清异录》说:

> 李煜在国,微行娼家,遇一僧张席。煜遂为不速之客。僧奉酒令讴吟吹弹,莫不高了。见煜明俊蕴藉,气合,相爱

重。煜乘醉大书石壁曰："浅斟低唱倚红偎翠大师，鸳鸯寺主持风流教法。"久之，僧拥妓入屏帷，煜徐步而出。僧妓竟不知煜为谁也。

柳永《鹤冲天》词说：

黄金榜上，偶失龙头望。明代暂遗贤，如何向？未遂风云便，争不恣游狂荡，何需论得丧！才子词人，自是白衣卿相。烟花巷陌，依旧丹青屏障。幸有意中人，堪寻访。且恁偎红倚翠，风流事，平生畅。青春都一饷，忍把浮名，换了浅斟低唱。

乔梦符《折桂令》（《秋日湖山宴集》）说：

秋声一片芦花，正落日山川，过雨人家。羡歌舞风流，太平时事，诗酒生涯。

这里"风流"的意义，和"风情""爱欲"差不多。大多数的场合离不开女人、歌与酒。

对于"风流"还有一部分人另有一个特殊的看法。秦韬玉《贫女吟》说：

蓬门未识绮罗香，拟托良媒益自伤。谁爱风流高格调？共怜时世俭（一作减）梳妆。

敢将十指夸针巧，不把双眉斗画长。苦恨年年压金线，为他人作嫁衣裳。

这首诗是模仿李山甫的《贫女吟》的，李诗说：

平生不识绣衣裳，闲把荆钗亦自伤。鉴里只应谙素貌，人间多自信红妆。当年未嫁还忧老，终日求媒即道狂。两意定知无说处，暗垂珠泪湿蚕筐。

从这两首诗中，我们可以看出秦韬玉提出"风流"一词来，是针对着李山甫所说的红妆。红妆是不风流的，那么什么妆是风流的？大概说来，唐代女人妆饰有两种式样：一是"翠眉红脸"，乃唐代的新妆，也就是红妆。另一种是"雪面澹蛾"，就是秦韬玉所谓俭梳妆。照秦韬玉看来，这俭梳妆才可以说得上风流。而这一事实，表现在另一故事上，更有趣。传说国色天香的杨贵妃是"芙蓉如面柳如眉"，那么自然是属于红妆的，有点俗气。像唐明皇这样的人，似乎不应该过分的欣赏它。我们从《唐语林》中记载一天他叫人选几个颀长洁白的女子给太子，这里着实透露了一点消息。无怪乎虢国夫人要"澹扫蛾眉朝至尊"。虢国夫人从秦韬玉的趣味说来，比杨贵妃风流得多。其实这种风流的看法，和世俗不同处只在程度，只是把"爱欲"的意味从非常"浓"弄到非常"淡"罢了。

这第三期的风流人物，一反第二期人的所作所为，不再飘飘欲仙；而在表面上，像是回复到和第一期风流人一样，过着入世的社会生活。他们生活得似乎很和谐，所以不但没有晋宋的冷傲孤僻，也没有东汉人那样慷慨激昂。他们把一切事物，美好的和丑恶的，都作为欣赏对象，没有东汉人的功利观念，也没有六朝人逃避现实的行为。他们对于现实是没有眼泪也没有爱，不想从世界得到一点什么东西，也不肯给予世界一点东西。

自从宋代道学弥漫了全国以后，这些风流人物被看做"轻薄无行"的道德破坏者，名教的罪人。不过他们毕竟有点智慧，所谓"才子风流"，不管正人君子如何咒骂和伤心。这总是一部分知识分子典型的生活。

风流的三种意义，从"道德高尚"到"轻薄无行"，差别虽然这样大，这样远，然而我们仍然可以找出它的共同的意义来。第一个我们可以找得出来的共同意义是一个符号，一个代表"好的""进步的"或者说是"时新的"的符号。

一般说来，两汉，尤其是后汉，社会上的风气最讲"操守""节气"。《后汉书》所表彰的人物几乎净是这一种人。虽然范晔写这部书时，也许别有用心^①，不过多多少少总可以看出当时的盛况来。尤其是东汉时，像东方朔一类的文士日渐增多。他们除开写写文章，谈谈笑笑，就没有别的事可做。他们这一班人，好议论得失。的确像《蜀志》说刘琰一样的，"有风流，善谈论"。《后汉书·王畅传》张敞奏记王畅说："士女沾教化，黔首仰风流。"照《党锢列传》序说："海内希风之流，遂共相标榜，指天下名士为之称号，上曰三君，次曰八俊。……窦武、刘淑、陈蕃为三君，君者言一世之所宗也。李膺、荀昱、杜密、王畅、刘祐、魏朗、赵典、朱寓为八俊，俊者言人之英也。"那么，王畅是一个慷慨激昂的党人。这个过激分子的行动居然被张敞目为风流，想必不仅只是"过激"而已。《后汉书》卷六十八《郭泰传》说："或问汝南范滂曰：'郭林宗何如人？'滂曰：'隐不违亲，贞不绝俗，天子不得臣，诸侯不得友；不知其他。'"从这个记载就可以看出这批风流人物的风度来。他们不仅"过激"，而且有气节。

这种"危言深论，不隐豪强"的人物渐渐多起来，居然造成了一种风气。他们大都博学多才，有动人的言谈，卓越的见解，崭新的观点和儒雅的风度，的确是一批前进的人物。于是乎社会上就给予这新的风气一个新的名词——风流。他们也就是晋宋以后清谈的祖师。这些人的人格都很好，学问也不错，所以"风流"这个词是代表一种"好的"和"时新"的意思。一到两晋情形就变了，清谈由议论朝政变成故弄玄虚。人们的视线也就转移到那班"宅心事外"像王夷甫、乐广等人的身上去。这

---

① 范晔《狱中与诸甥侄书》云："常谓情志所托，故当以意为主，以文传意。"又云："吾杂传论，皆有精意深旨。"案蔚宗为此文于狱中，实《后汉书·自序》，疑其断断于文意，或冀幸文帝览其书，观其多褒赞忠义之士，怜而释之。此点余拟另草一文论之。

时候时髦人物是潇洒出尘，飘然远致的，宽衣博带，粉面胡服的。《世说新语·贤媛篇》有一个故事，可以看出当时人的趣味来。

> 桓车骑不好着新衣。浴后，妇故送新衣与车骑。车骑大怒，催使持去。妇更持还，传语云："衣不经新，何由而故？"桓公大笑着之。

我们应该想得到，新衣多多少少总不免有一点艳丽，鲜艳或者浓艳。这是和当时风气不合的。晋人的趣味是崇尚雅淡或淡远的，浓艳的新衣实在太不雅淡了。俗气，桓车骑当然不喜欢穿。

关于晋人爱好淡远的趣味，可以从葛洪的《西京杂记》里卓文君的故事看出来。

> 文君姣好，脸际常若云霞，眉色如望远山。

"如望远山"是晋人淡远之趣，在美的欣赏中一个具体的表现。所以这种趣味、风气，在当时叫做"风流"。也是很"时新的"，而且也是"好的"。唐杜牧之的诗：

> 大抵南朝皆旷达，可怜东晋最风流。

就是指这种风气说的。而陶渊明的诗中雅淡趣味（意境）恰做了这个时代的脚注。

到齐梁以后，这种风气又改变了。大家都知道梁陈时代有一种宫体文学产生。在帝王宫中，男男女女做诗饮酒，生活十分快乐。这一班三生有幸的才子佳人，实在是社会上一般人所羡慕不止的。连梁简文帝自己在《答新渝侯和诗书》中也说："双鬟向光，风流已绝。"他人又何乐而不为，把风流这个词转赠给他们呢？这也是"时新的"，"好的"。

等到唐宋以后，它变成了纵欲的代名词；但也还有"时新的"和"好的"的意味。"雁塔题名"和"曲江赐宴"是如何迷惑而且苦恼了唐代知识分子的灵魂，也是一般人羡慕的风流韵事。张说不是有一句诗吗？

御前恩赐特风流。

而范摅《云溪友议》卷二记陆岩桂州筵上赠胡予女诗曰：

自道风流不可攀，那堪靥额更频颜。眼睛深却湘江水，鼻孔高于华岳山！

把风流代表"时新的"和"好的"这意思，说得很明白了。

第二个我们可以找得出的共同意义是反世俗的态度。不甘心接受前人的生活方式活下去而自创新格，表现一种特异之处。臣民应该听皇帝的话，而这班人偏要"议论人物，讥谤圣时"。天下乱得不成话，大家都救死扶伤，忙得个"不亦乐乎"；而这班人却悠游自在。大家都在礼教之下，规规矩矩；而这班人偏喜欢和女人混在一起，饮酒赋诗一举一动都和世俗不同，以表现他们的特异之处。自然，有的人也相当遵守世俗的规矩，但，他们必须表现一点特异之处，一点与众不同的东西，才可以说"有风流"。宋庞元英《谈薮》说：

沈詹事持要特以坐叶丞相谈恢复，贬筠州。沈才售一妾，年十八七，携与俱行。处筠凡七年。既归，呼妾父母，以女归之。犹处子。时人以比张忠定公咏。会稽潘方仲矩为安吉尉，献诗曰："昔年单骑向筠州，觅得歌姬共远游。去日正宜供夜直，归来浑未识春愁。禅人尚有香囊媿，道士犹怀炭妇羞。铁石心肠延寿药，不风流处却风流。"

这种不同凡俗的态度，就是名士的风流。

所以，总括说一句：不管风流这个词，在两汉时是代表"忠孝节义"，在六朝是代表"风度才华"，在梁陈以后是代表"风花雪月"，有这种种不同，但它们却有两个共同意义，那就是"最好的"和"特异之处"。

三

"风流"二字，意义既已弄清楚，我们可以回到文学批评的老问题上来。"风流"在文学批评上究竟是什么意思呢？指的是文学上什么东西？

照沈休文和钟嵘说，它指的是文风，文学作家的作风。某一种作品只产生在某一种社会风气中。尤其是政治上的春天和秋天，对于一个作家的作风有着极大的影响。屈原、宋玉那种新的调子和新的气派是在"周室既衰"的社会氛围中产生的。这是一种崭新的，和从前人不同的作风。这种作风，沈约说它是"英辞润金石，高义薄云天"。这就是说这些文章内有东西，不是空洞的。不仅只有"英辞"，且有"高义"。屈原、宋玉用"润金石"的辞句把"薄云天"的"高义"表现出来，换句话说，就是用一种优美的语句恰当地说出一种崇高的感情。这种感情是在一个特定的时代产生的，而这种表现方式也是屈原、宋玉他们个人所特有的。沈约说"风流弥著"，钟嵘说"风流未沫"，严格说来，该是指这种表现方式说的，也就是指这种完美的风格说的。

照皎然、司空图、叶梦得等说，它是指诗的味道说的。我们拿司空图"不着一字，尽得风流"来说吧。这句话的意思，有人解释作"无言之美"。比方《红楼梦》中描写宝玉送黛玉两方旧手帕子，不着一字，黛玉觉得可喜可悲可叹可惧可愧种种情感，这就是所谓尽得风流了。这种说法特别注重诗歌中的戏剧性，用动作来代替语言的表情。表情，一般说来，用语言是呆拙的，而且也是最肤浅的。语言的功用只是表达人们日常生活中极表面的东西，深刻的，那从人的灵魂深处迸出的东西，语言是不能胜任的。所以爱和恨到了极点，都是无言的。但是这在戏剧和充满戏剧性的小说里才适用，在诗歌尤其是短诗里，这种手法是很难的。所以在我看来，"不着一字"还是要写下许多字，只是不留痕迹而已。什么叫做不留痕迹呢？拿陈子昂《登幽州台歌》来说吧：

> 前不见古人，后不见来者。念天地之悠悠，独怆然而涕下。

念完了这首诗，在我们的脑子里，可以不留下一点"字句的痕迹"。我们可以把这些字句忘得一干二净①，而留下一个明晰意象。我们直接欣赏这个意象，就可以满足美感。本来这首诗的用字、造句，都平淡无奇。它的好处，不在"说出"，而在"被说出的意境"。所以我们读这首诗，不管他的"说出"的方式巧妙不巧妙，只沉醉于他所"说出的境界"里面。这就是说，我们可以得意而妄言。我们爱好这首诗是因为我们感情被作者的情感所征服，不是被作者的美妙的文辞所迷惑。这种表现方法正如司空表圣所说"语不涉难"，和李商隐《锦瑟》诗完全不同。《锦瑟》诗所给予我们的是许多点和线，并没有把它连成一幅画。我们没有办法欣赏他的画，而只能够欣赏他所给予的点和线。这就是说，我们只能欣赏他的字句，"庄生晓梦迷蝴蝶"或"望帝春心托杜鹃"，而不能欣赏这首诗的全景。我们只能停留在字句上，不能忘掉这些字句，忘掉了字句

---

① 我说把字句忘得一干二净，事实上读这首诗的人恐怕都是如此。我读这首诗，只觉得它好，没有毛病。其实这首诗在字句上说是不通的。"前无古人"通的，"前不见人"也通的，只有"前不见古人"说不过去。站在幽州台上望古人，不是愚蠢的荒谬吗？当然见不着，除非白昼见鬼。我们并不察觉到这一点，因为我捕获了意象，忘记了字句。这个说法虽然太刻板，太拘泥，但是我仍愿意写下来，聊备参考。

我们连模糊的意境都消逝了。换句话说，我们读这诗不能不着一字，不能不让字句留着痕迹在脑子里面。我们爱好《锦瑟》诗，不是因为"意境真切"而是它的字句"乱人心意"。所以李商隐的诗即使文字的意思和说话的用意不相干，不是一回事，也不能说它是"不着一字，尽得风流"。反之，《登幽州台歌》却是一种"不着一字，尽得风流"的表现方式。这种表现情感的方式，即用一种明白晓畅的语句去表达一种藏在人心最深处的东西，一种悠远的感情。叶梦得说："莒公更有一篇，中云'向晚旧滩都浸月，过寒新水便生烟'。尤风流有味。"袁枚《续诗品·论神悟》说："鸟啼花落，皆与神通。人不能悟，付之飘风。惟我诗人，众妙扶智，但见性情，不着文字。"也都是指这种表现方式说的。或者说，指这种风格说的。

照董解元等说，它是指体裁的。依照"思想样式"而分的体裁，像抒情的，叙事的，也可以叫做风格，而事实上也有人称做风格。这里像《诚斋乐府》说"刘庭信有风流体乐府"，而用"豪放不羁"来描写它，是指风格说的，很明显，不必再费辞解说了。

从上面三种说法看来，在文学批评上所谓风流，指的是风格。但是指的是怎样的风格呢？很明显的，沈约采用"风流"一词的意义是和两汉人相同的，包含有一种"节义"的意味。把两汉人所谓风流来形容屈原、宋玉文章的风格，这等于告诉我们：屈原、宋玉文章的风格和东汉末年那班风流人物的风度有点相似。他们彼此间似乎有一点相同的东西，这个东西是从来没有的，和别的东西不同的东西，也就是说有一种"特异之处"。杜甫说宋玉"风流儒雅"，大概就是指这个东西。

至于司空图采用"风流"这个词，意思就和沈约不同了，他所用的意义是晋宋。晋宋人把"风流"一词从道德的土壤里移植到审美的园地去了，这点我们前面已经说过。司空图用这个词的意思，无非说文学要紧处在风格美的追求。所追求的究竟是什么东西呢？拿另外一个故事来说吧。范仲淹作《严子陵先生钓台记》，里面有这样一句：

> 先生之德，山高水长。

有一位李先生把"德"字改成"风"字，生色不少，有画龙点睛之妙。据说他是想起《论语》"君子之德风"才触动灵机的。那么这个"风"字比"德"字好，好在何处？想来风是虚，德是实，表现出改的人的趣味来。就是说，人们从欣赏"美女"转到欣赏"美女之影"，在一件东西的影子里去找寻一点东西。一点什么东西呢？局外人是不可思议的。总之，一点东西，一点和别的不同的东西，也就是一点"特异之处"，风格上一点特殊的东西。

而董解元用的风流一词和司空表圣又异趣了。他采用了齐梁以后对于风流的解释，而把女人搬了进去。他把最粗俗的东西，像"酒席戏漂荡子弟之语"写到文学作品中去，也很新鲜，有其特异之处。

文学风格上，这种"特异之处"，这种不可知的东西，若要勉强解释，我们可以说，风流在文学批评上是指新颖而完善的风格。这"新颖的"，只"描写"它，并不"类别"它。这就是说，"风流"和"一风流"意思不同。宋朝杨万里《跋徐恭仲省干近诗》说：

> 传派传宗我替羞，作家各自"一风流"。黄陈篱下休安脚，陶谢行前更出头。

所谓"一风流"是指比"风流"要具体而更个性化的东西。我们解释"风流"，不解释"一风流"，所以只说"新颖而完善的风格"，不说"一种新颖而完善的风格"。风格与一种风格之不同，正同花和一种花一样。

（原载《文史杂志》1944 年 8 月第四卷第三、四期合刊）

文笔与文气

本文讨论范围，仅限于文学作品中的一种体裁叫做"笔"的，和文学批评上的一个学说叫做"气"的，以及两者间的关系。至于文笔和文气的本身各种问题，在此暂不论列。

一

《文心雕龙·时序篇》说："自献帝播迁，文学蓬转。建安之末，区宇方辑。魏武以相王之尊，雅爱诗章；文帝以副君之重，妙善辞赋；陈思以公子之豪，下笔琳琅：并体貌英逸，故俊才云蒸。仲宣委质于汉南，孔璋归命于河北，伟长从宦于青土，公干徇质于海隅；德琏综其斐然之思，元瑜展其翩翩之乐；文蔚、休伯之俦，于叔、德祖之侣，傲雅觞豆之前，雍容衽席之上，洒笔以成酣歌，和墨以藉谈笑。观其时文，雅好慷慨，良由世积乱离，风衰俗怨，并志深而笔长，故梗概而多气也。"这里，刘彦和透露一个消息，他说中国文学到建安时代有一个大的变化，在这变革中成长起来一种新的文艺，这种新文艺风格上的特征是"志深而笔长，梗概而多气"。历代文人以及近来研究文学史的，都喜欢把这"志深笔长，梗概多气"的作风叫做风骨。《北史·祖莹传》（《魏书》卷八十二列传七十同）说："莹以文学见重，常语人云：文章须自出机杼，成一家风骨，何能共人同生活也。盖讥世人好窃他文，以为己用。而莹之笔札，亦无乏天才，但不能均调，玉石兼有。其制裁之体，减于袁、常焉。性爽侠，有节气。"祖莹所谓"一家风骨"，就是彦和所称"梗概多气"。《文心雕龙·风骨篇》说"气即风骨"，完全正确。同时我还认为"风骨"和"性情"含义接近，"多情"和"多气"意思一样。彦和论风骨说："诗总六义，风冠其首，斯乃化感之本源，志气之符契也。是以怊怅述情，必始乎风，沉吟铺辞，莫先于骨。故辞之待骨，如体之树骸；情之含风，犹形之包气。结言端直，则文骨成焉；意气骏爽，则文风清焉。若丰藻克赡，风骨不飞，则振采失鲜，负声无力。是以缀虑裁篇，务盈守气；刚健既实，辉光乃新。其为文用，譬征鸟之使翼也。故练于骨者，析辞必精；深乎风者，述情必显。"所谓"怊怅述情，必始乎风"；所谓"深乎风者，述情必显"。凡此皆可一言以蔽之曰："吐纳英华，莫非性情。"一种表现风骨和性情蕴含的一致。本来两汉文章，大抵是敷陈圣德，一到魏、晋，风气就改变了，才人文士大都乐意暴露性情，述说自己对国家社会的感受以及个人的恩怨。魏文帝所谓"七子于辞无所假"和祖莹所说"文章须自出机杼，成一家风骨"，作了一个历史的呼应。而彦和所说"梗概多气"的"气"字，和魏文帝《典论·论文》"文以气为主"的"气"字同义。这个"气"字当作"才性"解，也就是说该解释作"性情"，"多气"正就是"多情"。中国文学批评所用的术语，大半和"观人"或者"看相"有关，《文心雕龙·情采篇》说："立文之道，其理有三：一曰形文，五色是也；二曰声文，五音是也；三曰情文，五性是也。"这种形、声、情的文学分类法实在是脱胎于对人的观察所得到的结论。拿韩愈《原鬼》那篇文章来和这"形、声、情"人的属性的三分法对比看，就易发现退之所谓"气"，就是彦和所说的那个"情"字。所以，建安风骨也是说这个时代产生了一种表现个性的新风格的文艺，这种文艺叫做"笔"。

《南史·沈约传》说："谢玄晖善为诗，任彦升工于笔。"这个"笔"字，《梁书·沈约传》作"文章"二字。实际，不过表示"文章"或者"文学"是一种广泛的称谓，而"笔"是一个新体特有的命名。这和前面《祖莹传》里面祖莹自己说"文章"，李延寿却称他的作品为"笔札"一样。文笔的区分是很明显的。笔指散体，不含韵语。大家本不必讨论文笔的区别，只要了解到先有作品，后有批评的理论，这个知识发展的程序；作家既不是按图索骥，也就不用争辩了。《晋书·袁宏传》说："桓温重其文笔，专综书记。"范晔《狱中与甥侄书》说："手笔差易，文不拘韵故也。"以及梁元帝《金楼子·立言篇》所说："笔，退则非谓成篇，进则不云取义，神其巧慧，笔端而已。"这些都是说，不必耗费许多工夫在意象的捉摸、语文的抉择上，只需随手写出来，笔是一种战乱纷扰配合社会情势而兴起的杂文。

二

《晋书·乐广传》说："广善清言而不长于笔，将让尹，请潘岳为表。岳曰：'当得君意。'广乃作二百句语，述己之志。岳因取次比，便成名笔。时人咸云：'若广不假岳之笔，岳不取广之旨，无以成斯美也。'""次比"，《世说新语·文学篇》作"错综"，意义一样。我们知道语言这一个词汇是基于同义的结合，这里所谓语也就是言，分开来和连接在一起并不变换它所描摹的对象。《文心雕龙·总术篇》引颜延年的话说："笔之为体，言之文也。经典则言而非笔，传记则笔而非言。"言语或者说语录之所以不同于笔札的地方，照颜延年的考察，关键全在一个"文"字上。所谓"文"也就是潘岳的"次比"，"次比"过后的语录就叫做笔札。以摹仿"韩笔"著名的桐城文派之一刘海峰，在他的《论文偶记》那篇文章里面说："神气者，文之最精处也；音节者，文之稍粗处也；字句者，文之最粗处也。然予论文而至于字句，则文之能事尽矣。盖音节者，神气之迹也；字句者，音节之矩。神气不可见，于音节见之；音节无可准，以字句准之。音节高则神气必高，音节下则神气必下，故音节为神气之迹。一句之中，或多一字，或少一字；一字之中，或用平声，或用仄声；同一平字、仄字，或用阴平、阳平、上声、去声、入声，则音节迥异，故字句为音节之矩。积字成句，积句成章，积章成篇。合而读之，音节见矣；歌而咏之，神气出矣。"从姚姬传的《〈古文辞类纂〉序》中，我们知道刘海峰这一段议论实在是制"笔"最高的标准。正是延年所谓"文"，安仁所称"次比"的功夫。语录经过"次比"就"神气出矣"，我们能够不承认"汉来笔札，辞气纷纭：观史迁之报任安，东方朔之难公孙，杨恽之酬会宗，子云之答刘歆，志气盘桓，各含殊采"（《文心雕龙·书记篇》）这种气和笔间的不可分隔的联系，刘彦和在另一地方批评孔融，说他"气盛于为笔"（《文心雕龙·才略篇》），更把这一种关系完完全全地揭示出来了。

三

　　颜之推《家训·文章篇》说："古人之文，宏材逸气，体度风格，去今实远，但缉缀疏朴，未为密致尔。今世音律谐靡，章句偶对，讳避精详，贤于往昔多矣。"他对于当代文风，表示不满，因而希望"有盛才重誉，改革体裁者"出来，但要"并须两存，不可偏弃"，想"起八（应该说七）代之衰"，而又未能忘情于建安以来不足珍惜的藻丽。一件伟大的工作只好留给主张"偏弃"的韩愈了。

以韩愈为领导者的唐代古文运动，实在就是散文（笔）化运动，被一班"发思古之幽情"的人，轻而易举地加上一个"复古"的桂冠，这是给予韩愈一个不能饶恕而曲解的诬蔑。我们所了解的这一次古文运动是一个文学革新运动，是继承魏晋以来日渐成长中的新文艺（笔），一种表达思想较为自由的创作。这一种文艺由于曹魏以后，政治、经济和社会制度的特殊结构所孵育起来的骈文的盛行，始终取不到主流的地位，现在落到韩愈的手中，获得进一步发展。这也就是颜之推所说的，那不同于当代的骈文，是一种"宏才逸气"的"古人之文"。明人杨慎引用唐余知古《与欧阳生论文》那一封信上的话说："韩退之作《原道》则崔豹《答牛亨书》，作《讳辩》则张昭《论旧名》，作《毛颖传》则袁淑太《兰王九锡》，作《送穷文》则扬子云《逐贫赋》，盖文家初祖之家法如此。"他是看出了韩愈所谓古文指的无非是建安时期的新兴起来的文艺，明了"上规姚姒"只是一个言不由衷的谎词。他的朋友刘梦得在他死后有一篇哀悼的文章，里面说"子长在笔，予长在论"。赵璘《因话录》也说："韩文公与孟东野友善，韩公文至高，孟长于五言，时号孟诗、韩笔。"杜牧《读杜韩集》有"杜诗韩笔愁来读"的话，连他自己的作品也被称作笔了。这一点很可以帮助我们了解何以他和朋友讨论创作方法的时候，唠叨不休地提起一个"气"字，同时他也和曹丕、祖莹一样，赞成文章要表现自己，主张"惟陈言之务去”，所谓“文章之作，本乎性情”（令狐德棻语）。文笔和文气的关联，从韩愈的文章里，我们看到了理论和实践两者的统一。

<h1 style="text-align:center">四</h1>

从汉末建安曹丕时代到清初桐城文派的文章散化运动过程中，在创作理论上树立一个共同学说叫做“气”，而这种新的文艺叫做“笔”，本来是一件简而明的事。但由于有些人混淆历史的概念，掀起无谓的争吵。刘彦和的有韵无韵之说，梁国珍、刘师培等的骈散之辩，都是因为昧于散化笔体发展史上不同阶段所产生的特殊的遭际。魏晋时代革新运动的对象是辞赋，没有单复的问题，所以到后来徐陵、张说的骈体章奏被称为大手笔；唐宋时代革新的对象是骈文，无关乎叶韵，所以元微之、秦少游的歌词也混称手笔（见宋刘麟《〈元氏长庆集〉序》及《冷斋夜话》）。许多文学批评的工作者不明白这个历史的通变，企图从文章体裁上找出一个贯通今古的特征，其实一定要寻觅这个共相，那该是文气。只有文气这个东西是所有提倡散化运动者一个共同的呼声。凭着这一股气，韩愈站在农民的立场（《原道》那篇文章充分流露这种思想。他的卫道观念远不如对政教合一，那不当兵、不纳税的僧侣特权阶级的仇视色彩来得浓），替大唐文学打开了一条出路。

（原载《新生报·语言与文学》第9期，1946年12月16日；第10期，1946年12月23日；后编入《国文月刊》第68期，开明书店1948年6月版）

论魏晋时代知识分子的
思想分化及其社会根源

宋人吕南公《灌园集》卷二《谒真君殿》诗说：

念昔魏晋间，士流罕身全。

高人乐遗世，学者习虚玄。

这里指出在政治斗争的激流中，部分知识分子的生活态度的趋向，有的消极，有的假装消极。的确，魏晋时代是中国封建社会统治阶级内部的矛盾和斗争进展到了一个新的阶段。即由统一到分裂，由意见分歧到武装冲突。所谓"天下纷争，群雄割据"。在大一统的东汉王朝瓦解以后，出现一些区域性的地方政权。这些政权分别取得地主阶级的支持，长期的互相屠杀。他们的屠杀政策不仅只是用以对待不同政权下的人民，即同一政权内部也都用它作为解决问题的有效手段。因此那时一部分知识分子，像王弼、何晏、嵇康、阮籍等名士生长在这个恐怖的环境中，他们纵迹山林，做个隐士，或不问世事，潜心学术，对现实社会不敢正视，企图逃避，产生"遗世"、"习玄"的风尚。但是一个人生长在社会中，总是无法逃脱社会诸关系的牵制。虽然这些人想竭力做到"与人无爱亦无憎"，而实际上他们不能没有爱憎，尽管他们"遗世"、"习玄"，而有的人还不免要遭到屠杀。他们为了自身的利益，不能不对各种问题表示意见。下面我们将讨论这个问题。

一 魏晋时代的历史背景和名士的党派分野

魏晋时代的社会诸矛盾，主要的是地主阶级对于农民的剥削而引起的公开的或隐蔽的各种形式的斗争，但统治阶级内部官僚地主和庄园地主的互相倾轧也是重要的一面。早在东汉王朝，当时社会上实际情形是这样的：

> 豪人之室，连栋数百，膏田满野，奴婢千群，徒附万计。[1]

这些"不耕而食"的大地主阶级、大官僚阶级，由于"膏田满野"，他们在政治上遂享有特殊的权利，像下面所说的：

> 虚谈则知以德义为贤，贡荐则必阀阅为前。[2]
>
> 夫世臣门子瞀御之族，天隆其祐，主丰其禄。[3]
>
> 河南尹田歆谓王谌曰："今当举六孝廉，多得贵戚书命，不宜相违，欲自用一名士以报国家。"乃以种暠应诏。[4]

对世家子弟这种优越待遇，大大地阻碍了出身寒贱的秀异分子参加政权，"汉家天子"有时也感到这一个问题，章帝建初元年下诏书特别提出这一点叫臣下注意，但是没有多大改变。直到晋人葛洪对这件事还加以指责说："汉之末世，吴之晚年，……

---

① 《后汉书》卷四十九，《仲长统传》，载《昌言·理乱篇》。
② 王符：《潜夫论》卷八，《交际篇》。
③ 《后汉书》卷六十下，《蔡邕传》。
④ 《后汉书》卷五十六，《种暠传》。

望冠盖以选用，任朋党之华誉。"① 可见这种现象的发生是有其时代和社会的普遍性的。

由于豪门的兼并土地和在政治上享有仕进的特权，使得东汉晚年社会发生了两件大事：一为黄巾，一为钩党。前者的集结是因为土地的丧失，后者的结合则是仕途的被塞。我们从灵帝熹平五年（176）试太学生年六十以上者，和献帝初平四年（193）诏书里有"结童入学，白首空归"的话，知道这批太学生在豪门当权之下，前途是黯淡的。他们为了自己的政治前途，不得不联合起来批评朝政，争取享受政治上和经济上的特权。至于失了土地的农民，归宿无非饥饿死亡和被迫起来反抗。《后汉书》卷七十八《张让传》说：

> 郎中中山张钧（《汉纪》作章均）上书曰："窃惟张角所以能兴兵作乱，万人所以乐附之者，其源皆由十常侍多放父兄子弟婚亲宾客典据州郡，辜榷财利。"

同时太学中的刘陶也说：

> 当今之忧不在于此，在民有饥劳之怨……窃见比年以来，良田尽于蝗螟之口，杼轴空于公孙之衣（《后汉书》本传作公私之求），野无青草，室如悬罄，所急朝夕之餐。②

张钧和刘陶都认为黄巾是饥民集团，这是官僚地主对农民疯狂的作超经济剥削的结果，我们从张俭奏劾中常侍侯览"前后夺民田三百余顷"③ 看来，不难知道这些饥民的来历是由于豪门的兼并。这些失去了土地的农民对豪门政府当然是不满意的。而他们的生活更是陷于悲惨的境地，有的地方竟发生"妇食夫"

---

① 《抱朴子》外篇卷一，《崇教篇》。
② 《后汉纪》卷二十一，《桓帝纪》。
③ 《后汉纪》卷二十二。

和"夫食妇"。为了争取生存，于是全国性的农民起义便在不堪剥削和掠夺之下爆发了。东汉王朝在写民军袭击之下，惊慌失措，迅速下令赦免钩党的罪行，企图把一切地主阶级的力量组织起来，把原来被排斥的一些人物，重新搜罗到政府里面去，扩大了他们政权的基础。这样一来，在疯狂的屠杀中，他们镇压了农民起义。但经过这次朝野大动荡大破坏后的社会是：

献帝……至安邑，御衣穿败，唯以野枣园菜为糇粮。自此长安城中尽空，并皆四散，二三年间，关中无复行人。①

谷一斛五十万，豆麦二十万，人相食啖。②

当今千里无烟，遗民困苦。③

关中膏腴之地，顷遭荒乱，人民流入荆州者十余万家，闻本州安宁，皆企望思归，而归者无以自业。④

铠甲生虮虱，万姓以死亡，白骨露于野，千里无鸡鸣，生民百遗一，念之断人肠。⑤

死亡和逃亡使得农民离弃了土地，《魏志·司马朗传》说："大乱之后，民人分散，土业无主，皆为公田。"田地荒废，豪门政府遂利用荒地，设立一个所谓屯田制度。屯田本非魏武所创始，不过这古老制度的复活，却是有其时代的特殊的意义，《魏志》卷一《太祖纪》说："建安元年用枣祗、韩浩等议，始兴屯田。"建安十八年梁习上书曹操说：

（请）置屯田都尉二人，领客六百夫，于道次耕种菽

---

① 《晋书·食货志》。
② 同上。
③ 《魏志·卫觊传》。
④ 《三国志·魏志》卷二十六，《满宠传》。
⑤ 曹操：《蒿里行》。

粟，以给人牛之费①。

这种制度成立后，使政府经济大大繁荣起来，像：

> （邓艾）遂北临淮水，自钟离而南，横石以西，尽沘水
> 四百余里，五里置一营，营六十人……穿渠三百余里，溉田
> 二万顷，淮南淮北皆相连接，自寿春到京师，农官兵田，鸡
> 犬之声，阡陌相属。②

> （徐）邈为凉州刺史……广开水田，募贫民佃之，家家
> 丰足，仓库盈溢。③

屯田制度是在土地私人占有之外出现一个国家或者说豪门政府占有的土地的形态。这就是说由于战乱而造成的土地所有权的转移，使得中央天子的官僚地主集团的经济基础不再只是建筑在私门贵胄的租税上，而取得自足的财源。现在握权势的天子和现任官僚不必像桓灵时代靠卖官鬻爵的收入，致令大权旁落到阀阅之家的手中，而看人眼色。从这一点更可以了解为什么曹操背弃他几次"诏令"中的诺言而杀害高门子弟孔融，并且攻击"使豪强兼并，下民贫弱，代出租赋"④的政策。相忍相让的社会客观原因不存在了，高门世胄要想挟持"国家元首"已经不可能。最多也不过做到消极的不服役或不纳税，像：

> 荆州郡主簿刘节旧族……掾史据白：节家前后未尝给
> 徭。⑤

> 古者什一而税，以为天下之中正也。今汉民或百一而
> 税，可谓鲜矣，然豪强富人占田逾侈，输其赋太半。……官

---

① 《三国志·魏志》卷一十五，《梁习传》。
② 《晋书》卷二十六，《食货志》。
③ 《三国志·魏志》卷二十七，《徐邈传》。
④ 见曹操《抑兼并令》。
⑤ 《三国志·魏志》卷一十二，《司马芝传》。

家之惠，优于三代，豪强之暴，酷于亡秦。是上惠不通，威福分于豪强也。①

可是这样一来却形成了豪门政府统治阶层内部的分裂。大族的筑坞，和政府的屯田互相对立。也就是说，屯田制度成立后，遂使豪门分裂为中央天子的官僚地主阶级和世家大族的庄园地主阶级这两大集团。皇族垄断的土地所有制形式与豪族地主的占有制的矛盾，它们表示了朝野贵族地主阶级的对立，形成政治上有权力的人物和社会经济上有地位的人物的分化。这一分裂和分化，使得世家大族采取与现任官吏的不合作的态度，因此产生大批隐士，造成魏晋时代希企隐逸的风气。这可以从皇甫谧的《高士传》说"箪瓢屡空"的颜回有"郭外之田五十亩"的话，证实隐遁是世家大族的战略的撤退。魏明帝时人刘靖说：

自黄初以来，崇立太学，二十余年而寡有成者，盖由博士选轻，诸子避役，高门子弟，耻非其伦，故无学者。虽有其名而无其人，虽设其教而无其功。宜高选博士，取行为人表、经任人师者，掌教国子。依遵古法，使二千石以上子孙，年从十五皆入太学。②

世家大族集团连中央天子集团所办的太学都不肯进，这真逼得现任官僚集团不得不设法"延山林之人，采素士之言，以饰其政"③，争取"郭外之田五十亩"的高士。但这些高士都像向秀所说：

虚静柔顺，和而不喧，未尝求人，而为人所求。④

大家知道自从陈群于延康元年（220）议请建立九品官人之

---

① 荀悦：《汉纪》卷八。
② 《三国志·魏志》卷一十五，《刘馥传》。
③ 《周易集解》，贲上九注引干宝曰。
④ 《庄子·逍遥游》"犹时女也"下陆氏音义引。

法以后，要想做官先得求中正定品①，"未尝求人，而为人所求"在九品中正的制度下是办不到的。政府要想拉拢这批"为人所求"的高士，就不能不修改制度，司马懿说：

> 案九品之状，诸中正既未能科究人才，以为可除九品，州置大中正。②

这个修正办法倒不错，中正制还保存，只是把九品去掉。原来魏初九品官人是中正品定等第后，国家即依照这个等第授官，选举和授官有一个必然的联系。夏侯玄答司马懿说：

> 自州郡中正品度官才之来有年载矣。缅缅纷纷，未闻整齐。岂非分叙参错各失其要之所由哉！若今中正但考行伦辈，伦辈当行均，斯可官矣。何者，夫孝行著于家门，岂不忠恪于在官乎？仁恕称于九族，岂不达于为政乎？义断行于乡党，岂不堪于事任乎？三者之类，取于中正，虽不处其官名，斯任官可知矣。行有大小，比有高下，则所任之流，亦焕然明别矣。奚必使中正干铨衡之机于下，而执机柄者有所委仗于上，上下交侵以生纷错哉！……岂若使各帅其分，官长则各以其属能否，献之台阁，台阁则据官长能否之第，参以乡间德行之次，拟其伦比，勿使偏颇。中正则唯考其行迹，别其高下，审定辈类，勿使升降。③

这就是主张中正只管品评，不典选举。选举改由长吏直接推荐，也就是削减中正制的政治意义，去掉以中正九品为官人的决定性。而对原先中正选举和台阁授官一致的制度表示异议。虽不反对却修正了司马懿的主张。不过这一改革恰如曹羲所说：

----

①　参《三国志·魏志》卷三，《夏侯玄传》。

②　《太平御览》卷二十九引司马懿议，《通典·职官》一四总论州佐引干宝曰。

③　《三国志·魏志》卷九，《夏侯尚传》。

伏见明论，欲除九品而置中正，以检虚实。一州阔远，略不相识，访不得知，会复转访本郡先达者，此为问州中正，而实决于郡人。①

"实决于郡人"，这是中央天子集团向世家大族集团屈服或者说妥协。这妥协对于高士的出处成了一个名节的考验，处士之所以要处而不出仕，在司马懿看来原因是不接受中正的品评，现在不评了，而且政府还求他们，加以礼待和访问②，就该出来了。这样名士，一批有名望的知识分子，多半是处士，也就因此造成了一个分裂的局面。于是何晏做官了。《晋书》卷三十五《裴秀传》附《子頠传》说，"頠深患时俗放荡，不尊儒术，何晏、阮籍素有高名于世，口谈浮虚，不尊礼法。"可见何晏和阮籍一样同属于不尊礼法的名士集团，而王坦之却说：

荀卿称庄子蔽于天而不知人，扬雄亦曰庄周放荡而不法，何晏云鬻庄躯，放玄虚，而不周乎时变，三贤之言远有当乎。③

这真奇怪，一个"不遵礼法"的人物突然讲起纲常名教来，同时还撰《论语集解》。《论语集解》世谈以为何晏用《老》、《庄》解《论语》，其实所收大半为汉儒经说。此说之误，其原因乃不知平叔思想上有此转变，因有这一转变，所以《魏志·何晏传》注说晏"曲合曹爽"。此外另一故事说：

汝南应休琏作《百一篇诗》，讥切时事，偏以示在事者，咸皆怪愕，或以为应焚弃之，何晏独无怪也。④

应氏《百一篇诗》今存残篇中云"田家无所有，酌醴焚枯

① 《太平御览》卷二百六十五引《曹羲集》。
② 参《晋书》，《孙楚传》及《刘卞传》。
③ 《晋书》卷七十五，《王坦之传》载《废庄论》。
④ 《文选》之《百一篇诗》，李注引张方贤《楚国先贤传》。

鱼"，枯鱼当指乐府《枯鱼过河泣》。汝南应氏本世家大族，此诗所谓"讥切时事"即指司马懿建议除九品后，大批名士出山替中央天子集团撑腰，应氏代表世家大族集团写了《百一篇诗》讽刺那班变节的名士，何晏也在被讽刺之列，这是名士分裂后一次大规模的斗争情势。往后还继续分裂，山涛出仕，嵇康绝交，阮籍咏怀，向秀入洛，这些变化都和社会制度发生密切的联系。看到变节的山涛和耿介的嵇康，阮籍怎能不慨叹：

> 如何金石交，一旦更离伤。　（《咏怀》诗第二首）
>
> 朝为媚少年，夕暮成丑老。　（《咏怀》诗第四首）
>
> 北临太行道，失路将如何。　（《咏怀》诗第五首）
>
> 有衣可终身，宠禄岂足赖。　（《咏怀》诗第六首）
>
> 垂声谢后世，气节故有常。　（《咏怀》诗第三九首）

友谊在思想冲突下粉碎得一干二净，阮籍的感慨自然很多。但心情最沉重的，同时也是最难堪的却是向秀。《世说新语·言语篇》说：

> 嵇中散既被诛，向子期举郡计入洛。文帝引进问曰："闻君有箕山之志，何以在此？"对曰："巢许狷介之士，不足多慕。"王大咨嗟。

"狷介之士，不足多慕。"向秀这句话表面上虽然是说自己不愿再做隐士，但其实就是说高士们本来就没有什么，政府何必定要对他们加以迫害。司马昭听到这句话也感到满意，这已经接近了名士分裂的尾声。不过分化工作的正式停止，还须等待西晋占田制的实行。

占田并不是把全国土地重新分配，而只是把国家屯田化为官吏私田，这个办法是：

> 其官品第一至于第九各以其贵贱占田，品第一者占五十顷，第二品四十五顷，第三品四十顷，第四品三十五顷，第

五品三十顷，第六品二十五顷，第七品二十项，第八品十五顷，第九品十顷。[1]

把原来国有的公田变成私有财产，就从根本上取消了世家大族集团和中央天子及现任官吏集团的经济上的对立。此后所有的土地都是私人占有的形态，所不同只是有的多占，有的少占。政治是经济的集中表现，配合这一个土地分配新的形态，九品中正制又有一次改变：

九品之制，吏部选用，必下中正征其人居及父祖官名。[2]

近代有中正，中正乡曲之表也，藻别人物，知其乡中贤愚出处，晋重之，至东晋吏部侍郎裴楷乃请改为九品法，即今之上中下分为九品官也。[3]

裴楷改定九品之说不见他书，史称晋文帝以楷为吏部郎，事当在景元中，亦非东晋。《晋书》谓其卒时年五十五，是不及渡江，早就死了。然西晋刘毅攻击九品制说：

上品无寒门，下品无势族。[4]

"势族"一作"世族"，所指为豪门，此无问题。唯"寒门"一词颇有争辩，我以为寒门也指贵族，贵族之父兄非现任政府要职即非官僚的地主阶级均称寒门。也就是没有做官的普通地主阶级。《晋书·李重传》说：

举霍原为寒素，司徒府不从，沈又抗诣中书奏原，而中书复下司徒参论，司徒左长史荀组以为寒素者谓门寒身素，无世祚之资，原为列侯，显佩金紫……不应寒素之目。

---

① 《晋书》卷二十六，《食货志》。
② 《山堂考索》卷三十二，《两晋选举制》。
③ 《唐语林》卷二，《文学篇》。
④ 《晋书》卷四十五，《刘毅传》，载毅上疏。

又《晋书·阎缵传》说：

> 上书理太子之冤曰："……每见选师傅，下至群吏，率取膏粱击钟鼎食之家，希有寒门儒素。"

《陔余丛考》卷一七《谱学条》说"郡姓中三世有三公者曰膏粱"，可见只要不是"列侯""三公"子弟，都叫做寒素。《梁书》卷七《太宗王皇后传》说：

> 父骞……性凝简，不狎当世，尝从容谓诸子曰："吾家门户，所谓素族，自可随流平进，不须苟求也。"

王骞是王导第七世孙，南朝王家，世代骄贵，唯至齐梁，位望稍衰，但不能说他不是贵胄。刘毅所谓"上品无寒门"，意谓上品之中没有"无权势的贵族"，这从所有反对九品中正的人物刘毅、卫瓘、李重都赞称汉代的乡选里举看来，知道他们是替没有权势的贵族地主阶级说话的。没有权势的贵族地主即屯田制成立后那些和中央天子及州郡现任首长不合作的世家大族，这些人虽然没有政治的权力，但是有社会的地位，从一件事可以看出来。《晋书·郑默传》说："初帝以贵公子当品，乡里莫敢与为辈，求之州内，于是十二郡中正佥共举默……及武帝出祠南郊……谓默曰：'……昔州里举卿相辈，常愧有累清谈。'""莫敢与为辈"实在太客气，"羞与为伍"倒是实情。世家大族从"羞与为伍"到要求恢复乡选里举说"上品无寒门，下品无势族"，就是攻击豪门政府对待在野贵族比在朝贵族坏。这种要求政治平等的呼声，很明显的是"屯田私有"后，朝野贵族合流的结果。刘毅这话是太康五年（284）说的，所以唐《语林》的记载未尝没有几分真实性。这就是说重新恢复九品，主持人虽不一定是裴楷，但时间总是在这个时期的，不太早也不会过迟。左思《咏史诗》也说："世胄涉高位，英俊沉下僚。"这位小贵族已经不满意于司马懿所修改的中正制了。

裴楷或者别一位，所建立的九品中正制和曹魏的"论人才之优劣，非谓世族高卑"①的九品中正制完全相反，他是根据"簿世"来选举的。②往日中央天子集团和世家大族集团的对立情形现在没有了（事实上，晋之代魏，乃世家大族的复兴），代替的是世家大族渐渐抬头的政治制度，由于这个新的制度带来了一个新的局面，基于思想不同而分化的名士也统一了，连思想也统一了，《晋书》卷四十九《阮籍传》附《瞻传》说：

> 见司徒王戎，戎问曰："圣人贵名教，老庄明自然，其旨同异？"瞻曰："将无同？"戎咨嗟良久。

《世说新语》记载这一回事说王戎是王衍，我想倒是王戎好些，这个曾经参加"老庄明自然"的，田园水碓满天下，不和中央天子集团合作的人物，现在和朋友的儿子谈起"自然""名教"来，而发现后辈思想转变未免惊讶。这是"屯田私有"的恩赐。知道"名教""自然"的合一，我们就可以对于另一件事情的发生得到了解。《晋书》记载山涛推荐嵇康的儿子嵇绍出仕说：

> 绍时屏居私门，欲辞不就。涛谓之曰："为君思之久矣，天地四时，犹有消息，而况于人乎！"③

势局改观，若再固执就未免可笑了。道德只在一定的社会制度之下才有意义。但将这个思想发挥得详尽、明目张胆的出来为统治阶级提出奴役人民的理论的要推郭象了。《庄子·应帝王篇》："因以为弟靡，因以为波流，故逃也。"《列子·黄帝篇》也有这句话，张湛注引向秀说："变化颓靡，世事波流，无往不

---

① 沈约：《宋书·佞幸传序》。
② 《初学记》卷一十一，注引《晋阳秋》。
③ 《晋书》卷八十九，《嵇绍传》。

因，则为之非我，我虽不为，而与群俯仰，夫至人一也，然应世变而时动，故相者无所用其心，自失而走者也。"郭象注《庄子》说与向秀同，唯末尾添一句说："此明应帝王者无方也。"这一添和向秀的意思虽不一样，却可以辩护嵇绍出仕的行为。又《大宗师篇》："倏然而往，倏然而来而已矣。"陆氏音义引向秀说："倏然，自然无心而自尔之谓。"还没有脱尽自然说的色彩，但郭象注说"寄之至理，故往来而不难"，这就从自然移到名教了。"至理"应用去解释社会现象就是"礼法"了。从向秀到郭象这一思想的改变过程，使自然派所崇奉的《庄子》变了色，自然和名教合一运动，操持了决定性的胜利。《晋书·嵇含传》说："时弘农王粹，以贵公子尚主，馆宇甚盛，图庄周于室，广集朝士，使含为赞，含援笔为吊文。"图庄周于室，这就恰如王康琚《反招隐》诗所说"大隐隐市朝"了。正表明分裂的名士现在又统一了。

从上面的分析，我们知道嵇、阮、王、何的党派分野，和当时现实的政治集团是结合在一起的。而这种结合和他们的思想又是有联系的。他们分属于城市官僚地主阶级和乡村庄园地主阶级，他们同属于剥削阶级，但是他们相互间的倾轧正反映出来了当时两大主要集团间的斗争和矛盾，王弼本是城市官僚地主阶级子弟，他注《老子》"民之饥以其上食税之多"章说"疑非老子所作"[①]，这一疑却把他的思想全疑出来了。他在替重利盘剥的主子辩护。

嵇康自称东野主人，同阮籍、何晏、王弼比较起来和曹或司马家最无纠葛。他出身乡村小地主，似乎不是世家大族子弟，但他的思想却和世家大族接近。魏末的世家大族是从东汉阀阅一线

①　宋彭耜：《道德经集注杂说》卷上引。

相传下来的。这一派人士的思想比较中央天子集团的曹家或司马家本来就要保守而顽固些。但因中央天子集团是现实社会秩序的维持者，世家大族集团为了自身的利益，对这个秩序的某些方面在一定的程度上是不满意的。所以破坏礼教对于后者是有利的。而嵇康的越轨行为也就是建筑在这一基础上的，这样也就造成嵇康的行为放浪而思想保守的人格的分裂。

在正始名士中，何晏的转变叫嵇康最看不顺眼，所以嵇康是从各方面都反对何晏的。《世说新语·言语篇》载何平叔说，"服五石散，非惟治病，亦觉神明开朗"，隋巢元方《诸病源候总论》卷六《寒食散发候篇》引皇甫谧说："近世尚书何晏，耽好声色，始服此药，心加开朗，体力转强。"《通鉴·晋纪》卷三十七《魏太祖服寒食散》下胡三省注引苏轼曰："世有食钟乳鸟喙而纵酒色以求长年者，盖始于何晏。晏少而富贵，故服寒食散以济其欲。"可见何晏以为纵情声色可以长生，而嵇康说："好色不倦，以致乏绝。"① 又说"酒色乃身之仇也"②，不正是反对他吗？其实房中术本道家求长生之术，嵇康思想本深染道流习气，这种反对纯粹是党派的偏见。所以我们可以说，嵇、阮、王、何的思想行为，好尚不同，他们的分裂和当时的政治上的分裂，步趋是一致的。

二　所谓"三玄"与名士方士的合流

魏晋名士，如上所言，因为政治的分裂，招致以思想不同而发生分化，这还可以从他们对于《易》、《老》、《庄》的态度看

---

① 嵇康：《养生论》。
② 嵇康：《答向子期难养生论》。

出来的。

　　颜之推《家训·勉学篇》说："何晏、王弼祖述玄宗……洎于梁世，兹风复阐，《庄》、《老》、《周易》，总谓三玄。"三玄对于魏晋六朝名士的生活和思想作用都很大，《南齐书·王僧虔传》说："虔尝作《诫子书》云：汝开《老子》卷头五尺许，未知辅嗣何所道，平叔何所说，马（融）、郑（玄）何所异，《指例》何所明，而便盛于麈尾，自呼谈士，此最险事。设令袁令命汝言《易》，谢中书挑汝言《庄》，张吴兴叩汝言《老》，端可复言未尝看邪？"可见在社会上稍稍出色一点的人物，要是不精通三玄的话，确是一件丢脸的事。我们从《魏志》和《晋书》看到，精通《易》、《老》、《庄》的时流学者实在太多了，"钟会伐蜀，与王戎别，问计将安出，戎曰：道家有言，'为而不恃'，非成功难，保之难也。"可以窥见《老》、《庄》在他们政治活动中所起的作用。

　　不过这三部书被认为玄，最少有两个意思，一为宗教的神秘，另一为哲理的奥义。《史记·日者列传》说："夫司马季主（嵇康《高士传》作季玉）者，游学长安，通《易》经术、《黄帝》、《老子》。"现在《易》、《老》二书尚保存着，唯《黄帝》书佚。《汉书·艺文志》道家中有《黄帝》书共二十一种，大概记的是"黄帝且战且学仙"[1] 那样的荒唐孟浪之言，其为方士伪托是很明显的。而和《黄帝》并称的《老子》五千言中，照《列仙传》谓容成公取精于玄牝，其要谷神不死，及传世的《河上注》看来，也有很浓重的方士色彩。知汉人"共祭黄老君，求长生福而已，无他冀幸"[2]。和后来人说五千言中净是些"贵

---

①　《史记》卷一十二，《孝武本纪》。
②　《后汉书》卷八十，《明帝八王传》。

虚无"、"尚玄妙"的奥义，决然不同。至于《庄子》，他和《老子》并称，虽说《汉书·王贡两龚鲍传》及《汉书·叙传》都提到，但今日所谓老庄哲学，起来却在魏晋以后，最初的《庄子》也应该是宗教的。《庄子》今存三十三篇，是郭象编定的，原本五十二篇，我们从《太平御览》卷七百五十二引《庄子》佚文说，"流脉并作则为惊怖，阳气独上则为颠病"，及《玉烛宝典》卷一引《庄子》佚文说"斫鸡于户，悬韦炭于其上，椓桃其旁，连灰其下，而鬼畏之"看来，郭象怕是删去很多具有方术意味的东西。不过今本《庄子·人世间篇》说："若一志，无听之以耳，而听之以心，无听之以心，而听之以气，听止于耳，心止于符，气也者，虚而待物者也。"又说："夫徇耳目内通而外于心知，鬼神将来舍。"拿来和《管子·内业篇》说："抟气如神，万物备存。能抟乎，能一乎，能无卜筮而知凶吉乎？能止乎，能已乎，能勿求诸人而得之己乎？思之思之，又重思之，思之而不通，鬼神将通之；非鬼神之力也，精气之极也。四体既正，血气既静，一意抟心，耳目不淫，虽远若近。"比较一看，宗教的神秘思想是很容易体味出来的。所谓"听之以气"和"纯气之守"的说法是相通的，《达生篇》说："子列子问关尹曰：至人潜（潜原作潜，据马叙伦说改）行不窒，蹈火不热，行乎万物之上而不栗，请问何以至于此？关尹曰：是纯气之守也。"庄子所推崇的至人，在我们看来不过只是一个方士罢了。他所说的真人也一样，《大宗师篇》说："古之真人……其息深深，真人之息以踵，众人之息以喉。"又《应帝王篇》说："乡吾示之以天壤，名实不入，而机发于踵。"这就是神仙方术之士所谓"胎息"。他在《刻意篇》说："吹呴呼吸，吐故纳新，熊经鸟申，为寿而已矣，此道引之士，养形之人，彭祖寿考者之所好也。"对于吐纳导引虽然不推崇，却也不表示反对。

再加上他爱提起残疾的人物，像支离疏、子舆、哀骀它、王骀、申徒嘉等人，不是兀头，就是肩高于顶，这种人物在古代都是充当巫觋的老师，《鹖冠子·环流篇》说："积旺生，巫以为师。"自然，这些人本身也可能就是巫，《荀子·礼论》所谓"伛巫跛匡"，《王制篇》作"跛击"，杨倞说"古者以废疾之人主卜筮巫祝之事"，也许是不错的。巫觋，庄子不仅提及，而且津津乐道，如此说来，他的思想，他的生活趣味都染上了不少方术色彩，这和现在我们所了解的玄学中的庄子完全不是一回事。再说《易》吧，《易》之被认为卜筮之书是很早的事了。《周礼·太卜》："太卜。掌三易之法：一曰《连山》，二曰《归藏》，三曰《周易》，其经卦皆八，其别皆六十有四。"此外《系辞传》也提到卜筮。唯"易"这个东西，不仅当作卜书用，而且和阴阳家有密切的关系，《庄子·天下篇》说："易以道阴阳。"《礼运篇》说："孔子曰：我欲观夏道，是故之杞，而不足征也；吾得夏时焉。吾欲观殷道，是故之宋，而不足征也；吾得坤乾焉。"郑注说："得坤乾得殷阴阳之书也。"（《正义》引熊安生说："殷《易》以坤为首，故曰坤乾。"）《晋书·束皙传》记载汲冢出书事，也说那些竹简中有"易繇阴阳卦"一书，都可以表明阴阳和《易》的关联。《说文》引《秘书》说："日月为易，象会易（阴阳）也。"虽说未必合于造字的原意，然而反映了晚周秦汉人对于《易》的看法却是事实。今本《周易》的排列次序，自乾坤以至既济未济，皆两两互相反对，亦寓阴阳之义。这种排列和序卦传及《易纬稽览图》与《乾凿度》说合，《乾凿度》卷上说："故易卦六十四，分而为上下，象阴阳也。夫阳道纯而奇，故上篇三十所以象阳也；阴道不纯而偶，故下篇三十四所以法阴也。乾坤者阴阳之根本，万物之祖宗也，为上篇之始，尊之也。"这和王弼本次第同（宋程颐等人析为四卷，殊谬），而与今本京氏《易传》分"乾姤遁否观剥晋大有震豫解恒升井大过随坎节屯既济革丰明夷师艮贲大畜损睽履中孚渐"等三十二卦为上经，"坤复临泰大壮夬需比巽小畜家人益无妄噬嗑颐蛊离旅鼎未济蒙涣讼同人兑困萃咸塞谦小过归妹"三十二卦为下经，次第又异，因为《稽览图》、《乾凿度》都经季汉郑玄注解过，所以有人说今本《易》之次序是郑玄分的。唯京房以乾坤分领三十二卦，只要看既济属乾和未济属坤，也就可以领悟到这种分法也是"象阴阳"的。《史记·太史公自序》说："尝观阴阳之术大祥（一本作详）而象忌讳，使人拘而多所畏。"我们知道《易》这部讲阴阳的书，也是充满了宗教的神秘的，和王弼说"得意在忘象，得象在忘言"这种"言意之辩"的哲理的《易》学也是不同的。总之，我们粗略的可以说，所谓三玄，有宗教（巫风方术仙道）的玄和哲理的玄的区别。（其实这里所谓宗教，指的就是方术，《后汉书·方术传·序》说，"斯道隐远，玄奥难原"，而方伎都谈《易》、《老》的。）

从上面我们分析的结果，知道"玄"有宗教的和哲理的，现在再来看看魏晋名士所谈的"玄"是否也有这个分别呢？在前章讨论魏晋名士的党派分野时，我们看到王弼、何晏和嵇康、阮籍的对立。《世说新语·文学篇》说："何平叔注《老子》始成，诣王辅嗣，见王注精奇，乃神伏，曰：若斯人可与论天人之际矣。"所谓天人之际大概就是有无问题。同书同篇另一条记载说："王辅嗣弱冠诣裴徽，徽问曰：'夫无者诚万物之所资，圣人莫肯致言，而《老子》申之无已何邪？'弼曰：'圣人体无，无又不可以训，故言必及有。《老》、《庄》（《三国·魏志·王弼传》注引作子）未免于有，恒训其所不足。'"《晋书·王衍传》说何晏、王弼等祖述《老》、《庄》立论云："天地万物，皆以无为为本。无也者，开物成务，无往不存者也。阴阳恃以化生，万物恃以成形。"也说到"无"的问题。《论语正义》"士志于道"下，邢昺引王弼释疑说："道者，无之称也，无不通也，无不由也。况之曰道，寂然无体，不可为象。"对了，无就是道，《易·系辞传》"一阴一阳之谓道"，王弼注释道也作无，那么"阴阳"不就正是天人之际么？说"不可为象"也和他的《明象》那篇文章里面说："然则忘象者，乃得意者也。忘言者乃得象者也。得意在忘象，得象在忘言，故立象以尽意，而象可忘也。"意义是一致的。所以王弼、何晏对三玄的态度是一种哲学的奥义的追求，没有一点宗教神秘的痕迹。但嵇康、阮籍可就不同了，阮籍有《通老论》、《达庄论》、《通易论》，今行于世。他在《达庄论》中说："人生天地之中，体自然之形。身者，阴阳之精气也。性者，五行之正性也。情者，游魂之变欲也。神者，天地之所以驭者也。以生言之，则物无不寿。推之以死，则物无不夭。"又说："夫至人者，恬于生而静于死。生恬则情不惑，死静则神不离，故能与阴阳化而不易，从天地变而不移。生究其寿，死循其宜，心气平治，不消不亏。是以广成子处崆峒之山，以入无穷之门。轩辕登昆仑之阜，而遗玄珠之根。此则潜身者易以为活，而离本者难与永存也。"这种对《庄子》的看法是宗教的，而嵇康在《养生论》中说："君子知形恃神以立，神须形以存。悟生理之易失，知一过之害生，故修性以保神，安心以存身。爱憎不栖于情，忧喜不留于意，泊然无感而体气和平。又呼吸吐纳，服食养身，使形神相亲，表里俱济也。"呼吸吐纳，完全是方士的一套把戏。至于阮籍《通易论》，充分地发挥了《易》的宗教成分。他说："《易》者何也……分阴阳，序刚柔，积山泽，连水火，杂而一之，变而通之，终于未济。六十四卦，尽而不穷，是以大地象而万物形，吉凶著而悔吝生。"又说："卦体开阖，乾以一为开，坤以二为阖。乾坤成体，而刚柔有位，故木老于未，水生于申，而坤在西南。火老于戌，木生于亥，而乾在西北。刚柔之际也，故谓之父母。"根据这些话，所以我们可以说嵇康和阮籍的三玄，指的是宗教的神秘，和谈哲理的王、何异趣。嵇、阮、王、何同为魏晋名士，同样的喜爱《易》、《老》、《庄》三部书，可是因为自身所属的政治集团不同，因此在同一书中，各抒所见，各阿所好。

由于嵇康、阮籍偏爱《易》、《老》、《庄》这三部书中的有关宗教（方术）部分，使得他抛弃名士的矜持而和方士接近。所以宋吕南公过庄子祠堂（堂以嵇康配坐）诗说"只应叔夜轻狂辈，未是先生入室宾"，觉得他的好《老》、《庄》，实在不正派，他对于《易》、《老》、《庄》这三部书的看法和方士看法是一致的。《三国·魏志·张鲁传》注引鱼豢《典略》说："熹平中，妖贼大起。三辅有骆曜。光和中，东方有张角，汉中有张修（衡）。骆曜教民缅匿法，角为太平道，修（衡）为五斗米道。太平道者，师持九节杖，为符祝，教病人叩头思过，因以符水饮之。得病，或日浅而愈者，则云此人信道，其或不愈，则为不信道，修（衡）法略与角同。加施静室，使病者处其中思过。又使人为奸令祭酒，祭酒主以《老子》五千文，使都习，号为奸令，为鬼吏，主为病者请祷。"所谓祭酒者，《三国·魏志·张鲁传》说："鲁遂据汉中，以鬼道教民，自号师君，其来学道者，初皆名鬼卒。受本道已信号祭酒。"《老子》五千言落到张角等人的手里变成了救苦救难的宝典。自然，方士们并不一定把《老子》曲解作神仙怪异之谈的，《后汉书·方术·折像传》说："折像……能通京氏《易》，好《黄》、《老》言，及（父）国卒，感多藏厚亡之义，乃散金帛。"多藏厚亡是《老子》五千言中语，方士们把《老子》立足在一种强固的宗教信仰上，当做教主看。又同书《方术·许曼传》说："祖父峻字季山，善卜占之术，多有显验，时人方之前世京房。自云少尝笃病三年不愈，乃谒太山请命。行遇道士张巨君授以方术，所著《易林》，至今行于世。"《三国·魏志·方伎·管辂传》裴注引《辂别传》说："及成人，果明《周易》，仰观风角占相之道，无不精微。"《晋书·艺术·韩友传》说："为书生，受《易》于会稽伍振。善占卜，能图宅相冢，亦行京费厌胜之术。"凡此，可证《易》在方士手中是作为占卜用的。三玄中只有《庄子》，方士们似乎不读它。惟《抱朴子·畅玄篇》说："泰尔有余欢于无为之场，忻然齐贵贱于不争之地。含醇守朴，无欲无忧。全真虚器，居平味澹。恢恢荡荡，与浑成等其自然；浩浩茫茫，与造化钧其符契。如暗而明，如浊而清，似迟而疾，似亏而盈。岂肯委尸祝之尘，释大匠之位，越樽俎以代无知之庖，舍绳墨而助伤手之工。"这段话是根据《庄子》发挥的，可见方士也读《庄子》的。《后汉书·方术·华佗传》说："佗语普曰，人体欲得劳动，但不当使极耳。动摇则谷气得销，血脉流通，病不得生。譬如户枢终不朽也。是以古之仙者为导引之事，熊经鸱顾，引挽要体，动诸关节，以求难老。"章怀太子注引《庄子》说："吐故纳新，熊经鸟申，此导引之事也。"其实《庄子·逍遥篇》所说"藐姑射之山，有神人居焉……不食五谷，吸风饮露。"《列子·天瑞篇》张湛注解说："既不食谷矣，岂复吸风饮露哉？盖吐纳之貌。"是《庄子》记载的"吐纳"等事，魏晋方士也奉行的。

　　方士手中的《易》、《老》、《庄》的面貌和嵇、阮心眼中的《易》、《老》、《庄》的形象既是一样的，因此同气相求，同声相应，使得魏晋名士和方士合流起来。《世说新语·栖逸篇》说："阮步兵啸闻数百步，苏门山中忽有真人，樵伐者咸共传说。阮籍往观，见其人拥膝岩侧，籍登岭就之，箕踞相对。籍商略终古，上陈黄、农玄寂之道，下考三代盛德之美以问之，讫然不应，复叙有为之教，栖神导气之术以观之，彼犹如前，凝瞩不转。"又说："嵇康游于汲郡山中，遇道士孙登，遂与之游。康临去，登曰：'君才则高矣，保身之道不足。'"注引《文士传》说："嘉平中汲县民共入山中，见一人，所居悬岩百仞，丛林郁茂，而神明甚察。自云孙姓登名字公和，康闻乃从游三年，问其所图，终不答。然神谋所存良妙。康每茶然叹息，将别谓曰：先生竟无言乎？登乃曰：子识火乎？生而有光而不用其光。"注又引王隐《晋书》说："孙登即阮籍所见者也，嵇康执弟子礼而师焉。"《晋书》卷九十四《隐逸·孙登传》同，且谓"好读《易》，抚一弦琴，见者皆亲乐之"。所谓"真人"、"隐者"、"道士"，实际上就是方士，从阮籍期望和他讨论"栖神导气之术"，便可以证实这一点。嵇、阮等名士之有方士味，还可以从另一件事看出。《阮嗣宗集》载《伏义与阮嗣宗书》说："丰家富屋，则无陶朱货殖之利，延年益寿，则无松乔蝉蜕之变。"嵇康《游仙诗》说："服食改姿容，蝉蜕弃秽累。"《抱朴子·论仙篇》说："案仙经云……上士举形升虚，谓之天仙；中士游于名山，谓之地仙；下士先死后蜕，谓之尸（一本作尸解）仙。"《通鉴·晋纪》安帝隆安二年谓"琅玡人孙泰学妖术于钱唐杜子恭，士民多奉之。……会稽王导子使元显诱而斩之，并其六子。兄子恩逃入海，愚民犹以泰蝉蜕不死。"胡三省注解说："蝉解壳曰蜕，神仙家有尸解之说，言尸解登仙如蝉之蜕壳也。"陶潜《搜神后记》卷一记载一个故事说："会稽剡县民袁相、根硕二人猎……后根于田中耕，家依常饷之，见在田中不动，就视但有壳如蝉蜕也。"可见嵇康的思想受到方术观念的影响。

本来魏晋时代的名士和方士间时相论难，而《周易》一书，每为论争对象。《三国志·魏志·方伎·管辂传》注引《辂别传》说："父为琅玡即丘长，时年十五，来至官舍读书。始读《诗》、《论语》及《易本》，便开渊布笔，辞义斐然。于时黉上有远方及国内诸生四百余人皆服其才也。琅玡太守单子春雅有材度，闻辂一黉之隽，欲得见辂。父即遣辂造之。大会宾客百余人，坐上有能言之士。辂问子春：'府君名士，加有雄贵之姿，辂既年少，胆未坚刚。若欲相观，惧失精神，请先饮三升清酒，然后言之。'子春喜之，便酌三升清酒，独使饮之。酒尽之后，问子春：今欲与辂为对者，若府君四坐之士邪？子春曰：'吾欲自与卿旗鼓相当。'辂言：始读《诗》、《论》、《易本》，学问微浅，未能上引圣人之道，陈秦汉之事，但欲论金木水火土鬼神之情耳。""别传"魏晋文士多好为之，材料多出于俚巷传说，不尽可信。但名士与方士彼此间确有关涉，证以晋司空郗愔及弟昙"奉天师道"①，及《晋书》卷八〇《王羲之传》说"王氏世事张氏五斗米道"的话，知自嵇、阮以后，名士大都方士化了。

　　名士方士化的趋向，使得魏晋时代产生一种新的东西，这就是高士、孝子、鬼神故事的流行。嵇康、阮籍等人在政治上和政府官僚对立，他们提出"尽孝"来反对"尽忠"，孝子成了他们理想中的人物。而高士是名士的晶洁人格的提炼，鬼神是方士职务上的投靠。所以这类故事的产生是有其社会基础的。假如说：具备了人物和故事两方面，我们可以叫它是小说，那么，"高士"、"孝子"、"鬼神"将是魏晋小说的人物类型，而故事的特征是各种不同形式的"异"。鬼神是异人，高士、孝子是异行。这种上不同于秦汉，下不同于唐宋的故事，不能不说是名士的方士化的结果了。沈约《宋书·臧焘徐广傅隆列传论》说："自魏

──────────

① 《世说新语·排调篇》注引《中兴书》。

氏膺命，主爱雕虫，家弃章句，人重异术。自黄初至于晋末，百余年中，儒教尽矣。"的确不错，在这百余年是"人重异术"的啊。这种好"异"的社会风尚，是产生志怪小说的历史根源。它（志怪小说）是魏晋时代知识分子思想分化的产品。

（原载《历史研究》1955 年第 4 期）

论魏晋志怪小说的传播和
知识分子思想分化的关系

在中国文学发展的过程中，魏晋南北朝时代出现了大批记录神怪奇异的故事。这类故事的产生自然不是起源于这个时期，但是毫无疑问，这个时候这类故事获得了广泛的传播。鲁迅先生对这些故事风行一时的原因，曾经解释说："秦汉以来，神仙之说盛行，汉末又畅巫风，而鬼道愈炽；会小乘佛教亦入中土，渐见流传。凡此，皆张皇鬼神，称道灵异，故自晋讫隋，特多鬼神志怪之书。"① 按照鲁迅先生的意见，志怪小说的兴起传播和宗教巫术有密切的关系。在我们今天看来，这个解释是符合事实的。不过任何一种文学思潮的产生不仅只是受到其他社会意识形态的影响，而且是应该有其一定的历史背景，因此从政治经济方面进行探讨也还是必要的。笔者就这一点曾在《论魏晋时代知识分子的思想分化及其社会根源》② 一文中做了一些分析。个人初步认识：觉得由于魏晋时代地主阶级分为两大集团，当时知识分子

---

① 《中国小说史略》第五篇。
② 《历史研究》1955 年第 4 期。

在思想上也起了相应的变化。一部分知识分子有意无意地在替他们所拥戴的集团利益辩护，或者反对他们所不满和憎恨的集团，他们就创作和记录了许多高士、孝子、鬼神的奇异故事。现在本文准备就这些故事的记录、传播、衰落和当时知识分子思想上分化的关系这方面，进一步比较详细地提出一些说明。说明分为两部分，前一部分说明这些故事的被记录下来以及传播开去和当时一些在社会上有名望的知识分子的隐遁思想行为的关系，后一部分说明记录这类故事渐渐少了和一些隐遁的知识分子出仕，两者之间的联系。但由于这些退隐的知识分子不论在生活方面或者在思想方面都和当时的方士发生瓜葛，因此许多地方就不能不提到神仙方术这个问题。

一　魏晋志怪小说的记录传播与名士的隐遁

魏晋小说，一如其他时代小说，大都和民间传说有某种直接和间接的关联。但我所要讨论的不是这些小说的来源，而是这些故事的被记录，以及它们何以受到部分知识分子的爱好，予以加工，并广为传播。我个人的看法认为是由于魏晋时代朝野贵族的利害冲突，彼此有矛盾，使得依附他们生活的一些知识分子思想上发生了分化。这就是说，一部分知识分子在地主阶级内部的矛盾和冲突中，个人利益受到了损伤，生活不安定，因而很苦闷，心情很紊乱，对现实不满而企图逃避，产生了崇拜高士、孝子和神仙的思想。具有这种思想的知识分子和当时社会上另一种叫做方士的人物很接近，他们彼此之间，时相过从。这样，这一部分知识分子从思想到生活都受到方士的影响。方士像鲁迅所说"皆张皇鬼神，称道灵异"，因此和他们接近的一些知识分子记录了许多怪异的故事，完全是可以理解的。这里还得声明一下，就是这些接近方士的知识分子记录了一些神异故事，还不能说他们纯粹是受好奇心的驱使，而应当把这件事同他们的政治立场和生活理想联系起来看。魏晋时代的地主阶级分裂为世家大族和中央官僚两大集团，他们由于政治地位和经济利益的处境不同，他们的思想意识和政治待遇的要求也很不一致。这种情况也在部分记录怪异故事的人身上，曲折反映出来。像嵇康吧，他有圣贤高士传的写作，可惜早已散佚，今天已经不能窥其全豹了。《宋书·隐逸传》和佚名氏《莲社高贤传》都说，"周续之独以嵇康《高士传》得出处之正（《宋书》作美），为之注释"。"得出处之正"，指出了嵇康这本书带有政治的色彩。据《南史·周续之传》说他，书中从开辟到管宁凡百一十九人，缺下一个位置留给自己。这从表面看似乎他以高士自居，显示他的骄傲。但我们今天根据当时具体情况更能看出其中具有深刻的政治意义。我们知道司马懿曾经修改九品中正制，企图吸收一批和政府不合作的有名望的知识分子。但这种办法，收效不大。在他死后，他的儿子司马师却不得不用威逼的方式强迫李喜出山。[①] 当时回答这个蛮横无理的行为是正元元年（254）阮籍的《首阳山赋》说："将修饰而欲往兮，众龃龃而笑人。静寂寞而独立兮，亮孤植而靡因。怀兮索之情一兮，秽群伪之射真。信可实而弗离兮，宁高举而自偞。"最后这一句话，实在是站在隐士的立场，代表世家大族集团的利益，向中央官僚集团提出抗议。嵇康也和阮籍一样，为了表示他心情上不愿和中央官僚集团同流合污，所以他写《高士传》，而把自己的名字写在那本书上，这就是他空下一个名字的用意。这里有一点我们必须分辨明白，我们得把一个人的

① 《世说新语·言语篇》。

组织关系和思想意识区分开来。我们说嵇、阮思想上与中央官僚集团格格不入，甚至对立，并不等于说和中央官僚集团在组织上没有关系。

高士，他实在是方士化了的名士的影子。东汉时期的名士是"身在江湖而心存魏阙"，魏晋之际像阮籍这批名士是"身在魏阙而心存山林"，所以嵇康《高士传》中的人物是襄城小童式的，"黄帝将见大隗于具茨之山，方明为御，昌寓参乘。黄帝曰：'异哉，请问天下。'小童曰：'予少游六合之外，适有瞀病。有长者教予乘日之车，游于襄城之野。今病少损，将复六合之外。为天下者，予奚事焉。夫为天下，亦奚异牧马哉！去其害马而已。'黄帝再拜，称天师而还。"① 他的兴趣是在"六合之外"，到人间来，只是一个偶然的举动。在嵇康看来，这种生活是十分高尚的。但我们再看《庄子·徐无鬼篇》说牧马小童谓黄帝曰："热艾宛其聚气雄黄"，知道一幅半神半人的画像原来是一个方士。嵇康把一个方士当做高士，歌颂那种甘心隐姓埋名无意功名利禄的生活。这种生活像死水一般的宁静岑寂，在在都流露出名士和方士合流的隐遁思想。我们要是拿这种思想和阮籍《达庄论》里面所说："洁己以尤世，修身以明污（汗）者，诽谤之属也。"对照起来看，就会完全明白他们这种歌颂高隐的举动是违犯了王朝的统治者的意志，表现了他们对暴力抗拒的情绪。我们都知道，当嵇康被杀以后，他的朋友向秀到了洛阳，那时司马昭就问起说"闻君有箕山之志"，而向秀的回答是"巢许狷介之士，不足多慕"。巢父许由是嵇康所曾仰慕过的，是《高士传》里面的人物。向秀当着司马昭的面不敢承认这一点，这里可以帮助我们了解《高士传》的政治意义。也同样说明嵇康

---

① 《艺文类聚》卷三十六引。

搜寻记录这些奇奇怪怪的故事，不仅只是由于他受到方士的影响，而更重要的是他对现实不满的思想通过这些神仙怪异的故事表达出来。

继承嵇康写《高士传》的有皇甫谧、虞槃、孙绰、周弘让等人。但除皇甫谧书今仍得见外，余均不传。唯谧书据王谟跋中说，"晁（公武）氏谓所载凡九十六人而东汉士居三之一，陈（振孙）氏谓被衣至管宁唯八十七人，今丛书本自被衣至焦先又九十一人，数皆不合。"则亦似非原本，宋李石《续博物志》说原本为七十二人，那么，超出的人数就很多了。唐人刘知几《史通》里面记载说，"嵇康《高士传》，其所载者广矣，而颜回、蘧瑗独不见书，盖以二子虽乐道遗荣，安贫守志，而拘忌名教。"现在皇甫谧这本书居然有了颜回，这种情形不是意味着"名教""自然"的合一思想，就是杂入了后人的文字了。皇甫谧所处的时代，知识分子思想的分化已经不像嵇康时期的剧烈，"名教"派和"自然"派渐有合流的倾向，他们可能受到嵇康的影响，搜集记录一些怪异故事，但是他们没有像嵇康一样对现实政治不满的情绪。

至于孝子故事实在是思想和中央官僚集团不一致的名士们所提倡的。阮籍在《达庄论》中批评世俗臣民"出媚君上，入欺父兄"。用强调尽孝来抵触尽忠，说"尽忠"只是献媚而已。今天我们看到的《孝子传》的作者，大都不可考。所谓刘向著《孝子传》是靠不住的。因为《隋书·经籍志》既未著录，而《玉海·艺文类》引唐许南客策京兆文，仅称刘向修孝子之图。这些《孝子传》的作者生平我们缺乏材料，弄不清楚，但从《孝子传》本身所流露出来的思想，我们可以判断他们的思想都多少受到嵇康、阮籍等人的影响。他们所记的孝行事实不是表现在日常生活上，而是一些超现实的神异灵验的事迹。像萧广济

《孝子传·杜孝传》说："杜孝，巴郡人也。少失父，与母居，至孝。充役在成都，母喜食生鱼。孝于蜀截大竹筒，盛鱼二头，塞之以草。祝曰：我母必得此。因投中流。妇出渚，乃见筒横来触岸，异而取视，有二鱼。含笑曰：必我婿所寄。熟而进之，闻者叹骇。"（茆泮林辑本《古孝子传》）这简直是方士的把戏。方士化的名士让方士的法术随时随地都流露出来。《太平御览》卷三百九十六引无名氏《孝子传》说："丁兰早孤，不识其母。乃刻木作母而事之。"严辑《全后汉文》卷九十九武梁祠堂画像作"立木为父"，与此异。知此《孝子传》，非所谓刘向修者。但同书（《御览》）卷四百八十二又引《搜神记》及《初学记》人事部引孙盛《逸人传》并说："丁兰河内野王人，年十五丧母。乃刻木作母事之。供养如生。邻人有所借，木母颜和则与，不和不与。后邻人忿兰，盗斫木母。应刀血出，兰乃殡殓报仇。"与无名氏《孝子传》同，知其为魏晋时人作品。刻木为人自然是方士的把戏，明永历十二年李定国听信术士贾自明的话，刻木数百为兵（见《求野录》），就是一个例子。历史上有名事件，汉代的巫蛊，也是这样一回事。

　　如上所说，《孝子传》中的孝子，有的根本就是方士的化身。这些受了方士思想影响的人爱称赞孝子，把孝子说成神灵一流人物，对他们表示崇高的敬意。但是在现实生活中这些孝子并不能得到统治者特殊的崇敬，《世说新语·言语篇》王子敬语王孝伯曰："羊叔子自复佳耳，然亦何与人事，故不如铜雀台上妓。"这位方士化了的名士看到统治者所真心宠爱的不是孝子而是跟他们接近的人物，未免感慨系之了。

　　至于神鬼，嵇康等人本来就相信的。他在《养生论》中说："神仙虽未目见，然记籍所载，前史所传，较而论之，其有必矣。"但他说虽这样说，自己却没有记录这类故事。鬼神故事在应劭的《风俗通义》卷九《怪神篇》记载下来的颇多。不过他和王充一样，认为"物无不死，人安能仙"（《论衡·道虚篇》），"死而朽，成灰土，何用为鬼"（《论衡·论死篇》），其目的在破除迷信，所以历来都不曾把它当做志怪书看待。《隋书·经籍志》史部杂传类序说："魏文帝又作列异，以叙鬼物奇怪之事。"这部《列异传》可能是魏晋人最早记录鬼神故事的专书，但新旧唐书都改题张华撰。《三国志·华佗传》注引魏文《典论》论郤俭等事说："刘向惑于《鸿宝》之说，君游眩于子政之言，古今愚谬，岂惟一人哉？"曹丕既不信神怪，按一般常情常理说，不会写宣传神怪威力的书。况且《北堂书钞》卷一百四十六及《太平广记》卷二百九十二引汉中有鬼神栾侯，和《太平御览》卷八百八十四，《太平广记》卷三百一十六引任城公孙达，此二事在高贵乡公甘露中发生的，隔曹丕死时已数十年了。照这样看来，张华所撰的可能性比魏文帝要大些。

张华在魏晋之际，称号"博物之士"，其人如汉代东方朔，当时很多怪异的传说故事，往往被附会成为从他口中说出来的。《晋书》说他少年时写过一篇《鹪鹩赋》，得到阮籍的称许。那么他的初期思想也是和嵇、阮相同的。他是一个带点方士气味的名士，所著《博物志》一书，其中充满了方士的情调。有的地方简直记的就是方士的故事，如同卷五（士礼居本卷七）说："颍川陈元方韩元长，时之通才者。所以并信有仙者，其父时所传闻河南密县有成公，其人出行，不知所至。复来还，语其家云：我得仙。因与家人辞诀而去，其步渐高，良久乃没而不见云云。"案《抱朴子·至理篇》说："河南密县有卜成者（孙星衍云卜当作上），学道经久，乃与家人辞去，其始步稍高，遂入云中，不复见。此所谓举形轻飞，白日升天，仙之上者。"成公或卜（上）成，当即《后汉书·方术传》中之上成公，是一个方士。

　　但我们说张华的思想感染了方士的色彩，还不只是因为他记录了方士的故事，更重要的是他相信神仙。《广弘明集·辩惑篇》说："夫神仙之书，道家之言，乃云傅说上为辰尾宿，岁星降为东方朔，淮南王安诛于淮南，而谓之获得轻举，钩弋死于云阳，而谓之尸逝柩空，其为虚妄甚矣哉！"张华在所著《博物志》中，照抄了这一段话，而去掉"其为虚妄甚矣哉"这一句，可见他认为这些怪异事件是真实的，不是"虚妄"的。他这本书除开相信神仙以外，还相信巫医占卜等方术，表现出方士特有的一些爱好。《晋书》曾记载他和雷焕关于"斗牛剑气"的故事，也表现他是重视异人异术的。

　　跟随《博物志》而出现的神怪故事的书很多，陆机有《要览》三卷，郭璞有《玄中记》，王浮有《神异记》，祖台之、曹毗、孔华（一作孔约，非，约字慎言，乃唐代人）等有《志怪》，戴祚《甄异记》三卷，荀氏《灵鬼志》三卷，陆氏《异林》二卷，干宝《搜神记》二十卷，旧题陶潜《搜神后记》十卷，以及王嘉《拾遗记》十卷。唯除《搜神记》、《搜神后记》、《拾遗记》三书外，余均散佚。《玄中记》旧题郭氏，不著撰人名。宋人罗苹注路史狗封氏引郭氏《玄中记》谓与《山海经》注同，因云郭璞撰，案《太平御览》卷五百五十引《山海经》注"刑天与帝争神云云"，谓《玄中记》亦载，罗氏此言或可信。原书已佚，《法苑珠林》卷六十七，《北堂书钞》卷一百三十，《太平御览》卷六百八十并引《玄中记》说："秦文公（'法苑'作秦始皇）造长安宫，亘四百里，南至终南山。山有梓树，大数百围，荫宫中。公恶而伐之，连日不克。天辄大风雨，飞沙石，人皆疾走；至夜疮合。有一人，中风雨，伤寒不能去。留宿。夜闻有鬼来问树，言秦王凶暴相伐，得不困耶？树曰：'来即作风雨击之，其奈吾何！'鬼又曰：'秦王若使三百人，被头，以赤丝绕树伐汝，得无败乎？'树默然不应。明日人上言；秦王依此言伐之。树断，中有青牛骇逸；逐之入澧水。秦王因立旄头骑。"此故事亦载《搜神记》卷十八、《列异传》（《水经·渭水注》）等书中。《列异传》末作"卧者以告，令士皆赤衣，随所斫，以灰跛（《搜神记》作坌）树。"文字小异。所谓青牛乃"万年木精"（《北堂书钞》卷六十四引《玄中记》），《后汉书·礼仪志》上说："每月朔旦（中略）牵羊酒至社下以祭日（中略）执事者冠长冠，衣皂单衣，绛领袖缘中衣，绛裤袜，以行礼，如故事。"注引《公羊传》曰："日有食之，鼓，用牲于社，求乎阴之道也。以朱丝萦社，或曰胁之，或曰为暗。恐人犯之，故萦之也。"何休注云："胁之与责求同义。"此事亦载《春秋繁露·止雨篇》。这样看来，"赤丝绕树"不过是一种方术而已。至《御览》卷九百八十八引《玄中记》说："员丘之上多大蛇，以雄黄精厌之。"术士的面貌就更清楚了。郭璞本一方士化的名士，《晋书》说他嗜酒好色。其所著书尚有所谓洞林者，亦多志怪成分。又陆羽《茶经》下卷引王浮《神异记》说："余姚人虞洪，入山采茗，遇一道士，牵三青牛，引洪至瀑布山，曰：'吾丹丘子也。闻人善具饮，常思见惠。山中有大茗，可以相给，祈子他日有瓯蚁之余，不相遗也。'因立奠祀。后令家人入山获大茗焉。"此与《搜神后记》卷七说："晋孝武世宣城人秦精常入武昌山中采茗，忽遇一人身长丈余，遍体皆毛，从山北来。精见之大怖，自谓必死，毛人径牵其臂，将至山曲，入大丛茗处，放之便去。精因采茗。须臾复来，乃探怀中二十枚橘与精，甘美异常。甚怪，负茗而归。"故事主旨相似。《事类赋》注卷十六又引《神异记》说："丹丘出大茗，服之生羽翼。"《神仙传》及《搜神记》卷一并载淮南王迎接八公，援琴而弦歌曰："明明上天，照中海兮。知我好道，公来下兮。公将与余，生毛羽分。升腾青云，蹈梁甫分。"《论衡·无形篇》说："图仙人之形，体生毛，臂变为翼。"那么，所谓道士，毛人都是神，而饮茗可以成仙。王浮事迹见唐释法琳《辩正论》，乃一道士，此处所记亦方士之说。又《太平御览》卷九百五十五引晋西戎主簿戴祚撰《甄异传》说："沛国张伯远，年十岁时病亡，见太山下有十余小儿，共推一大车，车高数丈，伯远亦推之。时天风暴起扬尘，伯远绁桑枝而住，闻呼声。便归，遂苏，发中皆有沙尘。后年大，至泰山，识桑，如死时所见之也。"此方士泰山治鬼之说。《易》否九五说："其亡其亡，系于苞桑。"《左传》成公二年齐晋鞌之战说："齐高固入晋师，桀石以投人，禽之而乘其车，系桑本焉。以徇齐垒。"此以桑丧同音的语言的魔术。原始人相信呼唤一物之名则其物即至（中国之嫌名讳），故言桑则有丧事发生，此巫术也。案《太平御览》卷三百四十五引祖台之《志怪》说："廷尉徐元礼嫁女，从祖与外兄孔正阳共诣徐家。道中有土墙，见一小儿，裸身，正赤手持刀，长五六寸，企墙上磨甚驶，独语；因跳车上曲阑中坐，反复视刀，辄舐之。至徐家门前桑树下；又跳下，坐灰中，复更磨刀。日晡，新妇就车中，见小儿持刀入室，便刺新妇，新妇应刀而倒，扶还解衣，视小腹紫色，如酒糳大，炊顷便亡。鬼子出门舞刀，上有血，涂桑树，火然，斯须烧。""涂桑树，火然"，这不正是方术的玩意吗？又《太平广记》卷三百二十五引《甄异记》说："谯郡夏侯文规居京，亡后一年，见形还家，乘犊车，宾从数十人，自云北海太守。……文规有数岁孙，念之，抱来，左右鬼神抱取以进，此儿不堪鬼气，便绝，不复识人；文规索水喋之，乃醒。见庭中桃树，乃曰：'此桃我昔所种，子甚美好。'其妇曰：'人言亡者畏桃，君何为不畏？'答曰：'桃东枝长二尺八寸向日者憎之，或亦不畏。'见地有蒜壳，令拾去之，观其意似憎蒜而畏

桃也。"案《后汉书·礼仪志》下卷说："百官官府各以木面兽
（虎）能为傩人师讫，设桃梗郁櫑苇茭毕，执事陛者罢。"注引
《风俗通》（佚文）曰："黄帝上古之时，有神荼郁櫑兄弟二人性
能执鬼。"是削桃梗为神荼郁櫑二神，以逐恶鬼，此风季汉尚流
行。自然，这也是方术的一种。据此，可见戴祚的《甄异传》
里面也记载了不少关于方士的传说。但这些都是零碎的材料，而
记载最多的，现在还保存的一部鬼神故事的书要算干宝的《搜
神记》了。

　　干宝的生卒年都不可考，我们只知道他是王导一手提拔起来
的人物，他和名士刘惔方士郭璞都有很深的友谊。他自己说
"记古今怪异非常之事"（《初学记》卷二十一引干宝表），《晋
书》说他"博采异同，遂混虚实"。虽书中有谢尚为镇西将军一
条事应在穆帝永和十三年以后，然因书成曾示刘惔、惔卒于永和
五年以前（《四库提要》转述胡震亨称惔卒于明帝大宁中，未知
所据），事见《世说新语·伤逝篇》注引王濛别传及《世说新
语·轻诋篇》褚太傅南下条。故成书应在穆帝永和初。我们从
刘惔说他是"鬼之董狐"（《世说新语·排调篇》）看来，猜想
他编撰这部书必有用意，于所载录的神仙妖鬼，或有高下品评。
但因原书佚散，今通行本乃明人胡元瑞辑录，庐山真面不能见
了。宋陈葆光撰《三洞群仙录》卷十七引《搜神记》说："许
懋，吴人，好黄白术。一日遇一道人，将一画扇簇挂于壁。上有
药炉，童子在上，道人呼童子，而童子跪于炉前。画扇频动，炉
火光炎，少顷药成。道人曰：'黄白之术，役天地之数，非积功
累行不可求之。'遂告懋曰：'五十年后当于茅山相寻'，遂不知
所在。"此方士炼丹之说。关于干宝的思想，是否也有方士色
彩，我们可以从他对于三玄的态度看出一点来。名教自然统一
后，王何派的老庄观占据了绝对的权威地位，从《晋纪·总论》

那篇文章看到他对玄虚是非常不满的，虽然他没有直接讨论庄老。在《搜神记》卷十一说："苌弘见杀，蜀人因藏其血，三年乃化为碧。"此事载《庄子·外物篇》及《庄子·胠箧篇》，及卷十二"临川间，诸山有妖物，来常因大风雨"条引《老子》"天得一以清，地得一以宁"等语，以证明鬼神的存在，只是形性不同。这些地方多少可以看出他所喜好老庄的部分是怪异的，宗教的。至于易经，他还有注解，近人尚节之说他所讲的易和汉人焦赣的《易林》相同。例如《焦氏易诂》卷八说："震为勇，虞作专静之专，延叔坚作敷布。干宝以勇为花之通名。后儒各有所主，莫衷一是。案《易林》每遇巽即言花叶落去以震伏也。又每遇震即曰桃李生华，是亦训勇为华也。象形也。后儒多驳干说，岂知干说与焦氏同也。"《易林》是一部卜筮用的书，现在干宝的说法和它一样，那么干宝认为《易》这部书也是宗教性的。我在《论魏晋时代知识分子思想分化及其社会根源》里面说过，对于三玄持宗教观的，是嵇阮派名士思想的特征，我们又知道王导过江后爱用嵇康的学说作为谈资（《世说新语·文学篇》）。这一位邀得王丞相青睐过的人物，原来在思想上有相同之处，都是方士化的名士。本书卷二说："寿光侯者，汉章帝时人也。能劾百鬼魅。令自缚其形，其乡人有妇为魅所病，侯为劾之。得大蛇数丈，死于门外。妇因以安云云。"这正是方士所玩的把戏。大抵《搜神记》这部书，不外记载一些"妖怪"、"感应"和"变化"的东西，而这些东西又都和方术有关。

　　和《搜神记》有联系的一部书是《搜神后记》。这部书旧题陶渊明作。有人怀疑这个说法靠不住，但无确证。唯曾和《搜神记》合订成一册，故唐宋类书征引，标注错出（如二十卷本《搜神记》卷十六载"黑衣客"一事，《太平广记》卷三百二十三引作《搜神记》，而《太平御览》卷三百九十六却引作《续搜神记》），自不足怪。但今本《搜神后记》实非原帙，卷七刘聪伪建元元年条云，"聪后刘氏产一蛇一兽，各害人而走"，一兽，《晋书》刘聪载记作猛兽，《魏书》卷九十五刘聪传作一虎。唐人撰修《晋书》避讳改虎为兽，此处显示系抄袭《晋书》原文。又《玉烛宝典》卷十引《续搜神记》说："钩雒鸣于谯王无忌子妇屋上，谢允作符悬其处。"亦不见今本。宋人编撰书目，不录此书名，所以这书也是赵宋后人辑录的。书中卷二说："昙游道人清苦沙门也。剡县有一家事蛊，人啖其食饮，无不吐血死。游尝诣之，主人下食，游依常咒愿，双蜈蚣长尺余，便于盘中跳走。游便饱食而归，安然无他。"正是方士的法术威力表现。这部书也和《搜神记》一样，充满了神仙方术的气味。

魏晋时代的"高士"、"孝子"、"鬼神"的故事中，充满了神异的和方术的气氛，既如上面所说，它标志了那一时期的小说创作上的特征，因此我们对于三国吴人薛综注解张衡《西京赋》"小说九百，本自虞初"，说小说是"医巫厌祝之术"，就容易了解了。薛综的话完全是根据当时实际情形说的，当时小说的记录者大都是一些思想上感染了方术色彩的名士，或者是在这些名士影响之下而动手编写的，小说内容也往往牵连到巫术。这也就是说，魏晋名士的分成党派，使得嵇康这批名士接近方士，直接和间接地产生了许多高士、孝子和鬼神的故事。这些故事像《艺文类聚》卷七十九引《幽明录》记《王辅嗣注易》的故事，还反映了党派的立场和偏见。

二　方士的出山与志怪小说的衰落

《晋书·嵇含传》说，"时弘农王粹以贵公子尚主，馆宇甚盛，图庄周于室，广集朝士，使含为之赞。含援笔为吊文，文不加点。其序曰：'帝婿王弘远，华池丰屋，广延贤彦，图庄周垂纶之像，记先达辞聘之事。画真人于刻桷之室，载退士于进趣之堂，可谓托非其所，可吊而不可赞也。'"嵇含是嵇康的从孙，著有《南方草木状》一书，自称亳丘子，盖希企隐逸者。可是现在是以朝士的资格参加弘农王粹的盛会，而接受一件近于讽刺甚至是侮辱的工作，做序文。叫一个具有方士思想的名士替"画真人于刻桷之室"，赞赏一番，这是有意的捉弄。原来到西晋时期，名士和那些带有方士气味的名士间的对立的社会根源，已经不复存在。那些和政府不合作而希慕山林的人现在回到魏阙了。从田野回都市的这批和方伎接触过的名士，现在又重新过着名士的生活。他们由于思想曾受方术的感染，虽然重新过着名士的生活，却和王何派的名士终究不能完全同调，实际上，只是一个名士化的方士。因此，嵇含很生气地说"托非其所"，这是悲哀，也是结局。

方士之转变成为名士，从王坦之主张"沙门不得为高士"①看来，知道这中间还曾经过一番斗争的。在小说里反映了这个变化过程的莫如王嘉的《拾遗记》了。有人因为《拾遗记》的风格和《博物志》《搜神记》的不同，说这本书是萧绮或虞义（一作羲）伪造的，这点不可靠。因为指摘的人并无证据。王嘉是一个方士，他曾经撰集关于"禹步"的文章（见洞神八帝玄变经），北方的统治者曾请他出来做官，这就是说要他加入"上流社会"，和嵇含一样的做一个朝士。他的《拾遗记》卷一说：

> 少昊以金德王，母曰皇娥。处璇宫而夜织，或乘桴木而昼游，经历穷桑沧茫之浦。时有神童，容貌绝俗。称为白帝之子，即太白之精。降乎水际，与皇娥谦戏。奏娉娟之乐，

---

① 《世说新语·轻诋篇》注引。

游漾忘归。穷桑者，西海之滨，有孤桑之树，直上千寻，叶红椹紫，万岁一实，食之后天而老。帝子与皇娥泛于海上，以桂枝为表，结薰茅为旌，刻玉为鸠，置于表端。言鸠知四时之候，故春秋传曰司至，是也。今之相风，此之遗象也。帝子与皇娥并坐，抚桐峰梓瑟。皇娥倚瑟而清歌曰："天清地旷浩茫茫，万象回薄化无方，浛天荡荡望沧沧，乘桴轻漾著日傍，当其何所至穷桑，心知和乐悦未央。"俗谓游乐之处为桑中也。《诗》中《卫风》云："期我乎桑中"，盖此类也。白帝子答歌："四维八埏眇难极，驱光逐影穷水域，璇宫夜静当轩织，桐峰文梓千寻直，伐梓作器成琴瑟，清歌流畅乐难极，沧湄海浦来栖息。"及皇娥生少昊号曰穷桑氏。

这是被认为"浮艳浅薄，上诬古圣"的文字。他和嵇康、张华、干宝等人一样将神异的现象作为题材，只是写作的态度改变了，不信仰而是玩赏。换句话说，他用王何派的达观冲淡了方士的迷执。《世说新语·言语篇》说"庾公（亮）尝入佛图，见卧佛曰：此子疲于津梁"。这正代表名士对于宗教神圣信念的否定，不过王嘉并不完全放弃方士的观念。《拾遗记》卷三说：

> 浮瀛即瀛洲也，上有青石，可为磬。磬者长一丈，轻若鸿毛。因轻而鸣，西王母与穆王劝歌既毕也，乃命驾升云而去。

原来住在昆仑附近的玉山上的王母，不知怎的会跑到瀛洲了。而且命驾升云起来，不像一个半人半兽的怪物。《山海经》和《穆天子传》，魏晋时流行甚广，一般知识分子都知道的，王嘉不应没有看见。那么，他为什么要故意这样讲呢？为了解决这个问题，我们得先弄清楚中国的神仙传说的派系。神仙这个东西在现实世界里是不会有的，然而神仙故事在古代社会里几乎各个民族都得到广泛的产生和传播。这种不老死的信念，在我国产生的时代是很早的。远在殷商卜辞中有 🜚 🜚 🜚 等形的字，诸家释为虹霓，唯叶玉森疑为桥之初文，举《文选》《西京赋》"互雄虹之长梁"为证。大概古代人民相信虹乃自地升天的桥梁。《远游》："上高岩之峭岸兮，处雌霓之标颠，据青冥而摅（疑当作厉）虹兮，遂倏忽而扪天。"朱熹《武夷棹歌》十首，里面有一首说："一曲溪边上钓船，幔亭峰影蘸晴川。虹桥一断无消息，万壑千峰锁翠烟。"李白《送温处士归黄山白鹅峰旧居诗》王琦注引《武夷山记》说："武夷君于八月十五日，大会村人于武夷山上，置幔亭，化虹桥通上下。"武夷是一个学仙的地方，虹桥断了，就是说升天的路没有了。古仙人本以虹为升天桥。《唐逸史》（《乐府诗集》卷五十六王建《霓裳辞》十首题下郭茂倩引）说："罗公远多秘术，尝与玄宗至月宫，初以柱杖向空掷之，化为大桥，自桥行十余里，精光夺目，寒气侵人。至一大城，公远曰：此月宫也。"《群书类编故事》卷二及《山堂肆考宫集》卷八十引《幽怪录》柱杖化桥并作虹桥。唐韩偓《玉山樵人集》五律漫作二首，"暑雨洒和气，香风吹日华，（中略）丹霄能几级，何必待乘槎"，也是歌咏"升天"的。可惜我们没有一个完整的详细的关于虹桥的故事保存下来。英人弗理采（J. G. Frazer）说：Areois 人讲月神亨那（Hina）的两个儿子也是乘虹从天上降到地下的。假若说虹就是桥，那就是说天地交通是凭借一条长桥的。我们神仙的仙字，本作僊，《说文》 𠨮（僊），升高也。足证仙人要向高处爬的。郭璞《游仙诗》说，"虽欲腾丹溪，云螭飞我驾"，《乐府诗集》卷二十八魏武帝《陌上桑》说："驾霓虹，乘赤云，登彼九疑历玉门。济天汉，至昆仑，见西王母谒东君。"从这些蛛丝马迹看来，我们古代神话中，应有一个"虹桥升天"的故事。而这个升天的地点就在昆仑山。《淮南·地形篇》"昆仑之丘，或上倍之，是谓凉风之山，登之而不死。或上倍之，是谓悬圃，登之乃灵，能使风雨。或上倍之，乃维上天，登之乃神，是谓太帝之居。扶木在阳州，日之所曝。建木在都广，众帝所自上下。"《水经·河水注》引外国图说，"从大晋国正西七万里，得昆仑之墟，诸仙居之。"昆仑山据河图括地象说，广万里，山上出五色云气，山的附近是西王母住宿所在，这是大家都知道的。张华《博物志》卷九（士礼居本卷一）说，"老子云，万民皆付西王母，唯王圣人真人仙人道人之命，上属九天君耳。"是昆仑这地方住着许多神仙，而统治那个地方的主宰是西王母，但西王母又管不了那些仙人，这些仙人的命是上属于九天。西王母在《山海经》中，本来就是一头怪兽，他的职务是"司天之厉及五残"，五残在传说中是彩色的星星，而厉就是桥。《诗·卫风·有狐篇》，淇梁淇厉并称，《水经·河水注》引段国《沙洲记》说，"吐谷浑于河上作桥，谓之河厉"，此可证桥有厉名。《说文》石部"䃜，履石渡水也。重文作砅，经典多作厉"。《说文》又讲厉字说，"旱石也"。那厉就是石桥了。这就是说西王母乃看守升天桥的神，西王母形如虎豹，虎豹看守天门之说，亦见《楚辞·招魂》说："魂兮归来，君无上天些，虎豹九关，啄害下人些，魂兮归来，君无下此幽都些，土伯九约，其角觺觺，敦脄血拇，逐人驱驱些。"这就是张华所说，"万民皆付西王母"。《御览》卷六百六十一引《尚书帝验期》曰："王母之国在西荒，凡得道授书者皆朝王母于昆仑之阙。"太上灵宝补谢灶王经云："道言黄帝登昆仑之山，有一老母独处其中，莫知其由，是时即有妙行真人上白天尊曰：此老母未审复是何人？独住此山，殊无畏惧。天尊曰：此老母是名种火之母，能上通天界，下统五行，达于神明，观乎二炁，在天则为天帝，在人间乃为司命。"老母即西王母。"司命"是他的职务，"主知生死"的。正如泉州东门那个管升天桥的怪物沙龙一样。根据历史的记载，"火炎昆冈，玉石俱焚"（《尚书·胤征》），西王母所守卫的石桥或虹桥，在这一次给火烧掉了。我们的西王母很像北欧神话中的天神（Heimdall）。Heimdall 是守护通至天上的虹桥（Rain bow bridge），后因山神 Muspell 强行过桥，两方打了起来，把桥焚毁了。我们也有"重黎绝天地之通""共工恐触不周山"折了天柱的故事，重黎（共工或康回）也很像 Muspell。经过了这一次的争斗，坏了升天桥（天柱），所以需要女娲来补天了。

从上面的分析看来，我们中国古代阿（奥）林匹亚是昆仑山，是神仙升天的地方。但在海滨地带的一批方士却另有一条通天的途径。《史记·封禅书》说："驺衍以阴阳主运，显于诸侯，而燕齐海上之方士传其术不能通。然则怪迂阿谀苟合之徒自此兴，不可胜数也。"又说："自威宣使人入海求蓬莱，方丈，瀛洲。此三神山者，其传在勃海中，去人不远，患且至则船风引而去。其上有诸仙人及不死之药在焉。"入海求蓬莱，没有得到什么结果。但却因此产生了另外一个浮槎的说法。《博物志》卷十说：

　　旧说云天河与河通。近世有人居海滨者，年年八月有浮槎去来不失期。人有奇志，立飞阁于槎上，多赍粮，乘槎而去。十余日，奄至一处，有城郭状。屋舍甚严，遥望宫中多织妇，见一丈夫牵牛渚次饮之。牵牛人乃惊问曰：何由至此？此人具说来意，并问："此是何处？"答曰：君还至蜀郡访君平则知之。竟不上岸，因还如期。后至蜀问君平，曰：某年月日有客星犯牵牛宿，计年月正是此人到天河时也。

《北堂书钞》卷百五十引《抱朴子》（佚文）说："玩荣河者，若浮南滨而涉天汉。"这都是说乘舟可以升天，后来不知宗懔写《荆楚岁时记》，如何把这人变成张骞，杜甫做诗还把张骞泛槎入天河作为一个典故来用。我们从历史的记载只知道张骞通西域，却不曾听说过他坐海船。《列子·汤问篇》说：

> 渤海之东，不知几亿万里。有大壑焉，实惟无底之谷。其下无底，名曰归墟，八纮九野之水，天汉之流，莫不注之，而无增无减焉。其中有五山焉，一曰岱舆，二曰员峤，三曰方壶，四曰瀛洲，五曰蓬莱，其山高下周旋三万里。其顶平处九千里，山之中间，相去七万里，以为邻居焉。（中略）而五山之根，无所连著。常随潮波上下往还，不得暂峙焉。仙圣毒之，诉之于帝，帝恐流于西极，失群仙圣之居，乃命禺强，使巨鳌十五，举首而载之。六万岁一交焉。五山始峙而不动，而龙伯之国有大人，举足不盈数步，而暨五山之所，一钓而连六鳌，合负而趣归其国，灼其骨以数焉。于是岱舆员峤二山，流于北极，沉于大海。

这一段记载本诸《庄子·秋水·尾闾》和《大荒东经·大壑》，尾闾《楚辞·远游》作微闾。这除开说明了天河何以与海通，并且加上一个巨鳌载山的故事。《楚辞·天问》说："鳌戴山抃，何以安之？"《淮南·览冥篇》说，"断鳌足以立四极"。看来这种思想也是产生于海滨地带的南方。但三神山变成了五神山，多一个员丘和一个岱舆。陶潜《读山海经》诗说："赤泉给我饮，员丘足我粮。"宋人姚宽"谓山海经"中没有赤泉员丘，叹惜古本多缺失，不知道渊明所看的是图不是经。汉明帝时人王景治水曾用此图。郭璞注《山海经》也有许多地方是根据当时的山海图的。在海外南经不死民下，他就说："有员丘山上有不死树，食之乃寿。亦有赤泉，饮之不老。"张华《博物志》卷一（士礼居本卷八）也有同样的记载，只是末尾又加上"多大蛇，为人害，不得居也"这十个字。大底在魏晋时代图画之类的东西很多。山经白泽，外国四海，莫不有图。这些图并非插图，而是独立的单行本，这些图的画者大都不是名流学者。《楚辞·远游》说："仍羽人于丹丘，留不死之旧乡。"王逸注就引海外南经不死民云云，这批不熟读离骚的方士，丢开丹丘不管，硬造出一座"员丘之山"来。但若是这批海滨方士对于以昆仑为中心的神仙说，故意的违拗，那就又当别论了。

如此说来，神仙说在中国有两派，一个以西方昆仑为中心，一个以东方海上三山为根据地。《拾遗记》卷十又叫《拾遗名山记》，把昆仑和方丈蓬莱并列，已经弄乱了这个系统。既然弄乱了系统，所以西王母从玉山跑到瀛洲了。而王嘉的神仙思想是接受海滨的南方说法，因之把穆天子和西王母见面的地点移到海上。

这种弄乱系统，王嘉是有师承的，一本供民间占卜用的《易林》随之第十七巽下说，"水坏我里，东流为海，龟鳖灌嚻，不睹王母"，这位方士始终脱不掉方士本色。

在这里，我们可以附带谈谈托名东方朔撰的《十洲记》吧，《十洲记》也把昆仑和方丈蓬莱并列为三岛的。《三国·吴志·孙权传》说：

> 黄龙二年春正月，魏作合肥新城，诏立都讲祭酒以教学诸子，遣将军卫温诸葛直将甲士万人浮海，求夷洲及亶洲。亶洲在海中，长老传言，秦始皇帝遣方士徐福，将童女千人，入海求蓬莱神山及仙药，止此洲不还，世相承有数万家。

今本《十洲记》，徐福所留地方叫祖洲，不作亶洲。唯葛洪《抱朴子》外篇广譬第三十九说："寸刃不能刊长洲之林。"又博喻第三十八说："是以立洲之禽兽，惟能言而不得厕贵牲。"又钧世第三十说："长洲之林，梓橡虽多，而未可谓之为大厦壮观，华屋之弘丽也。"凡此均与今本合，则知《十洲记》成书当在葛洪前后。宋萧道存修真太极混元图中有海中三岛十洲之图。《十洲记》瀛洲末节有"风俗似吴人，山川如中国"等语，疑亦据图立说，而书成于东晋渡江以后。《道藏》场字上（第二九一册）有《黄篆斋十洲三岛拔度仪》，此书不知作于何时。然以瀛洲为首，又与今本异。据此则《十洲记》的写成也不会早于王嘉的《拾遗记》了，大概他们都根据当时南方滨海地带的传说而加以敷演的。

魏晋志怪小说的记录传播是由于名士的方士化，而它的衰落又因为方士的名士化。稽康《高士传》里面的人物生活表面是方士的，而实质上是名士的。王嘉《拾遗记》里面的人物生活表面是名士的，而实质上是方士的。不管稽康笔下的高士如何逃名，然而正为名。不管王嘉所说的人物生活像一个社会名流，然而总不能脱尽方士气。张云璈《四寸学》卷二说："后汉书郑康成传，何休著公羊墨守，左氏膏肓，穀梁废疾。案王子年《拾遗记》，作公羊废疾，穀梁墨守。"方士们要想学名流称经道典，连书名都弄错了。

《拾遗记》虽然能够代表魏晋小说晚期的发展，但最能表现这一成果的却要算那刘阮天台的故事了。这个故事见于刘义庆编的《幽明录》中。刘氏本不自著书，录中所收各篇均抄自魏晋人的著作。不过这个故事的渊源所在，有的书上说是出于《神仙传》（只见于赵道一《历世传仙通鉴》），而葛洪的《神仙传》中没有这一故事。我很疑心它是王羲之写的（参《晋书·许迈传》），文字可能受到刘义庆的润色。它的内容和情节非常像《搜神后记》卷一载会稽剡县民袁相、根硕二人打猎的故事，只是"雅"一点。这个故事是：

> 汉平［明］帝永平五年，剡县刘晨、阮肇共入天台山取谷皮（一作采药），迷不得返。经十三日，粮食乏尽，饥

馁殆死。遥望山上有一桃树，大有子实，而绝岩邃涧，无登路。攀援藤葛乃得至上。各啖数枚，而饥止体充。复下山，持杯取水，欲盥漱，见芜菁叶顺从山腹流出，有胡麻饭糁，相谓曰：此知去人径不远。便共没水，遂流二三里，得度山出一大溪，溪边有二女子，姿质妙绝，见二人持杯出，便笑曰：刘、阮二郎，捉向所失流杯来。晨、肇既不识之，缘二女便呼其姓，如似有旧，乃相见忻喜。问："来何晚邪？"因邀还家，其家铜瓦屋，南壁下各有一大床，皆施绛罗帐，帐角县铃，金银交错，床头各有十侍婢，敕云：刘、阮二郎，经涉山阻，向虽得琼实，犹尚虚弊，可速作食。食胡麻饭、山羊脯、牛肉甚甘美。食毕行酒，有一群女来，各持五三桃子，笑而言："贺汝婿来。"酒酣作乐，刘、阮忻怖交并。至暮，令各就一帐宿，女往就之，言声清婉，令人忘忧。十日后欲求还去，女云："君已来是，宿福所牵，何复欲还邪？"遂停半年。气候草木是春时，百鸟啼鸣，更怀悲思，求归甚苦。女曰："罪牵君当可如何？"遂呼前来女子三四十人，集会奏乐，共送刘、阮，指示还路。既出，亲旧零落，邑屋改异，无复相识。问讯得七世孙，传闻上世入山，迷不得归。至晋太元八年，忽复去，不知何所。(《法苑珠林》卷三十一引)

元人马知远写的《刘晨阮肇误入桃源》杂剧，改为晋时事，大概是受了《桃花源记》的影响。这个短篇的内容和形式两方面，和早期的志怪小说比较起来，具有某些新生的特征。在形式方面，魏晋小说最早的结集张华《博物志》还不能做到"完整的故事"这个条件，有时不免夹入零碎的抄录。后来干宝的《搜神记》才一条是一个故事，但仍不免是粗陈梗概而已。只是这个短篇和《拾遗记》中某些篇章，才开始出现一点细节的描写，这是技巧上一个进步。至于内容方面，就题材说还是神异的，不过这些神异的东西不是超现实的，而是富有人间烟火气，有人情味。这和初期志怪小说中所表现的不食人间烟火的味道是完全不同的。这种变化和一些隐士与方士的出山做官是有关系的。方士本来只是讲讲巫医厌祝的灵验故事，并且借此以谋取衣食。一旦做官了，不愁衣食，就改谈圣经贤传。虽然在谈经道圣中还不免要露出方士的马脚，但是他们使得怪异故事中的"怪异"渐渐退了颜色，魏晋志怪小说到这里就呈现一种衰落的现象。这里所谓衰落指的只是"怪异"的衰落，要是就小说的发展说应该说是进步，因为这种内容的改变和技巧的进步，给缠绵悱恻的唐人传奇铺平了道路。

（原载《北京大学学报·人文科学（季刊）》1957 年第 2 期）

论研究中国文学史规律问题

一　文学史研究的对象是文学发展中的规律性问题

文学史是一门历史科学,研究对象是文学发展过程中的规律性问题。我们编写文学史,必须把文学发展中各种规律性的东西反映出来,把文学发展和社会经济、政治、文化各方面相互之间的关系,以及文学本身发展的规律等等,力求弄清楚。可是目前我们在这方面做的工作还很不够。有的文学史编研工作者没有把文学史的研究和文学作品的研究各自的对象和范围区别开来,把研究工作局限在时代背景、作家生平、作品的思想性、作品的艺术性这四个框框里。研究文学作品如此,研究文学史也如此,只抓住"文学",忽略了"史"。文学史既然是一门历史科学,就应该研究文学发展过程,作家与作家之间、作品与作品之间的历史连贯性,研究文学发展的规律性。只把作家作品评论按年代次序排列一下,不能成为文学史。作家作品评论加"历史背景",即孤立地写上一段"社会背景",不与作家作品本身的特点紧密结合起来,也不能成为文学史。这样做,不能说明为什么这个作家这个作品只能在这个时期出现，不能产生在别的时代，也就不能说明文学发展的规律。

什么是文学发展的规律？规律是客观事物之间内在的和必然的联系。列宁说："规律就是关系……本质的关系或本质之间的关系。"（《哲学笔记》第135页）也正如斯大林所说：马克思主义把规律"了解为不以人们的意志为转移的客观过程的反映"（《斯大林文集》第572页）。文学发展规律即是文学现象和其他社会现象，文学的这一现象与文学的那一现象之间的内在联系，一种必然的而不是偶然的联系。例如，历史上发生过大大小小的政治事件，也有用诗歌或散文描写这些政治事件的作品。这些政治事件和描写政治事件的文学作品的联系如何？从历史上看，没有秦汉之际的大变动，刘邦不会有《大风歌》。没有安禄山的叛乱，杜甫写不出"三吏""三别"，李白也不会写《永王东巡歌》。没有黄巢的起义，韦庄无法写《秦妇吟》，杜荀鹤也不会有《山中寡妇》、《乱后逢村叟》的写作。没有元末的红巾军，就不会有《松江谣》。这样，我们就得出先有生活中的政治变化，然后才有描写这个政治变化的文学作品这样一个结论。这个结论是事物客观规律在人们头脑中的反映。恩格斯说过："一切历史上的斗争，无论是政治、宗教、哲学的领域中进行的，还是在任何其他意识形态领域中进行的，实际上只是各社会阶级的斗争或多或少明显的表现。"（《马克思恩格斯全集》第21卷，第291页）一般说来，在阶级社会里，有些文学作品反映了阶级斗争而又参与阶级斗争。文学创作活动与阶级斗争之间发生直接或间接的，不是表面而是内在的联系。这种联系不是主观臆造的，而是存在于客观生活实际中。生活要求有被表现的权利，奴役和反奴役，奴化和反奴化，历史上各个阶级都要求表现他们那个阶级的生活，不论是直接的还是间接的，总之，通过文学反映这种生活和争取反映这种生活，反映被压迫者要求生活的权利，和压迫者宣扬他们那种建筑在别人不幸的基础上的所谓幸福生活。表现各自阶级的生活，就是文学创作活动。这种创作活动有时和作者参与阶级斗争是同时的，交织在一起的。但是生活还是在前，创作在后，"著作家可以献身于这个历史运动，成为它的表现者，但是，不言而喻，他不能创造运动。"（《马克思恩格斯全集》第4卷，第352页）物质决定意识，正如马克思在《德意志意识形态》中说："我们的出发点是从事实际活动的人，而且从他们的现实生活过程中我们还可以揭示出这一生活过程在意识形态上的反射和回声的发展。甚至人们头脑中模糊的东西也是他们可以通过经验来确定的，与物质前提相联系的物质生活过程的必然升华物。因此，道德、宗教、形而上学和其他意识形态以及与它们相适应的意识形态便失去独立性的外观。它们没有历史，没有发展，那些发展着自己的物质生产和物质交往的人们，在改变自己的这个现实的同时，也改变着自己的思维和思维的产物。"（《马克思恩格斯全集》第3卷，第30页）文学作品是思维的产物，是上层建筑，它的思想内容，归根到底要随着时代和作者世界观的变动而变动。鲁迅说："各种文学，都是应环境而产生的……都是政治先行，文艺后变。"（《鲁迅全集》第4卷，第107页。1957年版，下同）文学与经济的关系和生产力状况之间的联系不是直接的，而是通过政治斗争，随着现实社会生活的改变而改变。这种依附性就使得文学史有了规律。这个规律为文学史这门科学奠定了基础。如果一部文学史是"乱哄哄，你方唱罢我登场"，那就没有什么规律了，文学史也就不能成为科学。当然文学史的规律不只是一个，文学现象和其他社会现象如宗教、美术和哲学等也是相互影响的，其间也可以找到内在的联系。至于文学体裁的产生、发展和变化，也是有规律的。不过这种规律是特殊规律。文学体裁的变化和政治事件的变化并无先后因果关系。作为诗歌体裁说，安史之乱以前和安史之乱以后并没有变化。但诗歌由四言而五言，而七言；由古体而近体；又由诗而词，而曲，确实是有变化的。这种变化不是产生于它和政治之间，而产生于它和语言、音乐之间，也是有规律的。总之，文学史上目前还有许多规律没有找出来，比如说，一个文学流派、倾向及风格体系的发展和变化，同另一个文学流派、倾向及风格体系的相互关系，以及文学流派的产生、发展、变化和历史社会变动之间的关系等等，都需要我们探索。只有把文学史的各种规律探索出来，文学史才能真正成为一门科学。

一部文学史，必然是文学发展史。我们知道，"一切发展，不管其内容如何，都可以看作一系列不同的发展阶段，它们以一个否定另一个的方式彼此联系着。"（《马克思恩格斯全集》第4卷，第329页）也就是说，发展就是新的代替旧的，成长中的事物替换行将衰谢事物的过程。《文心雕龙·明诗篇》说："宋初文咏，体有因革，老庄告退，而山水方滋。"一个时期有一个时期的特殊的文学思潮，情况总是不断变化的。在有阶级的社会中，阶级间的关系的变化就是历史的变化，而这种变化总是在斗争中进行，反映这种斗争的文学，往往是经过斗争，新生的战胜衰朽的。"任何领域的发展不可能不否定自己从前的存在形式。"（《马克思恩格斯全集》第4卷，第329页）古往今来，莫不如此，这就是规律。因此可以说，一部科学的文学史，如果正确反映出文学发展的客观规律，那就必然具有革命性和斗争性。因为历史上进步文学和保守反动文学总是并世共存的，互相对立的。编写文学史也应是革命事业的一部分，要把科学性和革命性或者说战斗性结合起来。要批判作家和作品中的那些维护剥削阶级利益的思想。文学作品，特别是长篇巨制，总是广泛地反映出社会生活各个方面。恩格斯曾经说他从巴尔扎克的《人间喜剧》里学习到的东西，"比从当时所有职业的历史学家、经济学家和统计学家学习到的全部东西还要多"。这就是说，文学作品所显现的生活画面，比其他资产阶级学者的著作都详尽、广泛而深刻。我们编写文学史应该掌握文学的这个特点。私有制使人们的意识中浸透了私有感。我们编写文学史应该把那些不同程度的浸透了私有感的东西加以分析，并指出它对共产主义事业的危害性。例如侠义，义气这种东西，什么"仗义疏财"，表面看起来好像是破坏私有感，其实是私有制的产物，没有私有财产，也就无财可疏了。不分敌我的人道主义，人性论，虽然对奴隶主、封建主阶级的残酷剥削和压迫有冲击作用，有反抗性，在历史一定阶段中有进步性，但对今天来说，它那种不分是非的慈悲博爱，使人丧失对阶级敌人的警惕性，有坏影响。像这样的作品，我们要一方面充分肯定它的历史作用，一方面要指出它的局限性。高尔基说："在资产阶级文化的遗产中，蜜糖和毒药是紧紧混合在一起的。"（高尔基《论文化》）这同样适用于我国古代文学。如《聊斋志异》里的《席方平》，一面曲折地反映了封建地主阶级的政治黑暗和残暴，一面又夹杂着因果报应和封建道德观念。作者有力地揭露冥王的惨无"人道"，同时又颂扬二郎神"聪明正直"，冤枉终于得雪，散布不切现实的幻想。像《席方平》这样的作品，就是蜜糖和毒药混在一起的。"因为新的阶级及其文化，并非突然从天而降，大抵是发达于对旧支配者及其文化的反抗中，亦即发达于和旧者的对立中，所以新文化仍然有所承传，于旧文化也仍然有所择取。"（《鲁迅全集》第7卷，第581页）我们今天编研文学史，对古代文学中的封建糟粕固然要批判，而对于其中散布的对封建秩序起破坏作用的东西，如风流放诞、玩世不恭等等，也不能不加分析地予以歌颂。我们编写文学史既是革命事业，对于那些浸透私有感的作品，都要加以分析，认真处理。不过我们要采取历史主义的态度，区别对待。

当然，我们这样做，并不是把今天的政治、道德、标准强加到古代作品和古人身上，而只是从发展的观点来观察历史社会事物。列宁说得好，"判断历史的功绩，不是根据历史活动家没有提供现代所要求的东西，而是根据他们比他们前辈提供了新的东西"（《列宁全集》第 2 卷，第 150 页）。《红楼梦》中的宝黛之间的爱情在要求恋爱自由和婚姻自主方面，的确继承了《西厢记》中的"愿天下有情人终成眷属"的思想，但宝黛间的爱情却摆脱了崔张式的情欲追求，有较深刻的思想内容，更接近于近代爱情观。它以这种新的爱情观代替了旧的郎才女貌、一见钟情的爱情观。这两种爱情观是"以一个否定另一个的方式彼此联系着"，也是"一系列不同的发展阶段"的一个阶段。他们的爱情都是有时代局限性的，这点和我们今天就不同了。

我们历史上文学作品很多，文学规律也不只是一两个。我们为了革命的需要，总是要有所选择，有所侧重。突出什么，宣扬什么，反对什么，目的要明确。毛泽东同志曾经指出："对中国和外国过去时代所遗留下来的丰富的文学艺术传统，我们是要继承的，但是目的仍然是为了人民大众。对于过去时代的文艺形式，我们也并不拒绝利用，但这些旧形式到了我们手里，给了改造，加进了新内容，也就变成革命的为人民服务的东西了。"（《毛泽东选集》第 3 卷，第 877 页）这是对古为今用的一个很好的说明。对待古代文学要批判地吸收其中有益的东西，"以利于推进中国的新文化"。毛泽东同志还说："一切带原则性的军事规律，或军事理论，都是前人或今人做的关于过去战争经验的总结。这些过去的战争所留给我们的血的教训，应该着重学习它。这是一件事。然而还有一件事，即是从自己经验中考证这些结论，吸收那些用得着的东西，拒绝那些用不着的东西，增加那些自己特有的东西。这后一件事是十分重要的，不这样做，我们就不能指导战争。"（《毛泽东选集》第 1 卷，第 174 页）这里讲的是军事规律，我以为对于文学规律也是适用的。我们研究文学史的规律不单纯只是为了找寻规律，而要让这些规律在当前文学运动中起点作用。本来，让前人的文学作品在当前对读者起良好的作用，今天我们这样要求，古人何尝不是这样做？任何时代，任何国家，任何阶级提倡读什么书，反对读什么书，岂有不重视这本书在当时会起好的影响或坏的影响吗？所以，古为今用实际上也是文学史上的一个客观规律。古为今用是有阶级性的，不同的阶级有不同的用法，立场不同，要求也不同。这里重要的是用在什么阶级利益上。

我们编写中国文学史，就应该表现中华民族的特点。每一个民族都有它自己的特点。而这种特点只属于这个民族而是其他民族所没有的。毛泽东同志说过，"我们这个民族有数千年的历史，有它的特点，有它的许多珍贵品。"又说："中华民族不但以刻苦勤劳著称于世，同时又是酷爱自由，富于革命传统的民族。"我们编写文学史应该体现这种精神，要把从古到今表现民族的性格特征、心理状况、精神面貌和各个方面的独特性的文学作品发掘出来。追求光明和自由，反抗黑暗和压迫，可以说是我们古代文学中一个突出的表现。我们这个民族的人民生活一向是崇尚朴素的，我们文学作品中，不少是歌颂纯洁真朴的。《庄子·天道篇》说："朴素而天下莫能与之争美。"唐朝的韩愈由于反对六朝那股华而不实的文风，被人颂扬为"文起八代之衰"。朴素，反对矫饰和造作，是我们民族文学中的一个优良传统。有人主张文章要写得十分"雅洁"，桐城文派就是把这个作为好散文的标准。"雅洁"也接近朴素。德国人爱克曼在《歌德和爱克曼的谈话录》中，谈到歌德看过中国小说《好逑传》，说中国小说的特点是人物性格比西方文学更"明朗些，纯洁些，符合道德些"，也就是说纯朴些。这的确是中国民族文学的一个特点。我们知道，文学最有民族特点的是真实地描绘了特定历史时代中社会生活最有特征的东西。而文化中这种特色鲜明的东西往往从各民族之间互相比较时表现出来。我们研究中国文学史要尽可能寻找出我们民族文学的特点。列宁说规律是"本质之间的关系"，而本质是对事物或现象的特征的完整描述。因此对事物特性的认识和探讨规律之间的联系是十分密切的。

毛泽东同志在《中国革命战争的战略问题》中提出研究战争的规律时说："我们不但要研究一般战争的规律，还要研究特殊的革命战争的规律，还要研究更加特殊的中国革命战争的规律。"对于我们研究文学史来说，也有类似这样的情形。我们要研究文学史的一般规律，也要研究革命的或者说在历史上起进步作用的文学特殊规律，而更其重要的是研究更加特殊的中国革命的，或者说在历史上起进步作用的文学特殊规律。当然，要研究中国文学发展的特殊规律，首先要弄清楚中国文学的民族特点，所以民族文学特点的发掘正是为了研究中国文学发展的特殊规律的需要。

二　文学史研究对象与作家论作品论研究对象应当加以区别

我们说过，文学史是研究文学发展规律的科学。研究对象不是作家生平和作品的思想性与艺术性。但这并不是说文学史不讲作家生平和作品的思想性与艺术性，而是说文学史不研究这些问题的本身，而要研究每个时期新的作家和作品如何产生以及创作中新的思想新的艺术技巧如何出现。并且要研究新的如何替代旧的，其中种种变化及其原因。至于作家作品本身的研究，只是文学史研究工作的初步。单纯地就一个一个的作品考察它的思想性和艺术性，是另一门学科，即作家作品研究。对文学史这门学科来说，它必须吸取作家作品研究的成果，与此同时，它还要研究同一时期不同体裁的大量作品，研究不同时期同一体裁的作品，找寻出这些作品的各自特点和共同现象，并探讨出产生这种现象的原因。此外还要研究文学作品中的因袭和革新，因袭和革新的关系的各种形式，这也就是说要找寻规律。拿宋代来说，特别是南宋，一百多年中无论是诗是词，或者散文，或者小说，都有一个共同的现象，即对北方女真族金政权的侵略，对南来小朝廷的妥协退让和腐朽衰弱以及镇压农民起义等错误政策，表示出强烈的不满。文学上的这种情况完全是由民族斗争和阶级斗争的客观存在所决定的。毛泽东同志说过，"在汉族的数千年的历史上，有过大小几百次的农民起义，反抗地主和贵族的黑暗统治。而多数朝代的更换，都是由于农民起义的力量才能得到成功的。中华民族的各族人民都反对外来民族的压迫，都要用反抗的手段解除这种压迫，他们赞成平等的联合，而不赞成互相压迫。"（《毛泽东选集》第 2 卷，第 586 页）我们研究文学史，也应和历史学家处理民族矛盾一样，以此为准绳。在民族的关系中，赞成平等联合，反对压迫。要肯定陆游等人反对屈服于金人压迫的诗歌。

同样，汉朝"自孝武立乐府而采歌谣"，有人把这些配乐的歌谣叫做乐府诗。到了魏晋，曹操一批人用乐府题目写诗，也入乐，当作歌词用。唐朝白居易等人写诗标名新乐府，已经不入乐了，名称还袭用乐府诗。这些作品产生的时代不同，但有一个共同的特点，就是其中不少作品都记述时事，触及民生疾苦。文学创作有一个特殊现象就是作者同时又是读者，作者往往受到他所读到的作品影响。作者读别人的作品，有时模仿，有时潜移默化，致使自己的作品和别人的作品存在一定的联系。写时事，写神仙生活，就这样成了乐府诗重点的题材。

至于因袭和革新，也可能表现于作家的个别作品，如汤显祖的《牡丹亭》。但往往同时出现于许多作家一系列的作品，如肖子显《南齐书·文学传论》所说："在乎文章，弥患凡旧。若无新变，不能代雄。"齐梁的诗文变革不用说，与《牡丹亭》同时的小说如《金瓶梅》和"三言"（其中部分是明代作品），诗文如公安三袁，都和前代不同，思想和写法都有所因革。而诗文和小说在革新和因袭的关系的形式上，也不完全相同。韩愈所说的"惟陈言之务去"，黄山谷所说的"脱胎换骨"，也都是希望处理好因袭和革新的关系，但他们解决两者之间的关系的形式，彼此是不同的。鲁迅说："没有冲破一切传统思想和手法的闯将，中国是不会有真的新文艺的。"（《鲁迅全集》第 1 卷，第 332 页）30 年代如此，古代也不能例外。就是因为这样，我们编研文学史，要把一些特定时期的文学作品和在它们之前的文学传统以及它们当时的文学进展里程联系起来，加以研究。葛洪在《抱朴子·钧世》中说："今诗与古诗，俱有义理，而盈于差美。"这里"盈于差美"就是说有所革新。沈约《宋书·谢灵运传论》把所谓"差美"讲得更具体，并且吹嘘说："自骚人以来，多历年代，虽文体稍精，而此秘未睹。"他们对晋宋齐梁新兴文体都是肯定的，而且是赞扬的。拿鲍照来说，他的作品就体现了这个时代的特点。他的散文《登大雷岸与妹书》，小赋《芜城赋》、《游思赋》、《伤逝赋》等，诗歌《代白纻曲二首》、《玩月城西门廨中》，都是格律精细而辞藻富赡，清新纤丽的。他在思想和技巧两方面都提供了新的东西，像刘勰《文心雕龙·定势》所说："厌黩旧式，故穿凿取新。"钟嵘所谓"跨两代而孤出"。鲍照诗的成就主要的是那些拟乐府。这些诗中他一面承袭汉魏乐府诗写时事、揭露社会黑暗的传统精神，一面由于他所处的社会地位较低，官职小，"才秀人微"，他用瑰丽奇伟的字句愤愤不平地抒写了个人胸中块垒，抨击门阀制度和统治阶级对人民的掠夺，成为他那个时代的最强音。

总之，文学史要研究一个一个时代文学的总的特征，以及各个时期的相互关系等等，这就使它和单纯的作家作品研究区别开来。

三　中国文学发展规律是可以找到的

我们在前面曾谈了文学史研究的对象不是探讨作品的思想性和艺术性的本身，而应是找寻文学思想和艺术技巧发展中新的如何代替旧的一些规律性问题。这点在理论上容易解决，而在实践中却往往南辕北辙。现有的中国文学史著作差不多都是开宗明义就提出文学史是关于文学发展规律的科学，而在实际论述中不是弄成作家作品汇编，就是变成文学的大杂烩，几乎把文学中各种问题都加以叙述和讨论。这样，文学史发展的规律就体现不出来。当然探索文学史的规律会遇到一些困难，但困难应该是可以克服的。马克思说："真理通过论战而确立，历史事实从矛盾的陈述中清理出来。"（《马克思恩格斯全集》第28卷，第286页）我们迎着困难前进，"充分地占有材料，分析它的各种发展形式，探寻这些形式的内在联系"（《马克思恩格斯全集》第23卷，第23页），规律是可以发现的。

这里我打算就文学流派的产生、发展、变化和历史社会变动之间的关系，来粗浅地谈一谈其中是否有合乎规律的东西。历史上阶级的变动，阶级力量对比的变化，以及统治阶级内部各阶层各派政治势力的斗争和消长，同文学流派的兴起与衰落有没有联系？我想是有的。阶级斗争（主要是农民起义）和统治阶级内部的矛盾和斗争（主要是由财产和权力的再分配而引起的生产关系方面的调整）对于文学创作的影响，无疑是存在的。我国从奴隶制过渡到封建制的春秋战国时代，人民群众显示了力量，有人认识到这个力量。荀子在《王制篇》说："君者，舟也；庶民者，水也。水则载舟，水则覆舟。"群众的力量是不可轻视的，统治阶级中某些人士注意到了这一点，他们发现"鱼恶其网，民恶其上"，为了巩固政权，他们除了主张使用暴力镇压，像《韩非·奸劫弑臣篇》所说"夫严刑重罚者，民之所恶也，而国之所以治也"外，还用收集歌谣的办法，通过歌谣，了解情况。但正式成立机构，直到汉朝才设置乐府。有人说，楚国《九歌》是改写各地民谣所组成的歌舞剧，这个说法如能成立，那么《国殇》正是歌颂人民群众勇于公战的诗篇，很可能是秦地民歌改编的。

　　汉朝统治阶级是利用农民起义夺取政权的。他们很懂得人民群众的力量。成立乐府，搜集歌谣，企图通过歌谣以观民风，了解民间疾苦，制定法令时参酌行事。这就是乐府诗的创作和搜集的社会根源，也是长期阶级斗争的结果。

　　中国历史上朝代更替，大都跟农民起义有关。刘邦就是在农民纷纷起义的行列中夺得政权的。东汉末年的黄巾，唐代后期的黄巢，元末的红巾军，明末的李自成，这些人和农民军的活动，影响当时的经济生活、政治生活，对文学创作当然是有影响的。刘勰说建安时代的文风上不同于秦汉，下不同于齐梁，原因是"世积乱离，风衰俗怨"，这里所说的乱虽然不完全指的是农民战争，但看来和黄巾起义多少有些关系。鲁迅关于文艺创作的变化总是紧跟政治斗争的论述是有道理的。我们历史上各个时期的文艺创作和阶级斗争的关系是值得我们进一步探讨的。至于统治阶级内部斗争，主要是政治斗争，有些作家直接卷入斗争，如宋代王安石变法和苏东坡反对变法，在政治斗争的同时，还使用文学作为武器，有名的"乌台诗案"就是一个例子。欧阳修于庆历新政失败后，写了一篇《醉翁亭记》，说"醉翁之意不在酒"，表现他对于当时政治的不满，也是一种斗争的方式。明人马中锡所写的《中山狼传》，据说是讽刺李梦阳对康海的负恩，又是一种方式。在中国文学史上，特别是散文发展史，唐代古文运动是一个重要的篇章。对于这个运动的发难人韩愈，苏东坡称他"匹夫而为百世师"。韩愈自己也作《师说》，以师道自居。柳宗元说，"独韩愈奋不顾流俗，犯笑侮，收召后学，作《师说》，因抗颜而为师。"事实表明，韩愈在文坛上要成立一个宗派，而且要把他这个宗派变为文章正宗。为了要成为正宗，他把文和孔孟之道结合起来，争取正统的地位，要把居正统地位的时文即骈文排挤下去，取而代之。骈文就是柳冕所谓"惜乎王公大人之言，而溺于淫丽怪诞之说"的那个东西。众所周知，唐代诏令公文，多为骈俪。所谓燕许大手笔，就是写骈文的能手。李商隐从令狐楚学习"今体章奏"也就是四六偶语。写骈文成为升官的条件之一，不过写骈文就得多读书，以便作为"典故"之用。虽然有人替他们编类书，但写起文章来，还是不够用的。所以写骈文得有较长的读书和学习以至练习的时间，这个条件在唐代还不是一般人能够具备的。而作古文只是"气盛则言之短长与声之高下者皆宜"，"惟陈言之务去"，不用掉书袋。这样写骈文还是写古文的争论就和做官联系起来了，不单纯是一个文章体裁的问题。一般的而非"王公大人"及其子弟，那些普通地主阶级知识分子的读书条件是不太好的，要收藏丰富的典籍聚而读之，写好骈文比较难。他们自然乐意写散文，拜"狂人"、"罪人"

为师，冒他人之非笑而搞宗派活动，实际上是一种斗争。韩愈本人就几次被斗出长安城。古文运动是在斗争中成长壮大的。但这个斗争当时并没有得到胜利。宋代初年官场文字用的还是骈文。有一个故事很有意思。一个叫做林逋的隐居西湖不做官，名声很大，弄得皇帝都知道了，派人去找他。他给找他的人写了一封骈体文的信，收信人说："草泽之士，不友王侯，文须枯古；功名之事，俟时致用，则当修辞立诚。今逋两失之矣。"他讥笑林逋既不想做官，何须用官场文字，应当老老实实的用民间的枯古散文。这个故事充分说明地主阶级当权派和普通地主对文章体裁的好尚是不同的。古文运动是要把散文变为官场文字的运动，是地主阶级在野派要夺地主阶级当权派的权力的运动，这个运动的成功直到范仲淹、欧阳修这些原是普通地主而骤然显贵后搞了一个庆历新政，夺取了部分权力时才得到决定性的胜利。他们这批人出来，把古文塞进科举考试中，过后真德秀就可以编《文章正宗》了。所以唐宋古文这种文学体裁，实际上是地主阶级内部矛盾的产物。

　　前面我们说乐府诗的产生和汉代阶级斗争之间有联系，这里又指出唐宋古文运动的产生和地主阶级内部矛盾的联系，但它们的发展与衰落是否也和阶级斗争或地主阶级内部斗争有联系？大家知道，乐府诗在东汉末年和中唐都有所发展，中唐以后便衰落了。东汉末年和中唐都是阶级变动比较剧烈的时期，黄巾和黄巢起义的前夜。乐府诗在这时再度出现新面貌和阶级斗争新的形势应该是有联系的。中唐出现的两税制和均田制的破坏固然有关系，但这种改革和商业经济也不能说无缘，它显示商业经济的发达。白居易、张籍、王建等人的"新乐府"中对于商人生活的描写，如《估客乐》、《盐商妇》等篇值得注意。"西江估商百斛珠，船中养犬常食肉"，他们对此表示不满。这就是说新乐府的出现和当时政治经济的变动是有千丝万缕的牵连的。至于散文的发展，桐城文派的产生的原因，在地主阶级内部矛盾之外，还有新的内容。桐城文派正式打出旗号是清代初年，但他们和明后期的归有光、唐顺之等人对唐宋古文的改革活动是分不开的。归有光等人在文学史上被指摘为"以时文为古文"。就是说他们把写八股文那一套方法照搬来写散文。八股文这种文体要求写文章必须注意前后照应，段落分明，叙事议论，层次清楚。归有光等人拿来作为散文写作的借鉴，使散文公式化，就是后来姚鼐、方苞等所谓桐城文派的义法。方苞等人提倡写文章要"言之有序"，使人容易看懂，是企图延长古文的生命，抵制口语化文体的传播。这从他们标榜散文要写得"雅洁"那个"雅"字上，看得出来。他们拿"雅"来反对"俗"。姚鼐《复曹云路书》说："当唐之世，僧徒不通于文，乃书其师语以俚俗，谓之语录。宋世儒者弟子盖过而效之。然以弟子记老师，惧失其真，犹有取尔也。明世著书乃亦效其辞，此何取哉？"他所说的"明世著书"指的大概是袁宏道等人。袁氏兄弟写文章主张"宁今宁俗，不肯拾人一字"，要求文章口语化，和桐城派提倡"古雅"，是对立的。他们和三袁等"雅""俗"之争，不是一个单纯文体问题，而同时是保守与革新之争，问题是赞成不赞成让新的代替旧的。

五四时期骂桐城文派为"谬种"，而对三袁等人的小品文则大加赞扬，从这里我们也能看出桐城文派在阶级斗争和地主阶级内部斗争所起的作用和它所扮演的是什么角色。这里我们发现一个规律，即文学史上不仅文学作品内容随着社会生活的改变而改变，就是文学流派也在一定程度上受到阶级斗争和地主阶级内部斗争的制约。

四　要懂得现象是复杂的,它比规律丰富

　　如上所言,文学史中有的规律还是不难找出来的。但有的编著者在实际编写时往往不太热心去找,甚至有的规律已经被大家公认,而在文学史中却不肯认真论述。如民间文学和文人创作之间的关系,大家都承认多种文章体裁是在民间产生,而后落入文人之手,这种关系被认为是固定的,很少例外的。如诗、词、曲等最初本是歌谣中的形式,后来文人模仿着写,渐渐变俗为雅,就不再是歌谣,而成为文绉绉的诗、词了。至于小说也一样,最初是民间流行的口头故事,经过都市艺人的说说唱唱,再落入文人手中就成为文字精练的小说了。许多文学史在口头上都承认人民群众是文学各种体裁的创造者,但叙述各种体裁的出现时,并不做这种追溯。当然人民口头创作和书面文学的关系,在文学史上呈现多样性和复杂性,但也是有规律可循的。一般说来,各个民族没有创造文字以前的文学都是口头的。创造文字以后,进入阶级社会,劳动人民被剥夺了享受文化教育的权利,繁重的体力劳动占据了每日可以工作的全部时间,他们不识字,当然无法搞书面创作,像鲁迅所说:“人民在欺骗和压制之下,失了力量,哑了声音,至多也不过有几句民谣。”(《鲁迅全集》第6卷,第226页)看来文字虽然有了,而广大的劳动人民还只有口头创作。口头创作的保存和传播,靠唱歌和讲故事的方式,一代一代往下传,容易失传和走样。有时偶然被识字的先生们记录下来,还不免要遭受篡改。如同《水浒传》就是。所以今天我们要研究古代人民口头创作,困难是很多的。但是我们还得研究,去伪存真,我们相信物质财富的创造者同时也创造出来了精神财富。虽然他们创造的精神财富,没有大量的被保存下来。我

们仍然要研究中国各民族原始口头创作，和进入阶级社会后各历史时期的人民口头创作。要研究人民口头创作和书面文学的相互关系。我国最早的一部诗集《诗经》，其中有的就是记录人民口头创作的。像《狡童》、《伐檀》、《硕鼠》、《有狐》等等。这些歌谣产生在奴隶社会，发出了被侮辱被损害者的抗议声音。文学起源于劳动，如同"杭育杭育派"。反映远古原始没有阶级的社会生活的歌谣，大都失传了，今天我们几乎看不到。《吕氏春秋·淫辞》引翟剪的话说："今举大木者，前呼舆讴（《淮南子·道应篇》作'邪许'），后亦应之。"《淮南子·道应篇》在这句话后面，加上一句说："此举重劝力之歌也。"秦汉时劳动人民用以"劝力"的歌谣"舆讴、舆讴"，说不定是从远古一代一代流传下来的。歌声中也许能反映出原始社会中人民的劳动生活场面。

　　这里我们谈一谈我国早期的文学形式。《诗经》里的诗歌，绝大多数是四言。一些散见于先秦两汉人的作品中所引用的歌谣，也都是四言，如《礼记·郊特牲》记载的伊耆氏的《蜡辞》，《易》卦爻辞中的"屯如邅如，乘马班如。匪寇，婚媾"。《吴越春秋》中"断竹，续竹；飞土，逐肉"。《左传》引谚很多，如"辅车相依，唇亡齿寒"。看来四言诗无疑是我国诗歌最早的形式。为什么四言诗成为我国诗歌最早的形式？我们把《吴越春秋·作弹歌》和《吕氏春秋》所载的举重劝力歌，比较一下，马上明白过来。原来四言诗是在劳动中产生，集体劳动为了步调一致，动作互相配合，需要前呼"舆讴"，后亦应之。和我们今天集体劳动，喊着一二、一二，四声一停，道理完全一样。劳动者在劳动中习惯于四字一句的歌唱，在生活的其他方面表现他们喜怒哀乐之情，冲口而出的也就是四言。过后，知识分子也跟着这个腔调写，四言诗就成为书面文学的主要形式。《世说新语·文学篇》说："谢公因子弟集聚，问'毛诗何句最佳'？遏对曰：'昔我往矣，杨柳依依。今我来思，雨雪霏霏。'公曰：'訏谟定命，远猷辰告。'谓此语偏有雅人深致。"这些贵族官僚所欣赏的只是知识分子所作的诗篇，书面的"雅"的文学。但也是四言。

　　中国文字创始于何时？现有的实物是刻在殷墟出土的甲骨上的卜辞。比卜辞更早的有山东大汶口文化遗址三种器物上，山东城子崖陶器上，西安半坡遗址和临潼姜寨陶器上，青海乐都县柳弯陶器上都有类似文字的符号。这些符号文字比卜辞要原始而幼稚。卜辞中像"今日雨。其自西来雨？其自东来雨？其自北来雨？其自南来雨？"算是文字完整而意义明白，和有些铜器铭文比较，字句要多一些，但还算不上文学作品。一般认为比较早期的文学作品是《尚书·盘庚篇》。《盘庚篇》现今流行的是汉朝人记录下来的。据说有一种用科斗文写的版本，和我们今天所见的甲骨上的文字不一样，大概是伪造的，这也就是说，殷人虽发明了文字，但像《盘庚篇》这样重要的事件，并没有用文字刻写出来。可能还是靠口头传诵，所以真真假假很难说。《书·毕命》说（周）"康王命作册毕"似乎是书面的，但没有保留下来。孟轲说，尽信书不如无书，他是见到过记录帝王将相言行的书面东西的。《左传》里也提到《周书》。所以至迟春秋战国时已经有书面文学出现。但与此同时，口头创作仍然继续存在，鲁迅说古代劳动人民，劳动时唱歌，坐下来休息时就讲故事，所以散文的出现也是很早的，不过记录下来却很晚。他们讲的大都与劳动有关的故事，像《山海经·大荒南经》所记："有人名张弘（长臂）在海上捕鱼，海中有张弘（长臂）之国，食鱼使四鸟。"和《海外南经》记"长臂国在其（指焦侥国）东，捕鱼水中，两手各操一鱼"。在人们还没有发明捕鱼的工具时，到深水中去捕鱼，只能希望手臂生得长一些。或者像另一个故事说，有的人脚也长，长脚人背着长臂人捕鱼，而且两手各操一鱼，还能利用四只鸟，真是一些捕鱼能手。他们讲这些故事以激发劳动热情，当时也是口头创作。所以散文故事这种体裁也是劳动人民创造的。事实上也只有这些故事有文学味道，一部《尚书》除《金縢》有点故事性外，其余全是枯燥无味的说教。

劳动人民在劳动时唱歌，在休息时讲故事，创造了文学的最初表现形式。早期的口头讲述内容，多半是人与自然的斗争。如《夸父逐日》和《精卫填海》。过后进入阶级社会，阶级斗争和统治阶级内部的斗争渐渐多了起来。讲故事也就讲起阶级斗争来。如蚩尤作兵伐黄帝的故事，《大戴礼·三朝记》说蚩尤是"庶人之贪者也"。蚩尤以"庶人"而伐黄帝，不就是造反吗？无怪乎奴隶主阶级恶狠狠地记录下这件事说："若古有训，蚩尤惟始作乱，延及于平民。罔不寇贼鸱义奸宄，夺攘矫虔。苗民弗用灵，制以刑。"（《尚书·吕刑》）"制以刑"就是血腥镇压，而且是"流血百里"。奴隶主对于这些故事是害怕的，他们在记录人民口头创作时就加以篡改。如"俗说天地开辟，未有人民。女娲抟黄土作人，剧务，力不暇供，乃引绳絚于泥中，举以为人。故富贵贤智者，黄土人也；贫贱凡庸者，絚人也"（《太平御览》卷七十八引《风俗通（佚文）》）。这个故事把造人的说成一位女神，显然是母系社会的反映。而黄土、绳絚是陶器制造的原料和工具，人们认为制陶器的发明家，既可以用黄土制陶器，也就可以用黄土造人，而在母系社会里，制造人的只有女神了。等到进入阶级社会，奴隶主为了替他们这个骑在人民头上的掠夺者辩护，说他们是黄土人，而奴隶，甚至部分自由民都是绳子外面涂上一层泥的人，贤愚贵贱是女神制造的，谁也改变不了。这种企图用精神的枷锁来束缚被压迫阶级的反抗，竟至于窜改人民口头传说，让古老的传说为压迫者阶级所用。屈原首先出来反对，他质问说："女娲有体，孰匠制之？"屈原是不相信人的贵贱贤庸是天生的，他凭他一生的经历，证明这种黄土人是贤能的，垣土人是该当贫贱的，这种说法完全是颠倒黑白。在《离骚》中，他一开头就说他是既有"内美"，而又有"修能"的，但是为人排挤而成为贫贱，不是什么天生的。宋玉也说："贫士失职而志不平"，不平就要发牢骚。有人说《离骚》就是牢骚，我很同意这个说法。《汉书·艺文志》就说屈原是"贤人失志"，才作赋的。

奴隶主以及后来的地主，他们不仅窜改劳动人民的口头创作，而且伪造民歌民谣，所谓造谣，就是指他们说的。这点我们翻开"谶纬"和史书《五行志》就可以收集不少这类谣言。造谣的确十分可恶而卑鄙，但却有一个意外的收获，那就是统治阶级在散布谣言时，把人民口头创作的表现形式也同时传播开了。鲁迅说：人民口头创作，"因为没有记录作品的东西，又很容易消失，流布的范围也不能很广大，知道的人们也就很少了。偶有一点为文人所见，往往倒吃惊，吸入自己的作品中，作为新养料。旧文学衰颓时，因为摄取民间文学或外国文学而起一个新的转变，这例子是常见于文学史的。"（《鲁迅全集》第 6 卷，第 76 页）其实文人所见的，真正劳动人民口头创作是很少的，多半是谣言。有些胆子大点的文人模仿这些创作的形式写诗作文，就在书面文学范围里添加些新的品种。如鲁迅所说："歌诗词曲，我以为原是民间物，文人取为己有，越做越难懂，弄得变成僵尸，他们就又去取一样，又来慢慢绞死它。"（《鲁迅全集》第 10 卷，第 175 页）这就是说真正有创造才能的是劳动人民。地主阶级的文人只能从劳动人民口头创作中学习一点东西，加以发挥，在技巧上有些提高，使得他们的作品中稍露一些清新活泼的风貌。

当然，这并不是说文人作品没有写得很出色的。这里只是从人民口头创作和书面文学的关系这个角度谈，不是全面评价书面创作，我们古代有许多伟大的文学家，他们写出了大量为人传诵的作品。有的作品像李白的《静夜思》，还相当广泛的在人民中传播。也有民歌受到书面文学的影响的。如《三冈识略》卷三说，"吾松旧有谣云：秀野原来不入城，凤凰飞不到华亭。明星出在东关外，月到云间便不明。"《辍耕录》卷三十亦谓"松江古有此语"。看来元代已有这个民谣，但是我们拿来和元至正《松江民谣》比较一下，就可以发现它们之间有"文野之分"，松江旧谣明显的接近文人创作了。有篇《海山记》载隋炀帝杨广去扬州的路上，听到的一首民歌，"我兄征辽东，饿死青山下"，一共十六句，差不多就是一首文绉绉的诗了。元吴师尹做江西永丰县丞，任满当去，"民歌之曰：我有田畴，我既治之。我有徭役，谁其除之。"一看就知道是模仿《左传》郑舆人诵的。凡此，都说明一件事，那就是人民口头创作，有时也在一定程度上受到书面创作的影响。当然，这里还有一个算不算民间歌谣的问题。至于说到民间故事，像"武松打虎"，宋代的"街谈巷语"没有留下记录。但据罗烨《醉翁谈录》记载，当时的确有人讲说武松故事。元代初年有个艺人叫红字李二编了一本《折担儿武松打虎》的杂剧，也没有保存下来，到了明代初年有人把这个故事收进《水浒传》里，成了书面文学。以后各地人民又根据《水浒传》把这个故事变成口头创作。明张岱《陶庵梦忆》卷五说："余听其（柳敬亭）说《景阳冈武松打虎》白文，与传（《水浒传》）大异。"就是一个明证。今扬州评话、山东快书、长沙弹词都还有人能口头宣讲，情节更加细致，语言也生动，它的内容比《水浒传》更丰富了。现在又有人把它整理记录下来成为书面文学，无疑的它对创作小说仍旧有借鉴作用。于此可见口头创作与书面文学的复杂关系。民间故事像"武松打虎"这样的还很多，如"牛郎织女"就是。"牛郎织女"故事在我国各地，各个时代，各种文体都广泛流传、改编和记录，表现了人民口头创作与书面文学十分繁复的关系和相互影响。文学史工作者打开这个宝库，将会见到琳琅满目，美不胜收。如上所言，民间口头文学和文人创作的关系，表面看来，的确比较复杂。但总的说来，人民口头创作给文人创作输送了起死回生的血液，却是无疑的。要是我们再联系五言诗、七言诗、词、曲等体裁的作品最早的形式都是歌谣，看来，我国许多文学体裁最初是在民间产生，而后落入文人之手，这个规律是可以成立的。当然，"任何规律都是狭隘的，不完全的，近似的"。我们"反对把规律的概念绝对化，简单化，偶像化"。因为"现象比规律丰富"（以上均见列宁《哲学笔记》第132—134页），某一现象除了它和许多现象所共有的同一本质以外，还包含有不同于其他现象而只为某一现象所固有的纯粹个别的因素。

五　应该把文学史研究对象转移到规律研究方面来

上面我只是提出文学史应该以研究文学发展规律为对象，而文学发展规律是可以找寻出来的。当然，关于文学史的研究和编写还有很多问题可谈。如同文学作家作品的编年问题，文学史究竟应该按世纪年代还是按朝代叙述问题，文学史的分期问题。这些问题都很重要，解决都需要付出辛勤的劳动。把文学当作科学来研究，主要是找寻规律，我这个意见是否正确，希望能够引起大家讨论。但文学研究中由于研究对象和范围不同，应当区分为各个不同的学科。文学史只是这些学科之一，不能包罗万象。只有确定文学史的特殊对象，探索文学史的发展规律，才能建立文学史这门学科。目前我们有些文学史的工作者把全都精力耗费在研究作家生平和作品的思想性和艺术性，不研究规律，这样就不可能编写出科学的文学史来，只能编写作家作品汇编式的文学史。文学作品的鉴赏、评论、讲解，对文学史研究是必要的，但是这只能是文学研究的起点，而不是终点。文学史研究的终点是探讨出来文学发展的客观规律。

既然大家都不满意那种作家作品汇编式的文学史，那么对于单纯只研究作家作品的思想性和艺术性，不研究规律的倾向，应该改变一下，把文学史的研究重点转移到探索文学发展的规律性的问题上来，把文学史的研究和编写工作推进到一个新的阶段。让我们迎着科学文化的高峰向前迈进。

（原载《中国社会科学》1980 年第 2 期）

鲁迅在中国古典文学研究上的贡献

　　鲁迅是中国文化革命的主将，伟大的文学家、思想家和革命家，同时也是一位学者。鲁迅先生自己说："中国要作家，要'文豪'，但也要真正的学究。"（《准风月谈·我们怎样教育儿童的?》）学究这个头衔上加"真正的"三个字，应该指的是名副其实的学者。

　　作家，又是文豪、学者，我们国家里自然是有的，不过却不甚多。鲁迅先生自己是作家，同时也是学者。这是没有疑问的。本文只谈他在中国古典文学研究上的贡献。

　　鲁迅说："在《中国小说史略》日译本的序文里，我声明了我的高兴，但还有一种原因却未曾说出，是经十年之久，我竟报复了我个人的私仇。当一九二六年时，陈源即西滢教授，曾在北京公开对于我的人身攻击，说我的这一部著作，是窃取盐谷温教授的《支那文学概论讲话》里面的'小说'的一部分的；《闲话》里的所谓'整大本的剽窃'，指的就是我。现在盐谷温教授的书早有中译，我的也有了日译，两国的读者，有目共见，有谁指出我的'剽窃'的呢?"（《且介亭杂文二集后记》）当然，鲁迅先生说他报复了"私仇"，这是一句气愤话，事实上应该说这是学术界的公愤。一个人耗费了十多年的辛勤劳动，日以继夜做出来的成果，毫无道理遭受到看来道貌岸然的正人君子之流的横加诬蔑，怎能不引起愤慨呢？鲁迅所著《中国小说史略》是我国第一部小说史，它的卓越成就，直到今天还不曾失去固有的光彩。这部小说史篇幅不多而材料丰富，论断虽略而评议公允，由于鲁迅著书当时还不是一个马克思主义者，我们当然不能苛求他贯彻历史唯物主义的观点，但他注意到文学创作和政治、宗教、社会各阶层人士生活的关系，文学流派的产生和演变，和文学现象的某些规律探求。这对于有志于文学研究的人，做出了一个很好的范例。

一 从调查研究入手

凡是进行研究工作的开始，必须对所要研究的对象作一番调查研究。鲁迅先生就是这样做的。无条件的"拿来主义"是鲁迅先生最反对的。道听途说，信口雌黄，对于做学问来说，是不足为训的。鲁迅先生最初见到《游仙窟》时，认为"盖日本人所为"。后来他看到杨守敬《日本访书志》，杨守敬说是我国唐朝人写的。但是他并不轻易听信，仍旧怀疑是"唐时日本人所作，亦未可知"。经过他不断查阅森立之《经籍访古志》、《知不足斋丛书·全唐诗逸》、《桂林风土记》以及两《唐书》后，才确定《游山窟》是唐武则天当权时深州陆浑（今河南嵩县东北）人张文成年轻时候写的。鲁迅先生治学态度就是这样一丝不苟，不是随便拿来就用，而是经过细心周密的调查研究，然后才下笔为文著书。他的《破"唐人说荟"》、《稗边小缀》也是对唐人传奇进行调查研究的结果。他发现《说荟》中错误百出，说"假如用作历史的研究的材料，可就误人很不浅"。明明是宋朝人写的《梅妃传》,《说荟》的编者却说是唐人曹邺的作品,"害得以目录学自豪的叶德辉""收入自刻的《唐人小说》里",现在就成为笑谈了。关于《西游记》中孙悟空的原型问题,鲁迅先生认为出自唐人李公佐《古岳渎经》中的淮涡水神无支祁。后来胡适提出不同看法,说孙悟空是印度史诗《拉麻耶那》中的那个神通广大的猴奴曼。鲁迅先生毫不为这个新奇说法所动摇,仍然坚信他自己的结论是一个科学的论断。我们从宋元以来关于无支祁传说,其中提到僧伽降水母青猿,又提到观音、如来。这些传说和《西游记》某些情节有相似处,而且吴承恩在《西游记》中提到"无支祁",他塑造孙悟空这个形象受到无支祁传说的影响,完全是可能的。至于这个故事在流传中羼入佛教神僧的色彩,这在民间传说里也是常见的,不能因此就断言孙悟空是"从印度进口的"。而且没有任何材料证明吴承恩知道那个印度史诗中的故事。无征不信,这是治学应有的态度。

"五四"以前,通俗白话小说是不登大雅之堂的,当然没有人肯耗费时间和精力去写小说史。所以小说自来无史,要编写小说史,就得"筚路蓝缕,以启山林",一切材料都从调查研究做起。鲁迅先生在着手和进行编写《中国小说史略》时,搜辑整理大量资料。早在 1911 年,他就辑录了《小说备校》7 种。(《鲁迅全集补遗续编》)1912 年辑录《古小说钩沉》36 种。在《古小说钩沉序》中说:"其在文林如舜华,足以丽尔文明,点缀幽独,盖不第为广视听之具而止。"(《鲁迅全集补遗》)与此同时,他着手编选《唐宋传奇集》、《小说旧闻钞》、《明以来小说统计表》等。他统计了从洪武元年(1368)到民国癸亥年(1923)560 年中的小说创作,用力甚勤。后来他回忆这段时期的工作说:"昔尝治理小说,于其史实,有所钩稽,……历时既久,所积渐多。""然皆摭自本书,未尝转贩。"这"未尝转贩"

正体现他的反对不加选择的拿来主义。"转贩"这件事，害人害己，许多人都有沉痛的经验。研究《红楼梦》的人都知道有所谓《续阅微草堂笔记》一书。有些人写文章引用，都是从蒋瑞藻《小说考证》中"转贩"来的，谁也没有见到这本书。至于蒋瑞藻自己见过这部书没有，到底有没有这部书，也成问题。鲁迅《小说旧闻钞》没有抄这一条，这就证明他的确没有"转贩"。"转贩"写文章既骗了别人，又受了别人的骗，一经发觉，功力不到家，内心是要自疚的，那就享受不到鲁迅那种"废寝忘食，锐意穷搜，时或得之，瞿然则喜"（《小说旧闻钞再版序言》）的乐趣。

做研究工作要接触原始材料，考察原始材料。中国古典文学作品，由于传抄翻印，年代久远，往往失真。如果不加考察，拿来就用，就会出现《唐人说荟》那样的错误。在古典文献上进行调查研究，传统的说法叫做考据。内容大致分为四个方面，目录、版本、校勘、训诂。鲁迅在这方面也做了一些工作。他校辑《嵇康集》时，先从查目录开始，说："梁有十五卷，录一卷，至隋佚二卷。唐世复出而失其录。宋以来仅存十卷，郑樵《通志》所载卷数与唐不异者，盖转录旧记，非目见之，王楙已尝辩之矣。"他说这几句话，自然是从翻检史书经籍志和公私家书目而来。查目录的结果，发现《嵇康集》今天还保存的只有十卷了。这十卷有没有不同的版本呢？他在《嵇康集考》一文中详细地研讨了宋元以来各种刻本《嵇康集》，发现只有明吴宽丛书堂钞本，"谓源出宋椠，又经鲍庵手校"，这个本子最好。于此我们可以看出鲁迅的工作多么细致，态度十分认真。查目录，觅版本，源源本本，一丝不漏。只有这样做才能发现《嵇康集》里面有的地方把嵇康自己的诗和别人赠答嵇康的诗混淆不清的现象。集中有《秀才答诗》："南厉伊渚，北登邙山，青林华茂。"

鲁迅校云："秀才诗止此，以下当是中散诗也。原本盖每叶二十二行，行二十字，而厥第四叶。抄者不察，遽写为一篇。此后众家刻本遂并承误。《诗纪》移此为第一首，尤谬。"我们今天阅读古代作家诗文，往往发现张冠李戴，鲁迅这里指出的只是其中之一。鲁迅在整理《嵇康集》时，运用了清代汉学家极为谨严的治学方法，一字一句都不放过。有的字句，前人改正过，他还不放心，要重新审核。《卜疑》中有一句说："将如箕山之失，□水之女。"水字上一字为虫所蛀，不可辨认，各本校改为"颍水之父"，鲁迅认为这样校改不妥。他仔细考虑认为那个辨认不清的字，应是"白"字，引《文选·司马长卿难蜀父老》李善注和《太平御览》卷六十三引《庄子》说："两神女浣白水之上，禹过之而趋之。"作为证据，断定"旧校甚非"，原来那个把"□水之女"改为"颍水之父"，文字虽然通顺，但非作者原意。又如《游仙诗》："王乔弃我去，乘云驾六龙。"各本"弃"作"棄（弃）"，文字也通顺，但鲁迅认为不妥，说弃是弃字形误，引《说文》云"弃，举也"为证，这样就和仙人飞升的说法切合了。这里鲁迅除开搜罗版本外，还利用校勘和训诂的知识解决嵇康诗文的一些误文，使得一些因错字而读不懂的地方，可以迎刃而解了。

　　鲁迅的《嵇康集校》是一本具有高度学术价值的著作。他在这部书中吸取了前人所做的有用成果，并且超过了前人，成为一本研究魏晋文学和嵇康诗文的必备书。1935 年作者写给台静农的信中说："《校嵇康集》亦收到。此书佳处，在旧钞；旧校却劣，往往据刻本抹杀旧钞，而不知刻本实误。戴君今校，亦常为旧校所蔽，弃原钞佳字不录，然则我的校本，固仍当校印耳。"由于他在这本书上用力极深，他看到别人的校本远不如己，更增加了自信，可惜当年没有获得出版机会，直到他逝世后，才先后排印和影印出来，得与世人见面。鲁迅整理嵇康的诗集，是为了要写一部《中国文学史》，正和他写小说史一样，事先做些对原始资料进行调查研究工作。著述是一项严肃认真的事业，粗制滥造，剽窃抄袭，不对原始资料做一番调查研究，是不会产生有价值的成果来的。

二　评论和鉴赏

经过调查研究弄清了作家作品的真相，去伪存真，就古籍整理说，算是完成了任务，但对于文学研究工作来说，这只能算刚刚开个头。我们还得研究作品的思想性和艺术性。阅读文学作品，一方面是从作家精心创造的艺术画卷得到一种精神上的享受和满足，另一方面也还要透过作品反映的生活画面探讨它的客观意义和作家的意图。曹雪芹写出《红楼梦》后，题了一首诗说："满纸荒唐言，一把辛酸泪。都云作者痴，谁解其中味。"作者总是渴望读者了解作品中的味，作者写作的目的性。对待文学作品一般有两种态度，一是鉴赏，另一是评论。鉴赏大都讲读后的印象和感受，说好话的多。评论就有赞扬，也有指摘。对于文学研究工作者来说，阅读作品，不能够只是停留在作品的鉴赏上，还要对作品作出正确而恰当的评价。

鲁迅在他的研究著作中，单纯从艺术鉴赏的角度写的文章极少，但在评论作品的同时羼入鉴赏的笔墨，却是俯拾即得。如说骆宾王作《讨武曌檄》："入宫见嫉，蛾眉不肯让人；掩袖工谗，狐媚偏能惑主。"鲁迅认为这几句"恐怕是很费点心机的了，但相传武后看到这里，不过微微一笑"（《南腔北调集·捣鬼心传》）。就是说武后很欣赏骆宾王的文才。又如说："纪昀本长文笔，多见秘书，又襟怀夷旷，故凡测鬼神之情状，发人间之幽微，托狐鬼以抒己见者，隽思妙语，时足解颐；间杂考辨，亦有灼见。叙述复雍容淡雅，天趣盎然。"① 就是对《阅微草堂笔记》带着欣赏的口吻评论。有时还引用别人对于一部作品的似鉴赏又似评论的语言来代替自己的意见。如《三侠五义》，他在《中国小说史略》中说："当俞樾寓吴下时，潘祖荫归自北京，出示此本，初以为寻常俗书耳，及阅毕，乃叹其'事迹新奇，笔意酣恣，描写既细入毫芒，点染又曲中筋节，正如柳麻子说《武松打店》，初到店内无人，蓦地一吼，店中空缸空甓，皆瓮瓮有声，闲中着色，精神百倍'（俞序语）。"其实鲁迅对《三侠五义》评价并不甚高。他说《三侠五义》"构设事端，颇伤稚弱，而独于写草野豪杰，辄奕奕有神，间或衬以世态，杂以诙谐，亦每令莽夫分外生色。值世间方饱于妖异之说，脂粉之淡，而此遂以粗豪脱略见长，于说部中露头角也"。一般说，鲁迅意见最多的是评论。他整理《嵇康集》，除开为他写文学史正确评价嵇康的创作外，更欲进一步探索魏晋时期的文学特征。这在他写的《魏晋风度及文章与药及酒之关系》中讲得很清楚。他对许多作品的评价是十分准确的。《中国小说史略》中的一些论点，至今仍为学者引用。"欲显刘备之长厚而似伪，状诸葛之多智而近妖。"用极为精炼的语言，概括了《三国演义》中两个主要艺术形象的特点，真是再也恰当不过了。关于《西游记》的评论，说作者"构思之幻"，"变化施为，皆极奇恣"，"讽刺揶揄则取当时世态"，"使神魔皆有人情，精魅亦通世故"。简简单单几句话，把《西游记》的艺术特色讲得一清二楚。如果有人采取这个意思加以发挥，就可以写成一篇洋洋洒洒的大文。《金瓶梅》是一部被人们认作专写市井间淫夫荡妇的小说，鲁迅却大不以为

① 《中国小说史略·清之拟晋唐小说及其支流》。

然。他说"西门庆故称世家，为搢绅，不惟交通权贵，即士类亦与周旋。著此一家，即骂尽诸色，盖非独描摹下流言行，加以笔伐而已"。这里说"著此一家，即骂尽诸色"，就是说《金瓶梅》中所描写的家庭和社会的种种现象在明代中叶是有普遍性的。西门庆一家生活中散发出来的腐朽和堕落是封建官僚地主阶级的生活缩影。正是在这点上，鲁迅对《金瓶梅》的评价是比较高的。他说："作者之于世情，盖诚极洞达，凡所形容，或条畅，或曲折，或刻露而尽相，或幽伏而含讥，或一时并写两面，使之相形，变幻之情，随在显见，同时说部，无以上之。"《金瓶梅》揭露了封建官僚地主阶级的荒淫无耻，地主老爷们不把妇女当作人，只是当作玩弄取乐的工具，泄欲的对象。作者对此口诛笔伐，"骂尽诸色"，把封建地主阶级的思想家宣扬的纲常名教的虚伪性，"刻露而尽相"，"幽伏而含讥"，朽恶秽臭使人作三日呕。鲁迅指出《金瓶梅》"著此一家，即骂尽诸色"，真是一针见血，十分中肯。他认为《金瓶梅》所写的不是作者的虚构，"而在当时，实亦时尚"。鲁迅评论文学作品总是艺术性和思想性并重的，他还着重于看作家如何从社会生活中采择题材。他说《醒世恒言》多取材晋唐小说，"而古今风俗，迁变已多，演以虚词，转失生气"。不如"明事十五篇则所写皆近闻，世态物性，不待虚构，故较高谈汉唐之作为佳"①。说《红楼梦》"叙述皆存本真，闻见悉所亲历，正因写实，转成新鲜"。而且"只要知道作品大抵是作者借别人以叙自己，或以自己推测别人的东西，便不至于感到幻灭，即使有时不合事实，然而还是真实"（《三闲集·怎样写——夜记之一》）。不要因为"查不出大观园的遗迹，而不满于《红楼梦》"。鲁迅认为《官场现形记》，

---

① 《中国小说史略·明之拟宋市人小说及后来选本》。

"凡所叙述，皆迎合，钻营，朦混，罗掘，倾轧等故事"，"臆说颇多，难云实录"。而且搜罗"话柄"，千篇一律。这部作品本身并没有什么价值，只是由于迎合潮流需要，故得大享盛名。总之，文艺作品有没有生命力关键在于它艺术性高不高，思想性强不强，而评论文学以此为准绳，这是一个颠扑不破的真理。

鲁迅在评论文学作品时，往往采用比较的方法，找出作品自身的特点。如同他讲徐铉的《稽神录》，说这部小说"其文平实简率，既失六朝志怪之古质，复无唐人传奇之缠绵，当宋之初，志怪又欲以'可信'见长，而此道于是不复振也"（《中国小说史略·宋之志怪及传奇文》）。他把徐铉的作品和六朝志怪、唐人传奇对比着看，指出《稽神录》的特点是内容平实，而情节简率。又如他讲乐史写的传奇说："至于《绿珠》《太真》二传，本荟萃稗史成文，则又参以舆地志语。篇末垂诫，亦如唐人，而增其严冷，则宋人积习如是也，于《绿珠传》最明白。"这里把宋人乐史所写的《绿珠传》和唐人传奇结尾比较，指出《绿珠传》的结尾文字特点是"严冷"。除开注意作品的特点外，鲁迅在评论作品时，还特别重视作品与作品之间的联系，从相互联系中辨认各自的特色。比如《儒林外史》、《西游补》、《钟馗捉鬼传》同属"寓讥弹于稗史者"，都能"秉持公心，指摘时弊"。但《西游补》语言微婉，间以俳谐，《钟馗捉鬼传》词意显露，已同谩骂，都不如《儒林外史》"感而能谐，婉而多讽"。而且《西游补》、《捉鬼传》都托意神怪，不像《儒林外史》所描写的人物，多据自所闻见，现身纸上，声态并作。"'讽刺'的生命是真实；不必是曾有的实事，但必须是会有的实情。"（《且介亭杂文二集·什么是"讽刺"?》）这就使得《儒林外史》于"说部中乃始有足称讽刺之书"。总之，鲁迅关于中国古代作家作品研究和评论，给我们留下了丰富的遗产。虽然他很谦虚，说他的《中国小说史略》 "不过可看材料，见解是不正确的"
(《鲁迅书信集·致曹靖华》)。但由于他工作上的实事求是精神，
他的大量评论中所作出的结论基本都是正确的。只是因为他晚年
大部分时间和精力集中于抨击社会上种种不良现象，而且直接参
加革命工作，很少抽出时间来研究古典文学。但是在他所写的杂
文中也还提起古代作家和作品。他讲到蔡邕，说"必须看到
《蔡中郎集》里的《述行赋》，那些'穷工（变）巧于台榭兮，
民露处而寝湿，委（消）嘉谷于禽兽兮，下糠粃而无粒'的句
子，才明白他并非单单的老学究，也是一个有血性的人，明白那
时的情形，明白他确有取死之道"（《且介亭杂文二集·题未定
草》）。他这个看法和许多人是不同的，然而的确说出了真理。
又如他说："《诗经》是后来一部经，但春秋时代，其中的有几
篇就用之于侑酒；屈原是'楚辞'的开山老祖，而他的《离
骚》，却只是不帮忙的不平。到得宋玉，就现有的作品看起来，
他已毫无不平，是一位纯粹的清客了。然而《诗经》是经，也
是伟大的文学作品；屈原、宋玉，在文学史上还是重要作家。为
什么呢？——就因为他究竟有文彩。"从"有文彩"来肯定一个
作家作品，可能有争议，然而这却是一个值得我们深思的问题。
至于他说"自然，'喜怒哀乐，人之情也'"，然而"穷人决无开
交易所折本的懊恼，煤油大王那会知道北京拣煤渣老婆子身受的
酸辛，饥区的灾民，大约总不种兰花，像阔人的老太爷一样，贾
府的焦大，也不爱林妹妹的"（《二心集·"硬译"与"文学的
阶级性"》）。这里关于《红楼梦》只讲了一句，可以见到鲁迅后
期对《红楼梦》有新的看法，可惜没有留下更多的评论。虽然
如此，鲁迅先生遗留下来名言正论还是很多的，不仅只是大量关
于古代作家作品的宝贵论点，而且有一套科学的治学方法。清代
章学诚《与汪龙庄书》说："近日学者风气，征实太多，发挥太

少，有如桑蚕食叶而不能抽丝。""征实太多"指的是考据，即前面所说的调查研究。"发挥太少"是说考据家停留在弄清事实本身后，不再进一步分析评论，找寻规律。章学诚对此十分不满，而鲁迅却在研究实践中突破了考据家的局限，由评论个别作家作品而再前进一步，探索文学规律了。

三　找寻文学客观规律

科学研究的任务是找寻事物的客观规律，文学研究既作为一门科学，自然不能例外。鲁迅在这方面也做出了优异的成绩。我们不妨举一个例子。西王母在《山海经》中是一个神话中的怪物，到了《穆天子传》①中成了一位女主，她和周穆王一唱一和，人情味十足，不过还没完全脱离神女气。后来《淮南子·览冥篇》和张衡《灵宪》说后羿从西王母那里讨得不死之药，嫦娥偷着吃后就成了仙，飞奔到月宫中去了。不死之药乃方士的把戏，所以到《汉武故事》西王母也成了仙。鲁迅说："中国鬼神谈，似至秦汉方士而一变。"（《鲁迅书信集·致傅筑夫、梁绳祎》）西王母从神话中的怪物变成了仙女，就证明鲁迅的话说得很对。

中国早期宗教有两个发源地。一是西方山岳派，即相信神是住在昆仑山的，而巫是沟通人与神的媒介。另一是东方海外派，相信神是住在海岛上，即海外三神山说，沟通人与神的是方士。这两派在战国时互相冲突，至秦汉而后渐渐合流。住在西方高山上的神都是怪模怪样，凶猛可怕。住在海上的神大都是美丽可爱的仙女。西王母本是西方山岳神，后来跑到东方三神山上成了

---

① 《穆子天传》原本五卷。今本六卷，而第三卷记西王母事，不知何时羼入。

仙，到了《汉武内传》中就变为一位绝色佳人了。宋玉《高唐赋》中那个巫山神女，《九歌》中那个山鬼，《庄子·逍遥游》中的藐姑射之山上的神人，都是既像人，又像神鬼，是鲁迅所说"鬼神谈"落到方士手中发生变化的产物。中国神话、鬼话、人话的混杂和中国宗教中天神、地祇、人鬼混杂是分不开的。神如西王母发生了变化，神话也跟着变化，这都是鲁迅指出的一条属于文学作品中人物、题材发生变化的规律。

在《汉文学史纲要》第三篇《老庄》中，鲁迅说："察周季之思潮略有四派。一邹鲁派，皆诵法先王，标榜仁义，以备世之急，儒有孔孟，墨有墨翟；二陈宋派，老子生于苦县，本陈地也，言清净之治，迨庄周生于宋，则且以'天下为沉浊不可与庄语'，自无为而入于虚无；三为郑卫派，郑有邓析、申不害，卫有公孙鞅，赵有慎到、公孙龙，韩有韩非，皆言名法；四曰燕齐派，则多作空疏迂怪之谈，齐之驺衍、田骈、驺奭、接子等，皆其卓者，亦秦汉方士之所从出也。"这一段话没有得到今天研究文学史的人的足够重视。许多文学史著作中谈战国时百家争鸣，讲得并不全面。尤以对与文学史关系甚大的燕齐派重视不够，这可能与他们的著作很少流传下来有关，但也有流传下来只是失载姓名的，如《山海经》，其中海外部分很可能是出于这些人之手。至于方士托名东方朔所撰《神异经》、《十洲记》，其中明言九洲三岛，它是燕齐派的言论，十分清楚。上述鲁迅这种分法还可以和诗的十五国风按地域分划，《国语》、《国策》以国别区分打通起来讲，可以看出诸子散文所表现的思想特点与当时各国社会政治宗教的关系，便于从中找出规律。庄子的"清虚以自守，卑弱以自持"，和他生于宋，作为殷的遗民的处境应有关系。鲁迅说"我们想研究某一时代的文学，至少要知道作者的环境、经历和著作"（《而已集·魏晋风度及文章与药及酒之关系》），道理就在这里。

在《纲要》第四篇《屈原与宋玉》中，鲁迅说：屈原作品"形式文彩之所以异"于《诗经》的原因有二，"曰时与地"。关于"地"，指的楚国，这点研究屈原作品中的楚语楚俗的谈得很多，而对于"时"却说得很少。鲁迅先生说："古者交接邻国，揖让之际，盖必诵诗，故孔子曰：不学诗，无以言。周室既衰，聘问歌咏，不行于列国，而游说之风浸盛，纵横之士，欲以唇吻奏功，遂竞为美辞，以动人主。如屈原同时有苏秦者，其说赵司寇李兑也，曰：'雒阳乘轩里苏秦，家贫亲老，无罢车驽马，桑轮蓬箧嬴勝，负书担囊，触尘埃，蒙霜露，越障河，足重茧，日百而舍，造外阙，愿造于前，口道天下之事'（《战国策·赵国》一）。自叙其来，华饰至此，则辩说之际，可以推知。余波流衍，渐及文苑，繁辞华句，因已非诗之朴质之体式所能载矣。"这里面说，屈原的作品是直接继承春秋列国外交使节赋诗的传统，而和战国时代纵横家讲究外交辞令有关。这就是说，屈原的作品虽出自他的创造性的劳动，然而也不是说他的创作和当时政治家的活动没有联系。鲁迅研究古代文学总是把文学和当时政治宗教，社会风俗，各阶层人们的生活习惯联系起来，找寻其间的相互关系，希望从其中摸索出文学的一些规律性的东西。这点在《魏晋风度及文章与药及酒之关系》中表现得最突出。这篇文章讲到魏晋文学风格上的特点和魏晋时代中上层社会人士的生活以及政治气候变化的关系。由于当时政治上提倡刑名法术，严刑峻法，使得当时人的生活态度小心谨慎，因而在文学风格上就出现清峻即简约严明的特色。这就是鲁迅所说："我以为要论作家的作品，必须兼想到周围的情形。"（《且介亭杂文二集·后记》）鲁迅认为文学风格的形成和作家生活环境，政治态度和思想信仰往往发生不可分割的联系，虽然他没有明确提出规律这个名词，但是他的论述是带有普遍性的，不是偶然的个别现象。他说："即使是从前的人，那诗文完全超于政治的所谓'田园诗人'，'山林诗人'，是没有的。完全超出于人间世的，也是没有的。"他的关于劳动人民口头创作和文人创作之间的关系，说文人往往把劳动人民口头创作的精华，"吸入自己的作品中，作为新的养料"，说"这例子是常见于文学史上的"，也是作为一个普遍性的问题提出来的。

在《中国小说史略》中，鲁迅不是孤立的一部作品接着一部作品讲，截断作品与作品之间的联系，而是"以时代为经，作品为纬"，寻求当时政治、社会风气、宗教信仰与文学创作之间的关系，探索其中相互制约的规律。如讲中国古代神话的产生和我国古代人民生活的地理环境的特点，彼此的联系，指出神话产生于"民间，固非一谁某之所独造"。这在世界各族人民都是一样的，是一条共同的普遍规律。至于中国古代神话不发达，没有长篇的神话，"并非后来散亡，而是本来的少有"，原因是由于"中华民族先居在黄河流域，自然地理条件差，人民生活太劳苦"，没有多余的时间和精力去想生活以外的问题，也"不更能集古传以成大文"，加上儒家不喜欢谈神说鬼，而神鬼人的故事往往混杂在一起，单纯的神话被人们忘却而没有保留下来。鲁迅在这里企图解释中国古代神话不似希腊神话那样发达的原因，想在中国古代人民生活条件、地理环境和神话产生和发达之间找寻因果关系。因果律是客观事物的一个最普遍的规律。又如神话到了六朝时期大都变成了鬼话。鲁迅说："汉末大畅巫风，而鬼道愈炽，会小乘佛教亦入中土，渐见流传。"因此社会风气，出现"张皇鬼神，称道灵异"，以至于鬼神怪异的传说，广泛流行，神话也就跟着变成了鬼话。这就是说六朝志怪小说的出现和宗教流行的关系十分密切。可以说没有巫风和小乘佛教的传播，也就没有魏晋六朝志怪小说。二者有必然性的联系。研究中国古代文学，不把作家作品孤立起来考察，而总是探寻文学与政治、宗教、社会思潮以及其他艺术的关系，鲁迅先生在这方面作出了卓越的贡献。当然，鲁迅先生的研究成果中每一个结论，不一定都是不能改变的。他提出来的一些看法，有的还可以作进一步研究。一切事物都是互相联系的，这是不容置疑的。但是认识和发现事物之间的本质的联系却有一个过程，要经过反复的研究实践，我们的知识才能够更趋完备而精确。鲁迅先生自己也是这样做的，他关于中国古代神话不发达的原因的论述，在《中国小说史略》和《中国小说的历史的变迁》中，看法也不完全一致，可能他还在反复琢磨这些问题。这就是他所以要说："如果使我研究一种关于中国文学的事，大概也可以说出一点别人没有见到的话来，所以放下也似乎可惜。"（《两地书》六六）然而鲁迅先生后来因为革命工作的需要，终于放下古代文学研究，没有充裕的时间完成他的《中国文学史》的撰写工作，对于我们研究中国古典文学来说，不能不说是一个极大的损失。

（原载《古代文学研究集》，中国文联出版公司 1985 年第一版）

从北宋后期文坛看文学创作和政治斗争的关系

——变法与反变法斗争时期的文学

文学创作和政治斗争有没有关系呢？我们不妨考察并温习一下北宋后期的一段历史。

11 世纪真宗、仁宗、英宗这三个朝代 70 年间，是赵宋统治下封建经济发展时期。但由于他们在发展生产方面做的事情不多，而耗费劳动人民创造的财富倒不少，这个时代并没有出现像汉唐那样的繁荣盛世。正像嘉祐三年（1058）王安石《上仁宗皇帝言事书》中所说："内则不能无以社稷为忧，外则不能无惧于夷狄，天下之财力日以困穷，而风俗日以衰坏。"政治形势，危机四伏。面对这个现实，后来神宗（赵顼）当权后，感到再因循苟且下去不行了，要振作起来。他"草庐三顾"把王安石找来商讨解除困境，从事变法。早在 25 年前，范仲淹搞过一次革新运动庆历新政失败了，王安石吸取他们失败的教训，提出新的方案。首先他认为不能沿着传统的"人治"老路走，要改用申、韩的"法治"办事，是制度问题，不是人的问题。必须改

革制度，必须变法。这样他们颁布了一系列的新法。原来范仲淹
的新政主要是代表新起来的地主集团向腐朽的官僚地主集团夺
权，在政治经济上限制大官僚地主的权力过分扩张。有个人叫石
介，提出限制皇族权力，没有人赞成。王安石吸收这些经验，他
不搞单纯的夺权，也对庞大的皇族权力略加限制，站在王朝的利
益上，打击了除开王朝本身以外的所有地主和其他剥削者。这样
一来，不仅大官僚地主集团反对他，连那些搞新政的新起来的地
主集团也反对他。他唯一的靠山只是神宗皇帝，他自己也意识到
这一点，他在《答司马谏议书》中说："盘庚之迁，胥怨者民
也，非特朝廷士大夫而已。"《钓者》一诗中也说："应知渭水车
中老，自是君王着意深。"后来他挽神宗的诗把变法归功于神
宗，都表明如果神宗不支持，而且坚持的话，他是无力变法的。
所以王安石变法不是什么"拗相公"，他为人固执己见，而是适
应历史发展的必然产物。王安石不赞成单凭人治，要求实行法
制，并不是说执法的人不起作用，而恰恰相反，他十分注重执政
执法的人的个人道德品质。在《度支副使厅壁题名记》中，王
安石说："理天下之才者法，守天下之法者吏也。吏不良则有法
而莫守。"又在《上时政疏》中说："盖夫天下至大器也，非大
明法度不足以维持，非众建贤才不足以保守。"所谓："众建贤
才"即要求有一批大大小小的好官吏。本来宋太祖赵匡胤把权
力集中到皇族一个小集团后，要贯彻中央政策就得依靠一批好官
吏。不过宋太祖的好官吏的标准只要求廉洁。由宋太宗赵匡义亲
笔写的四句话，"尔禄尔俸，民膏民脂。下民易虐，上天难欺。"
叫地方官吏刻在石碑上，以为警戒。但是效果不好。俞文豹
《吹剑续录》说："太宗御书戒石铭，颁行天下矣。至绍兴二年
六月复颁黄庭坚所书，命州县长吏刻石坐右，然守令之贪酷者，
视如不见。轻薄子附益之曰：'尔俸尔禄，难称难足。民膏民

脂，转吃转肥。下民易虐，才投便著，上天难欺，且待临期。'"
用天命论恐吓人，不起作用。王安石改变办法，用名誉地位升官
发财作为钓饵。他说，"人之情所愿得者，善行、美名、尊爵、
厚利也。而先王能操之以临天下之士，天下之士有能遵之以治
者，则悉以其所愿得者以与之。"实际上，他是利用社会舆论，
鼓励士人做好官，得好名誉。开头还收到一点效果，时间长了，
也就不中用，不过无论如何，他用这个办法，从地主阶级中拉拢
了一批人，为他变法服务。

看来，王安石变法的基本目的是加强赵宋皇族的统治力量，
进一步巩固皇族政权，完全是按照赵匡胤那个强干弱枝的政策办
事，骂他改变"祖宗之法"，实在有点冤枉。

王安石（1021—1086）字介甫，晚号半山，抚州临川（今
江西临川）人。出生于一个小官僚地主家庭。小时候，跟随父
亲到过江苏、广东、河南各地。自己考取进士后，又在江苏、浙
江、安徽等地做过州县官。他对于农村城镇人民生活，见闻较
多，知道一些中下层社会的贫困状况。他有一首《郊行》诗：

柔桑采尽绿阴稀，芦箔蚕成茧密肥。聊向村家问风俗，
如何穷苦尚凶饥？

农民辛勤劳动一年的结果，落得个吃不饱穿不暖，这究竟是
什么原因呢？王安石开始思索一些国计民生问题。渐渐他懂得
了，在舒州做通判时，他写了一首《感事》诗说：

贱子昔在野，心哀此黔首。丰年不饱食，水旱尚何有。
虽无剽"盗"起，万一且不久。特愁吏之为，十室灾八九。
原田败粟麦，欲诉嗟无赇。间关幸见省，笞扑随其后。况是
交冬春，老弱就僵仆。州家闭仓庚，县吏鞭租负。乡邻铢两
征，坐逮空南亩。取赀官一毫，奸桀已云富。彼昏方怡然，
自谓民父母。揭来佐荒郡，懔懔常惭疚。昔之心所哀，今也

执其咎。乘田圣所勉，况乃余之陋。内讼敢不勤，同忧在僚友。

在这首诗中，王安石指出农民"丰年不饱食"的原因是"县吏鞭租负"。地主、豪绅、官吏互相勾结，残酷的压迫和剥削农民，"十室灾八九"，弄得"坐逮空南亩"。农民逃的逃，死的死，严重地破坏了农业生产力，加深了社会的紊乱和穷困。这个血淋淋的现实，就是以后王安石制定"民不加赋而国用足"的新法理论依据。事实很清楚，继续加深对农民的剥削，不仅不能解决国用不足，而且后果会引出"剽盗"起来反抗。只有改善农民生活条件，解放生产力，才能推动生产，发展生产，才能富国。这也是王安石变法不同于范仲淹新政的另一个方面。

王安石根据自己的亲身经验，总结前人改革失败的教训，为了增加国家收入，避开直接加重生产者的负担，在商业和金融活动的领域里，展开对剩余劳动的争夺，这样就使得地主阶级内部矛盾的加深和斗争的尖锐化，表现为变法与反变法的激烈斗争。

王安石变法遭到各方面的围攻。《铁围山丛谈》说，"丁使（丁仙现）遇介甫法制一行，必因燕设于戏场作嘲诨"。朱彧《萍洲可谈》，王辟之《渑水燕谈录》都有教坊杂剧攻击新法的记载。士大夫如司马光、文彦博、韩琦、富弼之流给皇帝打报告，告御状，一个接着一个。"太皇太后"、"皇太后"两个老妇人痛哭流涕诉说新法不好。据《紫微杂记》说，"神宗与二王禁内打毬，上问二王欲赌何物？徐王曰：臣不赌别物，若赢时，只告罢了青苗法。"新官僚、老官僚、后族、皇室，群起而攻。连王安石的弟弟王安礼和王安国也加入了这个反新法合唱团。有一个下第举子饶辣，考场失意，也写诗骂青苗法。《枫窗小牍》说有人在相国寺壁上写了一首匿名攻击王安石的诗，"终岁荒芜湖浦焦，贫女带笠落柘条。阿侬去家京洛远，惊心寇盗来攻剽。"

经苏东坡一解释，成为"青苗法安石误国贼民"。载于邵伯温《闻见录》的苏洵《辨奸论》，胡仔《苕溪渔隐丛话后集》卷二十七说杨时也见到。叶梦得《避暑录话》说，"明允（苏洵）作《辨奸》一篇，密献安道（张方平）而不以示欧文忠（欧阳修）。荆公后微闻之。因不乐子瞻兄弟，两家之隙，遂不可解。《辨奸》久不出。元丰间，子由（苏辙）从安道辟南京，请为明允墓表，特全载之，苏氏亦不入石。"邵伯温、杨时也都是从张方平所作苏洵墓志铭中见到，则《辨奸论》如果不是苏洵写的，也该是出于反对新法的张方平之手，而邵伯温伙同作伪把它抄下来。李穆堂、蔡上翔定为邵氏伪造，不尽可信，李慈铭《越缦堂日记》已驳之。还有一个郑侠画了一幅流民图，把灾荒造成人民逃难，归罪于新法。总之，反对变法的人运用了文艺中的戏剧、散文、诗歌、图画等等形式，这在文学史上还是不多见的。如果加上后来的小说《拗相公》，那就各体皆备，规模之大，空前未有，文学创作和政治的关系，多么清楚啊！

面对一片吵吵嚷嚷的反对声浪，王安石也写出一首《众人》诗说：

> 众人纷纷何足竞，是非吾喜非吾病，颂声交作莽岂贤，四国流言旦犹圣。唯圣人能轻重人，不能铢两为千钧。乃知轻重不在彼，要知美恶由吾身。

这是一首回击围攻者的战斗诗篇。表现出"人言不足恤"的大无畏精神。他另有一首《黄菊有至性》诗说，"黄菊有至性，孤芳犯群威。"又有《孤桐》诗说"凌霄不屈己，阳骄叶更阴"，都同样显示了为使国家转弱为强，变贫为富，必须把变法主张坚持下去。"婵娟一种如冰雪，依倚春风笑野棠。"他对待大大小小的反对派只有藐视。自然，他也盼望战友来支持。他《寄王逢原》诗说：

北风吹云埋九垓，草木零落空池台。六龙避逃不敢出，地上独有寒崔嵬。披衣起行愁不惬，归坐把卷阖且开。永怀古人今已矣，感此近世何为哉。申韩百家爇火起，孔子大道寒如灰。儒衣纷纷欲满地，无复气燃空煤炲。力排异端谁助我，忆见夫子真奇材。梗楠豫章概白日，祗要匠石聊穿裁。我方官拘不得住，子有余暇宜能来。晤言相与入圣处，一洗万古光芒回。

适王逢原有两句诗，"世儒口软声似蝇，好于壮士无忌憎"。他和王安石一样十分讨厌俗儒，所以王安石希望他来共同"力排异端"，"一洗万古光芒回"，执行新法，加强皇权，取得富国强兵的实效。当时还有一个诗人方惟深写了一首诗说，"溪流怪石碍通津，一一操舟若有神。自是世间无妙手，古来何事不由人。"王安石读过这首诗，从中领会到阻力虽然大，只要敢于斗争，善于斗争，是可以取得胜利的。他非常喜欢这首诗，也希望这位诗人能和他一起战斗。

经过几年战斗，变法初步收到一些成效。王安石在《上五事札子》中说，"陛下（神宗）即位五年，更张改造者数千百事，而为书具，为法立，而为立者何其多也"，但是反对的叫嚣，并未停止。神宗赵顼不能坚持了，王安石只得请求退休。终于在两年后离开了开封。他写了一首《君难托》说，"人事反复那能知，谗言入耳须臾离"。又写了一首《贾生》说，"一时谋议略施行，谁道君王薄贾生。爵位自高言尽废，古来何啻万公卿"。表达了他耿耿于事业未竟的心情，这时他住在金陵，有时到野外走走，有一首《出郊》诗，"川原一片绿交加，深树冥冥不见花。风日有情无处着，初回光景到桑麻。"他看到了实行新法后，农业生产好起来了，展现在他面前的丰收景象，感到无比的愉悦。这时神宗又要他重回开封，他的心情很矛盾，一方面很想完成他的未竟的事业，一方面他又信不过神宗，他有一首《次韵张唐公马上》诗，"竭节初悲力不胜，赐环终愧缪恩临。病来气弱归宜早，偷取官多责恐深。膏泽未施空谤怨，疮痍犹在岂讴吟。黄昏信马江城路，欲访何人话此心"。的确，"膏泽未施"，他不应该逃避，要重新回到战斗的岗位上去。"疮痍犹在"，歌颂丰收，还为时过早，他终于回到了开封。但是实行新法，他和神宗彼此要求，有很大的距离。他很坚决，而神宗摇摆不定，他感到很苦恼。在《夜直》诗中流露出来，"金炉香烬漏声残，剪剪轻风阵阵寒。春色恼人眠不得，月移花影上阑干"。不是春色恼人，而是他的愿望不能实现，新法不能得到彻底的施行。他感到住下去没有什么意思，再一度要求回到金陵，从此退出政治舞台。他搬出相府，住在定力院，题诗于壁，说，"溪北溪南水暗通，隔溪遥见夕阳春。当时诸葛成何事，只合终身作卧龙。"后三句乃唐人薛能诗，他借用来抒泄他的消极情绪。事实上，他搞新法唯一依靠神宗。如今靠山靠不住，不只是新法能否施行问题，还可能受到更可怕的迫害。他的《省中》诗说："万事悠悠心自知，强颜于世转参差。移床独卧秋风里，静看蜘蛛结网丝。"看"蜘蛛结网"，想自己命运，也可能有触网的一天。据说文彦博有一天扯着王安石去看一幅讽刺画。画上是杂技艺人在竿上表演。文彦博意思是警告王安石不要百尺竿头翻筋斗，跌下来会粉身碎骨的。这就是说，王安石如果一意孤行，也会遭到飞虫触网的下场。

王安石退居金陵后，心境并不能保持十分宁静。他定居半山园，时常到东晋谢安故宅遗址谢公墩散步，写过一首诗，"谢公才业自超群，误长清谈助世纷。秦晋区区等亡国，可能王衍胜商君。"谢安曾经认定秦始皇实行法治，造成仅传二世而亡国。王安石通过指摘谢安这个错误的论点间接答复那些攻击他变法的人。那些人也说天灾流行是推行新法的结果，而且动摇了神宗对新法的支持。在《商鞅》那首诗中，他说，"一言为重百金轻"，对神宗执行新法不果决表示不满。

约于元丰五年前后，王安石写了七首歌颂元丰年间农作物连年丰收的诗。他说，"家家露积如山垅，黄发咨嗟见未曾。"话说得有些夸大。但"醉翁之意不在酒"，他大唱赞歌是另有用意的。郑侠之流曾以岁旱年荒冲击了他的新法，现在丰收了，足见推行新法和岁旱无关。也就是说与"天变"无关，"天变不足畏"，还是一个颠扑不破的真理。他相信只有推行新法才能"救国家积弱之势"，才能巩固赵宋皇族的政权。

王安石的一生是和"因循守旧"战斗了一生。他的《华藏院此君亭》诗说：

> 一迳森然四座凉，残阴余韵去何长。人怜直节生来瘦，自许高材老更刚。曾与蒿藜同雨露，终随松柏到冰霜。烦君惜此根株在，欲乞伶伦学凤凰。

他这首咏竹诗，也是以竹自况。"欲乞伶伦学凤凰"，他希望有更多的人跟随他为推行新法而继续战斗。他不仅在政治活动中进行战斗，而且拿起他的笔来参加战斗。他希望发挥更大的作用，就像伶伦把竹子裂成乐器吹出动人的腔调。他主张把文学和政治紧密结合起来。在《上人书》中，他说，"尝谓文者，礼教治政云耳。""且所谓文者务为有补于世而已矣。"就是说文学应该为政教开路。主要"以适用为主"，辞藻的"巧且华"是次要的，是受文章内容需要限制的。在《与祖择之书》中，他重复了这个意见。他赞成古文，反对骈俪文，原因也在这里。他的文学观集中在一句话："有补于世。"的确，他的创作实践也是以这个标准要求自己。他的《上仁宗皇帝言事书》、《上杜学士言开河书》、《答司马谏议书》以及《风俗》、《材论》等，都是贯彻这一主张的。本来山水游记，一般无非状写风景秀丽，或岩壑峭拔。而王安石的《游褒禅山记》，却于记叙山水出峭外，说"夫夷以近，则游者众；险以远，则至者少。而世之奇伟、瑰怪非常之观，常在于险远，而人之所罕至焉，故非有志者不能至也。"这就是说"有志者事竟成"。言外之意，正是说一个人游山玩水，想看到奇观胜迹，正和从事政治革新运动一样，不经过一番艰苦奋斗是不能达到目的，会弄成半途而废。又如《伤仲永》中，记述一个比较聪明的农村儿童，由于没有受到良好教育，最后成为一个毫不出色的平庸的人。这就是说"天才"是靠不住的。他说，"其受之天也，贤于材人远矣，卒之为众人，则其受于人者不至也。"这里他指出一个人的才能不是依靠"受于天"，而是依靠"受于人"，依靠后天的学习。这和他的政治思想有关系，他在《上仁宗皇帝言事书》中不是大讲人才需要培育吗，正是这个意思。不过今天我们看来，光说"学习"还不行，主要的是实践。王安石从事文学活动的根本精神，"务为有补于世"，像一根红线贯串他的诗歌和散文的创作，使得曾经反对过他的人也不得不承认他是"一代文宗"。

元人袁桷《书汤西楼诗后》说："自西昆体盛，襞绩组错。梅欧诸公发为自然之声，穷极幽隐，而诗有三宗焉。夫律正不拘，语腴意赡者，为临川之宗；气盛而力夸，穷抉变化，浩浩然沧海之碣石也，为眉山之宗；神清骨爽，声振金石，有穿云裂石之势，为江西之宗；二宗为盛，惟临川莫有继者，于是唐音绝矣。"这里说欧阳修，梅圣俞后，当时诗歌出现三个流派。王安石一派，苏东坡一派，黄山谷一派。其中王安石一派没有继承人。袁桷叹息说，"唐音绝矣"，大概指的是王安石写的一些小诗，比较含蓄，读起来有余味，所谓弦外余音。造语用字也比较精练。如同《泊舟瓜洲》：

　　京口瓜洲一水间，钟山只隔数重山。春风又绿江南岸，
明月何时照我还。

　　这是诗人离开金陵，路过瓜洲，大概是北上去汴京，在瓜洲
时写的。王安石罢相后再度赴京，对推行新法，已无信心，但是
还不能不去，"明月何时照我还"，充分表达了这种心境。据说
那句"春风又绿江南岸"那个"绿"字，他最初是用"到"
字，后改为"过"字，又改作"入"、"满"等字，最后才定为
"绿"字，这个字的涂来改去，固然表现诗人写作态度认真，推
敲细致，但是和作者这时心情繁杂，思想矛盾不无关系，他这次
再度执政，成功失败，吉凶莫卜。推行新法，是像春风一吹而
过，还是让满中国都吹遍了春风，想来想去，他可能想到丘为
《题农父庐舍》的诗句"东风何时至？已绿湖上山"。用一个
"绿"字，表达他对青山绿水的爱好，有朝一日还是归田园居。
王安石喜爱唐诗，并且选过唐诗，袁桷说王安石死后，唐音没有
继承人，大概指此而言。但是王安石这一派的诗风，后继无人，
却不是因为他的诗风接近唐人，而是他把写诗和变法联系在一
起，是政治的原因。

　　王安石不大写词，许多人都称许他的《桂枝香》。其实真正
能够反映他的思想的是《浪淘沙令》：

　　伊吕两衰翁，历遍穷通，一为钓叟一耕佣，若使当时身
不遇，老了英雄。汤武偶相逢，风虎云龙，兴王只在笑谈
中，直至如今千载后，谁与争功！

　　他感到神宗对他，不能像汤之于伊尹，武王之于吕尚，因而
他的新法不能彻底实行，他的政治抱负，他的希望国家富强起
来，人民生活蒸蒸日上，丰衣足食，这一切都付诸东流。他操劳
一生，得到的只是叹息。伊尹死了，吕望也死了，他本想做出比
伊尹和吕望更多的事业，也落空了。"谁与争功"，他带着这个

遗恨，离开了人间。

当王安石死去的时候，赵宋王朝的政权落在一个反对新法的妇人高太后手中。这个女人一掌权，马上纠集一批顽固保守分子，把神宗和王安石创制的新法全部废掉，执行新法的人都被撤职。原在熙宁年间因不满意新法而离开汴京，请求去杭州的苏轼，这时也被召回来了。高太后讨好苏轼，向他说："神宗尝读你的文章，叹曰：'奇才，奇才'，但没有机会用你，现在我特别找你，让你做翰林学士。"苏轼（1037—1101）是个什么样的人物呢？他字子瞻，号东坡，四川眉山人。早年跟随父亲苏洵到开封，得到欧阳修的器重。21岁考取进士，做了几任地方官。他的思想和欧阳修、范仲淹差不多。政治上主张改革，但受传统思想影响深，为人思想保守，恃才傲物，不随便附和他人意见，自称"读书万卷不读律"，反对王安石变法。他直截了当的给神宗上书反对新法说，"国家之所以存亡者，在道德之浅深，不在乎强与弱；历数之所以长短者，在风俗之厚薄，不在乎富与贫。故臣愿陛下务崇道德而厚风俗，不愿陛下急于有功而贪富强。"他的思想远远落后于现实。有个人叫潘中行，骂他"不学无术，尝贩私盐"，虽然有些过分，看来不完全是污蔑。

"乌台诗案"，在苏轼一生中是个突出事件。元丰二年（1079）李定、舒亶、何正臣三人根据沈括所搜集的"东坡近诗"摘出他在杭州时写的一些攻击新法的诗，作为罪状，把他逮捕入狱，并施行酷刑。这是宋代文学参与政治斗争最激烈的一幕。而他的诗像"沧海若知明主意，应教斥卤变桑田"矛头直指皇帝，自然不可避免要受到惩罚。他的一些反对新法的诗歌如《山村五绝》、《吴中田妇叹》等都是把农民的贫困生活归咎于新法的施行，这是不公正的。王安石制定新法的一个原则是"民不加赋"，不加重劳动人民的负担，当然不会造成农民贫困的。

而造成农民贫困的真实原因，只能是"耕富人之田而食之，则岁时劳苦之所得，见夺于兼并而无遗"。但苏轼却还要顽强地站在豪门地主阶级的立场，继续向新法进攻，他说"相期结书社，未怕供诗帐"。所谓"诗帐"即搜集他在杭州所写的反新法的诗歌抄本。他这里是说，搜吧，反正诗我还要写。在《鱼蛮子》诗，他说"蛮子叩头泣，勿语桑大夫"。桑大夫指的是王安石。他把王安石比作桑弘羊，恶毒的咒骂推行新法的人。甚至在观看图画时，他都不放过攻击新法。如《陈季常所畜朱陈村嫁娶图》诗说，"我是朱陈旧使君，劝耕曾入杏花村。而今风物那堪画，县吏催钱夜打门。"苏轼的一生，像他自己所说，"珍禽声好犹思越，野橘香清未过淮。"至死不改变他的反变法革新的思想和活动。

苏轼在政治上属于反对新法派，哲学上他是蜀党的领袖，文学上有一个宗派，叫做苏门"四学士"，或"六君子"。加上李之仪、苏过、张舜民、文同等大约有十来个人在他周围。他《答张文潜书》中说，"仆老矣，使后生犹得见古人之大全者，正赖黄鲁直、秦少游、晁无咎、陈履常与君等数人耳。"这就是他那个小宗派的主要成员。在创作上，他攻击王安石作文"使人同己"，扼杀他人发挥各自所长。因此他的门下就自由发展，互不相同，不拘一格。黄鲁直、秦少游、张文潜等人的文风，不仅不同于苏轼，而他们彼此之间也互相异趣。苏轼自己也是"地负海涵，不名一体"。这就是他们这个小宗派的特点。在前一个时期，欧阳修、苏舜钦等提倡平淡，欧阳修"不为尖新艰险之语，而有从容闲雅之态"。开拓了赵宋一代文风。苏东坡虽然不提倡艰险，但却盛赞"新诗如玉雪，出语便新警"，并说"出新意于法度之中，寄妙理于豪放之外"。这"新意"和"豪放"，却是苏轼作品的特征。他有一首《金山寺与柳子玉饮，大醉，卧宝觉禅榻，夜分方醒，书其壁》诗，"恶酒如恶人，相攻剧刀箭。颓然一榻上，胜之以不战。诗翁气雄拔，禅老语清软。我醉都不知，但觉红绿眩。醒时江月堕，槭槭风响变。惟有一龛灯，二豪俱不见。"这首诗相当典型的体现他的主张。此外《有美堂暴雨》诗，"游人脚底一声雷，满座顽云拨不开。天外黑风吹海立，浙东飞雨过江来。十分潋艳金樽凸，千杖敲铿羯鼓催。唤起谪仙泉洒面，倒倾鲛室泻琼瑰。"也是具备豪放和尖新这两个方面的佳作。陈善《扪虱新语》下集卷三说："欧阳公诗，犹有国初唐人风气。公能变国朝文，而不能变诗格，及荆公、苏、黄辈出，然后诗格遂极于高古。"的确，苏东坡、黄山谷在宋诗中的风格特征就是陈模所谓的"古硬"。

苏东坡对现实是不满的，现实也不满意苏东坡。有人说他的不满，大半羼杂着逆流倒退的情绪。他说"倒倾鲛室泻琼瑰"，实际上是攻击新法的。他认为王安石替赵宋皇朝积聚的财富都是人民的泪水。在《除夜野宿常州城外》，他说，"老去怕看新历日，退归拟学旧桃符"，正表现了他对新法推行的畏惧和反感。他熙宁年间在杭州时期写了不少反对新法的诗，他的朋友文同曾写诗劝他说，"西湖虽好莫题诗"。他的几首为人传诵的西湖诗，在自然风景的描写中，看来也是反对和讥刺新法的，把西湖比作西子，是有名的诗句，但是"若论破吴功第一，黄金应合铸西施"。西施和亡国两者向来是拴在一起的。新法亡国也是反对新法的人经常提到的。他的《续丽人行》即把西施说成"祸水"。所以在苏东坡的不少诗歌中，使用旁敲侧击的手法，不同程度的寄托着反变法的"妙理"。当然，苏轼不是整个一生都不满意现实的。他也有满意的时候，如同高太后当权，他做翰林学士时，写《上元侍饮楼上二首呈同列》中的一首说，"薄雪初消野未耕，卖薪买酒看升平。吾君勤俭倡优拙，自是丰年有笑声。"原来农村在苏东坡笔下，王安石和他的同事执政时是一个个都愁眉苦脸。换上高太后当权，马上变了，变成一张张笑脸。是现实变了吗？不，得感谢诗人如花妙笔。

苏轼不仅写诗攻击新法，散文也有攻击王安石的，如《日喻》说，"今也以经术取士，士知求道而不务学"，这是指摘以经义取士的新考试规程。他的词也有发泄对新法不满的，王安石熙宁九年罢相，苏轼立即写了一首《水调歌头》（明月几时有），想利用这个机会"乘风归去"，但又怀疑皇帝对他没有好感，弄得晚上失眠。据说神宗看到这首词，只是冷淡地说一句"苏轼终是爱君"，事情就过去了。不过他还不死心。后来写《沁园春》说，"有笔头千字，胸中万卷，致君尧舜，此事何难。用舍由时，行藏在我，袖手何妨闲处看。"他袖手旁观，企图寻找新法执行中的缺点错误，然后上一奏章，推翻新法，实行他的致君尧舜的那一套。这一打算，直到晚年，他还坚持。在《千秋岁》中，他说，"新恩犹可觊，旧学终难改。"死死地抱着日趋没落的大地主的僵尸，不肯放手。

总之，苏轼在政治上没有出路，反映在他诗文或词方面都不是引人上进，而是消极情绪过多。但在文风的革新，尤其是词，"一洗绮罗香泽之态，摆脱绸缪宛转之度"，把词的创作引向较为健康的道路，这却是一个功绩。刘辰翁说，"词至东坡，倾荡磊落，如诗如文，如天地奇观。"用写诗作文的笔法制词，不仅只是不拘守过分严格的音律，而且是使题材的范围扩大，使作词和写诗文一样，表达多方面的生活。一般说来，词在苏东坡以前，作者如晏殊、欧阳修对现实社会大都是满意的。"流连光景惜朱颜"，软绵绵的。苏东坡由于一生政治上大都失意，对社会现实，从个人利害出发，有所不满。他采用韩愈所谓横空盘硬语，抒写他的不满情绪，在词的创作上出现一种新的风格，叫做豪放。用硬语代替软语，用意尽言尽代替半吞半吐，用不满代替满意，这就是豪放派和传统的婉约派的分界线。苏东坡的词向以豪放见称，他是这派的创始人。由于他的思想和当时前进的步伐不合拍，因而他的词很少有昂扬激厉的情调，连认为要由关西大汉来唱的《念奴娇》（大江东去），最后还是说"人生如梦"，情绪低沉。他只有极少数几首词足以振奋人心的，熙宁八年宋辽划界，丧失土地七百里时，他写的词如《阳关曲》（军中）"恨君不取契丹首，金甲牙旗归故乡"。《江神子》（猎词）"酒酣胸胆尚开张，鬓微霜，又何妨。持节云中，何日遣冯唐，令挽雕弓如满月，西北望，射天狼"。这从他的《教战守策》中，看来他虽反对王安石的"富国"政策，但他同样主张"强兵"，思想上能跟上时代，作品也就有生气。王安石也有《白沟行》、《入塞》等诗，热望加强边防，保卫家国。沈遘《和王微之渔洋图》说，"燕山自是汉家地，北望分明掌股间。休作画图张屋壁，空令壮士老朱颜。"蒋椠《登权州北门》说，"壮士未酬志，乘秋感慨多。幽燕新种落，秦汉旧山河。塞月沈青冢，边声起白波。如何得万骑，玉垒夜经过。"这都是不满于赵宋王朝对外屈辱妥协的呼声。这个呼声是王禹偁、苏舜钦曾经要求改变传统的抑制武将政策的继续。神宗为了摆脱屈辱地位，在兵制上作了一些改革，但是问题不完全在兵制，而在于政治制度，特别是地方权力和中央权力的协调分配上。王安石一度想碰这个问题，但是没有碰而且也不敢碰。地方政权不授予较大的权力，就不能够充分发挥积极性和主动性。在边防战中，只有挨打的处境，没有灵活运用战略的机会。这就是宋代在民族战争中每次都失败的一个重要的原因。宋代诗人时常为这个问题感到苦恼和气愤。

　　和苏轼同时，高太后也把黄庭坚找来，让他充当校书郎，参加编写《神宗实录》，后来做到国史编修官。黄庭坚（1045—

1105）字鲁直，分宁（今江西修水）人，因游灊皖山谷寺石牛洞，很喜欢这个地方，就自号为山谷老人。据说他七岁就写诗，八岁时写了一首《送人赴举》诗说，"若问旧时黄庭坚，谪在人间今八年。"看来是一个神童。但富弼却说他"只是分宁一茶客"。黄山谷名义上是苏东坡集团的一个成员，实际上他在诗坛创建了一个大宗派叫江西诗派。他在熙宁二年为叶县尉时写了一首《清明》诗：

> 佳节清明桃李笑，野田荒垄只生愁。雷惊天地龙蛇蛰，雨足郊原草木柔。人乞祭余骄妾妇，士甘焚死不封侯。贤愚千载知谁是，满眼蓬蒿共一丘。

这位24岁的青年县尉，想起对待富贵利禄两种不同的态度，在仕宦的征途中，何去何从，感到迷惑。他写这首诗时正是王安石推行新法的日子，他的这番感慨在当时是否有现实意义，我们不得而知。但从他同时所写的"苦竹空将岁寒节，又随官柳到青春"，要不要跟随时代前进推行新法，他是在考虑这个问题。后来他有一首寄给王定国的诗说，"日边置论诚深矣，圣处时中乃得之。莫作秋虫促机杼，贫家能有几缕丝。"似乎是针对王安石《促织》诗的。王安石诗末二句是："只向贫家促机杼，几家能有一缕丝。"好像他赞成"日边置论"的新法，打算前进一步。但到他在江西太和写《登快阁》诗时，看来他又后退了。最后终于退到苏东坡那个保守的阵线里，卷入党派纠纷，吃了一点苦头，而贬死宜州。"失势落坑阱，寒窑如愁鸱。"他的诗文中，有的篇章，也散发反对新法的霉味。

黄庭坚早年的诗词，大抵效法欧阳修，平易流畅。到了晚年，他改变了。在《答洪驹父书》中，他说："自作语最难，老杜作诗，退之作文，无一字无来处，盖后人读书少，故谓韩杜自作此语耳。古之能为文章者，真能陶冶万物，虽取古人之陈言入于翰墨，如灵丹一粒，点铁成金也。"这几句话成了后来江西诗派的创作纲领。其中可以分为两个方面，一是诗文要做到"无一字无来历"，具体到实践就是大量使用典故；另一是点铁成金，这就是所谓"脱胎换骨"。还有在诗歌创作上，他提出"奇""拗"。奇就是"以俗为雅"，"以故为新"，拗就是"破弃声律"。总之，黄庭坚的诗歌理论，主要的是：使用生词僻事，把生硬的词句，冷僻的故事，运用到诗中，现出"奇"来。应当用平声，他用仄声，应当用仄声，他用平声，故意违拗，破坏音律谐和，所谓"拗"体。拗有"单拗"、"双拗"、"吴体"三种。他的这些论调，都是着重形式上改变。刘克庄说他"会粹百家句律之长，究极历代体制之变，搜猎奇书，穿穴异闻"，"锻炼勤苦"，"自成一家"，大抵是不错的。黄庭坚晚年所处的时代，派系斗争复杂而尖锐，政治措施又反复无常，今天是朋友，明天成为仇敌，今天是对头，明天可以变做朋友。在这种情况下，他写诗作文故作超脱，避开卷进现实社会的斗争，就专门在文字技巧上下功夫，来一个"明哲保身"。他有两句诗，"黄花晚节尤可惜，青眼故人殊不来"，可以反映他的思想情况。有一首《秋怀》诗，也流露了这种感情，诗说：

　　茅堂索索秋风发，行绕空庭紫苔滑。蛙号池上晚来雨，鹊转南枝夜深月。翻手覆手不可期，一死一生交道绝。湖水无端浸白云，故人书断孤鸿没。

面对风云变幻莫测的现实社会，他"行绕空庭紫苔滑"，生怕跌跤。他不敢让他那支笔触动现实的政治，只在生活的表层上画圈圈。虽然他说"文章最怕随人后"，但是画来画去跟别人还是差不多，思想内容没有特点。倒是他早年的诗还有一些亲切动人的篇章，如《寄黄几复》诗：

　　我居北海君南海，寄雁传书谢不能。桃李春风一杯酒，江湖夜雨十年灯。持家但有四立壁，治病不蕲三折肱。想得读书头已白，隔溪猿哭瘴溪藤。

黄庭坚的词，沿袭欧晏余风，没有接受苏轼所开创的豪放特色。他的词不仅思想贫乏，而且被人骂为"以笔墨诲淫"，没有好作品。在词的创作方面，苏轼这个小集团，有点成就的是秦观。秦观的词也不是发挥苏东坡的特点，他学的是柳永。据说秦观一次见到苏轼，苏轼向他说，"不意别后，公却学柳七作词"，秦观想否认，苏轼说，"销魂当此际，非柳七词句法乎。"这句词是秦观的代表作《满庭芳》中的一句。秦观晚年作风有些改变，如《江城子》："南来飞燕北归鸿，偶相逢，惨愁容，绿鬓朱颜重见两衰翁。别后悠悠君莫问，无限事，不言中。小槽春酒滴朱红，莫匆匆，满金钟，饮散落花流水各西东。后会不知何处是，烟浪远，暮云重。"流放异地，偶然碰到一位老友，相对无言，心事重重，又匆匆离开，突出这一个镜头，是比较动人的。北宋末年，变法与反变法的斗争，已经不同熙丰时代，大都是打着变法的旗帜，从事于排除异己的活动。有些人并没有做多少坏事，也遭到沉重的打击，秦观就属于这种人。

变法和反变法的斗争，经过元祐、绍圣、元符几次反复，情况比较混乱。不仅变法派和反变法派之间有斗争，而变法派内部和反变法派内部都各自分裂成为互相对立的一些小派系。有的人，时而是变法派，时而又成为反变法派。曾布就是一个变来变去的人。杨畏号做杨三变。张商英在高太后死后，首先提出恢复神宗新法，是一个变法派。但蔡京一掌权，把他打成元祐党人。有一个追随张商英的人叫唐庚，他也受到了连累，牢骚满腹地写了一首《白鹭》诗，"说与门前白鹭群，也宜从此断知闻。诸公有意除钩党，甲乙推求恐到君。"充分暴露了政治斗争已经变质成为私人陷害。蔡京本来跟随王安石，是一个投机分子，到徽宗

（赵佶）当权后，他打起崇法熙宁的旗号，干的是另外勾当。叶绍翁《四朝闻见录》说，"本朝廷试取士用赋，荆国王安石当国，以三经取士，罢词赋，廷对始用策"，"词赋既罢"，"于是士皆不知故典，亦不能应制诰骈俪选。蔡京患之，又不欲更熙宁之制，于是始设词学科。试以制表，取其能骈俪。试以铭序，取其记故典。"这样，欧阳修等人所反对的时文又卷土重来，后来南宋散文的衰落和四六文的出现，不能说没有受到这种政治上倒行逆施的影响。蔡京一面在文学上搞复旧，一面在生活上挥霍腐化，把搜括来的劳动人民创造的财富，替皇帝修宫殿，筑亭台，到全国各地搜罗奇花怪石，运到汴京，叫做花石纲，弄得怨声载道。有一个叫邓肃的，写诗讽刺，遂遭到放逐。蔡京的儿子蔡攸叫徽宗不要多管事，以"四海为家，太平娱乐"，舒舒服服地过一生。在这种情况之下，文坛上充斥了颓废享乐的作品。有一个叫毛滂的县官，他不屑于效法前任县令"忧民劳苦"，而"饱食晏眠"，吃喝玩乐，他写了一首《忆秦娥》说，"醉醉，醉击珊瑚碎。花花，先借春光与酒家。夜寒我醉谁扶我，应抱瑶琴卧。清清，揽月吟风不用人。"这个人很典型，他这首词也很典型，代表了这个时代。但最足以代表这个时代的是周邦彦。这个人在元丰年间写过一篇《汴京赋》，得到神宗的赏识。徽宗时献生日诗巴结蔡京，做了官。周邦彦（1057—1121）字美成，钱塘（今浙江杭州）人。南宋人陈郁《藏一话腴》说，"二百年来，以乐府独步，贵人、学士、市侩、妓女，皆知美成词为可爱。"王国维吹捧他是"两宋之间，一人而已"。其实周邦彦的词和柳永是一路货色。"饮食男女"是他词的基本主题，是新法变质后，地主阶级中的一些集团从与皇室对立走向彼此合流的产物。他们谁也不讲"富国强兵"了，把从劳动人民身上压榨来的财富，尽情挥霍，成了地主阶级普通的风气。宴饮游乐，寻欢遣闷，是这一批有闲的封建社会上层分子生活的共同特点。周美成的词就反映了这种生活。如《望江南》，"游妓散，独自绕回堤。芳草怀烟迷水曲，密云衔雨暗城西，九陌未沾泥。桃李下，春晚未成蹊，墙外见花寻路转，柳荫行马过莺啼，无处不凄凄。"不过周美成的词，风格清空，结构严整，描写男女，不太露骨，合乎士大夫伪君子的口味。如《满江红》：

> 昼日移阴，揽衣起，春帷睡足。临宝鉴，绿云撩乱，未惧妆束。蝶粉蜂黄都褪了，枕痕一线红生玉。背画栏，脉脉悄无言，寻棋局。重会面，犹未卜。无限事，萦心曲。想秦筝依旧，尚鸣金屋。芳草连天迷远望，宝香薰被成孤宿。最苦是，蝴蝶满园飞，无心扑。

写得含蓄、淡远、空灵而洒脱。把自己的思想感情和自然景物糅合在一起，拾取生活中的片断，择选最生动的场面，用工笔画的手法，作极为精练的细节描写。而细节和细节之间的联系，表面上看来是脱节的，彼此孤立的，留下许多空隙，让读者充分运用联想去填补。就像戏剧一幕一幕、一场一场地展向观众眼前。至于幕与幕之间，场与场之间，无论在时间上，情节上，彼此连续又不连续的地方，留给人们去捉摸，去沉思。前人评他的词，所谓"富艳精工"、"层层脱换"、"耐人寻绎"，大都指的是他的词中这个特点。他有一首《瑞龙吟》，最典型，可作代表：

> 章台路，还见褪粉梅梢，试花桃树。愔愔坊陌人家，定巢燕子，归来旧处。黯凝伫，因记个人痴小，乍窥门户。侵晨浅约宫黄，障风映袖，盈盈笑语。前度刘郎重到，访邻寻里，同时歌舞。惟有旧家秋娘，声价如故。吟笺赋笔，犹记燕台句。知谁伴名园露饮，东城闲步，事与孤鸿去。探春尽是伤离意绪，官柳低金缕。归骑晚，纤纤池塘飞雨。断肠院

落，一帘风絮。

这里，第一段，一所"愔愔坊陌人家"和这所房子的自然环境，开败谢了的梅花，嫩蕊初放的桃朵和穿帘出户的燕子，一所多么幽雅的住宅。第二段，一个"障风映袖，盈盈笑语"的妆饰朴素性情活泼的少女。第三段，一人"吟笺赋笔""伴名园露饮，东城闲步"的妇人和一个"归骑晚"，怀着"伤离意绪"，面对着"断肠院落，一帘飞絮"的男子。这里少女、妇人、男子都是孤立的形象。他们之间有什么关系呢？读者想象去吧，愿意多想的就多想，少想就少想，随人自便。读者和作者都同样能分享创作过程中的艰辛和愉悦。

周美成还有一些写离愁别恨的词，如《浣溪沙》说，"楼上晴天碧四垂，楼前芳草接天涯，劝君莫上最高梯。新笋已成堂下竹，落花都上燕梁泥，忍听林表杜鹃啼。"怀人忆旧，感情还真挚。晏几道的《鹧鸪天》（彩袖殷勤捧玉钟），《临江仙》（梦后楼台高锁），贺方回的《青玉案》（凌波不过横塘路）写的也和周美成这首词情调相同。黄山谷极称贺方回这首词说，"解道江南肠断句，世间惟有贺方回。"晏几道本是晏殊的小儿子，黄山谷说他"仕宦连蹇"，他在《阮郎归》中说，"欲将沉醉换凄凉"，正是一种没落王孙的低沉情调，和周美成、贺方回都有些不同。但他们的写作技巧都很纯熟，有成就的。他们运用词这种体裁的艺术形式以表现他们那个阶级的生活、思想和感情，也是成功的。但是作品的内容却是贫乏的、窄狭的，缺乏社会现实生活的丰富性。他所肯定的、欣赏的只是封建社会上层分子的生活情调。他所选择而加以渲染的也是封建社会上层分子所独有的片断生活和片断情绪。因此，他只能把读者引到封建上层社会的生活圈子里去，和作者一样沉醉。今天我们读这些作品，好像他们的创作和政治斗争无关。其实地主阶级中的各阶层在你争我夺中都捞到了一笔财富，由于财富集中到地主阶级手里，劳动农民日益贫困。周美成写诗写词，不敢像当年王安石、苏东坡那样拉拢农民，说些民生疾苦的话，只是讲"令尹虽无恩，黠吏幸先屏"、"无人横催租，烹鲜会共井"。说些自己欺骗自己的话，躲到深闺暖阁中酒醉饭饱去了。政治斗争的形势变了，文学创作的调子也变了。什么青苗，什么免役，再也没有人提了。出现在社会生活中的是醉饱和饥饿的斗争。随着斗争的变化，文学创作也变了。有一个叫霍洞的人，写了两首诗，一首是《岁饥太守春游呈以绝句》说，太守闲着无事，只好去春游。在春游的路上，看到不少人饿死在那里，他说："枕籍道旁宜细问，恐非芳草醉眠人！"想起那位县令毛滂的词"醉、醉、醉"来，这是多么有力的讽刺。另一首是《宿田家》：

> 北风吹晴屋满霜，翁儿赤体悲无裳。闺中幼妇饥欲泣，忍饥取麻灯下织，一身岂暇私自怜，鸣机轧轧明窗前。织成五丈布，翁作襕裙儿作裤。明朝官中催租急，依然赤体当风立。

有剥削就有反剥削，等着瞧吧，一场暴风雨即将来临，北宋王朝的末日快到了。这里我们可以说，进步的文学几乎有这样一个规律，关心人民和国家命运的作家创作活动，总是配合政治斗争的。从围绕着变法与反变法，或者表面上好像与政治无关的一些诗人的作品中，我们可以清楚地辨认出来这个颠扑不破的真理。

（原载《东北师范大学学报·哲学社会科学版》1982 年第 1 期）

关于境界

一

王国维在《人间词话》中说："严沧浪《诗话》谓盛唐诸公，唯在兴趣，羚羊挂角，无迹可求。故其妙处，透彻玲珑，不可凑泊，如空中之音，相中之色，水中之月，镜中之象，言有尽而意无穷。余谓北宋以前之词亦复如是。然沧浪所谓兴趣，阮亭所谓神韵，犹不过道其面目，不若鄙人拈出境界二字为其本也。"王氏此说一出，影响甚大，研究文学和评论诗词的人，大都采用。的确，境界这个词比兴趣和神韵都较为具体而容易理解，也切合诗词本身的特色。本来境、界这两个字合成一个词，老早就有的，而把这个词作为文学批评的术语，也不始于王国维。但王氏认为诗词中有无境界，关系到作品是否具有生命力，说"词以境界为最上"，并且对境界作了多方面的分析和解释，认识到境界对于文学艺术的重要性，在文学批评史上不能不说有一些独到的见解。

境界这个词，最初见于《新序·杂事》，说"守封疆，谨境界"。班昭《东征赋》："到长垣之境，察农野之居民。"指的都是疆土界线。但在此之前境界这两个字原是分开来用的。《诗·周颂·思文》："无此疆尔界。"只有一个界字，《战国策·秦策》："楚使者景鲤在秦，从秦王与魏王遇于境（马王堆汉墓帛书'境'均作'竟'）。"有境字而没有界字。这里境、界二字都指疆土。所以《周礼·夏官·掌固》："凡国都之竟"下注释说："竟，界也。"《说文·田部》说："界，竟也。"竟字在《说文·音部》的解释是"乐曲尽为竟"，和疆界没有关系。只是由于界的意义是界线，指地面空间说的。竟的意义是终止，指音乐演奏停止时间说的。一指空间的界限，一指时间的界限，都有"到此为止"的意义，因而训诂学家就把两个字互换解释说，"界，竟也。""竟，界也。"其实并不完全是一回事。后来有人把竟字加上一个土旁（见《玉篇》），成了一个"境"字，指的也是空间土地，和原来那个指时间的竟字就分家了。境、界二字就合二为一。这样一来，《左传·僖公四年》说："赐我先君履，东至于海，西至于河，南至于穆陵，北至于无棣。"服虔就解释说："太公受封境界所至。"不再只用境或界一个字了。这就是说，境界这个词本指一定疆土的范围，是具体的客观存在。

但是翻译佛经的人，却借用这个词，如《杂譬喻经》卷上说："神是威灵，振动境界。"《无量寿经》："斯义宏深，非我境界。"《华严梵行品》："了知境界，如幻如梦。"把一个原指实体的词用以表明抽象的思想意识和幻想，把现实的土地疆界搬到人的头脑中去。他们不仅翻译佛经这样用，连他们谈话写文章也同样用。《法苑珠林》卷八《六道篇》说："诸天种种境界，悉皆殊妙。漂脱诸根，如旋火轮，不得暂住。将命终位，专著一境，经于多时，不能舍离。"《景德传灯录》卷四《交州降魔藏禅师传》："（神）秀曰：'汝若是魔，必住不思议境界。'师曰：'是佛一空，何境界之有？'"又卷八《汾州无业禅师传》："一切境界，本自空寂。"这些佛教徒不承认客观境界的存在，而把境界说成空幻，无何有之乡。后来道教徒也跟着学，Pelliot 2390 残道经说："亦有境，亦无境，法界悉是有境，境界皆非有法，以境境法，用法法境。是以《左玄论》云：'是故有经，经由航度众生境界。'"道士比和尚讲得更玄妙，实在难懂。与此同时，有些受到佛学影响的诗人写诗也用境界这个词。白居易《题阁下厅》："静爱青苔院，深宜白发翁。貌将松共瘦，心与竹俱空。暖有低檐日，春多扬幕风。平生闲境界，尽在五言中。"在境界上加一个闲字，自然指的是心情，不是疆界。向子諲《酒边词》卷上《蓦山溪》（绍兴乙卯大雪行鄱阳道中）说："瑶田银海，皓色难为对。琪树照人间，晓然是华严境界。"他倒相反，把一个现实境界说成虚幻的天地。这和赵孟頫《重修观堂记》一样，面对新修的金碧辉映的观堂说："翠柏红莲，清凉香洁。净土境界，种种现前。"真实的变成了虚幻的。

　　把现实的说成非现实的，客观存在变成了主观意象。境界这个词的意义起了变化，诗人和词人也逐渐使用起这个词，这样，境界就闯进文学创作的园地。而诗人和词人在使用时又产生了一些新的变化。陆游《杂题》诗说："半饱半饥穷境界，知晴知雨病形骸。"戴复古《处世》诗："风波境界立身难，处世规模要放宽。"又把境界从飘渺虚无中拉到现实中来，不过这个现实不是自然疆界，而是人生。《夷坚志·支戊》卷五"刘元八郎"条说："又一月，刘在家忽头涔涔颤眩，谓妻曰：'眼前境界不好，必是夏主簿公事发，要我供证，势必死。然料平生无他欲业，恐得反生，幸勿亟殓。'"这里境界的意义和情况或情形差不多。说它具体，它和疆界不同。说它抽象，它毕竟不同于幻想，而的确是人经历过的生活。这就只好说，又具体又抽象。

　　境界这个词在实际语言应用中，可能还有其他意义，不过这里不打算多讲了。我们知道这个词本来意思是指疆土的一定范围，是有迹象的，即具体的界线。后来一变而为头脑中的世外桃源，没有具体迹象，也没有界线，而指想象中的一片土地和土地上的人和物。再变而为人生经历，说它有迹象，既看不见，又摸不着，说它无迹象，它却是生活经历过感受过，也可以说留有痕迹，这就成为虚中有实，实中有虚了。弄清楚境界这个词的三种不同意义的变迁，对于我们研究文学批评史上的境界说，也是有帮助的。

二

我们前面说过境界这两个字，意义完全相同。合在一起和拆开来用都是指一定范围的疆土界线。"境界"和"境"是同义语。在文学批评史上旧题唐代诗人王昌龄的《诗格》中有时用"境象"，有时又只用一个境字，指的也是境界。《诗格》把境分为三种：物境，情境和意境。说"诗有三境：一曰物境。欲为山水诗，则张泉石云峰之境极丽艳秀者，神之于心，处身于境，视境于心，莹然掌中，然后用思，了然境象，故得形似。二曰情境。娱乐愁怨皆张于意而处之于身，然后驰思，深得其情。三曰意境。亦张之于意而思之于心，则得其真矣。"他这里所说的物境和境字的原始意义指疆土范围，自然景物，大致是相同的。情境和境字的引申义人生经历，生活感受，是符合的。意境和想象幻想中的事物也是一致的。这就是说"诗有三境"和境字的三个意义是对得上号的。刘禹锡《书董侍御武陵集后》说："诗者，其文章之蕴耶？义得而言丧，故微而难能。境生于象外，故精而寡和。"境生象外，和司空图所谓"超以象外，得其环中"，有点相同，实际上是王昌龄所说的意境。但司空图这两句话是在

"雄浑"条下讲的。他讲境界的"实境"条下，一字不提和象有什么关系。他只说"晴碉之曲，碧松之阴，一客荷樵，一客听琴。"讲的都是实物形象。倒和朱庆余《陪江州李使君重阳宴百花亭》诗中所说"醉里求诗境，回看岛屿青"有点类似。诗境是具体景物的形象，不是在象外，而和象是一回事，即王昌龄所谓物境。只是在所谓《欧阳修试笔》中有这样的话："萧条淡泊，此难画之意也。画者得之，览者未必识也。故飞走迟速，意浅之物易见，而闲和严静，趣远之心难形。若乃高下向背，远近重复，此画工之艺耳。"这里所说"趣远之心难形"，如果把"趣远之心"理解为王昌龄所说"张之于意，而思之于心"，那么所说的就是意境了。"趣远之心"，自然是在象外，这也就是神秀所说："不思议境界。"司空图《与极浦书》所谓"象外之象"。刘禹锡对于诗的境界观点，明显受到佛学影响。晋释僧卫《十住经合注序》说："抚玄节于希声，畅微言于象外。"就是明证。不过佛教到魏晋以后和道家思想结合成为玄学，像这里所说"玄节"、"希声"就有道家的影子。司空图《与王驾评诗书》说："王生寓居其间，浸渍益之，五言所得，长于思与境偕，乃诗家之所尚者，则前所谓必推于其类，岂止神跃色扬哉！"司空图这里说："思与境偕"和他在《诗品·实境》所说，意思是一样的，指的是景物。只有主张把境象分开来的皎然在《诗式》中讲到"取境"时说："或谓诗不假修饰，任其丑朴，但风韵正，天真全，即名上等。"他不同意"丑朴"，说还是"有容"好，这里"风韵正，天真全"指的是人的情性的自然流露。如果说这也算作境，那就是王昌龄所谓"情境"。那么这种观念和刘禹锡的"境在象外"说法，有相同之点，也有不同之点。相同之点是他们不认为境有迹象，不同之点是刘禹锡的境字指的是空无，而皎然说的是空有。至于皎然《诗议》的"取象"、"取境"、"取义"亦即"物境"、"情境"、"意境"的意思。后来人们不提"情境"，把"情境"和"意境"都说成"象外"。盛子履《溪出卧游录》卷一说："坡翁题吴道子、王维画云：'吴生虽妙绝，犹以画工论。摩诘得之于象外，有如仙翮谢樊笼。吾观二子俱神俊，又于维也敛衽无间言。'此诗极写道子之雄放，'当其下手风雨快，笔所未到气已吞'，是何等境界。"图画总是有形象的。盛子履转述苏东坡称赞王维的画和实际景物不像，只是神似，也是属于境在象外一类作品。盛氏在这本书卷二中又说："余于张氏春秋仙馆中，见其（杨两亭）《霜林红树图》，乱点丹砂，灿若火齐，色艳而气冷，非红尘所有之境界。"也都是说画中形象非客观现实世界的真实景物，气冷和色艳是不相称的，殆所谓"霜叶红如二月花"，想象而已。明人顾凝远说得好，他在《画引》中讲："气韵或在境中，亦或在境外，取之四时寒暑晴雨晦明，非徒积墨也。"就是说晴、雨、晦、明这些外界景物就是画家的取境，画家可以把这些景物的样子画出来，至于气韵能不能在这些景物画面上反映出来，那可能反映出来，也可能反映不出来。这里是顾凝远想说明气韵和境界的关系。气韵是画学上六法之一，这个学说比境界说早，而在画家中影响也大。气韵是抽象的，捉摸不着的。境界是具体的，即用积墨表现在画面上的风雨晦明的形象。顾凝远所说"境中"和"境外"实际上是"象中"和"象外"的意思。"境中"是说客观景物本身就是境界，也就是所谓物境。"境外"即意境，只是一种想象，不是客观景物的本身。前者如陆游在广西临桂县龙隐岩上题"诗境"二字，龙隐岩具体景物就是诗的境界。后者如李春荣《水石缘》卷一中，叙述石生向松涛说："你方说要寻个红尘不到处，我平昔意想中有境界非俗非仙，其间水秀山明，花奇草异，似曾经历之所，每一想着，便觉神怡。"这就是宋人李涂

《文章精义》所说，"作世外文字，须换过境界，庄子《寓言》之类，是空境界……"这种境界是虚的，不是实的。文学批评家从文艺创作中，即绘画和诗词中，发现了有两种不同的境界的存在，他们极力推崇"象外"的境界。因为"象外"的境界表现了作家的创造才能。沈括《梦溪笔谈》卷十七说度支员外郎宋迪工绘山水，"尝语陈用之云：此不难耳，汝先当求一败墙，张绢素讫。倚之败墙之上，朝夕观之。观之既久，隔素见败墙之上，高下曲折，皆成山水之象，心存目想，高者为山，下者为水，坎者为谷，缺者为涧，显者为近，晦者为远，神领意造，恍然见其人禽草木飞动往来之象，了然在目，则随意命笔，默以神会，自然境皆天就，不类人为。"这就是说，艺术境界是画家创造性劳动的产物，决不是客观景物简单的复写，这也就是"界画"不被重视的原因。在绘画如此，在诗词创作过程中也要求作者具有丰富的想象力，不只是生活经验的讲述。宋陈师道《后山集》卷十七《书旧词后》："晁无咎云：'眉山公之词盖不更此而境也。'余谓不然，宋玉初不识巫山神女而能赋之，岂待更而境也。"陈师道认为作家不必亲临其境，才能写出那种境界。只要想象想象就行了。李冶也有同样的意见，在《敬斋古今黈·拾遗》卷五中，他说他和客人谈诗，有人说"必经此境始能道此语"，他不同意这个看法，他说一个有才能的作家，"不一举武，六合之外无所不到，不一搉眼，秋毫之末，无不照了。"秀才不出屋，能知天下事，凭想象力能解决问题，不必"经此境始能道此语"。他举了两个例子说："子美咏马曰：'所向无空阔，真堪托死生。'子美未必跨此马也。长吉状李凭箜篌曰：'女娲炼石补天处。'岂果亲造其处乎？"这两个问题很有分量，迫使客人无辞以对。看来不管是作家，画家或者评论家都重视绘画和诗词中的境界，但不认为境界都要是实有的，而更重视虚境，想象和虚构。

境界这个词用在文艺批评上，按理说应该是先在画论中出现。但现存两晋南北朝画论中没有见到，不仅是山水画论中无人使用境或境界这个词，就是其他画论中也没有人提及。最早提到的是唐人张璪。他写《画境》一文，没有流传下来。他有两句名言，"外师造化，中得心源"，对后来的画家有很大的影响，和艺术作品需要创造境界有某些相通之处。韩愈《桃源图诗》说："文工画妙各臻极，异境恍惚移于斯。"看来评画评诗最早使用境字都在唐朝。而用境界这个词评诗评画到宋朝才出现。宋王洋《路居士山水歌》说："纷然万象争奇怪，缩地便移他境界。才薄其如此画何？强写娇容捧心态。"这是一首题画诗，用了境界一词。明以后用境界一词评论诗词者渐多。陆时雍《诗镜·总论》："张正见《赋得秋河曙耿耿》：'天路横秋水，星河转夜流。'唐人无此境界。"这两句诗暗用牛女故事，含蓄而不外露，意在言外，耐人寻味。陆氏所谓"唐人无此境界"，大概指此而言。侯方域《陈其年诗序》说："夫诗之为道，格调欲雄放，意思欲含蓄，神韵欲闲远，骨采欲苍坚，波澜欲顿挫，境界欲如深山大泽，章法欲清空一气。杜少陵云：'读书破万卷，下笔如有神。'不读万卷，岂易言清，不破万卷，岂易言空哉！"侯方域既然讲"意思欲含蓄"，他的境界一词中自然不会再有含蓄的意思。而是如深山那样幽静，大泽空旷而苍凉，可以一览无余。至于袁枚在《随园诗话》卷十六中说："自格律严而境界狭，议论多而情性漓矣。"为什么格律严就会弄成境界狭？境界狭又是什么意思呢？境界既有狭，是不是还可以有宽？袁枚在境界说提出了一个新的问题。我们知道，自唐以来，关于境界，说来说去只是一个实境和虚境的问题。这点，王国维在《人间词话》中讲的一段话："有造境，有写境，此理想与写实二派之所由分，然二者颇难分别，因大诗人所造之境必合乎自然，所写之境亦必邻于理想故也。"这造境和写境的提出，总结了唐宋以来境界说的基本内容。袁枚提出"境界狭"这个问题，值得我们注意。狭有狭隘、狭窄、狭小等意义。如作狭小解，即境界小。但王国维说："境界有大小，不以是而分优劣。"袁枚所说的狭，显然有劣的意思，看来不作狭小解。袁枚把狭和"格律严"结合在一起，如果不严，自由点，境界也就不狭了。我们知道袁枚的文学主张是性灵说。他是不赞成格律过严给抒写性灵各种束缚。为了迁就格律，话就不能想怎样说就怎样说，有时削足适履，破坏艺术形象的完整，不得不弄得路子越走越狭窄，造成境界的狭隘了。袁枚感觉到文学创作的清规戒律要求苛刻对于塑造艺术形象不利，还没有认识到这是境界说的一个重要问题。境界不管是客观存在或者主观虚构都要通过艺术形象体现出来。王国维说得对，"自然中之物互相关系，互相限制，然其写之于文学及美术中也，必遗其关系限制之处，故虽写实家亦理想家也。又虽如何虚构之境，其材料必求之于自然，而其构造亦必从自然之法律，故虽理想家亦写实家也。"在《人间词话》手稿中有这样一句话，"言气质，言格律，言神韵，不如言境界。"（赵万里辑录时删去格律二字）王国维认为艺术创作必须遵循事物客观规律加以剪裁，但这种剪裁和人工的格律限制是两回事。他说："大家之作，其言情也必沁人心脾，其写景也必豁人耳目，其辞脱口而出，无矫揉妆束之态，以其所见者真，所知者深也。"但是格律严就很难做到"其辞脱口而出，无矫揉妆束之态"，这个矛盾如何解决是文艺批评上境界说的一个难题。王国维用"所见者真，所知者深"来说明问题，只是逃避，并未解决。不过王国维提出了另一个问题，"真"和"深"。他说："境非独谓景物也，喜怒哀乐亦人心中之一境界。故能写真景物真感情者谓之有境界，否则谓之无境界。"他甚至把真凌驾于善之上，说："'昔为倡家女，今为荡子妇。荡子行不归，空床难独守。''何不策高足，先据要路津？无为守穷贱，轗轲尝苦辛。'可谓淫鄙之尤。然无视为淫词鄙词者，以其真也。"这里他认为"真"，或者说"真实性"是境界的核心，真不真就是一个判断艺术作品绘画、诗歌、词曲有没有境界的标准。宋朝人说一个人面对境界幽美的自然景物，会赞赏说"如画"，而看到一幅山水画时又说"逼真"。这"逼真"和"如画"正说明真实性和境界的统一。王国维把真和境界串结在一起，比前人只讲境界有虚有实，就更深入了一步。这一点也是王国维在境界说上的一个重要贡献。至于"有我之境"、"无我之境"只不过说明作家的思想感情表现在作品中明显和不明显而已，所谓无我之境即王昌龄所说的物境。此外，王国维还注意艺术境界的生动和具体。他说："红杏枝头春意闹，著一闹字，而境界全出。"为什么一个闹字就能闹出境界来？黄蓼园说："浓丽，春意闹三字尤奇辟。"要是改作"红杏枝头春意浓"怎么样，意思差不多，浓字的确不如闹字好。《花间集》卷六和凝《菩萨蛮》有一句"暖觉杏花红"，这暖字可以引起热闹的感觉，但如果说"春意暖"也还不好，太抽象了。只有闹字才表现花争吐艳，心境波摇，具体而生动。这里就是说，境界不仅要求真，还要求表现上的艺术技巧，要求美。

清刘体仁《七颂堂词释》说："词中境界有非诗之所能至者，体限之也。"所谓"体限"，就宋诗词体裁说，题材和描写细腻的程度都是有区别的。他提出了境界说中的另一个新问题。这个问题王国维没有接触到。陈廷焯《白雨斋词话》卷八说："诗有诗境，词有词境，诗词一理也。然有诗人所辟之境，词人尚未见者，则以时代先后远近不同之故。一则如渊明之诗，淡而弥永，朴而愈厚，极疏极冷，极平极正之中，自有一片热肠，缠绵往复；此陶公所以独有千古，无能为继也。求之于词，未见有造此境者。一则如杜陵之诗，包括万有，空诸倚傍，纵横博大，千变万化之中却极沉郁顿挫，忠厚和平；此子美所以横绝古今，无与为敌也。求之于词，亦未见造此境者。若子建之诗，飞卿词固已几之。太白之诗，东坡词可敌之。子昂高古，摩诘名贵，则子野、碧山，正不多让。退之生凿，柳州幽峭，则稼轩、玉田，时或过之。至谓白石似渊明，大晟似子美，则吾尚不谓然。然则词中未造之境，以待后贤尚多也。（皆境之高者，若香山之老妪可解，卢同、长吉之牛鬼蛇神，郊岛之寒瘦，山谷之桀骜，虽各有一境，不学无害也。）有志倚声者，可不勉诸。"陈氏这一段话是指创作说的，对于研究文学批评史上的境界说，也是一个值得探索的问题。至于王世贞《艺苑卮言》说："诗旨有极含蓄者，隐晦者，紧切者；法有极婉曲者，清畅者，峻洁者，奇诡者，玄妙者，骚赋古选，乐府歌行，千变万化，不能出其境界。"这里境界一词指的是范围，也含有风格的意思。

　　总之，境界说主要是探讨艺术形象的真实性。王国维所说"喜怒哀乐亦人心中之一境界"，表面看来，境界与艺术形象无关，但这句话须与他说："少游词境最凄婉，至'可堪孤馆闭春寒，杜鹃声里斜阳暮'，则变而凄厉矣。"两相对照着看，才能明白为什么"喜怒哀乐"是"心中之一境界"。同时还要参看他说："夫境界之呈于吾心而见于外物者，皆须臾之物，惟诗人能以此须臾之物，镌诸不朽之文字，使读者自得之，遂觉诗人之言，字字为我心中所欲言，而又非我之所能自言，此大诗人之秘妙也。"这就是说，诗人心中的"哀"，见于外物而为诗人写成文字，方能称为境界。秦少游心中的哀，体现于孤馆斜阳，而写出"可堪孤馆闭春寒，杜鹃声里斜阳暮"的字句，才显出凄厉的境界。如秦少游的哀只是埋藏在秦少游心中，不着一字，那就无所谓境界了。这里王国维所谓"喜怒哀乐亦人心中之一境界"，实际上就是王昌龄所说的情境，所以研究境界说必须注意境界的形象性或者说形象感，和形象的真实性，否则就不能理解王国维所说"有境界，本也"这句话的深刻含义。人的心理活动通过某种形式表露出来就叫做境界。境界是文学的形象性和真实性的结合，才成为"本也"。中国文学批评的研究者应该充分认识到，境界不只是文学批评史上许多术语之一，它关系到中国诗词的艺术手法上所表现出来的特征。

三

　　和境界相关联的还有一个术语叫意境。意和境本是分开的。意主要指的是思想，境就是境界。如果说意境界，自然很别扭，不过思想境界却是有人用的。王国维在《人间词话》中只有一处用意境这个词，即说："古今词人格调之高无如白石，惜不于意境上用力，故觉无言外之味，弦外之响。"此外大都分开来用。但王氏于其所著《宋元戏曲史》的《元剧之文章》中却大讲意境。说"元剧最佳之处，不在其思想结构，而在其文章。其文章之妙，亦一言以蔽之曰：'有意境而已矣。'何以谓之有意境？曰：'写情则沁人心脾，写景则在人耳目，述事则如其口出'是也。"这里意境一词和他所说境界一词的意义很接近。有一篇署名樊志厚写的《人间词乙稿序》，据赵万里说这篇序实际上是王国维自己写的。序中说："文学之事，其内足以摅己，而外足以感人者，意与境二者而已。上焉者意与境浑，其次或以境胜，或以意胜，苟缺其一，不足以言文学。"看来王国维还是把意和境分开的，不过在具体作品中多数是结合在一起，所以说"意境"。意境一词，最初出现于所谓王昌龄的《诗格》。王昌龄对意境解释得很不具体。苏轼《东坡志林》说陶渊明的"采菊东篱下，悠然见南山"，"着一'见'字而意境全出矣"。他所谓意境全出即"意与境会"。明朝人朱承爵《存余堂诗话》说："作诗之妙，全在意境融彻，出音声之外，乃得真味。"说的还是意与境二者要融合得好的意思。意境在宋释普闻《诗论》还写作"境意"。普闻说："天下之诗，莫出于二句，一曰意句，二曰境句。境句易琢，意句难制。境句人皆得之，独意不得其妙者，盖不知其旨也。……陈去非诗云：'一官不辨作生涯，几见秋风卷岸沙'，境也，着'几见'二字，便成意句。……陈无己诗云：'枯松倒影串溪寒（境），数个沙鸥似水安（境中带意）。曾买江南十本画，归来一笔不中看（意）。'……大凡识境意明白，觑见古人千载之妙，其犹视诸掌。"这位诗僧认为境和意，可分可合，合在一起就是境意。明王昌会《诗话类编》卷三说："诗先境而入意，或入意而后境，如'路远喜行尽，家贫愁到时。'家贫是境，愁到是意。又如'残月生秋水，悲风惨古台。'月、台是境，生、惨是意。若空言境，入浮艳；若空言意，又重滞。"这些言论无非说意和境往往结合在一起的。作为一首诗可分意句和境句，但作为一幅画便难说哪几笔，哪些线条构成意，而另外又是哪几笔哪些线条表现境。宋人饶自然《山水家法》说："境无夷险，古人布境不一。……每遇一图，必立一意，大幛巨幅，悉当如之。"一幅图只能有一个意，而这个意总是和境结合，不能分开，所以笼统叫意境。清人吴翀说："梅瞿山消夏十二景画册中有梦雪一幅，意境幽冷，同人盛暑小集，拟赋明湖梦雪诗，以解热怀。"意境幽冷是指整幅画讲的，不是单指梦雪中的雪。意境既结合成了一个词，后来评诗论文的人也就不再分什么"意句"、"境句"了。纪昀评苏东坡《次韵子由论书》诗："尔来又学射，力薄愁官笴。"说"插入一波，使觉意境生动"。李义山《送阿龟归华阳》诗，冯浩注说："意境不似玉溪，蓄疑者久矣，而今知其为香山（白居易）诗也。"牛运震《诗志》卷一评《唐风·绸缪》说："分明慨婚姻不得其时，设为男女相遇之词，意境可想。"这些地方所用意境一词都和境界区别不大。只是冯浩说："意境不似玉溪。"也可以解释作风格。于此可见意境这个论点是从境界说派生出来的。也就是说境界本有三种：物境，情境，意境。意境只是境界的一种而已。

一般说来，境界和意境这两个文学批评术语，如上所云，有同也有异，因而有时被人混用，但仔细察辨，境界比意境的范围广阔些，它指主观想象也指客观景象的描述，而意境则侧重于指主观情思的抒写。《白雨斋词话》卷三说元朝人张仲举的《水龙吟》词："'船窗雨后，数枝低入。香零粉碎，不见当年。秦淮花月，竹西歌吹。'系以感慨，意境便厚。船窗数语，亦是画所不到。"说意境是画所不到，画不出来，正表明它和那个明指"物境"的境界的区别。意境中的意即思想感情，有时客观景物只是作为思想感情的脚注，当然是无法画的。《文镜秘府论》说："凡诗物色兼意下为好。"情景交融，只是把景融化到情中去，这是意境这个术语含义的特点。也就是说，宋以后多数人都把"情境"合并意境中去了。《白雨斋词话》卷二说："王碧山词，品最高，味最厚，意境最深，力量最重，感时伤世之言，而出以缠绵忠爱，诗中之曹子建，杜子美也。"意境最深，深就深在缠绵忠爱，着重点在"意"，可想而知。

中国古典诗歌创作到了齐梁时代，自然景物的描写，泛滥成灾。"连篇累牍，不出月露之形；积案盈箱，唯是风云之状。"这一现象引起了多数进步诗人的不满。陈子昂《与东方左史虬修竹篇序》说当时诗歌"彩丽竞繁，而寄兴都绝"，只有词藻，没有内容。他们说诗歌应该有寄兴。什么叫寄兴？兴字按《集韵》的解释是"象也"。寄兴就是寓思想感情于景物形象之中。也就是兴象,《文镜秘府论》说:"都无兴象,但贵轻艳,虽满箧箱,将何用之。"诗歌要有内容,有作家的真情实感,不能只是彩丽辞藻的堆砌。不能为写风云月露而写风云月露,要通过风云月露表达作家的思想感情,这就是当时进步诗人对于诗歌创作的新要求。这个理论经过王昌龄、释虚中等人的补充,就更加清楚了。王昌龄《诗格》十七势《感兴势》说:"感兴势者,人心至感,必有应说。物色万象,爽然有如感会。"这就是说有一种"感兴"体裁的诗,这种诗是"物色万象"与人的心中感受会合在一起的,不是让"物色万象"徒然弄得人们眼花缭乱而已。释虚中《流类手鉴序》说:"善诗之人心含造化,言含万象。且天地日月,草木烟云,皆随我用,合我晦明,此则诗人之言应于物象,岂可易哉!"他认为一个诗人要善于把"天地日月,草木烟云"作为表达思想感情的物象。这些主张都是说不能因为齐梁时代有些诗人精神空虚,写诗作文只是堆砌辞藻,就反其道而行之,连辞藻都抛弃不用。诗人杜甫就不这样,他在创作中就继承齐梁的藻丽而加以改造。在《解闷》诗中他说,"陶冶性灵存底物,新诗改罢自长吟。孰知二谢能将事,颇学阴、何苦用心。"何就是何逊。《颜氏家训·文章篇》说:"何逊诗实为清巧,多形似之言。"形似就是模山范水。《文心雕龙·物色篇》所说"自近代以来,文贵形似,窥情风景之上,钻貌花草之中",指的就是齐梁体。杜甫青出于蓝,学习阴铿、何逊等人诗作而写出驱使风云月露,表达他的深厚的思想感情的诗篇。比如《绝句漫兴》说:"糁径杨花铺白毡,点溪荷叶叠青钱。笋根雉子无人见,沙上凫雏傍母眠。"写的全是景物,幽闲境界,跃然纸上。这应算是物境。他的另一《绝句》:"两个黄鹂鸣翠柳,一行白鹭上青天。窗含西岭千秋雪,门泊东吴万里船。"这首诗和前面那首诗一样，境界优美，心地安闲。但是他的《登高》就不同了。诗说："风急天高猿啸哀，渚清沙白鸟飞回。无边落木萧萧下，不尽长江滚滚来。万里悲秋长作客，百年多病独登台。艰难苦恨繁霜鬓，潦倒新停浊酒杯。"这里情景交融，境界苍凉，已经不是物境，而是情境了。至于《月夜》诗说："今夜鄜州月，闺中只独看。遥怜小儿女，未解忆长安。香雾云鬟湿，清辉玉臂寒。何时倚虚幌，双照泪痕干。"所写情景，完全出于想象。这和他《送裴二虬作尉永嘉》诗中所描写的永嘉情况一样，都是意中之境，可以称为意境。物境，情境，意境是境界的分类，所以叶燮在《原诗·内篇》说杜甫诗"妙语天开，从至理实事中去领悟，乃得此境界也"。赵令畤《侯鲭录》引苏东坡诗说"少陵翰墨无形画"，指的应该是杜甫这些诗篇。受杜甫影响最深的诗人李商隐也同样写出了不少形象生动，情思真挚，境界幽远的诗作。此后许多诗人不断辛勤劳动和努力，经过长时期的创作实践写出了大量出色的作品。唐诗宋词中的优秀篇章，其中不少是情景交融，境界深远的。而境界说和意境论就是在这种创作取得新的收获时提出来的。这个理论总结了中国古典诗词创作进入了一个新的历史年代的宝贵成就。如何吸收这份古典文学理论遗产，让诗歌创作得更加光辉夺目，陈毅同志曾谈到诗歌创作说："现在是一个非常伟大的时代，我们的事业是前人没有做过，也没有梦想过的，无数的新人新事，都是前人未历之境，因而我们写的诗也应该能走上前人所未到的境界。"（见《诗刊》1962年第3期《诗歌座谈纪盛》）的确，这是一个值得今天诗人深思的问题。

（原载《文学评论》1982年第1期；后编入《〈人间词话〉及评论汇编》，书目文献出版社1983年12月第一版）

金代的诗歌创作

　　12 世纪初，女真族上层贵族在我国北部建立起了一个以女真族为核心的政权，把汉族赵宋皇族集团赶往淮河以南。从太宗完颜晟天会五年（1127）到 13 世纪初哀宗完颜守绪天兴三年（1234）共 107 年，历史上叫做金朝。

　　女真族本是我国东北部一个流动性的部族，约于 10 世纪中叶定居黑龙江长白山一带，开始进入奴隶社会。由于他们和比他们文化较高的契丹族建立的辽国接触，受到影响，很快向封建制过渡。自穆宗（1052—1114）盈歌废弃部族联盟制，把别的部族隶属于自己统治之下，政治经济进一步统一。太祖完颜在辽天庆四年（宋徽宗政和四年，1114）以三百户为一谋克，十谋克为一猛安，一如郡县置吏之法，设置行政长官，使制度日渐严密，成为一支既耕且战的强有力的军政合一组织。第二年太宗完颜晟脱离辽国控制而独立。由于"地狭产薄"，他们总想迁移到一个物产富饶的地区。这时赵宋王朝想从辽国收复被占领的北方领土，就和女真族上层贵族勾结，联合起来攻打辽国。辽国当时政治腐败，很快就被击溃了。辽国有一个叫萧瑟瑟的妃子，她写了一首《咏史》诗说："丞相来朝兮剑佩鸣，千官侧目兮寂无声。养成外患兮磋何及，祸尽忠良兮罚不明！亲戚并居兮藩屏位，私门潜畜兮爪牙兵。可怜往代兮秦天子（赵德麟《侯鲭录》卷七作'可怜二世秦天子'），犹向宫中兮望太平。"名为"咏史"，实即悼今。宋王朝虽参与击溃辽国，但他们自己的政治形势和军事力量并不比辽国好多少。他们担任夹攻燕京的任务，完成不了，还是由金兵攻下的。为了讨回这块土地，宋与金岁币四十万，年输燕山代税钱一百万缗。这样算是把丧失的土地名义上买了回来，但同时也就暴露了大宋王朝是一只纸老虎。天会二年（1124）金政权出动大军袭击宋王朝，不过三年，赵宋皇族集团就逃往南方，北方大片土地拱手与人了。金政权把征服了的辽人和汉人都按猛安、谋克编制，很快地就遭到各族人民反抗，不得不改变办法，即"诸部降人，但置长吏，以下从汉官之号"，这就奠定了金代猛安、谋克和辽汉旧制并存的制度。为了搞好民族间的关系，金政权采取让猛安和谋克户人与汉人结为婚姻。州县官一律不用女真族人，而用汉人。熙宗完颜亶皇统八年（宋高宗绍兴十八年）金左丞相宗贤、左丞禀等言，"州县长吏，当并用本国（女真）人"。完颜蚍不同意，说"四海之内，皆朕臣子，若分别待之，岂能致一。谚不云乎？'疑人勿使，使人勿疑。'自今本国及诸色人，量才通用之。"并禁止女真族人奴役汉人，所以在金代，除山东、河北由于括田而引起民族纠纷，也就是南宋人所说的忠义军活动部分地区外，民族矛盾并不十分尖锐，不像南宋人夸大得那么严重。

金政权在北中国的经济掠夺，基本上是继承赵宋王朝，而略加改变。《金史·范承吉传》说，"时承宋季之弊，民赋繁重失当。承吉为经画，立法简便，所入增十数万斛。官既足而民有余。"这里没有说明具体改变办法，但《高昌福传》说，"税法比近代为轻"。宋人廖刚《高斋文集》卷一《又札子》说："臣闻刘豫在齐魏间，省徭薄赋，专务姑息。招徕人士，诱以为官。日以倾我为事，安知其不图吾根本之地乎!"这都说明金政权下税收，比赵宋只减轻而未加重。此外还有一个特点，就是"租税之外，算其田园屋舍车马牛羊树艺之数，及其藏镪多寡，征钱曰物力。物力之征，上自公卿大夫，下逮民庶，无苟免者"。这是政府和大官僚大地主争夺剩余劳动，沿用王安石新政的一些做法而稍加改变，其性质是一致的。这种措施，使大地主、形势户和小土地同样交税，客观上有利于生产力的发展。加上金人认为"五常五事之感应，不必泥汉儒为例"（《金史·五行志序》），也就是说"天变不足畏"，使政府人事任用，不受天变影响，政局比较稳定，执行政策，也不至于变来变去，对发展生产也起一些好的作用。同时由于大官僚大地主的南逃，他们的土地被没收，分配给猛安、谋克户人耕种，土地集中的现象，相对缩小。新兴的豪强虽有多占土地的事实，如纳合椿年占地八百顷，椿年子参谋合以及耨盌温敦思忠的孙子长寿等人占地三千余顷，可谓多矣，但当时政府采取措施，只给他们各家留十顷，余均入官。这种限制土地集中，对于生产力发展，也有好处。

一般说来，金朝在税收和土地集中上，比起赵宋王朝（包括逃往南方的宋王朝）来，幅度要小得多。这样金王朝比逃往南方的宋王朝取得更多的人支持，金朝社会比宋朝社会也就较安定。金世宗完颜雍（1161—1189）被人称作"小尧舜"，就是一个例证。

女真族内部在对待"安定"这个问题，有不同的看法。一派认为夺取了汉族赵宋王朝北方土地就可以"安定"下来，一派认为必须全部摧毁汉族赵氏集团把持的政权，才算"安定"。这两派的斗争表现为与南方赵宋政权的和战问题上，也直接影响到南宋的"和议"与"反和议"的活动。我们可以这样说，金主亮南征中的被杀和金世宗政权的建立标志着金朝内部主和派的胜利。这样给逃往南方去的北方大地主以及和赵宋王朝有联系的大小官僚，有机会做几场重温旧日繁华昌盛的美梦，企望恢复失去的河山。但广大的劳动人民和留在北方的汉族地主却不做梦了，他们对女真贵族无好感，而对赵宋王朝也不十分眷念。这点对于我们了解当时中国南北两方的文学都有很大的关系。女真族很注意和其他各族人民建立相互正常的关系。《金史·选举志》说，"贞祐三年，户部郎中奥屯阿虎言：'诸色迁官并与女真一体，而有司不奉，妄生分别，以至上下相疑'，诏以违制禁之。"可见金朝统治阶级并不把女真族人凌驾于各族之上。约略而言，金朝除对猛安、谋克户在土地分配和耕具方面给予一些照顾外，其他方面，特别是政治方面，没有什么特权。直到金亡，各民族间的关系并不十分紧张。在金代文学作品中反映民族矛盾的作品是非常少的。当然，实际生活中统治阶级横行霸道的事情总是有的，元好问《资善大夫吏部尚书张公神道碑铭》就揭发了这方面的事实。

　　女真族统治下的北中国文学基本上是北方汉族人民的文学。不仅作者绝大多数是汉人，而作品的思想和风格也是赵宋王朝文学的延续。只是在特殊的情况下略有变化而已。本来女真族初无文字，破辽后，开始学习契丹文和汉字，并仿效契丹字制成女真字。最初，女真人如完颜亶，还只"能以契丹字为诗文"，他"凡游宴有可言者，辄作诗以见意"，写诗不少。天会间，耨盌温敦兀带工为诗。他是女真字学生，可能是用女真字写诗。大定二十年金考试制度规定"今后以策、诗试三场，策用女真大字，诗小字"。这样，用女真文字写诗的该要多起来，但"虑女真字创制日近，义理未如汉字深奥"（完颜雍语），他们写诗还是喜用汉字。今传金主亮的一些诗词都是用汉文写的，不是契丹文，也不是女真文。《金史·海陵纪》不言其能写诗，而且有人说他认为"诗文小技，何必作耶!"这些诗的真伪颇有问题。但后来的完颜璹、完颜匡、合周、术虎遂、乌林达爽等人所作诗词，都用汉文，却无疑问。他们的诗部分还保留到现在。完颜璹（1171—1232）还是一个重要的诗人，和汉族一些著名诗人都有来往。他死于金亡前二年，诗词的情调低沉。《秋郊雨中》云："羸骖破盖雨淋浪，一抹烟林覆野塘。不著沙禽闲点缀，只横秋浦更凄凉。"荒凉衰谢的景物，枯冷瘦硬，风雨送来了透骨的岑寂。没有希望也没有悲哀。王朝的遭遇和个人的处境，都是浸在危苦的深渊，而无力挣扎出来。《过胥相墓》云："亭亭华表映朱门，始见征西宰相尊。下马读碑人不识，夷山高处望中原。"繁华兴盛的时代已经一去不复返了。土地沦丧，曾经显赫一时的人物，所遗留下来的只是满目苍凉，一片空旷，象征着王朝的命运。《朝中措》云："襄阳古道灞陵桥，诗兴与秋高。千古风流人物，一时多少雄豪。霜清玉塞，云飞陇首，风落江皋，梦到凤凰台上，山围故国周遭。"他十分向往于南国河山的壮丽，但不像传说金主亮那样，野心勃勃，要"提兵百万西湖上，立马吴山第一峰"。他对赵宋王朝是友好的，这在《书龙德宫八景亭》诗中，可以见到。《自题写真》云："枯木寒灰久亦神，应缘本现胙公身。只因酷爱东坡老，人道前身赵德麟。"他以"前身"是一个汉人而感到骄傲。

除女真族人外，移剌履（即耶律履）、移剌霖（即耶律霖）等契丹族人也能诗，也用汉字写诗。移剌霖（1185—1232）有《骊山有感》诗："苍苔径滑明珠殿，落叶林荒羯鼓楼。渭水都来细如线，若为流得许多愁。"也还流畅可诵。契丹人用汉字写诗，不始于移剌履。早在辽朝建国初期就有皇子倍的"小山压大山"的诗作。契丹贵族用汉字写诗的人很多，有的人还编过集子，但都没有流传下来。自然，他们也用契丹文写作，据《中山诗话》说，汉人余靖出使契丹，曾用契丹语作诗。耶律楚材《湛然居士集》有《醉义歌》一首，原是辽朝寺公大师用契丹文写的，耶律楚材译成汉字，原文没有保存下来。耶律楚材说这首诗，"可与苏黄并驱争先"，评价很高。辽朝最后两个贵妇人，道宗宣懿后和天祚帝文妃都能用汉字写诗。她们处在辽朝灭亡的前夕，诗歌中对契丹族人一蹶不振流露着悲愤。辽朝灭亡后，在女真贵族统治下的契丹人，除移剌履外，还有一些人也能用汉字写诗。

但总的说来，金代诗人中绝大多数还是汉族人。金初汉族诗人一部分是赵宋王朝使臣被留下来的，一部分是未随赵宋王朝南移的。也有少数原住燕蓟一带，早期属辽朝统治。辽亡后落入金人手中。赵宋王朝认为燕蓟这些地方是汉族人民世代居留的，应归他管辖，就向金太祖完颜旻索讨，完颜旻同意了，而有一个叫左企弓的汉人反对，献诗云："君王莫听捐燕议，一寸山河一寸金。"这个汉族官僚地主，为了自身的利益，并不欢迎赵宋政权。当然有一些人和赵宋王朝存在千丝万缕的联系，就不是这样。像宇文虚中就是。宇文虚中（1079—1145）字叔通，四川成都人。宋高宗赵构建炎二年（金天会六年）以祈请使入金，被留不遣返。金太宗完颜晟任用他为翰林学士承旨，奉为国师，颇受重视。洪皓和朱弁对他接受金朝官职，羞与为伍，鄙其为人。而《三朝北盟会编》、《名臣言行录》等书，对他又称誉备至。这个人比较复杂，他自己一面说，"人生一世浑闲事"（《在金日作》），一面又说，"是非留与后人传"（《己酉岁书怀》）。他以谋反金朝罪名被处死，有人说他是真反，也有人说他是遭他人陷害。《在金日作》云："满腹诗书漫古今，频年流落易伤心。南冠终日囚军府，北雁何曾到上林。开口摧颓空抱朴，胁肩奔走尚腰金。莫邪利剑今安在？不斩奸邪恨最深。"他对秦桧等人不胜愤恨，而表白自己不做不利于南方赵宋政权的事。他的诗中经常流露对宋朝的怀念，"不堪南向望，故国又丛台"，老泪纵横，担心着逃往江南的赵宋王朝的命运。他的《和高子文秋兴》云："落日尘埃壮，阴风天地昏。牛羊争隘道，鸟雀聚空村。跛曳伤行役，光华误主恩。未甘迟暮景，伏枥志犹存。"高子文即高士谈。这个人有《题禹庙》云："可怜风雨胼胝苦，后世山河属外人。"对于汉族人民耗费大量的劳力而开垦出来的土地的放弃，他耿耿于怀，而"泪眼依南斗，难忘故国情"（《不眠》）。并在《村行》中说："墟落依林莽，茅庐出短墙。儿童避车马，父老馈壶浆。半湿田新雨，犹青枣未霜。逢人问丰歉，一一叹声长。"高士谈对女真族的统治是不满的，他不敢明目张胆地骂，只是十分含蓄地说，"逢人问丰歉，一一叹声长"。在繁重租税的压榨下，农民生活是困苦的。宇文虚中和这个对女真贵族统治不满的高士谈说，"未甘迟暮景，伏枥意犹存"，这里面透露了他们俩人的共同心愿，这个心愿，有人说是"谋反"，完全是可能的。

　　和宇文虚中一样，还有吴激。吴激字彦高，他是名画家米芾的女婿，建州（今福建建瓯）人。"奉宋命至金，以知名留不遣，命为翰林待制"，死于皇统二年，即宋高宗绍兴十二年（1142）。他以《人月圆》（宴张侍御家有感）一词，为世传诵。写的是一个宋朝宫女被金兵掳掠而沦为侍婢的故事。"青衫泪湿，同是天涯"，两句词写自己，也写侍婢，激动了和他处于同等命运的留金汉人。他另一首《春从天上来》（会宁府遇老姬善鼓琴，自言梨园旧籍）说，"舞彻中原，尘飞沧海，风雪万里龙庭。写箫声幽怨，人憔悴，不似丹青。"也凄凉清婉。至于《风流子》，属对工整，"年芳但如雾，镜发已成霜"，颇为时人称赏。"年去年来还似梦，江南江北若为情"，似有苦水欲吐。《题宗之家初序潇湘图》云："江南春水碧如酒，客子往来船是家。忽见画图疑是梦，而今鞍马老风沙。"他是多么想念南方的山青水碧。风沙、碧水多么不同啊，一个汉族的知识分子在女真族的贵族统治下做事，关系总是有些紧张。"巢燕长如客"，正流露出这种心情。

　　与吴彦高齐名的，有一个叫做蔡松年的人。蔡松年（1107—1159）原籍杭州，出生在开封，后来跟随父亲住在燕山。金朝用他做真定府判官，从此他就落籍真定。他的诗词都写得不错。特别是词，当时就很有名，人们把他和吴彦高的词称为"吴蔡体"。他的有名的词是《鹧鸪天》（赏荷），"秀樾横塘十里香"。这首词用"燕支肤瘦"、"翡翠盘高"比拟荷花，形象鲜明。而全首词都是比兴手法，字面上没有"荷""花"字样，给人一个清新俊逸的感受。蔡松年的诗和他的词的风格不同。他在天眷三年（绍兴十年，1140）参加宗弼的军队进占河南，归途中写了《庚申闰月从师还自颍上对新月独酌十三首》，心情矛盾，说什么"自要尘网中，低眉受机械"、"却视高盖车，身宠神已辱"，一面做大官，一面想归隐，这就是蔡松年诗歌的特点。《渡混同江》云："十年八唤清江渡，江水江花笑我劳。老境归心质孤月，倦游陈迹付惊涛。雨都络绎波神肃，六合清明斗极高。湖海小臣尸厚禄，梦寻烟雨一鱼舠。"在他死前一二年，他一直做着他不愿意做的事，"桔槔听俯仰，随人欲何为"。原来蔡松年所处的时代正是女真贵族从汉族地主阶级手中夺得北中国大部分统治权后，一派主张继续夺取汉族地主掌握的长江以南的全部政权，一派主张适可而止的时候。宗弼和海陵都是属于前者，蔡松年倾向于后者。而蔡松年偏在宗弼和海陵部下做事，这就是他诗中表现思想矛盾的根源。在好战者的包围中，他感到

"欲语个中趣，知言耿晨星"（《漫成》），内心充满了苦闷和孤寂。在《庚戌九日还自上都饮酒于西岩以野水竹间清秋岩酒中绿为韵十首》中说，"鸡群媚稻粱，老鹤日疏野。人言随其流，故有不同者。"他的主张和宗弼海陵都不同，他是一个"不同者"。所以《师还求归镇阳》中，他说"春风卷甲有欢声，渐识天公欲讳兵"。他厌恶那种无穷尽的掠夺战争，企图退出这个不光彩的舞台。他的儿子蔡珪回忆父亲出使南宋时说，"江东贾客借余润，贞元使者如春风"（《撞冰行》）。蔡松年希望他能给南北双方都带来和平安定与欢乐，在野心家当权时，这只能是幻想。

金代初年的文学和赵宋南方文学基调是一致的。围绕着中华民族大家庭中内部各族之间的联合与斗争，发出反对屈辱、反对压迫的呼声。毛主席说过，"中华民族的各族人民都反对外来民族的压迫，都要用反抗的手段解除这种压迫。他们赞成平等的联合，而不赞成互相压迫。"（《中国革命和中国共产党》）这是我们解决历史上中华民族内部纠纷的指导思想。在对待辽宋金元时期的文学时，我们也要时刻记着这几句话。所谓爱国主义也只能在这个基础上理解，不要把狭隘的民族思想塞进"爱国主义"的词句中去。

自金主亮（海陵）企图以武力压迫南宋王朝失败后，金朝就放弃了统一南北的打算。大定四年（即宋隆兴二年，1164）订的和约，改君臣为叔侄，虽未能做到"平等的联合"，然而压迫程度有所减轻，关系也有所改善。刘迎《淮安行》云："淮安城壁空楼橹，风雨半摧鸡粪土。传闻兵火数年前，西观竹间藏乳虎。迄今井邑犹荒凉，居民生资惟榷场。马军步军自来往，南客北客相交商。迩来户口虽增出，主户中间十无一。里闾风俗乐过从，学得南人煮茶吃。青衫从事今白头，一官乃得西南陬。宦游未免简书畏，归去更怀门户忧。世缘老矣百不好，落笔尚能哦楚调。从今买酒乐升平，烂醉歌呼客神庙。"和平带来了安定与欢乐。边界线上也将逐渐恢复往日的繁盛。有位诗人叫张翰，他说"太平朝野欢娱在"。的确，大定、明昌时期（1161—1196）金朝出现了社会经济高涨，人民生活稳定的局面。世宗完颜雍提倡农桑，章宗完颜璟奖励文学，给这个时期文艺发展创造了有利的条件，也使得这个时期的作品放出了一些光芒。徐世隆《遗山先生文集序》云："窃常评金百年以来，得文派之正而主盟一时者，大定、明昌则承旨党公。"党公即党怀英（1134—1211），他是蔡松年的门弟子，和辛弃疾同学。赵秉文《滏水集》有《翰林学士承旨党公碑》说："公之文似欧公，不为尖新奇险之语。诗似陶、谢，奄有魏晋。"评价很高，可惜他的作品流传下来的不多。我们先看一看他的一首小词吧，《青玉案》："红莎绿蒻春风饼，趁梅驿，来云岭。紫桂岩空琼窦冷，佳人却恨，等闲分破，缥渺双鸾影。一瓯月露心魂醒，更送情歌助清兴。痛饮休辞今夕永，与君洗尽，满襟烦暑，别作高寒境。"这是一首咏茶的词，也和他的老师蔡松年那首咏荷花的词一样，字面没有茶字，用烘云托月的手法，把茶的色、香、味都说了出来。我们知道，茶在金朝，被认为是"宋土草芽"，须用贵重金帛交易，才能得到。而且是"饮食之余，非必用之物"，耗费大量物资和金钱去购买，很不合算。他们对于饮茶，经常加以限制和禁止。党怀英把茶的作用说得神妙无比，"一瓯月露心魂醒"，怎能说是"非必用之物"呢？而且要"痛饮"，看来他是赞成南北交往的。他曾经以金朝使节的身份到过杭州。有一首《金山》诗，写他在风雪中渡过淮水，夜色微茫时经过扬州，到达瓜洲正是晴光破晓，他站在金山顶上，举目眺望，感到"金山胜概冠吴楚，万础蟠峙江中流"。这是他平生最快意的时刻，在"川开林阖望不极，但见远色明轻鸥"中依依不舍的离开，对江南风景幽美，他以爱抚的笔触，轻描淡写，留下了一个河山壮丽的印象。在他另一首《宿宣湾》中说："夜凉淮浦月，寂寞照边心。"人为的隔断，使得每个人的心情却沉重起来。党怀英对于汉族地主和女真贵族联合政权的压迫人民是有些不满意的。在《雪中四首》的一首里说："岁晏雪盈尺，农夫倍欣然。不作祁寒怨，应知有丰年。笑我寄一室，归耕无寸田。无田吾不忧，饮啄当问天。我看多田翁，租赋常逋悬。低头负呵责，颜色惨可怜。不如拾滞穗，行歌两无牵。"他虽然没有直接说到农民生活困苦，但讲"多田翁"交不出租赋，那么，不说也就可想而知了。《昫山道中》云，"吴歌楚语海山间，织苇苦菰便自安。已作稻塍犹未种，小沟流涩水车干。"这就清楚地表明了劳动人民的处境了。党怀英的诗词风格，实际上是苏东坡派。也就是说不讲究含蓄，大抵意尽言尽。

　　和党怀英同时的诗人有赵沨、王庭筠、周昂、郦权等。王庭筠是米元章的外甥，也长于字画。《滹南诗话》记录了他的《丛台绝句》二句，"猛拍阑干问兴废，野花啼鸟不应人"。孤寂、感愤、豪壮杂糅在一起，给予人们一种辛辣而酸苦的味道。他在生活上有些挫折。由于"恩多责薄"，思想上有点变化。他的《偕乐亭》诗和《丛台绝句》比起来，再也没有感慨，对谁兴谁废不过问了。他满意于现实，在《河阳道中》说，"梨叶成荫杏子青，榴花相映可怜生。林深不见人家住，道上难闻打麦声。"避开现实社会中各种矛盾和斗争，他隐约地歌颂社会的平静和安乐。

　　一般说来，金朝诗歌的总倾向，在内容方面触及现实矛盾和斗争作品数量不多，也不尖锐，在形式方面大都模仿苏东坡和黄山谷。虽然他们有的标榜陶渊明、李白、白居易，有的标榜李贺、卢仝、李商隐，实际上是苏、黄。刘祁《归潜志》说，"明昌间作诗尚尖新"，说明了金朝中叶江西派诗风成了多数作家的好尚。刘仲尹开风气之先，王庭筠、赵沨、李天英、张仲扬、李屏山、马天来、王良臣等人接踵而至。王庭筠的《夏日》说"花影未斜猫睡外，槐枝犹颤鹊飞边"，赵沨的《黄山道中》说"好景落谁诗句里，蹇驴驮我画图间"，张仲扬的《紫泉亭》说，"一片白云携雨去，人家篱落半斜阳"，都是很好的例证。李天英作诗，喜出奇语。马天来要在卢仝马异之外，以怪语惊人。李屏山教后学为诗文，"当别转一路，勿随人脚跟"，"提倡奇峭生硬"，极称李天英的诗，"长河老秋冻，马怯冰未牢。河山冷鞭底，日暮风更号"。王良臣长于律诗，尖新工对属，"笔底有神扶气力，人间无地著声名"，为人传诵。他的《息轩》诗说，"世味甜于刀上蜜，人心苦是蓼中虫"，更是把黄山谷的新巧发展到了顶点。江西派的诗在金与南宋都有很大的势力和影响。不过表现却不一样。金朝表现是追求尖新奇峭。南宋则是使事用典，所谓"拆东补西裳作带"（任渊《后山诗注》卷三《次韵西湖徙鱼》），类似书抄罢了，也就是说，金朝诗人着重"以俗为雅"，而南宋作者只抓住"以故为新"而已。

金朝中叶，从 12 世纪 60 年代至 13 世纪初，由于社会安定，作家偏于雕章凿句，追求形式上的新巧。杨奂说"昌明以后，朝野无事，侈靡成风，喜歌诗，故士大夫之学多华而少实"。这个时期的作品中所反映的生活很窄，很少触及广大人民的现实斗争。有一个叫景覃的，写了一首《感事》诗说，"兰芳切禁当门种，李苦何伤并道生。自古英雄足猜忌，莫教身外有浮名"。有些不满现实的情绪，并不具体。路铎的《襄城道中有言长官横暴者》说，"尽说秋虫不伤稼，却愁苛政苦于蝗。诗成应被西山笑，已炙眉头尚否臧。"指摘时事比较清楚些。张建的《拟古十首》中的一首："枯桑依颓垣，摧折生理微。剥我枝间叶，备君身上衣。叶尽谁复顾，栖鸟亦来稀。君看牡丹丛，日日笙歌围。"以花木荣枯衬托人情冷暖，暗示了阶级社会中的被损害者命运的可悯，泄露了一点点人世的不平。一个不算太小的官僚史肃，怀着自疚的心情，写了一首《春雪》诗。他一开头就说，"丰年不救两河饥"，丰收有什么好处，人民照样饿肚子。"空花只解惊愁眼，湿絮宁堪补败衣。"看到人们生活在饥寒交迫中，身为御史而束手无策，只是作诗而已。但比起那个户部侍郎庞铸，说什么"富国才疏合自羞，清时无补但优游"，看来，史肃还算有点良心。

金朝诗歌中反映民族矛盾的极为少见，而且语言含混。周昂的一些诗触及这方面，但细探索，又不知确指。他的《翠屏口七首》，其中一首说："玉帐初鸣鼓，金鞍半偃弓。伤心看塞水，对面隔华风。山去何时断，云来本自通。不须惊异域，曾在版图中。"另一首说，"可怜天设险，不入汉提封"。诗句都未明显地提到民族矛盾。翠屏口当是山西浑源的那个翠屏山口。元好问也有一首《过翠屏口》诗，指的就是那个地方。周昂把女真贵族统治下的北方称为"华风"和"汉族封疆"，而把蒙古族居留的地方叫做"异域"。他另有一首《谒先主庙》说，"不应巴蜀江山丽，能使英灵忘故乡"。我们拿来和南宋人的"却把杭州作汴州"对照着读，或者其中不无微意，也许要牵动一点民族情绪吧！

金朝民族之间的关系是比较复杂的。不仅汉族与女真族，而且像契丹族、奚族、西夏的党项羌族以及后来的蒙古族，他们之间都形成错综复杂的关系。13世纪初，蒙古铁木真脱离金朝，号称成吉思汗，独自建立一个新政权，并且把他的势力向南扩张，矛盾就日渐尖锐起来。这时金政权处于南方的赵宋和北方的蒙古夹攻之中，加上山东起义的红祆军，日子很不好过了。李献甫《围城》诗云："碧树苍烟起暮云，长安陌上断行人。百年王气余飞观，万里神州隔战尘。身与孤云向双阙，愁随落日到咸秦。山河大地分明在，莫为时危苦怆神。"这首诗透露了金王朝不仅土地一天天缩小，而权力也一天天在削弱。女真族本以"将勇而志一，兵精而力齐"，夺取了辽宋的政权。现在变了。有一个叫王扩的，在完颜永济崇庆元年（1212）上书言时病有四：一为"将不知兵"，二是"兵不可用"，三为"事不素定"，四是"用人违其长"。这个统治集团完全退化了。一些头脑比较清醒的人对王朝面临的困境，十分忧虑。就是这个王扩，写了一首《题神霄宫清心轩》诗说，"未了此心私自笑，更忧时世欲澄清"。李钦叔《浣溪沙》（河中环胜楼感怀）也说，"垂柳阴阴水拍堤，欲穷远目望还迷，平芜尽处暮天低。万里中原犹北顾，十年长路却西归，倚楼怀抱有谁知。"他们都想把金朝从四面楚歌中拯救出来。但是他们的希望和努力是徒劳的。正如史公奕所说，"锦囊三矢传遗恨，不救朱三（朱温）着赭黄"（《李雁门》）。蒙古铁木真终于做皇帝了，金朝自从宣宗完颜珣迁都汴京（开封），土地天天丧失，军费开支有加无减，滥发纸币，增加捐税。秦略《谷靡靡》（上党公府作）诗中说："谷靡靡，青割将来强半粃。急忙春米送官仓，只恐秋风马尘起。"这里所说的是事实，不是诗人夸大。《金史·食货志一》说，"元光元年，上闻向者有司以征税租之急，民不待熟而刈之，以应限。"就有力地证明了剥削者完全不考虑人民的死活的。有一个叫做吕子羽的小官吏，因为"军旅数兴，户口逃亡"，征收不到租税。他把这个情况向上反映，人家说他"不忧国失军储"，他吓得上吊死了。他有一句诗说，"天地一冰壶"。的确，那个社会是冷酷的。赵元的《邻妇哭》说一个妇人"一家十口今存五"，有的死了，有的被抓走了，田地荒了，房屋也倒塌了，这时"追胥夜至星火急，并州运米云中行"，真是民不聊生，这个政权将丧尽人心。秦略《赠赵宜之》说，"日来见君邻妇哭，惊似蓝田新得玉"，对于控诉统治阶级的压迫和掠夺，他们互相支持，互相鼓励。各族上层贵族之间互相争夺政权所加于劳动人民的苦难，是诉不完、说不尽的。赵元另有《学稼》诗说，"稾遗场圃无多积，子入官仓困远输"。在地主阶级压榨下，人民只有饥饿和死亡，这就使得他咒骂着"满地豺狼"了。当贞祐二年（1214）忻州城为蒙古军所攻陷，"倾城十万户，屠灭无移时"，金朝军队的腐败无能，对外不抵抗，对内凶狠如狼，他感到十分沉痛和失望。

和他同样失望的还有一个赵秉文。赵秉文这个人，当时名望大，地位高，他的诗文集没散失，保存的作品较多。他的《从军行》（送田琢器之）写蒙古兵南下，"北兵数道下山东，旌旗绛天海水红。北人归来血饮马，中原无树摇春风。橐驼毡车载金帛，城上官军宜叹息。累累妇女过关头，回望都门心断绝。"烧杀抢掠，被害者有汉族人民，也有女真族人。有什么办法呢？"禁中颇牧皆书生"，大将都是一些软弱无力的人。李汾说得好，"长河不洗中原恨，赵括元非上将才"。他们贪生怕死，缺乏指挥作战的才能。赵秉文（1159—1232）字周臣，磁州滏阳人。他和杨云翼"代掌文柄"，时称杨、赵。他的成就，主要的不是诗而是散文。他的文章"长于辨析，极所欲言而止，不以绳墨自拘"。实际上是追随苏东坡的。在《答李天英书》中，他说"太白、杜陵、东坡，词人之文也，吾师其辞，不师其意。渊明、乐天，高士之诗也，吾师其意，不师其辞"。这就是说，写文章作诗都要有点辞藻。金朝自从泰和、大安以后，科举考试的文章标准，只要求拘守格法，苟合程式，弄得十分平庸陈腐。赵秉文于贞祐初年主持省试，"得李献能赋，虽格律稍疏而辞藻颇丽，擢为第一"。他在提倡唐宋古文，转变一代风气上是有功劳的。所以有人说他是欧阳修的再生。与他同时的杨云翼，也以散文见长。杨云翼的《谏伐宋疏》，剖析事理，周详明晰。风格和赵秉文是相近的。金朝南迁开封，财政支绌。统治阶级中的一些人，想以邻为壑，用掠夺赵宋淮南来解除困难。在处理民族关系上又一次犯了错误。杨云翼出面反对是正确的。本来在民族关系上，金朝虽然采取了几次和缓矛盾的做法，但自始至终未能做到平等的联合。直到灭亡前夕，才承认西夏是兄弟关系，而对南宋的压迫有所减轻，但为时晚了。李俊民《和子荣悼恒山韵》说，"岂期虞虢乖唇齿，漫倚良平作腹心。洒尽英雄忧国泪，变风那得不伤今。" 对武仙不听李汾劝告他联合宋朝，卒至于全军覆灭，表示了无限的遗恨。王元粹《东楼雨中七首》中的一首说，"倚楼人看水东流，桥上行人却望楼。零落古宫无觅处，萧萧禾黍满城秋。" 女真族完颜氏终于在另一个民族的压迫下，交出了政权而退出历史舞台。

金朝末年，13 世纪中叶这个时期的作家很多，李汾、王元粹、辛愿、雷渊、麻九畴、李俊民、元好问等，都有一些名气。其中以元好问成就最大。李汾字长源，太原人。一生没有做过大官，流浪于长安、开封之间，有《再到长安》诗说："三辅楼台失归燕，上林花木怨啼鹃。空余一掬伤时泪，暗堕昭陵石马前。"对于金朝衰亡的命运，十分关怀。后来金亡时，他写了《避乱西山作》给当时尚保留一部分军事力量的武仙，希望武仙效法申包胥，向赵宋求援。但是武仙没有接受他的意见，而且陷害他，以至于死。武仙自己也未能逃脱孤军覆灭的结局。"天堑波光摇落日，太行山色照中原"，只有少数人逃到大非川继续抵抗了十多年。

作为金朝最大的诗人，也是最后的诗人元好问（1190—1257），字裕之，太原秀容（今山西忻县）人。本是拓跋氏后代，他的祖辈从河南汝州迁到山西平定，又迁到忻州的。当他二十几岁参加省试，老师郝天挺写了一首送行诗，希望他"青出于蓝青愈青"，说"此行占取鳌头稳，平地烟霄属后生"。果然不久，他以《箕山》《琴台》等诗得到赵秉文的赏识，进入了当时的文坛，成为一个著名诗人。元好问一生创作活动，前二十多年是金朝末年，后二十多年是蒙古时期。由于经过一场大规模的战争和政治上的急剧变革，许多诗人死的死，消沉的消沉，只有他硕果仅存，因之有人推他为蒙古时期的代表作家。所谓"北渡后一人而已"。他青年时代即逢战乱，当时金朝统治阶级腐朽无能，为了支付庞大的战争费用，加重对劳动人民的残酷剥削。作为封建地主阶级的知识分子，他一面对这种现实不满，如把金朝的近侍局中的贵族子弟比作癞蛤蟆（《蟾池》），说当时的苛政，有如猛虎（《虎害》）豪猪（《驱猪行》），高喊"至今三老背青肿，死为逋悬出膏血"（《宛丘叹》），"东家追胥守机杼，有桑有税吾犹汝。官家恰少一绚丝，未到打门先自举"（《秋蚕》），揭露官府逼索租税，毫不容情。他甚至说"臧获古来多鼎食"，指责达官贵人多是一批无才无德的贪鄙之徒，对于贤愚莫辨，感到十分愤慨。而另一面却又满足现状，把汴梁新都的贵族奢侈生活描写成为富丽繁华，人间乐土（《梁园春五首》）。对他自己的后湾别业，也感到满意。"疏烟沉去鸟，落日照归牛"（《山居杂诗》），"北舍南邻独乐声，夹衣晨起觉秋清。豆田欲熟朝朝雨，唤杀双鸠不肯晴"（《早起》）。农村平静可爱，农民也饱暖无忧，好像桃花源一样，租税也可以免交了。这样，早年处于金政权下的元好问，他的诗歌明显地表现出两种相反的倾向，表面看起来，十分矛盾。但元好问并没有流露出矛盾的苦恼。这是作为地主阶级知识分子，他对于地主阶级生活过得还是满足的；作为地主阶级的非当权派，他和当权派是有矛盾的。这就是构成他的诗中两种思想情调的原因。这一点很重要，因为从这里才能理解他对于金政权的眷念。他的《甲午除夕》诗，"暗中人事忽推迁，坐守寒灰望复燃。已恨太官余面饼，争教汉水入胶船。神功圣德三千牍，大定明昌五十年。甲子两周今日尽，空将衰泪洒吴天。"他对于"甲子两周"一百二十年的金政权的消失，还希望"寒灰复燃"。在阶级社会里知识分子不是一个独立的阶级，他必然要依附一个社会政治集团和政治势力，不这样，他的经济利益和政治生命就没有保障。元好问之所以投靠女真族完颜氏，正是如此。他按照封建地主阶级的道德要求，对一个集团保持忠贞，"南渡衣冠几人在，西山薇蕨此生休"，他在实践中遵守了封建道德忠贞的准则。从民族的关系来说，他以拓跋魏氏诸孙自称。汉族、女真族、蒙古族对他来说是一样的。所以《念奴娇》（钦叔钦用避兵太华绝顶、有书见招因为赋此）中，有句云，"中原逐鹿，定知谁雄杰"。他在民族矛盾中不站在拓跋氏一方讲话，但他做了金朝的官，他要恪守封建道德忠于这个集团。他说，"东涂西抹窃时名，一线微官误半生"。他讲话就不自由了。当金亡后，他决定不做官了，他说，"题诗未要题名字，今是中原一布衣"。由于是布衣，他摆脱了对统治者的忠贞义务，就可以自由歌唱了。"山川淳朴忽当眼，回望康衢一慨然。不见只今汾水上，田翁鞭背出租钱。"（《题刘紫微尧民野醉图》）这里指责的是蒙古统治者。"兼并之家力足以制单贫，而贿足以侮文法。"（《创开滹水渠堰记》）说的也是蒙古统治下的社会。元好问最好的一首诗《雁门道中书所见》，作于蒙古乃马真后三年（1244）。这年秋天他出雁门，过应州，到中都（今北京）。冬天又由中都回到老家忻州。经过雁门时，他写下了这首诗。"金城（应州）留旬浃，兀兀醉歌舞。出门览民风，惨惨愁肺腑。""调度急星火，逋负迫捶楚。网罗方高悬，乐国果何所？"一面是地主官僚花天酒地，一面是劳动人民流汗流血。他揭露封建地主阶级的罪恶，把同情倾注在被损害者的身上。比起他在金朝时所作《宿菊潭》《内乡县斋书事》来，那种既同情被压迫者而又替压迫者开脱的紊乱思想没有了。元好问这时的感情偏向被迫害者的一边，他唱出的歌声也就最嘹亮。他以金遗民自居，有人说他有爱国主义思想，但这种思想无疑地夹杂着封建道德的影子。而这种道德到后来他自己也怀疑起来。在《二十六日蚤发安生道中雨木冰》诗，他说，"玉树瑶林世界宽，木冰真作雨花看。青青也被糊涂尽，松柏何曾保岁寒。"所以晚年的元好问和张德辉一同请忽必烈做儒教大宗师，也就没有什么奇怪了。元好问的创作活动时期，和南宋的刘克庄大致同时。他们同样对江西派诗风不满，同样也都不能完全摆脱江西派的影响。刘克庄不满江西派"资书以为诗"，元好问不满江西派的"奇外无奇更出奇"，也正是针对江西派在当时中国南北双方各自产生的流弊而言，并非江西派的本色。有个叫杨鹏的，说元好问是："两朝文笔谁争长，一代诗人独数君。"的确，他的诗可以和南宋诗人争长，而是一位特立于金元一代的诗人。

元好问晚年诗歌创作活动是在蒙古时期，他是那时河汾诗人的领袖。河汾诗人和南宋江湖诗人大致同时。由于南北政治的分裂，我们统观金元一代诗歌和南宋诗歌不同，主要是政治原因造成的，至于艺术风格和表现手法几乎并无两样。

（原载《文学遗产》1982 年第 4 期）

宋金元时代的文学

唐代是文学艺术的极盛时期，在许多方面都为宋代文艺的发展奠立了基础。唐宋之间，是封建的社会经济发生重大变化的时期。宋代经济关系和政治制度的新发展，不能不推动文学艺术也出现新的创造。宋代文艺的发展，大致经历了三个阶段：（一）宋朝初年，承晚唐五代靡丽之风，诗尚雕琢，文崇骈俪，文学上陈陈相因，很少新创。（二）仁宗以后，随着政治制度改革的尝试，文风也有较大的转变。以欧阳修为代表的散文作家，上接韩、柳，重又开展了古文运动。散文成为议论政事的有力武器。诗风也转而趋于平易，并且由于赋予论议的内容而构成宋诗的特色。五代时兴起的词，原来只供席上花前，浅斟低唱。由于宋代词人为它注入了丰富的思想内容，而使词一跃成为与诗文同样受到重视的文体。现存宋词，篇逾二万，作者千人。宋词彪炳一代，足以与唐诗比美。（三）宋朝南迁以后，抗金救国成为社会政治生活的主题。诗与词都以表现这一主题而得到发展。由于南宋城市经济的发达，适应居民文化生活的需要，出现了话本与南戏等新文艺，为小说与戏剧的发展，开拓了道路。

金代诗文并没有多少新成就，但诸宫调和院本的发达，却培育了元代的戏剧。元代戏剧创作极为繁盛，出现了不少思文并茂的名篇巨作，戏剧的发展盛极一时。唐诗、宋词、元曲（剧）汇为文学史上的三朵名花。

一　诗、词

（一）　北宋的诗词

北宋初年，文坛上仍然沿袭着晚唐、五代的颓靡纤丽的风气。北宋王朝"恩逮于百官惟恐不足，财取于万民不留其有余"，官僚、地主奢靡成风。颇有作为的宰相寇准，有诗云："将相功名终若何，不堪急景似奔梭！人间万事何须问，且向樽前听艳歌。"北宋官僚家中，大都蓄养歌伎，金尊檀板，纵情享乐。文风的颓靡纤丽正是这种社会风气在文坛上的反映。

北宋初年，在文坛卓然自立，有所成就的作家是王禹偁（954—1001），字元之，山东巨野人。他曾有志于改革弊政，三次遭到贬谪。他的诗文都很为当时人所推重。赵匡胤称赞他的文章是"当今天下独步"。著名的隐逸诗人林逋也推崇说"纵横吾宋是黄州"（王禹偁谪居黄州）。诗学白居易，能得其清不得其俗。他的《畲田词》歌颂劳动者的勤奋，语言平易通俗。当然，他造句也着意雕饰，如"万壑有声含晚籁，数峰无语立斜阳"（《村行》），"随船晓月孤轮白，入座晴山数点青"（《再泛吴江》），字斟句酌，得来还是艰辛的。王禹偁晚年写了一首《点降唇》："平生事，此时凝睇，谁会凭栏意。"他平生的政治抱负没有得到施展，含恨离开了人间。

真宗统治时期，朝廷上出现风靡一时的所谓"西昆体"。欧阳修称它为"时文"。杨亿、刘筠等文学侍臣在为皇帝撰写诏令、编修故事的公余之暇，作诗酬唱，编为《西昆酬唱集》。西昆即由此而得名。杨亿在序文中说：它是在"历览遗篇，研味前作，挹其芳润，发于希慕"而写成的。这一流派除杨亿、刘筠外，还有钱惟演、丁谓、张咏等十八人。后来有人也把同他们的诗风接近的作家如晏殊、宋庠、文彦博、赵抃等都列入这一派。他们的诗，"大率效李义山之为，丰富藻丽，不作枯瘦语"（《韵语阳秋》）。肯定这种文体的人说："西昆派必要多读经、史、骚、选。"（冯舒、冯班《才调集》评语）《四库提要》说："要其取材博赡，练词精整，非学有根底，亦不能熔铸变化，自名一家。"但是，这些作家生活狭窄，感情空虚，他们吟咏酬唱只是为了消闲解闷，专意于词藻形式，谈不上多少思想内容。大率是尚纤巧，重对偶，而且往往掇取前人作品中的华词缛藻，流于堆砌。刘攽《中山诗话》载一个故事：西昆派因为效法李义山，作诗时多剽窃李义山的诗句。有一次内廷设宴，优人扮李义山，衣服败裂，告人说："吾为诸馆职挦扯至此。"闻者大笑。西昆派钱惟演曾作《无题》诗，有句云："鄂君绣被朝犹掩，荀令熏炉冷自香。"这与李义山《牡丹》诗"绣被犹堆越鄂君"，"荀令香炉可待熏"造语雷同，显然因袭。由此可以窥见西昆体诗作的大概。

宋初，词也同诗一样，沿袭晚唐、五代花间派的词风。著名的词人晏殊也没有能摆脱五代绮丽词风的桎梏。他们把词当成"娱宾遣兴"的作品，所描写的都是那种在秦楼楚馆、酒后歌余而浮起的春恨秋愁，离情别绪。小不同的是他们的作品比起晚唐、五代的词人来，用语清丽而不浓艳，含蓄而富韵致。晏殊的词，工于选语。他的名句"无可奈何花落去，似曾相识燕归来"，属对工整而又自然，但思想上却只是对无可抗拒的流逝时光的怀恋。晏殊是一位富贵宰相，"喜宾客，未尝一日不宴饮"，消磨在"萧娘劝我金卮，殷勤更唱新词"之中。这种用来侑酒的词，内容自然是寻欢作乐，甚至是庸俗无聊的。

对于文坛上这种因循萎靡的气象，人民当然是厌恶的。一些有识之士也力图加以改革。但是传统的惯力很大，需要几代人多方面的努力，才可能有所改易，重建起新的风格。仁宗时，政治改革的呼声高涨，文坛上的革新之风也相应地兴起，在诗、词方面逐渐树立起宋人的独特风格。

宋诗的奠基人当推梅尧臣、苏舜钦和欧阳修。

梅尧臣（1002—1060），字圣俞，时称宛陵先生，安徽宣城人。他一生做小官，家贫，自言是"瘦马青袍三十载，功名富贵无能取"。他在当时诗名甚著。针对诗坛的纤靡空乏的风气，梅尧臣提倡一种古淡深远的新风。他在《读邵不疑学士诗卷》里说："作诗无古今，惟造平淡难。"平淡并不是浅薄，而是要提倡一种"本人情、状风物"的写实精神。他曾说："凡诗，意新语工，得前人所未道者，斯为善矣。必能状难写之景如在目前，含不尽之意见于言外，然后为至也。"（《宋史》本传）他主张把"讽嘲刺讥"托之于诗，诗应有所"刺"，有所"美"。在《陶者》一诗中，他说："陶尽门前土，屋上无片瓦。十指不沾泥，鳞鳞居大厦。"他写乡村的富豪，在一年丰收之后，"滥倾新酿酒，包载下江船。女髻银钗满，童袍毳毡鲜"（《村豪》），横行霸道，连地方官吏也不放在眼里。而终年辛劳的农民，却是"老叟无衣犹抱孙"（《小村》），"灯前饭何有，白薤露中肥"（《田家》）。官府又逼税追差，使人民挣扎在死亡的边缘。贫富的对比构成一幅鲜明的画图。诗人怀着深切的同情哀叹说："嗟哉生计一如此，谬入王民版籍论。"他对自己身为官吏而为政无方感到惭愧，愿意"却咏归去来，刈薪向深谷"。作者以平淡的笔触，深刻地揭露了人民的痛苦。他的一些写景诗句也清晰如画。作为一个宋诗风格的开创者，梅尧臣的诗有时失于过分朴质、生硬，过分散文化、议论化，但他所开辟的道路，正是宋诗发生转折的方向。刘克庄把梅尧臣奉为宋诗的开山鼻祖，说"宛陵出，然后桑濮之淫哇稍息"，是符合实际的。

与梅尧臣齐名的苏舜钦（1008—1048），字子美，宋都开封人。"少慷慨，有大志"，几次上书评论时政。他曾由范仲淹荐用，但很快被罢黜，寄寓苏州，买木石作沧浪亭，"时发愤懑于歌诗，其体豪放，往往惊人"（《宋史》本传）。他对屈辱的澶渊之盟和西夏的侵掠怀着愤慨的激情。"予生虽儒家，气欲吞逆羯。斯时不见用，感叹肠胃热。昼卧书册中，梦过玉关阙。"（《吾闻》）"何人同国耻，余愤落樽前。"（《有客》）"愿当发策虑，坐使中国强。蛮夷不敢欺，四海无灾殃。"（《舟中感怀寄馆中诸公》）把忧国御侮的忠忱发之于诗，苏舜钦在两宋诗人中是最早的一人。对时政的抨击，他也比梅尧臣更为大胆和激烈。他的诗雄健豪放，但不免粗糙和生硬的缺点。

欧阳修（1007—1072），字永叔，庐陵人。他是宋代散文革新运动的主将。他继承了韩愈以文为诗的道路，诗风也一如他的文风，文从字顺，清新流畅。他的主要成就是在散文的改革上，但由于他的政治地位较梅、苏为高，对诗坛的影响也较大。《石林诗话》说："欧阳文忠公诗，始矫西昆体，专以气格为主，故言多平易疏畅。"以文为诗，能够自由地抒发作者的思想感情，有平易的优点；但往往"失于直快，倾穗倒廪，无复余地"，因而损害诗意。所以，《扪虱新话》评论说："欧阳公诗犹有国初唐人风气。公能变国朝文格，而不能变诗格。及荆公、苏、黄辈出，然后诗格极于高古。"

欧阳修也能作词，但他的词只是承袭五代遗风。对词的形式与题材有所创新的主要人物是柳永。柳永（1004—1054）原名三变，字耆卿，福建崇安人。晚年举仁宗朝进士，但因仕途蹇艾，失意无聊，于是流连坊曲。柳永精通音律，能变旧声为新声，为乐工歌妓谱写了大量新乐府。他的《乐章集》里共收有一百多种词调，其中绝大部分是他新创的。他还发展了词体，创为慢词。在这之前，从晚唐、五代以来，多行小令。每首的字数在五十八字以下。这时，民间的新乐曲已经大为发展。柳永向民间音乐汲取营养，创制成篇幅较长的慢词，字数往往比旧调增加二三倍。短章小令之类，一般只限于抒情。长调慢词则除抒情外，还可以写景、叙事，内容大为丰富。但因此也要求布局紧严，段落分明，前后呼应。柳永的词，正是"层层铺叙，情景兼融，一笔到底，始终不懈"（夏敬观《手评乐章集》），表现了组织长篇的卓越才力。柳词在内容上多写失意飘零的羁旅行役。雅词之外，他也写了不少所谓俚词，采用大量生动活泼的民间语言，反映中下层居民的生活，因而受到人们的喜爱。所谓"凡有井水饮处即能歌柳词"（《避暑录话》），主要是指这种俚词。但这些作品中有不少是庸俗、猥亵的糟粕，因此柳永也以"浅近卑俗"（王灼语）而为人所诟病。

对词的发展有所贡献的张先，和柳永齐名。柳、张的词，一方面保持晚唐、五代以来含蓄婉约的特点；另一方面又表现为浅露，言尽意尽。他们在词的表达方式、体裁形式方面都带有某种过渡性质，起着承先启后的作用。

经过上述诸人的提倡和实践，宋代的诗、词进入了繁盛时期。宋诗是在唐诗高度成熟的基础上发展起来的，但又有新的开拓，形成鲜明的特色。明、清的一些评论家颇陋薄宋诗，甚至有终宋之世无诗之说（王夫之语）。他们认为宋诗的弊病在于散文化、议论化。其实这也正是宋诗的特点。散文化不单是矫西昆体繁缛的必要，也是文风趋向平易所必然。议论化也为诗开拓了一个新境界，使之更直接地反映社会矛盾。杜甫的五言古诗已多议论，但这并没有妨碍他写出《赴奉先县咏怀》等名篇。当然，任何事物超过一定限度，都会走向反面。过分的散文化和议论化，会有损韵律，流于枯涩。就这些方面说，宋诗总是瑕瑜互见的。

政治家王安石，在诗和散文方面也有很大的成就。王安石极重杜诗，推崇杜甫的忧国忧民，"吟哦当此时，不废朝廷忧。常愿天子圣，大臣各伊周。宁令吾庐独破受冻死，不忍四海寒飕飕"（《杜甫画像》）。杜甫的这种精神，深为王安石所叹服。他陋薄李白，说李白虽然"诗语迅快，无疏脱处，然其识见下，十句九句言妇人酒耳"。王安石主张文章"务有补于世"，由此出发而论李、杜，因而评价不同。他很推重欧阳修，因为欧阳修力挽西昆的颓风，与他的文学观点是一致的。王安石早年所写的诗作，主要是古体。诗中较为广泛地触及当时的社会矛盾和政治积弊。包括人民的苦痛（《发廪》、《感事》、《河北民》）、军事制度（《省兵》）、经济政策（《寓言》第四首"婚丧孰不供"、《兼并》）、榷茶（《酬王詹叔奉使江南访茶利害》）、河漕（《和吴御史汴渠》）、水利（《送宋中道倅洺州》）、盐政（《收盐》）、被镇压的囚徒（《叹息行》），以及借评论历史事件与历史人物来抒发自己的政治见解和抱负。在风格上意气纵横，唯意所向，如排山襄陵，略无桎碍。但是，另一方面也因此显得缺乏含蓄；有时用语险怪，多采故典，对后来的诗风带来不好的影响。他的晚年在律诗的技巧上力求精严，达到了炉火纯青的境地。

《石林诗话》称赞他的写景诗"选语用字，间不容发。然意与言合，言随意远，浑然天成"。有名的《泊船瓜洲》："京口瓜洲一水间，钟山只隔数重山。春风又绿江南岸，明月何时照我还。""绿"字曾经多次修改，先用"到"，后来改用"过"、"入"、"满"，都不合意，最后才选用"绿"字，起了画龙点睛的作用。这说明作者遣词用句，千锤百炼，态度是很严谨的。正如他自己所说："看似寻常最奇崛，成如容易却艰辛。"王安石晚年的诗，表面上冲淡宁静，实际上却涵蕴着"烈士暮年"不能自已的"壮心"。"尧、桀是非时入梦"，"每逢车马便惊猜"，所表明的正是一种表面平静所难以掩饰的激情。王安石写词不多，但如有名的《桂枝香》"登临送目"，气势浑厚，是公认的佳作。

苏轼（1037—1101），字子瞻，号东坡，四川眉山人。他在诗、词、散文等方面都有很高的成就，蔚为一代名家。父苏洵、弟苏辙，都有文名，一时合称"三苏"。庆历以来，士大夫中谈论政治改革是一时的风气。苏轼早年也谈改革，但是，他所提出的主张，除役法改革外，其余都很平庸，缺乏政见。在王安石变法时，他认为是操切生事而予以反对。朱熹评他"分明有两截的议论"；陈亮也讥他"转手之间，而两立论焉"。这是苏轼的弱点，也是当时一些文人的通病。因为他反对变法，终神宗之世，都遭到排斥。甚至因他写诗，语涉讥刺，而被捕入狱，几乎丧命。元祐以后，保守派执政，他又反对司马光废免役而复行差役法，主张较量利害，参用所长，因而又为保守派所不容。这些都表明了苏轼在政治上的迂阔和天真。但作为诗人，他勇于革新，气势豪放，取得很大的成功。关心现实与不容于现实，构成苏轼思想上用世与超世的矛盾，但其基本趋向还是积极的。熙宁九年，苏轼黜居密州，写成了有名的《水调歌头》"明月几时有"。他在极度的失意愁怨中发出了"我欲乘风归去"的浩叹。然而，对生活的热爱，又使诗人不忍遁世，终于作出了"起舞弄清影，何似在人间"的抉择。苏轼的诗词，在思想矛盾中力求解放，用鲜明的浪漫主义构成独具特色的新声。

苏轼的诗，诸体皆工，尤长于七古。沈德潜称誉他"胸有洪炉，金银铅锡，皆归熔铸。其笔之超旷，等于天马脱羁，飞仙游戏，穷极变幻，而适如意中所欲出"。梅尧臣、苏舜钦始倡平淡；欧阳修不为尖新艰险之语，而有从容闲雅之态，开拓了北宋一代诗风。苏轼不提倡艰险，但要求"新诗如玉雪，出语便新警"。并说："出新意于法度之中，寄美理于豪放之外。"这"新意"和"豪放"便是苏轼作品的特征。苏轼对词的发展，功绩尤为巨大。他"一洗绮罗香泽之态，摆脱绸缪宛转之度"（胡寅《酒边词序》）。他用写诗、写散文的笔法来作词，不拘守过分严格的音律并且扩大了题材的范围，使词能同诗歌、散文一样，表达复杂的生活和情致。他采用韩愈所谓的盘空硬语来抒写他胸中的抑郁，使词的创作一反传统的婉约而出现豪放的风格。用硬语代替软语，用言尽意尽代替半吞半吐，用不满意代替满意，这就是豪放派与婉约派的分界线。刘辰翁说"词至东坡，倾荡磊落，如诗，如文，如天地奇观"（《辛稼轩词序》），为词的发展开拓了广阔的道路。但由于他在政治上是保守的，思想上又杂有老、庄消极成分，所作诗词很少昂扬的情调，连认为要由关西大汉来唱的《念奴娇》"大江东去"，最后仍归结为"人生如梦"，意境是消沉的。

在苏轼周围，集合了黄庭坚、秦观、晁无咎、陈师道（所谓"苏门四学士"）及张耒、李廌（合前四人称为"六君子"）等人，形成一个诗派。但他们都不拘一格，各有千秋。黄庭坚在诗坛上与苏轼齐名，他与陈师道同为江西诗派的鼻祖，予南宋的诗风以巨大的影响。黄庭坚（1045—1105）江西分宁人，字鲁直，自号山谷道人。他以诗文受知于苏轼，由于当时的政争，两次受到贬黜，以至于死。他早年的诗词，大抵效法欧阳修，平易流畅。晚年风格发生了变化。他在《答洪驹夫书》一文中说："老杜作诗，退之作文，无一字无来处。盖后人读书少，故谓韩、杜自作此语耳！古之能为文章者，真能陶冶万物，虽取古人之陈言入于翰墨，如灵丹一粒，点铁成金也。"这些话实际是后来江西诗派的创作纲领。它要求：一是诗文要作到"无一字无来处"；驯至末流，便是在作品中大量堆砌典故。二是要能点铁成金，即所谓"脱胎换骨"。他还提倡"奇"、"拗"。"奇"就是以俗为雅，以故为新；"拗"就是破弃声律。总之，是力图把冷僻的故事、生硬的语汇，运用到诗中，应该用平的地方用仄，故意违拗，以求声律奇古。拗又有单拗、双拗、吴体三种。这些都是在于形式上的改变。刘克庄说：黄庭坚"会粹百家句律之长，究极历代体制之变，搜猎奇书，穿穴异闻"，"锻炼勤苦"，"自成一家"，大概是不错的。黄庭坚所处的时代，朝廷上党争激烈，政潮起伏不平。他为了保身，在诗文中故作超脱，专从文字技巧上下功夫。因之，他的诗词在思想内容上没有什么特点。

秦观的成就主要在词。他善于刻画，情韵兼胜，但气格不高，纤弱无力，在风格上接近于柳永。苏轼就曾指出：他的《满庭芳》"山抹微云"中，"销魂当此际"句是柳永的词语。

北宋末年，以宋徽宗、蔡京等为首的统治集团沉湎于穷侈极奢的享乐之中。这种风气也给文坛带来了影响。贺铸、周邦彦就是这种影响下产生的作者。他们的作品都是满纸风月。周邦彦的词，南宋人陈郁说是"二百年来，以乐府独步"。戈载说："其意淡远，其气浑厚，其音节又复清妍和雅，为词家之正宗。"近人王国维更说他是"两宋之间，一人而已"，都不免褒扬过分。周邦彦的词主要是写男女之情，只是较柳永稍为含蓄。但他精通音律，能自度曲，所制乐府长短句，词韵清蔚，在词的格律、法度和形式上有所创制，开南宋姜夔、吴文英等人一派的先声。

（二）　南宋的诗词

北宋亡于女真，南宋避地江南，屈辱苟安。诗人们依据他们的经历而激起多种的情思：离黍的哀思、飘泊的愁怨、投降的耻辱、光复的壮心，所有这些都发为诗词。汉族人民反抗金兵南侵，要求恢复大好河山，成为南宋一代诗词的主流。这一时期有成就的诗人，大都或多或少地受过江西诗派的影响，但他们在自己的创作实践中，部分或全部地摆脱了江西诗派的束缚。

南宋初年的诗人曾几与江西诗派的渊源很深，但他的诗风清淡，词意明快。他是大诗人陆游的老师，曾因忤秦桧而去职。作家陈与义刻意学杜诗，在艺术技巧与思想内容上都高出于同时代的江西诗派中人。他不满南宋王朝的逃跑退却，作品中对沦陷的故乡寄予无限的深情。南宋初的几位著名人物岳飞、张元幹、张孝祥等，都是坚定的抵抗派。岳飞的《满江红》"怒发冲冠"一首，浩气凛然，强烈地抒发了抗金报国的雄心壮志，是南宋人民抗金斗争的精神凝结。张元幹的《贺新郎》"寄李伯纪丞相"和"送胡邦衡待制赴新州"二首，慷慨悲凉，表现了诗人坚贞不屈，反对投降的高尚品格。稍晚的张孝祥，在《六州歌头》"长淮望断"里，以炽热的情感叙说了人民渴望恢复的激情："闻道中原遗老，常南望，翠葆霓旌。使行人到此，忠愤气填膺，有泪如倾。"二张的词，直接继承了苏轼豪放的风格，下开辛弃疾一派的先河。

李清照（1084—1151）是著名的女词人，号易安居士，山东济南人。她的丈夫赵明诚是金石学家。李清照于前辈词人颇推重秦观、黄庭坚。她与赵明诚婚后感情非常融洽。金兵南侵破灭了美满的生活，被迫颠沛南流，赵明诚在赴湖州太守任的道上病死。这以后，李清照只身飘泊在浙东一带，晚景十分凄苦。她的诗留下来不多，但《夏日绝句》"生当作人杰，死亦为鬼雄。至今思项羽，不肯过江东"，《送胡松年使金》"愿将血泪寄河山，去洒青州一抔土!"以及断句"南渡衣冠思王导，北来消息少刘琨"诸作，都表达了她悲愤热切的忧国伤时的心境。李清照的词接近正统的婉约派。她认为词与诗不同，"词别是一家"。由于过分地强调词的音律与婉约的传统手法，她的词在题材和思想内容上受到很大的局限，但在技巧上十分纯熟，语言艺术上的造诣达到了高峰。她的词，生动细腻地描绘了她早年真挚的爱情与晚年流落的愁苦。《醉花阴》："莫道不消魂，帘卷西风，人比黄花瘦。"鲜明的形象，含蓄的感情，达到了婉约词人所追求的最高境界。《声声慢》："寻寻觅觅，冷冷清清，凄凄惨惨戚戚"，一开始就以七个叠字，用浓重的彩笔渲染出了那种无法排遣的愁苦，真具有大珠小珠落玉盘的美感。李清照的遭遇，也是当时广大妇女共同的遭遇，因此，虽然她的词情绪低沉，但感情真切，十分动人。

南宋的诗人，旧来都以尤袤、杨万里、范成大和陆游并称为四大家。不过尤袤现存的作品，不很相称。杨万里（1124—1206）自号诚斋，早年学江西诗派，后来转而师法自然，创为一种清新活泼、平易流畅的"诚斋体"，写成了不少反映劳动人民生活和抒发忧国忧民情感的诗篇。范成大（1126—1193），号石湖，他出使金国时写的 72 首七绝，和晚年归隐石湖时写的《四时田园杂兴》，是他的代表作。其中佳句如"岂是不能扃户坐，忍寒犹可忍饥难"，确是优秀的作品。

陆游（1125—1210）是南宋杰出诗人，字务观，号放翁，浙江山阴人。儿时即遇金兵南侵，备受流离迁徙的痛苦。壮年目睹南宋统治者忍耻包羞，强烈要求抗敌复仇，收复失地。他在参加进士考试中，因喜论恢复而受到秦桧的迫害，秦桧死后才被起

用。张浚北伐失败，陆游也因"交结台谏，鼓唱是非"，力说张
浚用兵而被罢黜。其后，陆游宦游入川，先后入参王炎与范成大
的幕府。他怀着以塞上长城自许的雄心，从军到汉水之滨，"千
年史册耻无名，一片丹心报天子"（《金错刀行》）。但是，南宋
统治集团文恬武嬉，陆游的热望不免落空。他只能作为一个行吟
驴背的诗人，在细雨中的剑门吟哦踯躅。1177 年，陆游饱含悲
愤地写下了《关山月》一首："和戎诏下十五年，将军不战空临
边。朱门沉沉按歌舞，厩马肥死弓断弦。戍楼刁斗催落月，三十
从军今白发。笛里谁知壮士心？沙头空照征人骨。中原干戈古亦
闻，岂有逆胡传子孙？遗民忍死望恢复。几处今宵垂泪痕！"对
耻辱的和议与醉生梦死的统治者发出了有力地控诉。在四川逗留
的八年是诗人创作最旺盛的时期。1178 年，陆游被召回临安后，
又作过几任地方官，很不得意，但坚持抗战的主张则始终不移，
最后竟因此受到当政者的忌刻，罢官乡居。韩侂胄当政时期，陆
游曾短期出仕，为韩侂胄撰写了《南园阅古泉记》一文，颇为
反对派所讥议。其实为抗金而合作，是无可非议的。86 岁高龄
的陆游，在临终前还写下了七律《示儿》一首，渴望王师北定
中原。《示儿》诗情思并胜，传诵一时，是罕见的名篇。

陆游诸体皆工而尤长七律，艺术风格雄肆奔放，明朗流畅。
刘克庄称他："记问足以贯通，力量足以驱使，才思足以发越，
气魄足以陵暴。南渡而下，故当为一大宗。"他是一个很勤奋的
作家，直到老年，还是以"无诗三日却堪忧"。他所保存下来的
诗有9300 余首，大部分是抒发爱国情思的。正如靳荣藩《读陆
放翁诗集》所说："卷中多少英雄恨，不是寻常月露词。"

和陆游同时，雄踞词坛、两相辉映的，是辛弃疾。辛弃疾
（1140—1207），字幼安，号稼轩，山东济南人，21 岁时，曾参
加耿京所领导的抗金农民起义军。南下投宋之后，积极建议恢

复。但是，腐败的南宋统治者，把他视为所谓"归正人"，予以歧视和压制。辛弃疾自青年时领兵抗金，"壮岁旌旗拥万夫，锦襜突骑渡江初"；陆游称赞他"管仲萧何实流亚"，是能文能武的经国之才。然而，却长期充任无足轻重的地方官，壮志难申。"落日楼头，断鸿声里，江南游子。把吴钩看了，栏干拍遍，无人会，登临意。"（《水龙吟》登建康赏心亭）诗人把他悲歌慷慨、抑郁无聊之气，一寄之于其词。1204 年，他出任镇江知府，正当韩侂胄紧张地筹划北伐，辛弃疾以廉颇自况，愿杀敌报国。他在镇江府任上积极进行军事准备，但是很快又被调离，空怀着恢复中原的宏愿，抑郁而死。

　　辛弃疾的词，留传至今的有六百多首。刘克庄称赞为"大声镗鞳，小声铿鍧，横绝六合，扫空万古"。他继承和发扬了苏词豪放的风格。周密在评论苏轼和辛弃疾时退苏进辛，理由是"苏之自在处，辛偶能到之；辛之当行处，苏必不能到。二公之词，不可同日语也"。把不同时代的古人放在一起来比长短，未免勉强。苏词首创豪放的风格，其巨大成就是不容否认的。苏词的豪放表现为超逸。辛词继承并发扬了苏词的传统，其豪放则表现为激励风发；在内容上则紧密联系国家民族的命运和前途。这是南宋这一特定时代的产物，确是苏词所不能及。辛词也在更大程度上突破了词体格律的束缚，自由恣肆，语言也丰富生动，"如春云浮空，卷舒起灭，随所变态，无非可观"；但过多用典，即有所谓"掉书袋"的缺点。他在词中往往议论纵横，也时有议论过甚的毛病，致有"词论"之讥（陈模《怀古录》引潘牥语："东坡为词诗，稼轩为词论"）。但是，内容与形式并盛，仍是辛词的一大特色。

　　和辛词风格相同的词人还有陈亮、刘过和韩元吉等。他们政治思想上的共同特点是坚持抗战，并因此而受到压抑和排斥。与之相反，姜夔、吴文英、张炎、周密这一派人则极力回避现实，沉浸于词本身的艺术追求。这种词风的产生也是同当时的社会环境密切联系的。屈辱的对金和约使南宋小朝廷终于稳定了偏安的局面，同时也腐蚀了恢复旧疆的积极精神。举朝上下都沉醉在苟安旦夕，纵情享乐的风气之中。林升《题临安邸》："山外青山楼外楼，西湖歌舞几时休？暖风熏得游人醉，直把杭州作汴州！"正是南宋统治腐败糜烂的写照。在达官贵人的酒宴席上，出现了一批吟风弄月的帮闲文人。姜夔、吴文英就是这批文人的代表。姜夔长于音律。他自制谱曲，无不协律，很讲究形式、音律和词藻的美，上承周邦彦而发展为后来以音律为主的格律派。过去评论姜词说："古今词人格调之高，无如白石。"（王国维）"前无古人，后无来者，真词中之圣也。"（戈载）"南渡一人，千秋论定。"（冯煦）这主要是指他长于音律说的。他的词句，造语奇警，如"波心荡，冷月无声"。"冷香飞上诗句"，"数峰清苦，商略黄昏雨"，也得到人们赞赏。最负盛名的《暗香》《疏影》，其中说："昭君不惯胡沙远，但暗忆江南江北。"又《同潘德久作明妃诗》："虽为胡中妇，只著汉家衣。"也还是有所寄托的，比起吴文英等人要高明得多。人们批评吴文英的词说："梦窗（吴文英号）如七宝楼台，眩人眼目，拆碎下来，不成片段。"（张炎）"用事下语太晦。"（沈义父）说明他的作品像一个漂亮的肥皂泡，就外表的音律和辞藻看，五光十色，瑰丽非常，思想内容却十分空虚。为了强求形式，甚至可以不顾词义。张炎的父亲张枢，"每一作词，必使歌者按之。稍有不协，随即改正"。有一次，他发现自己词中有"琐窗深"一句中的"深"字不协，便改为"幽"；还是不协，最后改为"明"，才算协律。"深"与"明"在意义上是相反的，但为了协律，便可以任意换置。晚宋的词家对一个字严格到要求辨四声、五音，分别阴阳，而思想内容则可以置之不顾。在这样一种形式主义的追求下，词的生命力也就要完结了。

在诗的领域里，南宋后期江西诗派进一步风行，诗风颓靡，形式上生硬拗捩，一派衰败的气象。永嘉四灵（徐照字灵辉、徐玑字灵渊、翁舒字灵舒、赵师秀字灵秀，他们都是永嘉人）起而反对江西派，但因为思想内容与艺术功力都比较浅狭，不足以矫正时风。四灵派的推广，成为所谓江湖派（陈起能辑诸家诗，题为《江湖小集·后集》）。这些人都是江湖游士，品类复杂。其中比较出色的有刘克庄、戴复古、方岳等。刘克庄在词上继承辛派词人的豪放风格，是南宋后期能独树一格的重要词人。

南宋末年，蒙古南侵，在南宋的危急关头，文天祥毅然奋起，高举抵抗的旗帜。他也是一个杰出的诗人。他兵败被俘后，在《过零丁洋》诗中，慷慨誓言"人生自古谁无死，留取丹心照汗青"，充分显示了坚贞不屈的英雄气概。同时的文人如谢枋得、谢翱、汪元量、郑所南、林景熙等也都和文天祥有共同处。他们的诗，悲愤苍凉，表现了诗人们的气节。

（三）金元的诗词和散曲

金元的诗词，从风格上讲，大体上是两宋诗词的延续。金初的诗人，多是被拘留的宋朝使者，其中著名的有宇文虚中、高士谈和吴激等。他们被迫留仕金朝，但又萦情故国；不满忍辱事仇，但又无所作为，只是抒发哀思，很少有积极的情绪。

金世宗、章宗时期，党怀英、赵沨、王庭筠等活跃在诗坛。他们的作品很少触及社会矛盾，在形式上则大都模仿苏轼和黄庭坚。刘祁说："明昌间，作诗尚尖新。"金中叶的诗风基本上是崇尚江西诗派。当时，金和南宋都崇江西诗派，但表现各有不同。金人追求尖新奇峭，南宋崇尚使事用典。换句话说：金人着重于以俗为雅，而南宋人则以故为新，各执江西诗派的一支。章宗明昌以后，作家益趋于雕章琢句，追求形式的新巧，呈现一种多华而少实的风气。科举考试的文章也要求拘守格法，苟合程式，十分平庸陈腐。赵秉文、杨云翼出，思有以矫正，于是提倡唐宋古文。金宣宗初年，赵秉文在省试时录取李献能。李献能所作的赋"格律稍疏而辞藻颇丽"，于是举子大哗，以为"大坏文格"。这种文风是与金朝的衰败相一致的。

金宣宗南迁以后，一直到忽必烈建立元朝以前的一段时期，北方处在战乱之中，沦于蒙古贵族统治之下。元好问的"丧乱诗"就是这一时期的记录。元好问（1190—1257），字裕之，号遗山，太原秀容人。他的创作生活，前半是随金室南迁汴梁，后半是在蒙古统治下度过。他的诗，"奇崛而绝雕刻，巧缛而谢绮丽，五言高古沉郁，七言乐府不用古题，特出新意"（《金史》本传）。他力矫前一时期金诗的形式主义颓风，成为金元之际北方文坛的一代宗师。他不满意于江西诗派"奇外无奇更出奇"的风气，没有生拗粗犷的毛病，但也没有完全摆脱江西诗派的影响。他的诗作如《癸巳五月三日北渡三首》、《续小娘歌十首》描绘蒙古军的肆意俘掠，《壬辰十二月车驾东狩后即事五首》记载了战火所带来的毁灭性的破坏，《雁门道中书所见》、《寄赵宜之》反映了兵乱后人民的灾难。这些诗暴露社会的黑暗、同情人民疾苦，以浑厚深沉的艺术风格而达到一定的成就，但总的基调仍是消沉的。元好问在汴京被围时曾为叛臣崔立撰颂德碑，后来又同张德辉到漠北觐见忽必烈，投降蒙古。金亡之后，山西地方诗人集结在元好问周围，形成所谓河汾诗派。他们的诗模仿中晚唐。对金的亡国，怀抱淡淡的留恋，有些诗也表现了对人民痛苦的同情。他们的风景诗，刚健清新，多有佳作。

元朝初年，北方和南方的诗文各自保持原有的特色。北方的作者如刘因、王磐、王恽、鲜于枢等沿着元好问所开辟的道路，学苏、黄而小变其调，清澹古朴，意尽言尽。南方作家如刘辰翁、方回、戴表元、仇远、赵孟頫等略变江湖诗派的风格而崇尚晚唐，清丽婉约。他们对蒙古贵族统治下的人民的痛苦有过一些揭露，也隐约地流露出悲凉的故国之思。但总的来说，思想性是薄弱的。成宗元贞、大德以后，北方的元明善、姚燧、马祖常，南方的袁桷相继而起，作古诗模仿魏晋，律诗学盛唐，风格清丽猷壮，开始形成南北统一的诗风。稍后的虞集、杨载、范梈和揭傒斯，号为元代四大家，是当时著名的代表人物。虞集（1270—1347），字伯生，蜀郡人，宋亡，留寓在抚州路崇仁。他的诗优裕闲雅，有的作品接近李商隐，格律颇工，而且运用娴熟。所以他自称自己的诗如"汉廷老吏"。杨载（1271—1323），字仲弘，福建浦城人。他认为诗当取材于汉魏，而音节则以唐为宗。他的特点是含蓄委婉。范梈（1271—1330），字亨父，一字德机，临江路清江人。揭傒斯（1274—1344），字曼硕，龙兴路富州人。他们二人都受江西诗派的影响，但主要倾向是崇尚晚唐。他们的写作技巧不及虞集和杨载，但内容题材广泛，触及到社会上的某些不合理的现象。

　　元代徙居中原的各族人，学习汉文化，也涌现出不少运用汉文进行写作的诗人。贯云石、马祖常、萨都剌、丁鹤年、高彦敬、康里子山、达兼善、雅正卿、翰克庄、鲁至道等都颇有时名。回回人萨都剌（1272—？），字天锡，世居雁门。他以写宫词著称，清婉流丽。他的词也很出色，《满江红》"金陵怀古"，沉郁苍凉，继承了苏词豪放派的风格。

　　元末农民大起义前夕，社会矛盾日趋尖锐。朱德润、迺贤等的作品中，对时政的黑暗进行了某些揭露。在大起义战争中，文士多采远居避祸的态度。他们虽然对元朝政府有某些不满，但更害怕人民的反抗斗争。这一时期中比较著名的诗人有王冕、杨维桢等。王冕的诗，自然质朴，气骨高奇，风格有时颇似李贺。杨维桢喜作乐府诗，"大率秾丽妖冶，佳处不过长吉、文昌，平处便是传奇、史断"。一般来说，他的诗，技巧纯熟，内容贫乏。

元代诗坛还出现了一种新的文体"散曲"。散曲是文士作家基于民间的"俗谣俚曲"，又吸收词的某些特点而形成的文学体裁。元代散曲极为流行，取得与诗、词同样重要的地位。散曲有小令与套数两种。小令是一个曲牌的小曲，套数是不同曲牌而属于同一宫调的若干支曲联缀成套。明人朱权所编《太和正音谱》，收录元代散曲作家有187人，其中不少人是达官显宦。他们在纵情诗酒之余，作曲取乐。曲子可由妓女歌唱，内容多是男女私情。也有一些曲是失意文人寄情山水，抒发心中的郁结。如张小山（名可久）、乔梦符（名吉）等人的作品，虽然思绪消沉，但写物状景，造语清新，在艺术上取得了不同于诗词的新成就。一些弃官隐退的文人，饱经仕途的险恶，深知名利场中的丑恶。归隐之后，在曲中寄寓感慨，也偶有几句同情人民疾苦的呼声。如卢疏斋（名挚）、张养浩的某些作品即属于此类。元末作家刘时中，有《上高监司》套数《端正好》两套流传。曲中极其犀利地揭露了吏治黑暗，钞法败坏，物价高涨，民不聊生，生动具体地描写了人民生活的贫困，是散曲中不可多得的佳作。散曲套数是杂剧唱词的基础。元代的著名剧作家如关汉卿、马致远、白朴、王实甫等人，也都是杰出的散曲作家。流传至今的这些剧作家的套数和小令，是元代散曲中的优秀作品。

畏兀儿族作家贯云石（小云石海涯），自号酸斋，曾在两淮任达鲁花赤，精通汉文化，尤长于词曲。归隐后，作曲甚多，有《酸斋乐府》传世。一般说来，散曲较诗词更为通俗易懂。散曲吸收了西域和女真等民族的曲调，声腔也更为丰富新颖。元人杨朝英选录较好的散曲作品，编成《朝野新声太平乐府》和《阳春白雪》等曲集。明初人也续有编选。入选的作者，包括一批像贯云石这样以汉文作曲的各民族作家。如阿鲁威、杨景贤是蒙古人，李直夫、奥敦周卿、薄察善长等是女真人，阿鲁丁、阿里西瑛、赛景初等是色目人，作家中包括了各民族的文士，这也是元朝散曲的一个特点。

二　散文

韩愈、柳宗元提倡的古文运动，取得了辉煌的成绩。五代、宋初，文风又一度发生逆转。宋初承晚唐、五代的靡丽之风，当时的所谓"时文"，即四六骈体文，又在文坛上占据统治地位。西昆派文士杨亿、刘筠倡为繁缛的辞藻，"能者取科第，擅名声，以夸荣当世，未尝有道韩文者"（欧阳修《记旧本韩文后》）。一时文士专意于《文选》，草必称"王孙"，梅必称"驿使"，月必称"望舒"，山水必称"清晖"。这种僵死浮华的文体当然是令人厌恶的。林逋隐居西湖，皇帝派人去找他。他给来访者写信，用的是"俪偶声律之式"。有人评论说："草泽之士，不友王侯，文须枯古；功名之子，俟时致用，则当修辞立诚。今逋两失之矣！"当时官府的公文程式用的是俪偶声律之式，而民间通行的则是"枯古散文"，也就是所谓"平文"。但这种散文的发展趋势却是不可遏止的。

宋初最早提倡古文的是柳开。其后，王禹偁、苏舜钦、穆修、石介等相继而起。穆修一生潦倒，但搜集韩、柳文不遗余力。在《答乔适书》中，说："盖古道息绝不行，于是已久。今世士习尚浅近，非章句声偶之辞，不置耳目，浮轨滥辙，相迹而奔，靡有异途焉。其间独敢以古文语者，则与语怪者同也。众又排诟之、罪毁之。不目以为迂，即指以为惑，谓之背时远名，阔于富贵。先进则莫有誉之者，同侪则莫有附之者。"在这种风气面前，他敢于逆流而进，见识和毅力都是超出时人。石介著《怪说》，猛烈攻击杨亿、刘筠的文风是"穷妍极态，缀风月，弄花草，淫巧侈丽，浮华篡组，刓镂圣人之经，破碎圣人之言，离析圣人之意，蠹伤圣人之道"。石介是著名的经学家，他在文风上是倡导韩愈"文以载道"的传统。

要改革文体，必须改革科举考试，提倡散文。庆历中，范仲淹推行新政，"精贡举"一项规定：进士先策论，后诗赋。这一改革得到欧阳修的支持。欧阳修认为："旧制用词赋，声病偶切，立为考式。一字违忤，已在黜落，使博识之士，临文拘忌，俯就规检。美文善意，郁而不申。"新政虽然很快失败了，但欧阳修并没有退缩。嘉祐二年，他主持贡举，极力排抑流行的险怪奇涩之文。所谓"太学体"，实际上即是西昆体。欧阳修排抑西昆，倡导古文，树立了平易流畅的文风，使场屋之习，为之一变。韩愈文章险仄，欧文则简洁明畅，平淡通达。谢叠山说欧文"藏锋敛锷，韬光沉馨"，不如韩文之"奇奇怪怪，可喜可愕"。这种平易的文风，显然更适合于宋代文化发展的需要。

散文经过欧阳修的提倡，在英宗、神宗年间，王安石、曾巩、三苏等都以散文著称于时。韩、柳发动的古文运动在宋代重又得到新的发展。因之，后世将韩、柳与欧、王、曾、三苏并列，号为唐宋八大家。曾巩的文章通达质朴，王安石的文章简健劲峭，苏轼的文章则纵横倏忽，姿态横生。他们共同的特点都是自然平易，文从字顺，并长于议论说理。朱熹评曾巩"文字依傍道理作，不为空言"。王安石说："尝谓文者，礼教治政云尔。""且所谓文者，务为有补于世而已矣；所谓辞者，犹器之有刻镂绘画也。诚使巧且华，不必适用。诚使适用，亦不必巧且华。要之以适用为本。"（《上人书》）后人论苏轼，也说他"长于议论而欠弘丽"（《岁寒堂诗话》）。这些评论，大体上说明，宋代散文重新走上了"文以载道"的道路。

北宋时期，古体散文代替了西昆的俪文。但骈体四六文仍用于诏制表启。南渡以后，以陈亮、叶适为代表的永嘉学派师法苏轼，才辩纵横，发展为政论。理学家们则极意强调义理，把文词视为琐事。理宗崇尚道学，淳祐四年，徐霖"以书学魁南省，全尚性理，时竞趋之，即可以钓致科第功名。自此非《四书》、《东西铭》、《太极图》、《通书》、语录，不复道矣。"（周密《癸辛杂识》）理学家们重性理而轻辞章，从文学上说，是走上衰敝。故宋濂有"辞章至于宋季而弊甚"之叹。元初的散文作家有姚燧、戴表元等。戴表元的门弟子中最著名的是袁桷。《四库提要》认为他起着承前启后的作用。此后，虞（集）、杨（载）等都以诗文著称。元末，黄溍、欧阳玄也长于散文。但是，总的来说，元代散文基本上还是对唐宋人的模仿，并没有什么新的发展可说。

三　话本与诸宫调

宋金元时代城市经济发展，城市里出现了一些讲说故事的人，叫做说话人。他们讲故事的稿本称为话本。"话"的意思即故事。

说话是从唐代的"说话"和"市人小说"发展而来。佛教的俗讲、变文也在形式上给了它以启发和影响。北宋的都城汴京，说话很盛。说话人多有专长，如说小说、合生、说诨话、说三分、说五代史等。南渡以后，在临安城中说话仍然十分繁盛。《都城纪胜》载："说话有四家：一者小说，谓之银字儿，如烟

粉、灵怪、传奇。说公案，皆是搏刀赶棒，及发迹变泰之事。说
铁骑儿，谓士马金鼓之事。说经，谓演说佛书。说参请，谓宾主
参禅悟道等事。讲史书，讲说前代书史文传、兴废争战之事。最
畏小说人，盖小说者能以一朝一代故事，顷刻间堤破。"讲史和
小说的区别，在于讲史一般篇幅要比小说长，讲史大抵依据史
书，略加渲染；小说则大都取材于日常生活和口头传说。所以，
小说比讲史更吸引听众。

　　现存的所谓宋元话本都是经过后人修改过的宋代说话人的稿
本。讲史如《新编五代史平话》，小说如《碾玉观音》等，人物
描写都很出色。由于城市居民繁众，说话人投合不同阶层人的趣
味，话本的内容庞杂，思想性与艺术性都有很大差异。多数话本
的主人公是普通的城市居民，反映了他们不同于农村中地主士大
夫的生活方式和社会活动。在程朱理学的影响下，不少话本直接
宣扬伦理纲常。也有一些话本从不同方面表达了南宋人民抗金的
愿望。话本运用接近当时口语的文字写成。在人物的刻画、环境
的描写和人物对话方面，都显示了这种文艺作品的崭新风貌，对
明清小说产生了重大的影响。

　　宋代城市中发展起来的另一种文艺是戏曲。宋代的戏曲大致
可以分为两大类：一类以歌舞讲唱为主，如转踏、曲破、大曲、
赚词、鼓子词、诸宫调等。另一类是和戏剧更为接近的傀儡、影
戏、杂剧等。诸宫调的创始人是北宋泽州人孔三传。这种文学体
裁由散文和韵文两部分组成。韵文由几种不同宫调（即乐曲的
声调）结合成一套曲子，用以讲述一个故事，所以叫做诸宫调。
靖康年间，金兵围汴京，向北宋索取教坊乐人、杂剧、说话、弄
影戏、小说、嘌唱、弄傀儡等各色艺人一百多家。因此，说话、
诸宫调等在金朝也十分流行。著名的董解元《西厢记诸宫调》
就是当时说唱诸宫调的稿本。

　　董解元身世不明，大约是金章宗时人。"解元"是当时人对文士的通称。《西厢记诸宫调》是根据唐元稹的《莺莺传》传奇改写而成。原作情节的重要改变，是张生与莺莺双双出走，结成良缘。这个改变冲破了传统观念的束缚，在思想内容上是重大的进步。这部作品一共用了 14 种宫调，193 套组曲，结构严谨，曲折多致，从事件的矛盾冲突中表现了人物性格的特征和思想感情的变化。胡应麟称它："精工巧丽，备极才情，而字字本色，言言古意，当是古今传奇鼻祖。"它是我国文学史上第一次出现的长篇组曲，被誉为"北曲之祖"。董西厢在讲唱时合琵琶而歌，所以又叫《西厢挡弹词》或《弦索西厢》。表演时，弹奏和念唱是由一人兼擅的。

四　戏剧

　　宋代的戏剧，统称作杂剧，但已没有完整的剧本流传，内容与结构都不能详知。金代称为院本，即"行院之本"。扮演戏剧的人多为倡伎，演员们所住的地方称作行院，他们的演唱本即称作院本。在金院本和诸宫调的基础上，形成了盛极一时的元杂剧。它的科白即表演动作与对话部分，承袭了院本的体制；曲即唱词部分，则明显地源于诸宫调。它的新发展主要表现在两个方面：一是从宋、金的叙事体改变成为代言体；二是在曲调上更多地采用了民谣小曲。元杂剧的形成，是我国戏剧史和文学史上的重大事件。

　　元杂剧基本上是一种歌剧，演出时添加一些科白，借以表述剧情，使场面显得生动活泼。曲词也就是唱词。元杂剧唱词一般是由同一宫调中的几支曲子或十几支曲子组成的套曲。每一支曲子都由韵律铿锵的长短句组织而成，有其一定的格式，但在定格之外，可以增加衬字。句尾十之八九都押韵。在形式上既自由，又复杂，声律上也很优美。套曲一韵到底，配合科、白，便成为一折（相当于一幕）。元杂剧一般由四折组成，另外可加"楔子"，置于各折之前或之间，充当开场或过场的作用。通常一个剧自始至终都由一个角色演唱，即由正末或正旦唱曲。但在各折中他所扮演的人物可以不同。由正末唱的叫末本；正旦唱的叫旦本。其他角色充当配角，只有宾白。剧本的最后有二句或四句诗对，叫"题目""正名"，用以点出剧本的主题。

元杂剧产生在金元之际，到元成宗时而臻于极盛。它是宋金以来的戏剧合乎逻辑的发展，是在城市经济发展的土壤中生长繁荣的。郝经《青楼集序》说："我皇元初并海宇，而金之遗民若杜散人、白兰谷、关已斋辈，皆不屑仕进，乃嘲风弄月，留连光景。"金元之际，连年战乱，社会上的一些文人不愿或不能仕进，借编写杂剧以抒发愤闷。他们和广大城市居民多有联系，有的即与演员们一起，粉墨登场。因此，他们的作品能从各个方面比较深刻地反映社会现实和下层群众的思想感情。

金元之际的杂剧，在山西一带最为流行。元初发展到大都路（今河北地区）。元朝灭宋后，又传入江南。元代的杂剧作家，有姓名可考的有一百七八十人，见于记载的杂剧作品达七百三四十种。实际的数目当然还要远远超过。现在保存下来的有 160 余种。元杂剧的发展，大体可分为两期。成宗大德以前为前期，以后为后期。前期的人才最盛，都是北方人。白朴可能是最早的杂剧作家，字太素，号兰谷，山西隩州人。生于 1226 年，死于 1306 年以后。与关汉卿、马致远等同称为杂剧大家。白朴写过杂剧 16 种，现存 3 种。他的代表作《墙头马上》，描写一对青年男女自由结褵的离合故事，最后由官居尚书的公公和婆婆牵羊担酒向儿媳"赔话"，才又重新完聚。故事情节曲折，是出色的佳作。

关汉卿，号已斋，约生于金末。他可能原居山西解州，以后来到大都。所以，《录鬼簿》说他是大都人，《析津志》说他是燕人。他在元朝没有任过官职，《录鬼簿》说他是"太医院户"，大约是系籍医户。他是一位博学多才的剧作家，并且"躬践排场，面傅粉墨，以为我家生活"，亲自参加演出活动。元朝灭宋后，他去到杭州，约在成宗时死去。他写过杂剧六十几种，现存15种，对元杂剧的形成与发展，贡献最多。他所写的杂剧，结构谨严，人物性格鲜明。一些剧作具有较强的思想性。《窦娥冤》大约是他晚年写成的代表作。剧中描写一个孤苦善良的少女窦娥，被屈含冤而被处斩。临刑前愤怒地控诉："为善的受贫穷更命短，造恶的享富贵又寿延。""地也，你不分好歹何为地。天也，你错勘贤愚枉做天。"（《元曲选》本）剧本中窦娥的恨天骂地，正是对元朝统治下黑暗的社会现实的揭露，也反映了作者的心声。《拜月亭》剧描写金宣宗时人民的流离，实际上是直接揭露蒙古侵金所带来的灾祸。《望江亭》《救风尘》两剧分别描写改嫁的州官夫人和仗义勇为的妓女。她们都是机智英侠，勇于和邪恶势力较量，与南宋理学统治下"三从四德"的妇女形象迥然不同。关汉卿剧作的题材极为广泛，涉及社会生活的许多方面，但他往往把理想的完满结局，寄托于"明主""恩官"，这又反映了他的思想的局限。关剧的曲文，造语遣句，清新蕴藉，文采风流，在金元词曲中亦是上品。元人钟嗣成著《录鬼簿》为剧作家立传，列关汉卿为首。明初贾仲明称关汉卿为"梨园领袖""编修师首""杂剧班头"。关汉卿是元代成就最高贡献最大的戏剧家，也是当时的剧作者和演员们公认的首领。

马致远，字千里，号东篱，大都人。元世祖时，曾任过江浙省务官，大约是在1285年以后。成宗时，他曾参与组织"元贞书会"。著有杂剧13种，现存7种。金元之际，全真道在北方地主文人中传播，马致远受到一定的影响。在他的剧作中，消极遁世的思想时有表露。他长于写抒情的悲剧，语言平易而情致深浓，自成一家。他的名作《汉宫秋》描写王昭君在出离汉境后，投江而死。匈奴单于与汉朝重新和好。剧中指责汉王朝文官武将"枉被金章紫绶"，"都宠着歌衫舞袖"，边关有事，"没个人敢咳嗽"。毛延寿"叛国败盟，致此祸衅"。这是一个悲剧，情节不合于历史的实际。但它在元朝统治下演出，具有一定的现实意义。明臧晋叔编辑《元曲选》，以《汉宫秋》为首篇，给予颇高的评价。《中原音韵》作者周德清论元曲制作，以关、白、郑（光祖）、马为代表。大抵成宗以后，马致远是继关汉卿而起的最有影响的剧作者。

　　王实甫名德信，大都人。生平事迹不详。他的创作活动主要是在成宗大德年间。撰剧14种，现存3种。他的代表作《西厢记》，以董西厢诸宫调为蓝本，把唐代《莺莺传》中的轻薄少年改写成忠实于莺莺的"志诚种"，以张君瑞中状元，"庆团圆"而结束。《西厢记》以争取婚姻自主为主题，成为六七百年来流传最广的佳作。全剧共五本二十一折（一说第五本为后人续作），实际上是由五个四折的剧本连成一个长剧，首尾条贯。这就有足够的篇幅，便于描写情节的变化和人物的思想感情，戏剧冲突也得以向多方面展开。这种长剧的体制，为杂剧发展为"传奇"开辟了道路。

　　大德以后的剧作家，成就较大的是郑光祖（名德辉）。他的作品以历史剧为多，但代表作爱情剧《倩女离魂》构思新奇，富于浪漫色彩。无名氏的剧作《陈州粜米》揭露权豪势要的横行与百姓的冤苦，塑造了为民除害申冤的清官。清官戏在元代大量出现，是昏暗的现实社会中人民大众的政治理想的反映。元仁宗朝实行科举，提倡理学。此后出现的一些剧作，宣扬伦理纲常，成为理学的宣传品。但以北宋梁山泊起义为题材的剧作，也在此时陆续出现。宋江、李逵、燕青等为主角的戏剧，逐渐流行，使他们成为人所熟知的人物。

大德以后，杭州代大都而成为戏剧的胜地。北方的许多剧作家陆续迁来杭州。陈旅《送扬州张教授还汴梁》诗："花边细马踏轻尘，柳外移舟水满津。莫向春风动归兴，杭人半是汴梁人。"杂剧在杭州盛行，是以拥有北方观众为基础的。但是，成宗以后，南曲也逐渐吸取北曲而得到发展。

祝允明《猥谈》说"南戏出于宣和之后，南渡之际，谓之温州杂剧"，也称为"永嘉杂剧"或"戏文"。入元以后，南戏仍很流行，据记载当时有 168 种剧本，现存的仍有 16 种左右。南戏早期的唱词据宋词和俚谣巷曲杂凑而成，结构疏散，科诨较多，艺术形式比较自由而粗糙。北方杂剧南传之后，南戏吸收了北剧的某些优点，唱词采用联套的办法，减少了科诨，以便集中刻画人物。因而出现了南北腔合调的新唱腔。沈和、范居中都能作"南北腔"。北杂剧与南曲戏文的唱腔合流，形成南北曲兼用的体制，最后导致明人"传奇"的产生。这是中国戏剧史上的一大进步。

一般说来，南戏的体制具有以下一些特点。一个剧本没有固定的出数，可长可短，不像北杂剧那样通例作四折（少数有五折的）。每一出中也不像北杂剧那样通押一韵，更不机械地限制使用同一宫调中的曲牌。至于登场演唱的角色，可生可旦，不必由一人唱到底，完全按剧情的需要，可以由两人互唱，甚至数人合唱。这些改进使南戏较之北杂剧有了更多的灵活性，便于表达故事和抒写感情，增强了戏剧的效果。

现存的南戏中比较著名的有《荆钗记》、《白兔记》、《杀狗记》、《拜月亭》等。北方杂剧题材广泛，为南戏所吸收。《拜月亭》基本上是依据关汉卿《闺怨佳人拜月亭》杂剧改编而成。剧中描写蒙古侵金时期，金朝的青年男女蒋世隆与王瑞兰的悲欢离合。曲词优美动人，人物性格的描写比关剧细腻，内容也较丰满。这个剧本在南戏的发展中起着继往开来的作用。

元末著名的南戏作家高明，字则诚，温州瑞安人。顺帝至元五年（1345）举进士，在处州、杭州等地任过小官吏。1356 年后隐居庆元南乡的栎社，以词曲自娱。他的名著《琵琶记》可能就是在这时候写成的。《琵琶记》写蔡伯喈和赵五娘的离合，是南宋民间广为流行的一个故事。陆游《小舟游近村，舍舟步归》诗："斜阳古柳赵家庄，负鼓盲翁正作场。死后是非谁管得，满村听说蔡中郎。"徐渭《南词叙录》里列举的宋元南戏剧目中，有《蔡伯喈琵琶记》和《赵贞女蔡二郎》二本，并注明"即蔡伯喈弃亲背妇，为暴雷震死，里俗妄作也"。高明把原来的不忠不孝改为"全忠全孝"，颂扬纲常节义，充满程朱理学的说教。这显然是理学长期在江南传播的产物。但《琵琶记》中人物性格刻画细致，语言丰富多彩。这些都标志着南戏已发展成熟，也标志着这个剧种已达到了顶点。明王朝建立后，"南戏"渐被抛弃不用，而由杂剧和"传奇"取代了。

（原载《中国通史》第 7 册，人民出版社 1983 年第一版）

争奇斗艳的明代小说

一　概说

我国小说孕育于古代的神话传说和寓言故事。至魏晋南北朝时期，出现了志怪和轶事一类简短笔记，才粗具小说的雏形。但文人们作为独立部门进行创作，则是唐代的事。唐代有些文人写人物故事，十分生动，叫做"传奇"。到10世纪60年代，赵匡胤建立起一个全国统一的中央集权的封建国家，结束了分裂五十多年、你争我夺而混乱不堪的政治局面。此后社会进入和平安定的生活环境，生产力得到进一步发展，都市呈现一片繁荣兴盛景象。随着手工业的发达，商业也跟着发达起来，当时首都汴京出现了各行各业的作坊和邸店。应手工业者和商人的需要，各种娱乐性的活动也同时出现。一些公共场所集结了大批从事游艺、杂耍、歌舞以及扮演戏剧和讲说故事的人。这中间讲故事的艺人除开讲民间传说、历史故事外，也讲一些小生产者和商人的生活中的悲欢离合。这样就在文学领域内出现了在题材方面是市井小民生活的作品。同时，用以表达这种生活的语言也不是脱离口语的文言，而是通俗易懂的白话，这白话小说叫做"话本"。一批新的文艺作品就这样产生了。流传到今天的小说如《新五代史平话》、《碾玉观音》和《错斩崔宁》等，就是产生在宋代的。经过元朝，历史小说如《武王伐纣平话》等得到广泛的传播，而描写现实生活的小说则不多。但到明朝，情况有所变化。一些比较进步的文人也摹拟这种文学形式写作，叫做拟话本，白话文学就风靡一时，连明神宗也爱看白话文《水浒传》。明朝的工商业活动比宋元更加发展，有些地区出现资本主义生产关系的萌芽，社会上的矛盾斗争也就更加复杂。反映这种复杂生活的作品既多样又多彩。就这样，14世纪中叶以后，中国明朝出现了小说创作的繁荣时代。作品有如雨后春笋一般的产生，题材多样而广泛地反映了各阶层人民的生活，篇幅有的长至近百万字，可以说是前所未有。著名的小说如《三国演义》、《水浒传》、《西游记》等，至今仍为广大读者所爱好。明代小说的影响大，可谓深入人心。六百多年过去了，小说中的人物形象如诸葛亮、张飞、武松等等却是青春永驻。看来明代小说创作的成就远远高于其他文学创作。

二　战争小说——表达人民一定的政治愿望

《三国演义》是中国最早产生的一部长篇小说，成书年代是元末明初。作者罗贯中在当时社会地位不高，他的生平事迹留下来的很少。他的《三国演义》是取材于历史记载和民间传说，由七分事实、三分虚构所组成的历史小说。通过历史故事的叙述表达了作者热望三个分裂政权走向安定和统一的心情。作品中写了大量的军事斗争和政治斗争。不管是暗斗也好，明争也好，目的总是为了统一。像刘备同曹操在一起"青梅煮酒"，纵谈天下英雄人物，看来很安闲，其实这中间存在着政治上的暗斗。而诸葛亮为了联合孙权抵抗曹操的入侵，身赴东吴，和孙权手下的文臣武将展开一场和战问题的辩论，"舌战群儒"，十分激烈，却是明争。至于诸葛亮接受周瑜交下的三天内制造十万支箭的任务，而诸葛亮来一个"草船借箭"，意外地达到了目的，就既有周瑜与诸葛亮的政治上的暗斗，又有诸葛亮与曹操的军事上的明争。小说中这一连串的动人场面吸引着广大的读者。"赤壁之战"在小说中是作者着重描写的一次战争，场面大，篇幅长，小说中重要人物差不多都在这次战争中露面，并在错综复杂的矛盾中呈现出每个人物的性格特征。曹操狡猾权诈，诸葛亮机智稳重，周瑜忌刻好胜，在这场斗争中都大显身手。而作者就在他们大显身手之时，对这些人物刻画入微，各有个性。我们还可以看到，作者笔下的战争，并不使人感到恐怖，而是恰恰相反，使人感觉到斗争的乐趣。在战争正在激烈紧张的进行中，作者安排"横槊赋诗"、"草船借箭"、"挑灯夜读"等场面，冲淡了对战争的恐惧，却又不违反故事的生活真实。这点就不得不叫我们佩服作者的艺术创作的惊人才华。《三国演义》还强调斗智。在诸葛亮这个人物身上体现了"斗智不斗力"的战略思想，无论是军事斗争或政治斗争都闪耀着智慧的光芒。如"空城计"中的空城退敌，成为人们喜爱的篇章。

同样是描写战争的小说《水浒传》，所写的不是帝王将相的争城夺地，却是如火如荼的农民起义。这部作品最动人之处也就在于作者以同情的笔调描写了许多造反者的故事。关西恶霸郑屠欺压良善，逼得金老父女走投无路，就有鲁智深出来打抱不平，几拳把郑屠打死。武松因哥哥被害死，告状不准，受到互相勾结的豪强和官府的压迫，无处伸冤，于是斗杀西门庆。毛太公设计陷害解珍、解宝兄弟，使得解氏兄弟吃尽苦头，逼得孙新、孙立大劫牢，终于杀死毛太公。这些受害人，一个个被迫起来反抗，他们从四面八方汇合到梁山泊,揭竿而起,和大宋皇帝作对,这就是《水浒传》的主要内容。《水浒传》写的是 12 世纪 20 年代北宋末年的农民起义,其中有的是真人真事,但绝大部分是出于民间传说和虚构。

劫掠在财产私有的社会里被认为是不正当的行为。但在《水浒传》作者看来,劫掠"不义之财",那完全是正当的。赃官梁中书为了给丈人祝寿派杨志护送十多担金银财宝,作为贺礼,结果被阮氏三兄弟们劫走了。作者评论这件事说:"试看小阮三兄弟,劫取生辰不义财。"这就是说,劫走了"不义财"是光明正大的。给赃官一点颜色看,做得对。

《水浒传》所写的战争和《三国演义》不一样,《三国演义》打胜仗总是靠搞计谋,而《水浒传》却是依靠人民。"三打祝家庄"中那个钟离老人指示"盘陀路"的走法,就是战争胜利的关键。如果石秀不那样依靠贫苦老人,而像杨林那样逞能,李逵那样恃勇,是不能打胜这次仗的。《水浒传》所反映的多半是封建社会中下层人民的生活,这些人大都是受迫害欺压的,因此反抗性强,能在战争中发挥重大的作用。

元末明初是战火纷飞、各地农民起义军被镇压下去的时期,《三国演义》和《水浒传》出现在这个时候,不是偶然的。这两部小说都描写了对农民起义军的镇压。但这两部小说之所以引人注意不在于此,而在于在这方面描写中表达了人民的一些愿望。

明代以战争为题材的小说很多,除上面所说的两部外,《北宋志传》、《杨家府世代忠勇通俗演义》也写得很出色。小说题材大都来自民间传说,但老将杨业却是历史上实有其人。杨业替宋王朝镇守边疆,功劳卓著。明代中叶,中国东北部少数民族的力量日渐强大,企图夺取由汉族建立的朱明王朝的政权。这时,汉族知识分子写文章歌颂杨家将的保卫边疆是有现实意义的。这

部小说突出地塑造了众多的女将形象。其中穆桂英勇武过人，英
姿焕发，最为人们称道。明代长篇小说，这类题材最多，数量也
最多。大致可以分为两类，一是历史演义小说，一是英雄传奇小
说。前者以描写历史事件演变为主，后者以历史上出现的英雄人
物为重点，其中如《列国志传》、《唐书志传通俗演义》、《大宋
演义中兴英烈传》、《皇明英烈传》写得较为出色。

三　神怪小说——借神怪自写幻想

16 世纪前期，明王朝的政治日益腐败，大官僚、大地主穷
奢极欲，淫逸无度。这些人一面纵欲，一面还想长生不老。到处
求神拜佛，访仙问道。世宗（嘉靖）皇帝狂热地信奉道教，方
士李孜，僧徒继晓，都以方技杂流猎取高官。因此谈妖说怪，盛
极一时。这种风气影响到小说创作，《西游记》和《封神演义》
就是这个时期出现的。《西游记》写的是唐朝僧人玄奘等去天竺
（今印度）各国游学取经的故事。玄奘跋涉数万里，历时 17 年，
带回佛经六百多部，历尽千辛万苦，在中国佛教史上是一件大
事。这件事在传说中越说越神奇，离开实事也越远。明中叶，吴
承恩根据传说编写了这部《西游记》。吴承恩，淮安府山阳县
（今江苏省淮安县）人，为人“性敏而多慧，博极群书”，曾做
过几任小官，对当时官场黑暗，有些不满。他编写《西游记》
不单纯是为了谈神说怪，而是通过谈神说怪对现实社会有所评
议。书中的故事，如大闹天宫、猪八戒高老庄招亲、三打白骨精
以及过火焰山等，都写得生动、惊险、变化莫测、幻想奇特，有
时语言诙谐，风趣横生，具有一种独特的风格。这些故事的情节
都很曲折，如玄奘等过火焰山，必须借到铁扇公主的芭蕉扇。孙
悟空于是变做一只小蟭蟟虫钻进铁扇公主的肚子里，迫使她拿出

扇子来。但拿出来的却是一把越扇火越旺的假扇。怎么办呢？孙悟空又变成铁扇公主的丈夫牛魔王骗得了真扇子，却又忘记了问明大芭蕉扇如何变小，结果又被牛魔王骗了回去。事情就这样曲折，然而动人处也就在这曲折上。

《西游记》还有一种曲折处。就是我们看到不少神佛和妖魔的斗争，而不少妖魔却和神佛有密切的关系。如黄袍怪是玉皇大帝的奎木狼星官；陷空山无底洞的老鼠精是托塔天王的干女儿；狮驼山的老怪是文殊菩萨座下的青狮。这些妖魔作恶害人，只要"改邪归正"，仍旧官复原职，不受到处罚。这里描写的虽是神魔的生活，但却和明代社会现实生活是很相似的，官官相护，神的生活原来是人的生活的折光反映。

和《西游记》一样写于明代中叶的小说《封神演义》，其中也写山妖水怪，但更加露骨地鼓吹宗教迷信和神权思想。全书以武王伐纣的历史故事为线索，穿插一些神仙妖怪的斗法。他们各有法宝，总是一物降一物。作者许仲琳，也有说是道士陆西星。其中有些章节写得很生动，有些人物塑造得很成功。人物写得好的要算哪吒，在《西游记》里是围攻孙悟空的天兵天将之一。这里他仍然是一个少年英雄。"哪吒闹海"表现他是一个天不怕地不怕的闯将。他打死龙王的三太子，龙王到玉皇大帝那里去告他，他立即赶到南天门，把龙王也痛打一顿。抓下龙王的鳞甲，弄得龙王"鲜血淋漓，痛伤骨髓"。并逼着龙王变为小蛇，他随身带走，不让龙王告状。他闯了这场大祸，他的胆小的父亲（李靖）怕受连累，他就剜肠剔骨，把骨肉都还给父母，表示他和父亲决裂。他就是这样一个叛逆性格的人物。但本书的主要人物姜子牙却塑造得并不成功。

鲁迅先生说：《封神演义》"侈谈神怪，什九虚造，实不过假商、周之争，自写幻想"。的确，书中如雷震子用肉翅飞行，土行孙可以在地底下行走，作者想象力是十分丰富的。有些地方也发人深思，所以数百年来一直为人们所爱好。

明代描写神魔斗争的小说，还有罗懋登的《三宝太监西洋记演义》、董说的《西游补》、冯梦龙的《平妖传》等，然而大都宣传宗教迷信，夹杂着荒诞离奇的情节，不甚精彩。只有少数讽刺时政，如《西游补》之抨击八股取士的弊端，颇为淋漓尽致。

四 爱情小说——深深扎根于现实生活

明代长篇小说几乎没有写爱情的。《金瓶梅》只能算作肉欲的放纵，不能说爱情。西门庆不仅把妇女当作玩物，而且是把人当作财产的附属物。他娶孟玉楼，不是他爱上了孟玉楼，而是富孀孟玉楼有许许多多金银财宝。他勾引结义兄弟花子虚的老婆李瓶儿，也不是他和李瓶儿有什么感情，而是气死花子虚后，好侵吞花家的财产和住宅。至于《三国演义》、《水浒传》等，其中也没有真正写爱情的。明代小说真正写爱情的是短篇小说。这些爱情故事大都收集在《三言》、《二拍》中。

《三言》即《喻世明言》、《警世通言》、《醒世恒言》的简称。统称古今小说。这是因为编书人是明朝人冯梦龙。他这三部小说选，其中有的是宋元人的作品，所以叫古，也收有明朝人的作品，因而叫今。有今有古，就命名《古今小说》。这些作品大都不是冯梦龙写的。《二拍》即《拍案惊奇》初集和二集，它的情况和《三言》不同，其中作品几乎都是凌濛初自己编写的。除《三言》《二拍》外，尚有《西湖二集》、《石点头》、《醉醒石》等短篇小说集，但编写得都不很出色。

描写爱情是短篇小说的一个传统，宋人话本《碾玉观音》、

《金明池吴清逢爱爱》、《闹樊楼多情周胜仙》都写得十分出色，青年男女互相爱恋，感情是真挚的。但与明人作品如《蒋兴哥重会珍珠衫》、《卖油郎独占花魁》、《杜十娘怒沉百宝箱》比较起来，却有一个明显的不同。这些作品虽然都是描写青年男女之间爱情的，但总是通过人鬼之恋获得现实社会中所不能得到的东西，不像明人小说那样深深扎根于社会的现实生活。不管蒋兴哥也好，卖油郎或者杜十娘也好，他们思想感情的矛盾变化和社会现实生活的复杂性结合得是那么地紧，完全没有超现实的色彩。而生活气息又是那么地浓，谁也不会怀疑这里所写的事物不是真实的。《卖油郎独占花魁》描写一个卖油小贩秦重和一个失身为妓的莘瑶琴姑娘的相爱故事。这个故事显示了以个人性爱为基础的青年男女的结合。莘瑶琴第一次见到秦重时，并不爱他。她产生过这种念头："难得这好人，又忠厚，又老实，又且知情识趣，隐恶扬善，千百中难遇此一人，可惜是市井之辈。若是衣冠子弟，情愿委身事之。"只有当她受到"但知买笑追欢的乐意"的衣冠子弟凌辱时，体会到秦重对她体贴和尊重的温暖，才抛弃了社会地位的考虑，告诉秦重说："我要嫁你。"这样才由相爱而结为夫妇。整个故事情节的发展，完全符合生活真实，没有不合理的成分。

在众多爱情故事中，往往出现女子钟情男儿薄幸的情节。《金玉奴棒打薄情郎》中的莫稽，《杜十娘怒沉百宝箱》中的李甲，他们的爱情都被封建门第观念碰得粉碎。痴心女子负心汉，这是男性中心社会里经常演绎的悲剧。有些爱情故事给我们以沉重的感觉，如《蒋兴哥重遇珍珠衫》、《白娘子永镇雷峰塔》，男女主角之间是有感情的，也是不愿拆散的，但是他们终于要分离，终于以幸福始，以不幸终。当然，像《乔太守乱点鸳鸯谱》、《钱秀才错占凤凰俦》、《玉堂春落难逢夫》等就谈不上有什么爱情了。

短篇小说除开爱情主题外，还广泛地反映了社会的各方面。尤其是着重描写了手工业者和小本商人的勤劳和忠厚。还是拿《卖油郎独占花魁》来说吧，秦重每日挑个油担，把上好净油，不搀和半点假料，卖与顾主。并且在秤头上也放宽些，这个小本商人多么忠厚。许多短篇小说的作者强调幸福总是从劳动中得来。《张古老种瓜取文女》中赞美甜瓜说："绿叶和根嫩，黄花向顶开。香从辛里得，甜自苦中来。"只有辛苦劳动才能取得幸福的享受。这些歌颂劳动的作品反映了小商品生产者在社会上的活跃，并要求提高他们的社会地位。这是明代中叶以后社会经济发展的必然产物。当然，商人单靠辛勤劳动是不能发家致富的。他们总是囤积居奇，企望一本万利，这在《转运汉巧遇洞庭红》和《叠居奇程客得助》里也有反映。

五　公案小说——黑暗政治的产物

此外，明代后期政治十分黑暗，出现了一些描写冤狱的公案小说。冤狱和公案在明代是很多的。李春芳有《海刚峰先生居官公案传》，余象斗也有《皇明诸司公案传》。诸如《明镜公案》、《详情公案》，多的是，都说明当时社会中冤案、假案、错案的大量存在。海刚峰即海瑞，是明代一个有名的昭雪冤案的清官。他平反冤假案的故事被编成小说，在社会上广泛流传。不过这些故事以情节曲折离奇吸引读者，而文字技巧则相当粗糙。这一点就是收进《三言》中的公案小说，也不例外。如《陈御史巧勘金钗钿》就是如此。

冤狱是专制政治的必然产物。清官只是人民的美好愿望的化身。鲁迅先生说："惟至明末则宋市人小说之流复起，或存旧

文，或出新制，顿又广行世间。"明末商业经济的发展和封建专
制政治的黑暗，是公案小说产生的土壤。

　　总之，由于短篇小说篇幅短，反映现实生活能够及时而快，
不像长篇那样需要旷日持久的经营，这样比起长篇来就显出无比
的优越性，这也就是明代短篇小说兴盛的原因了。

六　小结

　　一般说来，明代小说创作，《三国志演义》、《水浒传》后，
沉寂了一段时期。从嘉靖时期开始，《西游记》、《唐书志传通俗
演义》、《大宋中兴通俗演义》、《金瓶梅》相继出现，早期的
《三国志演义》、《水浒传》也在这时候重新写定付刻，小说分章
回是从这个时期开头的。短篇小说这个时期有清平山堂所刻
《六十家小说》，所以嘉靖时期是明代小说发展的一个新阶段。
自此以后到万历时期是明代小说创作的极盛时期，这时最突出的
是历史演义小说的写作。吴门可观道人《新列国志序》说："自
罗贯中《三国演义》一书，以国史演义百余回，为世所尚，嗣
是效颦日众，因而有《夏书》、《商书》、《列国》、《残唐》、《南
北宋》诸刻，其浩瀚与正史分签并架，然悉出村学究杜撰。"可
见这类书数量很多。不过从万历以后，小说的创作就盛极而衰
了，出现了一些千篇一律的才子佳人小说和杂抄稗贩的拟话本短
篇小说。

　　明代小说创作盛行于嘉靖、万历两个时期，是和这两个时期
的政治的安定以及经济生产的发展密切相关的。和平富足对于封
建社会中的中下层知识分子，所谓"村学究"，从事写作是有利
的。叶盛《水东日记》卷二十一说："今书坊相传，射利之徒，
伪为小说杂事，农工商贩抄写绘画，家蓄而人有之，痴呆女妇，

尤所酷好。"最后这几句话说明了明代小说特点,明代白话通俗小说的读者是农工商贩,尤其是妇女。明代小说创造了许多妇女的英雄形象如穆桂英、白娘子等,这些妇女都强过男子,即使如才子佳人小说,这里面的女性往往才华出众,胜过男人,这对于"女子无才便是德"的封建思想显然是一个冲击,而才子佳人小说的流行原因,也就在此。明人小说中描写女人才华胜过男人,这是一个最突出的特点,无怪乎叶盛说,这种小说妇女特别爱好,因为它们写出了妇女要求平等的心愿。

(原载《漫话明清小说》,文史知识编辑部编,

中华书局 1991 年第一版)

元代文学的特征及其演变

　　中国文学发展到元代，由于政治上、经济上和文化上以及文学本身的种种原因，传统的诗词古文创作局限于少数文人的范围，新起来的戏曲小说引起广大人民群众的爱好，流行南北。诗词古文的语言风格一味模唐仿宋，有人还甚至标榜学习周秦汉魏，脱离广大人民群众，曲高和寡，与那语言浅近通俗的戏曲、小说相比较就不易为人们接受。戏曲、小说的题材大都取自人民群众所关心和熟悉的生活，同时由于作者多数出身于社会中下层，他们看问题，谈人论事，也都和人民群众好恶接近，所以戏曲小说，特别是杂剧成了元代文学创作中最受欢迎的剧艺。前人把它和唐诗、宋词并称，作为一个朝代文学艺术的代表，许多作家也享受很高的荣誉。

　　诗词只是在少数文人学士之间传播，散文多经世、酬世应用之作，不像戏曲小说在大庭广众的勾栏中说唱演出。戏剧演出必须争取看官听众，故事须群众喜见乐闻，因为演员和少数作者都要靠此谋生。不像诗词作者并不以写诗作词为主，多数是公余闲暇，或家有钱财，舞文弄墨，自我陶醉或者发发牢骚而已。当然也有少数人把写作诗词当作政治斗争的工具。不过总的说来，戏曲小说真正能做到雅俗共赏，而诗词古文却只能在官场和骚人雅士中间流传，主要是士大夫独抒怀抱或互相唱和。

一般说来，元代文学中少数诗词、古文，多数小说、散曲、杂剧、南曲戏文等等中的一个共同东西，就是或多或少反映出来了那种同情民生疾苦和抗议民族压迫的忧国忧民思想。这个思想是蒙古统治阶级推行民族歧视政策和疯狂奴役劳动人民的必然产物。但是诗词、戏剧等除开这个共同点以外，也还各有其自身的特征。文学体裁的运用，和作家的社会地位自然没有必然的联系，不过体裁有雅俗新旧，采用某种体裁却和作家的身份地位以及文学修养有关系。传统的诗词古文更多地被社会地位高而持有正统思想的人所选用，至于戏剧小说本不登大雅之堂，写作者大半社会地位低下而思想受到传统束缚较少。这样诗词古文是一个情调，而戏曲小说另是一个情调。惟有散曲较为复杂，它和杂剧相近，只是体制长短不同，有曲子而无科白，仅供清唱，不能上演。思想内容有时和杂剧接近，有时和诗词接近。换句话说，诗词古文的总的特点是作者多半是社会地位较高，题材偏于酬世赠答、寻亲访友和离愁别恨。反映出来的是封建社会上层人士的生活情况。有时也出现一些反映民族矛盾和阶级矛盾的作品。至于戏剧小说的作者一般是"门第卑微，职位不振"的社会地位比较低下的人士，作品题材也偏于人民群众所喜闻乐道的民间传说和普通人民日常生活。这里，作为上流人士的怡情遣兴，怨乱伤离的诗词，和作为广大人民群众的精神食粮的戏剧小说，不仅是题材不同，而在内容上也有很大的区别。诗词中，官场得失和人世悲欢离合成了常见的主题，而戏剧小说中，出现了一些敢于摆脱封建道德枷锁的叛逆人物，性格泼辣明快，却是诗词中少见的。这中间散曲的情况比较复杂，普通知识分子写，达官贵人也写，多数场合是供给妓女在筵席上唱的，也就沾染上一些不健康的情感。但叹世、归隐之类的作品大量出现，却深深地打上时代的烙印。总之，元代文学创作从各个方面，各种角度，广泛反映了那个时代中个人得失悲欢和社会生活面貌。而由于作者的社会物质生活条件的不同，和政治地位的差异，加上民族矛盾和阶级矛盾的复杂关系，不同体裁的文学作品分别表现了不同阶级不同阶层的人们的世界观和人生理想。其中用通俗的语言描述新生的事物并以新的道德标准评价生活的作品的出现，标志着文学史上一个新的时期的开始。

元代文学中诗词、散文、小说、戏剧等体裁的消长变化，就文学本身说，还表现为由篇幅短小过渡到长篇巨制，由作者个人抒情，或者评论、记事变为叙事和代言。单纯诗词、单纯散文体裁之外，有诗词有散文的混合体制戏剧、小说的大量出现，这种文化充分体现新的体裁的出现比起旧体诗词、古文便于塑造完美的艺术形象和容纳深广而复杂的社会生活。

此外，元代虽然为期只有百年左右，但由于岁月迁流，人事代谢，阶级矛盾和民族矛盾此起彼落，历史不断前进，文学也跟着向前发展，不同时期，不同阶段，也表现不同的特色。

元代是一个多民族的国家。成吉思汗攻入金中都后使人寻觅辽朝宗室，得耶律楚材。后耶律楚材随从成吉思汗西征，写了许多描绘北方少数民族生活的诗篇。耶律楚材是一个很有才华的人。他于成吉思汗死后，太宗窝阔台当权时，曾上书窝阔台，建议成立燕京编修所和平阳经籍所，保存汉族古籍，吸收一批汉族儒生，对于保护文化，和给文学活动创造了条件。《元史·耶律楚材传》说："楚材奏言：'制器者必用良工，守成者必用儒臣。儒臣之事业，非积数十年殆未易成也。'帝曰：'果尔，可官其人。'楚材曰：'请校试之。'乃命宣德州宣课使刘中随郡考试，经义、词赋、论分为三科。儒人被俘为奴者，亦令就试，其主匿弗遣者死。得士凡4030人。免为奴者四之一。"这是元灭金后，吸收最多的一批文人学士。当时"中选者除本贯议事官"，是一个临时性的措施。此外元好问的《上耶律中书书》说："窃见南中大夫士归河朔者在所有之。"时辈如"平阳王状元纲、东明王状元鹗，滨人王曼，临淄人李浩，秦人张徽、杨涣然、李庭训，河中李献卿，武安乐夔，固安李天翼，沛县刘汝翼，齐人谢良弼，郑人吕大鹏，山西魏璠，泽人李恒简、李禹翼，燕人张圣俞，太原张纬、李谦、冀致君、张辉卿、高鸣，孟津李蔚，真定李冶，相人胡德珪，易州敬铉，云中李微，中山杨果，东平李彦，西华徐世隆，济阳张辅之，燕人曹居一、王铸，浑源刘祁及其弟郁、李同，平定贾庭扬、杨恕，济南杜仁杰，洛水张仲经，虞乡麻革，东明商挺，渔阳赵著，平阳赵维道，汝南杨鸿，河中张肃，河朔勾龙瀛，东胜程思温及其从弟思忠，凡此诸人，虽其学业操行，参差不齐，要之，皆天民之秀，有用于世者也。"元好问开了这一串名单，希望耶律楚材推荐引进。后来这些人有的出来做官，有的没有做官。这些人中有不少学者文人，诗人作家。其中杨果、杜仁杰、商挺还是散曲作者。

杜仁杰有〔般涉调〕耍孩儿（庄家不识构阑），描写院本演出情况。其中有一句说"爨罢将幺拨"，与陶宗仪所说院本演唱者为五人，谓之"五花爨弄"正合。今山西洪洞元代壁画大行散乐忠都秀的演出，前排亦是五人。疑忠都秀即中都秀，乃金中都的名演员而流落山西各地，所演者亦为院本。不过金末院本与杂剧十分接近，所以陶宗仪说金代院本杂剧是一回事，到元朝才"厘而为二"。杂剧初期可能和院本演出形式差不多，杂剧本由院本蜕变而来，胡祗遹在《赠宋氏序》已指出这一点。金代末年的院本演出中的"五花爨弄"，实元杂剧四折加楔子这种形式的渊源所自。早期院本杂剧多由妓女演出，故杜仁杰所描述的院本演出的演员都是女的，杂剧既从院本演化而来，故演出形式亦承袭衣钵。耶律楚材《赠蒲察元帅》诗中说："素袖佳人学汉舞，碧鬟官伎拔胡琴。"这里"碧鬟官伎"也是女的。他另有一首《戏作》诗说："歌姬窈窕鬟遮口，舞伎轻盈眼放光。"既然要女扮男装，似乎不是纯粹的歌舞，而是带表演的，正如杜仁杰所描绘那样"一个装作张太公"，是演戏的。蒲察元帅当是金朝右副元帅蒲察七斤，他降元后，仍官原职，和杜仁杰是同时人。他们所见的应是初期的杂剧。元代军中有戏班，叫做女乐。初期杂剧大都是写婚姻爱情的，杜仁杰散曲中所写的就是《调风月》院本。关汉卿有《诈妮子调风月》杂剧，虽然不是一回事，但调情却是相同的。白朴的《裴少俊墙头马上》《董秀英花月东墙记》等，莫不皆然。关汉卿《闺怨佳人拜月亭》以金人撤离中都为背景，创作年代似亦较早，而王实甫《崔莺莺待月西厢记》，如果作者王实甫与关汉卿为同时人，当为元代早期作品。

　　元好问向耶律楚材推荐的一批人中，有的还是著名的诗人如杨奂、麻革。杨奂除写散曲外，也能写诗。他们在诗中流露两种思想感情，一是归隐，一是对金亡的悼念。有位诗人杨宏道在一首《六国朝》词中说："虚名何益，薄宦徒劳，得预俊游中，观望好。"面对现实社会，袖手旁观，代表一些知识分子的政治态度。杨奂说："林泉忧患少，京国是非多。"亦复如此。元好问于金亡后，不再做官，过的也是这种生活。一般说，元代初期，确切地说应叫蒙古时期，这个时期中国北方政治虽然统一，但文化并没有建立一个中心。当时文人活动大都集中在山西、河北两个地区。所谓河汾诗派就是以山西元好问为主帅，这派诗的特点是"当金元混扰困郁之中，其辞藻风标如层峰荡波，金坚玉莹，绝无突梯脂韦之习，纤靡弛弱之句"。作者有麻革、张宇、陈赓、陈庚、房皡、段克己、段成己、曹之谦，而以元好问"为之冠"。所谓"不观遗山之诗，无以知河汾之学；不观河汾之诗，无以知遗山之大"，他们大都不满于江西诗派，而模仿中晚唐。至其内容包括三个方面：一是对金朝灭亡，怀着淡淡的留恋，如陈庚的《清明后书怀》说："江山信美非吾土，怀抱何时得好开。"曹之谦的《北宫》说："登临欲问前朝事，红日西沉碧水东。"二是这些诗人都自甘贫贱，不做新朝的官，消极不合作，怀才不用，不住大城市，经常各地奔走。这样他们有机会看到祖国河山壮丽，写出了一些刚健清新的风景诗。如麻革的《阻雪华下》、陈赓的《游龙洞词》、段克己的《乙巳清明游清阳峡》。当我们读到"东山气象太猛悍，万马骙骙来楚甸。中分不肯割鸿沟，锻砺戈矛期一战"时，感到气魄雄伟，和那写风景幽美，山清水秀的山水诗完全不一样，这种写山水同时也表现了人物的傲岸。三是这些诗人来往各地于长途跋涉之中，注意到人民的穷困生活，写出一些同情民生疾苦的诗。如房皞的《贫家女》说："终身辛苦不下机，身上却无丝一缕。"曹之谦的《自赵城还府》说："独怜疲俗诛求困，愁叹声多不可闻。"

除河汾诗派外，有一个和元好问几乎同时的老作家李俊民，他的作品内容和河汾诗派也大致相同。他的《寄伊阳令周文之括户》说："疲俗脂膏今已尽，看看鞭算及舟车。"揭露了官吏的压迫和掠夺。统治者无穷无尽的诛求，人民的困苦不堪，这种现象在当时是普遍的，不是个别现象，杨宏道《空村谣》就作了有力的说明。

元太宗窝阔台、耶律楚材、元好问相继去世，宪宗蒙哥让他的弟弟忽必烈治理汉族人民居住的地方。忽必烈是一位"思大有为于天下"的人，在这以前他早就搜罗了一批汉族知名文士刘秉忠、王鹗、张之谦、窦默、姚枢、许衡、赵复、魏璠、赵璧等人做他的助手。连大名鼎鼎的元好问也和史天泽的幕僚张德辉一起北上见忽必烈，称奉忽必烈为儒教大宗师。忽必烈就是依靠这个汉人幕僚集团，用汉法治理汉人，得到汉人地主儒生的广泛支持。宪宗蒙哥于1259年攻宋合川，死于军中，忽必烈此时也正围攻宋的鄂州，闻讯即许宋议和，返回开平，召集塔察儿等宗王大将举行选汗大会，忽必烈被推为大汗。即位后，依据汉人封建王朝的传统，颁布即位诏，称皇帝（世祖）。自成吉思汗建立国家以来，从未建立年号，忽必烈建元中统，表示他是中原汉地封建王朝的继承人，后来他听从刘秉忠的建议，又改国号为大元。正当忽必烈在开平举行选汗时，留守和林的阿里不哥认为选汗应在鄂嫩河、克鲁伦河地方举行，忽必烈在汉地进行选举，显然违背传统惯例，不予承认。乃在和林另行召集大会，蒙哥诸子及察合台系宗王数人，拥立阿里不哥为汗，出现一国二主的现象。经过几次战争，忽必烈打败了阿里不哥，但西北几个汗国从此实际上走向独立，和元朝中央只维持名义从属关系，他们大部分仍过着游牧生活，他们的文学创作和中原不同。

　　忽必烈于夺取并巩固了汗位后，即着手继续进行侵宋战争。1267年南宋叛将刘整献攻宋之策，先攻襄阳，撤除南宋屏障。忽必烈依计而行，先后攻占樊城、襄阳，并大练水军，准备沿江东下，乘胜灭宋。忽必烈召集姚枢、许衡等商议，大家都说"乘破竹之势，席卷三吴"，正是时机。乃移师东向，一举而攻下临安，宋帝投降，国亡。这次出兵，忽必烈告诫统帅伯颜，要效法曹彬，"勿得妄加杀掠"，但是一位前锋张弘范却直认不讳说："我军百万战袍红，尽是江南儿女血。"屠杀还是凄惨的。

　　忽必烈在争夺汗位，侵宋灭宋期间，北方一些汉族文人感到进退两难。前一段的难是夹在蒙古诸王贵族的纠纷之中，难处。因为这种纠纷中牵涉到治理国家使用汉人不使用汉人问题。后一段的难是赞成伐宋还是不赞成伐宋。赵复是从宋过来的，就认为宋父母之国，不可伐。郝经、徐世隆却希望两国共存共荣，郝经《宿州夜雨》诗说："星麾何日平康了，两国长令似一王。"刘因于无可奈何之中，作赋哀悼，姚枢、许衡赞成，这时候的难是难办。许衡说："国家既自朔漠入中原，居汉地，主汉民，其当用汉法无疑也。"得到忽必烈的信任，但不断遭到其他蒙古贵族的反对，他时而做官，时而辞官，在《训子》诗中说"身居畎亩思致君"，而在《偶成》一诗中又说"老作山家亦分甘"。有一首《辞召命》的诗说："一天雷雨诚偃畏，千载风云漫企思。留取闲身卧田舍，静看蝴蝶挂蛛丝。"他的思想十分矛盾。产生这种矛盾思想大概有两个原因：一是在元代重武轻文的情况下，虽然被起用而不被倚重，有屈才之感。另一是在民族矛盾中，怕遇到意想不到的祸害。许衡这种人不像河汾诗派那些人甘心隐姓埋名，作诗而不做官。所以怀才不遇和隐居情思成了这个时期的重要主题。许衡诗中的思想也代表一些出仕做官的汉人的共同感受。

忽必烈灭宋后，在中国北方和南方都引起了波动，而南方文坛，变化更大，反响强烈。文天祥《过零丁洋》诗说，"人生自古谁无死，留取丹心照汗青"。对以暴力强加于人的反抗，十分坚决。他的《正气歌》更是激愤人心的作品。谢翱、谢枋得、郑思肖、林景熙、邓剡、汪元量等人的诗词一扫宋季江湖、四灵的空洞纤弱的积弊，发扬刚健悲壮的作风。尤其是汪元量，他被俘至燕京，后放归，为道士，漫游各地，写了不少诗词。他的组诗《潮州歌》九十八首最有名。一般说，宋亡后诗人词人对待新朝采取三种不同的态度。除上面所讲抗元不仕这种人外，还有一种背宋仕元。如方回、王沂孙、仇远、赵孟頫等。还有一种人采取消极态度，他们既不抗，也不仕，过着隐居生活，写的诗词，托物寄兴，情调低沉。如蒋捷、张炎、刘辰翁、周密等人。蒋捷的《贺新郎》（兵后寓吴）、刘辰翁的《柳梢青》（春感）、张炎的《南浦》（春水）、周密的《一萼红》（登蓬莱阁有感），其中似有寓意而不明显，至于仕元的王沂孙、仇远所写的诗词，情调和周密等人大致相同。他们过往甚密，并结为诗社。还有一些诗人控诉战争给人民带来了灾难，如尹廷高的《过故里感怀》、吴澄的《怀黄县丞时避乱寓华盖山》、刘诜的《感旧行》等。自然也还有些人的作品，对国家兴亡，无动于衷。

　　这个时期的北方诗人思想情况，波动不如南方大，所写诗词有点接近张炎、蒋捷。徐世隆《挽文丞相》诗说："大元不杀文丞相，君义臣忠两得之。义似汉王封齿日，忠如蜀将斩颜时。乾坤日月华夷见，岑海风霜草木知。只恐史官编不尽，老夫和泪写新诗。"言外之意，对不仕元朝，还是同情的。北方汉人由于长期在辽金统治之下，过了几个世代，对于南宋赵家，感情已经不是那么深厚了。况且蒙古把女真和汉族人民统统目为汉人，政治待遇一样，冲淡了民族的观念，对南宋的灭亡自然不太关心了。至于忽必烈叫赵孟頫写诗讥讽留梦炎，未免使人难堪。龙仁夫《题琵琶亭》诗，说"老大蛾眉负所天，尚留余韵入哀弦。江心正好看明月，却抱琵琶过别船"。据《隐居通议》说："诸吕家于江州，仕宋累朝穷富极贵。及北兵至，自文焕而下，相率纳款，无一人抗节报国。"有人在琵琶亭上题了这首诗，"一日吕老见而挥泪，语意深婉，佳句也"。这首诗的确是婉而多讽，也算是元灭宋后文学创作上的一点余波。

　　但在北方杂剧中反映这一历史情况更曲折。马致远的《汉宫秋》不让昭君出塞，而写她投江自尽，或有深意。《艺林伐山》载："宋宫人王婉容，随徽钦北去。粘罕见之，求为子妇。婉容自刎车中，虏人葬之道傍。"元宋无有诗记其事云："贞烈那堪黠虏求，玉颜甘没塞垣秋。孤愤若是邻青冢，地下昭君见亦羞。"马致远不使昭君远嫁成亲，地下与婉容相见，自不羞惭。

但不知马致远写此剧时，是否有此一层意思。马致远写得最多的是"神仙道化"剧，曾被人说成"万花丛里马神仙"。自然他不是最初写神仙道化剧的人。最早作者似是史樟。史樟乃散曲家史天泽的儿子，常麻衣草履，以散仙自名，称为"史九散仙"一作"史九敬先"。写有《老庄周一枕蝴蝶梦》杂剧。这个剧本第一折〔混江龙〕唱词有"名利似汤浇瑞雪，荣华如秉烛当风"。第二折李府尹道白中有"莫恋五花官诰，莫爱七贤朝帽。惧祸忧谗何日了，几人能到老"。"惧祸忧谗"是元初汉族文人进入官场，在民族矛盾中最担惊受怕的一件事，看来神仙道化剧所宣传的得道成仙和儒生弃官归隐有同样的现实意义。这个剧和马致远《太华山陈抟高卧》《吕洞宾三醉岳阳楼》等所宣传的都是清心寡欲，同属于全真教。全真教派的重要人物邱处机曾受到成吉思汗的召见，享受到一些特殊待遇。在蒙古时期曾盛极一时。宪宗蒙哥时期，全真教道士横行霸道，毁坏孔庙和释迦佛像，并占领佛寺达 482 处，因此佛道发生激烈冲突。宪宗四年（1254）全真道教和佛教在哈剌和林开御前辩论，道教的教义被驳倒而失败，道经被称为伪经而遭焚毁。后于至元十七年道教又和儒士争论失败，许多道士被迫还俗，北方全真教的势力逐渐衰落。元代掌管宗教的机构是宣政院，但道教却由征辟隐士，召举贤良的集贤院兼管，南北道教，各树宗派，未能统一。全真派衰落后，神仙道化剧也渐渐少了。

关汉卿的《窦娥冤》也作于元灭宋后，时间在至元二十八年以后，民族矛盾渐趋和缓。从他的散曲《杭州景》看来，他对赵宋并无特殊感情，他的剧作也不反映南宋灭亡这一波动南北的事件。《窦娥冤》中反映了两件事却是元代所特有的。一是窦天章借蔡婆的二十两银子，一年后本利变成四十两。这是元代回回商人传来的高利贷，所谓羊羔息。另一个是楚州太守桃杌向来告状的人下跪。祗候说："相公，他是告状的，怎生跪着他。"
桃杌回答说："你不知道，但来告状的，就是我的衣食父母。"
这虽是一句戏言，但元代地方官薪俸微薄，往往不足以自养，几
乎是无官不贪赃枉法。大德七年十二月七道奉使宣抚所罢赃款四
万五千八百六十五锭，冤狱五千一百七十六件。这事实就说明，
戏言中包藏着一些真实。元代这么多冤狱，人民希望平反冤狱，
这样就出现了公案戏。公案戏除《窦娥冤》外，李潜夫的《灰
阑记》，也很出色。

　　这个时期散曲作家卢挚有《〔双调〕水仙子》（西湖）四
首，说："谁俦僽煞鸱夷子，也新添两鬓丝，是个淡净的西施。"
这支曲子写的是西湖雪景，但伍子胥、西施都是和吴国灭亡有关
的人物，可能寓意宋亡。卢挚不仅是一个散曲家，他的诗文也很
有名，为人所称赏。他的文被认为与姚燧并肩，诗亦同刘因不相
上下。苏天爵说："国家平定中原，士踵金宋余习，率皆粗豪衰
苶。涿郡卢公始以清新飘逸为之倡。"他在元代文学发展变化
中，起了一点推动的作用。当时有个著名歌妓珠帘秀和他以散曲
互相赠答，可见其人并非保守的道学家。珠帘秀和当时一些著名
文人学士如王浑、胡祗遹、冯子振、关汉卿都有往来，虽为妓
女，但身价颇高。谢枋得、郑思肖并谓元代社会中人分十等，八
倡九儒，所谓倡，殆指珠帘秀这种人说的。元世祖忽必烈对赵良
弼说："高丽小国，匠人綦人，皆胜汉人，至于儒人通经书，学
孔孟，汉人只是课赋吟诗，将何用！"可见元代对于儒人，并非
笼统轻视。轻视的只是那些只知"课赋吟诗"的人，而对于
"通经书，学孔孟"还是重视的。姚枢、许衡等人的社会地位决
不在妓人之下。

　　元人攻宋，引起了文学上一场风波，经过十多年才恢复平
静。元世祖忽必烈不重视诗词，认为吟诗作赋无用，也就不注意

这些作品，所以没有人因为写诗作词受到迫害。相反的却是他还派人请这些人出来做官。只是有人肯出来，有人不肯出来。明人吴讷说："元世祖初克江南，畸人逸士浮沉里间间，多以诗酒玩世。元贞、大德以后稍出。"戴表元写《读书有感》说："如今已免多人笑，老大知无欲嫁心。"拒绝征召。赵孟𫖯、袁桷、邓文原等接受礼聘。赵孟𫖯以"宋室王孙入仕，风流儒雅，冠绝一时"。他和袁桷互相唱和，"诗学为之一变"。他们这些南方人和北方的元明善、姚燧、马祖常等人一起，写诗古体模仿汉魏，律诗学盛唐，风格清丽而遒壮，开始形成南北诗风统一的格调。欧阳玄说："承平日久，四方俊彦，萃于京师，笙镛相宣，风雅迭唱。""弥文日盛，京师诸名公咸宗魏晋唐，一去金宋季世之弊，而趋于雅正，诗丕变而近古。"所谓金宋季世之弊，即金宋人崇奉苏黄，而宋季诗人学晚唐，这个变化标志着元代诗歌发展的新里程。

如上所言，元政府派程钜夫到江南搜访隐逸，礼聘贤才，吴澄、赵孟𫖯、袁桷等人相继出仕，有些剧作家也跟着北上。《录鬼簿》卷上说："范居中，字子正，杭州人，大德间被旨赴都，公亦北行。以才高不见遇，卒于家。有乐府南北腔行于世。"他和施惠、黄天泽、沈珙合编了一个剧本叫《鹔鹴裘》。《太和正音谱》把他的杂剧列入杰作，并说："其词势非笔舌可能拟，真词林之英杰。"评价颇高。但他没有赵孟𫖯等人的幸运，却"才高不见遇"，回到杭州老家。他著有乐府"南北腔"，当即南北合套，南戏《宦门子弟错立身》亦有南北合套现象，南北曲的声腔是不一样的。元人徐士荣《新街曲》说："东街南曲声婉扬，西街北曲声激昂。佳人唱曲不下楼，楼下白马青丝缰。昨日开筵击鼍鼓，今夜合席调笙簧。乐声一似曲声杂，人意岂如物意长。"一个套曲里面有两种声腔，即一会儿"婉扬"，一会儿

"激昂"，这是北曲进入杭州后和南曲结合后产生的现象。北杂剧和南戏文互相影响的结果，这是一种戏剧改革的尝试，不过这种改革是一个失败的改革，所以范居中"才高不见遇"。南戏改革应是南戏吸收北杂剧一些优点，如唱曲采用联套，科诨减少，结构严密，集中刻画人物性格等等，不是南北合套，叫人听起来不谐和，破坏了审美享受。只有把《刘知远诸宫调》改为《白兔记》，关汉卿的《拜月亭》改为《月亭记》就较成功，也表现南戏的进步和发展。

元代杂剧作家参加征召失意而归，除范居中外，不见记载。但职位不振，沉抑下僚的作家却是很多的。被称为元曲四大家之一的郑光祖，他的《王粲登楼》就表现一个"空学成补天才"，而"寻不着上天梯"的人牢骚不平和怀才不遇者的怨气。乔吉流落江湖四十年，宫天挺终身为人陷害而不见用，处境和郑光祖相同。乔吉除写杂剧外，散曲也写得十分出色。他说："看遍洛阳花似锦，荣也在你，枯也在你。"表现他一生潦倒，壮志消磨。

元朝政府征召隐逸，虽然有些人不遇而归，但总的说来还是成功的。袁士元《题寒江独钓图》说："堪笑江湖几钓徒，朝来相唤暮相呼。只今风雪蒙头处，回首烟波一个无。"隐士们全都出仕了。后来有些人，不征召也自动北上求官。方回《再送王俞戴溪》说："宇宙喜一统，于今三十年。江南诸将相，北上扬其鞭。书生亦觅官，裹粮趋幽燕。"被称为元代四大文学家，虞集、杨载、范德机、揭傒斯就是这个时期的代表人物。他们的作品多数是歌颂民安物阜的，但都掌握写作技巧，而虞集名气尤大。虞集的《风入松》词有一句"杏花春雨江南"，字句十分凝炼，当时人极为赞赏，他自己也很满意。吴师道《陈监丞安雅堂集序》说陈旅作文"用心甚苦，功甚深，藻缋组织，不极其工不止"。虞集、陈旅的文风上这种变化，当时有一种代表性，因为不只是诗文，杂剧、散曲也如此。郑光祖、张可久、乔吉等人的作品表现典雅工丽，讲究辞藻，渐渐丧失了早期戏曲中的朴野。

在虞、杨、范、揭之外，这时别树一帜的是马祖常、萨都剌。他们都是少数民族的诗人，而萨都剌的词写得尤其出色。他的〔满江红〕（《金陵怀古》），吊古伤今，胸怀磊落，继承和发扬了苏东坡、辛弃疾以后豪放派的风格。

比虞集、萨都剌略晚一点的诗人朱德润、迺贤、许有壬、谢应芳、袁介等，他们的作品开始又要变了。揭露社会现实黑暗的题材多起来，描写和平安定生活的作品一天少似一天。朱德润有一首《水深围》讲到当时人民生活困苦，都"不愿为民愿为盗"。这个社会，这个生活，这个思想哺育了《水浒传》的作者。谁都知道，14 世纪中叶元顺帝至正年间，山东河北等地发生了一些规模不大的农民起义。接着江淮一带刘福通、徐寿辉、郭子兴、朱元璋等相继起义，以红巾为号，叫做红巾军。这时方国珍、张士诚也率盐民起义，声势浩大，元朝统治集团手忙脚乱，难于对付，南北各地都一片混乱。这是历史上的一个政治社会的重大转变时期。面对这个局势，一些作家和诗人在他们的作品中，由于社会地位和政治态度不同，作出了不同程度不同色彩的反应。一般说来，除开以民谣形式出现的如《松江民间谣》外，其他一些文人笔下几乎没有人正确地描述这一场规模巨大的农民战争，张昱《戊戌（至正十八年）题》说："莫雨朝云翻覆手，落花飞絮短长亭。如今未熟黄粱饭，说道英雄梦已醒。"讲的是张士诚，语颇中肯。成廷珪《次曹新民感时伤事韵》说："客来为说淮南事，白骨如山草不生。翻覆几回云雨手，登临无限古今情。"也是指责张士诚的。有一个周所立，他是陈友谅的幕僚。陈友谅和朱元璋火并，他的朋友定位被杀，他写了一首《哭定位》，表示他对朱元璋的不满。在这次农民起义中，内部有矛盾，也出现一些投机变节分子。事情十分复杂，许多诗人都辨别不清。但有一个总的倾向，就是大多数人都同情贫苦农民，但他们对于农民起义造反，却感到恐惧，而不同情。谢应芳写诗《伤田家》，对于终年勤劳而不免要饿死的农民流露同情。如《呈赵征士》中说："残杯冷炙厨头倾，邻家几有啼饥声。"他也察觉到社会中存在贫富悬殊不合理现象，但当人民起来改变这种不合理的事实时，他却害怕，不同情了。他在一首《客来》诗里说："带孔频移转觉宽，酒杯虽举不成欢。客来为说红巾苦，窗下榴花亦怕看。"怕农民革命军怕到连花也不敢看。和谢应芳一样，还有张翥、王冕等。张翥有《潮农叹》、《人吟悯饥也二章》，王冕的《伤亭户》、《江南妇》、《悲苦行》，都反映了人民在赋税掠夺下的凄凉悲惨境况。但张翥的《寄浙省周伯琦参政》《后出军》，王冕的《劲草行》《痛哭行》都流露出对农民军的恐惧和仇视情绪。当然，王冕和张翥还有不同的地方。王冕有一身傲骨和个人的自尊感，张翥没有。王冕的诗语言质朴，气骨高奇，风格有时似李贺。元人作诗模仿李贺，宋人学得最像。江浙一带形成一股风气，临海项炯，东阳李序、李裕，甬东文质，所谓睦州诗派，都是标榜长吉，诗多奇句。有一个当时名气最大的诗人叫杨维桢，爱写乐府诗。他自己想模仿汉魏古乐府，有些诗篇写得雄浑壮丽、高奇惊俗、形象鲜明、境界空阔，他和李孝光共同提倡复古，世称杨李。元代末年，张士诚在南方建立的政权，一面和元朝藕断丝连，一面装作造反的样子，而实际是封建割据。杨维桢和政权有一种不即不离的关系。他的朋友和学生陈基、张宪是张士诚兄弟的幕僚。

在张士诚的政权统治下，知识分子出现一个新的情况。昆山人顾瑛，尽散家财，削发在家为僧。江阴人许恕学韩康卖药自养。无锡倪瓒"尽弃田庐，敛裳宵遁"。他们把田园财产看作一身之累，宁可流浪也不过财主生活。元末诗人和元初诗人一样在民族矛盾中讨生活，只是出现了一种新情况，阶级矛盾十分激化，情况更加复杂，使得一些诗人，处境更加困难。这些人如宋濂、刘基投奔朱元璋，后来成为明代的重要作家，明初吴浙许多诗人大都在元末即已成名，高启就是其中之一。

元代戏剧发展变化情况，和诗词不尽相同。14世纪初，元仁宗延祐二年（1315）恢复了停止举行达78年之久的考选制度，但对考试内容作了一个规定。即隋唐以来的"律赋省题诗小义皆不用，专立德行明经科"。事实上这只是把世祖忽必烈向赵良弼讲的话用规章制度固定下来，没有什么新精神。但对汉族人士说，在政权开放方面，稍微放宽了一点。对元杂剧的创作产生了一定影响。许多人准备考试，放弃"摘章绘句之学"去读经书，写剧本的人少了。有的人即使写也受读经感染，充满了忠孝节义的宣扬，封建礼法的教诲。参加考试没有被录取的钟继先，就写过《孝谏郑庄公》，鼓吹忠孝。这时南戏创作也同样充满了忠孝节义的宣扬，元末的诗人高则诚写了好几个这类剧本，其中《琵琶记》由于反映出生活的丰富和复杂性，有些东西值得人们深思，吸引了一些人，给南戏打开了新局面。后来发展成为明代传奇。

元代散文和小说，基本上只是继承宋人创作的成就，很少发明，几乎没有新东西。散文和程朱理学纠缠在一起，思想陈腐，绝大多数是碑铭一类文章，缺少情致。文字模唐仿宋，无所创获。小说多经明朝人修改，具体写作年代难于断定。《录鬼簿》陆显之条记有《好儿赵正》话本一篇，或即是《古今小说》中的《宋四公大闹禁魂张》。其余不是残篇，即属推测，疑窦甚多。唯历史平话今存数种，按其所叙史实，多系真假参杂，虚实并行，乃说书人的备用话本。元代说书，承袭金宋余绪，不绝如缕。《青楼集》有时小童能讲小说。元初人王恽的〔鹧鸪引〕（赠驳说高秀英）说："掩翻歌扇珠成串，吹落淡霏玉有香。由汉魏，到隋唐，谁教若辈管兴亡。"似乎是讲史，有说有唱。杨维桢《东维子文集》卷六《送朱女士桂英演史序》说朱桂英至正时"演史于三国五季"，已是有说而无唱。今传《三国志平话》卷下有〔钟吕·女冠子〕曲子一支，应是元中叶讲史时保留有唱的一点痕迹。于此可见演史的变化。

统观有元一代文学，不管传统的诗词古文，还是新生的杂剧散曲，按其内容无不体现汉族的社会风纪、文化习俗，至于形式，追源溯流亦明晰可辨。作者是汉族也好，其他民族也好，都用汉字，述汉事，尊重汉族历史传统的文化。所以说元代这一段历史时期，世代居留汉地的汉族人民虽被蒙古族所征服，但汉族文化文学依然按着汉族历史本来的道路和方向发展。马克思说："野蛮的征服者总是被那些他们所征服的民族的较高文明所征服，这是一条永恒的历史规律。"（《不列颠在印度统治的未来结果》）汉族文化比征服它的民族文化高，征服者自然要接受被征服者文化，并共同推动这个文化向前发展。

蒙古族人占领地区广阔，建立了交通设施，使中国同西亚欧洲之间能够进行大量贸易和文化交流。作为元代新产生的杂剧，其中商人和妓女的活动占据很重要地位。商人和妓女大都聚集在城市里。意大利商人马可·波罗在《游记》中说当时大都的货物运输，川流不息，成为商贩麇集的场所。自然也是妓女聚居之地。《救风尘》中的商人周舍骗娶妓女宋引章，而他自己又被另一个妓女赵盼儿所骗。这个剧中人物赵盼儿性格大胆，泼辣而机智，和唐人传奇、宋人话本中的女性比较，很有特色，具有时代的独特性。一般说，元杂剧中的女性都富有斗争精神，只要她们胸中燃烧起爱情的烈焰就毫不退缩，也不隐瞒的吐露出来。《金钱记》中的柳眉儿，《鸳鸯被》中的李玉英都是这样的女性，由于居统治地位的蒙古族没有汉族封建礼教的束缚，妇女大半比较自由自主，影响所及，汉族妇女的封建节烈观也就被冲淡了。《元史·烈女传》说：有一个姓尹的妇女，死了丈夫不肯再嫁，她的婆婆说再嫁这件事，"世之妇人皆然，人未尝以为非，汝独何耻之有？"统治阶级的意识成了统治意识，这就表明再嫁在元代社会是不受非议的。《望江亭》中的谭记儿，就是明证。谭记儿在程朱理学家的心目中是离经叛道的，但是戏剧家却公开赞扬这种人物，表现了那个时代的新精神。梁人刘彦和《文心雕龙·时序篇》说："故知文变染乎世情，兴废系乎时序。"就元代文学说，这个论点也是完全适合的。文学是意识形态，文学作品的产生要受到诸多因素的制约，如社会政治气候、作家社会生活条件和世界观，作家个性和创作才能，以及地理环境等等。同时文学还是一种特殊的意识形态，文学作品是富有艺术涵养的作家按照"美的规律"创作出来的，因而它具有审美价值。

　　总之，元代社会前期民族矛盾十分剧烈，到了后期，情况有所变化，阶级矛盾又转而激化。在各种矛盾中，悲剧性事件不断产生，激动了无数作家的心，作家力图正确反映那个时代的真实情况，写出了一些诗歌和杂剧，塑造的人物一个个都心灵充实而美好，载入史册，像一颗颗明珠，永放光芒。

（原载《文学遗产》增刊第 18 辑，

山西人民出版社 1989 年第一版）

郑振铎对中国文学研究的杰出贡献

一 少年精神与文学研究

郑振铎字警民，又字铎民，小名木官。为文作诗，常署名西谛、C. T.、郭源新等。好藏书，题跋中每署名玄览居士、幽芳阁主、纫秋山馆主人等。少年跟黄小泉就学，曾读《左传》。这是他接触古代文史的开端，他对《左传》，颇饶兴趣。16岁入温州的浙江第十中学读书，曾从一同学处借得《文心雕龙》，手抄一过。19岁时又从一陈姓同学处借得张相编《古今文综》一部，将其中论文之作，抄录成册，题曰《论文集要》，这是他从事纂集工作的开端。21岁考取北京铁路管理学校高等科乙班（英文班），课外尝借得《史通》、《文史通义》。又从郑樵《通志略》中，抄录《校雠略》、《文艺略》，算是他注意校勘目录的开始。这时与瞿秋白、耿济之等人相识，接受十月革命后新思潮的洗礼，并且是较早提倡和从事输入西方文学思想的。他虽然学的是科学，在五四科学与民主的潮流中，他爱好文学，胜似科学，把他全部心力倾注到文学中，他认为文学作品是万古常新的，文学的价值是永久的，不像科学的知识常常随时代而更新。"荷马时代的科学，至今不值一顾"，而"《伊利亚（特）（奥德）赛》史诗之感希腊人与感现代人是一样的有效的"。并说"救现代人们的堕落，惟有文学能之"①。他认为中国文学观念，必须输入西方现代化新血液，须有"打破一切传袭的文学观念的勇气"和具有"近代的文学研究的精神"②，这精神即莫尔顿提出的①文学的统一观察，②归纳的研究，③文学进化的观念。并在《小说月报》第十三卷第八期上发表《文学的统一观》说："以文学为一个整体，为一个独立的研究的对象，通时与地与人与种类一以贯之，而作彻底的全部的研究。"在《评 H. A. Giles 的〈中国文学史〉》时又说"全书最可注意之处"是"能第一次把中国文人向来轻视的小说与戏剧之类列入文学史中"和"能注意及佛教对于中国文学的影响"。这些借鉴和输入西方的研究文学的方法，对于郑振铎研究中国文学和文学史影响深远。1923年发表论文《新文学之建设与国故之新研究》提出，"要指出旧的文学的真面目与弊病之所在，把他们所崇信的传统的信条，都一个个的打翻"，"要重新估定或发现中国文学的价值，把金石从瓦砾堆中搜找出来，把传统的灰尘从光润的镜子上拂拭下去"。他并且亲自撰写《读毛诗序》，运用新方法，为研究工作开风气之先。他认为当时最重要的是介绍西方文学原理，发表了《关于文学原理的重要书籍介绍》，提到从亚里斯多德的《诗学》到泰纳的《英国文学史》近五十种。并且指出："我们应采用已公认的文学原理与文学批评的有力言论来研究中国文学的源流与发展……我们整理国故的新精神便是'无征不信'，以科学的方

---

① 《文学的使命》。
② 《整理中国文学的提议》，原载《文学旬刊》第 51 期。

法来研究前人未开发的园地。"① 郑振铎无疑是五四时期倡导文学与文学研究的现代化的先驱者之一。

郑振铎是文学研究众多领域的拓荒者。1922 年初，主编我国第一本儿童文学专刊《儿童世界》周刊，在创刊号上他写了童话《兔的幸福》，以后连续发表了《太阳·月亮·风的故事》、《两个小猴子的冒险记》，并译述日本民间故事《竹公主》和英人王尔德的《安乐王子》以及伊索寓言《猎犬》等。后来他在巴黎和伦敦研习了大量的"变文"和《希腊神话》，并翻译 M. R. 柯克斯的《民俗学浅说》。1923 年为顾颉刚标点冯梦龙编的《山歌》作跋称"山歌实在是博大精深，无施不宜的一种诗体"，其中优秀作品，可云"真朴美好"。从此他极力从事弹词、宝卷以及佛典民歌的收集和研究，最后编写一部《中国俗文学史》（长沙商务印书馆 1938 年版），认为俗文学（民间文学）是中国文学的中心，从此，开创了一代研究中国俗文学的风气。当年，梁启超曾提出"少年中国"的理想，郑振铎第一首诗也自称《我是少年》，他可以说是以少年的气概登上中国现代文坛的。他在文学研究方面所做的上述开拓工作，正是他的（也是五四时代的）"少年精神"的体现。

二　新资料、新方法与"新的观点"

进入中年，郑振铎的兴趣略有变化，他把龚自珍的诗句《狂胪文献耗中年》写下来作为座右铭，并云：

予性疏狂而好事，初搜集词曲、小说、弹词、宝卷，继而集版画，皆举世所不为者也。抗战中，为国家得宋、元善

---

① 《新文学之建设与国故之新研究》。

本，明、清精椠一万五千余种。近则大收东西文美术考古书二千余品。复集汉、魏、唐俑五百余品。心瘅力竭，劳而不倦，而意兴不衰；其将抱古书、古器物以终老乎？诵定庵语而深喜之。爱书置座右，摩挲以自劳焉。

这是抗战时期，郑振铎困居上海孤岛，于百无聊赖中，书此自慰。钱钟书曾戏谑说他："师也过，商也不及。"因他在复旦大学上了最后一课，已不复教书，靠新编印的几部书籍版画生活，比教授略好，比商人则不如。他的居室中摆满了陶俑兵马，当时朋友常开玩笑说他"招兵买马"，这就是"狂掳文献"的生活。珍贵的《脉望馆抄校古今杂剧》即在此时为国家抢救购得。

他收集的弹词、鼓词、宝卷及小唱，大部分在"一·二八"日军侵占上海时，遭炮火焚毁，积年辛勤收获，皆化为灰烬。1940年作《中国版画史序》说："二十余年来，倾全力于搜集我国版画之书……自唐宋以来之图籍，凡三千余种，一万余册，至于晚明之作，庋藏独多；所见民间流行之风俗画、吉祥画（以年画为主），作为饰壁与供奉之资者，亦在千帧以上。"

郑振铎所收购书籍，虽遭炮火焚毁，但他对购书则乐此不疲。在抗日战争中，他身居敌后，为了保存抢救图书，不顾个人安危，为公为私，多所收获。1940年3月致张咏霓说，"我辈对国家及民族文化均负有重责"，购置古籍"原来目的，固在保存文献也"。他用尽全力为国家购买图书，仅1940年春至1942年，不到两年时间所得古籍几与北图相等。他说："以我力量和热忱吸引住南北的书估们，救全了北自山西、平津，南至广东，西至汉口的许多古书与文献。没有一部重要的东西会逃过我的注意。"他打算重编全唐诗，说："季沧苇辑《全唐诗》底稿，其中剪贴之本，佳品不少，实集唐人集之大成，可作为重辑全唐诗之基础。"他所收购的"唐诗多，而且颇精。并世藏家，恐无足匹敌者……则重编全唐诗之工作，亦大可以进行矣"。但是他没有得到闲空时间，只好留待后人了。有时为了生活，在买书之余，还得印书和卖书，他编印过《玄览堂丛书》、《世界文库》、《长乐郑氏汇印传奇》、《中国版画史》、《十竹斋笺谱》等，也曾忍痛割爱卖掉《清人文集》八百多种，在1944年1月的日记中写道："售书事仍未结果，可见购书不易，售书亦甚难也。"在政治环境最恶劣的情况下，生活十分困难，他改名陈敬夫，获得某文具店的身份证，混迹于书估之中。这就是钱钟书先生所说的"商也不及"。为了保护古籍和文物，郑先生做了最大的努力，也做出了最大贡献，确如李一氓先生所说："对于郑先生，我以为他是中国文化界最值得尊敬的人。"他的心血中有书，书中也有他的心血。他不仅是收藏书，而是像蜜蜂一样吸取了书中知识的精华，酿出来了甜蜜；他不仅买书、印书、卖书，还写书，创作了大量的诗歌、散文和小说，而且还有几部文学史和那些不朽的论文。

　　早在郑振铎旅居法国时，出入于巴黎国家图书馆，观看了大量流失在国外的中国古代小说，其中大都是孤本善本。他勤奋地写下了大量读书笔记，后来发表了一部分。更重要的是在这搜集新资料的基础上，加上平时见闻，他用锐敏的眼光，发现了小说演化中的某些规律，由简略趋于繁富，由粗糙趋于细腻。他写下了好几篇论文：《岳传的演化》、《西游记的演化》、《三国演义的演化》、《水浒传的演化》，其中有的得到鲁迅的赞许，说"可以纠正《中国小说史略》某些观点"，并说是"精确的论文"。现就《水浒传的演化》和《三国演义的演化》这两篇长文，进一步论述阐明，以窥其一斑。

　　这两篇文章都是运用进化的观点来描述中国小说的演化轨迹。文章指出"《水浒传》本是经过好几个时代的演化、增加、润饰，最后成了中国小说中最伟大的作品之一"。小说中主人翁宋江是历史上的真人。据历史记载：他们一伙，能征惯战，原本三十六人。但在传说中演变成为一百零八将，而且后来投降宋朝。至于投降后是否征方腊，历史记载歧异，而在传说中确有其事。最早记载见于《宣和遗事》，这是一部史实夹杂民间传说的书。宋末人龚圣与撰写的《宋江三十六赞》序中说："宋江事见于街谈巷语，不足采著。"① 他虽没有记录下三十六人的传说故事，但对三十六人，各作一赞语，也足以证明民间确实存在有关他们的传说。我们从《宣和遗事》记载《杨志卖刀》、《晁盖等伙劫生辰纲》、《宋江杀阎婆惜》三个片断和《醉翁谈录》提到《石头孙立》、《青面兽》、《花和尚》、《武行者》、《徐京落章（草）》五个名目看来这些短小记载各自独立，互不相关，还没连成一个整体。照郑振铎的推测，宋时"一班的说书先生与好事文人，将他们编为话本或散文的英雄传奇"，只是说书人的简略提纲，还没有形成一部完整的水浒小说。这是可信的，能够成立的。

此外，郑振铎还把元人杂剧中水浒故事和《宣和遗事》比较，发现二者不尽相同，而与元陆友仁《题宋江三十六人画赞》也不完全一致，甚至连人物姓名也有歧异。但杂剧已由三十六人演变为一百零八员英雄，所谓三十六大伙，七十二小伙，与今本《水浒传》相合，因此郑振铎得出结论说："元代中叶有一部《水浒评话》，作者是施耐庵和罗贯中，如《百川书志》所载施耐庵的本，罗贯中编次。这部评话的体例语言当如弘治本《三国志演义》，分为二十卷，每卷分若干则。每则标目都是单句。"郎瑛《七修类稿》卷二十三说："《三国》《宋江》二书，乃杭

---

① 转引自周密：《癸辛杂识续集》。

人罗本贯中所编。余意旧必有本，故曰编。"这样郑先生就说："罗氏原本其事实与今日流行的任何简本、繁本都不会相同。""元代有个施耐庵的本子，后来元末明初经罗贯中修改过一次。"这个修改本的结构为"始于《张天师祈祷瘟疫》，然后叙王进、史进、鲁智深、林冲诸人的事。然后叙晁盖诸人智取生辰纲的事，然后叙宋江杀阎婆惜、武松打虎杀嫂以及大闹江州、三打祝家庄的事。然后叙卢俊义的被赚上山，一百八个好汉齐集于梁山。然后叙元宵夜闹东京，三败高太尉以及全伙受招安的事。至此为止，原本与诸种繁本、简本的事实皆无大差别。"郑振铎认为水浒故事在施耐庵的笔下只有梁山泊聚义始末部分，而征方腊是罗贯中添加上去的。至于征辽、征田、王皆后来所续加。这个变化是嘉靖时开始的，即"这个时候有一部嘉靖本的《水浒传》出来吞没了，压倒了罗本"。这个本子"乃是《水浒传》的顶点，是《水浒传》的最完美的一个本子。也是一切繁本《水浒传》的祖本"。这个本子郑振铎说是郭勋家传出来的，并引沈德符《野获编》卷五的话说：

> 武定侯郭勋在世宗朝号好文多艺能计数。今新安所刻《水浒传》善本，即其家所传。前有汪太函序，托名天都外臣者。

他认为所谓繁本，乃郭勋增改罗贯中本。而另有简本，则是他人就罗贯中本，未加放大，稍加润饰而成的本子。罗贯中本早失传，郭勋原刻本，今亦未见。汪太函序刻本乃翻郭本。他怀疑汪氏不是忠实的翻刻，郭勋不可能著书，而认为这个翻刻是不可靠的，是经过汪氏增改。这种看法是正确的，但认为今所见的前冠有天都外臣序本是翻郭勋本，却是为石渠阁补刻者所欺。今存冠有天都外臣序本实为罗贯中本，而另有大涤余人序本则是翻郭刻本。大涤余人疑即叶昼那个托名李卓吾评《水浒传》的人。

宋末元初有名叶林其人，与邓牧隐居大涤山，盖宋遗民。昼以大涤余人自命，其批《水浒》亦有寓意。盛于斯《休庵影语》说，"施耐庵作《水浒传》其圣于文者乎？然更有一段苦心，惟叶文通（昼）略识其意……耐庵元人也，而心忠于宋"，"其称宋江者，宋与宋同文，故以宋江为首"。叶昼自称大涤余人，承认自己与叶林有同宗关系，其用心亦苦。这就是说，叶昼即大涤余人。大涤余人序本是与罗贯中本不同的，今芥子园翻刻有大涤余人序本即郭本，其书俱在，可以复验。郑振铎未加细辨，故把两个不同的百回繁本误认为一。

至于简本，郑振铎认为余象斗《新刊京本插增田虎王庆忠义水浒传》为简本之最早者，他没有袭用鲁迅《中国小说史略》中以百十五回本最早的说法。插增本郑振铎只见到巴黎国家图书馆的残本卷二十一，是写王庆部分，无法与百回本对勘。现在西德斯图加特市复发现残本卷十五和卷十六，我曾把它和一百十五回本对照看，发现它和百十五回文字不同，而与《京本增补校正忠义水浒志传评林》相同，《评林》亦为余象斗所刻，与《新刊京本插增田虎王庆忠义水浒传》当有关联。《评林》本前三十回后就不标回目，只是作一则一则的，可证实郑振铎说罗贯中本不分回，只作几卷几卷，而每卷只分数则的推测相合，故郑振铎认为插增本应是简本之最早者，当可成立。

此外，郑振铎还说："五湖老人三十卷是以余氏插增本为底本，其间添入一百回郭本的句子，所以这一本是介乎繁本与简本之间的。"说五湖老人本比一百十五回成书要早些，这是可能的。至于说它是以插增本为底而参考了一百回繁本，则值得商讨。这个本子是简本中的最简者，大概是书估所为，用以牟利欺世而已。

总之，郑振铎运用进化的观点，对水浒故事的形成和演变，从简略粗糙到复杂精练和情节的曲折奇突，从单一的原始史实、传说到施耐庵、罗贯中编成小说，而后又一分为二，出现简本和繁本。经郑先生研讨探索，历史前进的轨迹，清晰可辨，扫除了堆积在这部名著上的层层污垢。但由于郑振铎不曾见到《评林》和错将自己所收藏的《水浒传》残本五卷认作郭勋刻本，以至某些论点，未能尽如人意。但收罗大量资料，小心爬梳理董，劳绩是不能磨灭的。这篇论文在学界的影响也是深远的。郑振铎后依他自己研究的成果，重新编校《水浒全书》，在《水浒全书序》中他重新提出了这一看法，略加改正，后来在《中国古典文学的小说传统》中，他承认施耐庵确是历史上一个真实人物，不是罗贯中向壁虚构的，改变了他原来的说法。本来研究工作，由于新材料的发现，不断地修改某些结论，这是科学研究中的正常现象，无损于开拓者的卓越形象。

除《水浒传的演化》外，他的另一篇长文《三国演义的演化》也是一篇重要的论文。《三国》比《水浒》问题少些。《三国演义》演化脉络，也比《水浒传》演化过程容易理出头绪来。一般说，三国故事南北朝时，民间已出现各种传说。到了唐代就广泛流行。唐人诗歌中提及三国故事和人物的地方特别多，李义山《娇儿诗》有"张飞胡"诗句，而胡曾咏史诗最为突出，大诗人杜甫也不例外。段成式《酉阳杂俎续集》卷四说："有市人小说呼扁鹊作褊鹊，字上声。"《新雕注胡曾咏史诗》中《五丈原》下唐·陈盖注说："志云：（武侯）临终为□□杨仪曰：吾死之后，可以米七粒并水于口中，手把笔兵书，心前安镜，口下以土，明灯其头，坐升而归。"这里所称《志》，不是《三国志·诸葛亮传》中文字，当是民间传说，亦市人小说之类。可见唐代已有讲三国故事的书。至宋瓦舍中有说三分的专业艺人，今冠有弘治序本《曹操兴兵击张绣》条，于典韦之死下注云：

"《传》云典韦执斧立于曹公之侧，诸人不敢仰视，典韦死后云云。"又《白门曹操斩吕布》条有诗云"夜读三分传"，是前条之《传》应即《三分传》，也就是说三分的话本。但这个话本今已失传，今所见者只有元代刻本《三国志平话》。这个《平话》，很可能是唐宋以来说话人世代沿袭下来，经过辗转增删，手抄过录，流传至元代始有人付诸刊刻。由于这些说话人文化程度不高，所以错字破句连篇累牍。诚如蒋大器序罗贯中《三国志通俗演义》所说："前代尝以野史作为评话，令瞽者演说。其间言辞鄙谬，又失之于野。"这"野"字说明当时民间确有三国故事的流传。

郑振铎在概述《三国志平话》后说："我们已知道这部《三国志平话》尚属是纯然的民间粗制器，未经学士文人的润改的。"并指出其中几个特色，一是叙事略本史传，以荒诞无稽者居多。二是人名、地名触处皆谬，往往以同音字来替代原名。只是在文辞上低下恶劣，有许多地方简直不能成章成句。但"民间作品总是这样的，虽谬诞连篇，却很弘伟，很活泼可爱"。"全书中写得最有生气，最可爱的人物是张飞。""乃是以张飞的活跃为中心似的。"这种分析完全是正确的。当时演说三国故事的决非只一人。今天我们见到的除《平话》外，尚有《三分事略》，其中人名、地名也采用同音字代替，与《平话》不全一样，可见它的底本是出自另一说话人。而所谓略，乃上中下三卷各略去两则，较《平话》少六则。这部书郑振铎生前没有见到，其内容除少六则外，其他全同，不会影响到其所作结论断语。

郑振铎说《三国志通俗演义》是罗贯中"实在看不过虞氏本一类的评话的荒诞而始发愤依据史传而改作的"。当然有些地方也受到元杂剧中三国戏的影响。"罗氏本虽题着'通俗演义'，却是抛弃了俗人传说而回转到真实的历史中去的。"说"文不甚深，言不甚俗，事纪其实"，这几句话便是罗氏书之所以能够"俗雅共赏"的原因；也便是前代的平话所以渐渐消失，而罗《通俗演义》之所以盛行的原因。他以刘备三顾茅庐为例，说："平话原文是极为粗糙，不堪一读的。但一经过罗贯中的手下，这同一的材料却成了一篇绝隽绝妙的文章了。"并说"像这样结构奇幻，意境高超，可以自成为一篇独立的短篇小说"。也就是郑振铎另一篇论文《宋元明小说的演进》中所说，"保存了平话的叙述，而将此叙述润饰改作者，往往放大五六倍；以此枯瘠的记载，往往顿成了华赡丰腴的描写"。郑振铎认为《三国志通俗演义》，"在中国小说之中，虽不能说绝后，却可实在是空前"。它在文章结构上远胜过《三国志平话》。当然郑振铎也说"平话原文意境颇妙的，在罗本上也完全保存着，如《秋风五丈原》的一段文章在《平话》上，本来写得不坏，罗本则改写得更动人"。这是三国故事从《三国志平话》发展成为《三国志通俗演义》上一个飞跃式的进步。郑振铎详细地用大量的材料，证实他的看法和说法。但三国志由历史典籍而改写成历史演义，并没有停止发展，成为固定模式。事实上它还被人改编，今天我们能见到的明朝人翻刻、加批、删改增订的版本将近二十种。一般说，文字和情节，变化都不大。郑振铎列举出来十种版本，并进行一些文字比较、情节变化的探索，得出了一些可靠的结论。实际上情节变动较大的是关索故事的加入。本来关索故事有一本叫新编全相说唱《花关索传》，其中有四部分，一是《出身传》，二是《认父传》，三是《下西川传》，四是《贬云南传》。其中三部分被先后插入《三国志通俗演义》。最早的刻本嘉靖元年刻本只有随征云南的一部分，即《孔明令关索为先锋》则，首先出现。这一则中说"孔明令关索为先锋"，且与后面"前部先锋魏延，生擒鄂焕"，互相矛盾。就是说原本故事，先锋是魏延，不是关索。接着《诸葛亮一擒孟获》则说："又唤王平关索同引一军，受计而去。"《诸葛亮二擒孟获》则，"王平、张嶷、张翼、关索各守一寨，内外皆搭草棚"，关索又不是先锋了。可见关索这个人物是《演义》从另一故事引进羼入的。万历三十三年联辉堂刻本又加入《关索荆州认父》和《关索镇云南及病故》。再后黄正甫刻本又加入《张飞关索取阆中》。其中黄正甫刻本博古生序并称"坊刻本不遵原本，妄为增损"，真是贼喊捉贼。另外变动较大的地方是关云长之死，都察院本原作关公战死沙场，后司礼监补刻本改为"玉帝有诏""父子归神"，删去一大段。除此之外，就是周日校本加入静轩诗七十余首而已。明代《三国志演义》内容变化，大抵如此。但到清代，诚如郑振铎所说："《三国志平话》一变而为《三国志通俗演义》这个非同小可的进步，却是出之于一位文士罗贯中之手，现在这本罗氏《三国志通俗演义》如果要有所进展，有所改进，便也非求之一位文人学士不可了。"这位文士"又将罗氏的《三国志通俗演义》一变而成第一才子书。自第一才子书出，于是罗氏原本的真相不再为读者所知者几三百年；其情形，正如罗氏的《三国志演义》出而《三国志平话》便为之潜踪匿迹一样"。这位文士便是毛宗岗。"毛宗岗字序始，号声山。"这里郑振铎搞错了。声山乃宗岗的父亲，他们父子俩人修改《三国志演义》。毛氏的修改本如郑振铎所说"文笔也殊劲健整洁"。至于毛氏所据以删改的本子不是罗氏原本，而是李卓吾的批本，所谓俗本。李卓吾批《三国》，钱希言《戏瑕》谓是叶昼所假托。郑振铎说："或以为凡所谓卓老批评诸书，皆为叶昼所伪作，此亦无甚确证。"叶昼所评的《橘浦记》，今见到明刊本，固是自署着他自己的姓名，而非用卓老之名的。而今《三国》评语中，每回总评有梁溪叶仲子谑曰云云，是叶昼固无意作伪，而标明李卓吾者，盖书估所为。毛宗岗改评、删改《三国志通俗演义》，除批语一新耳目外，在内容上只是少数情节略有变动和文字上作些增饰而已。根据毛氏在《凡例》中所说，他所改写有：（一）昭烈闻雷失筋，（二）马腾入京遇害，（三）关公封汉寿亭侯，（四）曹后骂曹丕，（五）孙夫人投江而死，如此五处罢了。此外文字上有所润饰和删去"周静轩"、"后人"、"史官"等人的诗，而易以唐宋名人之作。增加事实如关公秉烛达旦、管宁割席分坐之类以及一些表檄之类，如《孔融荐祢衡表》、《陈琳讨曹操檄》，等等。秉烛事，罗贯中的朋友贾仲名《萧淑兰》第二折还只说"颜叔子秉烛"，不及关云长。后来李渔不同意毛宗岗的修改，而企图恢复李卓吾批改本的旧观，不过他恢复的只是正文，而批语则是重写。他这个《笠翁评阅第一才子书》终于流行不广，替代不了实际是进步的毛宗岗父子的改本。

郑振铎在文章的结尾处说："演义的演化，总是沿了一条公同大路走去的，便是愈趋愈近于真实的历史，愈趋愈远于民间传说。民间传说驯至另成了英雄传奇，而演义则结束于章回体的史书的一个局面之上。"这就是说，《三国志演义》的演化和《水浒传》的演化是不同的。《水浒》虽经罗贯中改写，但不像《三国志演义》之大，《水浒传》的变化，主要是版本，保留民间传说的成分多；《三国志演义》的版本变化少，而主要是民间传说逐步减少，历史事实加多，而所谓"按鉴新编"即按照史传记载，删除民间传说。《水浒传》演化分为繁本与简本，而《三国志平话》则演化为二，一成为英雄传奇，一成为历史小说。

郑振铎对于中国通俗小说的演化的探讨与分析，由于他掌握大量资料，有根有据，不是凭空发议论，因而所得结论大都是可信的，所以他在中国通俗小说的研究上开辟了一条新路，许多人沿着他的足迹前进。

但郑振铎所接受和采用的新的研究文学的方法，不只是进化论，他在小说研究中还运用和引进文艺社会学的方法，即实证论的观点，这在《谈金瓶梅词话》中，表现得很清楚。这篇文章虽也沿用进化论观点，但更多的是把文学作为社会现象来考察，他从法国泰纳《英国文学史序》中得到启示，由《金瓶梅所表现的社会》入手，说："除了秽亵的描写以外，《金瓶梅》实是一部了不起的好书。我们可以说，它是那样淋漓尽致的把那个'世纪末'的社会，整个的表现出来。""《金瓶梅》的重要，并不建筑在那些秽亵的描写上。它是一部很伟大的写实小说，赤裸裸的毫无顾忌的表现着中国社会的病态，表现世纪末的最荒唐的一个堕落的社会的景象"，"表现真实的中国社会的形形色色者，舍《金瓶梅》恐怕找不到更重要的一部小说了"。他说《金瓶梅》的主角是西门庆，"西门庆的一生发迹的历程，代表了中国社会（古与今的）里一般流氓或土豪阶级的发迹的历程"。西门庆是"一位由破落户而进展到'专在县里，管些公事，与人把揽说事过钱，交通官吏'的人物"。就是这样一个人物用欺凌、奸诈、硬敲、软骗的手段，广积钱财，作恶多端，成了当时社会中最活跃的人物。在这个人物的周围，环绕着达官贵人、乡绅恶霸、荡妇淫僧，构成一幅人间百丑图，郑先生说："《金瓶梅》的作者的描写太把这个民族性刻画得入木三分。"民族性当指民族的阴暗面，即泰纳所谓"种族"那个东西。

《金瓶梅》的创作时期，郑振铎认为可能是明朝万历年间。因为这个时期淫书、淫画十分泛滥，甚至笑谈一类的书，无不把"性"作为笑谑的中心。淫荡成为当时社会风气。这样的社会是《金瓶梅》产生的最佳土壤。在《中国小说八讲》中，郑先生说："作此书的，当在一六〇〇年（万历二十八年）之前或一五六八年（隆庆二年）左右，这个作者一定是出生于人民之间的，最熟悉人民的生活，而且抱着满腔悲愤的。这是大创作，取《水浒》一片段而写的，写的是明代世纪末的真相。世纪末的风气也沾染了作者，故多描春态，写春情，在当时是不足为奇的，正像罗马，进入了文人学士的创作之境。无所依傍，白描圣手。"这就是说《金瓶梅》创作是一定的社会环境和时代的产物。而在1953年《中国古典文学中的小说传统》中郑振铎改口说"《金瓶梅词话》出于一六一七年，作者是徐州（兰陵）人，名笑笑生"。"在十七世纪的初期出现这样一部描写现实社会生活的大书是很不简单的。"看来这部小说的作者和成书年代还需要通过专家学者认真讨论，或许能够得到解决。但不管问题解决不解决，郑振铎对这部小说是推崇备至的。

《金瓶梅》现在的版本，除万历刻本《词话》外，尚有一部崇祯刻本。郑振铎比较两个刻本异同说：有些地方，大不相同。第一回的回目《词话》本是：

　　景阳冈武松打虎　　潘金莲嫌夫卖风月

　　而崇祯本则作：

　　西门庆热结十兄弟　　武二郎冷遇亲哥嫂

第一回的前半几乎全异。《词话》本所有武松打虎事，崇祯本只从应伯爵口中淡淡地提起。而崇祯本铺张扬厉的西门庆热结十兄弟，《词话》却又无之。这热结事或者是崇祯"编"刻者所加入的。

此外，第八十四回《词话》本是：

　　吴月娘大闹碧霞宫　　宋公明义释清风寨

　　而崇祯本则作：

　　吴月娘大闹碧霞宫　　普静师化缘雪涧洞

把吴月娘清风寨被房后，矮脚虎王英强迫成婚，宋公明义释一段事，整个的删去了。这一段事突如其来，前后不连，颇可怪。

此外两者文字异同之处尚多，所以郑振铎断定崇祯本是经过一位杭州（？）文人的大手笔削过的，丧失了《词话》本原来的面目。现存两个版本的先后问题，郑振铎的意见已被大多数人所接受。郑振铎曾将两个版本对校过，录其异同，并将秽亵处注明删去若干字，若干行，精心校订，另成一部删本，刊载于《世界文库》中，惜全书未完成，至三十三回而止。当然近来有人根据谢肇淛《小草堂文集》中《金瓶梅跋》说他所见到袁宏道收藏的《金瓶梅》抄本是二十卷本，与崇祯本同，而异于《词话》十卷本，因而说崇祯本的底本可能早于《词话》本。但美国人韩南在所著《金瓶梅的版本及其他》中详细对校两本字句后也说《金瓶梅》是《金瓶梅词话》的删改本，可见光凭卷数多少，尚不足以推翻成说。

最后，郑振铎说："我们如果把《金瓶梅词话》产生的时代放在明万历间，当然不会是很错误的。嘉靖间的小说作者们刚刚发展到修改《水浒传》，写作《西游记》的程度。伟大的写实小说《金瓶梅》恰便是由《西游记》、《水浒传》更向前进展几步的结果。"这里郑振铎对《金瓶梅》艺术上的进步性作了充分肯定，评价很高，把它作为中国小说发展中的一个里程碑。

自然郑振铎对小说的研究并没有到此止步，他在1953年11月5日写的《中国古典文学中的小说传统》一文中说，"《金瓶梅》把封建社会黑暗矛盾刻画的极其细致"，"《红楼梦》是在《水浒》《金瓶梅》的基础上发展起来的"。这就是说《金瓶梅》在小说发展过程中有承先启后的作用。

郑振铎在中国古代小说研究上，方面很广，比如他曾打算印宋元明不常见的小说数十种，并在大学中开设中国小说史课。他的《小说八讲》就是一部小说史的提纲挈领。我们如把他写的有关小说论文三十多篇，择要整理填补进去，那就将是一部洋洋大观的著作了。光资料丰富一点就可以胜过前人。

当然，郑振铎不仅在中国通俗小说研究上超前，他的有关戏剧研究论文，也十分出色。他在《中国文学研究》序言中说："我写了不少中国文学的论文，尤以有关小说、戏曲研究的为多。由于受了从西方输入的'进化论'的影响，也想在文学研究方面运用这样的'进化论'的观念。"像前所讲的几篇文章就是如此。不过他接着说："一九三〇年以后写的东西，比较地有些新的观点，像《元明之际文坛概观》、《元代公案剧产生的原因及其特质》、《净与丑》等篇，虽然不免有些偏激，甚至有些'借题发挥'，但倾向是好的。"这里还应该补上《论元人所写商人、士子、妓女间的三角恋爱剧》，这篇论文不仅受到鲁迅先生的赞许，而且充分表现了他的"新的观点"。士子与妓女的爱恋，唐人小说已有描写，《李娃传》就是一篇成功而著名的作品。一般说，妓女爱俏，鸨母爱钞，所以这些不如意故事主要是鸨母从中捉弄，还没有商人的插足。郑振铎说："在官书，在正史里得不到的材料，看不见的社会现状，我们却常常可于文学的著作，像诗、曲、小说、戏剧里得到或看到。""元代的小说、戏剧里充满了社会情态、风俗人情、人际关系的描写，不是枯燥无味的说教，而是刻绘整个社会，活泼跳动的人间。"元朝是少数民族居于主导和统治地位，汉人和南人都屈居下流。商业颇发达，商人地位提高，占四民之首的士，由于社会存在民族的压迫、政治的黑暗，社会地位大大降低。但当时社会安定，人们趋于逸乐，商人和士子在追欢逐笑的享乐的气氛中，都想博得妓女的青睐，情场得意者往往是有钱的商人。这样元人所写商人、士子、妓女间的三角恋爱剧就特别多。郑振铎从这种戏剧中归纳出一个模式，那就是：（一）士子与妓女相逢而产生恋情，（二）

鸨母设法离间士子和妓女的感情而迎接商人，（三）妓女自愿嫁给阔绰商人或不愿嫁给商人而逃脱，（四）士子衣锦还乡，回来团圆。

事实上是很少得到团圆的。由于这些剧作都是士人或同情士人者所写作的，他们出于愿望，不惜违背事实。"在元这代，士子们是那样的被践踏在统治者的铁蹄之下。终元之世，他们不曾有过扬眉吐气的时候"，只是在愿望之中求得满意。"在实际社会上，妓女们是十之九随了商人们走了的。商人高唱凯歌，挟着所爱的妓女们上了船或车，秀才们只好看着他们走"，留下来的只是一场"团圆梦"，而"团圆梦"又只一曲"戏"。这"团圆梦"在元杂剧中是相当普遍的存在，杂剧作者，每多挺秀人才，而沦为医、卜、星、相一流人物。为伶人写剧本，其同情往往在秀才们的一边，而满腔愤怨发泄在豪富的商人身上，如刘时中《上高监司》说多财善估的商人是：

> 一家家倾银注玉多豪富，一个个烹羊挟妓夸风度。掇夺标手到处称人物，妆旦色要娶走为媳妇。朝朝寒食春，夜夜元宵暮。吃筵席唤做赛堂食，受用尽人间福。

这些人和士子们争夺社会的地位和歌人舞女的恋爱。确如郑振铎所说："时中这一段话，正是以为许多元剧为什么把商人、士人、妓女间的三角恋爱的故事写成了那个式样的注脚。"也就是说："元，这一代的经济力是怎样的强固的爬住了这些戏剧、散曲，而决定其形态，支配其题材的运用之情形。"鲁迅先生曾认为这篇《论元人杂剧中商人、士子、妓女的三角恋爱剧》"真是洞见隐秘"，就是说能通过现象察看出隐藏在现象后面的本质。这也就是说，郑振铎试用历史唯物的观点，用经济力的升降去解释历史中社会现象和艺术创作的关系，把二者有机地联系起来。郑振铎说经济支配题材，但在文章具体分析中并没把经济作为唯一的支配力量，还提到政治、民族等因素，而且说"经济状况"只是在幕后决定着、支配着、指挥着、导演着"团圆梦"剧。这也就是郑振铎自称的"新的观点"，鲁迅所说的"洞察隐秘"。

事实上郑振铎所说"新的观点"并没有成为固定模式，他的《元明之际文坛概观》说元代文学的兴盛与衰微和元代商业的繁荣与衰落有互相牵制作用，但《净与丑》和《元代公案剧产生的原因及其特质》又指出，决定原因不是经济而是政治和社会。他写完《净与丑》说："这是我的一篇得意之作，那天我听到章某（章士钊）当上了上海流氓头子杜月笙的秘书和法律顾问，我压不住一肚子的气，便动笔写了这篇，以发泄我心中愤慨，这是所谓正义感。"后来1958年写的《关汉卿戏曲集·代序》，仍坚持这个看法，说元代初政治黑暗，而经济却很繁荣，农村人民生活富裕，并认为这就是能够产生关汉卿等剧作家的社会原因，当时颇引起一些人的异议，然而事实终归是事实。

此外郑振铎十分重视戏剧资料的搜集整理，他先后编印了《词林摘艳里戏剧作家及散曲作家考》、《元明以来女曲家考略》、《中国戏曲史料的新损失与新发现》、《长乐郑氏汇印传奇》、《古本戏曲丛刊》等等，并撰写这些书的序跋。他说："元曲的确是代表了元这一个时期的文学的，其影响到了明代中叶，即十六世纪之末，而尚存在。把这三百多年的戏曲文学加以有系统的整理和研究是有意义的。""没有一种文学形式比戏曲更接近人民，使其感到亲切，感到欣慰，而且得到满足与享用的了。一部中国戏剧史基本上是一部中国人民的戏曲史。"他在《跋脉望馆抄校本古今杂剧》中说，那两百多种元明杂剧的发现，"不仅中国戏剧史是一个奇迹，也是一个变更了研究的种种传统观念的起点"。可见郑振铎是把研究工作和研究资料的整理看成为有机的组合的。

没有材料作基础的研究成果是空疏而不科学的，这就是他重视搜罗材料，而为之耗费半生精力的缘故。他曾在替张次溪编的《清代燕都梨园史料》所写的序中提出戏曲史的研究不仅"着眼于剧作家和剧本的探讨"，还要注意"舞台史或演剧史的一面"。现在看到这些抄校本注"穿关"等项目，就更加强了他认为要变更"传统观念"和研究方法的决心。1958 年，他更写《让古人为今人服务》说："从事考古和古典文学研究的人……我们要以马克思列宁主义的观点来整理、批判古书和古物。"惜以飞机失事夺去精力充沛的生命，赍志而殁。

总之，郑振铎在研究中国文学过程中，最初接受进化论学说，后又羼入实证论（归纳法），最后采纳历史唯物主义学说，方法屡改，一颗进步的心和时代脉搏同步跳动，日新月异，与时俱进。

三　以中国文学史的研究为毕生精力所在

周予同在《汤祷篇》序言中说："振铎兄治学的范围是辽广的，也是多变的。他从五四运动前后起，由接受社会主义思想而翻译东欧文学，而创作小说、抒写杂文，而整理中国古典文学，而探究中国古代文物。概括地说，他的学术范围包括着文学、史学和考古学，而以中国文学史的研究为他毕生精力所在。"

这里所谓文学史，包括范围广泛。具体的他写了《插图本中国文学史》和《中国俗文学史》，至于小说史和戏剧史还没有来得及写，只是留下一堆资料。另外他拟写《中国现代文学史》（见 1934 年 9 月号《良友画报》的预约广告）以"九一八"事变而搁笔。实际上他最早撰写并出版文学史是 1924 年的《俄国文学史略》，这本书最后一章是瞿秋白代写的。王统照介绍这本书说："此书能用页数不多的本子，将俄国文学的历史上的变迁及其重要作家的风格、思想，有梗概的叙述。可谓近来论俄国文学的最好的小册子。"[①] 这本书以后，就是《文学大纲》。《大纲》是 1927 年出版的，在此以前曾陆续在《小说月报》刊出。此书是他参考英人约翰·特林瓦透与威廉·俄彭《文学艺术大纲》（*The Outline of Literature and Art*）和约翰·特林瓦透《文学大纲》（*The Outline of Literature*）以及 Macy 的《世界文学史》（*The History of World's Literature*）等书编写的，根据他《叙言》说：

　　《文学大纲》的编辑，便是要辟除以上的偏见（指狭隘的爱国主义），同时并告诉他们：文学是属于人类全体的，文学的园圃是一座绝大的园圃；园隅一朵花落了，一朵花开了，都是与全个园圃的风光有关系的。

　　《文学大纲》将给读者"以文学世界里伟大的创造的心灵所完成的作品的自身之概略"，同时并置那个作品于历史的背景里，告诉大家以从文学的开始到现在，从最古的无名诗人，到了丁尼生，鲍特莱尔，"人的精神，当他们最深挚的感动时，创造的表白在文学里的情形"，并告诉大家以这个人的精神，"经了无量数次的表白的，实是一个，而且是继续不断的"。

　　我们研究文学，我们欣赏文学，不应该有古今中外之观念，我们如有了空间的或时间的隔限，那么我们将自绝最弘富的文学的宝库了。

从这样的文学观念出发，《文学大纲》处处将中国文学置于世界各国文学之林，进行比较，对国与国、民族与民族之间的文

---

① 文载 1924 年 6 月 21 日《晨报副刊》。

学交流和相互影响的情况也进行了一些探索。郑振铎自己说，他这部《文学大纲》就是一部《比较文学史》，在某种意义上确也可以这么说，这就自然有了一种开拓的意义。

《插图本中国文学史》更是郑振铎一生精力之所在，原计划撰写三卷八十二章。1932 年付印时只完成六十章，后于 1957 年补写了四章，并作了一些修订，由北京作家出版社再版印行。本来作者原想"要编述一部比较能够显示出中国文学的真实的面目的历史"，但以种种原因，未能动笔，只得"先成此简编，供一般读者应用"。这就是说，这部《插图本中国文学史》不能写得很详细，而且没有完成原拟写到五四的心愿。

对于文学史的分期，这本文学史是"按文学史上自然的进展的趋势，分为古代、中世、近代三期"。"中世文学开始于东晋，即佛教文学的开始大量输入的时期；近代文学开始于明代嘉靖时期，即开始于昆剧的产生及长篇小说的发展之时。每期之中又各分为若干章，每章也都是就一个文学运动，一种文体，或一个文学流派的兴衰起落论述。"后来 1958 年他写《中国文学史的分期问题》时，对上述分期提出了修正说，"我写的《插图本中国文学史》虽包罗得比较全面些"，"但却过分强调每一种文体的兴衰，不曾更好地把文学发展和历史的发展结合起来"。因此他把中国文学史分期改为：（一）上古期，从远古到春秋时代，这乃是奴隶社会文学时期（公元前 2000—前 402）；（二）古代期，从战国时代到隋，这是封建社会文学的前期（公元前 403—617）；（三）中世期，从唐帝国的建立，到鸦片战争（618—1840）；（四）近代期，即半封建半殖民地时期（1840—1949）。看来把文学发展和历史发展等同起来，完全不注意文学自身的特点，不免从一个极端走向另一个极端，虽然未必妥当，但却为许多文学史所沿用。

　　当然，《插图本中国文学史》还是采用进化论的观点写的。在《绪论》中还明确地把法人泰纳（Taine）的环境、时代、人种三要素的学说，奉为圭臬，说："文学史的主要目的，便在于将这人类崇高的创造物文学在某一个环境、时代、人种之下的一切变异与进展表示出来。"而促使文学发展的动力，在他看来有两个，一是"催促我们文学向前发展不止的，那便是民间文学的发展"；二是外来文学的影响，"外国文学的输入，往往会成了本国文学的改革与进展"。全部文学史就是在这种观点支撑之下写成。自然他还说："中国的历史的社会的经济的情况也逐渐在变动着，且在背后支配着文学的进展。"这个论点表现在书中，微乎其微。而表现最突出的是像他所说：

　　　　原来，我们的诗人们与散文家们大部分都是在"拟古"的风气中讨生活的。然另一方面，却有许多不为人知的先驱者在筚路蓝缕的开辟荆荒，或勇敢的接受外来文学的影响，或毫不迟疑的采用了民间创作的新样式。虽时时受到迫害，他们却是不馁不悔的。这使我们的文学乃时时的进展，时时有光荣的新巨作，新文体的产生。先驱者在前走着；于是"古典主义"便也往往携其所学而跟随着，而形成一个大时代。作者们的结习虽深，却阻碍不了时代的自然的前进。一部分的文人学士，虽时时高唤着复古，刻意求工的模仿古人，然时代与民众却即在他们的呼声所不到之处，暗地里产生了不少伟大的作品。到了后来，则时代与民众又压迫着文人学士采取这个新的文学形式。当民众文艺初次与文人学士相接触时，其结果便产生了一个大时代。过了一个时代，这个新的形式，又渐渐成为古董而为时代及民众所舍弃，他们又自去别创一种新的文学形式出来。五代、宋之词，金元明之曲，明清之弹词，近数十年来的皮黄戏，其进展都是沿了这个方式走的。

对于这些重要的进展的消息，乃是著作者所深切地感兴趣的。而最夸大的外国文学的影响是如下叙述：

> 中世纪文学开始于晋的南渡，而终止于明正德的时代，其时间凡一千二百余年（三一七——一五二一）。在中国文学史上，这一段的文学的过程最伟大，最为繁赜的。古代文学是单纯的本土文学，于辞赋、四五言诗、散文以外，便别无所有了。这个时代，却是印度文学和中国文学结婚的时代。在这一千二百余年间，几乎没有一个时代曾和印度的一切完全绝缘过。因为受了印度文学的影响，我们乃于单纯的诗歌和散文之外，产生出许多伟大的新体，像变文，像诸宫调等等出来。在思想方面，在题材方面，我们也受到了不少从印度来的恩惠。我们可以说，如果没有中印的结婚，如果佛教文学不输入中国，我们的中世纪文学可能会是完全不相同的一种发展情况的。我们真想不到，在古代期最后的时候所输入的佛教，在我们中世纪的文学史乃会有了那么弘巨的作用！

《插图本中国文学史》的资料是丰富多样的，有些资料是前此所有文学史不曾接触过，就这方面说，它是超前的，其中某些观点也是新颖的。作者为了立论有根有据，搜集资料是勤劳的，令人钦佩的。他的贡献也是伟大的，虽然他谦逊地说，他是"述而不作"，但有些地方也有独到的见解，如对蔡琰的《悲愤诗》的真伪判断即是。

《悲愤诗》今存两首，一为骚体，另一是五言。两诗孰真孰伪，历来就有争论。一般认为骚体是伪作，五言是真的。郑振铎在《插图本中国文学史》中却说骚体是真的，五言是"时人见到《悲愤诗》，深感其遭遇，便以五言体重述了出来"。但在解放后所写《中国文学的发展》中只含糊地说，"乃是两篇很重要的描写那个时代的社会生活的文献"，不提真伪问题。现在看来，他在《插图本中国文学史》中的论断是有道理的。五言《悲愤诗》不可能是所谓蔡琰的作品。正如郑振铎所说："且琰之父邕原作董卓的门下，终以卓党之故被杀。琰为父故，似未便那末痛斥卓吧！"因而他疑这首诗像《孔雀东南飞》一样是时人所作，是一位不知姓名的人写的。在《中国俗文学史》中，他更说："大约当《悲愤诗》（骚体）出来之后，立刻便大流行于世。当时五言诗正是一个新体，有文人便用之来添枝增叶改写了一遍。"其实不仅这首诗出于改写拟作，就连蔡邕有没有一个女儿叫蔡琰也是有问题的。蔡邕确有一个女儿是羊祜的母亲，不名蔡琰，范晔《后汉书》失载，却添增出一个董祀妻来，以至好事之徒，横生枝节。

在《插图本中国文学史》出版以后，1953 年写的《中国古典文学中的诗歌传统》中，郑振铎又提出一些新的观点，说"《诗经》《楚辞》反映了当代人民的生活"，"社会中存在阶级、剥削和压迫"。这是他学马克思、列宁主义的结果，但在 1957 年写的《屈原传》中他又说，"《诗经》为二千四百多年前孔子编定，不能收进这些古代的南方歌词，但我们祖先在二千二百多年前就保存下的屈原、宋玉等楚国诗人们的作品，实际上是超过了《诗经》三百篇的"。这显然还留存着进化论观点的影子。此外，《纪念伟大诗人——屈原》中，他说："屈原以他诗人的天才，把这些楚歌（指民歌）大大的提高了，使其更为充实，更为美丽，更为弘伟，更有创造性与不朽的艺术性。"这就涉及民间文学和文人创作的关系，就不能不谈郑振铎另一著作《中国俗文学史》。

《中国俗文学史》出版于 1938 年，其中《明代民歌》、《宝卷》、《弹词》、《鼓词和子弟书》、《清代民歌》等章，恰是《插图本中国文学史》所缺少的，可以作点弥补，但远远补不上。一般地说，俗是对雅而言。我们常说"雅俗共赏"，看来雅俗不是绝对不能调和的，但文学作品是俗是雅并不太容易区别。像《楚辞》中的《招魂》，一般文学史都收作屈原或宋玉的作品，而《中国俗文学史》却把它作为俗文学作品。有些元代散曲，也是这样，所以雅俗是相对的，不是绝对的。这部《中国俗文学史》关于民歌部分从远古至清，大抵根据他《研究民歌的两条大路》的意见，没有多大问题，至于其他体裁就难说了。好在这部文学史把重点放在唐代"变文"以后，唐以前大抵只讲民歌。变文在中国文学史上，的确是新兴的文学样式。这种文体最初产生于僧徒的传经布道，所以又叫佛曲、俗文、讲唱文。郑振铎在《什么叫"变文"？和后来的"宝卷""诸宫调""弹词""鼓词"等文学体裁有怎样的关系》中说："变文是印度文体的直接影响的一种。这是中国古所未有的东西，以边唱边讲的结构，来演述一个故事，这便是所谓变文。""何以谓之变文，那正和盛行于六朝、唐的'变相'相同，都是演述佛经故事的。吴道子画的著名的'地狱变相'，便是以图画来表现佛经故事和景色的。""变文却是以文学来演述佛经故事的。"这说法是正确的。至于《插图本中国文学史》称所谓变文之变，当是指变佛经的本文而成为俗讲之意。有人不同意这种说法，谓变是梵语翻译，但翻译梵语哪个字，周一良说是梵语 Citra，关德栋说是 Mandala，向达说是 Gātha，尚无定论。

变文今天看来除极少数外，多数是没有文学价值的。郑振铎对《维摩诘经变文》、《降魔变文》特别欣赏，说这两种变文是"唐代变文里的双璧"。《维摩诘经变文》是一部富于文学趣味的著作，"我们已为其弘伟的体制，描状之活跃，辞彩的骏丽，想象的丰富所撼震"，"在文学的成就上看来，我们本土的创作，受佛经的影响的许多创作，恐将以这部变文为最伟大的了"，"成就了一部不朽的大著"。至于《降魔变文》"使我们震撼于其辞的晶光耀目，想象力的丰富奔放"。"描写舍利佛和六师斗法的一大段文字，乃是全篇最活跃的地方。写斗法的小说，像《西游记》之写孙悟空、二郎神的斗法以及《封神传》和《三宝太监西洋记》的许多次的斗法，似都没有这一段文字写得有趣，写得活泼而高超。"对这两篇变文，郑振铎赞扬备至，无以复加。但事实上《大目乾连冥间救母变文》却在我国产生了深远的影响。明郑之珍有《目连救母行孝戏文》三卷一百出，为元明最弘伟的传奇。清人复又廓大为《劝善金科》十本宫廷大戏。此外尚有宝卷、唱本等等目连救母，成了民间妇孺皆知的故事。《太平广记》卷二百五十一引《摭言》说：

> 祐亦尝记得舍人《目连变》，白曰：何也？曰："上穷碧落下黄泉，两处茫茫皆不见"，非《目连变》何邪？

这里张祐把白居易《长恨歌》中两句诗，戏称为《目连变》。这是因为目连救母，升天堂，入地狱，到处寻找母亲的缘故。变文中所写主人翁多为神佛，然而也出现少数中国化的变文如《舜子至孝变文》、《王昭君变文》、《张义潮变文》等。舜和王昭君的故事，本大众所习闻，只有张义潮乃一立功边将。郑振铎说："这可见和尚们于讲唱变文的时候，也不得不顾虑到环境，或甚至不得不献媚于军府当道。"这就是说，说唱变文是流行于边疆的一种文艺，因为它的发现是在敦煌石窟中。这种文艺大概在宋真宗时就失落了。但受其影响有宝卷、诸宫调、讲经以及后来的鼓词、弹词，真是源远流长。在《什么叫"变文"？和后来的"宝卷""诸宫调""弹词""鼓词"等文学体裁有怎样的关系》一文中，郑振铎阐述得十分清楚。《中国俗文学史》中有《宝卷》一章。"宝卷"和"变文"的关系是很密切的，它的结构和变文亦无殊，所讲唱的多以因果报应及佛道的故事为主。它是变文的嫡系，宗教色彩特浓。最早出现的宝卷，现所知是宋普明禅师于崇宁二年（1103）所作《香山宝卷》，稍后是《销释真空宝卷》和明写本《目连救母出离地狱升天宝卷》（这个明抄本宝卷和今流行坊刻本不同）。如果把这个宝卷和目连变文对照一下，情节基本相同，演变痕迹十分清楚，只是文学意味宝卷远逊于变文。宝卷后来与道教发生牵连，由宣传佛祖到羼杂神仙进去，如《吕祖师度何仙姑因果卷》即是。郑振铎说："最有趣味的一个宝卷乃是《土地宝卷》（一名先天原始土地宝卷）把白发苍苍的土地公公作为一个与玉皇大帝斗法的英雄，这是从来不曾有过的一个传说"，"其中充满了幽默趣味"。这个《土地宝卷》，郑振铎几乎逢人便道，赞不绝口。宝卷后来被秘密宗教所利用，劳乃宣《义和拳教门源流考》中引嘉庆二十一年那文毅公奏疏说："王秉衡即王景曾……以大乘教清茶门分往外省，传徒敛钱……将所藏《九莲如意皇极宝卷真经》《元亨利贞钥匙经》及一切邪悖经卷，合行起出，封送军机处，呈览。"此外道光时人黄育楩《破邪详论》也讲到宝卷为邪教利用事，可见宝卷末期成为封建迷信之徒用以蛊惑人心的工具，与文学就绝缘了。

和"宝卷"相比，"诸宫调"虽然同样受到"变文"的影响，但在文学上的成就却远远超过了他的孪生姊妹了。郑振铎有《宋金元诸宫调考》，说得很详细。他说："诸宫调给予我们比制作若干歌调，创造若干大曲更远为伟大的一个贡献。诸宫调作家尝试了从没有人尝试过的一个崭新的弘伟无伦的诗体的制作，那便是所谓'诸宫调'者是。词只是抒情的短曲，最长也不过是一百余字；大曲进步了，却也只是用十个八个同样的曲调来反复咏唱着一件故事的歌体；唱赚更进步了，它的作者懂得用同一宫调中的好几个不同的曲调组成一个有引子有尾声的套数来歌唱。但诸宫调作者的能力与创作欲却更为弘伟，他竟取了若干套不同宫调的套数，连续起来歌咏一件故事。《西厢记诸宫调》所用的这样不同宫调的套数，竟有一百九十三套（内二套是只曲）之多，刘知远诸宫调虽为残存少半的残本，竟也存有不同宫调的套数八十套之多。这种伟大的创作的气魄诚是前无古人的。"而在《中国俗文学史》中，他更说："诸宫调的影响，在后来是极伟大的；一方面'变文'的讲唱体裁，改变了一个方向，那便是不袭用'梵呗'的旧音，而改用了当时流行的歌曲来作弹唱的本身。""但诸宫调的更为伟大的影响，却存在于元代杂剧里。……从宋的'大曲'或宋的'杂剧词'而演进到元的'杂剧'，这其间必得要经过宋金诸宫调的一个阶段；要想跃过诸宫调的一个阶段几乎是不可能"，"我们简直可以说，如果没有宋金的诸宫调，世间便也不会出现着元杂剧的一种特殊的文体"。当然，诸宫调不仅作为文学体裁比变文进步，和宝卷不同，它的作品《董解元西厢记》也是卓尔不群，光芒四射的。

　　作为《中国俗文学史》讲得最多的，自然是民歌。从古代歌谣《诗经》到清代民歌《白雪遗音》，差不多每个朝代都讲到，而对明朝歌谣的分析尤为突出。郑振铎引用胡适《白话文学史·引子》中一句话："因为不肖古人，所以能代表当代。"明代民歌是不肖古人的，所以就能代表当代。卓人月《古今词统序》说："我明诗让唐，词让宋，曲又让元，庶几吴歌挂枝儿、罗江怨、打枣竿为我明一绝耳。"这就是说，明歌可以作为明朝文学的代表。明朝人非常推崇歌谣。胡应麟《诗薮》也说：民歌是"质而不俚，浅而能深，近而能远，天下至文，靡以过之"。郑振铎在《明代民歌》章，抄录了不少首民歌，说："首首珠玉，篇篇可爱，有若荷叶上的露水，滴滴滚圆。"又说："《山歌》十卷，最近在上海发现了；以吴地方言，写儿女的私情，其成就极为伟大。这是吴语文学的最大的发现，也是我们文学史难得的好文章。"这种吴语文学，除《山歌》外，尚有《新镌千家诗吴歌》、《乐府吴调挂真儿》，看来吴语文学在民间很发达。其实岂止吴歌，还有徽调等，如同熊稔寰编《新镌天下时尚南北徽池雅调》、丘齐山编《新镌分门定类绮筵雅令：杭城四句歌》。可见民歌流行区域很广，而且深入人心。不仅民间妇孺极为爱好，而且赢得一部分文人雅士的青睐。民间文学作品既多且好，它散发出来的光芒照亮历史长河。所以郑振铎说："俗文学不仅成了中国文学史的主要成分，且也成了中国文学史的中心。"他耗费大量精力和时间从事古代歌谣和变文、宝卷、弹词、民歌、俚曲的搜罗，所得资料，极为丰富，网罗详尽，前所未见。所以他说："这部《俗文学史》还只是一个发端，且只是很简略的讲述。更有成效的收获还有待于将来续作，和有同心者接着努力下去。"可他不幸遇难，不能完成他的续作心愿，和《插图本中国文学史》一样，成为有待同心者完成的工作。但不管《中国俗文学史》还是《插图本中国文学史》，筚路蓝缕之功，是令人永远不能忘怀的。

郑振铎是一个性格豪迈、意气风发、工作不知疲倦的人，是一个不断追求进步和真理的人。在《中国文学研究者向哪里去？》一文中，他号召文学研究者"向新的题材和新的方法里去求得一条新路出来"，他自己也是这样努力实行的。

四 中国文化界最值得尊敬的人

胡愈之在《哭振铎》中说："在文学工作，你是一个多面手。不论在诗歌、戏剧、散文、美术、考古、历史方面，不论是创作和翻译方面，不论是介绍世界文学名著，或整理民族文化遗产方面，你都作出了平常一个人所很少能作到的那么多的贡献。"

的确，郑振铎著有小说《家庭的故事》、《取火者的逮捕》、《桂公塘》等三个短篇小说集，直到 1957 年，还于百忙之中，写出以屈原为主人公的《汨罗江》。此外诗集有《雪朝》、《战号》，散文有《山中杂记》、《海燕》、《文探》、《欧行日记》、《西行书简》、《蛰居散记》、《考古散记》等，特别是有些散文如谈家常，娓娓动人。他的诗如《战号》，爱国热情，溢于言表。在抢救古代文物中，他像《取火者的逮捕》内的普罗米修士（Prometheus）一样，不顾己身安危，为人民为祖国作出了巨大的贡献，还写出大量美术考古文章。他酷爱文学书籍中的插图，特别是木刻，在《插图之话》中，认为"插图之功力在于表现出文字的内部的情绪与精神"。他还运用人类学、民俗学从事于古史研究，作《汤祷篇》，企图在"疑古"、"释古"之外，另开创一条新路。他的思想总是自由活泼的，像他自己所讲："我有如炬的眼，我有思想如泉。我有牺牲的精神，我有自由不可捐。"① 直至飞机失事前几天，为了争取他所编印古本戏曲丛刊早日出版，他还为丛刊四集作序，成了他最后的一篇遗文。诚如李一氓先生所说，郑振铎先生是中国文化界最值

---

① 《我是少年》。

得尊敬的人。

（原载《中国文学研究现代化进程》，王瑶主编，

北京大学出版社 1996 年第一版）

参考书目

①郑振铎：《中国文学研究》，作家出版社 1957 年版。

②郑振铎：《郑振铎古典文学论文集》，上海古籍出版社 1984 年版。

③郑振铎：《郑振铎文集》一、二、三、四，人民文学出版社 1959—1985 年版。

④郑振铎：《插图本中国文学史》，人民文学出版社 1963 年版。

⑤郑振铎：《中国俗文学史》，商务印书馆 1938 年版。

⑥陈福康：《郑振铎年谱》，中国文献出版社 1988 年版。

⑦陈福康编：《回忆郑振铎》。

作家作品研究

魏文帝《典论·论文》"齐气"解

梁昭明太子辑纂《文选》，在卷五十二论二收载魏文帝《典论·论文》一篇，里面有一句话说：

徐干时有齐气。

唐人李善解释这句话说："言齐俗文体舒缓，而徐干亦有斯累，《汉书·地理志》曰：'故齐诗曰："子之还兮，遭我乎猺之间兮。"'此亦舒缓之体也。"这里我们要特别提出的是"文体舒缓"四字。"文体"照李善的意思应该就是"语气"，体字和性字本可通用，《魏志·吴质传》注说"上将军曹真性肥，中领军朱铄性瘦"，意思就是说体肥和体瘦。而性字和气字在曹丕这篇论文里意义几乎是一样的，这点时贤早经指出，我们也就不再辞费了。何况中古时期的人使用"体性"和"性气"这两个词，意思是相同的，更坐实了我们这一个说法，因之我们可以把"体"字解释作"气"的意思。至于文，把一部《文选》注包含有"文"字的句子都抄出来，可以发现一个现象，那就是所有的"文"字都作"文辞"解。我们从他的《注例》，也可以说他心目中所谓文，概指"文辞"说的。这只要翻开江文通杂体诗《古离别》"黄云蔽千里，游子何时还"，看他的脚注，马上就得到了对证。他说:"古诗曰'浮云蔽白日,游子不顾反',江之此制,非直学其体,而亦兼用其文,故各自引文而为之证,其无文者乃他说。"因此在李都尉从军"袖中有短书,愿寄双飞燕"下面引用桓子《新论》说:"若其小说家,合丛残小语,近取譬论以作'短书',治身理家,有可观之辞。"完全不考虑到江氏诗中的"短书"就是古诗"中有尺素书"的信札,因为这种信札上仅能写上"上有加餐饭,下有长相忆",所以说它短。这和桓谭所谓"短书",意思不一样。《太平御览》卷六百〇二引桓谭的话说:"谭见刘向《新序》,陆贾《新语》,乃为《新论》。庄周寓言乃云尧问孔子,《淮南子》云共工争帝地维绝,亦皆为妄作。故世人多云'短书'不可用。然论天地间莫明于圣人,庄周等虽虚诞,故当采其善。"可见桓氏所谓"短书",实指不合大道的小说虚谈,并不是战士的家书。为了只求字面相同,因而不辞曲引成语,我们知道李氏所谓"文",也仅指《新论》中"短书"之辞,不取其义。此外像《赵景真与嵇茂斋书》说:"昔李叟入秦,及关而叹;梁生适越,登岳长谣。"下注云:"然老子之叹,不为入秦;梁鸿长谣,不由适越。且复以至郊为及关,升邙为登岳,斯盖取意而略'文'也。"在陆士衡《辩亡论》下说:"于时大邦之众,云翔电发。"句下他又引《战国策》顿子说秦王的话:"今楚、魏之兵,云翔而不敢拔",加一个案语说:"然此云翔与《战国策》微异,不以文害意也。"此等处都把"文"和"意"对立起来,指的当然是"文辞",我们可以得到一个粗率的结论,说李善所说的"文体舒缓",就是"语气缓慢"的意思。

"文体舒缓"既是"语气缓慢"的意思,那么"语气缓慢"和"齐俗"的关系真像李善所说那样的吗?明胡侍著《真珠船》,其卷四说:"魏文帝《典论·论文》云'徐干时有齐气',

李善注'言齐俗文体舒缓，而徐干亦有斯累'。按《汉书·地理志》云：齐诗'子之旋兮，遭我乎猇之间兮'，又曰：'竢我于著乎而。'此亦舒缓之体。又云：'齐至今，其士舒缓，阔达而足智。'《朱博传》：'博迁琅琊，齐部舒缓，博奋髯抵几曰：'观齐儿欲以此为俗耶？'《寰宇记》：'齐州人志缓慢。'是则齐俗自来舒缓，故文体亦然。"这里比李善解释得虽然详细些，然而依旧不甚了然。说得最具体的，要算近人许文雨氏了，他在《文论讲疏》中说："按齐诗各句用'兮'字，为稽留语，此舒缓之证。"说得虽然明白，但是我们检查今《诗·齐风》中的《鸡鸣》、《著》、《东方未明》、《南山》、《甫田》、《卢令》、《敝笱》、《载驱》各篇，每句都没有"兮"字，就是诗句中夹"兮"字也不是齐诗独擅，不知许氏何所据而云？梁人刘勰（字彦和）在《文心雕龙·章句篇》分析自古代到梁时的诗句结构只是说："诗人以'兮'字入于句限，《楚辞》用之，字出句外。寻兮字成句，乃语助余声，舜咏《南风》，用之久矣。"也不曾提齐诗句内用"兮"字。这足见诸家企图从"语气"上找寻解释，不仅望文生义，而且近乎捕风捉影了。只有《左传·襄公二十九年》服虔注："吴公子札来观周乐，乐工为之歌齐，有太和之意，其诗用刺，词约而义微，体疏而不切，故曰大风。"这里说到齐诗和齐俗舒缓的关系。但是所指的是内容，不是语气。我们实在没有理由说齐人文章"语气缓慢"。何说即使"齐俗文体舒缓"而"徐干"不一定"亦有斯累"，至少没有逻辑的必然联系。

从上面的探讨，我们对于"语气缓慢"的底细似乎不可知，好在我们知道了也没有用。挚虞《文章流别》论到哀辞说："哀辞者，诔之流也，崔瑗、苏顺、马融等为之，率以施于童殇夭折不以寿终者。建安中文帝与临淄侯各失稚子，命徐干、刘祯等为之哀辞。"《文心雕龙·哀吊篇》说："建安哀辞，惟伟长差善，

《行女》一篇，时有恻怛。及潘岳继作，实蹑其美。观其虑善、辞变，情洞悲苦，叙事如传；结言摹诗，促节四言，鲜有缓句。"徐干《行女篇》今已不存，我们今日检其佚存之诗文，少见"兮"字，就严可均氏的辑本中看到他的《七喻》、《车渠椀赋》、《冠赋》等都是四字一句，残篇断简，找不着像李善辈所说"语气缓慢"的痕迹，倒是刘彦和所说"鲜有缓句"得到了有力的支持。这告诉我们前人关于"徐干时有齐气"，解释作徐干文章语气缓慢，那一堆一堆的注释，真是不必要的。事实上，这总因为他们不知道"齐气"有一个是错字，所以一切的努力，终于是徒劳。

胡绍瑛《文选笺证》及梁章钜《文选旁证》并说："《魏志》注引'徐干时有齐气'作'干诗有逸气，然非粲匹也'。"胡、梁二氏所称《魏志注》，当然是指《三国魏志·王粲传》裴松之的注子说的。但作"逸气"似乎也非原文之意，是错的。徐坚《初学记》卷二十一引魏文帝《典论》云："王粲长于辞赋，徐干时有高气，然粲匹也。"我以为"齐气"当作"高气"。"齐气"一词他书不经见；至于"高气"一词，却数见不鲜。《后汉书·许劭传》说："劭邑人李逵，壮直有高气。"又同书《孔融传》说："融负其高气。"《吴志·虞翻传》裴注引《吴书》曰："翻少好学，有高气。"《世说新语·赏誉篇》下注引《卫玠别传》说："琅琊王平子高气不群，迈世独傲。"白居易《赠能七伦》云："能生学为文，气高功亦深。"陶宏景《真诰·稽神枢》第三曰："张玄宾者，定襄人也，魏武帝时曾举茂才归乡里。……能论空无，自云昔曾诣蓬莱宋晨生——晨生者，蓬莱左公也。——与其论无，粗得人意，过此以去，尚未能本有，安能本无邪？与余人论空无，天下中皆无人焉，其高气秉理如此。"这些都是提到"高气"的。高、齐形似易讹。《西京杂记》

卷一"公孙弘起家徒步为丞相，故人高贺从之"。《太平御览》卷八百五十引"高"作"齐"。《后汉书·樊英传》"英字季齐"，《抱朴子·仙药篇》作季高。《史记·游侠列传集解》引荀悦曰："立气齐，作威福，结私交，以立强于世者，谓之游侠。"（今本荀悦《汉纪》卷十《孝武帝纪》作"立气势"，疑有误。卢文弨《颜氏家训》卷五补注引作"尚意气"，未知何据）而《白孔六帖》卷二十四引《史记》作"意气高"。诸如此类，都可以引为"高"、"齐"互讹的例证。至于"高"字作"逸"字，近出魏石经残石，《尚书·无逸篇》的"逸"字右上方，其形绝类金文"高"字，致误原因，或能由此线索觅出。唯《史通·因习篇》云："范晔既移题目于卷首，列姓名于卷中，而犹于列传下注为列女、高隐等目。"本来范蔚宗的《后汉书》题的是《逸民传》，刘知几却说作"高隐"，固然是因避讳改字，然而"高"、"逸"二字意义不无可通之处。所以"逸气"也实在是"高气"的一个别解。说"徐干时有逸气"，怕也是后人改的，应该说"徐干时有高气"才对。

既然我们不同意把"齐气"解作"语气缓慢"，而说是"高气"，那么也得问"高"气是指什么？《魏书·释老志》说："召诸州隐士，员满九十人，迁洛移邺，踵如故事，其道坛在南郊方二百步，以正月七日、七月七日、十二月十五日，坛主、道士、高人一百六十人以行拜祠之礼，诸道士罕能精至，又无才术可高。"这个"可高"的高字用法和所谓"高气"，大致是相同的，含有一种骄傲的意味。《史记·孔子世家》说："（定公十四年）孔子过匡，颜刻（家语作刻）为仆。"而《仲尼弟子列传》无颜刻，但有颜高。王伯厚《困学纪闻》卷六谓颜刻即颜高，王引之《春秋名字解诂》说："高乃亭之讹，亭隶作克，克刻同声，古字通用；《论语·宪问篇》克伐怨欲，马注'克'好胜人也，意与骄相似，故字子骄。"王氏引隶以释，我们觉得太弯曲，倒不如直截了当地说，高字和克（剋）字，在意上都可以解作"好胜心"，或者说骄傲。"高气"正如《后汉书·荀彧传》说"袁绍既兼河朔之地，有骄气……与操书甚倨"中的"骄气"一般。

回头我们来看一看徐干的为人，是不是像我们上面所说的一样，有点"高气"。《中论序》云："世有雅达君子者，姓徐名干，字伟长，北海剧人也。"这篇序文，不晓得是哪位写的。明陆友仁跋说："《中论》二卷，汉司空军谋祭酒属五官将文学，北海徐干伟长撰，有序而无名氏。"但序末称"余数侍坐，观君之言，常怖，笃意自勉而心自薄也。何则？自顾才志不如之远矣耳"。严可均辑《全三国文》卷五十五《中论序》末注云："案此序，徐干同时人作，旧无名氏，《意林》、《中论》六卷，任氏注。任嘏与干同时，多著述，疑此序及注皆任嘏作，不敢定之。"最少我们知道这位序文作者和徐氏为同时人，其序中评徐氏说："秉正独立，志有所存，俗之毁誉，有如浮云……颐志保真，淡泊无为。"这种论调和曹丕《与吴质书》说他"怀文抱质，恬淡寡欲"。曹植赠他诗说："志士营世业，小人亦不闲。聊且夜行游，游彼双阙间。……慷慨有悲心，兴文自成篇。"是相似的。一个不做志士也不伍小人的游离分子，正同他替他自己作的自画像（《艺文类聚》五十七引《七喻》）一样的，"有逸俗先生者，耦耕乎岩石之下，栖迟乎穷谷之岫，万物不干其志，王公不易其好，寂然不动，莫之能惧。"活生活现的一个"不事王侯，高尚其志"的隐者，像一颗宝石掉在通衢上，勾引住一束惊羡的眼光。弄得王昶唠叨的教训他的儿子，为人做事都要拿他做榜样。的确，他不仅"傲"而且"冷"，这从他的《中论》中还可以得到更多的好例证。所以我们说"徐干时有高气"，一点也不会冤枉他。"干戈满地能高卧，真个逍遥是谪仙"，这就是傲视王侯，阔达疏诞者清高的作风。和"性既迟缓，与人无伤"（孔融《报曹公书》），那位被同样看做有"高气"的孔融，实在也未免是过于孤芳自赏式的高傲的人物。

不过"高气"之错为"齐气"，除开上面所说的，还有一个值得留意的原因。太史公在《齐太公世家》中说慢是齐人的天性，《舆地广记》卷一说："山东之人，性缓尚儒，仗气任侠。"所以《史记·游侠列传集解》引荀悦说"立气齐"，齐人似乎有一种隐藏的傲慢。这种傲慢的天性，有时不能不流入文学艺术中。《左传·襄公二十九年》说："吴公子札来观周乐，乐工为之歌齐，札曰：'美哉！泱泱乎大风也哉！……'"服虔注解说："泱泱，舒缓深远，有太和之意，其诗用刺，词约而义微，体疏而不切，故曰大风。"张彦远《历代名画记》卷八说："隋杨契丹官至上仪同，僧悰云：'六法备该，甚有骨气，山东体制，允属伊人。'"可见齐地文学艺术，确有特殊的作风。《周书》列传三十《苏亮传》说："苏亮字景顺，武功人也……亮少通敏，博学好属文，善章奏，初举秀才至洛阳，过河内常景，景深器之，退而谓人曰：'秦中才学可以抗山东者，将此人乎？'"《北史》列传五十一《苏亮传》文同此。唯"善章奏"下有"与弟湛等皆著名西土"（赵岐《三辅决录序》亦云："予以不才，生于西土"，岐乃京兆长陵人）。齐属东土，那么，齐之文体与秦中不同者，在东土与西土之异罢了。曹丕所谓"高气"，是指徐干的性情说的；而李善所释"齐气"，不就正是指这种东土文学的特殊风格么？

（原载《新生报·语言与文学》1946 年 11 月 11 日第 4 期，

1946 年 11 月 18 日第 4 期；后编入《国文月刊》第 63 期，

开明书店 1948 年 1 月版）

陆机《文赋》与山水文学

晋世陆机在"观才士之所作"捉摸了一阵子当代名家作品后，有会于心地写了一篇综合性的建设性的文章叫《文赋》，里面说："遵四时以叹逝，瞻万物而思纷。悲落叶于劲秋，喜柔条于芳春。"自然他自己也是当时大作家之一，这不仅是从观赏别人作品而猎获的感受，也是"每日属文，尤见其情"个人写作经验的表白。不只是"释古"，"得其用心而已"，而且"推陈出新"，所以我们说他的《文赋》是综合性的和建设性的。我们说它是综合性的，是因为他看过当代各个作家的作品，不像曹丕那样一个一个地批评，而是只概括的论述作家作品中一些"共相"。我们说它是建设性的，是因为他的文章理论是从深究当代文艺，识潮流，知大体，看出了那时文艺上一个新的发展路线，指示并且把握住创作上一个正确的手法，冲破"涤除玄览"（《道德经》）的正始余波，而不作"拾人牙后慧"那种稗贩式的文化论客。因此，他获得"天下绮练，当时独绝"的好评。绮练就是那个时代文学形式的特点。

"叹逝",也就是伤感。伤感大概是人人有,虽然"最下不及情"(《世说·伤逝》),但"愚夫蠢妇皆有流连之心,凄怆之志"(《淮南·本经》)。自命多情的梁人江淹,写过"别"、"恨"二赋,名噪一时。这是由于他生在一个社会变革剧烈的时代,察觉特定社会中由于个人和社会对立性所产生的悲剧,生离死别,照流俗的美学滥调说:"这叫做表现了普遍的,永恒的人性。"生活,特别是士大夫的生活上的悲剧反映到文艺作品,就表现成为一种伤感的情调,最多也不过只是把个人情调提升成宇宙意识(cosmic feeling)。马荣祖的《文颂》说:

> 举头天外,满目空青。惝恍如失,喟然叹兴。云山辽阔,水木孤清。都来酬和,飒杳有声。渺焉终古,情不能胜。沉吟讽味,思结杳冥。

这实在是"烈士穷途,美人不偶"(许奉恩《文品·悲慨》)的意念的展开。实在说,所谓感慨之情,大半是些历史(时)社会(空)变动和个体变化发生的龃龉,而且个体变动还不能不迁就历史社会,庄子所谓"与物相刃相靡,其行尽如驰,而莫之能止,不亦悲乎!终身役役,而不见其成功,苶然疲役而不知其所归,可不哀邪!"(《齐物论》)这种个体和历史社会的不谐和,是一切伤感的基调。作为"社会的动物"的人,缔造了制度、习俗、道德观念,一切的传统和因袭;但这些制度、观念又反过来改造人。历史社会就是这种不断的缔造和改造的推磨,文学就是摩擦所发出的声音,而感伤却是那属于最尖锐的。"日出入安穷,时世不与人同,故春非我春,夏非我夏,秋非我秋,冬非我冬。"(《乐府古辞郊祀歌》)"时世不与人同",一切尚待安排。

二

伤感既不纯粹是属于个人主观的，而有客观的社会基础，由于时代不同，自然也会色度微异。一时代有一时代的特殊的伤感的调子，那么，陆机"遵四时以叹逝……"的时代，渲染的是什么？《世说新语·文学篇》记载有一个故事：

> 谢公因子弟集聚，问："《毛诗》何句最佳？"遏称曰："昔我往矣，杨柳依依。今我来思，雨雪霏霏。"公曰：" '訏谟定命，远猷辰告'，谓此句偏有雅人深致。"

这真奇怪，照我们看来，够得上说"雅人深致"的，该是"昔我往矣"四句，不是"訏谟定命，远猷辰告"那样沉重和严肃。东山挟妓的谢安为什么要发表这种违心之论？这只要翻一翻曹丕的《典论·论文》就会明白过来。原来他们对于文学价值的估定有一个不同的标准和尺度。谢安的见解是代表传统的，因袭的。谢玄的见解是代表新起的，流行的。"訏谟定命"就是所谓"经国之大业"，"杨柳依依"就是所谓"悲落叶于劲秋，喜柔条于芳春"。要藉"落叶"、"柔条"来抒发"叹逝"，这就是陆机所指出的魏晋时人伤感的特殊色彩。《世说新语·言语篇》说：

> 桓公北征，经金城，见前为琅琊时种树，皆已十围，慨然曰："木犹如此，人何以堪！"攀枝执条，泫然流泪。

庾子山写《枯树赋》，引用桓温的话说："昔年种柳，依依汉南。今看摇落，凄怆江潭。树犹如此，人何以堪！"因为金城、琅琊、汉南这些地名的不统一，所以有人怀疑这个故事的真实性，但我却认为正因为紊乱不齐，反而倒反映出这个故事流行的普遍性，口口相传走了样。和这相类似的还有《魏志》九注引皇甫谧《列女传》说："或谓之（曹文叔妻）曰：'人生世间，如轻尘栖弱草耳。'"

《艺文类聚》卷六引李康《游山序》说："人生天地之间也，若流电之过户牖，轻尘之栖弱草。"把宇宙盛衰来象征生命荣枯，这是一个新的描写手法。写生命短促的像：

> 山有枢，隰有榆。子有衣裳，弗曳弗娄。子有车马，弗驰弗驱。宛其死矣，他人是愉。
>
> 山有栲，隰有杻。子有廷内，弗洒弗埽。子有钟鼓，弗鼓弗考。宛其死矣，他人是保。
>
> 山有漆，隰有栗。子有酒食，何不日鼓瑟？且以喜乐，且以永日。宛其死矣，他人入室。（《诗·唐风·山有枢》）

虽然也有枢榆、栲杻，但是我们实在弄不清榆栲这些树木和生命间有什么联系。《墨子·兼爱》、《庄子·知北游》、《史记·留侯世家》及《魏豹彭越列传》，形容生命短促只说"白驹过隙"，只有魏晋时代才有人用草木枯荣来象征生命，像：

> 人生譬朝露，居世多屯蹇。（秦嘉《留郡赠妇诗》）
>
> 对酒当歌，人生几何！譬如朝露，去日苦多。（魏武帝《短歌行》）
>
> 浩浩阴阳移，年命如朝露。人生忽如寄，寿无金石固。（古诗《驱车上东门》）
>
> 人生处一世，去若朝露晞。（曹植《赠白马王彪》一首）
>
> 相物类以迫己，闵交臂之匪赊。揆大耋之或遄，指崦嵫于西河。鉴三命于予躬，怛行年之蹉跎。于鶗鴂之先号，挹芳芳而凤过。微灵芝之频秀，迫朝露其如何！虽发叹之早晏，谅大暮之同科。（谢灵运《感时赋》）

朝露和草木表面看来没有关系，其实这是乐府古辞《薤露》

的脱胎说法。《说郛》卷六慎子云："人生一世，若露之托于桐叶，其能几何！"颇疑此文非晚周慎到语。《世说·赏誉篇》有"清露晨流，新桐初引"的描绘自然，这和慎子的话境界绝似，怕是游仙归隐者的经验谈吧！潘岳的"人居天地间，飘若远行客"（《哀诗》），远行客不正就是游仙经验的写照吗？游仙归隐，人生虽然失败，但由于自然山水的向往，在文学上却得了意外的收获。

三

《四十二章经》说："佛问诸沙门：'人命在几间？'对曰：'在数日间。'佛言：'子未能为道。'复问一沙门，'人命在几间？'对曰：'在饭食间。''去，子未能为道。'复问一沙门，'人命在几间？'对曰：'在呼吸间。'佛曰：'善哉，子可谓为道者矣。'"生命短促之感，这是晋人虚无求列仙的动机。我们似乎不能说这种思想是受了佛教影响，但求仙确是士流社会中一个新的风气。而这种思想在当时也是十分流行的。"俚语云：人在世间，日失一日，如牵牛羊以诣屠所，每进一步，去死转近。"（《抱朴子·勤求篇》）要想逃脱死的威胁只好游仙。郭璞《游仙诗》说："翡翠戏兰苕，容色更相鲜。绿萝结高林，蒙笼盖一山。中有冥寂士，静啸抚清弦。……借问蜉蝣辈，宁知龟鹤年？"目的也只是在于"龟鹤年"。至"时变感人思，已秋复愿夏。淮海变微禽，吾生独不化"。这不正是陆机的"遵四时以叹逝"吗？《游仙诗》的内容和《文赋》所描摹的新的创作方法及路线的符合，证实了陆机对于文学史发展的必然性之了解上的卓识。而这种《游仙诗》实在就是山水文学的滥觞。所以钟嵘说"游仙之作，辞多慷慨，乖玄远宗"了。

　　不管后人如何攻击山水文学，说什么"狎池苑，怜风月"。平心而论，它确是中国文学创作史上一个大的解放，把自然景物用来表现思想感情，增加了文学作品中的形象性，也改变了文学的语言。六朝文学之所以被人爱赏，原因就在这里。

　　但山水文学发生的一个必要条件就是作品中教训意味的冲淡，甚至消灭。寓教化于山水是不会有的，世道人心和流连光景究竟不是一回事。中国文学从建安时代才开始脱离鉴戒性，作品中教训的成分少而抒发的意味浓。只有在这种创作的气氛里，加上游仙归隐（庄园主）的文士生活方能产生山水诗文。一个连伤感都带着鉴戒色彩的时代，像：

　　　　孔子出游少源之野，有妇人中泽而哭，其音甚哀。孔子使弟子问焉。曰："夫人何哭之哀?"妇人曰："向者刈蓍薪而亡吾蓍簪，吾是以哀也。"弟子曰："刈蓍薪而亡蓍簪，有何悲哉?"妇人曰："非悲亡蓍也，（而所以悲者，）盖不忘故也。"（《韩诗外传》卷九）

以及《吕氏春秋》达郁篇"管仲觞桓公"，或《晏子春秋》谏上十七记载景公游于牛山的故事，自然是不会产生山水文学的，更不会产生山水文学的理论。只能有"可以兴，可以观，可以群，可以怨。迩之事父，远之事君，多识于鸟兽草木之名"（《论语·阳货》）及"故隐之则为道，布之则为诗。在心为志，出口为辞"（陆贾《新语·慎微篇》）这种鉴戒性的文论，不可能产生"岁有其物，物有其容，情以物迁，辞以情发"（刘勰《文心雕龙·物色》）的论调的。陆机恰生在建安以后，同时又是"山水方滋"的时代，无论在主观才能方面和客观情势之下写作《文赋》，其"遵四时以叹逝……"四句，实在是山水诗文的最初也是最高的理论。"山水以形媚道"，"山水质有而趋灵"（宗炳《画山水序》），中国艺术并不以刻描自然惟妙惟肖为满足。而魏晋时代又是一个士大夫悲观失望的时代，"甑已破矣，视之何益！""大树将颠，非绳所维。"文学和文学理论自不能不染上这时代惨红的色彩。

四

有人说山水诗文发生是由于南方景物之美，但是我们是不是可以问一句，何以《子夜吴歌》没有山水描写？所以这种回答是不能叫人满意的。一个时代文艺思潮和文人生活往往有密切的关系，我们现在看到汉赋，觉其堆砌、装饰、无味，其实这也是时代的关系，因为宫殿的宏壮对于我们已经引不起美的感觉和崇拜的观念。但在汉代人士看起来，宇宙间是没有比这更伟大、更美丽的东西了。汉朝人对自然美之不注意，一方面自然由于士人之脱离农村生活，一方面也因为人们用自己能力创造美的东西，能够不歌颂吗？但到了魏晋，都市经过大破坏之后，繁华消散，而当时用人制度的九品中正，又须决于"乡曲之誉"，多数士人都经过一度乡间的庄园主的生活。即使再度回到都市，而田园山水也会依然成为他们津津乐道的东西。

至于由鉴戒的文学转变成为抒情的文学的社会原因也可以略加考察。中国封建社会第一次的动摇是在周末，第二次是魏晋，不过周与汉虽同是封建社会，但在形态上略有不同。周是地方分权式的封建制，而汉则为中央集权式的封建制。封建制的经济特点就是以农业为主，在政治方面就是壁垒森严的阶级制度。个人在这个社会中并没有独立人格的存在，只是父亲的儿子和帝王的臣民。他对于宇宙人生的认识是绝对秉承父亲和皇帝的，决不允许有自己的特殊看法和见解，所以这种人要发表意见当然不是自己的，而是代圣王立言，充满了教训的意味。不过到了东汉两晋，这个臣民的帝王的权威渐渐成了问题。于是这班臣民在混乱中丧失卖身投靠的主子的约束，发现了自己的存在。这时所发现的就是自己的情感了，但个性的发现不在战国而在魏晋，也很自然。周之封建是地方分权，臣民的主子是各国的国王不是周天子，而汉朝的臣民的主子是汉天子，并无个别的国王。所以周之崩溃，诸侯的权威仍在，而汉之零落，则帝王的面貌全非。因此魏晋六朝人才有机会发现了自己的存在。这就是从鉴戒的诗文流变到魏晋抒发的诗文的社会根据。确如刘勰所说（《文心雕龙·时序篇》）：

> 故知文变染乎世情，兴废系乎时序。

（原载《新生报·语言与文学》1947 年 5 月 5 日第 29 期；后编入《国文月刊》第 66 期，开明书店 1948 年 4 月版）

八卷本《搜神记》考辨

一

王谟跋汉魏丛书本《搜神记》云：

> 今丛书本只八卷，固为残缺。毛氏《津逮秘书》乃有二十卷，当为足本。然亦非原书也。盖原书虽统论鬼神事，仍各著篇目，如《水经注》引张公直事云干宝《感应篇》，《荆楚岁时记》又引干宝《变化篇》，必皆原书篇名。而毛本皆不见此体例，故其书前后亦无伦次，特较丛书本为完善耳。

今案戴震校本《水经注》卷三十九干宝《感应篇》引作干宝《感应焉》；汉魏丛书及明刊五朝小说本"夏至节日取菊为灰以止小麦蠹"条下《变化篇》并作《变化论》，与《太平御览》卷二十三引合。故知此二"篇"字，乃王谟臆改，毛本《搜神记》虽未必为原书，然不能仅据此以断于书原有篇名，而谓毛刻非原书也。案毛本《搜神记》系出胡震亨所刻秘册汇函，震亨之友人姚士粦在其所著《见只篇》卷中，及胡元瑞之《甲乙剩言》均提及此书。余意即元瑞从诸类书辑出者，盖其中有误收，如赵宋时事人名是也。至王氏刻汉魏丛书不知采用何人刻本或钞本，唯与商濬稗海本同。然毛王两本互异，不仅如王氏所云，一为残缺，一为足本而已。因其中所记载诸事物几全无相同者，故二书必有一真一伪，不能并题为干宝之作。

二

梁释僧佑撰《弘明集》卷二载宋宗炳《明佛论》云：

（上略）由此观之，有佛事于齐晋之地久矣哉！所以不说于三传者，亦犹干宝孙盛之史，无语称佛而妙化实彰。

干宝《晋纪》一书，《隋书·经籍志》著录，今佚。其《搜神记》二十卷，《隋志》及后此诸史《经籍志》亦并著录。检其内容皆记录时人及前代人士之异闻佚事，盖亦史书之别支耳，故《隋志》及《旧唐书·经籍志》均入乙部杂传类。宋黄山谷《廖袁州次韵见答并寄黄靖国再生传次韵寄之》诗云，“史笔纵横窥宝铉”，自注云干宝作《搜神记》，徐铉作《稽神录》。也认为是史书。故宗炳“无语称佛”云云，不知是否涉及搜神一书，若涉及之，则今八卷本几尽为佛语，殊不可解。而梁会稽嘉祥寺沙门释慧皎撰《高僧传》，序录中亦云：

宋临川康王义庆《宣验记》及《幽明录》，太原王琰《冥祥记》，彭城刘悛《益部寺记》……陶渊明《搜神录》，并傍出诸僧，叙其风素，而皆是附见，亟多疏阙。

案《搜神记》二十卷，唐人修《隋书》既著录，刘知几《史通》亦称唐修《晋书》多采其书，足证此书唐时尚未散佚，而此文《高僧传序》不提干宝《搜神记》，亦可证书中本无称佛语。今八卷本《搜神记》，多涉论佛家报应，就其内容言之，吾人实有理由疑其出诸后人嫁名伪托。

三

唐释道宣撰《道宣律师感通录·宣律师感天侍传》云：

> 余曾见晋太常干宝《搜神录》，述晋故中牟令苏韶有才识，感冥中卒，乃见形于其家，诸亲故知友闻之，并同集，饮啖言笑，不异于人。

而刘知几《史通》外篇杂说中诸晋史亦云：

> 案应劭《风俗通》载楚有叶君祠，即叶公诸梁庙也。而俗云孝明帝时有河东王乔为叶令，尝飞凫入朝。及干宝《搜神记》乃隐应氏所通而收其流俗怪说。

苏韶、王乔传说，此本均不载。则八卷本之题干宝撰，诚令人疑念莫释。案唐宋诸家撰集类书如《北堂书钞》、《初学记》、《艺文类聚》、《太平御览》等，其中称引《搜神记》者，均不见于八卷本。本书卷三记隋侯珠事云：

> 昔隋侯因使入齐，路行深水沙边见一小蛇可长三尺，于热沙中宛转，头上血出。隋侯见而愍之，下马以鞭拨于水中，语曰，"汝若是神龙之子，当愿拥护于我"，言讫而去。至于齐国，经二月还，复经此道，忽有小儿手把一明珠，当道送与隋侯，曰："谁家之子，而语吾？"答曰："昔日深蒙救命甚重感恩，聊以奉贶。"侯曰："小儿之物，讵可受之。"不愿而去。至夜又梦见小儿持珠与侯曰："儿乃蛇也。早蒙救护生全，今日答恩，不见垂纳，请受之，无复疑焉！"侯惊异。迨旦，见一珠在床头，侯乃收之而感曰："伤蛇犹解知恩重报，在人反不知恩乎？"侯归持珠进纳，具述元由，终身食禄耳。

此节，毛晋刊本卷二十，《艺文类聚》卷八十四及卷九十六，《一切经音义》卷二十八《维摩诘经》下卷，《太平御览》卷九百三十四，《太平广记》卷四百〇二，及《事类赋注》卷二十八并引《搜神记》，其文与此不同云：

> 隋县溠水侧有断蛇丘。隋侯出行，见大蛇被伤中断，疑其灵异，使人以药封之，蛇乃能走，因号其处曰断蛇丘。岁余，蛇衔明珠以报之。珠盈径寸，纯白而夜有光，明如月之照，可以烛室，故谓之隋侯珠。亦曰灵蛇珠，又曰明月珠。

复征诸汉魏六朝人关于此事之记载，亦无"蛇化小儿"之说。《淮南子·览冥篇》"隋侯之珠"下高诱注云：

> 隋侯汉东之国，姬姓诸侯也。隋侯见大蛇伤断，以药傅之，后蛇于江中衔大珠以报之，因曰隋侯之珠，盖明月珠也。

《太平御览》卷四百七十二引盛弘《荆州记》云：

> 隋侯曾得大蛇，不杀而遣之。蛇后衔明月珠以报隋侯，一名隋侯珠。

《世说新语·言语篇》"夜光之珠不必出于孟津之河"下刘孝标注引旧说（《史记·李斯列传正义》引作《说苑》疑有误），云：

> 隋侯出行，有蛇斩而中断者，侯连而续之，蛇遂得生而去，后衔明月珠以报其德，光明照夜同昼，因曰隋珠。

《水经·涓水》"东南过隋县西"下郦道元注云：

> 溠水侧有断蛇丘，隋侯出而见大蛇中断，因举而药之，故谓之断蛇丘。后蛇衔明珠报德，世谓之隋侯珠，一曰灵蛇珠。

唯明万历间张鼎思纂辑《琅琊代醉编》卷五云："隋侯入齐救蛇得珠者姓祝名元畅见孟子疏。"其说与"蛇化小儿"近似。但检孟子孙奭疏无此条，不知张氏何所据而云然。案《庄子·

让王篇》成玄英疏云："隋国近濮水，濮水出宝珠，即是灵蛇所衔以报恩，隋侯所得者，故谓之隋侯之珠也。"又刘昼《新论·适才篇》"蛇衔之珠"下袁孝政注云："隋侯是隋国之侯，于路见一青蛇被伤，隋侯取蛇将归宅中，以药治之，以肉饲之，疮得瘥，遂放令去。经三日乃衔明月之珠来报隋侯。隋侯谓言蛇欲害己，乃拔剑欲斩之。及细视之，乃见蛇衔明月之珠来报恩也。"《汉书·邹阳传》颜师古注引同此。可见唐人注书称引时犹作"蛇"而不云"小儿"，故知八卷本记隋侯珠事，乃本陈说，附益怪异之谈，非宝书原文也。

此外若卷三记青年走入丰水事，亦复如此。其云"武王时雍州城南有一大神（梓）树云云"，与《事类赋》注二十二引干宝《搜神记》，《史记·秦本纪正义》引《录异传》，《水经·渭水》注引《列异传》作秦文公事，均不合。又卷一"晋愍帝时零陵太守赵子元出门见一女子，姿色甚美"。与敦煌零拾所收句道兴撰《搜神记》残卷称"昔秦时韩陵太守赵子元出游城外，见一女子云云"，情节同而字句异。案干宝生当怀愍之际，著书不应直云"晋愍帝时"，改窜原书，于此可以想见。

迨及明代，是书渐露头角。《四库提要·子部·小说家类》有明梅鼎祚撰《才鬼记》十六卷，叙录云："《才鬼记》……所载上自周，下至明代。末二卷，则箕仙之语。皆从诸小说采出。……又如《搜神记》之段孝直……但有辩枉之辞，亦不得以才论。至《搜神记》之刘伯文寄一家书，即谓之才，尤为非理。"《才鬼记》余未及寓目，所引《搜神记》或不只此两条，而段孝直故事则见今八卷本。题名《搜神记》而引八卷本中之故事者，殆始梅书。唯刘伯文故事尚不载录，以此遂疑是书之晚出也。

四

本书卷四云：

> 世说云：五郡之人各是异财而逢丧乱，常山一人，安定一人，襄陵一人，博陵一人，悉皆孤独，俱行卫国……见一老姥，孤单告乞。五人收养侍奉，敦如事亲母……母曰："吾是并州太原人董世台之女，嫁同郡张文贤为妻"……太守具表闻奏于魏帝，陈五人之孝状，善其人义重可以旌之，各为太守。仲伯河中太守，文仲河东太守，叔仲河南太守，季仲河西太守，雅仲河北太守，并赙赠张遗。母丧，追封太原县太夫人。仍迁张遗为魏府都护。

此处可以讨论者有四。一为五郡之名；二为太原县；三为五子之名；四为魏府都护。案《太平御览》卷三百七十二引萧广济《孝子传》曰："五郡孝子者中山，常山，魏郡，钜鹿，赵国人也。少去乡里，孤无父母，相随于卫国，因结兄弟，长元重，次仲重，次叔重，次季重，次稚重；期夕相事财三千万。于空城中见一老姥，兄弟下车再拜曰：'愿为母！'母许焉。积二十四年母得病，口不能言，五子乃仰天叹，愿使我母语。即便得语，语五子曰：'吾太原董阳猛女，嫁同县张文贤，死亡，我男儿名遗，七岁值乱亡失，心前有七星，右足有黑识。'语未竟而卒。五子送丧，会朝歌长晨出，亡其计囊，疑五子所窃，收得三重，诣河内告枉，具言始末。太守号哭曰：'生不识父，与母相失。'痛不自聊，知近为五子所养，驰使放三重。"据此，是五郡之名为中山，常山，魏郡，钜鹿，赵国，非常山，博陵，安定，襄陵。

案襄陵自汉至唐始终以县名而不称郡。《汉书·地理志》襄陵县属河东郡，《后汉书·郡国志》襄陵城仍属河东郡，《晋书·地理志》复城为县属平阳郡，《魏书·地形志》仍属平阳郡，《旧唐书》襄陵县属绛州。今此书称襄陵为郡，殆不可解，且悖旧闻。

《后汉书·地理志》并州太原下属十六城无太原，《魏书·地形志》并州太原郡亦无太原县。《隋书·地理志》太原郡始有太原县，是无论曹魏或北魏均无太原县之名，魏帝无由追封母为太原太夫人也。

五子之名当为"元重，仲重，叔重，季重，稚重"；不为"仲伯，文仲，叔仲，季仲，雅仲"。盖既误书"重"为"仲"，"仲仲"之名不妥，故易为"仲伯"，而复错"元重"为"文仲"，"稚重"为"雅仲"，此点证以萧传"收得三重"与本书"忽叔仲横被朝歌令禁系"可知之。"三重"即"叔重"，"叔重"排行第三，故有此名，非三人也。案萧广济，《通志·艺文略》称渠为晋辅国将军，而《晋书》无传，生卒年月无法稽考。干《记》萧《传》，孰先孰后，论断无因，唯晋祚不永，后先当亦不远，揆诸事理，不应有此紊乱也。

魏府都护，萧《传》不载。案"魏府都护"不辞，当云："魏都护府"。汉时置都护为额外官，唐始置六大都护府，是都护府初置于唐，魏代无此官制也。故此条不能断为唐以前人之记载。

又本书卷八云："永平年中有司勋张员外者。"案永平为汉明帝年号，而员外设官，始于魏末。《宋书·百官志下》及《晋书·职官志》并云："通直散骑常侍，案魏末散骑常又有在员外者，泰始十年武帝使二人与散骑常侍通直，故谓之通直散骑常侍，江左置四人。"又云："员外散骑常侍，魏末置，无员。"又云："员外散骑侍郎，武帝置，无员。"而尚书省有员外郎较比更晚，实始于隋。《隋书·百官志》云："尚书省……吏部尚书统吏部侍郎二人，主爵侍郎一人，司勋侍郎二人，考功侍郎一人……开皇六年尚书省二十四司各置员外郎一人，以司其曹之籍帐，侍郎阙则厘其曹事。"至唐司勋员外郎，添为二人，《新唐书·百官志》云："司勋郎中一人，员外郎二人，掌官吏勋级。"据此，不仅汉明帝时未有员外郎一职，即干宝亦未见列官中有司勋员外郎也。故此条亦不能断为隋唐以前人之记载。

又本书卷二云：

> 王子珍太原人也，父母怜爱，叹曰："我儿立身，未曾学问，可往定州边孝先生处习业。"

案定州非晋地名，《魏书·地形志》云："太祖皇始二年置安州，天兴三年改名定州。"又《旧唐书·地理志》定州上云："后汉中山国，后魏置安州，寻改为定州，隋改博陵郡，又复为高阳郡，武德四年平窦建德，复置定州。"故此条亦不能定为唐以前人之记载。

又本书卷七云：

> 李汾，越州上虞县人也。妄住易州。

案越州乃南朝宋置，易州亦非晋代州名。《旧唐书·地理志》云："易州，隋上谷郡，武德四年讨平窦建德，改为易州，领易、涞水、永乐、遂城、遒五县……天宝元年改为上谷郡复隋旧名，乾元元年，复为易州。"又《宋史·地理志》云："易州唐置，雍熙四年陷于契丹，宣和四年金人以州来归。"据此，则越州易州之名起于晋后，此条亦不能定为唐以前人之记载，干宝自无因采之人文。故总上诸条合而观之，知是书非干宝旧帙必矣，且疑当出于唐以后人之手。

五

　　王谟跋此书，又称其中有后魏时人名，宋元嘉齐永明中事。案本书卷一有"后魏洛阳阜财里开善寺京兆人韦英宅也"一条。韦英宅事见魏杨衒之《洛阳伽蓝记》卷四法云寺准财里条下，记作时人，与《法苑珠林》卷四十三引《洛阳寺记传》作梁人合，事在干宝后。然此乃明言后魏人者，余尚疑卷四记崔皓问雍州秀士陈龙文事。崔皓亦后魏人。《魏书》卷三十五《崔浩传》云：

> 神麚二年……迁浩司徒，时方士祁纤奏立四王，以日东西南北为名，欲以致祯吉，除灾异，诏浩与学士议之。……浩非毁佛法而妻郭氏敬好释典，时时读诵，浩怒取而焚之，捐灰于厕中。

　　浩皓二字可通用，《蜀志》十五《张翼传》曰"高祖父司空浩"。《后汉书》卷八十六浩作皓是其证。案崔浩不信佛法，似有国家民族之痛。明焦竑《笔乘》卷二云："魏太武杀崔浩，云浩刊所撰国史于石，立于郊坛东方，所书魏先世事皆详，实北人忿恚，相与赞浩暴扬国恶，魏王大怒，遂族诛浩。夫浩修国史，直笔乃其职耳。唯是刊石衢路，若为可罪，然何至赤其族哉！及阅《宋书·柳元景传》云'柳光世为索虏折衡将军，河北太守，其姊夫伪司徒崔浩，虏之相也。虏王拓跋焘南寇汝颍，浩密有异图。光世要河北义士为浩应，浩谋泄被诛'。然后知浩受祸之酷，自有其故。"疑此条实"北人忿恚，相与赞浩"之文，故陈龙文答帝问竟称"臣恐崔皓有异志也"。然此一故事，实改窜另一故事而成。《世说新语·言语篇》云：

> 崔正熊诣都郡，都郡将姓陈，问正熊："君去崔杼几世？"答曰："民去崔杼，如明府之去陈恒。"

此实崔皓与陈龙文对答之条所本。

案八卷本改窜他书以实己作，在在皆有。卷七云：

> 李楚宾，楚人也。性刚傲，以畋猎为志……永明中有善易者朱邺归，豫知路经元范舍……

《太平广记》卷三百六十九引此文，注曰：出《集异记》。"永明中"作"建中初"，案建中乃唐德宗年号。《集异记》亦唐人薛用弱所撰。又同书同卷云：

> 李汾越州上虞人也……永和末，中秋月圆，李汾步月于中庭，抚琴自适。

《太平广记》卷四百三十七引此，注曰：出《集异记》，"永和末"作"天宝末"，案天宝为唐玄宗年号。又卷五云：

> 昔德化张令，家业蔓延江淮间。

《太平广记》卷三百五十引出《纂异记》，"德化"作"浮梁"，案浮梁置县始于唐，而德化建置尚在其后，当是《纂异记》之文。唯此书不仅改窜他书，即收入他书之征引《搜神记》者亦被改，《三国·魏志·蒋济传》裴松之注引《搜神记》蒋济梦七儿故事。此书卷四收入而改称"太祖"事；《太平广记》卷四百三十八引《搜神记》云："司空东莱李德"云云，此书卷四改作"汉时东华郡陈司空"云云。案毛本卷十八亦载此条。其文同《风俗通》卷九《神怪篇》作"司空南阳来季德"，虽与广记异，然不作陈姓。诸如此类，多所牴牾，足证是书非干宝所撰，实唐宋以后人所集，且多处系改窜他书成文。

六

本书卷七云：

> 昔僧志玄，河朔人也。工五步罡，持清洁戒行，不衣纱

毅，唯着布衣。行历州邑，不住城中寺宇，唯宿郭外山林。至绛州城东十里，夜宿于墓林下。月明如昼。忽见一野狐于林下将枯骨髑髅安头上，便摇之。落者弃却。如此三四度，摇之不落。乃取草叶装束于身体，遂巡化为一女子，眉目如画云云。

案，宋释赞宁撰《宋高僧传》第二十四《唐沙门志玄传》云：

> 释志玄者，河朔人也。攻五天禁咒，身衣枲麻布耳。行历州邑，不居城市寺宇，唯宿郊野林薄。玄有意寻访名迹，至绛州，夜泊墓林中。其夜月色如昼，见一狐从林下将髑髅置之于首，摇之落者不顾。不落者戴之。更取芳草随叶遮蔽其身，遂巡成一娇娆女子。

唐僧志玄，晋人干宝何从而得为之作传？是此条似改窜《宋高僧传》文者，唯《太平广记》卷四百五十一引《集异记》云"晋州长宁县有沙门晏通修头陀法"云云，故事同此，疑其为谣俗传说，展转传布所致耳。考改窜他书，自成卷帙，此风始于宋，宋以前只抄袭而已。明胡应麟（元端）《二酉缀遗》卷中云："小说称徐铉好言怪，宾客之不能自通者，与失意见斥绝者，皆托言以求合。洪迈好志怪，晚岁急于成书，客多取广记中旧事，改窜首尾，别为名字以投之，至有数卷者，洪不复删润，皆入夷坚，然二子尚为人欺也。"今八卷本《搜神记》，实赵宋以后人改窜他书而成，故书中有宋时地名。唯其题《搜神记》亦有所本，唐释道宣撰《续高僧传》卷六魏洛阳《释道辩传》云："释道辩有弟子曰昙永亡名二人，永潜遁自守，隐黄龙山，撰《搜神论》。"是书殆据昙永所撰之《搜神论》残卷而增补者，因出于佛徒之手，故多冥报之辞。不然作伪者虽浅陋，亦不应以"后魏时人，元嘉永明中事"入文。疑此书乃《遂初堂书目》中

《搜神摭记》一本，不著撰人名者，亦即《崇文总目·搜神总论》下注云"或题干宝撰，非也"之刊本。王谟惑于"或题"，以之与毛本相提并论，断断于"足本""残阙"之辩，而不知其非干撰也。

（原载天津《民国日报》1947 年 7 月 18、25 日）

二十卷本《搜神记》考辨

胡应麟《甲乙剩言》云：

> 余尝于潞河道中，与嘉禾姚叔祥详论古今四部书，姚见余家藏书目中有干宝《搜神记》，大骇曰："果有是书乎？"余应之曰："此不过从《法苑》，《御览》，《艺文》，《初学》，《书钞》诸书中录出耳，岂从金函石匮幽岩土窟掘得焉？"大抵后出异书，皆此类也。

而姚叔祥《见只编》卷中亦云：

> 江南藏书，胡元瑞（应麟）号为最富，余尝见其书目，较之馆阁藏本目，有加益。然经学训注稍有不及。有《搜神记》，余欣然索看。胡云：不敢以贻知者，率从《法苑珠林》及诸类书抄出者。

据此，则胡元瑞已自供曾从类书中辑录《搜神记》矣。唯今二十卷本书是否即胡氏所辑者，则不可必。但因今二十卷本刊行始于海盐胡震亨，收入彼所编之《秘册汇函》。沈士龙为撰《搜神记引》云：

> 余得《搜神记》及《搜神后记》读之，乃知晋德不胜怪，而底于亡也。（中略）若令升所载皆出前史及诸杂记，

故晋宋《五行志》往往采之。惟《晋书》本传称兄气绝复苏而不名。道书吴猛传谓宝兄西安令干庆。而本记第称西安令干庆，而绝不谓兄，亦可疑也。

震亨亦自跋云：

> （上略）所载秦闵王女一段，则嬴秦无谥闵者，惟晋武帝子秦献王无嗣，愍帝尝以吴王晏子出嗣秦王，岂即愍帝耶？然愍帝时，秦为虏境，秦妃安得在秦而有二十三年之久？至谓今之国婿亦为驸马都尉，此政晋事耳。又谢镇西之称。按谢尚于穆帝永和间始加镇西将军，宝书成尝示刘惔，惔卒于明帝太宁间（当作穆宗帝永和初），则镇西之号，去书成时尚后二十余年。安得预称？此殊不可晓。

案胡震亨，姚叔祥，胡元瑞诸人皆曾缔交，震亨刻书何以置元瑞辑本而不言？姚叔祥翻书何以独于震亨此本未见？明罗懋登刻出系增补《搜神记》，序云：

> 昔新蔡干常侍著《搜神记》三十卷，刘惔见谓曰："鬼之董狐。"夫干晋人也。迄今日千百年。于斯善本已就圮，虽间刻间有之，而存什一于千百，不免贻漏万之讥。

可见明代已无足本通行。苟震亨觅得海内孤本，必于序中大书特书。然今缄口不言，盖其所刻即胡元瑞之辑本。撰《四库提要》者历举《太平广记》，《三国志》裴注，刘孝标《世说新语》注，刘昭《续汉志》注，《文选》李善注等书所引与今本合，谓此本似即宝书原本，殆为震亨所欺。兹举八事以证今本非古本，乃后人所辑录者，如后：

唐张彦远《历代名画记》卷五云："（顾恺之）常悦一邻女，乃画女于壁，当心钉之。女患心痛，告于长康，拔去钉，乃愈。"自注云："此一节事亦见刘义庆《幽明录》而小不同云。'思江陵美女，画像簪之于壁，玩之。'亦出《搜神记》也。"所称《幽明录》今佚，第《太平御览》卷七百四十一引此条，文小异。至谓出《搜神记》，则今本脱载，唯见收于曾采用《搜神记》之《晋书》。又卷三述古之秘画珍图有《搜神记图》，自注云："四苟。"虽不知何义，然古本《搜神记》文中有插图，如顾长康悦邻女条当有簪女像，则可知矣。此其非古书一也。

日人丰田穣撰《〈搜神记〉、〈搜神后记〉源流考》一文，中云："二十卷本《搜神记》中之注解（例如卷十三金燧条），《太平御览》引用时，亦完全录引。故此注虽不知出自谁氏，但可知其为唐时所注。然《太平御览》所引之注，颇多现存二十卷本所无者；例如《搜神记》卷十三'青蚨条'无注，而《太平御览》卷九百五十所引，在'南方有虫名蠮螉'下，注有'蠮，音敦''螉，音隅'等是也。"案《大宋重修广韵》载唐孙愐序云："案《搜神记》、《精怪图》、《山海经》……遗漏要字，训义解释，多有不载，必具言之云云。"初予以为《搜神记》与韵书无涉，不解孙氏所云，今知是书古有音注，疑念顿释。明陈继儒《珍珠船》卷二引《搜神记》云："南朝呼笔四管为床"，《海录碎事》卷十九引同。然干宝东晋初年人，著书似不当有"南朝"之称。唐段公路《北户录》卷二"笔为双为床为枚"条下注引《搜神记》云："益州西有神祠，自称黄石公。祈祷者持一百纸，一双笔，一丸墨，先闻石室有声，便具吉凶，不见形也。南朝呼笔四管为一床。"《法苑珠林》卷七十八引末作"不见其形，至今如此"。无"南朝呼笔四管为一床"九字，知其为唐人注文。今震亨无注，是其非古本二也。

《焦氏类林》卷七下、《广博物志》卷四十五并引《搜神记序》云："千岁之雉，入海为蜃。百年之雀，入海为蛤。千岁龟鼋，能与人语。千岁之狐，起为美女。千岁之蛇，断而复续。百年之鼠，而能相卜。"此文载今本卷十二。《荆楚岁时记》曰：

"案干宝《变化论》朽稻为茧，朽麦成蛱蝴"，是古本分篇，而每篇之首复有序。《水经》卷三十九水注引张公直事云："故干宝书之于感应焉。"是《搜神记》中篇名有标题"感应"者。又今本卷六首述妖怪云："妖怪者，盖精气之依物者也。气乱于中，物变于外，形神气质，表里之用也。本于五行，通于五事，虽消息升降，化动万端，其于休咎之征，皆得域而论矣。"唐释道世撰《法苑珠林》妖怪篇述意部首引之，或者干宝此文乃亦冠于篇首以述意云乎? 则是《搜神记》有以"妖怪"名篇者，而此文亦即小序。今震亨刻本失此体例，是其非古本三也。

本书卷十六记辛道度遇秦女事。吴承仕《观斋读书记》云："燉煌所出句道兴《搜神记》残卷，说焦华得瓜、辛道度遇秦女数条，首称史记曰：语多不经，大类唐人小说。"案此条亦见八卷本，乃句道兴所撰《搜神记》中文，文亦不类。必为胡元瑞辑录时辨别未精而误收者。震亨虽疑而不敢云其非出干宝之手，是其非古本四也。

本书卷二十云"建业妇人背生一瘤，大如数斗"条，《太平广记》卷百三十三引建业上有"近岁"二字，案《晋书·地理志》云："愍帝立，避帝讳，改建邺为建康。"《愍帝本纪》云："建兴元年秋八月癸亥，刘蜀等达于扬州，改建邺为建康，改邺为临漳。"《文选》干令升《晋记总论》注引干宝《晋纪》曰："上讳业，故改邺为临漳。"是建业于干宝作《搜神记》时已改名建康。何为犯国讳而称旧名，实所不解。且本书卷四"建康小吏曹著"条，卷五"蒋子文（中略）号钟山为蒋山，今建康东北蒋山是也"。亦均作建康，不作建业也。检徐铉《稽神录》卷四建业妇人条，文全同此，知非干宝旧文。今震亨刻本收此文，其非古本五也。

本书卷十云"夏阳庐汾字士济，梦入蚁穴"条，《太平广记》卷四百七十四引《穷神秘苑》曰："《妖异记》曰：夏阳卢汾字士济。幼而好学，昼夜不倦。后魏庄帝永安二年七月二十将赴洛，友人宴于斋中云云。"案北魏孝庄帝永安二年（529）距干宝《搜神记》成书之年穆帝永和初（348?），百有余年，安得采之以入书，此殆魏释昙永所撰《搜神论》中文，唐徐铉《玄怪纪》收入。清徐寿基《续广博物志》第十志古方云，"徐铉《搜神记》云云"，寿基之误，当有所本。此又胡元瑞误收，而震亨所刻非古本六也。

本书卷三云"西川费孝先善轨革"条，此故事与《晋书》卷百十四"载记"符融传云"京兆人董丰"及《异苑》卷九北海任谞同。唯轨革一词，非晋人语。《宋史·艺文志》五行类有《轨革秘宝》一卷，《轨革指迷照胆诀》一卷。宋张师正《括异志》云："费孝先成都人，取生人年月日成卦，为之轨革。后有卦影，所画皆衣冠禄位，亦唐官次。岂非唐之精象数者为之欤？"《东坡志林》卷十云："至和二年，成都人费孝先始来眉山，云：近游青城山访老人村，坏其竹床，孝先谢不迭，且欲偿其直。老人笑曰：子视其下字，字云：此床以某年某月日为费孝先所坏。成坏自有数，子何以偿为。孝先知其异，乃留师事之。老人授以易轨革卦影之术，前此未有知此学者也。"据此则费孝先乃北宋时人。宋高文虎《蓼花洲间录》引《搜神秘览》云："西川费孝先善轨革。"检《古逸丛书》本宋章炳文《搜神秘览》，果载其文而字句全同。第轨革（《渑水燕谈录》卷六作轨格）之义不明，张紫雨《海南日钞》卷一轨策条下云："喻有功周易悬镜，其中阐先后天策轨之妙。相传出于邵氏。刘宇序云：'邵子数初轨策者，第观祝泌经世钤，其法以字翻切，视何声音，配为天地卦。以卦中动静起元会转世，得数若干，以属何甲乙数，因之以定万物之生灭，洪纤曲折，推测维艰。一差百谬，千里毫厘。是故非一宿所能辨也。然世称康节应对如响，亦何神速如是，意必操易简之术，一览了然，若轨策其遗法欤？'"其意似欲以轨策解轨革，但《夷坚甲志》卷十九云，"沈持要湖州安吉人……迟明，有占轨革者过门，筮之，得震卦，画一妇人病卧床上，一人趋而前云云。"是又不然矣。而王辟之《渑水燕谈录》卷六且谓管辂轨格法，则其法亦不始于宋。唯此文乃载《搜神秘览》而误收入《搜神记》则无问题。其不能为古本七也。

本书卷十三马邑条末云："其故城今在朔州"，《水经·湿水注》、《史记·高祖本纪》正义、《太平御览》卷八百九十七并引其说。案《魏书·地形志》朔州下云："本汉五原郡，延和二年置为镇，后改为怀朔，孝昌中改为州，后陷，今寄治并州界。"《隋书·地理志》马邑郡下云："旧置朔州，开皇初置总管府。"则是朔州乃后魏所置，晋代无朔州，亦不能为干宝旧文。此震亨非古本八也。

总上诸条观之，是二十卷本非干宝原书，亦非传世古本，而为后人缀辑，了无疑义。胡元瑞既自称辑录此书，则舍胡氏亦将莫属矣。至于诸类书及古注征引而不见或字句不同于今二十卷本《搜神记》者，当为胡氏之所漏抄。唯《四库提要》据之以证今书非古本，而余嘉锡氏《提要辨证》云："如据《寰宇记》引韩凭化蛱蝶，以证今本作鸳鸯之非。考唐释道世《法苑珠林》卷二十七，唐刘恂《岭表录异》卷中引此书正作鸳鸯，此皆在乐史之前者，即《太平御览》与《寰宇记》同时之书，其卷九百二十五亦引作化鸳鸯。然则作化蛱蝶者，必是讹误，不足据也。"盖由余氏未能检出《寰宇记》原文，故出此言。《寰宇记》济州郓城县青陵台条下引除化蝶外，又云："凭与妻各葬相望冢，自然交柯。有鸳鸯鸟栖其上，交颈悲鸣。"清吴兆宜《徐孝穆集·鸳鸯赋》"未若宋王之小吏，含情而死"下注引《列异传》云："宋康王埋韩凭夫妻，宿夕文梓生。有鸳鸯栖树上，晨夕交颈。"谓化鸳鸯之说出于《列异传》，未知所据。但化蝶决非乐史讹误，李商隐《青陵台诗》云："青陵台畔日光斜，万古贞魂倚暮霞。莫许韩凭化蛱蝶，等闲飞上别枝花。"亦作蛱蝶，可证。

（原载《新生报·语言与文学》1948 年 3 月 30 日第 76 期）

《离骚》、《远游》与“仙真人诗”

一代经师廖季平先生说过，屈原本来就没有这个人，今日流传的“屈赋”，大部分是秦博士所作的，也就是《史记·始皇本纪》中所谓的“仙真人诗”。这个离奇的意见，因为过于新颖，大家都不肯提起。但是他说：

> 《离骚》发源《诗》、《易》，神游六合，为道家宗旨，列庄比肩，为黄帝之学之嫡派。（《治学大纲》）

> 《楚辞》乃灵魂学专门名家，详述此学，其根源与道家同，故《远游》之类多用道家语。（《经学四变记》）

这却不应该忽视了，别的不管，单就说《离骚》和《远游》“用道家语”，这点该没有再出来反对的吧？朱熹也说《远游》这篇文章，“虽曰寓言，然其所设王子之词，苟能充之实之，长生久视之要诀也”。大家只要成见不太深，沿着这个方向摸索，问题总可顺利解决的。

说《离骚》开头是始皇自序，虽然“附和乏人”，至于《远游》，郭沫若先生却更进一步说是《大人赋》的初稿。的确，在我们这个国家的历史上，幻想最多的帝王像秦始皇和汉武帝，都曾有过求仙的举动，恰巧《离骚》开卷就是“帝高阳之苗裔兮，朕皇考曰伯庸"。而《远游》中有些句子和司马相如的《大人赋》相同或相近，因之使人联想到《离骚》和《远游》，直接或间接的和这两位思想怪诞的君主发生关系，这自然是事出有因的喽。不过在一团疑云消散以后，追踪究迹，支持这个意见的实在没有强有力的证据。何况神仙思想的产生还在秦始皇以前，那批好怪的燕齐人士。

战国时代是一个社会混乱、政局不安、列国诸侯军事冒险和人民颠沛流离的时代，这时各阶层的人们都渴望新的社会秩序的到来。同时也因为"丧乱死多门"，他们的灵魂更急切需要一个温情的宗教的慰藉。就在这时候，在诸夏之国产生一批新的教徒——方士。他们说除开这个干戈扰攘的世界之外，另有一个和平的乐国，世外的桃源。住在这乐土上的净是些"神人"、"至人"、"仙人"之流，他们过的是和平而快乐的生活。在久经战乱的人民听到这个近于绝望的召唤，也还是要心向往之，到现在我们来猜想这个新兴的宗教在当时该是如何风靡一时的吧。《楚辞》有许多篇就是这个时候产生的，这些作品反映社会大动荡中宗教变革的一面。古书如《吕氏春秋》、《淮南子》、《列子》（说符）都称："楚人鬼，越人礼"，可见楚俗原来是尚巫鬼的。可是到了战国时代情形变了，方士来到楚国。《战国策·楚策》有一段记载说：

> 有献不死之药于荆王者，谒者操以入。中射之士问曰："可食乎？"曰："可。"因夺而食之。王怒，使人杀中射之士，中射之士使人说王曰："臣问谒者，谒者曰：'可食。'臣故食之，是臣无罪，罪在谒者也。且客献不死之药，臣食之而王杀臣，是死药也。王杀无罪之臣而明人之欺王。"王乃不杀。

"不死之药"是方士的骗人秘宝，虽然这里没有明白说那谒

者是一个方士，我们可以想象到这一定是方士玩的把戏了。方士
所带来的恐怕不仅是"不死之药"，同时带来了新的信仰和思
想，这会动摇楚王的宗教信仰，使他将往日对待灵巫的敬爱转移
到这批新来的方士身上，这样灵巫当然不能忍受了，但是也莫可
如何。《离骚》所表现的正是楚巫在神仙方士来到楚国时，眼看
自己的地位日趋衰落，发出的一种悲愤的歌声。这个歌声中包含
两种不同的宗教成分，一是原始的巫风，另一则为新起的方仙
道。前者为巫之托言神灵附体，以自高身价，而后者则为方士诳
言修道，可以登仙。前者所崇拜的为天神人鬼，后者则敬仙人、
真人和至人。前者降神有复杂的仪式，后者求仙只需简易的服
食。不过这两种不同的宗教在这篇文章里，是有主客之分的。作
者很明显是站在巫的立场，对于方士的神仙说有所批评与攻击，
首先他说：

> 纷吾既有此内美兮，又重之以修能。

"内美"、"修能"是楚巫的必备条件，只有最聪敏的人才为
神所凭依，《国语·楚语（下）》说：

> 昭王问于观射父曰："《周书》所谓重黎向使天地不通
> 者何也？若无然，民将能登天乎？"对曰："非此之谓也，
> 古者民神不杂，民之精爽不携二者，而又能齐肃衷正，其智
> 能上下比义，其圣能光远宣朗，其明能光照之，其聪能听彻
> 之，如是则明神降之，在男曰觋，在女曰巫。"

看过这一段话后，知道神巫是值得骄傲的。不仅骄傲，而且
还可以得到实惠。他说：

> 巫咸将夕降兮，怀椒糈而要之。

"降"字当做"凭依"的解释，《世说新语·伤逝篇》之桓
玄当篡位条注引《幽明录》说："一年少女子姓某，自言为神所
降。"降字正用神灵附体之义。《墨子·公孟篇》说："且有二

生，于此善筮，一行为人筮者，一处而不出者，行为人筮者，与处而不出者，其糈孰多？公孟子曰：'行为人筮者其糈多。'"可见巫祝借神灵附体以骗取衣食，自古已然。谁知好景不长，方士来了，动摇他的地位。他对于方士的餐风饮露生活，表示怀疑。他说：

> 朝饮木兰之坠露兮，夕餐秋菊之落英，苟予情其信姱以练要兮，长顑颔亦何伤。

到后来，弄得楚国君臣改变宗教信仰，对这一点他表示愤怒了。他说：

> 固时俗之工巧兮，偭规矩而改错，背绳墨以追曲兮，竞周容以为度……宁溘死以流亡兮，余不忍为此态也！

他对所谓仙真人的生活，认为是胡闹。他说：

> 惟党人之偷乐兮，路幽昧以险隘。

颇疑心这里所谓"党人"就是"真人"或"至人"，因为"偷乐"的确是真人的生活。《庄子·庚桑楚》说："夫至人者，相与交食乎地而乐乎天……脩然而往，侗然而来。"《淮南子·俶真训》说："若夫真人则动溶于至虚，而游于灭亡之野，骑蜚廉而从敦圄，驰于方外，休乎宇内，烛十日而使风雨，臣雷公，役夸父，妾宓妃，妻织女。"而《远游》中那位"美往世之登仙"的作者也说，"内欣欣而自美兮，聊愉娱以淫乐。"可见真人、至人的生活确是愉乐的，而《方言》说，"党晓哲，知也，楚谓之党或曰晓，齐宋之间谓之哲。"是不是楚国的方音将至人、真人读成党人？

在古代一神教没有产生时，宗教上的迫害，情事较少，所以这时巫风和仙道是可以并存的。但是他表示不愿合作，"挚鸟之不群兮，自前世而固然，何方圆之能周兮，夫孰异道而相安。"既不愿合作，就不免要攻击了。他说：

民好恶其不同兮，惟此党人其独异。户服艾以盈要兮，谓幽兰其不可佩。览察草木其犹未得兮，岂珵美之能当，苏粪壤以充帏兮，谓申椒其不芳。

兰芷变而不芳兮，荃蕙化而为茅，何昔日之芳草兮，今直为此萧艾也。

这里攻击方士是太明显了，方士是从"诸夏之国"来的，"诸夏之国"，萧、艾、茅都是供祭祀用的，《周礼·甸师》说，"祭祀共萧茅"，郑注云："萧，香蒿也。《诗·大雅》云，取萧祭脂。"《郊特牲》说："炳萧合馨香。"《御览》卷九百九十七引《礼》王度记说："士萧，庶人艾。"所以我们可以想象到方士所佩戴的也和巫不同的，不佩蕙兰而佩萧艾，叫巫看来真是有点碍眼了。不过他这种攻击比起葛洪《抱朴子·道意篇》攻击巫祝，刘勰《灭惑论》攻击仙道，要温和得多。诚如王逸所说，"其辞温而雅"了。所以《离骚》也和葛、刘二氏的文章一样是宗教史上重要的文件。《吕氏春秋·数尽篇》说，"故巫医毒药逐除治之，故古之人贱之也，为其末也。"而认为"慎服食"，"除邪气"是上乘，神巫的时代的确是过去了。

至于《远游》，王逸说，"文采秀发，遂叙妙思，托配仙人，与俱游戏，周历天地，无所不到。"《远游》这篇文章，的确写了许多关于神仙的生活，像"吸飞泉之微液"，"掩浮云而上征"，叫人读后，不免也要飘飘欲仙了。陈本礼说，"此截《离骚》《远逝》以下诸章，衍为此词，为后世游仙之祖。"（《屈辞精义》）

说《远游》是抄袭《离骚》后半段，却未必然。至谓"后世游仙之祖"，实具卓识。其实全文都是道家思想，与《庄子·逍遥游》差不多。有的地方简直是散文，这点暂且不谈。且看他说些什么：

　　　　悲时俗之迫阨兮，愿轻举而远游……

　　　　遭沉浊而污秽兮……哀人生之长勤。

　　一开口就说，人生在世，有许多痛苦，许许多多的迫害和不幸。接着就说真人仙人生活如何快乐：

　　　　贵真人之休德兮，美往世之登仙……

　　　　仍羽人于丹丘兮，留不死之旧乡。

　　　　朝濯发于汤谷兮，夕晞余身兮九阳。

　　　　吸飞泉之微液兮，怀琬琰之华英。

　　　　玉色頩以脕颜兮，精醇粹而始壮。

　　　　质销铄以汋约兮，神要眇以淫放。

　　最后又说人世艰辛，自己固然得道仙举，但看着他人活在人世间受苦受难，心中不免有些难过了，所以又说："思故旧而想象兮，长太息而掩涕。"最后还说："超无为以至清兮，与太初而为邻。"弦外余音，不言而喻了。这种极力称许神仙生活的美丽，人世生活的苦恼，不是在很明白的劝告人修仙学道吗？本来一方面言神界之快乐，一方面说人世之痛苦，这是世界上任何宗教布道时惯用的宣传，也是最易收效的一个办法。所以廖季平氏说是仙真人诗，虽可怀疑，但为方士传道时所唱的诗篇，就是陈本礼氏所谓"游仙之祖"，大概是靠得住的。

　　因此，我以为《离骚》和《远游》都是宗教的诗歌，假如那时楚国还是政教不分的话，说《离骚》的作者是屈原和司马迁的记载也没有什么不合的地方，只是《远游》不可能是屈原写的。两篇文章并且是站在不同的社会背景和观点上说话的，靠了它，我们可以追寻中国史上由巫医到方伎这一个变化的痕迹。

　　　　　（原载《新生报·语言与文学》1948年9月28日第103期）

李白诗歌的现实性及其创作特征

在我国历史上，8世纪前一阶段唐"明皇"李隆基"开元"时代，由于百年来社会秩序的安定，加上不断地兴修水利灌溉事业和荒地的开垦，在广大人民群众辛勤的劳动之下，生产力进一步的增长造成一个社会繁荣的局面。伟大的现实主义诗人杜甫，对于这个时代风物繁华和人民生活的富裕，念念不忘地写下了一首诗：

> 忆昔开元全盛日，小邑犹藏万家室。
>
> 稻米流脂粟米白，公私仓廪俱丰实。
>
> 九州道路无豺虎，远行不劳吉日出。
>
> 齐纨鲁缟车班班，男耕女桑不相失。

（《忆昔》）

这样和平安定、富庶的时代就是天才诗人李白所生长的时代。欧阳修在他所写的《太白戏圣俞》里面说："开元无事二十年，五兵不用太白闲。太上之精下人间，李白高歌蜀道难，蜀道之难难于上青天，李白落笔生云烟。"的确，诗人挥舞他那支行云流水似的生花之笔，藉音响以绘成一幅彩色灿烂的图画，现实在诗人的作品中获得了永恒的生命。过去有人因为在诗人的作品中找不到像"朱门酒肉臭，路有冻死骨"类似的诗句，在评价诗人的劳绩时，发生了一定程度的紊乱。有些文学史家叙述诗人的作品时爱冠上"豪放"二字，而把他的创作方法和现实主义对立起来，这是值得商讨的。由于他性情豪爽，襟怀开阔，和那些"局趣效辕下驹"的人们不同，他的作品在风格上表现为一种奔放雄迈的气概，虽然带有浪漫主义的成分，但是基本上应该是属于现实主义的范畴。现实主义在文学发展中有多种多样的表现，李白和杜甫同样应是我们历史上最出色的现实主义的诗人。由于不同的生活环境，不同的际遇，不同的性格，他们的诗歌呈露了不同的色泽和光彩。在不同的方面他们同样的触及到存在于他们时代和生活中的基本问题，反映了历史的真实。

作为文学史上杰出的诗人李白，现存千来首诗（其中可能羼有别人的作品），这些诗的写作年代，虽然没有经过严谨周密的考订，但依据前人的研究，大部分是"安史之乱"以前的作品。在这些诗歌里，有他所痛恨而与之周旋一生的权贵的形象，如：

> 大车扬飞尘，亭午暗阡陌。
> 中贵多黄金，连云开甲宅。
> 路逢斗鸡者，冠盖何辉赫。
> 鼻息干虹霓，行人皆怵惕。
> 世无洗耳翁，谁知尧与跖？

（《古风》二十四）

> 咸阳二三月，宫柳黄金枝。
> 绿帻谁家子，卖珠轻薄儿。
> 日暮醉酒归，白马骄且驰。
> 意气人所仰，冶游方及时。
> 子云不晓事，晚献长杨辞。

赋达身已老，草玄鬓若丝。

投阁良可叹，但为此辈嗤。

（《古风》八）

权贵，在他看来是"白首死罗绮，笑歌无时闲，绿酒哂丹液，青娥凋素颜"，一批醉生梦死的东西。这些家伙是惯于作威作福，欺压良善老百姓的，把从人民身上搜括得来的血汗钱，任意挥霍，不算数，还要回过头来侮辱平民，我们从那首《叙旧赠江阳宰陆调》诗，知道天才诗人李白自己也被无礼的"呵吓相煎熬"过的。诗人对这些人充满了痛恨，对这样的生活不仅不羡慕而且十分鄙视。他只是将这些贵族的形象和贵族腐朽的生活，具体的真实的描绘出来，叫大家一起来痛恨。

至于人民的生活的真实情况，也在诗人作品中获得广阔而深刻的反映，如同：

且悲就行役，安得营农圃？

不见征戍儿，岂知关山苦。

（《古风》十四）

长号别严亲，日月惨光晶，

泣尽继以血，心摧两无声。

（《古风》三十四）

云阳上征去，两岸饶商贾。

吴牛喘月时，拖船一何苦。

水浊不可饮，壶浆半成土。

一唱都护歌，心摧泪如雨。

万人凿盘石，无由达江浒。

君看石芒砀，掩泪悲千古。

（《丁都护歌》）

作者以最深厚的同情心叙述劳动人民和他们的悲哀的命运。

这里描写被迫离开土地和家庭的农民，失去了幸福和温暖。通过运河上驾船人的生活，告诉我们杨广为了游览和准备南逃而开辟的水道，如何作了唐代统治集团压榨人民的工具。此外"安史之乱"，关中天子集团的软弱无能，和人民流亡困苦的情况，在他的作品里也有反映，而且充分表现了他对祖国和人民命运的关怀。过去有人指责诗人"社稷苍生，曾不系其心膂"，可见是不公允的。

自然，历史上享有盛名的诗人李白，向来最吸引读者的诗篇，是那"闪幻险骇，气魄雄伟"的《远别离》、《蜀道难》、《梦游天姥吟留别》和"逸宕纵横，流云走月"的《襄阳歌》、《将进酒》、《天马歌》、《行路难》，以及其他小诗如《静夜思》、《玉阶怨》等作品。这些作品由于充分地保留了各样事物的个体的生动性经常的被人歪曲，傅会到历史中一个具体的人物和事件上去，把艺术的真实和生活的真实混而为一，就不免模糊了作者的本意。好比《远别离》吧，萧士赟说："此篇前辈咸以为上元间李辅国张后矫旨迁上皇于西内时，太白有感而作。"这些话，我们从诗的本身一点事实根据也找不出。这种捕风捉影之谈，对于诗歌的正确了解是有损害的。今天我们分析作品首先摒弃这种方法。这些诗歌像《蜀道难》、《梦游天姥吟留别》等，把人们引进一个新鲜而壮丽的境界，人们跟随诗人经险历艰，渡河越岭，享受漫游的愉悦和快意。但是这漫游并不轻松，相反的，人们走的路线愈长，他们的心情愈沉重。自然风景已经不是自然风景的本身，而是诗人胸中和社会上崎岖不平的山涧。那些"断如复断，乱如复乱，而词义反覆屈折行乎其间"的文字，已经阻止不了读者与作者的接近。"天梯石栈相钩连"，"雷凭凭兮欲吼怒"，"天姥连天向天横"，人们想起了这里所写的自然风景，同时也就想起了李白。正如鹰和海燕的英雄形象令人忆念高尔基一样。读了从这些性格化了的自然风景的描写中，清楚地认识了诗人自己的面貌。

正因为李白的诗歌中有这个特征，这种创作上的独特的个性，使我们读他的作品时，所感到的不是什么"飘然有超世之心"，而是他的歌唱和人民紧密的联系。我们看看他所极力渲染的蜀地山川的危险：

> 问君西游何时还？畏途巉岩不可攀。
>
> 但见悲鸟号古木，雄飞雌从绕林间。
>
> 又闻子规啼夜月，愁空山。
>
> 蜀道之难难于上青天。使人听此凋朱颜。
>
> 连峰去天不盈尺，枯松倒挂倚绝壁。
>
> 飞湍瀑流争喧豗，砯崖转石万壑雷。

（《蜀道难》）

作者另外有一首《送友人入蜀》诗和一篇《剑阁赋》，题材的选择和这里有很多相似之处。因此，《蜀道难》的"君"恐怕既不是明皇李隆基，也不是杜甫，而是一位将与诗人分手而远走西蜀的朋友。《蜀道难》收入殷璠《河岳英灵集》，岑仲勉《唐集质疑》谓此书编成年代是天宝四年或十二年，可见这首诗不能是安史之乱后作品。顾炎武在所著《日知录》中说："李白《蜀道难》之作，当在开元天宝间。时人共言锦城之乐，而不知畏途之险，异地之处，即事成篇，别无寓意。"说得很对。唐代有句俗话，"扬一益二"扬是扬州，益是成都（锦城）。这句话表明成都是当时数一数二的城市，繁华富庶，引诱了不少人去突破艰险山川的包围线，寻找人间安乐窝。但是这安乐窝在诗人看来，不仅是有峻岭崇山的天险，而且是：

> 一夫当关，万人莫开。
>
> 所守或匪亲，化为狼与豺。

> 朝避猛虎，夕避长蛇。
> 磨牙吮血，杀人如麻。

（《蜀道难》）

安乐窝并不怎么安乐。"豺狼当路"，有送掉性命的危险。李白一面歌颂祖国山河壮丽，一面担心炙手可热的权贵会破坏人民安定的生活，而为非作歹玷污了美丽的画面。

对于权贵，李白不只一次的、直率的表示过不满。有时暗喻，有时明说，他讥刺他们，如：

> 大道如青天，我独不得出。
> 羞逐长安社中儿，赤鸡白狗赌梨栗。
> 弹剑作歌奏苦声，曳裾王门不称情。
> 淮阴市井笑韩信，汉朝公卿忌贾生。
> 君不见昔时燕家重郭隗，拥篲折节无嫌猜。
> 剧辛乐毅感恩分，输肝剖胆效英才。
> 昭王白骨萦蔓草，谁人更扫黄金台？

（《行路难》）

一面说"大道如青天"，一面又埋怨无人"更扫黄金台"，提出这个表面矛盾的现象，只是意味着"天既不青"，"道也不大"。作为一个天才诗人更不能获得应有的地位，"结根未得所"（《古风》二十六），这种现象存在的自身就标志着那个社会制度的不合理。比言语更有力的讽刺了那些脑满肠肥的封建统治者。社会不能按照每一成员的才能，每个人的劳绩而给予与之相适应的待遇和地位，这个矛盾是诗人所生存的时代的重要问题。也就因为这样，他一面"弹剑作歌"，一面又感觉到痛苦；一面"曳裾王门"，一面又不满意这种生活。在《答王十二寒夜独酌有怀》一诗里，他更坦白地说：

> 吟诗作赋北窗里，万言不值一杯水。

……

与君论心握君手，荣辱于余亦何有？

孔圣犹闻伤凤麟，董龙更是何鸡狗？

一生傲岸苦不谐，恩疏媒劳志多乖。

严陵高揖汉天子，何必长剑拄颐事玉阶。

这种思想上的矛盾，正是当时政治经济以及诗人在社会中所处的地位的复杂关系的一种反映。

由于李渊父子造成了一个四百年来空前未有的统一局面，商业资本开始活跃，虽然它本身带有浓厚的封建性，但商人和地主之间的矛盾逐渐萌芽，构成了这个时代的复杂性。而李白在《江南春怀》、《寄东鲁二稚子》中都说自己是有田园的，从他《与贾少公书》称自己"混游渔商，隐不绝俗"，《秋日炼药院镊白发赠元六兄林宗》谓"穷与鲍生贾，饥从漂母餐"，似乎有时还偶尔参加商业活动。同时他又是一个知识分子，这就造成了他的社会地位的特殊。他的诗歌中表现了对于环绕在他四周的鄙陋和庸俗，抱着时而反抗时而妥协的矛盾，也正是他的这种生活地位的反映。他的反抗的力量和局限性也就在这里。

他有力地嘲笑了鼠目寸光无大抱负的贵胄官僚。像商人厌恶封建主的壁垒关卡的分割一样，他蔑视过封建的秩序和道德。但他所能做到的也仅仅这一点。他处在实际生活的包围中而又企图逃脱这个实际生活的干扰，这充分表现在他的《梦游天姥吟留别》上。

天姥山虽然像方苞所说"一小邱耳，无可观者"，但这首诗却反映了李白对于现实生活的不满和鄙弃，幻想得到自由和解脱。透过丰富多姿的想象，显现出来了一颗纯洁的心灵向往于人类美好的生活。"安能摧眉折腰事权贵，使我不得开心颜"，这一声受抑压受屈辱的呐喊，宣布了封建秩序不利于一个有良心的天才诗人的成长，也激起了人民对于一个有才能的诗人的不幸遭遇而鸣不平。尤其是我们读他的《鸣皋歌送岑徵君》诗"鸡聚族以争食，凤孤飞而无邻。蝘蜓嘲龙，鱼目混珍。嫫母衣锦，西施负薪"，这里就像恩格斯所说的，作者"灌输了对于现存秩序永恒性的怀疑"。触及的问题，非常现实。但是由于他惯于将神仙和神仙生活作为写作资料，非现实的情节和现实的主题构成作品的复杂性。加上他有时爱用夸张放大的口气说，就使得非现实的情节显得十分突出。因之有人怀疑他不是现实主义者。事实上，就他的求仙学道的目的说，也是要在现实社会中"平交王侯"，并非完全为了逃避现实。庄周的"逍遥""齐物"的思想，可能对他有影响。但他对社会并未遗忘和冷淡。这在《赠韦秘书子春》和《读诸葛武侯传书怀赠长安崔少府叔封昆季》两首诗中，表示得很清楚。他说："苟无济代心，独善亦何益。"

李白诗歌主题的现实内容和非现实的情节的结合，能够给人一种清新的感觉。这正是他的创作特征之一。

自然，作者对于现实描写的局限性也是存在的。他每到一个地方，受到地方上的官吏的包围，游山玩水，来往应酬时，写了不少缺乏真情实感、没有光彩的作品。他的主要代表作中很少尖锐揭发统治阶级的残暴和以人民悲惨沉痛的生活为主题。他所见到的只是人间某一部分不平的现象，但由于他长期的和本阶级当权派的对立，在实际的体验中他感觉到整个社会不公平。社会上等级的存在，有特权阶级的存在，而且由于他在从政上的失意使他有可能站在被抑压者的地位来反映现实，他会在某种程度上抗议过特权，对于特权阶级愤愤不平是贯穿他全部优秀作品的红线。这是他的创作中重要而基本的主题。通过亲身体验的抒写，他蔑视以对封建关系而不以才能和功绩作为个人在社会取得地位的标准的社会。这种威胁封建特权的思想，增强了他的作品的力量。但是他的思想停留在这个阶段，没有向前发展。他不了解他所做的工作反抗和蔑视权贵的进步意义。这种思想上的局限性，完全证明他早年生活所形成的世界观的巩固性。

他的早年生活时代，开元盛日，土地兼并不很剧烈，各种剥削制度还没发展到极致。而且由于农民愤怒地推翻隋王朝的经验教训，唐代统治者为了刺激和安定农民的生产情绪，继续在某种程度上照顾农民的要求，向农民作些许的让步，实行宽减赋役等政策，更是和缓了矛盾。对于封建统治阶级的政权得到巩固的时代，有人片面地强调统治阶级的消极退让，抹杀其在生产中的积极作用，从封建政府一些政策法令中引申出人民力量高涨的结论，这和历史事实是不符的。这个时代是一个"不患寡而患不均"的时代。封建社会内部的矛盾还没有发展到不可调和的阶段，农民还没有达到非武装起来斗争不能生存的形势。李白的思想正集中的表现了这个所谓盛唐时代。因为这种"人世不平"的感觉不是他个人所特有，而是一切被压迫被侮辱被损害者的共同情绪。因了这个主题的普遍性，他的诗歌像磁力一样吸引了广大的读者，引起了广泛的共鸣。不过当社会向前进展了一步，在他晚年，沸腾的岁月和人民苦难的日子里，他那支笔的力量，便显得不够勇猛了。

李白的创作活动，除开我们讲过的，还有一类小诗，表现一种自然健康的感觉。这些小诗曾经获得前人推崇赞许。宋牧仲在所著《漫堂诗说》里谓"五言绝句，起自乐府，至唐而盛，李白最为擅场"。而王元美《艺苑卮言》也说："五七言绝，李青连为有唐绝唱。"的确，这类作品写得很出色，在创造性上，在风趣上，在热情大胆，不假雕饰方面，比较唐代其他作家优越得多。他的许多作品直到现在还流传在人民的口头上，成为群众爱好和熟悉的篇章。如同《静夜思》：

床前看（一作明）月光，疑是地上霜。

举头望山（一作明）月，低头思故乡。

这首诗几乎"妇孺皆知"了。这种朴素、新鲜、明朗和形象的具体性，构成了李白的创作的另一个特征。当我们读到他的这些明快的篇章：

人道横江好，侬道横江恶。

一风三日吹倒山，白浪高于瓦官阁。

（《横江词》）

东阳素足女，会稽素舸郎。

相看月未堕，白地断肝肠。

（《越女词》）

一种活泼明朗的人生态度，真挚的敦厚的情感，对于人物的描写，十分亲切。使我们想到诗人在长期的放浪江湖的生活中对于农民性格的认识，扩大了他的作品的境界。"良宵宜清谈，皓月未能寝。"他的作品的许多材料和他的这样的生活是不可分的。过去文学批评家和文学史家正确指出他的这种艺术力量的来源，是对于汉魏六朝的乐府民歌的接受，这自然是不错的。但他的生活，他一生时光大半消磨在乐府民歌的产生和流传的地域，他的诗歌中显然采用了许多人民的口头语汇，怕是还有更多的直接关系。加里宁在《论文艺》中说："我们知道，天才的诗人，最有才干的作曲家，只有当他们接触到民间创作的时候，只有当他们面向着民间创作的泉源时，才会在自己的创作中成为天才，此外就没有天才的人了。"李白天才横溢的卓越的成就，决不会是偶然的。他反对华而不实的词藻，反对人工的声律，正因为这些东西是不健康的，在苍白的面孔上涂脂粉，一点也不美。这是远离创作源泉的必然结果。他反对"雕虫丧天真"，不自然。但他反对的不自然只是那些矫揉造作的东西，有意的夸张他并不反对。

相反的，他的诗中经常出现这种字句：

> 白发三千丈，缘愁似个长。
>
> 不知明镜里，何处得秋霜？

（《秋浦歌》）

这种艺术方法，使得所描写的事物更鲜明，更突出，不仅和"装腔作势"毫无共同之点，而且也是自然的，因为它正确的表达出来了事物的真实的内在的本质。为了满足创作上某种意图，相对的强调或改动一下形象的外面特征，有时是必要的，而且一点也不降低作品的现实意义。

不管是按照事物的本来面貌去描写，或者是加以夸张，出现在李白诗歌中的这些单纯晶洁的形象，和他因宦游失意而飘流各地的生活是有关系的。在长期的奔波流浪中，他有机会看到和接触到城市和乡村的劳动人民的生活。我国劳动人民的生活一向是勤劳、敦厚和朴素的，他们的歌声是简练明快而热情的。李白许多短小的篇章正表现了这样的特点。他的追求自然朴素的表现方式，他歌颂当时文学创作的优良倾向，说"圣代复玄古，垂衣贵清真"（《古风》第一首）。这种文学上的复古主张，我们也不能简单的归结成为他不屑于"与雕绘者争胜"，而应当正确的认识到他这一主张恰恰也就是他对于贵族的繁缛绮丽生活的厌恶，从而渴望"返璞归真"的心情的反映。

李白诗歌创作的另一特征就是他很少详尽的描写生活过程。他的作品大半是抒发对生活的感受。他把自己整个的意念和体验，思想和感情都放到诗里面。这些意念、体验、思想、感情是从对现实的完整的感受中产生，而且努力想完整的成为鼓舞人民争取美好生活的力量。他不感兴趣于把所听到的和所见到的生活现象记录下来。生活现象本身的细微末节的详备的叙述他完全不注意，他只是把生活加以咀嚼而说出它的滋味来。他忽视情节的琐细部分的刻画，而要反映生活的整体。他说："吾将囊括大块，浩然与溟涬同科。"（《日出入行》）他企图把那个时代完完整整地放进他的作品里面去。"相看两不厌，只有敬亭山。"（《独坐敬亭山》）他对自然风景的爱好有时也和对于人生一样，是整体而不是部分。而且经常都不是把自然景物仅仅作为描摹的对象，总是和他个人的感受相结合而一并地倾吐出来。像"长安一片月"，所写的谁都知道不是月景而是"孤凄忆远之情"。

李白诗歌中的这些特点，使我们很容易的可以将他和其他的诗人区别开来。他的诗歌中充满了清新的刚健的感人的力量和一种青春旺盛的乐观情绪，这种情绪是在他"数十年为客，未尝一日低颜"的生活与高尚而优美的资质中生长和发育起来的；是在当时生产力向前发展的条件之下产生的。他的作品在一定的程度上，体现了中华民族富于反抗性的高贵品质。陆游说他的诗，"明窗数编在，长与物华新"，一点也不错，真正的诗人作品总是童颜永驻的。

（原载《光明日报·文学遗产》1955 年 9 月 18 日第 72 期；
编入《文学遗产选集》第 2 辑，作家出版社 1957 年 4 月第一版；
编入《李白研究论文集》，中华书局 1964 年第一版）

牛郎织女故事的演变

　　"牛郎织女"是我们民间传说中最普遍最动人的故事之一。由于年长月远，经过不同时代，不同观点，不同爱好的人们，口头的和笔录的辗转传播，以及和情节类似的故事的互相羼混，到现在，全国各地，无论在主题思想上，在故事情节方面，都有或多或少的差别。正如别林斯基谈到俄国古代故事时一样，"这些故事在很久之前，保存在人民的记忆中，每一世纪都在改变着，无论在词句上，或内容上，都在修改着，等到识字的人把它记录下来的时候，已经完全不是原来的样子了。"自然，俄国古代故事如此，我们的许多古代传说也一样受到修改的，牛郎织女故事就是其中之一。

一　织女——汉滨女神

　　织女①这个名字，最初出现于《诗・小雅・大东篇》，和牵牛是天河旁边一颗星宿，彼此并没有关系。后来汉代刘安

---

　　①　织女一名，又见《墨子・杂守篇》及《六韬（伪）・军用篇》。

（？—前122）在所著《淮南子·俶真篇》说真人"妾宓妃，妻织女"。纬书春秋元命苞（《初学记》卷二引）说，"织女之为言，神女也。"才把一颗星看作一位女神；还不曾说她是牵牛妇。只是班固（32—92）《西都赋》说，"临乎昆明之池，左牵牛而右织女，似云汉之无涯。"李善注引《汉宫阙疏》说，"昆明池上有二石人牵牛织女像"。这样牵牛织女就成了两个具体的人物了。但从潘安仁《西征赋》说，"仪景星于天汉，列牛女以双峙"，看来这种建筑完全是根据《诗·小雅·大东篇》所歌咏的情况，想象出来的。诗三家和毛郑的注释都不曾引用牛女故事，连解释诗而喜欢引用民间故事的焦氏《易林》也不曾提到它，可见昆明池上那两个石人，似乎还不是夫妇。

　　牛女为夫妇，可能导源于占星术，和古代农业有关系。传说织女是天上的水官（《开元占经》卷六十五引《巫咸》），雨水是农作物所需要的，所以《文选·洛神赋》李善（？—689）注引天官星占说，"牵牛一名天鼓，不与织女值者，阴阳不和。"所谓值，应该和《荆州占》所说的"织女一名天女，天帝之女也。在牵牛西北，鼎足居，星足常向牵牛扶筐，牵牛扶筐亦常向织女之足"[①]，意思相同。这里虽然人民希望阴阳调和，风调雨顺，把它们配成了一对，但并无渡河消息，也没有明显地说明他们是夫妇。至于《太平御览》卷七十三引《三辅黄图》说，"秦始皇并天下，都咸阳。营殿端门四达以则紫宫，渭水贯都以象天汉，横桥南渡以法牵牛。"把牵牛和桥连在一起，是因为牵牛在天上"主关梁"，并非用作渡河去与织女会面。

　　历史文献最早记载牛郎织女是夫妇的，要算《文选·洛神赋》李善注引曹植（192—232）九咏注了。注称"牵牛为夫，

---

①　东汉末荆州牧刘表叫武陵太守刘叡编辑的一部星占书。

织女为妇，织女牵牛之星，各处河鼓之旁，七月七日乃得一会。"① 蔡邕（132—192）《青衣赋》说，"非彼牛女，隔于河维。"晋王鉴《七夕观织女》诗，有"一稔期一宵，此期良可嘉"之句。崔实《四民月令》说，"七月七日河鼓织女二星神当会。"看来牛郎织女故事的产生可能在西汉，但完成却是在汉末魏晋之间。在这时期以前，就我们现有的确凿可据的材料说，织女并不和牛郎发生夫妇关系。连晋杜预（222—284）还说，"星占之织女，处女也。"不是一位妇人。王逸九思也说，"就傅说兮骑龙，与织女兮合婚。"可见这个传说刚刚完成，还未普遍的流行起来，以致王逸杜预还不知道。

　　形成牛女故事的初期，牛郎织女是天上两颗星宿，而且成了夫妇，但在古人的想象中，这一对男女的生活，和人间正常的普通家庭中的男女生活是一样的，没有什么爱的悲剧。张华（232—300）《博物志》卷十载有这样一个故事，"旧说云：天河与海通。近世有人居海渚者，年年八月有浮槎去来不失期。人有奇志，立飞阁于槎上，多赍粮，乘槎而去。十余日中犹观星月日辰，自后茫茫忽忽，亦不觉昼夜，去十余日，奄至一处，有城郭状，屋舍甚严。遥望宫中多织妇，见一丈夫牵牛渚次饮之。牵牛人惊问曰：'何由至此？'此人具说来意。并问'此是何处？'答曰：'君还至蜀郡访严君平，则知之'，竟不上岸。"这里所说"宫中多织妇"，《荆楚岁时记》作"宫中有织妇"，稍稍不同。不过无论如何，牛郎织女的生活是和平的、宁静的。同时他们的生活似乎是富裕的，也是美满的。至少从这一幅男耕女织的画面上，看不出他们生活中的不幸。事实上，这个牛郎织女故事是形象化了的自然经济下的个体劳动的农民愿望，和对幸福生活的要

---

① 这个注子不知出于谁手。严可均《全三国文》作曹植自注。

求。反映了以农业和手工业为基础的中国中古封建社会的特征。

二 爱的折磨——乌鹊填河

《文选》谢惠连（397—433）《七月七日夜咏牛女》诗注李善引《齐谐记》说，"桂阳城武丁有仙道，常在人间。忽谓其弟曰：'七月七日织女渡河，诸仙悉还宫，吾向以被召，不得停，与汝别矣。'弟问，'织女何事渡河？兄何当还？'答曰：'织女暂诣牵牛，吾去后三千年当还耳。'明旦，失武丁所在。世人至今犹云：七月七日织女嫁牵牛。"

说"七月七日是织女嫁牵牛的佳期"①，这个日子没有任何别的意义，算是牛郎织女故事见于笔录的最简明的形式，但别处记载都说这天是他们会面的日期，不说是结婚的日子，而流传在口头上的却比这要复杂得多：

> 牛郎和织女，他们是天上一对又美又乖巧的年青人，当他们没有结婚前，两人一样的十分勤勉，做着自己的工作。牛郎放牛，织女织布。天帝看他们活得这样可爱，所以让他们结成夫妇。哪知缔婚后，两个只管爱恋着把工作都抛荒了。这种情形，后来给天帝知道了，大怒，即刻下了一道圣旨，命乌鸦前去传言，此后二人须各居河之一边，每七天才准过河相会一次。乌鸦是拙于口才的东西，它这时候得了御旨，便匆匆忙忙飞向两人同居的地方去了。它把好好的每七

---

① 七月七日是古代一个特殊的节日，叙事长诗《孔雀东南飞》说："初七及下九，嬉戏莫相忘。"所谓嬉戏即《西京杂记》、《搜神记》等书所谓"以五色缕相羁，谓之相连（怜）爱"。这个节日看来不仅与妇女有关，而且涉及爱情。所以牛女结合被附会到这日子。而较直接的原因，可能是夏小正"七月初昏，织女正东向"那句话的被误解。请读者参考《癸巳类稿》卷十一《七夕考》及《新义录》卷一。

天相会一次，误说作每年七月七日相会一次。自此以后，他们就永远每年只有一次的见面了。当七夕（巧节）过后，乌鸦身上的羽毛都要脱落得很精光，这差不多是年年如此。究竟为了什么缘故呢？便是它们对于传消息的报复啦！①

这个故事据程云祥先生在《潮州七月七日的传说》（《民俗》第七十三期）中说，潮州人把传讯的乌鹊说成老仆，又说"牛郎是借梭形星做船撑过银河的"，可见各地传说也不一致。不过这里所记和梁宗懔（499？—562？）《荆楚岁时记》说，"天河之东有织女，天帝之子也，年年织杼劳役，织成云锦天衣。天帝哀其独处，许配河西牵牛郎，嫁后遂废织纴。天帝怒，责令归河东，唯每年七月七日夜渡河一会"，大致相同。

为什么要选定七月七日这一天作为他们会见的时刻，是否因为这天是牛郎织女结婚的一个永远可纪念的日子，没有交代。但不管怎样从此以后这天就成为他们一个既欢欣而又痛苦的一年一度的会期。而故事流传到这时候，已经开始变样了。

为什么变样呢？回答这个问题，我们得弄清两件事，一是"嫁后废织"，一是"乌鹊填河"。

关于"乌鹊填河"，《岁华纪丽》注引《风俗通》说，"织女七夕当渡河，使鹊为桥"，今本风俗通不载，而《佩文韵府》入声十一陌七夕下引此作《风俗记》，因此是否应劭文字，可疑。又《新义录》卷五十三引《容斋随笔》谓白居易六帖引乌鹊填河事云出《淮南子》，而今本无之。《坚瓠补集》卷三鹊桥条谓《淮南子》或为《淮南万毕术》，也无佐证。只有梁庾肩吾（约480—？）《七夕诗》说："情语雕陵鹊，填河未可飞。"算是比较可靠的最早记载。但是这些可靠以及不可靠的材料还只能说

---

① 北京大学研究所国学门周刊第十期静闻《陆安牛郎和织女的传说》。

明一件事，即牛女会面是"役鹊为梁"的。至于为什么要"役鹊为梁"，却未谈到，宋罗愿《尔雅翼》释鸟说，"七月七日鹊无故皆髠，相传是河鼓（牵牛）与织女会于汉东，役鹊为梁，故毛皆脱去。"这条材料本身也还看不出为什么要让乌鹊架桥，不过把它和前面所引的那个口头传说对照起来看，就可以明白过来，原来乌鹊传讯时误把每隔七天见面一次说成每年七月七日见面一次，脱毛就是传讯错误的惩罚。

这里，把牛女故事中的不幸情节，简单的归根于一个偶然的现象。而由于这个偶然现象，改变了牛女故事的本来面貌。自然，这一情节的改变，让乌鹊填河，也反映了人民对于不幸的牛女的同情和祝福。

至于"嫁后废织"，结果弄成强迫分居，这点《太平御览》卷三十一引《纬书》却有一个不同的说法，"牵牛星荆州呼为河鼓，主关梁。织女星主瓜果。尝见道书云，'牵牛娶织女，天帝赐钱二万，备礼，久而不还，被驱在营室是也。'言虽不经，有是为征也。"而《海录碎事》卷二亦引宋刘筠（字子仪）《戊申年七夕》诗，"天帝聘钱还得否？晋人求富是虚辞。"可见造成牛郎织女每年七月七日一相见的原因，除开"嫁后废织"外，尚有"无钱还债"一个说法。这就是说造成牛女夫妇不幸生活，不是因为"荒废劳动"，而是由于生活贫困，由于封建社会制度的不合理。

对于牛女夫妇不幸生活的造成的这两种解释，我们认为《岁时记》所反映的是"耕则问田奴，绢则问织婢"的封建统治阶级意识，它歪曲了劳动人民的正常的爱情生活。而《道书》所说却反映了被剥削而沦于贫困的农民阶级意识，它正确的显示了隐藏在神话背后的农民生活在封建社会里遭到破坏的历史真实。但是两者同样的暴露了一桩事实，即封建制度阻止了男女的自愿结合，妨害了爱的自由，造成了爱的磨折。间接地影响到牛女故事的原始形式的改变。

牛女故事中的这一情节的改变，在浪漫的幻想中包含了浓厚的反抗情绪，不能是偶然的。它有其历史社会的基础。这个故事完成于后汉，当时社会有过一段长时期的承平安定的生活，一般人民的家庭是比较富裕的，因之反映到神的家庭生活中去也是自由的、幸福的。但是经过魏晋六朝的长期战乱，社会生产力遭到严重的破坏，人民的生活是困乏的，有的甚至沦为"部曲"（奴隶），因之反映到神的家庭生活中去也就成为不自由的，不幸福的。这里，天上神仙生活的变化正确地反映了地上人民生活的变化。换句话说，上帝按照自己的样子塑造人的形象，而人也是按照自己的生活方式、理想等等，去设想神的生活的情景。

三　织女的爱——人神之恋

织女如前面所说，单独的出现比在牛女传说里面要早得多。她的故事，在民间口头流传和各种古代典籍的记载里面表现得十分混乱。从这种混乱的传说中，我们非常鲜明而清楚地看出两个中国的斗争，即私有者和剥削者的中国与劳动群众的中国的斗争。织女，这位水神，就最原始的意义说，同时又是劳动人民的朴素想象中的劳动能手。她在"十日之内，织缣百匹"，像俄国神话里的智者华西里沙一样，一夜之间纺织了大量的布匹。宋董逌广川画跋卷一谓"织女善女工而求者得巧"，正如高尔基所说"是古代劳动者们渴望减轻自己的劳动，增加它的生产率"的想象产物。她是劳动者的同事和教师。但是封建贵族却竭力的使织女脱离劳动，变成闺房玩物。鬈松鬓发，慵妆懒起，"封题锦字凝新恨"，一个寄生虫。这种使织女脱离劳动的企图是大地主阶级依靠别人的劳动力以求舒适生活的愿望的反映，歪曲了故事中的人物完美形象，也破坏了劳动人民的朴素想象。

一切的劳动人民都把织女作为劳动能手，向她乞巧；一切剥削者都把织女当作淫娃贵妇，想入非非。这就是两个对待古代神话的具体态度和斗争。

自然，这个斗争还表现在织女的恋爱故事上。我们相信我们这个民族和其他民族一样，有过人神之间互相爱恋的故事。织女，这位女神，和别的女神一样，有许多恋爱的故事。她的恋爱对象牛郎可能是古代发明牛耕的人物，但这些故事最初的形式没有被记录下来。今天我们所能见到的，都改变了原样，有的甚至面目全非。我们只能隐约的从歪曲了的人物故事中，窥探出一点点儿影子，他们似乎是在自由的气氛里，以彼此的出色劳动为条件而进行的。其余就不清楚了。现在将这些被歪曲了的故事抄几个出来：

《法苑珠林》卷六十二引汉刘向（前79—前8）编的一部《古孝子传》说："董永千乘人也。少偏孤，与父居，肆力田亩，鹿车载父自随。父亡，无以葬，乃自卖为奴，以供丧事。主人知其贤，与钱一万，遣之，永行。三年丧毕，欲还主人，供其奴职。道逢一妇曰：'愿为子妻'，遂与之俱。主人谓永曰：'以钱与君矣。'永曰：'蒙君之惠，父丧收藏，永虽小人，必欲服勤致力，以报厚德。'主人曰：'妇人何能?'永曰：'能织。'主人曰：'必尔者，但令君妇为我织缣百疋。'于是永妻为主人家织，十日而毕。女出谓永曰：'我天之织女也，缘君至孝，天帝令我助君偿债耳。'语毕，凌空而去。"《古孝子传》不一定是刘向的作品，但曹子建《灵芝篇》述董永故事末尾说，"天灵感至德，神女为秉机。"这个传说产生时代不会太晚的。这是织女的爱的故事之一。

《太平广记》卷六十八引《灵怪集》（《海录碎事》卷二作《神异经》）说，"太原郭翰早孤独处……当盛暑乘月卧庭中，时有微风，稍闻香气，渐浓，翰甚怪之，仰视空中，见有人冉冉而下，直至翰前，乃一少女也。明艳绝代，光彩溢目。……翰整衣巾下床拜谒曰：'不意尊灵迥降，愿垂德音！'女微笑曰：'吾天上织女也，久无主对，而佳期阻旷，幽态盈怀，上帝赐命游人间，仰慕清风，愿托神契！'翰曰：'非敢望也。'……欲晓辞去。翰送出户，凌云而去。"这是织女的爱的故事之二。

《情史》卷十九织女婺女须女星条说，"唐御史姚生罢官居于蒲之左邑，有子一甥二，年皆及壮，攻书甚勤。忽一夕，子夜临烛凭几披书之次，觉后裾为物所牵，襟领渐下，亦不之异，徐引而袭焉。俄而复尔，如是数四。遂回视之，见一小豚，藉袭而伏，色甚洁白，光润如玉，因以压书界方击之，豚声骇而走。连呼二子，秉烛索于堂中，牖户甚密，周视无隙，莫知所往。明日有苍头骑扣门，揎笏而入，谓三人曰：'夫人问讯，'三子悉欲避去，惶惑未决，夫人已至。微笑曰：'小儿伤不至甚，恐为君忧，故来相慰。'夫人年可三十余，风姿闲整，亦不知何人也。问三人曰：'有家室未？'三子皆以未对。曰：'吾有三女，殊姿淑德，可配三君子。'三子拜谢，夫人因留不去，为三子各创一院，指顾之间，画堂延阁，造次而具。翌日有辎軿至焉，宾从粲丽，逾于戚里，车服炫晃，流光照地，香满山谷，三女自车而下，皆年十七八。夫人引女升堂，又延三子就堂，酒肴丰衍，非世所有，三子殊不自意。夫人指三女曰：'各以配君。'三子避席拜谢，是夕合卺。后姚家使僮馈粮，至则大骇而走，乃召三子归。归具道本末，姚乃幽之别所。姚素馆一硕儒，因召而与语，儒者惊曰：'大异，大异，君何用责三子乎？向使三子不泄其事，则必贵极人臣。今夕之事，其命也夫！'姚问其故，儒曰：

'吾见织女婺女须女星皆无光，是三女星下降人间，将福三子，今泄天机，三子免祸幸矣。'"这是织女的爱的故事之三。

自然，这些故事，正像别林斯基所说，经过修改的，而且是照着统治阶级的观点而修改的。这三个故事，依时代的次序，愈近愈复杂，叙述愈细腻，修改得也愈多，愈庸俗，最后甚至完全丧失了传说的原始性和健康性。然而它替封建统治阶级宣扬"忠孝"也就愈露骨。这里织女恋爱的对象从农民，到小贵族，最后到大贵族，反映了封建社会土地的集中造了女性占有的有利条件和与之相适应的形式。我们从这三个故事里，字里行间，满纸都可以看出贵族阶级的偏见来。庸俗的贵族企图把织女神变为"持觞劝酒之妓"（朱名世《牛郎织女传》），在古人美丽的想象上洒下一把灰，这是我们今天研究古代神话的人所要拂拭掉的东西。我们要洗刷织女故事中那些封建统治阶级所添上去的偏见成分。

这里第一个董永故事，我们从罗香林《粤东之风迁江磐徭送情歌》，民俗第十八期黄廷英七月七日的一个故事，李方桂《龙州土语》页一五一载仙女的故事，和凌纯声、芮逸夫合编的《湘西苗族调查报告》页二六九记载天女和农夫故事，看来除开孝行的情节外，其他大体接近民间传说的原始形态。

四　故事混杂之一——毛衣女

由于织女故事中的神人之恋，不知在什么时候，民间传说把牛郎织女和毛衣女故事混杂而为一。这个故事是：

牛郎本是一个穷孩子，他的继母天天叫他去放牛。有一天，天上九个仙女下凡游戏，在这个牛郎住的房屋前面一个美丽的湖泽中沐浴嬉水。牛认得是九天仙女，就告诉牛郎说，"到那湖边去，那里有九天仙女在洗澡，衣服都放在湖边，拣那件美丽的紫衣，拿着跑回来，她没有了衣服就飞不上天，会和你做夫妻。"牛郎照牛的吩咐做，果然得到了那个美女。不久生了两个孩子，一男一女。这时织女受了天帝的命令要离开牛郎，一天乘牛郎外出时，偷着走了，留下两个孩子。等牛郎发觉时，马上挑着孩子去追，快要追上时，忽有一条河阻路，那河原来就是王母娘画的，是来救织女的。这样一来，牛郎和织女各在河的东西一面，无可奈何。于是王母娘就下令说，"你们俩只有这么久的夫妻因缘，从此以后，只许你们七天在此见面一次！"牛郎织女听错了，听成每年七月七日见面一次。①

这个故事山东《民间传说》第一集里面收有露星的《牵牛郎和织女》一文，说天河是织女自己拔下荆钗划的，和这稍有不同，但与《中吴记闻》说合。西王母和牛郎织女实在没有关系，虽然《汉武帝内传》载西王母叫田四非答歌中，提到"濯足匏瓜河，织女立津盘"，也无关乎牛女故事。元杂剧《瘸李岳诗酒玩江亭》所演西王母金童玉女事颇与鹊桥仙故事混同，但仍不直作牛郎织女，近出敦煌残本句道兴《搜神记》里有田昆仑见三个美女洗澡一则，也无西王母插入。疑西王母及织女的展转讹传，织女有的地方作黄姑，音同王姑，致被误为王母。西王母之加入牛郎织女故事，最初记载似始于蓬蒿子编的《新史奇观》，其说似受蟠桃会影响，很明显地可以看出实属后人附会，好在这点枝节问题无关重要。重要的是天仙洗澡完全不是牛郎织

───────────────

① 赵景深：《童话论集》，常任侠《民族艺术考古论集》，并载此故事。这里是昆明培文中学王华中记录的《一个古老的传说》原文。黄振碧编《闽南故事集》中《牛郎织女的故事》，似受京剧天河配影响，有所改变。

女故事中的情节。晋干宝（？—348）在他所编的《搜神记》卷十四说："豫章新喻县有男子见田中有六七女，皆衣毛衣。不知是鸟，匍匐往。得一女所解衣，取藏之。即往就诸鸟，诸鸟各飞去。一鸟独不得去，男子取以为妇，生三女。其母后使女问父，知衣在积稻下。得之，衣而飞去。后复以迎三女，女亦得飞去。"而《太平御览》卷九百二十七引《玄中记》（亦见段成式《诺皋记》）说：

> 夜行游女，一日天帝少女，一名钓星。夜飞昼隐，如鬼神。衣毛为飞鸟，脱毛为妇人。

这个毛衣女郎和流行于全世界各地的"天鹅处女型"的民间传说相同，而和牛郎织女是彻头彻尾不相干的。

五 故事混杂之二——山伯英台

山伯英台传说，出于乐府《华山畿》，和朝鲜民间故事《宣誓》情节相同，唯与牛郎织女毫无关系。但有些地方却有这样的传说：

> 相传牛郎的名字叫做山伯，织女叫做英台。二人本是同学，彼此十分要好，两人住在一起，真可说"两小无猜"。不料英台的父亲以女大当嫁，就把她许配一个姓马的。结婚前几天，山伯到祝家送礼，瞥见英台的美艳，追念昔情，怆怀无已，竟至忧郁而死。遗嘱葬他于大路傍边，等到英台出嫁那天，花轿经过时，见到新冢石碑上刻山伯之墓四字，不由大惊。因下轿跪在那墓前说，"酒是三杯香三枝，双双跪下多惨凄，要是山伯墓就开，不是山伯墓合叠。"登时墓开，英台遂钻入墓内，轿夫拖着裙角，也变蝴蝶，双双飞去。马家闻讯，派人掘墓。结果只发现两卵状石头，于是他

们把两个石头抛在河的两岸。不久这两石变成二株树，枝叶跨河相交。后来马家又来烧那两棵树，于是树从火焰中升上天去，就成牛郎织女两颗星，分在银河东西两岸。玉皇知道此事，怜悯他们，就许他们七昼七夜相会一次。不料他们听错了，以为七月初七夜相会一次。这样一来，一年就只有见一面的机会，而七夕常有微雨，是他久别重逢的情泪。①

这个故事什么时候附会的，不大弄得清楚，但佛曲中有梁山伯宝卷，讲的就是这样的情节。白居易（772—846）《长恨歌》结尾几句，似乎是讲这个故事。至宋薛季宣（1134—1173）《浪语集·游祝陵善权洞》诗，已经说"练衣归洞府，香雨落人间。"和上面故事末尾说"七夕常有微雨"相合，可见两个故事混合，为时不会太晚的。席佩兰三妹词，"祝九为男到底非，读书有妹著绡衣，七月七日星岩上，薄他蝴蝶一双飞。"我们猜测大概牛郎织女有"爱的折磨"，就这样和山伯英台"折磨的爱"混在一起了。

根据上面所谈的，我们大致可以得出这样一个简短的结论。牛郎织女故事，起源于古人把银（天）河两旁的许多星座中的两个，分别取名叫做牵牛和织女。传说织女最初是天上水神，后来由于她和凡人农夫发生过恋爱的关系，恰巧天上两个星座命名的原始意义已经模糊，人们就把他们两个星座联结在一起，被想象成为一对夫妇，过着男耕女织的生活。到六朝时这对夫妇的美好生活在传说中有了变化，据说遭受到外力的破坏，扮演了爱情悲剧的角色。唐宋以后又和"天鹅女郎""山伯英台"两个故事

---

① 《民俗》十八期王莳桥《牛郎织女的故事》。关于"七夕常有微雨"，最早的记载见于谢惠连《七日夜咏牛女》。《古今合璧事类备要》卷十七引《岁时杂记》说，"七月六日有雨谓洗车雨，七日则云洒泪雨。"

混合，变成了今天流行全国各地的三种情节不同的牛女故事的类型。但是其中只有"乌鹊填河"型才属于这个神话的传统形式。

（原载《光明日报》，后编入《文学遗产增刊》第 1 辑，
作家出版社 1955 年第一版）

《话本选》序言

一

在中国文学发展的道路上，宋代的白话小说——"话本"①的出现，是一件大事，它标志着祖国文学进入了一段新的里程，一个新的时代。鲁迅先生在《中国小说史略》第十二篇《宋之话本》中说得很好，他说：

> 宋一代文人之为志怪，既平实而乏文采，其传奇，又多托往事而避近闻，拟古且远不逮，更无独创之可言矣。然在市井间，则别有艺文兴起。即以俚语著书，叙述故事，谓之"平话"，即今所谓"白话小说"者是也。

这种体裁的作品，鲁迅先生还说它"主意则在述市井间事"。这就是说，产生在宋代的这些白话小说的内容和形式都具有一些特色。这些作品广泛地反映了社会上各个阶层的人们的生

---

① 11世纪前后，北宋都开封，随着农业和手工业的发展，商业经济也显得繁荣起来。都市人口一天一天的增多，为了适应广大居民的文化生活需要，一些公共场所集结了大批从事游艺、杂耍、歌舞、扮演戏剧和讲说故事的人。当时说故事叫做"说话"，他们为了便于记诵传习，有时也写下来，这种底稿叫做"话本"。

活。特别是城市中的小商人、手工业者的生活和理想，痛苦和欢乐，几乎成为这些作品的演述者所选择的主要的题材。在中国文学史上，市井"小民"和他们的生活大量地被写进艺术作品里，受到赞扬，的确是从这个时期开始的。这是文学上一种新生的进步的现象。我国文学创作在唐代一度繁荣以后，经过五代到北宋初年，作品中所反映的生活面逐渐窄狭，如同西昆体的诗，甚至于到达空虚的地步。就在这时候出现了生活气息浓郁的白话小说，无可争辩，它替祖国文学开创了一个新的局面。

文学上这种局面的出现是有它的社会根源的。原来11世纪前后，北宋王朝完成了全国的统一，重建起来一个中央集权的专制帝国。在帝国的开头几十年中，阶级矛盾表面趋向和缓，社会呈现一种和平安定的形势。由于广大人民辛勤的劳动，生产力得到进一步的提高，社会上积累了大量的财富。作为政治中心的都城汴梁（开封），随着农业和手工业的发展，商业经济也显得繁荣茂盛起来。都市人口一天一天的增多，市民队伍不断的扩大，为了适应这些人的文化生活需要，一些公共场所集结了大批从事游艺、杂耍、歌舞、扮演戏剧和讲说故事的人。这些讲故事和听故事的人都属于市民阶层，因之故事内容必须为他们所能理解和接受。这就是说，故事中的人物和事件一定得是他们所熟悉的，否则讲起来不易生动，听的人也很乏味。这样，在客观需要之下必然产生反映市民生活的作品。当然，这里必须声明的，宋代的市民还不是近代市民。宋代城市的手工业，基本上是官手工业。这些手工业发达也是畸形的，大都是为满足大官僚、大地主、大商人的穷奢极侈的豪华场面而生产。所以当统治集团疯狂的追求生活享受，手工作坊就更加增多，而手工业者的人数也相应地扩大。一面是荒淫腐化，一面是辛苦劳作，这就是宋代西昆体、欧晏词和白话小说两种文学分歧的历史的社会的根源。同时我们也看得很清楚，作为反映市井"小民"的健康的生活和情感的白话小说，是一种富于生命力的新的文艺，它有无限的前程。直到南宋，白话小说的创作并没有因为帝国在政治上和军事上的软弱无力而跟随着衰歇，相反的，我们从《都城纪胜》、《武林旧事》、《醉翁谈录》等书中记载看到，在旧有的基础之上，这种文艺还获得了蓬勃的发展。

但到了元明两代，都市讲说故事这一行业，不见记载。明佚名氏著《如梦录》，虽然是模仿《东京梦华录》的写法，但是其中也一字不提"说话"这件事。元明人偶尔谈到说唱故事的人，指的不是瞎子就是妓女，并且没有明白地说是在固定的时间和固定的地点向听众宣讲的。如：姜南在《蓉塘诗话》卷二《洗砚新录》演小说条讲：

> 世之瞽者或男或女，有学弹琵琶，演说古今小说，以觅衣食。北方最多，京师特盛。南京、杭州亦有之。

此外夏庭芝《青楼集》，田汝成《西湖游览志余》，都有类似的记载。大概由于元明时代戏剧艺术特别发达，人们被这一新的表演艺术所吸引，转移了原来欣赏"说话"的兴趣，因而"说话"这一行业似乎有些衰歇。在中国文学史上的元明时代，戏剧和小说这两种文学体裁的分化，逐渐明朗。演唱成为戏剧的专长。讲唱的小说渐渐少了，出现了一些不能讲唱的小说。鲁迅先生曾称这种小说叫做"拟话本"。"拟话本"虽然不能讲唱，但是这个时期的印刷十分发达，它一样能够得到广泛的传播。中国历史进入明代，资本主义的生产关系开始萌芽，市民阶层已经壮大了。这个阶层在生活中可歌可泣的故事，积累得更多起来，它给作者们提供了丰富的素材。因此，"拟话本"连同前面所说的"话本"，其中最优秀部分，今天我们读起来，觉得由于作者们对于中下阶层的人们的生活的熟悉，以及对于现实社会关系的相当深刻的理解，他们生动地描写了一些典型人物和事件，故事的确是感人的。

"话本"小说这种文学体裁和传统的诗歌散文作品的形式不一样。"话本"一般包括两个部分：散文和韵文。这两种成分交织地出现在一篇故事之中。它们的作用是有所分工的。一般说来，散文部分总是叙事的，韵文部分则多半是描写。在早期的"话本"中，韵文地位十分显要。晚后因为散文部分描写成分的增多，它就成为可有可无的了。这种韵文最初是可唱的，如《刎颈鸳鸯会》①用"商调醋葫芦"的词调，就是标明这段韵文要用"商调"来唱的。但到"拟话本"中因为作者动机不是供人说唱的，这种形式也就给取消了。这些韵文和散文的关系，一般有两种：一是韵文重复散文所叙述的意思，加以歌颂和赞许；另一是韵文当作全篇文章一个重要环节，即在叙述故事到紧要处，它或写景，或状物，往往起一种承上启下的衔接作用。

韵文在作品中这两种形式构成"话本"小说的创作特点。首先由于需要对所叙述的事件加以歌颂和赞评，因之小说的讲述者不能只是站在事件的旁边来叙述事件，而要以事件的裁判者的身份出现。如《冯玉梅团圆》②中的入话，写南宋建炎间有两对夫妻被乱军冲散，途中错成交互配合，后来"一对两双，恰恰相逢"，于是"将妻子兑转，各还其旧"。作者在叙述这一故事的结尾说："夫换妻兮妻换夫，这场交易好糊涂；相逢总是天公巧，一笑灯前认故吾。"从歌中的"相逢总是天公巧"，我们体察到作者对待他们这种不幸的遭遇是同情的。又如《三现身包

---

① 《清平山堂话本》，又《警世通言》第三十八卷。
② 《京本通俗小说》第十六卷。

龙图断冤》① 中，作者在这个故事的末尾歌颂包拯说："诗句藏
迷谁解明，包公一断鬼神惊，寄言暗室亏心者，莫道天公鉴不
清。"这里作者用"包公一断鬼神惊"，表现了他对于"暗室亏
心者"的肮脏生活的厌恶。话本作者这种对待他所描述的人物
和事件的明辨是非的态度，对于所描写的生活现象的判断的解
释，可以说是这些小说的一种特点。

另外，作者们喜欢用韵文来写景状物，也是话本的特点。陈
师道《后山诗话》说："范文正公为《岳阳楼记》，用对语说时
景，世以为奇。尹师鲁读之曰：'传奇体尔。'传奇，唐裴铏所
著小说也。"这里指出"用对语说时景"是小说的特征。"对语"
即骈对，《古今谭概》僪弄部第二十二"对语"条，和周晖《继
金陵锁事》卷下"对语择婿"条，都是这样解释的。本来在
"话本"中，韵文有诗词，有杂曲，也有的是骈词对语。如《杨
温拦路虎传》② 中写杨温被劫去妻子和财物后，垂头丧气走进杨
员外开的茶馆里，茶博士端上茶来，"这茶是：溪岩胜地，乘晓
露剪拂云芽；玉井甘泉，汲清水烧汤烹下。赵州一碗知滋味，清
入肌肤远睡魔。"后来他将离开茶馆时看到山东夜叉李贵生得
"身长丈二，腰阔数围，青纱巾四结带垂，金帽环两边耀日，绉
丝袍束腰衬体，鼠腰兜奈口慢裆，锦搭膊上尽藏雪雁，玉腰带柳
串金鱼，有如五通菩萨下天堂，好似那灌口二郎离宝殿。"这些
都是对语。一般说来，"话本"小说许多地方写景状物大都采用
韵文的。我们经常遇着要是写到一个人生得如何，或者天色景物
怎样时，接着就是韵文出现。不管是诗、词、杂曲，还是骈文、
对语，很少例外。一篇作品中，对于人物和事件进行细致的描写

① 《警世通言》第十三卷。
② 《清平山堂话本》。

时用韵文，一般叙述用散文，这种文学形式是话本的特色。

"话本"这两个特点使它和其他文学作品的形式区别开来。

二

许多短篇白话小说的故事都取材于民间传说。其中有些故事在前人的笔记著作中也曾记载过。这些故事中的人物有的是历史上实有其人的，如《拗相公》① 中的王安石，《陈御史巧勘金钗钿》中的陈濂，《唐解元出奇玩世》中的唐伯虎（寅），但这些故事情节却来自传说。如《拗相公》一篇，清人王士禛《香祖笔记》卷十说它是说故事的人，"乃因卢多逊谪岭南事，而稍附益之耳"，不是真实情形。巧勘金钗钿也不见于历史记载。《唐解元出奇玩世》明王行父《耳谈》说是陈元超的故事，也有说是华之任或俞见安的故事的，传闻还不一致。有些故事中的人物和情节却都是虚构的。如《碾玉观音》中的崔待诏以及他和养娘秀秀私奔的故事，《快嘴李翠莲》中的李翠莲和她的出嫁故事，《乔太守乱点鸳鸯谱》② 中的兄弟和姊妹的故事。乔太守乱点鸳鸯谱的故事，在宋人罗烨编的《醉翁谈录》丙集卷一宝窗秘语《因兄姊得成夫妇》中，已具雏形。此外《濯缨亭杂记》（褚人获《坚瓠秘集》卷四引）载明正德间事，《笑史》载明嘉靖昆山民事也很相似，但人名完全不同。只有《瑕弋篇》（褚人获《坚瓠癸集》卷三引）故事人名与小说全同，似是转录小说情节。但从这些分歧的记载中，可以看出这样的故事在民间流行很广的。

---

① 《京本通俗小说》第十四卷。
② 《醒世恒言》第八卷。

也有一些故事中的人物和事件都是出于史书记载，相当接近真实的史事。如：《木绵庵郑虎臣报冤》①的故事和《宋史·贾似道传》中记载大致相似。《沈小霞相会出师表》中的沈炼和严嵩的故事也都符合史实。像《古今小说》中的《汪信之一死救全家》吧，记的是宋淳熙（1174—1189）年间一件实事，改动也不很大。这些故事虽然不免有的是"七分实事，三分虚构"，但这也只在细节描写上，为了加强艺术的效果，不可避免地变动和增减了一些情节。本来宋代都市讲故事的人，讲"小说"这一行业也敷演历史事实的。耐得翁《都城纪胜》"瓦舍众伎"条说到"讲史"时，谓"讲史"最怕"小说人"，因为他们能把"一朝一代故事，顷刻间提破（《梦粱录》作捏合)"，不像"讲史"那样冗长，因而容易吸引听众。

自然，还有一些故事的人物和事件直接取材于当时的社会现实生活的，如《错斩崔宁》、《蒋兴哥重会珍珠衫》、《施润泽滩阙遇友》，描写了一些手工业者和小本商人的生活和精神面貌。又如《张廷秀逃生救父》、《侯官县烈女歼仇》，前者写封建地主阶级的财产纠纷，赵昂的"谋财害命"；后者写权豪恶霸设计占夺他人的娇妻美女，方六一的"渔色杀人"，对于剥削阶级的生活揭露是十分露骨的。此外也还有一些简短而带幻想性质的故事，例如：《灌园叟晚逢仙女》、《白娘子永镇雷峰塔》。这些神仙故事虽然不是现实生活中的题材，但和取材于现实生活的作品一样，都被逼人的真实性从头到尾地贯穿起来。

这些题材来源不同的短篇白话小说，从前有人给它分过类。比如《都城纪胜》把它分作三大类，即（一）银字儿，如：烟粉、灵怪、传奇；（二）说公案，如：搏刀、赶棒及发迹变泰；

———————

① 《古今小说》第二十二卷。

（三）说铁骑儿，如：士马金鼓之事。到了《梦粱录》又取消了三大类的分划法，而将所列举的子目独立起来成为七类，去掉了铁骑儿。后来《醉翁谈录》又去掉了发迹变泰，另分为八类，即：灵怪、烟粉、传奇、公案、朴刀、杆棒、妖术、神仙。这种分类法到了明朝，由于大批"拟话本"的出现，已经不适用了。举一例子说吧，像《醒世恒言》中的《三孝廉让产立高名》，放到八类中哪一类都不恰当。所以晁瑮刻的《宝文堂书目》就放弃了这种分类法，钱曾刻《也是园书目》笼统地把它称作"词话"。当然，晁、钱这种分类法不是好的分类法，它一点也不能标示出作品的内容来。作为意识形态的文学，它是客观现实的反映，虽然由于每一个作者注意的生活方面有所不同，但是作品的分类完全是可能的。但因为历史不断前进和发展，社会生活日逐变化和复杂，生活的各个方面都有可能被写进任何一种文学体裁，因之作品分类的变动也是必要的。短篇白话小说这一文学体裁，它所描写的对象，或者说生活画面是相当广阔的。同时因为时代不同，作者们各人所注意的生活方面也是不一样的。我们觉得晁、钱不沿袭旧的分类法是可以的，但他那种简单化的做法，却很不可取。我们不打算采用这种分类和使用这些名词，因为"词话"既太笼统，而把女性称作"烟粉"也极不妥当。因此，我们下面将按作品主题的性质，分类讨论。

三

在宋代都市中从事讲故事这一行业的人，根据《东京梦华录》、《西湖老人繁胜录》和《都城纪胜》、《梦粱录》、《醉翁谈录》等书记载，为数颇多。《醉翁谈录》小说开辟条记宋时说故事的情形是：

举断模，按师表规模；靠敷演，令看官清耳。只凭三寸舌，褒贬是非；略咽万余言，讲论古今。说收拾寻常有百万套，谈话头动辄是数千回。

而且记下当时"话本"目录和话本多种。这些话本如辛集卷一神仙嘉会类《裴航遇云英于蓝桥》，即《清平山堂话本》的《蓝桥记》。《蓝桥记》和《裴航遇云英于蓝桥》两者文字完全相同，只是《蓝桥记》前面多一首"入话"诗，末尾添上两句散场时谢幕词。这篇文字是从唐人裴铏传奇《裴航》故事抄出来的。话本比传奇文字略有删改，但基本上是根据裴氏原文转述的。宋代说话人往往用唐人小说作为蓝本，这也是一个例证。本来说故事这种风气，并不创始于宋。唐元微之《长庆集·酬翰林白学士代书一百韵》诗说："翰墨题名尽，光阴听话移。"自注云："又尝于新昌宅（听）说一枝花话，自寅至巳，犹未毕词也。"一枝花乃唐宋歌伎自况。这里所说一枝花话即伎女李娃故事。元微之听过这个故事后，曾写了一首《李娃行》。这首诗《元氏长庆集》虽然没有收入，但《许彦周诗话》和任渊《后山诗注》卷一《徐氏闲轩诗》注中都曾引用。白居易的弟弟白行简也曾根据这个故事写了一篇小说《李娃传》。《醉翁谈录》癸集卷一不负心类《李亚仙不负郑元和》话本，就是根据这篇小说删节改写的（曾慥《类说》卷二十八载此文题作《汧国夫人传》），注云：旧名一枝花。今天我们看到的这篇删改唐代小说而成的话本，比原文要简略些。可能是说话人没有把自己发挥的部分加上去，写下的只是故事梗概而已。明晁瑮（嘉靖间人）《宝文堂分类书目》子部杂类有《李亚仙记》，当即余公仁（崇祯间人）刊本《燕居笔记》第七卷《郑元和嫖遇李亚仙记》的简称。这本《李亚仙记》有许多地方和《李娃传》不同，明显地掺入了一些说话人的语气。但是这不可能是宋人话本，因为它不仅只是语句上有增加，而且情节也有改动，不尽符合原来的故事，显系时代更迟的东西。

宋代都市中说故事的人，不仅所用话本的题材有些是唐人作品，就是某些习俗规矩也是沿袭唐代的。前面我们看到元微之白居易等人听讲一枝花故事，时间是"自寅至巳"。孟元老《东京梦华录》里讲到"京瓦伎艺"时说宋代演唱情形也是"每日五更，头回小杂剧，差晚看不及矣"。都是在天还没有明亮就开始的。开始得这样早，有些人来晚了就会听到没头没脑的故事。为了避免这个缺点，说话人在演述正故事以前，先念几首诗或讲一个和正文类似或相反的故事，引人入胜，叫做"入话"，或"得胜头回"，或"笑耍头回"。使先到的人不至于感到冷清清，怪难受的。这种生活习惯的特殊，以致影响到通俗小说的形式，也是一件很有意思的事情。

根据《醉翁谈录》记载宋代说话是："讲论处，不滞搭，不絮烦。敷演处，有规模，有收拾。冷淡处，提掇得有家数。热闹处，敷演得越久长。曰得词，念得诗，说得话，使得砌。"可见说话人在"话本"以外，添加的零言碎语是很多的。今天这种临场实际演出时的外加成分，我们已经看不到了，他们所写下来的故事梗概的真本，也没有完整地保留下来。我们所能看到的是元明人的选辑本。有些现场说法的东西已被刊落了。现存选辑宋人小说的书，有《京本通俗小说》，"清平山堂"所印的话本，和《三言》中的部分作品。这些话本都经过后人重订，其中"清平山堂"刻本改动比较少。一般说来，散文部分大致保留下来，韵文部分都受到删削或改变。这些小说的形式和唐五代流行的俗讲用的底本——变文，是有些相似的。变文大抵是演佛经的故事的。但也有讲一般世俗故事的。说话和俗讲都属于宣讲故事，相互影响，自属可能。况且变文到后来已有脱离佛教传统性质，而变成了文学创作，和写传奇小说一样。王定保《摭言》卷十说：

> 皇甫松著《醉乡日月》三卷，自叙之矣。或曰松，奇章表甥，然公不荐，因襄阳大水，遂为《大水变》，极言诽谤。

《佛祖统纪》卷三十九引释门正统也说"开元括地变文"是不根据佛经而编写出来的作品，并且禁止"传习惑众"。可见变文到了后来本身也成为小说性质，它和一般小说已经很接近，因此两种作品形式的混同，也是很自然的现象。

宋元人编"话本"，目的是预备讲唱用的。但到了后来有些人模仿话本的形式做起小说来，不预备讲唱用，只供人们阅读。这些"拟话本"有冯梦龙的《三言》（其中有一部分是宋元人话本），凌濛初的《二拍》，佚名的《石点头》、《醉醒石》、《照世杯》、《幻影》、《豆棚闲话》等。清代李渔的《连城璧》、《十二楼》，周楫的《西湖二集》，徐述夔的《五色石》，苈斋主人的《二刻醒世恒言》和杜纲的《娱目醒心编》等等也属这类性质的小说。

"拟话本"有些也和"话本"一样写得很出色。有些"拟话本"还似乎是"话本"的脱胎换骨。它是原来的"话本"经过后人增删修改，加工提炼而成的。前面我们说宋人采用唐人小说作为说唱故事的依据，一般仍保留原来的情节和语气。但明人的"拟话本"就不像这样了。我们看《古今小说》中的《吴保安弃家赎友》、《张古老种瓜娶文女》和《醒世恒言》中的《独孤生归途闹梦》、《薛录事鱼服证仙》这四个故事吧。吴保安事见《唐书·忠义传》，《太平广记》卷一百六十六引牛肃《纪闻》，也记载了这件事。张古老和薛录事的故事都见李复言《续幽怪录》，《太平广记》卷十六和卷四百七十一也曾分别引用。独孤生事见《太平广记》卷二百八十一引《河东记》，白行简《三梦记》载此事，作为他所记的三梦之一。这四个故事都被搜罗在《太平广记》中。根据《醉翁谈录》说《太平广记》是宋代说故事的人必读书的一种。我们从《独孤生归途闹梦》中主角不作刘幽求（见《三梦记》）而作"独孤遐叔"，知道"拟话本"所据的底本是《太平广记》。我们又从宋人话本《蓝桥记》和唐人小说《裴航》的那种联系，推测"独孤遐叔"可能曾经充当说话人的蓝本用过。此外，《张古老种瓜娶文女》也应该是根据《醉翁谈录》所载话本名目中《太平钱》故事改编。《太平钱》即《太平广记》中的《张老》故事，这点在明人所写的《太平钱传奇》中完全可以证实的。

但"拟话本"的末期作品，比起"话本"来，读过后不易感动人。主要原因就是这些作品一味模拟，缺乏现实生活基础。"话本"一般能引起我们一种真挚、亲切的感受。而一些末流的"拟话本"却把生活表现得十分干枯乏味，鲁迅先生说它"告诫连篇，喧宾夺主"，"形式仅存而精神与宋完全不同了"。虽然有一些比较好的，如同《拍案惊奇》中的《韩秀才乘乱聘娇妻，吴太守怜才立姻簿》写金朝奉择婿的无赖行为，真实生动；《陶家翁大雨留宾，蒋震卿片言得妇》写蒋震卿和陶幼芳一段姻缘故事，轻松明快，甚有情趣；《幻影》中的《千金苦不易，一死乐伸冤》写地痞讹诈，官吏糊涂，很生动；《八两杀二命，一雷诛七凶》写贫农阮胜在重税苛征之下，逐渐破产，无法生活，只得典卖妻子，故事沉痛动人。至于《西湖二集》中的《吴越王再世索江山》，实抄袭《古今小说》中的《临安里钱婆留发迹》。《初刻拍案惊奇》第二十三回《大姊魂游完宿愿，小姨病起续前缘》，也抄袭瞿佑《剪灯新话》卷一《金凤钗》。又第三十五回《诉穷汉暂掌别人钱，看财奴刁买冤家主》，全抄元郑廷玉《看钱奴买冤家债主》杂剧对白。《二刻拍案惊奇》中的《叠居奇程客得助，三救厄海神显灵》，抄自蔡羽的《辽阳海神传》，《娱目醒心编》的《赔遗金暗中获隽，拒美色眼下登科》，抄袭《幻影》中《情词无可逗，羞杀抱琵琶》。其《愚百姓人招假壻，贤县主天配良缘》写钱监生同着一班无赖，仗势欺人，为非作歹，企图骗娶尤寿姑，情节亦似抄袭《钱秀才错占凤凰俦》故事。《二刻醒世恒言》的《申屠氏报仇死节》，乃抄袭《石点头》的《侯官县烈女歼仇》。这种抄袭的盛行，就有力的证明这些作者对于现实生活的缺乏经验和理解，弄得古代短篇白话小说，恹恹无生气了。

四

"话本"和"拟话本"，这类通俗小说体裁在中国文学史上，从出现、成长、发展到衰落，中间经过数百年的时间。作者既非一人，写作年代也有早有晚，中间更经不同阶层的人们修改，显然这些作品的成就有高低差别的。有些作品还含有浓厚的封建思想，但总的说来还是有一个共同的特色，就是那些优秀的作品中，不仅在形式上而且在内容上都和为统治阶级服务的歌功颂德的封建贵族文学相对立。它揭露了封建社会里面的种种罪恶和黑暗。在封建社会里它是在统治者的歧视和咒骂声中生长和茁壮起来的。它被诬蔑为海淫海盗的东西。这些作品指责了昏官滑吏和豪富权贵，而肯定地描写了市井小民。它广泛地反映了我国宋元以来几个朝代的中下层人民的生活和理想，并真实地给当时社会生活、风俗习惯等方面作了生动的描绘。加上这些故事所描述的生活情节主要的是城市的手工业者、中小商人以及其他阶级的居民所熟悉和了解的，所以容易引起他们的兴趣与满足他们的要求。明人叶盛的《水东日记》卷二十一说："今书坊相传射利之徒，伪为小说杂书。南人喜谈如汉小王（光武）、蔡伯喈（邕）、杨六使（文广），北人喜谈如继母大贤等事甚多。农工商贩，抄写绘画，家畜而人有之。痴呆女妇，尤所酷好，好事者因目为女通鉴，有以也。"可见通俗小说在市井小民中获得了广大的读者，而妇女对它尤感兴趣。田汝成《西湖游览志余》卷二十也说：小说《红莲》、《柳翠》、《雷峰塔》、《双鱼扇坠》等，在社会上成了瞽者演唱以觅取衣食时最受听众欢迎和爱好的故事。这些故事正如《醉翁谈录》里面有一首诗提到宋代讲唱小说故事的情形所说：

> 春浓花艳佳人胆，月黑风寒壮士心。讲论只凭三寸舌，秤评天下浅和深。

这首诗的前两句，透露了"话本"文学内容两个重要方面。的确今天我们所看到的通俗小说，以男女爱恋为主题的作品占着相当大的比重，而且突出地表现了女性的坚决和勇敢。所谓"春浓花艳佳人胆"，正说明青年男女对于摧毁封建势力的迫切要求。在这方面，《闹樊楼多情周胜仙》描写得很出色。周胜仙在金明池上遇见了范二郎，"四目相视，俱各有情"，她主动地机智地表白了自己的爱情。而且她爱得是那么执著。父母不能阻止她，死亡也不能威胁她。她的形象，典型地表现了一位心地纯良的姑娘，如何为了幸福生活的实现，不顾一切地狂热地追求着自己选中的情人。同样，《碾玉观音》中的秀秀养娘，《金明池吴清逢爱爱》①中的卢爱爱，都在一种要求性爱的自由的愿望支持下，表现了对封建社会中女性的悲剧命运的控诉。她们大胆地冲破封建礼教的樊篱，"废寝忘餐，放心不下"，为了实现众人

---

① 《警世通言》第三十卷。

都替他们喝彩的"好对夫妻"，她们都走着"私订终身"的叛逆者的道路。

出现在"话本"和"拟话本"这些作品中的男女关系的描写是多样的，生动的，也是十分复杂的。但作者们对男女爱情的基本态度，都是要求真挚和诚恳，而且彼此忠实的。如《乐小舍拚生觅偶》①，写乐和与喜顺娘，"两个同学读书"，"遂私下约为夫妇"，后来因为贵贱悬殊，结亲受阻。但两人情爱，始终不变。一天，当乐和看到自己所爱的女子顺娘被浪潮卷去，他并不会潜水，然而"为情所使"，跳下江里去。为了爱情，他们可以牺牲一切，紧紧牢牢地把两个人的生命拴在一起了。又如《吴衙内邻舟赴约》，写吴彦和贺秀娥，"四目相亲，且惊且喜"，终于暗中结合。当他们的秘密被母亲察破以后，秀娥斩钉截铁地告诉她的母亲："儿与吴衙内，誓同生死，各不更改。"结果成就了一对美满姻缘。在封建社会里男女爱恋要受到各种各样的限制，是不自由的。不少的这类故事，诉说了不同遭遇的人物的爱慕和痛苦。如同《宿香亭张浩遇莺莺》② 中，张浩和李莺虽已私许偕老，但因"家有严亲，礼法所拘"，好事多磨。《吹凤箫女诱东墙》中的潘用中和黄杏春二人早已情投意合，无奈重门深锁，不能会见，终因相思情重，快悒郁闷，卧病在床。《合影楼》中屠珍生和管玉娟，因双方父母不和，彼此有个嫌隙，加上管提举又是个道学先生，处处要主持风教，以致男欢女爱，只能在"影里盘桓"。至于《李将军错认舅，刘氏女诡从夫》中的刘翠翠和金定，虽因大祸飞来，横遭拆散，但做鬼仍旧团聚在一

---

① 《警世通言》第二十三卷。
② 《警世通言》第二十九卷。

起。《宋小官团圆破毡笠》① 中，刘翁夫妇因为宋金"得了个痨瘵之疾"，心生一计，将他抛弃在一个荒僻无人的地方，企图另招佳婿。但女儿宜春却叫天叫地，哭着说："还我宋郎来。"暴力手段可以拆散人间夫妇关系，但是毁损不掉两颗跳跃的心。

相反的，小说的作者们对于那些在爱情上不忠实的，欺骗对方，有时甚至损毁了爱情的人，也通过人民对待作品中的主角的态度，表达了人民的感情和愿望。如《杜十娘怒沉百宝箱》，作者对李甲负心薄幸，无限痛恨，并在写杜十娘沉江后，反映了"旁观的人，无不咬牙切齿"的不平情绪。又如《王娇鸾百年长恨》，作者对于忘恩负义的周廷章，写其结局被"乱棒打杀"，"满城无人不称快"。都在一定程度上表现了人民对于忠于爱情的人的同情。

至于若有第三者敢于从中破坏他人爱情的，作者们一定会把他自己的激动和愤怒通过故事情节的发展表达出来。如《陈御史巧勘金钗钿》，梁尚宾破坏旁人美满幸福的生活，这种不义的行为得到了公正的谴责。在作者对陈御史断案的"神明烛照"的颂扬中，自然包藏有作者自己的希望和憎恨。同样，若是用欺骗手段，企图得到爱情的人，小说中更是予以辛辣的讽刺。如《钱秀才错占凤凰俦》中的颜俊，就因为癞蛤蟆想吃天鹅肉，至于"求妻到底无妻"，博得一个"满面羞惭"，"抱头鼠窜"的狼狈场面。在《简贴和尚》那篇小说中，作者更借书会先生的口，大大的奚落了那个贪财好色的僧人。

一般说来，小说的作者们，对于尊重女性、珍惜爱情的人，无不予以颂扬；对于玩弄女性、薄情负义的男子，莫不作严正的斥责。

---

① 《警世通言》第二十二卷。

　　除开对于爱情的真实和坚贞的赞扬，以及恋人们的自动的忠诚和对于封建礼教加诸青年男女身上的枷锁的抗议的描写外，有些作品还有力地表现了"月黑风寒壮士心"这一主题。宋元以后的中国社会，封建制度已逐渐露出后期特有的紊乱情势。官吏的贪酷昏聩，人民由于严重的剥削，被迫起来反抗的事件，不断地产生。社会秩序也就呈现动荡不安。诚如《京本通俗小说》中《冯玉梅团圆》故事所说，不少人民都走上和统治者对立的道路，"风高放火，月黑杀人。无粮同饿，得肉均分"。他们的理想是企图靠自己的本领和朋友的帮助，争取过着有饭大家吃的生活。这里，作者在《万秀娘仇报山亭儿》中，对于孝义尹宗的行为予以歌颂。这位"指望偷些个物事，卖来养活八十岁的老娘"的人，遇着他人处境最困难的时候，"路见不平，拔刀相助"，结果牺牲了性命。至于《宋四公大闹禁魂张》，写宋四公、赵正、侯兴、王秀等偷儿乞丐和官府作对、"激恼京师"的种种举动，十分机巧。尤其是《神偷寄兴一枝梅》中的懒龙的行为，除开敏捷、机智的动作外，他把偷来的财物分给贫苦穷极的人们，更是表现了流浪者和沉在社会底层的人物特有的性格。这种性格是在统治阶级的凶恶压迫下残酷斗争中所孕育出来的性格。宋四公、赵正等伶俐机灵的偷儿形象，表现了对于贪心不足的剥削者的自发的抗议，并体现了在残酷的掠夺下丧失了生产资料的无业游民迫切希求获得温饱的欲望。

　　和这类尖锐地反映了封建社会的矛盾有关联的一个主题，就是"摘奸发复，雪枉洗冤"的公案故事。除了爱情故事而外，这些故事在白话小说中也常常是很动人的。但爱情故事是唐人小说早就存在的主题，只有公案故事虽然六朝人志怪小说中偶然也有，不过它却是在宋元以后才特别发达起来的。唐人小说中有剑侠一类故事，这就是说，唐朝人对于洗雪冤枉总是寄托在一些剑侠身上，而宋朝人对于洗雪冤枉就不这样想了。他们在现实生活中体察到真正的能够替人伸冤的人，不是剑侠，而是"侠盗"，像花和尚、武行者这些草泽英雄。但是这些人往往是一刀快意，对付公开地欺压良善的权豪势要倒可以，而用以对付隐蔽的和玩弄两面手法的坏人就不妥当了。这里需要精明细致的考察，公正、精悍、伶俐的官吏形象就这样创造出来了。这些官吏在作品中总和那些糊涂的、愚蠢的、贪虐的，不敢开罪豪强的怯懦的官吏对立。他们常常作为正义的维护者而出现。像《简贴和尚》、《三现身包龙图断冤》、《陈御史巧勘金钗钿》、《张廷秀逃生救父》、《侯官县烈女歼仇》，这里包拯和陈濂可以算作能吏的榜样。这些作品中的坏人都是以隐蔽的方式进行陷害活动，多数场合还是装作好人的样子出现。《张廷秀逃生救父》中的赵昂，《侯官县烈女歼仇》中的方六一，这两个人物形象表现出来的剥削者奸诈、阴险、毒辣的性格是很典型的。他们正如受害人申屠娘子所认定："我一向只道你是好人，原来是兽心人面。"除开丑恶的贪欲以外，一切法律道德对于他们都是不存在的。

宋元以来白话短篇小说，不仅只是描写了青年男女对于自由恋爱的渴慕，和在残酷的掠夺下的人们燃烧着复仇的火焰，还有一部分故事也暴露了僧侣、地主、官僚、恶霸的凶蛮与无耻。《简贴和尚》、《汪大尹火烧宝莲封》①　和《西山观设箓度亡魂》②，《赵县君乔送黄柑》③　和《夸妙术丹客提金》④，作者描写了官僚地主阶级和僧道的荒淫无耻和愚蠢丑恶。《杨温拦路虎传》更指出恶霸豪强的公开劫掠。在《错斩崔宁》一节中，作

---

① 《醒世恒言》第三十九卷。
② 《初刻拍案惊奇》第十七回（这里采用《今古奇观》的标题）。
③ 《二刻拍案惊奇》第十四卷。
④ 《初刻拍案惊奇》第十八回（这里采用《今古奇观》的标题）。

者对于陈二姐和崔宁的冤死，非常感慨地说："这段冤枉仔细可以推详出来，谁想问官糊涂，只图了事；不想捶楚之下，何求不得？"对于丝毫不关心人民的生命财产的官吏，作者深致不满。至于《贪婪汉六院卖风流》①、《走安南玉马换猩绒》描写了贪官的种种卑鄙手段，尤其是对吾爱陶的刻画，真是淋漓尽致。在这个官僚身上集中地反映了剥削阶级利己者的丑恶的情欲。

在这些作品中还反映了科举制度的弊端和人们对这个制度的不满情绪。《黄秀才徼灵玉马坠》②和《李谪仙醉草吓蛮书》③中都有两句诗说："不愿文章中天下，只顾文章中试官。"对于只会"乱圈乱点"的"盲试官"的取录文章的漫无标准，反映了封建社会中普通知识分子的愤慨。而《巧妓佐夫成名》中的曹妙哥的一派议论，更是有力地揭露了这个制度的腐朽性质。

一般说来，在长时期遭受封建统治阶级的压迫和由于生产的分散而带来的缺乏组织观念的个体劳动者，为了抵抗日渐沦于破产的命运，需要彼此具有长远与忠诚的团结互助的。但是在私有者的社会中，人与人之间充满矛盾阻碍这一希望的实现。这里小说的作者们也着重的描写了这一方面。在《施润泽滩阙遇友》④中，作者歌颂一种超乎寻常利害关系的友爱。所谓"万贯钱财如粪土，一份仁义值千金"，正反映了封建社会里个体劳动者不希望剥削他人，要求自食其力的理想。又如《沈小霞相会出师表》写贾石冒了性命的危险，对于沈家父子的一片真情的爱护，也是超乎平常利害关系的。小说的作者们感到在充满了利害关系的封建社会中，所谓"交道奸如鬼"，知心朋友的难得，写出了

---

①　《石点头》第八卷。

②　《醒世恒言》第三十二卷。

③　《警世通言》第九卷。

④　《醒世恒言》第十八卷。

《俞伯牙摔琴谢知音》①的故事，真是"春风满面皆朋友，欲觅知音难上难"。这一连串的故事都显示了被权势和名誉地位扭曲了的要求自由的舒展。

相反的，对于背恩寡信的人，损害友谊的人，作者也通过《李汧公穷邸遇侠客》②中的房德夫妇的形象，表达了人民对于忘恩负义的人的厌恶。

此外有些篇章，像《王安石三难苏学士》、《刘东山夸技顺城门》，讽刺了骄傲自满者。《转运汉巧遇洞庭红》③、《叠居奇程客得助》，表现了以私有制为基础的小商品生产者社会中的个体劳动者在激烈的竞争中，或者发财，或者破产时特有的幻想。《杨思温燕山逢故人》④、《白玉娘忍苦成夫》，在一定程度上流露出来了汉民族受到外族侵略者的迫害，因而激起憎恨侵略者的情绪。《快嘴李翠莲记》中，通过李翠莲的伶俐的语言讥讽了所谓"三从四德"，并在李翠莲这个形象里面，体现了普通女性渴望摆脱封建统治者所加在她们身上的精神枷锁。《苏知县罗衫再合》、《白堤政迹》⑤，颂扬了所谓清官，或准备做"清官"者的生活，而《苏知县罗衫再合》更写出了"为富不仁，为仁不富"的血淋淋的事实。

作为短篇白话小说的正面人物，手工业者和小本商人的劳动生活也是作品中的描写对象。总之一句话，这些优秀的现实主义的作品帮助了我们认识和了解宋元明清时代的广泛的社会生活面貌。

---

① 《警世通言》第一卷。

② 《醒世恒言》第三十卷。

③ 《初刻拍案惊奇》第一回。

④ 《古今小说》第二十四卷。

⑤ 《西湖拾遗》卷三。

五

　　根据上面对"话本"和"拟话本"的题材和主题的选择范围的检视，我们觉得这种体裁所接触的生活面还是相当广阔的。其中关于歌颂劳动和爱情的主题，和作者们在这方面创造的典型的人物形象，这里打算再继续探讨一下。

　　恩格斯在《家庭、私有制和国家的起源》一书中关于阶级社会的男女性爱的论述，其中许多精辟的意见对于我们进一步分析话本小说中的爱情主题是有很大的帮助的。按照恩格斯的意见，统治阶级的婚姻都是由双方的阶级地位来决定，常常是权衡利害的婚姻，个人的性爱不起多大的作用。婚姻的缔结完完全全的依靠经济条件的考虑为转移，无论男女都不照他们个人的品格，而按他们的财产来评价了。恩格斯说："以双方的相互爱情高于其他一切考虑为结婚理由的事情，在统治阶级的实际生活中是从来没有听说过的。只有在风流逸事中，或在毫无顾忌的被压迫阶级中才有这样的事情。"这就是说，统治阶级男女的结合决定于某种利益，而不决定于个人的感情。只有被压迫阶级才把爱情作为结婚基础。恩格斯就是这样明确地揭露了阶级社会男女关系的实质。

　　在话本小说中，由于作者们对于现实生活的湛深了解，和创作态度的严肃忠实，不少作品，达到了现实主义的较高成就。作者观察和描写事物的深刻、准确，有些地方是十分惊人的。

　　封建社会里有一种人把结婚当作一种政治或经济的行为。他们往往利用和最有权势的人或最有钱的人联姻以增进自己的名誉地位。《金玉奴棒打薄情郎》的莫稽和金玉奴就是如此。莫稽在感情上并不十分爱恋金玉奴，只是因为"衣食不周，无力婚娶，何不俯就他家，一举两得"。这个时刻希望爬上统治阶级的野心勃勃的青年，就"白白的得了个美妻，又且丰衣足食，事事称怀"。当他在金家帮助之下而获得了功名利禄以后，有了钱也有了势，就马上想到另娶一人，也就是说"早知有今日富贵，怕没王侯贵戚招赘为婿"。要借新的联姻以提高自己的政治地位了。至于生活在封建制度下的金玉奴遵从父亲的意思，要"嫁个士人"，依靠丈夫，"挣个出头"。她虽然爱敬莫稽，但是她所关心的只是如何提高对方的社会地位，而不是自己是否真正的被人爱。这在她被莫稽推堕下水又被淮西转运使许德厚收为义女以后，第二次以官家小姐的名义再度和莫稽完聚时，还是念念于"夫荣妻贵"，和曾经置己身于死地的人"和好"如初。当然金玉奴的性情是忠厚的，不过他们的婚姻正所谓"同床异梦"的典型例证。作者借许德厚的口说："贤婿常恨令岳翁卑贱，以致夫妇失爱，几乎不终。今下官备员如何，只怕爵位不高，尚未满贤婿之意。"这就不仅只是拆穿了莫稽的结婚秘密和隐衷，也暴露了封建思想和人类美好生活不可调和的对立。

莫稽和金玉奴的结合是封建性的，对于统治阶级的口味是适合的。但作者却无情地揭露了一个利己者的灵魂的污浊，并通过莫稽这个人物的形象说明了权衡利害的婚姻，实际是造成生活不幸的祸根。

和金玉奴故事相反的是莘瑶琴的道路。《卖油郎独占花魁》中的莘瑶琴和秦重的故事显示了以个人爱情为基础的双方结合的新型的婚姻。莘瑶琴走到这条道路也是逐渐摸索而认识到的。当王九妈逼着莘瑶琴为娼接客时，她说："要我会客时，除非见了亲生爹妈，他肯做主时，方才使得。"还是要把自己的肉体和命运交给父母安排的。但当她在残酷的现实社会里打了几个滚后，亲身体验到秦重这位年轻的小本商人和那些"但知买笑追欢的乐意"的王孙贵客不同，她初次没有被当作取乐解闷的对象，而被恢复了人的尊严，受到敬重。在秦重的身上她看到一个东西在闪光，但她乍一看到只是动了一动心，并未能一下子就牢固地抓着它。直到她认识了这个东西是爱情的时候，才说出了"一句心腹之言"："我要嫁你。"她就这样把婚姻基础建筑在两个人的互爱上，再不提起她的父母了。

金玉奴希望通过婚姻变为贵妇人，锦衣玉食。而莘瑶琴却愿委身市井小民，"布衣蔬食，死而无怨"。她们俩人所走道路不同，她们所选择的对象也不同。但这两个故事同样的反映了历史的真实，反映了不同阶层的男女的不同的结合方式。

最不幸而沉重的一个故事就是《杜十娘怒沉百宝箱》。杜十娘渴望被人爱，而钟情于一个并不真心爱她的人。她想走莘瑶琴的道路，但是错误地选择了一位像金玉奴所委身的那样的对象。杜媺是一个精明能干，有主张，有办法的少女。她用她的智慧和美色去赢得一位"忠厚志诚"的没什么主意的人的爱情。她完全不考虑到这位贵公子始终没有忘怀"承继家业"，不会"为妾而触父，因妓而弃家"，做一个"浮浪不经之人"。她似乎有计划有步骤地安排好了他们的生活。她想和她的丈夫"侨居杭州，流连山水"，过着自由美好的生活。但当一步一步去占有她的对象，做到最后一着时，这位公子在一千两白银和爱妾两者之间，权衡利害，而终于选择了"千金"以后，她"微窥公子，欣欣似有喜色"，才恍然大悟，她的美好理想完全破灭了。她没有得到什么反而给别人出卖了。这个故事清楚地说明了金钱是这个悲剧的真正的主角。在阶级社会里，爱情在统治阶级当中不可能离开利害关系，独立起来扮演一幕动人的戏剧。李甲坐在一位心中燃烧得炽火般的热爱着他的情人身旁，所想的不是"方图百年欢笑"，而是"我得千金，可借口以见吾父母"。正如杜十娘所骂:"妾椟中有玉,恨郎眼内无珠。"这个故事有力地说明了谁是自己的意中人,决定这个问题的绝对不是他个人的自由意志,而是身家的利益。作者在这里塑造了一个令人永远难忘的崇高女性的形象。她的遭遇,她的痛苦,感动了每一个听众和读者。虽然作者在主观上还未能认识到造成杜十娘的痛苦是整个的社会制度,不是某一个人,但杜十娘的愤怒沉江却鲜明地暴露了封建主义是杀害她的真正的凶手。

金玉奴、莘瑶琴、杜十娘等人物的命运,是封建社会中无数女性的生活在艺术形象上的正确反映。金玉奴过着由父母代办的没有感情的夫妇生活,杜十娘坠入"遇人不淑"的悲惨结局,莘瑶琴在从良以后开始缔造起一个互相了解互相尊重的和睦家庭。这三种结合方式事实上概括了封建社会中可能结合的男女关系,但只有后一种生活才是真正幸福的。"花烛洞房,欢喜无限",它接近了近代的性爱生活。作者把这种幸福生活和那些被压迫者结连在一起,正和恩格斯所指出欧洲中世纪的社会情况相同,也符合我国历史的实际。

除开这动人的爱情故事外,作者们还着重地描写了手工业者和小本商人的勤劳和忠厚。如同《碾玉观音》这篇小说,碾玉工人崔宁不仅劳动得十分出色,而且性情十分厚道。当他和秀秀养娘私逃到潭州时,"就潭州市里,讨间房屋,出面招牌,写着'行在崔待诏碾玉生活'"。于是对他的爱人秀秀说:"这里离行在有二千余里了,料得无事。你我安心,好做长久夫妻。"从这个朴素的描写中,我们看到这个碾玉工人是如何爱好劳动和热爱生活,他的性格的优美比起咸安郡王来,真是天壤之别。又如《卖油郎独占花魁》写秦重每日挑个油担,把贩来的"上好净油",不掺和半点假料,卖与顾主。并且在称斤论两时,"也放些宽",俭吃俭用,给人的印象也是良好的。无疑的,作者们总以爱护和兴奋的心情描写他们劳动生活的变化。不少作者们还通过作品中人物的谈话，直接歌颂劳动。如《风月瑞仙亭》中，司马相如向卓文君建议开一个小酒店以维持生活时说："良田万顷，不如薄艺随身。"《张孝基陈留认父》中说："农工商贾虽然贱，各务营生不辞倦；从来劳苦皆习成，习成劳苦筋力健。"他们都把"薄艺""贱业"看得比富贵王侯更高尚。这在认劳动为可耻的阶级社会里，尊重劳动的思想是难能而可贵的。在《钱多处白丁横带》中，作者赤裸裸地表示了劳动的可贵。一切非生产手段都不可恃，万贯家财和一郡之主，转眼灰飞烟灭，只有劳动生产却是"荣耀的下梢头"。这是一个绝大讽刺，而且带着对于企图不劳而获的剥削者的轻蔑与谐谑。

幸福的生活应该从劳动中取得。在《陈御史巧勘金钗钿》的入话中，作者写金孝从外面拾得银子三十两回家，他的母亲说："依我看来，这银子虽然不是你设心谋得来的，也不是辛苦挣来的。只怕无功受禄，反受其殃。"这就反映了人民要求用诚实的劳动去取得幸福的意识。正如《张古老种瓜娶文女》里，赞美那个甜瓜同时也赞美了劳动说："绿叶和根嫩，黄花向顶开；香从辛里得，甜向苦中来。"劳动的果实的享受永远是辛苦的代价。

短篇白话小说的作者们不仅描写了人民的劳动生活，而且赞扬了生产技艺。在《张廷秀逃生救父》中，张廷秀父子的出色的技巧，使得那个员外赞不绝口。又如《灌园叟晚逢仙女》中，秋公对于栽培花木的勤劳，细心爱护，甚至不让禽鸟食掉一个花实，"故此产的果品最多，却又大而甘美"。这种通过出色的劳动本身来描写劳动人民，在短篇白话小说里是数见不鲜的。

短篇白话小说的作者们，刻画出来了不少勤劳、俭朴而忠厚的劳动人民的典型形象。《碾玉观音》中的崔宁，《合同文字记》

中的刘安住，《小夫人金钱赠年少》中的张主管，《卖油郎独占花魁》中的秦重，一个个都生动可爱。虽然这些人物的身上还多少保留了一些封建家长制下的淳朴驯顺，但是他们的心地的的确确是善良的。他们尊重别人也希望受到别人尊重。在一定的程度上也流露出来一些被压迫者的思想感情。

短篇白话小说中出现这一类的典型人物形象，会不会是偶然的？应该说不是的。

我国封建社会内庄园地主经济的手工业和商业在宋朝有很大的发展，随着手工业和商业的发展，城市经济日渐繁荣起来，小商品生产者和商人因之极为活跃。在元代竟有"以商贩所获之赀，趋赴权臣，营求入仕"（《元史·陈祐传》）的人，这一阶层在社会中也就渐露头角。他们的生活成为白话小说的重要题材。到了明朝，由于社会生产力的上升和统治者对工商业曾经采取一定的扶持政策，商品货币经济逐渐兴旺，国内资本主义生产关系稀疏地萌芽起来。徐一夔《始丰稿·织工对》，所谓"机户出资，机工出力"，即记载了这一事实。唯直至明末，城市手工业作坊才得到进一步的发展，集结在城市的手工业和商人也多起来了。渐渐地这些人形成了一个社会集团，但从反映到白话小说中的这个集团看来，还没有摆脱封建政治约束的要求。不过这个阶层在许多方面都表现了他们不同于封建统治者，有着自己的理想和自己的性格。白话小说中，许多作品也刻画了这类性格的人物，如《卖油郎独占花魁》中的秦重，《蒋兴哥重会珍珠衫》中的蒋兴哥。他们把人当作人看待，把别人看作具有和自己一样的独立人格的人。同时，作为封建制度下的女性，更由于她们从经济到思想都受到奴役的重累，她们自觉地产生一种恢复人的尊严的愿望。这就是我国宋元以来产生反映这些人物的生活的作品的社会基础，同时也就是"话本"小说中典型形象的社会根源。

六

宋元以来的白话小说，不仅只是刻画了一些典型的形象，而且有着许多成功的出色的心理描写。心理描写通常是指行为的动机的描写，不是行为本身的描写。但通过行为去表现动机，也叫做心理描写。拿《白玉娘忍苦成夫》来说吧，男主角程万里和女主角白玉娘都是赵宋王朝高级官吏的子女。他们同做了元蒙军人的俘虏而被配做夫妻。程万里"流落异国"，时常想"乘间逃归"。白玉娘也希望她的丈夫能够"觅便逃归，图个显祖扬宗"，做出一番事业。他们的想望是一致的。但是他们都是生活在一种敌视这种想望的环境下，他们受到张万户的压迫，也受到他的垂怜。这样一种特殊的情况，使得他们"夫妻且说三分话，未可全抛一片心"。小说的作者描写了他们两颗同样企图挣脱奴隶身份的心，但不幸只能在孤立中进行一些隐蔽的搏斗。通过程万里对白玉娘一次又一次的误会，细腻地显示了两个人各种心理活动。也从程万里的高度警惕性中反映了斗争的尖锐、复杂和紧张。

当程万里乍一听到白玉娘劝他"背主逃走"时，他"心中想道：'她是妇人女子，怎么有此丈夫见识，道着我的心事？况且寻常人家，夫妇分别，还要留恋不舍。今成亲三日，恩爱方才起头，岂有反劝我还乡之理？只怕还是张万户教她来试我'。"这样他就在第二天早晨当张万户的面把这事说破了。等到张万户发怒，要吊打白玉娘时，他"心中懊悔道：'原来她是真心，到是我害他了！'"后见玉娘得到夫人救助，没有受到处罚，他"心中又想道：'还是做下圈套来试我。若不是，怎么这样大怒，要打一百，夫人刚开口讨饶，便一下不打？况夫人在里面，哪里

晓得这般快就出来救护？且喜昨夜不曾说别的言语还好。'"这
里作者刻画程万里的心理如何精细，机警，伶俐。凭着这紧张气
氛渲染，就整个俘虏了读者的心。

　　小说的讲述者描写一个人的心理时，使用的方法是多样的。
除开像前面那种细腻的描绘外，许多地方还运用了不经意的三言
两语表达出人们最繁复的心情来。如同《志诚张主管》① 中写张
胜元夜观灯，失散了游伴，信步走到旧日主人张员外门前，看到
门上贴着一张"手榜"。于是：

　　　　张胜去这灯光之下，看这手榜上写着道："开封府左军
　　巡院勘到百姓张士廉为不合……"方才读到"不合"二个
　　字，兀自不知道因甚罪，则见灯笼底下一人喝声道："你好
　　大胆！来这里看甚的？"张主管吃了一惊，拽开脚步便走。
　　那喝的人大踏步赶将来，叫道："是什么人？直恁大胆，夜
　　晚间看这榜做甚么？"唬得张胜便走。渐次间行到巷口，待
　　要转弯归去，相次二更。见一轮明月，正照着当空。

　　最后"见一轮明月，正照着当空"。这两句话，看来很平
常，并无深意。但我们要是想一想，张主管被人追赶，吓得
"拽开脚步便走"，正是心惊胆碎，不复知天地何色，直到停住
脚步，看到后面没人赶来，才"见一轮明月，正照着当空"。好
像新发现似的。这种心境，当一人被恐惧占领了心理活动的全部
领域，他除开生命外，其他一切不复注意时，的确是如此。作者
这等地方，不用许多词句说明一个人的心情的急速变化，只用
"见一轮明月，正照着当空"十个字，十分形象地表明了一个人
脱离险境后的愉快和轻松，这比用一大堆抽象的形容语句能给予

————————

　　① 《京本通俗小说》第十三卷，又《警世通言》卷十六改题《小夫人金钱赠年
少》。

我们更深刻的印象。

　　但短篇白话小说的作者们描写一个人的内心活动时，经常还不是采取这种借助自然景物来作烘云托月的方式。最常见的却是用生活本身的形式揭露人物内心的冲突和矛盾。举《蒋兴哥重会珍珠衫》为例吧，蒋兴哥对他的妻子王三巧的爱情是深厚的，但是不能原谅她的不贞行为。在他内心中交织着这两种感情，使得他久别回乡，"望见了自家门首，不觉坠下泪来"。"搬完了行李，只说去看看丈人丈母，依旧到船上住了一夜。"这样终于把王三巧休离了。过后王三巧改嫁吴知县时，蒋兴哥"雇了人夫，将楼上十六个箱笼原封不动，连钥匙送到吴知县船上，交割与三巧儿，当个陪嫁"。这里作者把蒋兴哥写得多么安详和宁静！但是这只能是表面的，实际上蒋兴哥的内心是充满了矛盾、紊乱和痛苦的。他的这种行为、动作，使得旁人议论纷纷，"笑他痴呆"或者"骂他没志气"。正是他的内心矛盾的表现方式的这样特别，才招惹来了一些误解。同样，王三巧的内心也是充满了矛盾的，她爱蒋兴哥，她也意识到她将失去这种爱的权利。但作者并不用许多笔墨去剖析她的心情，只是让事情自然地发展下去，让她和丈夫见了面。当两颗心跳跃得应该是最厉害的，也是最紧张的时候，作者这样写："进得自家门里，少不得忍住了气，勉强相见，兴哥并无言语。三巧儿自己心虚，觉得满脸惭愧，不敢殷勤上前扳话。"无言，这是符合于发生在现实生活中事件的具体情况的。要是让他们亲密的谈话，或扭打起来，都不合两个人这时的心情的。然而也就在这种生活本身的形式中表现了蒋兴哥和王三巧的内心最隐秘的痛苦。善于从人物的行动中体现人物的内心生活，不需运用作品中人物内省式的语言，或是作者从旁开肠破肚细致地描述角色的心理变化，这种描写手法是古代短篇白话小说所经常使用的，它增强作品的故事性，有时还更生动更真实地显现了人物的性格。

七

　　作为古代短篇白话小说艺术上的共同特征的，还不是细致的心理分析，而是人物的行动、对话的描写多于心理的描写，用人物的行动、对话来表现事件的发展和关联，故事的完整，以及鲜明的人物个性。在《宋四公大闹禁魂张》这篇小说里，作者通过一系列的行动把个在"地上拾得一文钱，把来磨做镜儿，捏做磬儿，掐做锯儿，叫声我儿，做个嘴儿，放入箧儿"的贪婪吝啬的张员外写得神情活现。张员外看到他的主管给予一个穷汉两文钱，马上对主管说："好也。主管，你做甚么把两文撒与他！一日两文，千日两贯。"于是不讲道理地把别人一笊篱的钱，都倾在自己的钱堆里。他的库房的防卫也是与众不同的。外面"有个陷马坑，两只恶狗"，还派五个家人轮流打更。内面"有一个纸人儿，手里托着个银球，底下做着关捩子，踏着关捩子，银球脱在地下，有条合溜，直滚到员外床前"。但这样严密还是被宋四公机灵地把库房中的银物偷走了。当他一看到自己的失物，"认得是土库中东西，还痛起来，放声大哭"。但这失物收不回来，就在土库中"自缢而死"。作者对于这个土财主的刻画不用一点儿心理描写，只凭他的行动、谈话就把事件的发展和他的个性充分地表现出来了。在《万秀娘仇报山亭儿》中，作者写万员外对于陶铁僧的监督，那样小心细致，也是十分典型的。当他发现陶铁僧私下藏起四十个铜钱时，叫过铁僧来问道："你在我家里几年？"陶铁僧道："……却也有十四五年。"万员外道："你一日只做偷我五十钱，十日五百，一个月一贯五百，一年十八贯，十五年来你偷了我二百七十贯钱……"这真是奇怪的推算。《古今小说》上有一个眉批说："是个财主算法，不漏水滴。"的确，这个谈话中，把个不知厌足的财主心理活动揭露得再清楚不过了。在《庄子休鼓盆成大道》①、《勘皮靴单证二郎神》、《等不得重新羞墓，穷不了连掇巍科》等故事中，人物行为、对话的描写都表现了一些动人的场面。庄子休和那个搧坟妇人的谈话，以及归家后的行动和同他妻子的谈话，都显示了他的夫权主义的自私意识活动的猖獗。韩玉翘的性的苦闷也是通过她的一些行为和谈话中反映出来的。从苏秀才与莫氏行为的叙述和他们的对话，作者暴露了他们从结合到分离全部故事的秘密。

　　人物行动的叙述和大量对话的运用，在古代短篇白话小说中占着重要的地位。小说的作者们往往利用对话表现了人生多样的思想感情和各种复杂的人物性格。如：《候官县烈女歼仇》中的恶霸方六一设计冤杀董昌，谋娶他的妻子申屠娘子，当方六一串通姚二妈做媒婆去说亲时，申屠娘子猛然惊省，乃假意的应允，说："方六一官是大财主，怕没有名门闺女为配，却要娶我这二婚人。"那媒婆回答说："热油苦菜，各随心爱。我外甥想慕花容月貌多时了，若得娘子共枕同衾，便心满意足，怎说二婚的话。"于是申屠娘子笑道："我是穷秀才妻子，有甚好处！却劳恁般错爱。……"这里，十分简短的对话，把媒婆的得意忘形，申屠娘子由悲痛而愤恨，由愤恨而转化成欢笑，种种复杂情况都表现出来了。"想慕花容月貌多时了"一句话就泄漏了全部设计谋害的秘密。而这句话出于一个心里系念着"重重相酬"的媒婆口中，又是多么自然。当申屠娘子笑着说"却劳恁般错爱"时，一位精明伶俐，处理问题沉着果断的女性形象，立即出现在

---

　　① 《警世通言》第二卷。

每一个读者的面前。又如《贪婪汉六院卖风流》，作者描写一个"善治财赋"的收税官吾爱陶说：

> 一日早堂放关，见几只小猪船，随着众货船过去。吾爱陶喝道："这是漏税的，拿过来！"铺家禀道："贩小猪的原不起税。"吾爱陶道："胡说！若俱如此不起税，国课从何来？"贩猪的再三禀称："此是旧例蠲免，衙前立碑可据。请老爷查看，便知明白。"吾爱陶道："我今新例，倒不作准，看甚么旧碑。分付每猪十口，抽一口送入公衙，恃顽者倍罚。"贩猪的无可奈何，忍气吞声，照数输纳。刚放过小猪船，背后一只小船摇将过来。吾爱陶教闸官看是何船，闸官看了一看，禀复是本地民船，船中只有两个妇女，几盒礼物，并无别货。吾爱陶道："妇女便是货物相同，如何不投税，难道人倒不如畜生么！……"

这里，吾爱陶的一些对话，突出地表明了我国历史上酷吏的面目。这类官僚看来很"精明"，他能想出各种剥削的方式，创设许多"新例"。吾爱陶说："难道人倒不如畜生么！"就是根据这个奇怪的理由，他蛮横地强迫每个坐船经过闸口的人，留下买路钱。并且规定："不论男女，每人要纳银五分，十五岁以下小厮、丫头止纳三分。"这种官僚真可说是一个狡猾、固执而又无赖的典型人物了。又如《错斩崔宁》中陈二姐和她丈夫刘贵的谈话，那样冷静、怯懦、低声下气。陈二姐这个被封建制度压迫和折磨得失去了主宰自己命运的信心，并惯于逆来顺受的女性性格，鲜明无比地出现在我们眼前。当她听到刘贵说把她"典与一个客人"时，她没有丝毫怨怒，只问"官人今日在何处吃酒来？""大姐姐如何不来？"还是非常关注丈夫的生活。这是一个多么善良的妇女典型。

一般说来，作品中运用对话除开提供多的描写手段外，还有它独立的艺术效果。人和人的关系的描写既是小说的主要部分，那么直接使用两个人的谈话是最恰当的生动的表现法。对话比起单纯的由作者从旁叙述或者加以介绍来得亲切。这种描述的方法往往能够在人们想象中引起较为深刻的印象。正所谓使人"如闻其声，如见其人"。这样，对话的任务和意义就十分重要了，它在一定的程度上成为构成作品中人物的鲜明个性的重要手段。切合人物身份和具体时间、地点、时机的对话，在一篇小说中往往能够使人记忆得长久。我们读过《碾玉观音》、《杜十娘怒沉百宝箱》等都会有这样一种感觉。

八

无论从思想上或者从艺术上说，短篇白话小说这一文学体裁，像前面所分析的那样，它的创作成就是可以肯定的。当然，今天我们看来它还是有一些缺点。首先就是广大的农民的生活和斗争没有受到重视。虽然《醉翁谈录》里所列话本目录有《徐京落草》、《黄巢拨乱》等名目，但因为这些作品没有留传下来，它的具体内容是否正确地反映了农民斗争，我们弄不清楚，不能作过多的推测。不过一般说来，农民生活的描写在"话本"中是没有什么地位的。

其次，短篇白话小说一方面反映了封建制度和封建道德加在人民身上的痛苦，并且对封建社会秩序某些方面表示不满。这些作者中有许多人特别的以同情的笔调描写了手工业者，小本商人，偷儿和妓女的生活，并把这些人当作小说中的正面人物，表现了一些进步观点。但他们另一方面却有意无意地向读者灌输因果报应和宿命观念，把人与人之间所发生的一切事件想借鬼神的主宰来予以阐明。有的地方甚至把封建关系错误的了解成为驾凌乎人们意志之上的神的安排，好像君臣主仆的关系是天然的，合理的。不理解这种社会关系是特定的生产方式的产物，表现了编著者的世界观的狭隘性。许多重要的白话小说都受到这种果报思想的影响，使得非常动人的现实故事都披上了宗教迷信的外衣。很多作者还忠实于现实生活的表达，以致除了少数作品而外，果报说退居次要的地位，不发生主导作用。像《蒋兴哥重会珍珠衫》、《卖油郎独占花魁》，果报的思想虽然有，可是它丝毫也不动摇作品本身的价值。但有些作品却显然受到了伤害，如《冯玉梅团圆》说范鳅儿夫妇能够团圆是因为他做了一些背叛人民的"积阴积德"的事，这就歪曲了现实。又《杜十娘怒沉百宝箱》中的一些迷信成分，虽然作者用意在说明"善有善报，恶有恶报"，但无疑的这些东西的加入，冲淡了悲剧的气氛和情调。至于《史弘肇龙虎风云会》①把史弘肇一生的变化说成命中注定，《穷秀才岁暮解囊积阴德》② 把几个具有一定程度的现实性的故事涂上了果报的色彩，严重的损毁了这些作品的价值。

除开因果报应的思想外，古代白话小说还有一些淫秽的描写。有些作者津津有味地叙述男女的肉欲关系，充分的表现了小市民的低级趣味。他们并不把这种现象的存在和封建末期统治阶级道德上的腐臭和崩溃联系起来，而多数场合还是用它去描写正面人物的生活。

一般地说，小说作者们善于描写光明与黑暗，善与恶，美好愿望与强暴压迫两方面的斗争，通过各种不同的人物形象向黑暗的人吃人的罪恶世界勇敢地挑战。虽然这些作品的主角总是以自

① 《古今小说》第十五卷。
② 《娱目醒心编》第三卷。

己个人去对抗社会的姿态出现，但这种人物是代表了被压迫者对于压迫者的抗议的。不过作者们在处理冲突，解决矛盾的方法中，有时让作品的主人公及其命运从属于一些偶然的事件，如《沈小官一鸟害七命》①　中，沈小官等人的死亡，几乎全是偶然。《金玉奴棒打薄情郎》中金玉奴堕水后的被救，而救者又恰巧是莫稽的上司，也都太偶然。这种偶然性的插入，使得事件的发展过程简单化，妨害了情节充分展开和通过情节显露人物性格。自然，这并不是说作品应该完全排斥偶然情节，偶然成分也可以有，最好是不要让它在事件的变化发展中起决定性的作用，因为要是这样就会妨碍对事物内在联系的深刻揭露，同时也削弱作品感人的力量。我们读古代短篇白话小说，常常因为巧合的情节弄成事件未能充分发展而感到不满足，不得不算是这些小说的一个缺点了。

在短篇白话小说中，最初由于边说边唱，所以有散文也有韵文。韵文和散文在描写上也有一定程度的分工。但到后来，韵文和散文在描写上的分工，渐不明确，韵文变成了附加成分，有时还显得赘累。许多韵文已经不复是整篇文章的有机组成部分，而成为诗句无聊的堆砌，破坏了结构的完美。有些诗句还被不同的作者搬来运去，给人一种陈腔滥调和公式化的感觉。

但总的说来，由于宋元以来的短篇白话小说鲜明地反映了我国封建社会的一些真实情况，提供了一种足以反映比较复杂的现实生活的新的文学形式，出色地提炼了活的语言，从人民生活中吸取了丰富多样的题材，其中的优秀的作品无疑地已经成为我国古代的宝贵的文学遗产的一个组成部分。

---

①　《古今小说》第二十六卷。

九

末了，我们应该交代一下关于本书的编选工作。这里三十八篇作品是从我们今天所能看到的四百多篇短篇话本和拟话本里挑选出来的，书名叫《话本选》，实际不包括长篇讲史的。选择的标准是要求思想性和艺术性都较好，并适当的照顾到题材和著作时代。有的作品如《合影楼》，虽然看来写得纤巧了一些，而且存在着严重的缺点，像结局的安排，那样庸俗，比起"三言"中的作品要逊色得多，但是这个作品通过复杂的穿插，在一定的程度上揭露了封建道德的虚伪性和反动性，在晚期拟话本中毕竟还算较好的一篇，也就入选了。我们编选这本书的目的，除开提供读者一些较好的作品外，同时还希望通过这个选本使读者得窥数百年间短篇白话小说创作的全貌。

为了便于读者阅读，较难理解的词、语和重要的人名、地名、官名等都尽可能地作了一些注释。注释的文字力求平易简要，一般都不注明根据和出处，只是某些特殊的情况，才引证了原始材料。原文里明显的错误都尽可能地根据版本、文意或者我们自己的判断加以改正。可疑而不便改动的就在注释里说明。有些猥亵的词句和过于谬误的言论，也作了部分的删节，但尽可能的保存原书的本来面目。这样做可能不妥当，或者还不免有错误，希望读者们随时指正。

先后参加这个选集工作的有孙楷第同志、郑振铎同志、吴晓铃同志、周妙中同志和我。其中文字校核、标点、注释等主要是由周妙中同志担任的。全部正文和注释都经过吴晓铃同志和我两个人加以修改和补充。我们三人应该对这个选集共同负责。所选的篇目，何其芳同志出力尤多。关于官制和科举制度部分的注释，很多地方都请教过王伯祥同志。在本书选注的过程中，本所古代文学组的同志们和人民文学出版社编辑部的同志们都提过许多宝贵的意见，在这里谨向热心帮助我们的同志们致以衷心的感谢！

1958 年 8 月 31 日

（原载《话本选》（上），人民文学出版社 1959 年第一版）

对陶渊明的一点理解

　　在中国文学史上，陶渊明是一位个性鲜明而突出的诗人。几乎没有人像他一样，千百年来，行动不断地被人学习，诗歌一首一首地被仿作。他的影响不仅在文学上，而且在历代某些知识分子的生活中留下了痕迹。他的性格特征和创作色调都是他所生长的那个时代精神和面貌的折光的反映。读过他的诗的人，都会在脑海里涌现出一个为了坚持自由和正义的理想，在生活和生命统统失去保障的年代里，贫困而顽强不屈地过了一生的形象。"劲气侵襟袖"，他的梦想，他的叹息，他的憎恶，他的爱好，曾经震动过多少人的心弦啊！但是要对这位诗人作出正确的评价，还需继续讨论。

一　性格与时代

　　要想真正了解陶渊明和他的创作，首先应该弄清楚他的性格特征和时代面貌。这位"弱年逢家乏，老至更长饥"的诗人，在他的朋友颜延之的心目中是个斯斯文文，不爱活动，厌恶浮华，而洁身自好的人。用他的话说，就是"闲静少言，不慕荣利"。一般说来，他是一个善于控制自己的感情的人，给人的印象是一个宁静的、理智的、严肃的诗人的风度。当然这是很表面的，在他的宁静的心灵深处，蕴藏着永远扑灭不了的火种。韩愈曾经说，读过陶渊明的诗，总感觉到诗人"虽淹塞不欲与世接，然不能平其心"，这就是说，采菊东篱，悠然自在的陶渊明，在生活上所显露出来的个人性格的复杂性。他一方面消极的逃开现实的斗争；另一方面却不屈服于现实，而坚持自己的生活道路和生活理想。任真率性，反对矫揉造作，要求个性的自由舒展，和安贫守贱，躬耕自资，对于自己所选择的生活道路的执著，这两个明显的特征构成了他的性格的鲜明性和完整性。"性刚才拙，与物多忤"，"质性自然，非矫厉所得"，"贞刚自有质"，"总发抱孤介"，"宠非己荣，涅岂吾缁"，这些自白性的语言，在在都标识着他的性格的特征。许多传说，如"不为五斗米折腰"的故事，"众座度履"的故事，"莲社攒眉"的故事，都是在行动上留下了他的性格的印痕。

性格，恩格斯曾经在评论欧文的时候说他自己"……领悟了十八世纪唯物主义的学说，即人的性格是由两方面——一方面是遗传机体，另一方面是人的周围环境，特别是他的发展时期的周围环境——相互作用的产物"①。这就是说，性格有其生理的基础，但同时也是有社会性的。马克思把人的本质，规定为"社会关系的总和"。今天我们对于个性、性格的理解，就是建筑在马克思、恩格斯的这些理论的基础上，我们认为只有在社会关系中才能够了解具体的人的个性和性格。个性和性格应该属于社会历史范畴，是一定的生产条件和社会条件中的产物。个性和

---

① 《马克思恩格斯全集》第14卷，俄文版第265页。转引自尼·德·列维托夫：《性格心理学问题》，人民教育出版社1959年版，第307页。

性格的差异，主要的是个人所处的时代和社会关系的不同，因而造成的。

这样，我们要想理解和分析陶渊明的性格，就得认识一下他所处的时代和社会环境。

什么是陶渊明所处时代的特征呢？许多人都提到过。这是一个民族矛盾、阶级矛盾，和统治阶级内部矛盾，相互交错，复杂而最为尖锐的时期。但是具体的分析起来，晋自淝水战争以后，民族存亡的紧张局势，稍趋和缓。孙恩、卢循和皇族官僚集团的战争的扩大，与当时皇族与豪族之间争夺劳动力和皇族企图壮大自己的武装力量，强制"免奴为客"的人当兵，密切地联系着的。并不是因为农民无法维持最低限度的生活，被迫起来反抗奴役和争取生存的权利。因此这一战争是否由于阶级矛盾尖锐而产生，是值得怀疑的。事实上，孙恩发动战争的目的是为叔父报仇，并没有反映当时农民要求减轻剥削和奴役的愿望。所以我觉得孙恩所燃起的战火，还不能说是农民战争。地主阶级和农民的矛盾虽然是这个时期的基本矛盾，但是表现出的尖锐程度，根据我们现在所能看到的历史记载，是不如统治阶级的内部矛盾的。我们知道晋朝实行的是占田制，即土地国有化。但是当时占有大量土地的豪强却继续"兼并"，不理睬这个法令。这样，皇族与豪族的矛盾日益加深。田园产业的扩充和要求掌握政治权力就纠缠在一起了。马克思说："在我们面前有两种权力：一种财产权力，也就是所有者的权力；另一种是政治权力，即国家的权力。'权利也统治着财产'，这就是说：财产的手中并没有政治权力，甚至政治权力还通过如任意征税，没收，特权，官僚制度加于工商业的干扰等办法来捉弄财产。"① 这里，马克思所讲的

---

① 《马克思恩格斯全集》第 4 卷，第 330 页。

是资本主义萌芽时期的社会现象。但在封建社会发展的时期，由于特殊的历史条件，某个国家的统治阶级内部，产生了政治权力和财产权力的矛盾现象，这种现象虽然和马克思所说的两种权力有根本的性质的区别，但是作为一种社会力量，它们是客观存在的。不过政治权力干扰的不是工商业，而是田园、产业。这就是说，在阶级社会里，财产所有者和握有政治权力的人，在某种情况之下，彼此是有矛盾的。陶渊明的时代，正是这种矛盾表现得十分突出的时代。世家豪族与士族，这些大财产所有者和握有政治权力的人，不断发生冲突和倾轧。豪族为了保护并扩张产业，就得争取掌握政治权力，皇族以及中央官僚集团为了巩固和扩展自己地位，就必须通过赋税等对于财产进行干扰和捉弄。这样，在豪族与皇族的各个集团里面都出现一些军事冒险家、政治野心家，互相争夺，互相屠杀，使得当时政治生活中出现一种阴森森的恐怖的局面。有一位卷入这种斗争的旋涡中终于弄得杀头的叫做诸葛长民的高级官吏，说过这样一句话："贫贱常思富贵，富贵必履机危。"① 这就充分地反映了当时的政治实况。"必履机危"，表明了斗争的激烈，同时也显示贪欲与权势欲使得许多人"覆身灭祀"和"倾国亡家"。

在这种政治形势之下，地主阶级的知识分子有两条道路可走，一是追求政治权力，一是退隐田园。追求政治权力很可能像诸葛长民那样"覆身灭祀"，退隐田园，也很难避免政治权力的干扰。不过统治者对退隐行为有时还是欢迎的，欢迎他们帮闲。如同桓玄要做皇帝，"以前世皆有隐士，耻于己时独无。求得西

_____

① 《晋书》卷八五，《诸葛长民传》。

朝隐士安定皇甫谧六世孙希之，给其资用，使隐居山林。征为著作郎，使希之固辞不就，然后下诏旌礼，号曰高士。时人谓之充隐。"（《通鉴》）充隐当然十分可笑，算不得真隐士。这里我们引用这个材料主要想说明两种情况，一是在政治的舞台上，统治者要演大轴戏时，还需要隐士这个角色；另一是隐士的身上存在着一种潜伏的社会势力，这点，从"招隐"和"反招隐"的一些诗篇中，还可以得到这个消息。我们看到魏晋时代隐逸风气那样盛行，应该认识到这是有其客观的社会基础的。这种现象的产生，并非偶然，它是一定的政治经济条件下的产物。也可以说，它是社会上两种权力，政治权力和财产权力，矛盾的复杂性和微妙性的产物。《晋书·祈嘉传》有一首歌谣说："祈孔宾，祈孔宾，隐去来，隐去来，修饰人世甚苦不可谐。"就透露了隐逸是客观社会中矛盾的反映。有一首《四皓歌》说："驷马高盖，其忧甚大，富贵之畏人兮，不若贫贱之肆志。"也道出了隐逸的真情。

　　陶渊明就是生长在这样的社会里面的一个知识分子。他的性格是在"淡焉虚止"的家庭和"君子固穷"的儒家教义的影响下形成，而在这个"贞脆由人，祸福无门"的社会环境中获得进一步的发展。仕途险恶和秽浊，驱使他"逃禄归耕"，通过亲身参加劳动来养活自己。他的性格中，像爱好劳动和安贫守贱这些特点，却在一定的程度上体现了我们民族心理面貌（特别是在当时知识分子的身上），在特定的历史阶段上某一时期的人们的特性。车尔尼雪夫斯基在他所著《关于世界通史某些问题的科学概念的评述》中认为，爱好劳动和能够安贫若素，是中国人的祖先从古代起就安于定居的生活方式，靠自己的劳动维持生活，而且生活在被压迫和贫困的环境，养成了这样的性格。但是我们不能说中国民族的性格就是这样。而只是说在某一个历史时期，民族性格呈现这样的状态①。"安贫若素"，在我们今天自然不能算作民族品质，但是在陶渊明身上曾经充当过他的坚持理想的动力，起过积极作用。

二　诗歌的特色

别林斯基说："诗人，作为一个人，一个性格，一个天性——总之，作为一个个性，难道能够不反映在作品中吗？当然，不能够，因为和自己脱离任何关系而描写现实的现象的这种能力，只是诗人本性的另一表现而已。"② 这里，别林斯基所讲的是指一般的诗人。若是拿抒情诗人来说，那么，诗就是诗人生活的记录。抒情诗人总是在揭露自己的性格中，反映生活。

陶渊明的诗歌，基本上是抒情诗。这些抒情诗中充分地烙上了他的性格的印记。钟嵘说："五言警策，陶公咏贫。"在这个题材的选择和描写上，的确显示了他的创作的特色的。他把理想、贫困、对于现实的不满和批评以及生活和劳动的时间结合在一起，构成了他的诗歌的特殊风格。这只要我们读读另一个作家的同类性质的诗，马上就可以感到这一点。江逌《咏贫》云："荜门不启扉，环堵蒙蒿榛。空瓢覆壁下，筆上自生尘。出门谁氏子，恧哉一何贫。"这和"陶公咏贫"比较一下，显得多么缺乏个性，缺乏生活气息。空空泛泛，没血没肉，一点也打动不了人们的心。我们回头看看陶渊明的诗就完全不一样。"贫居依稼穑，戮力东林隈。不言春作苦，常恐负所怀。"他的诗中，劳动

---

① 转述自尼·德·列维托夫：《性格心理学问题》，人民教育出版社，第251页。

② 《别林斯基选集》第二卷，时代出版社，第418页。

实践和生活理想是结合在一起的。"代耕本非望，所业在田桑。躬亲未曾替，寒馁常糟糠。岂期过满腹，但愿饱粳粮；御冬足大布，粗绨以应阳。正尔不能得，哀哉亦可伤！人皆尽获宜，拙生失其方；理也可奈何，且为陶一觞！"（《杂诗十二首》之八）贫困、不满、求生的意志和对于理想的坚持，感情的真实和胸襟的开旷明朗，诗歌的风格与诗人的性格糅合得那么匀称。这在《庚戌岁九月中于西田获早（疑当作旱）稻》诗中也同样的表现了这个特色。"四体诚乃疲，庶无异患干"，是他对于"代耕"（即出仕）生活的戒惧和决绝，夹杂着财产权力要求避开政治权力干扰的时代的回音。"颜生称为仁，荣公言有道，屡空不获年，长饥至于老；虽留身后名，一生亦枯槁。"现实的社会，在诗人的笔底下，多么不公平、不合理。"安贫守贱者，自古有黔娄。好爵吾不荣，厚馈吾不酬，一旦寿命尽，弊服仍不周。岂不知其极，非道故无忧。"正义和正直的人生理想培养茁壮了他的"安贫若素"的意志，他宁可"倾壶绝余沥，窥灶不见烟"，也不接受统治者的拉拢和诱惑。"斯滥岂攸志，固穷夙所归"，就这样，他在贫困中坚持了他自己选定的人生道路和理想，直至他离开这个世界。

　　什么是陶渊明的人生理想呢？"大济于苍生"，可能是他早年曾经涌现过的心情，但是就他一生的行事看来，没有迹象证明他在这方面作过努力。"猛志逸四海，骞翮思远翥"，只能算作偶然的激动，在他的性格中，并不是一个稳定的特征。理想不能够是"忽然想到"，而必须是坚定不移的相当稳定的心理面貌。显然的，逃开了政治斗争的陶渊明，"大济于苍生"，就不能不变的更形式了。这样，《桃花源记》和《桃花源诗》所描写的生活更能代表他的理想。在没有讨论桃花源这个理想的性质以前，想先谈谈另一首诗，这首诗是："丈夫志四海，我愿不知老。亲戚共一处，子孙还相保。觞弦肆朝日，樽中酒不燥；缓带尽欢娱，起晚眠常早。孰若当世士，冰炭满怀抱；百年归丘垄，用此空名道!"（《杂诗十二首》之四）这里我们可以清楚地看到他的人生观，也可以看到他的政治理想。和平的，安定的，家庭生活的讴歌，以及对市朝的官场生活的厌恶，他爱什么、憎什么，是十分鲜明的。美好的生活应该是像他所想的那个样子。吃得饱，睡得充足，这样的朴素。当然陶渊明对于生活的理解，还不止此。美好的生活概念还必然要包括工作在内，生活而不工作是不行的，"衣食当须纪，力耕不吾欺"。劳动、吃饱睡好，这不是人生正当的要求吗？这人生理想和"大济于苍生"最终的目的是相同的，因为"大济于苍生"也不过叫苍生吃饱睡好而已。

《桃花源记》和《桃花源诗》所体现的正是一种"劳动、吃饱睡好"的理想，它和《击壤歌》所表现的思想基本是一样的。"击壤自欢"是陶渊明的理想，也是"晨出肆微勤，日入负末还"的写照。这是一个生活在被压迫和贫困的环境中的小生产者的理想，和那所谓"大济于苍生"的政治家的思想，是不一样的。因为"大济于苍生"必须参加政治权力的角逐，这是陶渊明所不愿意从事的。这点我们如果不结合陶渊明的性格和生活来考察《桃花源诗》，对于诗中所描写的理想是说不上真正的了解的。

陶渊明的创作受到性格的影响。我们还可以从"反映什么"和"如何反映"两个方面来探讨。还是以《桃花源诗》为例吧。许多人都提到"秋熟靡王税"这个句子，说它有"反剥削的思想"。我的看法稍有不同。我觉得"剥削"这个概念，在陶渊明的头脑中恐怕是不存在的。我对于这句诗的体会，是它正反映了土地所有者要求摆脱政治权力干扰的愿望。因为"捐税体现着表现在经济上的国家存在"①。国家通过政治权力向土地所有者课取定额的谷米，以充皇室的挥霍。马克思说："哪一个饶舌的庸人不会向饥饿的老百姓指出，捐税这种君主得来的不义之财就是他们贫困的根源？"② 老子也说："民之饥以在上食税之人多也。"在土地上劳动而身受饥寒的陶渊明只字不提租税对于自己生活的影响。只讲了这么一句"秋熟靡王税"，多么婉曲的表现着自己的思想感情啊；我们从《怨诗楚调示庞主簿邓治中》诗中，看到他穷得"夏日长抱饥，寒夜无被眠"。口里还说"在己何怨天"，这种隐藏真实的情感的作风，已经成了他的习惯了。大家都熟悉他是因为不愿向督邮折腰，才辞掉了彭泽令的。但是他自己怎样说呢？"寻程氏妹丧于武昌，情在骏奔，自免去职。"在黑暗的残暴的统治之下，陶渊明养成了一种不怨天不尤人的性格。这种性格反映在他的创作中就是表达思想感情的迂回曲折。我们读一读这一首诗吧，"久去山泽游，浪莽林野娱。试携子侄辈，披榛步荒墟。徘徊丘陇间，依依昔人居，井灶有遗处，桑竹残朽株。借问采薪者：此人皆焉如？薪者向我言：死殁无复余。'一世异朝市'，此语真不虚！人生似幻化，终当归空无。"（《归园田居》五首之四）在《和刘柴桑》那首诗中也提到"荒涂无归人，时时见废墟"。这种农村残破的景象是什么原因造成的呢？疾疫？饥荒？战争？诗人没有作出回答。但是我们从《魏书·食货志》记载："晋末天下大乱，生民道尽，或死于干戈，或毙于饥馑，其幸而自存者盖十五焉。"和《晋书·刘毅传》说，江州"自桓玄以来，驱蹙残败，至乃男不被养，女无匹对，逃亡去就，不避幽深，自非财殚力竭，无以至此"。我们知道，

---

① 《马克思恩格斯全集》第4卷，第330页。

② 同上。

人祸是重于天灾的。陶渊明所描写的那个江州，就是刘毅所说的江州。两相对照，事情就很清楚了。我们再看看《于王抚军座送客》这首诗吧。陶渊明参加王宏的这个"集别"，是以清客身份，还是一种不能推辞的义务，我们这里搞不清楚。但是送故迎新，官场杂役，当时人是当作一种坏风气看待的。《晋书·虞预传》说：预"陈时政所失曰：军寇以来，赋役繁数……自倾长吏，轻多去来。送故迎新，交错道路。受迎者唯恐船马之不多，见送者唯恨吏卒之常少"。《刘毅传》也说：毅为江州都督，上表言事，谓"属县凋散，示有所存，而役调送迎，不得止息"。我们知道官吏们来来往往，对于小老百姓却是一件苦差事。陶渊明在这首诗中，通过"逝止判殊路"这一句，也隐约地接触到了不愉快的现实。我们这里看到当诗人的笔触及政治权力的时候，他是多么小心谨慎起来。有人因为在陶诗中，看不到痛快淋漓地描写民间疾苦，和揭露统治阶级的残暴的诗篇，就怀疑这个作家，其实，这是不必要的，抒情诗人反映现实总是离不开他的性格特征和时代特征的。他的性格特征决定他反映现实的特殊方式。

我们前面讲过，魏晋时代是一个政治权力和财产权力矛盾的激烈化的时代，作为一个士族后裔，陶渊明是倾向于保有财产权力的豪族方面的。陶渊明除开"方宅十余亩，草屋八九间"这所小庄园外，还有其他田产的。他的诗中，所讲的"西田""南亩""下潠田舍"以及在《祭从弟敬远文》中所说的"三宿水滨"的地方，都不是指的"方宅十余亩"的小庄园。他开始归耕的时间是兴元二年。这个时候正是在孙恩发动的战争以后，当时田畴荒废，统治者曾"弘敦本之教，明广农之科"，提倡"同以南亩竞力"，使"野无遗壤"，鼓励开荒的①。陶渊明的"我

---

① 参《晋书·食货志》。

土日以广",大概是垦荒的结果。他的《癸卯岁始春怀古田舍》和《劝农》诗,都是作于这个时期。"平畴交远风,良苗亦怀新;虽未量岁功,即事多所欣。"辽阔,清新,期待,喜悦。田园生活中,他感到十分适意。对于他那个小庄园,他非常依恋。"静念园林好,人间良可辞",打算一辈子过着乡居的生活了。

在陶渊明笔底下的乡村,是"暧暧远人村,依依墟里烟,狗吠深巷中,鸡鸣桑树巅",和平安定的。"晨兴理荒秽,带月荷锄归。""时复墟曲中,披草共来往;相见无杂言,但道桑麻长。"劳动生产的积极态度和喜悦的心情,人与人之间的和睦相处,这个融洽的社会,比起那个"冰炭满怀抱"的市朝,太好了。如果风调雨顺,"明雨萃时物,北林荣且丰",生活是富裕的。在这个环境中,"偶爱闲静",就"采菊东篱下,悠然见南山",欣赏着"山气日夕佳,飞鸟相与还"的自然景物的乐趣。但是,"山中饶霜露,风气亦先寒,田家岂不苦,弗获辞此艰。四体诚乃疲,庶无异患干。"能够吃饱睡好,还是由于付出了代价的结果。

封建社会的农村,生产技术低下,缺乏科学的田间管理,靠天吃饭的成分还是很重的。要是碰上"炎火屡焚如,螟蜮恣中田。风雨纵横至",就会"收敛不盈廛",而要挨饥受冻了。陶渊明告诉我们的农村面貌就是这样。这个田园生活,和他所厌恶的"市朝生活"是大不相同的。市朝生活在陶渊明的笔下是"驱易进之心",弥漫着一片非分苟得的空气。这个社会是"行止千万端,谁知非与是"。没有真理,没有正义。尔虞我诈,"世俗久相欺"的。诗人把它叫做"尘网"和"樊笼"。私有制度使得人与人之间造成一种互相仇恨,互相猜忌、欺诈、倾轧、争夺等现象。这些现象每天发生着,像罗网似的,每个人生下来都被圈进去,凡事一点也做不得主。陶渊明所体会到的官场生活就是这一实质的反映。

在陶渊明的诗歌中，两种生活的对比，给人的印象是很深的。一面是自由的欢乐的，人与人之间是融洽的，互相帮助，彼此关怀的，而大家一起劳动，一起谈笑；另一面是阴暗的残酷的，人与人之间是互相倾轧、讹诈、没有信用，没有是非，彼此冰炭，只有恐惧，缺乏温暖。

在陶渊明的诗歌中，描写了两种生活的不同，他明白表示他爱的是田园的、劳动的、自由的、温饱的生活，虽然他常常是不能得到温饱。对于肮脏的、庸俗的、险恶的、令人感到窒息的、厌恶的政治生活，他是否定的。"实迷途其未远，觉今是而昨非。"他把仕进当作迷途，而对于远离政治权力的角逐，认为得策。

在陶渊明的诗歌中，他描写这两种生活的手法是不一样的。读过他的诗，我们懂得什么时候播种，什么时候除草，什么时候收割。播种时候是什么心情，除草时候是什么心情，收割时候是什么心情，这些我们都能够体察到。他的屋前屋后有什么花草，他和哪些朋友来往，一切都很清晰，细致。但是当他描写市朝生活时，他不是笼统地说那是"网罗""樊笼"，就是什么"异患""相欺"。具体的细节，我们一点也弄不明白。一个人对爱好的事物多讲几句，讨厌的东西少提起，这很自然而平常。但是就陶渊明说，"语默自殊势"，多谈少说，还有个人性格和时代压力的原因。

把政治生活看成罗网，本来是魏晋名士和隐士的共同语言。何晏《拟古》、王徽之《兰亭》、郭璞《游仙》、孙绰《赠温峤》都把官场说成网罗。陶渊明虽然也和他们一样使用这个名词，但是他把这种生活和美好的幽静的田园生活对立起来，却具有一种新的意义。由于它和美好对立，许多人都可以把对于现实不满的情绪装进那个网罗中去。由于它和幽静的田园对立，一切动乱的污浊的概念都和政治联系起来，给人们灌输一种对现实社会的秩序的怀疑和否定的意念。这样就是我们读过陶渊明的诗，虽然他对丑恶的霉烂的现实揭露不多，但是总和诗人一样感到窒息而要求呼吸一些新鲜的空气。陶渊明诗歌中，这种由于个人性格和时代的关系而决定的表现方式，本来算不得什么艺术技巧，然而在实际上却产生了艺术的感染力。

在陶渊明所描写的田园生活中，和市朝生活完全不一样，人与人之间没有矛盾，没有争夺，没有忌刻，也没有龃龉，有人说这是陶渊明有意的写出田园的和谐美好，用以衬托市朝生活的腐臭。我觉得如果说他的诗客观上产生这样效果是可以的，如果说他的诗主观上就是这样想的，却未必。我是这样理解的，我认为这地方正反映了他自己的经济利益和世界观的局限性。我在前面说过，他所生存的时代是政治权力和财产权力，亦即皇族与士族，矛盾剧烈的时代。他的世界观始终没脱离士族的地位。对于士族根据地的庄园内部，他的观察力是迟钝的。然而正因为这样，才构成了他的诗歌特征的一个方面，缺乏笔扫千军似的揭露现实的勇猛。

三 几个问题

在讨论陶渊明的诗歌时，不少人提到抒情诗的特征问题。有人企图从题材范围来限制抒情诗的活动，显然是不能解决问题的。要探索抒情诗的特征，必须要了解诗人的性格和个性。抒情诗和其他体裁的文学作品区别，主要是诗人的个性在这种形式中获得直接的表达的机会。性格不仅表现在一个人做什么上，也表现在一个人做一件事情，怎样做上。因此抒情诗的表现方式常常受到诗人性格的制约。我们研究陶诗反映现实问题，离开诗人的性格特征，就不能得到完满的解答。

有一些人离开诗人性格特征，企图从肯定诗人的思想中来肯定作品。他们说，陶渊明是无神论者，反对"形尽神不灭论"的，不信佛教的唯物论者。根据就是《形影神》三首诗。就诗论诗，在我看来，也没有这个"胜义"。这三首诗中，《形赠影》这首开头说："天地长不没，山川无改时。……谓人最灵智，独复不如兹。"是说天地永久也不毁灭，人何以不同？《神释》中回答这个问题，"人为三才中，岂不以我故！"就是明白的表示人其所以能和天地称列为三才，就是因为我这神也不灭的缘故。这就是告诉形说，人之死亡，只是你要消灭而已。因此这首诗在我理解，不仅不是什么"神灭论"，恰恰相反正是"神不灭论"。至于"应尽便须尽，无复独多虑"，乃是安慰形和影的，并非说自己。这首诗本来没有什么深奥的哲理，偏偏许多人要在里面煞费苦心地找寻陶渊明的哲学见解。甚至有人还举出什么"化迁"的词汇来佐证这个"创见"。其实"化迁"是个当时流行的口语，并非哲学的专门名词。支遁（道林）《述怀》诗也用过。支道林是个和尚，大概不会反对佛教"神不灭论"的。而且事实上，陶诗中，如《拟古》诗中有"游魂在何方"，《挽歌》诗中有"魂气散何之"都和"神灭论"是冲突的。

另外还有一些人，不仅离开诗人的性格，而且离开诗歌的本身来讲思想性问题。如同有人说："《劝农》诗突破了轻视劳动的思想，而把劳动看作人的本分。"这是一个地道的断章取义的解释诗歌的标本。《劝农》这一组诗，从总的倾向和它的主题思想说，是劝谕农民要好好劳动的，意思很清楚，原诗具在，不必辞费了。至于有人在《戊申岁六月中遇火》诗中，看出诗人"思想没有被个人的痛苦所吞没，他反而更感受到了社会上贫富的悬殊"，这真不知从何说起。这首诗，我反复读过，也体会不出这个意思来。只能说这是这篇文章的作者把自己的思想强加到古人的作品上去，不是原诗含有的本义。

还有的人，简直就没有细心阅读作品，就发表意见。如同有人见到陶诗中提到张掖幽州，就说陶渊明到过北方。又如镇军参军为仕刘裕的意见，也完全不考虑这和《宋书·武帝纪》的记载是矛盾的。刘裕义熙元年三月（《通鉴》作四月）"旋镇丹徒"，如果陶渊明这个时候经曲阿至丹徒的话，与他这时已经为建威参军使都，彼此矛盾，怎么能一身而二用呢？至于《饮酒》诗作于四十岁左右，即赋归去来不久，旧宅未遭火灾以前，何孟春的说法是可靠的，但是有人偏要把写作年代拉后十多年。陶渊明的旧宅有一根松树（见《归去来辞》），移居后就不再提了，《饮酒》诗有一首说："班荆坐松下，数斟已复醉。"也可以作为移居以前的作品的一个旁证。

总之，由于近来翻阅陶诗，发现问题不少，这里不能一一提出来讨论，拉杂写来，希望爱好陶诗的同志们，匡其不逮。

（原载《光明日报·文学遗产》第 289 期，1959 年 11 月 29 日第八版；后编入《陶渊明讨论集》，中华书局 1961 年第一版）

关于旧抄本蒲松龄的《聊斋诗文集》

蒲松龄的小说《聊斋志异》，脍炙人口，早就成为人们最喜爱的读物之一。可是他的诗歌、散文、戏曲等作品，却由于种种原因，散失不少。拿诗文说吧，根据张元写的墓表记载，有诗集6卷，文集4卷。虽然究竟有多少首诗，多少篇文，没有说明，但据藏有一小部分聊斋编年《诗草》的高翰生说：蒲氏原有诗1295首，数目不算小。至于文章，他的五世孙蒲庭桔在文集的跋中说有400多篇。这些著录的数目字，比今天保存传世的要多出很多。

聊斋诗文，向无收罗完全的刻本。《历亭诗文汇编》、《山左诗钞》、《般阳诗萃》等书选录了他的诗145首。过去清华大学和马立勋各藏有他的诗集抄本一部，去掉重复的，合起来共存诗219首。这三百多首诗，后来路大荒编成《聊斋诗集》二卷，收入世界书局《聊斋全集》内，排印出版。但栾调甫在这部诗集的跋中说他藏有另一个残抄本，起壬午迄庚寅，存诗231首，路氏并未据以补入。解放后，《南游诗草》78首又复发现，这就大大丰富了我们关于聊斋诗文的知识。据今年《文汇报》9月6日报道，山东省文化部门现在已经搜集到蒲氏的诗将近500首，文

500多篇。这些诗文，笔者未见。但是前几天笔者见到另一个抄本《聊斋诗文集》。这个诗文集不分卷，汇订成4册。诗集不分卷，首页盖有方形阴文朱色"德风堂印"一枚。文集有挖补，似原分卷，首册有渔洋山人王士祯"题聊斋文集"76字，称"八家古文辞日趋平易，于是沧溟弇州辈起而变之以古奥，而操觚系论文正宗，谓不若震川之雅且正也。聊斋文不斤斤宗法震川，而古折奥峭又非拟王李而得之，卓乎成家，其可传于后无疑也"。当然这是应酬文字，说得很空泛。此集收文100篇，末附高念东等《寄聊斋》书信26篇，不仅较清末国学扶轮社铅印本多出48篇，而且篇目亦互有异同。此集无《原天》、《灌仲孺论》等37篇，而多出《代学师寿邑侯兴安周公六十序》等86篇。其中《妙音经续言》一篇重复，实际是85篇。唯多数是代人捉刀的应酬文，价值不大。内有代孙树百写的书信十余封，不知与《鹤轩笔札》中的文字相同否？至于《叶生赞》一文，实《聊斋志异》中《叶生》的异史氏曰的文字，但末附《偶感》诗一首云："潦倒年年愧不才，春风披拂冻云开。穷途已尽行焉往，青眼忽逢涕欲来。一字褒疑华衮赐，千秋业付后人猜。此生所恨无知己，纵不成名未足哀。"诗乃志异所无，路大荒辑《聊斋诗集》亦未收。又《花神讨封姨檄》即全同志异《花神》中的檄文。至于《盐法论》一篇，立意与志异中《王十》篇的异史氏曰同，但文字较详，并且提出了一个"两便之道"的解决方案，即"定以官价，使鬻本境无异于他境，则他境之盐至此无利，而私贩将自止"。表示了他对盐政的正面看法。然亦有以改正今印本之失者。如《答陈翰林书》，此作《代毕刺史答陈翰林书》，免掉人们误会陈翰林是蒲氏的挚友。但其中最使我们感兴趣的一篇文章是《为人十二则》。这篇文章反映了蒲松龄的思想、性格，以及为人处世的生活作风。十二则是：（一）正心，

（二）立身，（三）劝善，（四）徙义，（五）急难，（六）救过，（七）重信，（八）轻利，（九）纳益，（十）远损，（十一）释怨，（十二）戒戏。这就是说一个人应当做到心地善良，守正不阿；不同流合污，要有高风亮节；要勤耕苦读，救困扶危，选择良朋，互相砥砺；要和讲道义的人多接近，随时随地帮助别人解决困难；重信用，轻财利；劝人改正过失，自己也须虚心接受他人规劝；不要做损人亏心之事，不要与人结仇生怨，不要随便和人开玩笑。这篇文字无疑的可以帮助我们对于《聊斋志异》作者的了解。我们从文集中《上孙给谏书》、《上念东先生书》、《与王鹿瞻》、《郢中社序》等文内，看到他在生活实践中所表现的、和他所说的为人十二则确是言行一致的。文集有许多地方还流露出他本人的生活状况的，如《答王瑞亭书》所说："朝课奴耕，夕问婢织……枲谷卖丝以办太平之税……但恨田中不产银艾，禾头不结金章耳！"这和有些人说蒲松龄终年生活在饥寒交迫的情况下是不符的。因此有必要依照这个文集中的一些文章，改正我们由于材料不足而产生的对蒲松龄某些错误的认识。

这个抄本除开收有散文 100 篇外，还收诗 167 首。其中"聊斋有居仅容膝"重出，真实的数字是 166 首。在这 166 首中，有 72 首是路大荒辑本所无。里面《家居》二首，《山村》一首都是题目相同而诗句与排印本完全不一样的，因此实际上是多出 75 首。这 75 首诗中有的和《聊斋志异》的写作有些关系。如《途中》一诗："青草白沙最可怜，始知南北各风烟。途中寂寞姑言鬼，舟上招摇意欲仙。马踏残云争晚渡，鸟衔落日下晴川。一声欸乃江村暮，秋色平湖绿接天。"从这首诗看来，蒲氏的志异中许多篇章是"途中寂寞"时产生的。诗也写得十分工致。在《同安邱李文贻泛大明湖》诗中，他说："鬼狐事业属他辈，屈宋文章自我曹。"可以窥见他对于他自己的作品是很自负的。

我们从这些诗中还可以看到他运用了创作《聊斋志异》同样的手法，离奇而丰富的幻想。如同《密云不雨》诗：“麦田坚燥罢耕犁，日日浓阴雾四垂。酿雨不成难似酒，蒸云易散速于饮。”又《夜渡》诗：“野色何茫茫，明河低欲坠。水月鳞鳞光，马踏月光碎。”

近来对于蒲松龄有无民族思想，颇有争论。这里有一首《王烈妇》诗：“城中鬼哭如荒村，惨绝国殇贞烈魂。庭敞无人月凄冷，天阴雨血昼黄昏。泣抛儿女死心决，笑入泉台生气存。冤愤千年作云雾，而今井水有余浑。”如果这里写的是清初民族战争，这个“国殇”王烈妇，就不能不抱有民族气节。蒲松龄的歌颂也不能说是无意义的举动。

文集有《唐梦赉（豹岩）与蒲松龄书》云：“来什押韵奇险，《春台》一作尤谑，恐一时无出其右者乎。”此抄本无《春台》一题，但有《石丈》诗，与排印本《和王春台诸咏》中的《石丈》诗不同。诗作：“石丈剑榍高峨峨，幞头靸鞈□鞋蓑。虬筋盘骨山鬼立，犹披薜荔戴女萝。共工触柱崩段段，一段闯竖东山阿。巅崿参差几寻丈，天上白云行相摩。我具衣冠为瞻拜，爽气入抱痊沉疴。”诗的确是奇险而谑，或者就是所谓《春台》诗吧。这首诗不仅想象奇特，而且表现了作者的峥嵘的性格，比排印本那首《石丈》诗不知要高明多少倍。如果不是同一题目写了两首，我很怀疑排印本《和王春台诸咏》不是蒲松龄的作品。

抄本还有几首诗字句和排印本相同而题目不同的，如《斗室落成从儿辈顷日面壁居》，此仅作《面壁居》。又《面壁斋》此作二题，《斗室》和《面壁居》。又如《五月晦日夜梦渔洋先生枉过不知尔时已捐宾客数日矣》，此作《挽渔洋》。又“斗室颜作面壁居”诗，排印本脱六字，此不脱，可以“窟偎，半架蘅茅"六字补之。其他可以改正排印本的地方还很多，所以这个抄本的出现，是十分有价值的。

但是这个抄本保存了极为珍贵的材料还不是上面所提到的一些诗文，而是罕见流传的三个剧本。在张元所撰墓表碑阴列有蒲氏的著作"戏三出"。这三出戏是《考词九转货郎儿》、《钟妹庆寿》、《闹馆》。现在这个抄本有《闹窘》、《南吕调九转货郎儿》、《钟妹庆寿》三个剧本。疑《闹馆》乃《闹窘》之误。《闹窘》写举子考试做不出文章的窘态。交卷后，举子出场念诗云："号房初勤学，文章速立身。满朝朱紫贵，苦杀出场人。"对于搜索枯肠，命题试上，微露讥刺的情绪。《南吕调九转货郎儿》乃一人独唱的剧本，也是描写科举考试情况的。形容参加考试的人从进场到出场的心情变化，相当细腻。其中写进场一段，颇精彩。字句间稍带冷嘲热讽。这段唱词是："闻昨夕考牌已送，狠命的咕哝，恨不能一口咽胸中。更既定，头始蒙，复去番来意怔忡，不觉的一炮扑咚，二炮崩烘，一煞时三炮似雷轰。这比那午时三刻还堪痛，只得提篮攒动，道门外，火烛笼璁，万头攒聚不通风。汗蒸人气腥臊万种，便合那听热审的囚徒一样同。"我们把这段唱词和《聊斋志异》中《王子安》的异史氏曰"秀才入闱，有七似焉。初入时，白足提篮似丐。唱名时，官呵隶骂似囚"对照着看，就更加能理解这个剧本对于现实揭露的深刻意义。《钟妹庆寿》乃写钟馗生日，他妹子本想捉到百个肥鬼，但搞了一天，仅获一个小鬼。乃修书一封云："酒一瓶，鬼一个，送来与兄作庆贺。兄若嫌鬼少，挑担的算两个。"叫日前捉到的一个肥大的傻鬼送去。傻鬼怕被钟馗吃掉，不肯去。钟妹骗他说："官不打送礼之人。"去后，终于都被钟馗吃了。这个剧本情节，极似《聊斋志异》中的故事。曾见抄本《聊斋志异摘抄》卷十五有《钟馗》一篇，或者这类故事亦为蒲氏所常谈。

但剧本仅供笑乐，似无深意。这三个剧本从形式上看，和他的许多"俚曲"，并无多大区别。不过所有唱词都用南北曲的宫调，和"俚曲"不同，所以叫做戏。

这个抄本"丘"字，"禛"字不避讳，"照"字作炤，可能是康熙抄本，或者过录康熙年间的抄本。栾调甫《聊斋诗集》序称道光末冯荻桥好删移字句。此抄本《元旦口号》诗，有朱笔批改为"屋角疏梅晓日烘，屠苏饮罢火犹红。稚孙似炫新衣好，也学诸儿拜老翁。"与原作字句大异。或者这个抄本曾经《般阳诗萃》的编者冯荻桥收藏过，也说不定。

解放后，蒲氏的诗歌、散文、戏曲、俚曲、鼓词和聊斋志异的逸文，陆续发现不少，如果有人将这些作品收集起来，加以整理出版，对于研究蒲松龄的生平思想和小说《聊斋志异》一定是有很大的帮助的。

（原载《光明日报》1961 年 10 月 15 日第四版）

《乾隆抄本百廿回红楼梦稿》跋

　　《红楼梦》一书，向以八十回抄本和一百廿回刻本分别流行于世。八十回抄本附有脂砚斋和他人的批语，一般认为是曹雪芹原稿的过录。据平步青《霞外攟屑》卷九及邹弢《三借庐笔谈》卷十一中记载，这个本子曾经刊刻。但是这个刻本今天未见流传。至于百廿回刻本则是由高鹗、程伟元等人的修改和增补过的，与原稿微有异同。程、高刻书的前一年，周春在《阅红楼梦随笔》中说有人以重价购得百廿回《红楼梦》抄本一部，看来程、高删改付刻之前，百廿回《红楼梦》已在社会上流行过。近年山西出现的乾隆甲辰梦觉主人序抄本《红楼梦》，似是这一类本子，惜止存八十回，尚不足以证实周春的话。现在这个抄本的发现和影印，帮助我们解决了一桩疑案。

　　这个抄本的早期收藏者杨继振，字又云，号莲公，别号燕南学人，晚号二泉山人。隶内务府镶黄旗。著有《星凤堂诗集》。他是一位有名的书画收藏家。原书是用竹纸墨笔抄写的。盖有"杨印继振"、"江南第一风流公子"、"猗欤又云"、"又云攷藏"等图章。杨继振的朋友于源、秦光第等并有题字和题签。于源字秋泉（泉），又字惺伯、辛伯，秀水人。著有《一粟庐合集》。

秦光第字次游，别号微云道人。于源有《赠秦次游（光第）兼题其近稿》诗一首，可见也是有著作的。他们两个人都是杨继振的幕客。秦次游在封面题签上称"佛眉尊兄藏"，杨继振不闻有"佛眉"之号，或者这个抄本在流传到杨继振手中以前，曾经为"佛眉"其人收藏过。

　　杨继振说这个抄本是高鹗的手订《红楼梦稿》，不是最后的定稿。意思是说这个抄本乃高鹗和程伟元在修改过程中的一次改本，不是付刻底稿。证以七十八回末有"兰墅阅过"字迹，他的话应当可靠。但是无论如何，这个抄本不是杨继振等所伪造，用以欺瞒世人，是可以断定的。因为前八十回的底稿文字系脂砚斋本，而脂砚斋本杨氏生前并未见过，这是断然假造不出来的。我们从他公开说四十一回至五十回原残阙，他照排字本补抄了，可见他也无意于作假。至于高鹗不在这本书的开头或结尾来个署名，单单选定七十八回写上"兰墅阅过"四个字，实属费解。如果说高鹗修改《红楼梦》时，正是屡试不第，"闲且惫矣"，而七十八回原有一段关于举业的文字被删改了，或者他看到这等地方有所感触，因而写下了他的名字，那倒是意味深长的了。

　　当然，说这个抄本是程伟元、高鹗修改过程中的一次稿子，单凭四个字是不够的。主要的还应该是这个本子上修改后的文字百分之九十九都和刻本一致，只有极少数地方如回目名称、字句、个别情节，稍微不同。由于基本上一致，所以我们说它是程、高改本。又由于两者不尽相同，我们觉得它不是定稿。一般说来，两个本子的文章字句，彼此雷同，不可能纯粹出于巧合。它也可能有这样的情形，即程伟元买到这份稿子时，上面已经有人改过了。但是这与实际情况不符。程伟元在刻本序上只提到他所买到的本子是"漶漫殆不可收拾"，不曾说原抄本上有涂改情况。因此我们觉得这个假定是不能成立的。此外也还可能有这样情形，即有人根据刻本修改他原来收藏的抄本而成了现在这个样子。我们认为这也是不可能的。因为修改的文字，从回目到情节都有与刻本不同的地方。既然是照改，又故意改得不忠实，未免不合情理。

如上所云，根据我们的考察，这个抄本是程、高修改稿，可能性最大。但是这个抄本的价值却不限于它是程、高手订稿这一点。首先，这个抄本提供给我们一个相当完整的八十回的脂砚斋本子。这个百廿回抄本的底本前八十回是脂本，这个脂本的抄写时代应在"庚辰"本与"甲辰"本之间。说它在"庚辰本"之后，最明显的一个例证就是十七和十八两回已经分开。说它在"甲辰本"之前，我们根据的是这种情形：即这个抄本和"甲辰本"同样改动了的地方，有的和甲辰本一样，不留痕迹，如二十二回末尾谜语；但更多的地方是保留修改痕迹，如五十八回藕官烧纸钱。这个抄本虽然抄写在"庚辰本"之后，但是仍有它的特色。如第四回开端有一首诗为各本所无。将第五回起始二十九字移至第四回末，第十六回记秦钟之死，七十回柳絮词"任他随聚随分"下有批语云："人事无常，原不必戚戚也。"都是和别本不同或别本脱抄的。所以在脂本系统上，这个抄本将占有一定的地位。其次，通过这个抄本，我们大体可以解决后四十回的续写作者问题。自从有人根据张问陶《船山诗草》中的赠高鹗诗"艳情人自说红楼"的自注说《红楼梦》八十回以后皆兰墅所补"，认定续作者是高鹗，并说程伟元刻本序言是故弄玄虚，研究《红楼梦》的人，便大都接受这个说法。但是近年来，许多新的材料发现，研究者对高鹗续书日渐怀疑起来，转而相信程、高本人的话了。这个抄本在这方面提供了一些材料，我们看到后四十回也和前八十回一样，原先就有个底稿。高鹗在这个底稿上面做了一些文字的加工。这个底稿的写作时间应在乾隆甲辰以前。因为庚辰抄本的二十二回末页有畸笏叟乾隆丁亥夏间的一条批说"此回未成而芹逝矣",仍保留着残阙的形式。但到甲辰梦觉主人序抄本时就给补写完整了。而且把原来宝钗一谜改作黛玉的,另给宝钗换制一谜,谜中有"恩爱夫妻不到冬"一句,并且批云:"此宝钗金玉成空。"可见这位补写的人对宝钗后期生活是清楚的。这也就是说,后四十回所写宝钗生活的文字,这位补字的人见到过。或者后四十回竟是出于他一人的手笔,也很可能。因此,张问陶所说的补只是修补而已。

后四十回既大致可以确定不是高鹗写的,而是远在程、高刻书以前的一位不知名姓的人士所续,这样一来,我们前面提到周春的话就得到了实物的证明了。看来这个抄本不仅前八十回重要,而整个百廿回抄本更是在《红楼梦》的版本史上占着不可轻视的地位。现在将它影印出来了,送到《红楼梦》的研究者和爱好者的面前,让大家共同来研究它,欣赏它。至于上面的一些意见,只是我个人读后的一点看法,也不一定完全正确,写出来供大家参考。

1962 年 11 月于北京

(原载《乾隆抄本百廿回红楼梦稿》,中华书局 1963 年 1 月影印本)

关于高鹗续《红楼梦》及其他

敬启者：

贵刊一九六三年第四期载吴世昌先生《〈红楼梦稿〉的成分及其年代》一文，其中涉及我的跋文部分，有些意见需要作点说明。现在把我的说明写下来，请你们作为"读者来信"发表吧。

一

我的原文：

这个百二十回抄本的底本前八十回是脂本。这个脂本的抄写时代应在"庚辰"本与"甲辰"本之间。说它在庚辰本之后，最明显的一个例证就是十七和十八两回已经分开。说它在甲辰本之前，我们根据的是这种情形：即这个抄本和甲辰本同样改动了的地方，有的和甲辰本一样，不留痕迹，如二十二回末尾谜语；但更多的地方是保留修改痕迹，如五十八回藕官烧纸钱。

吴先生对我这节文字提出意见说：

范君跋文第五段据此回（案即二十二回——范）末谜语，判断全书抄于"庚辰"本与"甲辰"本之间，是错的，范先生显然没有对勘此回的笔迹和文字的异同。因为此点关系此本年代，颇为重要，故不得不指出，以祛读者之疑。

这里首先要指出的是吴先生说"据此回末谜语，判断全书抄于'庚辰'本与'甲辰'本之间"的说法，和我跋文的原意是不符合的。吴先生割裂了我的原文，截取半句话"即这个抄本和甲辰本同样改动了的地方，有的和甲辰本一样，不留痕迹，如二十二回末尾谜语"，马上就下判语说我"判断全书抄于'庚辰'本与'甲辰'本之间，是错的"。我想我不会糊涂至此。两个本子同样都改动了，又都不留修改痕迹，充其量只能证明两个本子改动的时间是同时，无法说谁先谁后。要断定谁先谁后，应该看下半句"但更多的地方是保留修改痕迹，如五十八回藕官烧纸钱"。只有一个本子上留有痕迹，一个没留痕迹，才能说留有痕迹的应该比没有留痕迹的早。因此这里我并没有说错。也正如吴先生所说："因为此点关系此本年代，颇为重要，故不得不指出，以祛读者之疑。"至于吴先生说我"显然没有对勘此回的笔迹和文字的异同"，这点我在跋文中的确是没有交代。没有交代的原因是，这一回存在着一个复杂情况。研究《红楼梦》的人都知道。二十二回的末尾在"庚辰"本是残阙的。现在把这回补全了有三种本子：一是"有正"本和吴晓铃先生藏的"舒"本同，一是"甲辰"本，另一是这个抄本和程伟元的刻本基本相同。甲辰本在贾政看完了"有眼无珠腹内空"这个谜语后，寥寥数语就结束了这回文字。有正本在贾政看完谜语后却有一大段文字。这段文字和这个抄本以及程伟元的刻本是相同的。但是有正本和庚辰本都有惜春的谜语，没有宝玉的谜语，所以当贾政离开后，宝玉"如同开了锁的猴儿一般"。凤姐说宝玉"你这个人，就该老爷每日合你寸步儿不离才好。刚才我忘了，为什么不当着老爷，撺掇着叫你做诗谜儿？这会子不怕你不出汗呢？"这话放在有正本上是通的，因为有正本，宝玉没有做诗谜。不过现在放在这个抄本和程刻本上就发生矛盾了，实际上这两个本子中宝玉明明做了诗谜。至于甲辰本虽有宝玉的诗谜，却没有这一段话，也通。文章总应该是从"不通"改成"通"，所以这三种补本，谁先谁后，还大有研究的余地。我在跋文中原是有意回避这个问题，所以仅提"谜语"修改，不涉及二十二回全回的笔迹和文字异同。现在吴先生提出这个问题来，我只有作个简单的说明，要解决问题，还得作进一步的考察。

二

我的原文：

> 杨继振说这个抄本是高鹗的手订《红楼梦稿》，不是最后的定稿。意思是说这个抄本乃高鹗和程伟元在修改过程中的一次改本，不是付刻底稿。

吴先生针对我这一段话说：

> 范君跋文把杨氏题字中"手定《红楼梦稿》"讹为"手订"，遂推衍此二字，解为"不是最后的定稿"。

这里又是吴先生误会了。我根本就没有把"手定"讹为"手订"。我的标点符号是：手订《红楼梦稿》。不是"手订《红楼梦稿》"，"订"字不是引用杨继振的"题字"，无所谓"讹"。我用"订"字和说杨继振认为"不是最后的定稿"，是根据这个抄本第八十三回尾页杨继振的批注："（上略）又前数卷起迄，或有开章诗四句，煞尾上有或二句四句不同，兰墅（墅）定本，一概节去，较简净。"我说不是付刻底稿，理由就在这里。当然，这个问题由于修改后的文字基本上是程乙本，所以问题较为复杂，现在不打算讨论这个问题。

三

我的原文：

> 自从有人根据张问陶《船山诗草》中的赠高鹗诗"艳情人自说红楼"的自注说"《红楼梦》八十回以后皆兰墅所补"，认定续作者是高鹗，并说程伟元刻本序言是故弄玄虚，研究《红楼梦》的人，便大都接受这个说法。但是近年来许多新的材料发现，研究者对高鹗续书日渐怀疑起来，转而相信程、高本人的话了。……因此，张问陶所说的"补"，只是修补而已。

吴先生对我这段话发表了很长的一段议论，转录嫌占篇幅，只好摘录其中关于补写和修补的问题来谈一谈。至于梦觉主人乃高鹗化名，这个问题我没掌握任何材料，不敢谈。

高鹗续书的证据，全部的也是唯一的就是《张问陶诗集》中那一条附注而已。旧红学家发现这条材料，并不十分重视。只是到了新红学家手里，才大肆宣扬，并用这条注子大胆地否定了程伟元、高鹗在序言中的话。最近，高鹗的诗集《月小山房遗稿》发现了，其中有《重订红楼梦既竣题》诗一首，还和《红楼梦序》一样，只承认他参与订正工作，不曾补写。所以我们可以完全撇开近年来许多新的材料发现不谈，单就张问陶的诗注可靠性大呢？还是程伟元、高鹗本人的话可靠性大呢？从这方面来考虑问题，我相信程、高本人的话，对张问陶诗注持怀疑态度。我不太理解，为什么张问陶的诗注比程、高本人的话的权威性要大些？为什么"没有理由证明张问陶是撒谎"，而有理由诬蔑程、高本人是撒谎？有人说高鹗不敢公开承认自己续写后四十回是有政治上的原因，害怕文字狱。其实这是想当然耳。文字狱对于写书和写序以及刻书都是一律平等的，待遇公平，决不偏袒。程、高敢承认写序和刻书，不敢承认写书，决不是有什么政治上的顾虑。

　　末了，还得说一说，"补"字解释问题。我说"张问陶所说的'补'，只是修补而已"。我的意思是说：张问陶所说的"补"（请注意引号），在我们今天根据新发现的材料看来，实际上只是做了一些修补的工作而已。并不是说"补"字的字义在这个地方应该解释作"修补"。而且事实上，高鹗续写《红楼梦》与否问题，凭一个字的训诂，是解决不了的。在这里，我不想做无补于实际，徒费精神的工作。

范　宁　1月22日

（原载《图书馆》1964年第1期，
北京图书馆1964年2月20日出版）

《博物志校证》后记

三十年前研治魏晋小说，觉典籍散乱，且多亡佚，因从事搜集整理。唯以工作时辍时续，迄未能全部完成。岁月迁流，垂垂老矣。现将《张华〈博物志〉校证》一稿，厘定写定，后取书稿《张华博物志考辨》加以补充修改，置诸卷末，冀于阅读此书者，有所裨益耳。

一 著录与版本

《晋书》华本传及《隋志》杂家类著录《博物志》十卷。新、旧《唐书》移入小说家，卷帙同。《宋史·艺文志》亦作十卷，但收入杂家类。另地理类有张华《异物评》二卷，似为志怪之书，唯与《博物志》有无关系，尚不敢定。晁氏《郡斋读书志》小说类、马端临《文献通考》及陈振孙《直斋书录解题》，并载周日用、卢氏注十卷。但郑樵《通志·艺文略》杂家类著录而小说家类又失收。明人胡元瑞类别小说而纳《博物志》于杂俎。清修《四库全书》，祖袭其说，列之于小说家琐语之属。且称今见存本，非张氏之旧帙。此《博物志》一书历代书目著录之梗概也。或有称张华《感物类从志》者，当系伪书。

宋尤袤《遂初堂书目》小说类有张华《博物志》，唯不分卷，且未注明版本。考书目附注版本，始于尤目。惜今见传本，仅经、史二部，略存体例。其他各家书目所载此书版本有：《汲古阁秘本书目》载北宋版《博物志》，注云："其次序与南宋版本不同，系蜀本大字，真奇物也。"《旧山楼书目》有宋抄《博物志》一部，注云："南宋人贾余庆藏，明吴宽等人跋。"晁氏《宝文堂书目》《博物志》下注"开化刻"，时代不明。范钦《天一阁书目》子部小说类载明弘治癸亥（1503）刘逊刊本。瞿镛《铁琴铜剑楼藏书目录》卷十七小说类《博物志》十卷下云："晋张华撰并序，周日用等注。明弘治乙丑（1505）衢州推官贺志同所刻，有都穆跋，冯已苍校过等等。"又刘氏嘉业堂藏所谓宋椠顾涧薲校本，实即贺刻本而割去都穆跋文。日本延宝五年（1677）翻刻嘉靖辛卯（1531）刊本。此书有崔世节跋谓原刻于湖南。疑即《古今书刻》湖广楚府本。明祁承㸁《澹生堂书目》及清莫友芝《邵亭知见传本书目》所载有《古今逸史》本、百名家书本、《格致丛书》本、《诸子萃览》本、《稗海》本、《秘书二十一种》、《汉魏丛书》本、士礼居刊本、纷欣阁本、明叶氏刊本、《指海》本。除士礼居本外，余本多同弘治刻。各本均有周、卢注，清董桂新《读书偶笔》卷四谓"明季人刻书好删削，故周日用、卢氏并不知何代人"，实出于臆断。此处《说郛》本乃摘抄非完本，近人郑国勋《龙溪精舍丛书》所收者乃据士礼居本重刻。陆心源《皕宋楼藏书志》卷六十四小说类有《博物志》十卷，下注云："旧钞本。"据所录张华序，末作"览不卸焉"，知是过录士礼居本者。又朝鲜国刊本，森立之《经籍访古志》卷五云："昌本学藏，首题《博物志》卷之一晋司空张华茂先撰。汝南周日用等注。……末有弘治乙丑二月工部主事姑苏都穆跋。"据此，知其书乃据贺本重刻。北京大学李氏藏书中有明天启中唐琳编《快阁藏书二十种》本，乃《汉魏丛书》之祖本。至湖北崇文书局刊刻之《子书百家》，乃翻刻《汉魏丛书》本。大抵《博物志》一书，予所及见者以弘治乙丑刻本为最早。至于《汲古阁秘本书目》所载北宋版、《旧山楼书目》所称宋抄南宋人贾余庆藏、明吴宽跋本，今已散佚。而黄丕烈所谓影宋抄本，予疑盖即莫友芝《书目》中之明叶氏刊本，非宋本也。曾慥抄撮群书而为《类说》，所录十数条有出今本外者，即其明证。至前人于此书用力最勤，江都薛寿颇推褒陈穆堂之《博物志疏证》（《学诂斋文集》卷下），惜全书未刊入陈氏丛书，书未流传，其详不得而知矣。

二 前人删削问题

元伊世珍《琅嬛记》卷上云：

> 张茂先博学强记，尝为建安从事，游于洞宫，遇一人于涂（途），问华曰："君读书几何？"华曰："华之未读者则二十年内书，盖有之也。若二十年外，则华固已尽读之矣。"其人论议超然，华颇内服，相与欢甚，因共至一处，大石中忽然有门，引华入数步则别是天地，宫室嵯峨，引入一室中，陈书满架。其人曰："此历代史也。"又至一室则曰："万国志也。"每室各有奇书，惟一室屋宇颇高，封识甚严，有二犬守之，华问故？答曰："此皆玉京紫微金真七瑛丹书，紫字诸秘籍。"指二犬曰："此龙也！"华历观诸室书，皆汉以前事多未闻者，如《三坟》、《九丘》、《梼杌》、《春秋》亦皆在焉。华心乐之，欲赁住数十日，其人笑曰："君痴矣，此岂可赁地耶？"即命小童送出，华问地名，对

曰："琅嬛福地也。"华甫出门，忽然自闭，华回视之，但见杂草藤萝，绕石而生，石上苔藓亦合，初无缝隙，抚石徘徊久之，望石下拜而叹。华著《博物志》，多琅嬛中所得，帝使削去，可惜也。

注云"出玄观手抄"，此殆据《搜神记》载张华遇斑狐事敷演而成，诡辞怪说，不足置辩，唯今十卷本《博物志》非完帙，则为事实。姚际恒《古今伪书考》云：

> 《博物志》称张华撰，唐殷文奎为注曰："张华读三十车书，作《博物志》四百卷，武帝以为繁，止作十卷。"案此书浅猥无足观，决非华作。殷之所云，正以饰是书之陋耳。魏晋间人何尝有著书四百卷者？且从中选得十卷，不知当若何佳，今乃尔耶？

"殷文奎"，胡应麟《笔丛·九流绪论下篇》称当作"殷文圭"（马氏《文献通考·经籍考·小说家·博物志》下作殷文奎启），殷注今佚（"注"似应作"启"，姚讹）。至于四百卷削为十卷，说始苻秦处士王嘉《拾遗记》。记云：

> 张华字茂先，挺生聪慧之德，好观秘异图纬之部，捃采天下遗逸，自契之始，考验神怪及世间闾里所说，造《博物志》四百卷，奏于武帝，帝诏诘问："卿才综万代，博识无伦，远冠羲皇，近次夫子，然记事择言，亦多浮妄，宜更删剪无据，无以冗长成文！昔仲尼删《诗》《书》，不及鬼神幽昧之事，不言怪力乱神；今见卿此志（《博物志》），惊所未闻，异所未见，将恐惑乱于后生，繁芜于耳目，可更芟截浮疑，分为十卷。"

据此，知茂先于属稿未定之际，曾自加删刷。马端临据以立说，故黄丕烈《刻连江叶氏本〈博物志〉序》驳之曰：

> 若夫《通考》所云，博物四百，本非有成书，而刘昭

《郡国志》注、小司马《索隐》、李崇贤《文选》注及《艺文类聚》、《初学记》、《太平御览》所引多出今本外。《隋志》云："《博物志》十卷，张华撰。"又云："《张公杂记》一卷张华撰，梁有五卷，与《博物志》相似，小小不同。"又云："《杂记》十一卷张华撰。"然则所引或出二书欤？

黄氏谓"博物四百，本非有成书"，是矣。王书名《拾遗》者，拾张华之所遗也，苟有成书，何云拾遗？唯检黄氏所称诸类书及古注，其征引标明张华《博物志》者，计《后汉书》三十三条，《初学记》三条，小司马《索隐》八条，《文选》李氏注七条，《艺文类聚》十二条，《太平御览》三十七条，均出今本外。但无一条明注出《张公杂记》，故不得如黄氏所云"或出二书"之推论。考《魏书》列传七十《常景传》云：

> 景所著述数百篇，见行于世。删正晋司空张华《博物志》及撰《儒林》、《列女传》数十篇。

王伯厚《玉海·艺文类》曾提及此事。近人丁国钧《补晋书·艺文志》卷三据此而言曰："考《北史·常景传》有删正《博物志》语，是世所传本已非张氏之书，段公路《北户录》及《文选》注所引各条，多出今本之外，疑据景未删之本。"案丁氏意谓今十卷本乃景所删本，诸书所引而今本脱载者乃常氏所刊落，其言似可解黄丕烈之惑，然杜牧《和裴杰秀才新樱桃诗》云：

> 新果真琼液，未应宴紫兰。圆疑窃龙颔，色已夺鸡冠。远火微微辨，繁星历历看。茂先知味好，曼倩恨偷难。

樱桃一物而今本不载，《齐民要术》卷四、《太平御览》卷九百六十九并引《博物志》云："樱桃或如弹丸，或如手指，春秋冬夏，华实竟岁。"是旧本应有此条。又《艺文类聚》卷三十五引《博物志》云：

　　三身国，一头三身三手。昔容成氏有季子好淫，白日淫于市，帝放之西南。季子妻马，生子人身有尾蹄。

此条今本脱载，而宋罗泌《路史·前纪》卷五庸成氏有季子条，子苹注云："张华所记，本出《括地图》。"是旧本应有此条。又姚宽《西溪丛语》卷上云：

　　故相王甫为馆职，时夜梦至一山间，古松流水，杳然幽深，境色甚异，四无人迹，忽遇一道人引至一处，遇松下有废丹灶，又入，有茅屋数间。道人开之，云"公之所居也"。尘埃蓬勃，似久无人居者，壁间见题字云："白发高僧酷爱闲，一瓶一钵老山间。只因窥井生一念，从此松根丹灶间。"恍然悟其前世所居。已失道人，遂回。天大雷雨，龙起云中，意甚恐惧，遂寤。其婢亦魇于室中，呼之觉，问之，云："适为雷雨所惊。"颇异之。来日馆中曝书，偶观架上小说内载妇人窥井生男事云。孙仲益有《王太傅生日》诗云："了了三生梦，松根冷烟炉。"用此事也。窥井事见《博物志》。

此窥井事载今本卷十（黄刻本卷二）。宋时张华旧本及常景删本尚并存，今本即姚宽所云"架上小说"是也。因今本此条后有周日用注，又知其为常氏删本。郑樵《通志·艺文略·杂家类》载《博物志》十卷，又别出《博物志》十卷，当是繁简二本。晁公武《读书志》云："周、卢注《博物志》十卷，卢氏注六卷，两本前六卷略同，无周氏注者稍多而无后四卷。"因知周、卢注《博物志》十卷乃常氏之简本，即今本所出。今本或杂入所谓六卷本，说详后。至钱熙祚跋《指海》本云："此系叶氏删节之本，未免移易改窜，逮全帙既亡，后人觉叶本不安，辄以意强析门类，卒不知其愈失愈远。"谓今本出叶氏节删，亦非。

三　博物志与博物记

宋周密《齐东野语》卷七云：

邕宜以西南丹诸蛮，皆居穷崖绝谷间。有兽名曰垫婆。黄发椎髻，跣足裸形，俨然一媪也……《后汉·郡国志》引《博物记》："日南出野女，群行不见（'不见'乃'觅'字误，详校补）夫，其状晶且白，裸袒无衣襦。"得非此乎？《博物记》当是秦汉间古书，张华字茂先，盖取其名而为志也。

据周氏之意以为《博物记》与《博物志》系二书。杨慎《丹铅总录》卷十一更推演其说曰：

汉有《博物记》，非张华《博物志》也。周公谨云，不知谁作。考《后汉书》注，始知《博物记》为唐蒙作。

其后胡应麟著《二酉缀遗》（卷中），怀疑其说，颇不以为然。胡氏曰：

杨用修谓世但知《博物志》，而不知有《博物记》，"记"乃汉人所撰。余读《太平广记》目无此书，仅"再生类"一事称出《博物记》而内言及魏郭后，恐非汉人所撰。意以"记"为"志"字误。而今传茂先《博物志》又无此事，姑识此，以俟再考。

又《丹铅新录》卷一云：

《隋志》《张公杂记》，注云："似《博物志》。"而《广记》引《博物记》有魏宫人事，盖《汉志》注即引此书。

胡氏所谓魏宫人事，今本茂先《博物志》不见此事，其实此条在今本卷七中，胡氏偶尔失检。至谓《汉志》注所引乃《张公杂记》之文，也无根据。但其疑《博物记》非汉代书，并谓"记"为"志"字误，实具卓见。孙志祖《读书脞录》卷四云：

> 杨升庵《丹铅录》云："汉有《博物记》，非张华《博物志》也。周公谨云不知谁作。考《汉志》注始知《博物记》为唐蒙作。"志祖案：张华《博物志》亦称《博物记》，无二书也。但今世所行《博物志》非完书，后人见刘昭注引有佚文，遂疑别是一书尔。《续汉书·郡国志》犍为郡下有《蜀都赋》注："斩凿之迹今存，昔唐蒙所造。"本谓唐蒙开道事也。其下乃引《博物记》云："县西百里有牙门山。"升庵误以唐蒙所造，连以《博物记》为读云"唐蒙作《博物记》"，卤莽甚矣。

孙氏此言，仅足以驳杨慎之误读穿凿，至《博物志》与《博物记》是否为一书，仍乏确证。故黄丕烈谓"搜辑纂录，不妨别存梗概"。而《四库总目提要》更称：

> 今观裴松之《三国志》注引《博物志》四条，又于《魏志·凉茂传》中引《博物记》一条，灼然二书，更无疑义。

其后马国翰本之以辑《博物记》一书，则居然与《博物志》厘而为二矣。但《四库总目提要》所列《凉茂传》引《博物记》，同样是这一条。在慧琳《一切经音义》卷六十二《根本毗奈邪杂事律》第一卷褕袟条下、《文选》李善《魏都赋》注及嵇叔夜《幽愤诗》注、《论语·子路篇》邢昺疏称正义并引作《博物志》，则"记"字显系"志"字之误，不得据之以证《博物记》另是一书。且《博物志》与《博物记》，诸书称引，或可互写。《魏书·钟会传》注引《博物记》云"王粲与族兄凯云云"，此条见今本卷六。《后汉书·郡国志》琅琊郡下注引《博物记》"城东南五里有公冶长墓"云云，《史记·仲尼弟子列传》

集解引作张华曰云云。又《后汉书·郡国志》汉中郡注引《博物记》曰："（沔阳）县北有丙穴。"《太平御览》卷九百三十七引作《博物志》。又广陵郡注引《博物记》云"女子杜姜"云云，宋罗愿《尔雅翼》释兽引作《博物志》。又《五行志》注引《博物记》曰"江河水赤"一条，见今本《博物志》卷一。于此可见《博物志》、《博物记》实一书。至于《史记·龟策列传》裴骃集解引张华《博物记》曰"桀作瓦"，直标明张华作《博物记》矣，而《太平御览》卷一百八十八引此"记"正作"志"。凡此，足证《博物志》与《博物记》为一，谓为二书，其说妄矣。

四 通行本与士礼居刊宋本

《四库总目提要》小说家类《博物志》条下云："是书作于武帝时，今第四卷物性类中，称武帝泰始中武库火，则武帝以后语矣。"（周心如云："《御览》'武帝'二字作'晋'。"案，"武帝"字、"晋"字皆后人所增。）余嘉锡氏《辨证》云："此乃指通行本而言，士礼居刊宋本无此条。"其实此条在士礼居刊本卷二中，"武库火"作"武库灾"。检《稗海》本《续博物志》黄公泰跋及李石自叙，知其书系取张华《博物志》仿而续之。"次第仿华说，一事续一事。"今通行本与《续博物志》次第全异。李氏系南宋初年人，因知今通行本非南宋时之旧本矣。唯全书所收各条均与士礼居刊本同。同时二书并间附周、卢二家注，注文亦同。所不同者唯次第而已。通行本盖出于士礼居本而加以分类者，故割裂之处甚多。如洞庭君山条，士礼居刊本与《事类赋注》卷七引同，而通行本割裂成二条，分隶卷六及卷八，荒谬甚矣。士礼居刊本次第与李石《续博物志》虽不尽符合，然大体一致。似为宋刊本，但有可疑处。《提要》又云：

> 晁公武《读书志》称卷首有理略，后有赞文，今本卷
> 首第一条为地理，称地理略自魏氏曰（曰当作目，说详校
> 补）以前云云，无所谓理略，赞文惟地理有之，亦不在卷
> 后。又赵与时《宾退录》称张华《博物志》卷末载湘夫人
> 事，亦误以为尧女。今本此条乃在八卷之首，不在卷末。皆
> 相矛盾，则并非宋人所见之本。

余嘉锡氏云："案宋淳祐袁州本《读书志》卷三下作'首卷
有地理略，后有赞文'。《玉海》卷五十七《博物志》条下，引
晁氏曰亦同袁州本。知《提要》所据之《读书志》字有脱误。
晁氏此语与士礼居刊本合，士礼居刊本首卷有地理略，赞文亦在
卷末。至湘夫人尧之二女一条，士礼居刊本实在卷十，于《宾
退录》亦无矛盾。"余氏所驳甚是。案晁公武与李石为同时人，
《宾退录》称湘夫人事在卷末，与《续博物志》卷十载《河图》
云"少室山大竹堪为甑器"云云，及《竹谱》曰"竹之别类六
十有一"相合。由此可推知士礼居刊本与李石所见本，似同出
一刻。唯《初学记》卷二十一，《北堂书钞》卷百四并引《博物
志》云"汉桓帝时，桂阳人蔡伦捣故鱼网造纸"，此条今本脱，
而与《续博物志》卷十云"蔡子池南有石臼，是蔡伦舂纸臼，
及元和中元稹使蜀，营妓薛陶（涛）造十色彩笺以寄元稹，于
松华纸上寄诗"条相合，知两本之次序正文固不尽同，疑士礼
居本乃后人刻书将张华旧残本六卷（说见前），与李石所见本十
卷并合删改所致。因其并合，故书中时见重复。如卷一泰山天帝
孙条又见卷六，卷六洞庭君山帝之女曰湘夫人条与卷十湘夫人为
尧女为一事，卷八呕丝之野条又见卷十，卷九东海有牛鱼条又见
卷十等是也。因其删改，故如《太平御览》卷九百五十引《博
物志》所云：

　　远方诸山出蜜蜡处，其处人家有养蜂者。其法以木为器，或十斛五斛，开小孔，令才容蜂出入，以蜜蜡涂器内外，令遍，安著檐前或庭下。春月此蜂将作窠生育时，来过人家围垣者，捕取得三两头，便内着器中。数宿出蜂飞去，寻将伴来还，或多或少，经日渐溢，不可复数，遂停住。往来器中，所溢滋甚众。至夏开器取蜜蜡，所得多少，随岁中所宜丰俭。（卢氏曰，春至秋末，始有蜜，晚者至冬余所见。今云夏，未详其故。）

　　与士礼居刻本卷二作"远方诸山蜜膡处，以木为器，中开小孔，以蜜蜡涂器内外，令遍。春月蜂将生育时，捕取三两头，著器中。蜂飞去，寻将伴来，经日渐益，遂持器归"比较，不但文字为详，且多出卢氏注"春至秋末"云云，殆所谓"无周氏注者稍多而无后四卷"之卢氏注六卷本中逸文。黄丕烈称《汲古阁秘本书目》中有北宋蜀刻大字本，次第与南宋板亦异者，疑亦此本也。唯黄氏所谓有南宋本即其自刊之叶氏本，证以葛立方《韵语阳秋》卷十七引《博物志》云："蒙恬造笔，以狐狸毛为心，兔毛为副，心极遒劲，锋芒调和，故难发而易使。"士礼居刊本脱载，而与《续博物志》卷十载"王睿云有书契以来，便应有笔"条合，颇疑士礼居所刊非南宋本，盖莫友芝书目中所载明叶氏刊本是也。其与李石所见北宋本自不同，因叶氏刊刻时有所删削故也（叶本或出于周日用）。

五　真伪问题

宋朱胜非《秀水闲居录》云：

　　张华《博物志》世止十卷，事多杂出诸书，或本书久佚，后人掇拾为之耳。

明韩敬序董斯张撰《广博物志》云：

> 茂先汰三十乘，汇为一志，搜四百卷，仅存数篇，可谓博矣；然而有疑焉。当武库火时，茂先列兵固守，汉高斩蛇剑、王莽头、孔子履等尽焚焉。茂先能识延津气于牛斗之间，及见高帝剑穿屋而飞，莫知所向，何也？能与雷焕共寻天文，知将来吉凶，而中台星坼，不肯避位，又何也？大抵《晋书》好采稗官小说，如所载张茂先传正类东方朔、管辂，凡卜筮射覆吊诡之事，悉取而附丽之。而其实不尽尔也。且《博物》一书，文采不雅驯，断不出六朝人手，而况茂先。

韩氏疑《博物志》非张华编录，但无佐证，清人纪晓岚等撰《滦阴续录》卷四云：

> 张华《博物志》更诬及尼山，不应悖妄至此，殆后人依托。

《四库提要》云：

> 或原书散佚，好事者掇取诸书所引《博物志》而杂采他小说以足之，故证以《艺文类聚》、《太平御览》所引，亦往往相符。其余为他书所未引者，则大抵剽掇《大戴礼》、《春秋繁露》、《孔子家语》、《本草经》、《山海经》、《拾遗记》、《搜神记》、《异苑》、《西京杂记》、《汉武内传》、《列子》诸书，饾饤成帙，不尽华之原文也。

又云：

> 至于杂说下所载豫章衣冠人有数妇一条，乃《隋书·地理志》之文，唐人所撰，华何自见之？尤杂合编之明证矣。

案豫章衣冠人有数妇条，确在今本《隋书·地理志》，唯所记者乃泛述豫章风俗，非特指有隋一代，安知非长孙无忌等录抄茂先成文？至谓"好事者掇取诸书所引《博物志》，而杂采他小说以足之"，此说实祖护胡应麟。胡氏《笔丛绪论》下篇曰："《博物志》十卷，晋张华撰。华博恰冠古今，此书所载疏略浅猥，亡复伦次，疑从后世类书中录出者。"然实不可从。考《艺文类聚》、《太平御览》等书所引《博物志》，不见今本者尤夥，设为好事者所辑，不应有此遗漏。

至于剽掇《异苑》诸书，尤乏证据，其载武帝泰始武库火事，与《异苑》卷二"晋惠帝元康五年，武库火，烧汉高祖斩白蛇剑、孔子履、王莽头等三物，中书监张茂先惧难作，列兵陈卫，咸见此剑穿屋飞去，莫知所向"，大相径庭。又卷四（士礼居刊本卷六）载"庭州灞水以含金银，铁器盛之皆漏，唯瓠叶则不漏"一条，与《异苑》卷二"西域苟夷国山上有石骆驼，腹下出水，以金铁及手承取即便对过，唯瓠芦盛之则得，饮之令人身体香泽而升仙，其国神秘不可数遇"，记载亦异。二书关联，亦仅此二事，故不得云《博物志》剽窃《异苑》。大抵此书先经常景删改，复为叶氏刊削，若云是书偶有窜乱（案《玉海》卷五十七艺文类记志条《博物志》下云"郭义恭《广志》卷二《春秋正义》引作《博物志》"，此因《广志》避隋帝庙讳改"博志"，今本《博物志》有许多条系《广志》文，试检孔本《北堂书钞》，此点即可证明，疑是周、卢二氏注书时拦入），固不容置辩。至谓非张华旧本，"全出后人补缀"（《提要》、《异苑》条）则非平允之论矣。

1947 年 12 月初稿

1963 年 1 月改定

1978 年 10 月重订

（原载《博物志校正》，中华书局 1980 年第一版）

《水浒传》版本源流考

《水浒传》流传数百年，明清两代不断的刻印，不仅国内，而且在国外像英、法、日、德、苏等国都有译本。这部小说的各种版本现在保存在国内外的还很多，对这些版本之间的真实关系，目前各家说法不同，没有弄清楚。这里，我打算通过版本源流的论证，解决郭勋及其门客是否编写过《水浒》，和现存《水浒传》李卓吾的两个批本，孰真孰伪的问题。

一 从容与堂刻本说起

北京图书馆藏有《李卓吾先生批评忠义水浒传》（中华书局上海编辑所影印）一百卷一百回，板心下有"容与堂藏板"五个小字，故世称容与堂本。这个本子刻于何年何月，没有记载，亦不著编撰者姓名。唯日本内阁文库藏有另一种容与堂本（中国社会科学院文学研究所也有这个版本的残卷），前面都有李卓吾《忠义水浒传叙》，和末题"庚戌仲夏虎林孙朴书于三生石畔"。庚戌应是万历三十八年，而北京图书馆藏本刻印时间还要早些，故有人推测约刻于万历三十年前后。又由于高儒《百川书志》史部野史类有《忠义水浒传》一百卷，题钱塘施耐庵的本，罗贯中编次，因与这个刻本作百卷相合，有人就推断这书编撰者是施耐庵和罗贯中。后来有的本子作施耐庵，有的本子作罗贯中，说法不一。

北京图书馆收藏的容与堂本和日本内阁文库藏本文字上有些异同。如卷一范仲淹越班启奏说："目今天灾盛行，生民涂炭，日夕不能聊生，人遭缧绁之厄。""缧绁"文库本作"死亡"。又同卷"将丹诏供养在三清殿上"，文库本挖去"养"字。"违别圣旨"文库本作"违慢圣旨"，这里显然是文库本挖改的。因为作"缧绁""供养""违别"，从上下文意义连贯看来，都不十分恰当，有的还很别扭。改作"死亡""供□""违慢"就通顺多了。尤其是"丹诏"，"供"起来是可以的，怎么能"养"呢？所以挖去后，没有添加字，空了下来，这就充分证明空格是在原有刻板上挖改，而留下来的挖改痕迹。

北京图书馆藏的容与堂本，印刷虽然比内阁文库藏本早些，但也不是初印本。我们翻开三十六卷（回）第五页就可发现有挖板。如"宋江道：我只是这句话由你们□□商量。""你们"下空白二格。冠有天都外臣序石渠阁补刊本作"由你们怎地商量"。可见原有"怎地"二字被挖去。又"只见吴用花荣两骑马在前，后□□十骑马跟着"。这里石渠阁补刊本作"后面数十骑马跟着"，是"后"下应有"面数"二字被挖去。内阁文库本在这地方补刻"带数"二字，这就证明所空二格是有意挖去的。事情还不只此，不仅是挖去留空白，而且有挖补。如卷二十一（回）"宋江听了公厅两字，怒气（直起）"，"直起"两字并挤在一格。石渠阁补刊本只作"怒气起"，无"直"字，可见"直"字乃挖后添补上去的。文库本此处挖改作"怒气直冲起来"，添加的字就更多了。又卷二十三（回）

"只见店主人把（三只）碗一双著一碟熟菜放在武松面前"，石渠阁补刊本无"只"字，这"只"字也是挖补的，所以挤在一格。

容与堂刻本和冠有天都外臣序刻本（即石渠阁补刊本）这两个刻本谁先谁后，现在一般都认为有天都外臣序本早，因为序末署有"万历己丑孟冬"的年月，"万历己丑"乃万历十七年，比文库藏容与堂本上的孙朴书写年月早得多，所以被认为今天能见到的《水浒传》最完全而又最早的版本。但是王古鲁说这个序言不是原刻本上有的，而是康熙时石渠阁补刻放进去的。王古鲁这个意见值得重视。沈德符《野获编》卷五说："武定侯郭勋在世宗朝号好文，多艺能计数，今新安所刻《水浒传》善本，即其家所传，前有汪太函序，托名天都外臣者。"这就是说，天都外臣的《序》乃放在郭勋本前面的。郭勋本的特点有二：一是"削其致语，独存本传"，另一是"移置阎婆事"。所谓"致语"可以是一段小故事，也可以是一首或几首诗词，这在宋元话本中常见。现在我们见到的这个冠有天都外臣序的石渠阁补刊本，既未去每回开头的诗词，也未移置阎婆事，自然不是郭勋本。王古鲁说那篇天都外臣序不是这个本子上的，是从别的版本上移过来的，他还只是从板刻形式辨认，没有发现石渠阁补刊的《水浒传》根本就没有经过郭勋的修改。李宗侗（玄伯）在他排印的《百回本水浒》前言中说："族侄兴秋在小摊上买了一部《忠义水浒传》，观其墨色纸色，的是明本。且第一册图上，每有新安刻工姓名，尤足证明即郭英嘉靖年间刻于新安者。"李玄伯认为他所得到的刻本乃郭勋刻本，而把郭勋错成郭英。李玄伯这个本子，今已散失，不可得见，唯北京图书馆收藏的前有大涤余人叙的两个残本。其中一种的图像正如李玄伯所说。而这个本子每回开头的诗词都删掉了，阎婆事亦已移改，和传说中的郭勋本相同，也和天都外臣序中所说"郭武定重刻其书，削去致语"的说法符合。不过这个刻本不是郭勋原刻本，而是后来的翻刻本。

石渠阁补刻本上那篇天都外臣的序言，是从别的本子上移来的，这个刻本既不是郭勋本，而刻印年代也就成了问题。但这个本子和容与堂本同出一个底本是可以断定的。至于刻印先后或同时，就不易定了。就容与堂本有李卓吾批语，这个本子上没有，说明它们不是一个版本，不过除开批语外，其他字句几乎全同。多数错字都错成一样。如卷六"没头罗汉，这法身也受灾殃；拆背金刚，有神通如何施展？"这"拆背"二字，内阁文库、四知馆本，以及杨定见百二十回本均作"拆臂"，似较两本作"拆背"为好。又卷八写董超、薛霸把林冲的脚用开水烫伤了，痛得走不动时，两本都说："只得又挨了四五里路，看看正走动了。"这实际上把原意弄反了，应是"走不动了"，不是"正走动了"，所以内阁文库藏本改作"看看走不动了"，杨定见百二十回本作"看看正走不动了"，方与上下文意贯串。又如卷十七（回），两本都有这样一句话说："何清笑道：直等哥哥临危之际，兄弟却来道理有个救他。"实在不通，所以内阁文库藏本改作"兄弟却有个道理来救他"，方才通顺。又卷二十四（回）："那妇人道，混沌魍魉，他来调戏我，到不吃别人笑，你要便自和他道话，我却做不的这样人。"这里容与堂本和石渠阁补刊本都作"道话"，对照内阁文库藏本看，方知是"过活"二字之误。以上各点都是两本错成一样，正说明它们出于同一个底本。

石渠阁补刻本和容与堂本的字句基本一样，而且错字也错得相同，但这并不是说它们版本没有区别。事实上，它们还有各自的误刻和修改。如卷三十七（回），石渠阁补刻本说："一行人都送到浔阳江边。"容与堂本误作"一行人都送到到浔江边"。又如卷四十三（回），石渠阁补刻本"曹太公推道更衣，急急的到里正家里"。容与堂本"里正"错成"李正"。又卷十二（回）："王伦道：你莫不是绰号唤青面兽的？"石渠阁补刻本误作"你莫是绰号唤青面兽的？"这里说明它们采用的底本虽然相同，但刻时还不免各自产生错误。此外，石渠阁补刻本有的地方还多出一些字句，如卷十一，"江湖上但叫小弟做旱地忽律"、"坐着一个好汉正是白衣秀士王伦"、"摸着天"、"云里金刚"、"绰名豹子头"，这些都是容与堂本没有的。

石渠阁补刻本、容与堂本卷四十五（回）都有这样的话："这上三卷书中所说，潘驴邓小闲。"案"潘驴邓小闲"见卷二十四。以五回为一卷，从四十五回向上推十五回为三十卷（回），跟二十四卷（回）接近，约略言之，把它说成上三卷，勉强也可以。这也就是说，这两个百回百卷本的底本可能是五回一卷的二十卷本，而二十卷本和百卷本的内容文字并无差别，只是分卷多少不同而已。

说二十卷本和百卷本文字无差别，还可以现存的所谓嘉靖刻本的残留五回半作证。这五回半的文字和石渠阁补刻本、容与堂本除开刻时个别错字不同外，其余字句全部一样。它们错字有时也错得相同，如五十四回说："大小将校离了高唐州，德胜回梁山泊。"嘉靖本、石渠阁补刻本、容与堂本均作"德胜"，错了。当依内阁文库藏本改作"得胜"。自然，内阁文库藏本错改的地方也有，如五十五回"宋江却又陪话，再三枚举"。因不懂"枚举"是器重、挽留的意思，改为"劝谕"。

《水浒传》刻本以嘉靖刻本、容与堂刻本、石渠阁补刻本文字最完整，可能接近原作。三个本子字句完全相同，只是刻印时各本错字多少不一样。这三个刻本虽然先后时间不同，但无疑是属于同一个系统的版本。容与堂的挖改本即内阁文库藏本，改动较大，后来钟伯敬批的四知馆本即以这个本子为底本翻刻的。举个例子说明吧，卷九十四，容与堂本、石渠阁补刻本这样写："宋江道：我丧了父母也不如此伤恼。"内阁文库藏本改"恼"为"悼"，四知馆本也作"悼"。又容与堂本九十三卷："李俊道：但若是那船上走了一个。其计不阶了。"石渠阁补刻本"阶"作"偕"。而内阁文库藏本作"谐"，四知馆本也作"谐"。当然，四知馆本个别地方也有改动，如第一回"朝廷天子要救万民，只除是……"四知馆本改"要"为"若欲"二字，就是一例。

总之，今天我们能见到的《水浒传》版本，除所谓嘉靖刻的残本，清康熙时石渠阁的补刊本外，容与堂本是最完整的早期刻本。

二　所谓郭勋刻本

据嘉靖时《百川书志》著录，《水浒传》为"钱塘施耐庵的本，罗贯中编次"。现有材料证明罗贯中是元末明初人，和《续录鬼簿》编者贾仲明是好友。至于施耐庵，明惠康野叟《识余》卷一说："世传施号耐庵，名字竟不可考。"徐复祚《三家村老委谈》误把施耐庵说成君美。乾隆时人编撰《宝敦楼传奇汇考目》袭徐氏误说谓施耐庵即施惠，而吴梅竟称《水浒传》作者为施惠。但《录鬼簿》上那个施惠并无耐庵其号，也没有说他写过《水浒传》。此外有人说施耐庵乃江苏白驹镇的施彦端，是白驹镇施家的始祖。施氏族谱在施彦端名字旁边注明字耐庵，施家祠堂木主也把他们始祖写成施耐庵。传说他写过《江湖豪客传》，有人说它就是《水浒传》，尚需进一步探讨。

　　《水浒传》这部小说编撰于元末明初，但到嘉靖年间才有刻本。嘉靖以前只有抄本，抄时修修改改总是难免的。我国文学创作史上有个特殊现象，通俗小说谁都可以任意修改，不仅抄时可以改，就是刻时也可改，《三国志演义》的各种版本的文字不同，就是很好的例证。《水浒传》没有刻本以前如何被修改，现在已经搞不清楚，但第一个被指名道姓的修改者是郭勋。钱希言《戏瑕》卷一《水浒传》下说："今坊间刻本，是郭武定删后书矣。郭故跗注大僚，其于词家风马，故奇文悉被铲剃，真施氏之罪人也。而世眼迷离，漫云搜求武定善本，殊可绝倒。"钱氏认为郭刻本并非善本，而有人称为善本，这大概指的是沈德符。《野获编》曾说万历时新安所刻《水浒》善本就是翻刻郭勋本的。新安刻本前面有汪太函（道昆）万历十七年托名天都外臣所写的序，自然不是嘉靖时武定版了。沈德符所说这个万历版，当即李玄伯的那个大涤余人序本。鲁迅曾经写信给胡适，谈到李玄伯所购的《水浒传》，是一个残本。后来李玄伯排印出来的《百回本水浒》却是完整的百回。这是李玄伯作伪，他把百二十回本拿来拼凑搭配的。其实，芥子园翻刻的大涤余人序本，就是一个完整的翻刻郭勋本。由于这个本子一般人不易看到，以致没有人发现李玄伯弄虚作假。

　　现存号称郭勋刻本有三种：一是郑振铎先生收藏的所谓嘉靖本；二是北京图书馆收藏的前面冠有天都外臣序本；三是李玄伯排印的《百回本水浒》。这三个本子我认为都不是郭勋刻本。郭勋刻本的两个特点，一是削去致语，二是移置阎婆事。王古鲁曾经论证所谓致语即话本中的每篇开头的诗词，这是可信的。阎婆事即王婆为宋江撮合与阎婆惜结为夫妇事。这个事容与堂本放在二十一回即刘唐下书以后，所谓郭勋移置问题，即把这件事移到二十回刘唐下书之前。什么是郭勋刻本？只要检查一下那个本子和这两点符合，一下就解决了。郑振铎先生收藏的是残本，前面诗词并未删掉，也就是说没有削去致语。但阎婆事是否移置，因这两回散失，无法复核。不过郑藏本是一个二十卷本。二十卷本《水浒》今虽不见全本，但我曾考察《水浒志传评林》，发现《评林》是从二十卷本删节而成。《评林》叙阎婆惜与宋江结亲在刘唐下书后，和容与堂本同，于此可以窥见二十卷本是没有移置阎婆事的。这就是说郑藏二十卷残本并未把阎宋结亲移到刘唐下书之前。郑藏本既然没有所传郭勋刻本两个特点，自然就不是郭勋刻本了。至于北图冠有天都外臣序本，序称："嘉靖时，郭武定重刻其书，削去致语，独存本传。"而这个石渠阁补刻本每回开头的诗词俱在，并未削去。不仅此也，查书中二十回和二十一回的阎婆事亦未移动，所以这个石渠阁补刻本不能是郭勋刻本或翻刻本。而那篇天都外臣序是康熙时补刻者从别的版本中移置过来的，不是这个本子上原有的。再谈李玄伯那个《百回本水浒》吧，李玄伯的本子前面诗词都删掉了，阎婆事也已移置，和郭勋本两个特色相符合，似乎是郭勋本了。但是事实不然，这个本子是用大涤余人序本残册与百二十回本拼凑而成，以致有人误认这个本子是删割百二十回的田虎王庆故事而冒充古本行世。李玄伯排印本是冒牌货，最明显的是四十二回那首诗。诗说："遇宿重重喜，逢高不是凶。北幽南至睦，两处见奇功"。这是所有百回本连芥子园本和北京图书馆藏残册大涤余人序本都如此，只有袁无涯刻的百二十回本，才改为"外夷及内寇，几处见奇功"。因百二十回本增加田虎、王庆，不止两处，故改为几处。李玄伯本乃百回，没有田虎、王庆故事，却也改"两处"为"几处"，而整首诗和百二十回本相同，显然不是大涤余人序本所有，而是割取百二十回本而拼凑成这个样子。还有一处可以证明李玄伯本不是真正大涤余人序本，而是一个拼凑本，这就是二十五回那首"恋色迷花不肯休"诗，芥子园本第二句作"虔婆淫妇心头毒"，而百二十回本作"谁知武二刀头毒"。李玄伯排印本同于百二十回本而与芥子园百回本不同，也说明李氏排印本是大涤余人序本和袁无涯刻百二十回本的混合本。我们还发现一件有趣的事情，就是李玄伯用以拼凑的百二十回本，还不是袁无涯的原刻本，而是郁郁堂的翻刻本。证据就在七十九回，有一句"认旗上写的分明"，袁无涯原刻本错成"诏旗"，郁郁堂本改作"号旗"，而李玄伯排印本也作"号旗"，这就露出老底来。还可补一个例子，芥子园刊本、袁无涯原刊本有一句"极坚贞没缝的，也要钻进去"。而郁郁堂本改作"铁最实没缝的，也要钻进去"。李氏排本同郁郁堂本。

如上所言，郑振铎先生收藏的所谓嘉靖本，书前冠有天都外臣序的石渠阁补刻本，李玄伯排印的《百回本水浒》本，都不是郭勋删改本。真正的郭勋本，是芥子园翻刻的大涤余人序本。这个本子删去了每回前面的诗词，也移置了阎婆事，同时还删改了其中一些诗词和文句。同时翻刻人做了一件坏事，他胡乱地加上"李卓吾批评"字样，骗了许多人。杨定见和袁无涯是以郭勋删改本为底本，增加田虎王庆故事而成为百二十回的，这就是百二十回本的文字基本同于大涤余人序本即郭勋本，而不同于容与堂等本的原因。当然，杨定见并不是完全照抄大涤余人序本的文字，个别地方也有改动，如九十九回（杨定见本百十九回）讲到李俊下半生时，芥子园本有诗一首说："幼辞父母去乡邦，铁马金戈入战场。截发为绳穿断甲，扯旗作带裹金枪……四海太平无事业，青铜愁见鬓如霜。"百二十回本去掉了这首诗而另换上一首"知机君子事，明哲迈夷伦。……"表示他对李俊的新评价。

这里附带谈谈一个争论不休的问题，李卓吾的两个评本的批语真伪问题。一百二十回本和容与堂本都有所谓李卓吾批语。而两本批语文字差异很大。究竟哪个是真的，哪个是假的，《水浒》研究者意见尚未统一。现在我们既弄清楚了百二十回本是以大涤余人序本为底本，不仅正文语句相同，就连批语也是一样的。一百二十回的批语，大部分是过录大涤余人的。大涤余人的序上说"故特评此传行世"，可见这个本子上的评语是大涤余人写的。由于刻书人胡乱在书上加标"李卓吾批评"，以致有人误认为是李卓吾的。杨定见一面转抄了这些批语，一面增加和改写了一些批语，又不作声明，鱼目混珠，以致引起争论。现在事情弄清楚了，争论就可以休矣。

三　也谈繁本简本问题

有一批比郭勋还要删改得更多的《水浒传》的版本，这些本子除开删改外，还增加田虎、王庆的故事，大都刻印于福建，有的自称京本，是书估为了谋利而搞的。由于文字简略，世称"简本"。而把没有遭到这些书商删削的本子叫做"繁本"，名称不一定很妥当，叫顺口了，就这样办吧。

关于简本，郑振铎先生认为巴黎国家图书馆藏的新刊京本全像插增田虎王庆《忠义水浒传》是今天能够见到的最早的简本，日本国人大内田三郎《水浒版本考》也主张百十五回本早，并称百十五回本是从繁本《水浒全传》脱胎出来的。但巴黎藏的残本仅存增插的王庆故事部分，和繁本无法比较，先后问题很难说，因此又有人认为《忠义水浒志传评林》最早。最近上海图书馆发现《京本忠义传》两张残叶，又有人说这个残本最早。由于残缺不全，而且各个简本都是直接从繁本删节的，各人删改不同，简本与简本之间的关系，不容易理清头绪，判断

先后，存在一定困难，这方面的问题，不打算多谈了。现就
《水浒志传评林》和繁本《水浒》之间的关系，作一些探索。
《评林》出于繁本，不少人已经指出过，我这里想进一步找找它
出于哪种繁本。前面我说过，《评林》是从一个二十卷本删节
的，详情没有谈，现在具体说一说。把《评林》各卷内容，分
卷分回起讫，和繁本（容与堂本和石渠阁补刊本）各回内容起
讫对比，可以看出繁本第一回至五回，在《评林》为第一卷，
第六回至九回在《评林》为第二卷（这是因为《评林》将七八
回合并的缘故），第十回至第十四回为第三卷，第十五回至十九
回为第四卷，第二十回至二十四回为第五卷，第二十五回至二
十九回为第六卷，三十回至三十五回为第七卷（这里《评林》
将三十四回和三十五回合并为一回），三十六回至四十回为第八
卷，四十一回至四十五回为第九卷，四十六回至五十回为第十
卷，五十一回至五十五回为第十一卷，五十六回至六十回为第
十二卷，六十一回至六十五回为第十三卷，六十六回至七十一
回为第十四卷（因《评林》将六十七回和六十八回合并为一
回），七十二回至七十八回为第十五卷（因《评林》将七十二
回和七十三回合并为一回、七十四回和七十五回两回合并为一
回），七十九回至八十二回为第十六卷（因八十一回，《评林》
分为两回），八十三回至八十七回第十七卷，八十八回至九十一
回为第十八卷（原第十八卷下及第二十三卷上），九十二回至九
十五回为第十九卷（原卷二十四），九十六回至一百回为第二十
卷（原卷二十五）。这中间出于《评林》增插田、王二传，即
把田、王二传插入九十回中，成为《评林》十八卷下、十九卷、
二十卷、二十一卷、二十二卷、二十三卷下，共五卷。《评林》
全书二十五卷，去掉五卷，恰为二十卷。这二十卷和百卷百回
本文字全合，所以我们说《评林》底本是二十卷本，即二十卷

百回本。《评林》乃就二十卷百回本增插田、王故事，还可以从它把田、王故事插入征辽和征方腊中间，为了照应，在征方腊的将领中，生硬地加进一些收服田、王的降将名字。如容与堂本石渠阁补刻本第一百回并说："只有朱同在保定府管军有功，后随刘光世破了大金。直做到太平军节度使。"《评林》去掉"在保定府管军有功"九字，加入"唐斌、崔埜"四字，这样一来，原本一个节度使就变成三个了。这里证明这位改动者实在不高明。此外五十一回，《评林》本不标明回数，只写卷十一，而与所谓嘉靖本此处作卷十一正合。嘉靖本是二十卷本，故《评林》自然是二十卷本了。

这样看来，《评林》虽然没有像巴黎国家图书馆那个藏本标明"插增田虎王庆"字样，而实际上是有插增的。所以这个本子是一较早的简本，它保留下来了许多从繁本到简本的痕迹，在许多简本之中，一百十五回本也值得提一提。百十五回本有许多地方和《评林》相同，两本虽然没有直接抄袭的关系，但可能参考过，尤其是第一回，两本的文句几乎全部相同。但往后看就不一样了，不同的地方很多。百十五回本第二回"每日演习武艺不题，且说史公公年高……已毕"。这在《评林》中仅有"每日演习武艺"六字，没有"不题"以下五十多字。百十五回本第十三回"吴用曰：此事却好须得七八个好汉方好"，在《评林》本，于"却好""须得"之间，插入"只是……不得"二十八字。又百十五回本第三十八回"李俊、张顺同三阮守护船只，只见城里来的官军约有五六千军马，都把住了路，花荣只怕李逵有失"。《评林》第三十六回作"李俊同张顺三阮，整齐船只就江边看时，约有五七千军马杀奔前来，李逵当先轮双板斧斫将入去，花荣只怕李逵失手"。两本文字互有出入。又百十五回本第六十一回"却说宋江与吴用商议要打北京，救取卢俊义……就忠义堂上传令"。《评林》本作"吴用对宋江曰：
'幸兄长无事，又得太医在寨中，此是万幸，兄长卧病。'"文
字完全不同。百十五回本第七十八回"将宋江等众要行陷害，
班中走出太尉宿元景，方始归降"。《评林》本仅作"四个贼臣
定计，奏将归降"。又百十五回本第八十九回"却说城中沙仲文
对良仁曰：若得一人杀出……只见小校引魏州军士来见"一大
段文字，在《评林》中仅"一面交小校引魏州军士来见"十二
字。从上面看来，百十五回本与《评林》本字句不同，详略互
异，说明两个本子没有前后继承关系，也就不存在谁抄袭谁的
问题。这从回目合并中也可以看出来。《评林》把繁本八、九两
回合成一回，百十五回本未合并，《评林》把繁本四十六回、四
十七回、四十八回合并成一回，百十五回本四十六回仍有，只
将四十七回和四十八回合并成一回。我们如果把百十五回本第
三十八回，《评林》三十六回和繁本第四十二回对照着看，就会
发现他们各自从不同的角度进行删改，取舍不同。有一件事值
得注意，即《评林》本有余仰止的诗，在百十五回本大部分没
有，但有一处（三十七回）在容与堂等本都没有，只有《评
林》本有，说的是"后仰止余先生观到此处，有诗为证'泼妇
淫心不可提'云云"，而百十五回本把余仰止改作"又李卓吾先
生诗"云云。查署名李批《水浒》的各种版本都没有这首诗，
百十五回本的删改者，不知何据？不过二刻《英雄谱》也有这
首诗，作李贽，也就是李卓吾。如果这里是百十五回本修改者
有意把余仰止的诗改作李卓吾，而二刻《英雄谱》又加以转抄，
那么它们成书年代就要晚于《评林》本了。百十五回本还有一
处，即九十四回说"有诗赞道：'河北清宁伟绩成'云云"，此
诗《评林》作"后余宗先生有诗八句赞道"云云，二刻《英雄
谱》也作"后人有诗八句赞曰"云云，这地方证明二刻《英雄

谱》和百十五回本的关系，同时也表明百十五回本晚出于《评林》本。

总之，我认为《水浒传》今存版本中，郑振铎收藏的二十卷本的残册五回，刻印较早，但这本子不是郭勋改本，它和容与堂本、石渠阁补刊本是同一个系统的本子。容与堂后来又印了一个挖补修改本，这个挖改本是后来四知馆刻本的底本。这是《水浒》版本演变的一条主线。另外嘉靖时郭勋以二十卷为底本，略加修改，即所谓郭勋刻本。万历年间大涤余人翻刻郭勋本，前有天都外臣序。明末清初芥子园又翻刻大涤余人序本，并加上"李卓吾批评"字样。"五四"后李玄伯以大涤余人序残本配搭上百二十回本，伪称古本，也属于这个系统。杨定见以大涤余人序本为基础，加上田虎王庆故事，并修订改写，成为今天流行的百二十回本。杨定见把简本中的田虎王庆故事纳入百回繁本中，这在九十回把皇甫端和他的朋友许贯中的故事改为燕青遇故，十分明显，明眼人一看便知。金圣叹的七十五回本是腰斩百二十回本的结果，所谓古本者，纯属欺人之谈。以繁本为底本，插入田虎王庆故事而成各种简本，应以《水浒志传评林》为最早，其他简本都要靠后一些。至于日本无穷会收藏的一个百回不分卷的《李卓吾评点忠义水浒传》，第七十二回中御书屏上四大寇的名字没有田虎王庆，作蓟北辽国，与杨定见《全像评点〈忠义水浒全传〉发凡》所说"郭武定本即旧本移置阎婆事，甚善；其于寇中去王、田而加辽国，犹是小家照应之法"的那个本子，有人误解这句话，认为"征辽"乃郭勋所加写的。其实错了，杨定见这几句话就是芥子园本七十二回御书屏四大寇上方的眉批，意思是说有一个本子把御书屏上四大寇的名字去掉了王庆、田虎，这样虽然和百回本中没有田虎、王庆故事，互相配合照应，但这样改动只是"小家照应之法"。杨定见的话本来很清楚，由于这些版本不容易见到，以致有人发生误解。还有人在这个误解的情况下更进一步说整个《水浒传》是郭勋或郭勋门客所写，这就离开事实太远了。

（原载《中华文史论丛》1982 年第 4 期）

东京所见两部《水浒传》

　　《水浒传》今存版本甚多，一般分为简本与繁本两种。所谓繁简大都是就文字详略说的。内容基本是相同的，只是百回本没有田虎、王庆故事。我在日本东京见到一个简本和一个繁本是国内没有的，一是《鼎镌全像水浒忠义志传》，一是《李卓吾评点忠义水浒传》。《鼎镌全像水浒忠义志传》，孙楷第先生《中国通俗小说书目》卷六明清小说部乙著录作"《温陵郑大郁序本水浒传》，一百十五回。佚"。其实这部书并未佚，书存日本东京大学图书馆。我于去年冬天在东京大学伊藤漱平教授的研究室见到此书，书名《鼎镌全像水浒忠义志传》，前面有温陵云明郑大郁序，有二章，一作"云明之印"，一作"郑大郁印"。卷一题《新刻全像忠义水浒志传》，清源姚宗镇国藩父编，武林郑国扬文甫父同校，书林刘钦恩荣吾父梓行。书的目录最后有"黎光堂""忠义志传"章各一枚，全书二十五卷，一百十五回，分卷起讫大致同《水浒志传评林》，每回标题除少数回目外，多数亦与《评林》相同，这部书和《评林》有一定关系，是一个早期改编的本子。书中直标姚宗镇编，姚氏或者就是一个删繁就简的改编人。这个本子即柳存仁《伦敦所见中国小说书目提要》提到日本薄恭井一的《明清插图本图录解说》的富沙刘兴我刊刻本。书中七十四回前有"软弱安身之本"六言诗一首，这首诗《评林》本无，而容与堂本有，可见这个本子是直接从繁本删削的，只是参考了一下《评林》本。

　　另一是《李卓吾评点忠义水浒传》，日本无穷会藏。这个本子的特点就是第七十二回御书屏上四大寇作三大寇，去掉田虎、王庆，加上蓟北辽国。眉头有一批云："□□□大寇□□□王庆□□田虎遂□□□究效□□□今改□□□大寇而□□北辽国。"可惜文字磨灭，不能卒读。但大意可猜出，即原有王庆和田虎，改为蓟北辽国，四大寇作三大寇。我在《水浒传版本源流考》一文中说有人误解百二十回本的杨定见《发凡》中"其于寇中去王、田而加辽国，犹是小家照应之法"那句话，认为"征辽"是后加的。其实"发凡"这句话本是大涤余人本第七十二回御书屏句上的眉批，被杨定见移到前面"发凡"中，以致引起误解，今得见此本，则疑虑可以全消了。

（原载《明清小说研究》第 1 辑，
中国文联出版公司 1985 年第一版）

《三国志演义》研究中的几个问题

一

首先打算谈谈三国故事和历史事实之间的关系问题。小说不是史书的注释，因而对史实本身有选择，有取舍是必不可免的。写进"演义"中的故事是作者根据历史记载并羼杂一些传说而编撰的。虽然从今存最早的刊本标题看，作者的题材的来源是陈寿的《三国志》，不过在事实上，它的内容和史书是有些出入的。清人章学诚因为它是"七分实事，三分虚构"，对之大加非难，认为"不足为训"（《丙辰杂记》）。李慈铭也说他素恶"《三国志演义》，以其事多近似而乱真"。（《荀学斋日记》庚集下）这些人的文艺思想是作品中所描写的事件要么属于完全虚构的，要么就是真情实事，对于半真半假，大不以为然。他们认为历史小说也要像历史一样，作家描写生活不能变更生活原样或某些情节。至于把实际发生于不同时间地点，而可能出现于同一场合的事实捏合在一起，这样做更是不应该的了。章学诚等人对于历史小说的看法就是这样，并不妥当。的确，问题也就在这里。为什么同样取材于历史事实的作品，像《东周列国志》比起《三国志演义》的确更符合历史事实，但是反而艺术感染力差些，可见历史小说的价值并不在于它符合历史的程度深浅。

有些人则单从文学欣赏出发，认为小说自小说，历史自历史，两者完全不相干，这中间没有什么联系可寻探。这点，在我看来，也是不够全面的。究竟历史小说和历史事实之间能否找出一些关联来，具体分析一下《三国志演义》是可以得到回答的。

《三国志演义》中的故事和历史书籍不尽相同，一般说来，有两种情形。一种是历史记载没有的，一种是违背了历史记载。前者如桃园结义，后者如吉平受刑。桃园结义在《三国志平话》和元无名氏杂剧《刘关张桃园三结义》中都描写过。关汉卿《赵盼儿风月救风尘》杂剧中，赵盼儿有一段唱词："你做的个见死不救，可不羞杀桃园中杀白马、宰乌牛。"可见这个传说是相当古老的。但是史书从来就没有记载过。至于吉平，《后汉书·耿秉传》和《三国志·魏志·武帝纪》都说："建安二十三年（耿纪）与太医令吉平（《魏志》作本）、丞相司直韦晃谋起兵诛操，不克。夷三族。"这和演义说他在建安五年因参与董承等密谋杀曹操事件，"下毒遭刑"，无论时间或情节都是不一样的。很明显，演义所叙述的情节是离开了历史材料的。对前一种情形，一般认为：作家在写历史题材和历史事迹的时候，有权利根据生活经验补充和夸张某些情节。像桃园结义，这种想象或虚构是必要的。对后一种情形，人们的看法却不完全一致。历史题材作品能否违背事实？也就是说，我们应该怎样理解历史事实和艺术真实的正确关系。演义中描写吉平显然是违背史实的。从历史角度看来，这是一种改动移接。但就文艺观点说，情节的改动和移接是可以允许的。一般地说，艺术真实比生活本身表现得更集中些，这里作者把吉平的活动和"衣带诏"联结起来，正反映曹操个人野心的发展引起了皇室集团的不满和愤激，似乎是可以的。这种把零散斗争集中在一个问题上来予以描写，还表现这两个集团矛盾的尖锐和普遍，在艺术感受上，给予读者的印象更深刻。毛泽东同志说："文艺作品中反映出来的生活却可以而且应该比普通的实际生活更高，更强烈，更有集中性，更典型，更理想，因此就更带普遍性。"（《毛泽东选集》第3卷，第883页）《三国志演义》的作者在他的编写实践中许多地方都是符合这个原则的。以爱看京剧的人都熟悉的"捉放曹"故事为例。《三国志演义》卷一曹孟德谋杀董卓（毛宗岗删改本第四回）即叙述了这件事。当时捉拿和释放曹操的人叫做陈宫。这和历史记载就不一样。陈寿的《魏志·武帝纪》说："或窃识之，为请得解。"裴松之注引《世语》也只说："功曹心知是太祖……白令释之。"他们都没有肯定这人就是陈宫。今天我们根据历史材料看，觉得也不像是陈宫。《魏志·张邈传注》引《鱼氏典略》说："陈宫字公台，东郡人也。刚直烈壮，少与海内知名之士皆相联结。及天下乱，始随太祖（曹操）。后自疑，乃从吕布。"这段记载很简单，并没有明白地说陈宫追随曹操是做中牟县令时私释曹操和他共同逃走。他之所以离开曹操，也不是由于看到曹操杀了吕伯奢一家老小，认为"大不义也"，因而离开。根据历史记载，他是在兴平元年曹操攻打陶谦时，背叛曹操而投靠吕布的。这时他并不如演义所说是东郡从事，而是留守东郡的一员将领。他的拥戴吕布完全是个人打算，觉得跟随吕布比在曹操手下更有发展前途。因此，后来吕布想投降曹操时，他自觉"负罪"很深，出面反对，并没有想到他曾是曹操救命的恩人。这和演义的描写完全不同。照演义说，他对于曹操应该是"有恩"而不是"负罪"的。这就是说，演义关于陈宫与曹操的关系的描写是不符合历史事实的，也可以说是"改动"事实的。但是从文学观点看，这种改动对于突出曹操这个人物的性格，更强烈地显示曹操这个人的可憎面目，都是合适的。本来陈宫离开曹操是一回事，曹操杀死吕伯奢全家是另一回事，而中牟县令释放曹操又是一回事。这三件事彼此个别分散地发生，没有联系。现在作者把它集中在一起来描写，立即构成一种统一的阴暗的气氛。在这种气氛中曹操这个利己者的灵魂深处，那隐秘的地方都暴露出来了。我们读《三国志演义》，对这等地方的印象总是不磨灭的。假若作者不把它们放在一起描写，分作三件事彼此孤立地叙述，我们读过后，印象不深，记忆也会不十分牢固的。这种例子，在日常生活中也能碰到：森林总比东一株西一株的树木在人们的心目中留下的印象深。

作者为了使作品思想内容更明确，倾向性更突出，有时需要把事实"改造"一下，如上所云，他们完全是有这种权利的。亚里士多德也说过，假如一个作家，有人"说他所表现的事物并不切合事实，那他可以回答说，他所表现的事物，应该是那样的"（亚里士多德《诗学》中译本，第75页，新文艺出版社）。由此可见，不仅罗贯中采用这种表现手法，亚里士多德早就肯定这种手法的运用是必要的。

再举一个例子。只要爱看《三国志演义》的人，都很熟悉作者花了很大的力气去刻画的一个战争——"赤壁之战"。它的场面之大，呈现在我们眼前真是一幅波澜壮阔的图画。作者给予比任何一次战争更多的篇章，而且几乎让小说中所有的重要角色都在这次战争中露面。首先，作者描写曹操统一了北方，除董卓，诛袁绍，率领百万大军，长驱直入，席卷东南，乘风破浪，大有不可抵敌之概。同时，又写刘备新败，兵微将寡；孙权手忙脚乱，实力单薄。从力量对比的悬殊上，先在客观环境方面造成一种气氛，就是一切有利于曹操。也就在这时候，作者描写孙刘联盟的酝酿，显示历史事态新的转机。紧接着，作者撇开李逵式的战术，而着力描写出奇制胜的"斗智"。诸葛亮、周瑜这些人如何运筹帷幄，深谋远虑，终于击退了曹兵。但是曹操是自称"吾任天下以智力"的人，他曾经夸口向人说："曹公多智。"如何一斗便败了？作者安排了一个"横槊赋诗"的插曲，使曹操骄傲自满的心情暴露无遗了，正所谓"满招损"，原来一切有利于曹操的气氛，就这样消散了。作者在这里把曹操从应该胜利而结果失败的过程变化，描写得十分自然，合情合理，而且符合于事件发展的一般规律。同时，作者对周瑜这个形象的刻画确实值得注意。周瑜在作者笔下是一个壮年气盛、聪明好胜而又忌刻的人物。由于壮年气盛，他选择了战斗，但是，他并没有丰富的战斗经验。当"万事俱备，只欠东风"的战争紧要关头，他僵卧长愁，束手无策。而另一方面，由于他忌刻好胜，在孙刘联盟这个问题上，做了许多愚蠢的事。但不管怎样，他是此战中头等重要的角色，他的一举一动和历史的脉搏跳动是一致的。大敌当前，他不能不和诸葛亮合作，然而从合作的第一天开始，他们之间就存在着矛盾，最后终于决裂。又合作又矛盾，这是周瑜诸葛亮的关系，同时也是孙权集团和刘备集团的关系的实质。罗贯中通过周瑜这个形象反映了当时两个集团之间的复杂矛盾，这点使我们感觉到他对于这个战争的描写不仅表现出惊人的艺术才能，而且显示出他对于历史事件观察力的深邃。他描写了这些人的思虑心情，利害打算和风度举止，的确像恩格斯所说："人的恶劣情欲即贪欲和权势欲，就成了历史发展的杠杆。"（《马克思恩格斯文选》第 2 卷，第 380 页）不管作者意识到或没有意识到这一点，在客观上他是反映了这个历史真实。

　　但是，是否说罗贯中对这个战争的描写都符合实际的历史事件呢？不是的。历史记载这次战争十分简略。当刘备战败在长坂，溃不成军，诸葛亮只身赴吴求援，取得孙权支持后，刘备与周瑜"进与操遇于赤壁",瑜部将黄盖曰:"今寇众我寡,难与持久。操军方连船舰,首尾相接,可烧而走也。"(司马光《资治通鉴》卷六四《汉纪五十七》,《三国志·周瑜传》)于是诈降引火烧船,"时东南风急",火烈风猛,烟焰张天。这就是赤壁之战的情况。什么"舌战群儒"、"孔明借箭"、"苦肉计"、"连环计"、"曹操赋诗"、"诸葛祭风",等等,都非史实。献计用火攻的本是黄盖,并不是周瑜与诸葛亮的合谋;操军船只本身连接,也非庞统巧授连环计;至于横槊赋诗,诗倒是曹操所作,但这事却出于苏东坡《赤壁赋》中对当时情景的想象,并无根据。总之,《三国志演义》中有关赤壁之战的描写,虚构多于事实。这中间有的事情虽不见史册记载,但可能发生;有的地方却显然违反历史家记录下来的个别的事实。

　　虚构在《三国志演义》中,不仅只是上面所说的少数例证,实际上这种表现方法到处皆是,而且往往是这部小说中最精彩的部分。删掉了这部分,这就马上失掉夺目的光辉而黯然无色,不复为读者所喜爱,而成为枯燥乏味的历史讲义了。自然,并不是说只要虚构就好,复抄历史记录就不好,而是说,就《三国志演义》的具体情况看,有这种现象。同时虚构也常常是作者花费劳动更多的地方。作者经过深思熟虑而构拟的生活情景,比历史记录更高、更精练、更典型。胡适曾经说《三国志演义》:"只可算是一部很有势力的通俗历史讲义,不能算是一部有文学价值的书。"(《胡适文存》二集卷四《三国志演义序》)这不仅表明他片面地理解文学,也表现他未能正确对待历史。还有人认为《三国志演义》中最受广大读者欢迎的是那些历史知识,甚至说:"《三国演义》的人民性也表现在它普及了历史知识。"这都是没有踏实地阅读这本书。《三国志演义》固然运用了某些历史材料,但它经过作者的改造而在艺术形象中呈现出一种全新的面目，已经不是朴素的史实了。罗贯中运用了历史材料写作，他所考虑的是如何通过对历史人物和事件的评论，表现他自己的理想。至于符合不符合个别的事实，那是次要的。周瑜本不是气死的，王朗也不是骂死的，但是在他的创作意图上有必要这样做，他就让他们一个被气死，一个被骂死。

二

下面我们继续讨论人物虚构问题。

在《三国志演义》里人物描写虚虚实实的情况，也和事件叙述一样，一是纯粹捏造出来的，一是改变原来历史人物的面貌。前者如貂蝉、周仓；后者如刘备、诸葛亮等。貂蝉不是一个真实的人物，某些爱好穿凿附会的人，到《董卓传》或李长吉的诗歌中去找根据（蒋瑞藻《小说考证》卷一，第26页引《浪迹续谈》），其实很可笑。像《吕将军歌》中的傅粉女郎，"自说吕貌，非姬妾也"（焦循《剧说》卷二），完全不是那么一回事。一定要找根据，也只能到《三国志平话》和元杂剧《锦云堂暗定连环计》里去找。但是演义中的貂蝉比起她在平话和戏剧中的形象饱满得多。在情节上也有不同的地方。如平话和杂剧都说貂蝉本是吕布的妻子，因战乱离散，和演义称她自幼在王允家中长大，就不一样。

一般说来，《三国志演义》中的人物属于虚构的是极少数，多数还是真人，经作者加工，稍变原样而已。自然这里面牵涉到人物塑造问题。鲁迅说："模特儿不用一个一定的人，看得多了，凑合起来的。"（《鲁迅全集》第4卷，第289页）这对于取材现实生活进行创作，几乎成为通例了。但是对待历史人物能否也用这个方法？我们且看看《三国志演义》的作者怎样描写刘备的罢。刘备是作者当作一个理想的正面人物来描写的。有些事原是别人做的，可是作者为了增加刘备的光彩说成他的行为；有些事本是刘备做的，而作者怕毁损了他的人格完整就移到别人身上去。譬如"的卢妨主"，本属晋人庾亮的故事（见《世说新语·德行篇》），作者为了表现刘备不做利己妨人之事，把它移到刘备的身上。又如鞭督邮、斩蔡阳，本是刘备干的，而作者考虑到这与刘备宽和的性格不合拍，把它分别改作张飞、关羽的行为。又如为了表现刘备的谦虚，莫须有地安排一个"三让徐州"。显然，在《三国志演义》中，刘备这个角色的虚构成分是很浓重的。一些与反面人物相反的特征是作者有意给加上去的。

当然，这种张冠李戴的办法，不只是表现在塑造刘备这个形象上。譬如关羽吧，他的英勇事迹之一，"酒尚温时斩华雄"，按照史传记载，这个功劳应该属于孙坚的。至于诸葛亮呢，"草船借箭"表现了他的胆量和智慧。但这件事《平话》属之周瑜。而其事实乃曹操攻濡须口时，"（孙）权乘大船来观军。（曹）公使弓弩乱发，箭著其船，船偏重将覆。权因回船，复以一面受箭，箭均船平，乃还"（《三国志·吴志》卷二《孙权传》注引《魏略》）。作者根据这件事而加以推演，用以显示诸葛亮这个人如何胆略过人。

总而言之，罗贯中塑造形象时，不是机械地把历史人物每个具体细节原封不动地搬到自己的作品中去，而是在自己的想象中创造性地对历史材料作了概括和加工。他为了突出地表现某个人物性格，不惜变更人和事物的原有关系，把一些个别发生的事件集中在一个人身上，竭力使形象更富有生命力。刘备、诸葛亮以至曹操等形象都是用这种方法构成的。这种方法只是违反了个别的事实，并未歪曲历史的真实性。就拿刘备和诸葛亮说吧，在赤壁之战中刘备的确是担任作战指挥者，但是《三国志演义》为强调孔明的活动，则把他写成一个无大作为的人。相反，孔明在这次战争中除"建奇策"（《蜀志·诸葛亮传》），激说孙权出兵外，几乎无功可记。而演义的作者却把全部劳绩都归到他身上。从表面现象看来，这种由于突出表现诸葛亮的才能以至刘备的形象被缩小了，对于个别人物说来，当然是不真实的。但是全面地估计当时的情势，却不能说作者违背了历史的真实性。因为这个战争，由于双方实力的悬殊，斗智多于斗力，而且斗智是主要的，是胜利的重要条件。元代剧作家关汉卿也认为诸葛亮的策划在这次战争中起了很大的作用。他说："则他那周瑜、蒋干是布衣交，那一个股肱臣诸葛施韬略，亏杀那苦肉计黄盖添粮草。那军多半向火内烧，三停在山上漂。"（《孤本元明杂剧》二册《单刀会》第一折）这位伟大的戏剧家，叙述赤壁之战时也不重视刘备的活动，那么有人因为作者没有着重描写刘备，认为"这是违反了史实，也违背了作者本心的一种败笔"，这个意见恐怕是错的。因为，作者如果竭力描写刘备和曹操在战场上兵对兵，将对将，赤膊上阵，不仅不能揭露这个战争胜败的真正原因，而且也与作者所赋予刘备这个形象的特征不调和。同时，更和作者的军事观点、政治观点相违背。许多人都不大注意的刘备和司马徽的一段对话，其中透露了作者的军事观点和政治观点。那段话是：

> 水镜曰："愚闻将军大名久矣，何故区区奔走于形势之途耶？"玄德曰："时运不齐，命途多蹇之故也。"水镜曰："不然，盖将军左右不得其人耳。"玄德曰："备虽不才，文有孙乾、糜竺、简雍之辈；武有关某、张飞、赵云之流，竭忠辅相，何为不得其人耶？"水镜曰："关张赵云之流，虽有万人之敌，而非权变之才；孙乾、糜竺、简雍之辈，

乃白面书生，寻章摘句小儒，非经纶济世之士，岂成霸业之人也。"（嘉靖本卷七"刘玄德遇司马徽"，毛本第三十五回）

这里作者在军事方面强调勇敢与机智的结合，有勇无谋，就不能掌握自己的命运而终为人所制服。在政治方面反对脱离实际的迂腐作风。与其做一个读书很多而不能解决任何现实问题的"政治家"，不如做一个老老实实而又能临机应变的人。罗贯中就这样提出他的问题和看法，《三国志演义》中有关军事斗争和政治斗争的描写都是在他这个思想之下展开的。而体现作者这个思想的就是光芒四射的诸葛亮的形象。诸葛亮不仅是一个机智的典型人物，而且是作者某些理想的化身。弄清这一点，对于赤壁之战着重描写诸葛亮的活动而避开刘备的原因就完全可以理解了。这里没有什么"违背作者本心的一种败笔"，相反的恰恰是作者有意的安排。

在诸葛亮这个人物身上，作者还赋予了一种超自然的神秘力量，如赤壁之战中的祭风。这等地方作者的想象离开生活的真实是很远的。庙宇中的神像，有的雕塑成为三头六臂，借以体现仙佛的无比万能。罗贯中塑造的诸葛亮虽无三头六臂，但是他的智慧的威力确已达到了超人的地步，世界上几乎没有什么事是他所办不到的，在智力受到限制的地方，作者就再授予一种法力，这种法力能够做好人力所不能解决的一切事情。这就是说，诸葛亮不仅是人，而且是神，这个形象就这一点说来，它是虚假的。不过虽然虚假，但它不是苍白的，而是具有充沛的生命力，集中反映了人们企图控制自然的愿望。正因为这一点，孔明不仅是小说中的一个人物，而且成了实际生活中的人们的良师益友。一个作者能够使他所创造的人物长久地活在人们的记忆中，这就证明他的劳动的成功。而这种成功就充分使我们相信艺术创作中的虚构原理，不仅是对一般作品，而且对于历史小说也是适用的。历史小说虽然多方面受到史实的牵制，但是在创造人物方面，却保留着广阔的天地。

三

我们花费了很多笔墨讨论《三国志演义》中的不合史实部分的描写。这部分其所以值得我们注意，是它在历史小说创作上占有重要的地位。本来中国历史小说有两种倾向，一是按照历史记载如实敷演；一是任意捏造，荒诞不经。前者如早期出现的《新编五代史平话》，后者如《封神演义》《说唐》等。一般说来，平板地依照史实敷演，故事既不生动，人物也不典型；至于离开史实，自由捏合，除个别情节尚能引人入胜外，绝大部分是空洞贫乏，缺乏艺术感染力。因此如何使历史小说既不违背生活的真实性，又富于创造的想象，就成为中国历史小说创作中的一个困难问题。许多作家都没有很好地解决这个问题，失败了。独有《三国志演义》在这方面创造了成功的范例，这就是研究这个问题的重要意义。前面分析过，不管《三国志演义》在个别事实方面与历史记录不相符合甚至矛盾，但整个作品到处洋溢着生活的气息。今天我们对于作者罗贯中的生平知道的虽然不多，不过我们读完这本书后，很自然地感觉到作者的生活斗争知识的丰富，和他对斗争生活具有深刻的体会。自然他还是一个富有正义感的人。他在《三国志演义》中充分地反映了历史人物的真实生活，使得他的作品远胜于其他的同类小说。譬如《封神演义》吧①，

① 这部小说本不算作历史小说，不过因它的间架还是根据历史事件的，所以这里把它作为比较，企图从中看到作家对待历史题材的不同态度。

就反抗残暴、歌颂仁爱说，它和《三国志演义》有其共同点，但是企图将现实问题用非现实的办法解决，却表现出分歧来。《封神演义》最大缺点在我看来并不是因为什么宗教和宿命观念，而是它缺乏艺术作品最根本的东西，人的生活真实。由于生活的贫乏和不能揭露生活的本质，它和比它早些的《武王伐纣平话》一样，人物没有鲜明的个性。很明显，《封神演义》的作者不懂得生活的复杂性和斗争的艰巨性。他把历史社会中的人与人之间的多样性的斗争简单化为强力与强力的对抗，超现实的斗争使得他的幻想形象缺乏生命力。

通过历史事件反映了生活和生活的斗争与发展，这就是《三国志演义》胜过其他的历史演义小说的地方，也就是它能够永垂不朽的原因。全部《三国志演义》描写的是王侯将相的军事生活和政治生活，他们的私生活写得很少。即使写了私生活也是和他们的政治生活有密切的联系的。貂蝉故事如此，刘备"洞房续佳偶"的情况也一样。从前有人写过一首形容刘备结婚的诗，其中有两句说："烛影摇红郎不醉，合欢床上梦荆州。"的确，他们的私生活都是隶从一定的政治目的，"醉翁之意不在酒"。至于作者歌颂的则是军事生活和政治生活中的忠孝节义的表现。

《三国志演义》中所宣传的忠义问题，历来有不少看法。曾有人以为它所表现的思想还属于封建主义的思想体系，但具有人民性。认为在"忠君"的背后隐藏着民族主义和爱国主义思想。但是，就《三国志演义》中曹操、孙权、刘备、袁绍、吕布这些人的关系，或者这些人和汉献帝，以及周瑜、审配、诸葛亮和这些人的关系，从事件本身实在看不出有什么民族关系。既无民族关系，就很难说什么民族意识。至于隐藏在这些关系后的作者主观意图，那也只是"姑妄言之，姑妄听之"而已。因为作者有没有这些意图，今天只能凭借某些迹象进行臆测。而这些迹象有的是虚无的假象。还有人以为作品中歌颂诸葛亮的武略还表现着一定的民族意识。或者"从对于诸葛亮的怀念，对于诸葛亮的军事才能的夸张里面，又表现了当时人民的爱国主义的思想意识"。这里包含方法上的错误。我们的研究工作应该从诸葛亮的形象和形象所概括的客观现实生活及其意义方面进行分析，而不应是"歌颂"、"怀念"、"夸张"这些属于作者态度的地方去找寻曲笔和深意。譬如说，诗人杜甫也曾歌颂和怀念过诸葛亮，难道我们能说他是由于什么民族思想才写这些诗的吗？显然这种看法是没有根据的。至于"义"这种道德品质，属于人民还是属于封建主义，不能抽象地谈，要看它的具体表现如何。在《三国志演义》中，"关云长义释曹操"的义，"张辽义说关云长"的义，恐怕都不能说是人民的。至于"忠义以诠死节"的义，离开人民就更远了。所以笼统地说忠义在《三国志演义》中曲折隐晦的反映人民的进步思想意识是不全面的。此外还有一种论调说，忠义运用到正的方面去，它的意义就不同了，我们不能看得那么呆板，相反的，有时还可以承认忠义是优秀的道德，《水浒传》中所强调的也是这一种优秀道德，所以堂名就取了"忠义堂"。这里他弄错了，《水浒传》里的"忠义堂"最初并非这个名。我们知道《水浒传》在政治上之所以能够代表社会进步力量和反映了这一进步力量的生活与愿望，决不是"忠义堂"。《水浒传》的思想和艺术的成就在于它正确地反映了农民革命和革命的要求，不是它倡导忠义。一般说来，"忠义"两个字连在一起总是指上下的关系，不指朋友之间的关系。《水浒传》把"聚义"改名"忠义"，正表现他们对于大宋皇帝存在着某种幻想，并非代表了进步要求。梁山结义的"义"表示他们彼此团结互助友爱，至于后来倡导忠义却不是一个进步的口号。马克思和恩格斯早就告诉过我们："拥有物质生产资料的阶级，因而也就拥有精神生产资料，也就是因为这个缘故，一切没有精神生产手段的人之思想一般是要听命于这个阶级。"（《德意志意识形态》第 95 页，群益出版社 1950 年版）忠义是封建统治阶级所提倡的，用以笼络和欺蒙人民大众的。水浒英雄受到欺蒙因而感染这种思想，正表现他们落后的一面，正表现"没有精神生产手段的人之思想"的特点，不是什么"优美道德"。至于三国演义中的"意主忠义，而旨归劝惩"（咸丰三年清溪居士重刊《三国志演义序》），这个忠义含有封建意味就更明显了，用不着曲为辩护。在我看来作者对他所描写的帝王将相生活中的忠孝节义的表现，观点上基本上是封建的。作品中接触忠孝节义的地方大都洋溢着"士为知己者用"的气息。不少地方还歌颂过奴仆式的忠心。说"主忧臣辱，天下至理"的王经，死后就被赞扬为"节如泰华重，命似鸿毛轻"；劝辛敞出城救主的辛宪英，事变后，姐弟受到歌颂："为臣事主当存义，赴难持危合尽忠。辛氏宪英曾劝弟，故令千载播高风。"至于被认为"极忠义"的司马孚，在他身上我们实在找不出什么新的意义来。有人片面地强调"桃园结义"，认为这中间"超出了封建思想所允许的范围"。其实，这里的"义"和封建思想并不是必然地互相排斥的东西。虽然利己的掠夺是封建统治者的本性，但是孟子说得好，"上下交征利，而国危矣"。这就是说要是让利己活动无限制地广泛发展，对封建统治秩序也是不利的。历代的统治者一面从事卑鄙的利益活动，一面大力宣扬仁义，看起来是相反的，其实是相成的。

自然，罗贯中主观上想通过对这些将相王侯的生活的描述，借以显示忠义是一种"高尚"的品性。但是由于他的生活和生活斗争的丰富，他对于生活中的美丑的辨别力之敏锐，在客观上作品所揭示的意义远超过他在主观上企图表达的东西，有许多发人深思的地方，作者的笔锋触动了人类的心曲。我们从作者对于刘备和关羽之间、曹操与关羽之间的描写，就深深体会到这一点。刘备和关羽一见面就"以己志告之"，在一个共同的理想下结合起来。此后经艰历险，出死入生，不欺诈，不背叛，长期地维持着深厚的友谊。当关羽劝刘备杀掉督邮，"别图远大之计"，刘备毫不迟疑地将印绶挂于督邮之颈，扬长而去。在许田射猎时，关羽欲杀死曹操，刘备以目示意，云长会心而中止。他们事先并未商量，行为的一致显示他们精神活动的彼此相通和契合。至于曹操呢，他第一次见到关羽，觉得这人"仪表非俗"，说服了庸碌虚骄的贵胄袁术，让这位高手"温酒斩华雄"，扬威耀武。但他并不能开诚相见，只是"暗使人赍牛酒"慰问了一下而已。等到再度会面时，他心中是"素爱关公人才武艺，勇冠三军"，想使云长离开刘备，"以为己用"。而口里却说："操乃汉相，公乃汉臣，虽名爵不等，敬公之德。"于是上马金，下马银，赠绫锦，送美女，企图用优裕的物质生活来软化一颗健壮的英雄的心。直到关公辞去，走依刘备，尚赶至中途，赠送黄金锦袍，并不能肝胆相照。这里作者罗贯中通过刘备、曹操、关羽等人物之间的复杂关系，想突出地表现关公的忠义。但是从这些描写中，我们在关公的忠义之外，还体察到作为封建统治阶级的上层人物的待人接物离不开金钱女色，充分反映了这个阶级的道德堕落本质。同时还认识到"人之相知，贵相知心"这一生活的真理。曹操和刘备对待关羽态度的一个主要分歧，就是刘备把他的心交给关羽而曹操只是希望用钱财引诱别人为自己出力，不管他如何假装殷勤，而终究使人感不到温暖。这点在曹操、刘备对待徐庶的关系上也表现出来。刘备把徐庶当作自己的"左右手"，他的感情是真挚的。而曹操呢，徒然把徐庶看作政治斗争中的工具，用谲谋和诡诈骗得徐庶离开刘备。刘备对待一位朋友的离去，只是"泪沾衿袖"，无限的依恋，并不馈送一钱一物。反之，曹操于陷害徐母致死后，没有

眼泪也不悲痛，还是老一套"使人赍礼吊问，破木为棺"，并且
"重加赏赐"，表现利己者的阴险性格。但是"徐庶进曹营，终身
不设一谋"。这中间不仅仅如作者所宣扬的忠义问题，还蕴藏着一
种要求维护人的尊严的思想。而这个思想却是作者所不曾意识到
的。

在《三国志演义》中，如上所讲，作者显然是拥刘反曹的。
由于反曹，作者写曹操杀后逼帝，穷凶极恶，生动地绘出一幅
"欺君罔上曹丞相"的画面。同时写他和荀彧等人的关系，更是阴
森森的。连他的家庭也写得十分阴暗，曹丕和曹植的"萁豆相
煎"，曹后的骂汉献帝，都充满了利己的打算。后来，作者的目的
正在于通过这些事例，直接或间接地鞭挞曹操这个人。但作品的
客观意义却远远超过了这个范围。曹操这个形象在封建统治阶级
中具有普遍性，我们清楚地从这些人物形象中看到贪欲、权势欲
如何主宰了封建社会君臣、兄弟、夫妇、朋友等关系。这些关系
都在贪欲、权势欲的支配下，充分暴露出私有者彼此之间冷酷无
情，也反映了封建统治阶级掠夺成性的真实面貌。在封建社会中
统治者对待人民有两副面孔，一种是假装的、伪善的，一种是实
际的、凶恶的。而在现实生活中这两副面孔往往统一于一张面皮
上。这就是说，剥削者的生活有两个方面，一方面是可以露面的
见得阳光的，一方面是不能坦白的、阴暗的。这里我们说剥削者
的生活有可以见得阳光的方面，当然不是他们的直接剥削人民的
生活，而是指他们在一定的条件下确保人民的生存和生活的权利
的措施。历史上一般把这个东西叫做"仁爱"。《三国志演义》中
常常说"弃暗投明"，也就是叫人要过一种能见阳光的生活。罗贯
中揭露了曹操生活中的阴暗面，虽然这种阴暗表现在剥削者对待
剥削者方面，不是剥削者直接对待人民的。但是这种揭露，人民
也是欢迎的。至于他把他所描写的曹操生活中的阴暗面叫做"不

忠不义"，就表现出他的世界观的局限性。因为这里面不是忠义的
问题，而是作者对历史人物的评价而已。

（原载《文学遗产》1992 年第 4 期；后编入《名家解读
〈三国演义〉》，山东人民出版社 1998 年第一版）

纪念范宁先生(代后记)

范宁先生已经离开我们远去了，这是我国古典文学研究事业的损失。范夫人赵桂玲先生来信，说要整理出版他的集子。我于范先生亲炙日浅，有愧深知，感念盛情，只能谈谈两点浅见，以纪念这位为学术研究而呕心沥血、奉献终生的学者。

首先，我崇敬范先生的广博学识和朴实文风。范先生的论著，我虽然接触较早，但因它广散各种报刊，没有结集，所以读到和收集得并不多。

就阅读所知，范先生对我国古典文学的研究，上起先秦，下迄近代；既涉及古代诗文的所谓"典雅文学"，也涉及小说戏曲的所谓"通俗文学"，一纵一横，相当广博。不但范围广博，而且研究相当深入，都有自己的独到和深切体会的见解。更难得的是由这种功力和心得写出来的文章，都显得简练、朴素和扎实，娓娓道来，言之有物，纲领分明，而行文清澈如澄波碧水，绝无哗世炫俗、故作惊奇之态。这种文风，近来是愈来愈少了，所以更显得可思可贵。

范先生为《中国大百科全书·中国文学卷》所写的，如《元代文学》、《元代散文》、《元代诗》及其他元代作家的条目，都是看过很多材料，以极概括、简明的文字表达出来的，自出心眼，非同寻常沿袭综合之作。

特别是他在《文学遗产》（1982 年第 4 期）所载《金代的诗歌创作》一文，除对金诗作家作品，有深入、全面的研究和简要、独到的评价外，对历史背景及当时民族矛盾的分析，尤其能在掌握丰富资料的基础上，科学地提出一些他人不曾提或不敢提的见解。表面上是一篇简要性的评介文章，实是有分量的精到之作。

刊载于《文学评论》（1982 年第 1 期）的《关于境界》，考证我国文学批评史上应用"境界"一词及与之相关的"意境"一词的来历及发展变化，源源本本，旁稽博索，再作细致的分析而得出结论，对学术界理解这一问题，是很有帮助的。近三十年，学术界对"境界"、"意境"这两个词，都认为是文学创作、批评方面的特定的、具有专门意义的名词；在它面前，加了很多形容性、制约性的词语，有时把概念弄得很窄、很玄。对于"意境"问题，我认为可以把它当作中性（不含特定褒义）的普通名词看。范先生文中说："意境中的意即思想感情"，"境界不管是客观存在或者主观虚构都要通过艺术形象体现出来"，"人的心理活动通过某种形式表露出来就叫境界"，这方面的看法我们比较接近。文中说："境界是文学的形象性和真实性（按，'真实性'含有褒义）的结合"，"境界比意境的范围广阔些，它指主观想象也指客观景象的描述，而意境则侧重于指主观情思的描写"，这方面的看法还有一些出入。可惜在范先生生前，我还没有拿这个问题向他请教过。

其次，我崇敬范先生勤谨工作和谦虚待人的精神。我接触范先生的论著虽较早，但认识范先生本人却很迟。1984 年，我承约为《中国大百科全书·中国文学卷》写条目，4 月间，忽然接通知应邀到北京参加该书"元明清分支"的编辑（清代诗文词部分）、撰稿工作。在北京大学勺园招待所客房中工作。到这时，我才认识副主编范宁先生。

那时是春末夏初，天气炎热，交稿期近，工作得赶；而房中不但不如现在有空调，好像连电风扇也没有。白天冒暑干，晚上还要"开夜车"，是吃力的。范先生除了撰写、编辑自己分工的条目，还要分工审阅其他部分的条目，我所分写分编的条目，就是由他审阅的。其他同志有时晚上回各自家中工作，范先生除星期六晚上及星期天回家外，晚上都和我同在招待所工作。晚饭后，范先生常和我一起到未名湖畔散步，在湖滨小坐休息。我来自外地，贪恋未名湖的夜色，经常多留一会儿，范先生则较快就回去开灯工作，不敢多留。那时他年近古稀，犹经常工作到半夜，早上起身也早，但从没有听见他喊辛苦，喊紧张。我到京是临时应邀的，在原工作的学校还有课，得赶工。所以范先生手头不算别的部分，就算审阅我所写所改的稿子，每天分量也不少，他总是当夜看完，没有留到第二天。

在京短短不到一个月的时间，范先生勤谨工作、善任劳怨的精神，便给我留下深刻的印象。从这种印象，我可以想象他平时认真治学的情况。范先生虽只大我六岁，但在学术研究上，我应尊之为前辈。他对待后学谦虚平易，很能尊重人。我们在未名湖畔小坐时，谈起已故和当前学术界人物，他也总是褒多贬少，理解尊重别人的长处。我修改稿子，他是认真看的，画了红线，第二天早上当面商量，一致认可改定后，再交誊抄的同志去抄。我每天需要翻阅、核对不少书籍，有时范先生不怕麻烦，亲自帮助向图书室的同志联系。这种工作态度也使我非常感动。

后来我回原校上课，中途离开勺园，带着部分工作回福建做，再把稿子寄给范先生审阅。不料从此一别，就没有再见范先生的机会，令人伤感。回想旧事，历历情景，一去不回，而范先生那不高而温文的身体，那不疾不徐、简洁不多的谈话，那严肃治学、勤谨工作和谦虚待人的精神，却永远在我的脑海中留下一个可敬的、值得学习的、具有高尚风范的学者的形象。相信这个形象，也会相近地留在其他熟悉范先生为人的同人的脑海中。

陈祥耀

2001 年 7 月 29 日

作者著作目录

风流释义 《文史杂志》第四卷第三、四期合刊，1944年8月

文学批评上的所谓意境 《正义报》星期增刊，1945年11月23日

历史与文学 昆明《云南日报》1946年1月7日，《新生报》语言与文学1月转载

关于"夜歌" 《正义报》副刊，1946年3月9日

周而复的"第十三粒子弹" 《正义报》副刊，1946年6月1日

诗人李贺 《正义报》1946年6月8日，《新生报》第85期，1948年6月1日转载

文学批评的标准问题 《云南日报》星期论文，1946年7月14日

杜牧之 《新生报》第1期，1946年10月21日，《正义报》副刊新论坛68期，1947年1月19日转载

魏文帝《典论·论文》"齐气"解 《新生报》语言与文学第4、5期，1946年11月11、15日，《国文月刊》1948年1月转载

文笔与文气 《新生报》第9、10期，1946年12月16、23日，《国文月刊》1948年6月第68期转载

周而复的《春荒》 《新生报》语言与文学1947年2月

诗的境界 《新生报》第22期，1947年3月17日

陆机《文赋》与山水文学 《新生报》第29期，1947年5月5日，《国文月刊》1948年4月转载，后又收入学者所编的《文论选编》

八卷本《搜神记》考辨（上、下）　天津《民国日报》图书副刊，1947 年 7 月 18、25 日

小说释名　《新生报》第 43 期，1947 年 8 月 11 日

评高亨著《周易古经今注》《清华学报》第十四卷第一期，1947 年 10 月

张华《博物志》考辨《新生报》第 61、62 期，1947 年 12 月 16、23 日

二十卷本《搜神记》考辨《新生报》第 76 期，1948 年 3 月 30 日

《离骚》、《远游》与仙真人诗《新生报》第 103 期，1948 年 9 月 28 日

《桃花扇》的作者孔尚任《光明日报》学术副刊第 47 期，1951 年 11 月 10 日，后收入《元明清戏曲研究论文集》，作家出版社 1957 年 7 月

《孔尚任》《李白》等　《祖国十二诗人》，开明书店 1953 年 2 月

Early Vernacular Tales（《早期白话小说》）　*CHINESE LITERATURE*，中国文学，外文出版社 1955 年 3 月

吴敬梓的小说《儒林外史》《中国青年报》1955 年 4 月 23 日

谈《儒林外史》的思想与艺术　《文学遗产选刊》1955 年第 4 期

论魏晋知识分子的思想分化及其社会根源　《历史研究》1955 年第 4 期（当时曾在日本转载）

白居易　上海新知识出版社 1955 年 8 月

李白诗歌的现实性及其创作特征　《光明日报·文学遗产》第 72 期，1955 年 9 月 18 日，后收入《文学遗产选集》第 2 辑，作家出版社 1957 年；又收进《李白研究论文集》，中华书局 1964 年 4 月

牛郎织女故事的演变　原载《光明日报》，后收入《文学遗产增刊》第 1 辑，作家出版社 1955 年 9 月

冯梦龙和他编撰的《三言》原载《光明日报》，后收入《文学遗产增刊》第 2 辑，作家出版社 1956 年 1 月

谈《三国演义》　载《怎样阅读古典文学作品》，工人出版社 1956 年 3 月

《宋元明清短篇白话小说选》序　《文学研究集刊》第 3 册，

1956 年 9 月

关于吴敬梓的《金陵景物图诗》
《文学研究集刊》第 4 册，1957
年 11 月，收入《〈儒林外史〉研究
论文集》，中华书局 1987 年 9 月

**论魏晋志怪小说的传播和知识
分子思想分化的关系**　《北京大学
学报（人文）》1957 年第 2 期

胡适文学思想批判　载《古典
文学研究中的错误倾向》，人民文
学出版社 1958 年 9 月

孟郊、罗贯中、吴承恩等　载
《一百三十五个世界著名的文学
家》，人民文学出版社 1958 年 9 月

**《吴敬梓集外诗》及《金陵景
物图诗》编后记**　《中国文学资
料丛刊》第 3 种，科学出版社
1958 年 10 月

《话本选》序言　人民文学出
版社 1959 年 3 月

**略谈"五四"以来的中国古
代文学研究**　《光明日报·文学遗
产》第 258 期，1959 年 5 月 3 日，
后收进《文学遗产选集》三辑 1960
年 5 月

谈高鹗手定《红楼梦稿本》
《新观察》1959 年第 14 期

对陶渊明的一点理解　《光明
日报·文学遗产》第 289 期，1959

年 11 月 29 日，后收入《陶渊明讨
论集》，中华书局 1961 年 5 月

**略谈《中国古典文学理论批评
丛书》和〈后记〉中的一些问题**
《文学评论》1961 年第 2 期

**关于旧抄本蒲松龄的《聊斋诗
文集》**　《光明日报·文学遗产》
第 384 期 1961 年 10 月 15 日

中国文学史　（任第三卷即元
明清卷主编），人民文学出版社
1962 年 7 月，后多次再版

**《乾隆抄本百廿回〈红楼梦〉
稿》跋**　《乾隆抄本百廿回〈红楼
梦〉稿》影印本 中华书局 1963 年
1 月，后收入《中国历代小说序跋
集》，人民文学出版社 1996 年 7 月

首要的是正确的政治观点　在
"怎样批判地继承古典文学遗产"
座谈会发言 1963 年《新建设》第
12 期

读《毛主席诗词》　《中央盟
讯》1964 年 1 月 31 日

关于《搜神记》　《文学评论》
1964 年第 1 期

**关于高鹗续《红楼梦》及其
他**　《图书馆》1964 年第 1 期

《三国志通俗演义》出版说明
《三国志通俗演义》（线装本）
（缩影平装本），人民文学出版社

1974 年 2 月

《唐诗选注》　（中国社会科学院文学研究所古代文学室选注，该书的全部职官均由范宁注释），北京出版社 1978 年 9 月

读散曲"上高监司"　《光明日报》1978 年 11 月 14 日

博物志校证及其前言、后记　中华书局 1980 年 1 月

谈谈元代戏剧的特点及其他　《语言文学》1980 年第 1 期

论研究中国文学史规律问题　《中国社会科学》1980 年第 2 期

鲁迅在中国古典文学研究上的贡献　《文学遗产》1981 年 3 月，后收入《古代文学研究集》，中国文联出版公司 1985 年 2 月

关于境界　《文学评论》1982 年第 1 期，编入《〈人间词话〉及评论汇编》，书目文献出版社 1983 年

从北宋后期文坛看文学创作和政治斗争的关系——变法与反变法斗争时期的文学　《东北师大学报》1982 年第 1 期哲学社会科学版，《语言文学》第 1 期转载

白居易（修订版）　中州书画社 1982 年 2 月

《醒世姻缘传》序　中州书画

社 1982 年 3 月

"下土唯秦醉"解　《文学遗产》1982 年第 1 期

文学遗产的继承问题　《北京盟讯》1982 年第 1 期

《儒林外史》的伦理思想问题　《学习与思考》1982 年第 1 期

《儒林外史》中的伦理思想　《〈儒林外史〉研究论文集》，安徽人民出版社 1982 年 9 月

《水浒传》版本源流考　《中华文史论丛》1982 年第 4 期

元代诗歌散论　（与人合写）《语言文学》1982 年第 6 期

金代的诗歌创作　《文学遗产》1982 年第 4 期

回忆解放前后清华大学的民盟运动　《北京盟讯》1983 年第 2 期

《三国演义》浅谈　《中国古代通俗小说阅读提示》，江苏人民出版社 1983 年 6 月

《中国通史》第七册（宋金元时代的文学）　人民出版社 1983 年 7 月，后多次再版

《中国大百科全书》"中国文学卷"　中国大百科全书出版社 1983 年 7 月（担任编委、元明清分支副总编并撰写条目）

怎样学习中国古代文学　《文

史知识》1983 年 8 月

关于蔡文姬历史的一些疑问
《人民政协报》1983 年 8 月 3 日

《歧路灯》读后感　《歧路灯
论丛》二，中州古籍出版社 1984
年 3 月

读《三国演义》所想到的一
些问题　《光明日报》1984 年 3
月 13 日

争艳斗奇的明代小说　《文史
知识》1984 年 3 月，后收入《漫
话明清小说》，中华书局 1991 年 7
月

对《闻一多早年的诗》的一
点补充　《人民政协报》81 号，
1984 年 10 月

乐府　《百科知识》　1984 年
11 期

浅谈元代散文　《光明日报·
文学遗产》第 663 期，1984 年 11
月 27 日

东京所见两部《水浒传》
《明清小说研究》第 1 辑，中国文
联出版公司 1985 年 8 月

《马祖常诗歌选注》序　新疆
人民出版社 1985 年

读姜白石的《暗香》、《疏影》
《光明日报》1986 年 5 月 3 日

闻一多先生遗作《八教授颂》

附记　《北京盟讯》1986 年第 7 期

狼藉丹铅送岁华——回忆朱自
清先生　《完美的人格》，生活·
读书·新知三联书店 1987 年 7 月

元代文学的特征及其演变
《〈文学遗产〉增刊》第 18 辑，山
西人民出版社 1989 年 3 月

王冕　《中国历代著名文学家
评传》续编二，山东教育出版社
1989 年

梅贻琦日记选读后　中国社会
科学出版社《近代史资料》总第
77 号，1990 年 7 月

元代文学史（参撰）　人民
文学出版社 1991 年 12 月

《三国志演义》研究中的几个
问题　《文学遗产》1992 年第 4
期，选入《名家解读〈三国演
义〉》，山东人民出版社 1998 年 1 月

析陆游《书愤》、析文天祥
《过零丁洋》　（《爱国诗词鉴赏
辞典赏析》），南京大学出版社
1992 年 5 月

《异苑》（校点）及前言　《异
苑 谈薮》，中华书局 1996 年 8 月

郑振铎对中国文学研究的杰出
贡献　《中国文学研究现代化进
程》，北京大学出版社 1996 年 12 月

中华文学通史　华艺出版社

1997 年 9 月（书中注明第三卷元明文学、第四卷清代文学两卷中不少章节据范宁原著改写）

张华《博物志》考辨、小说释名、文笔与文气、诗的境界、魏文帝《典论论文》"齐气"解、杜牧、陆机《文赋》与山水文学、二十卷本《搜神记》考辨、《离骚》《远游》与仙真人诗、诗人李贺等篇收入《清华学者论文学〈新生报〉副刊〈语言与文学〉选粹》，清华大学出版社 2001 年 4 月

作 者 年 表

1916 年

8 月 7 日出生在江西瑞昌县西乡范家湾村，幼入私塾。

1931 年

就读于江苏南京私立成美中学。

1937 年

考入北平师范大学，开始发表文章《江淹的思想及其文学》等。抗战后随校迁汉中，发表诗作《我们要生活》。

1939 年

转入北京大学、清华大学、南开大学在昆明组建的西南联合大学。

1942 年

考入清华大学研究院，闻一多先生为指导教师。

1944 年

8 月在《文史杂志》上发表论文《风流释义》，得到当时学术名流朱自清、顾颉刚、冯友兰、汤用彤诸先生的赞许。

1944 年

11 月参加研究生毕业初试。研究题目为《魏晋小说研究》，考试范围为中国文学史（上古至隋）、中国通史（汉至隋）、中国学术思想史（汉至隋）。考试委员为汤用彤、游国恩、冯友兰、孙毓棠、朱自清、王力、许维遹、浦江清。

同年冬，经闻一多介绍即参加了中国民主同盟。

1945、1946 年

与闻一多、潘光旦、卞之琳、

沈从文、余冠英、李公朴、李何林、李广田、吴晗、尚钺、费孝通、游国恩、楚图南、赵沨、萧涤非、张光年、罗隆基、王汉斌、曾昭抡、许维遹、李政道 张奚若、朱自清、金岳霖、李继侗、唐敖庆、关山月等人联名在重庆《新华日报》、昆明《民主周刊》等报刊，发表《昆明文化界关于挽救当前危局的主张》、《昆明各界人士为庆祝胜利及和平建设新中国通电》、《昆明教育界致政治协商会议代表电》，提出解决国是诸意见，反内战，呼吁和平民主。

1946 年

7 月 15 日，闻一多先生遇害。范宁受西南联大丧葬抚恤委员会委托出面参与料理后事。开始参与为朱自清、郭沫若、吴晗、叶圣陶先生主编的《闻一多全集》整理闻先生未竟的书稿（此书 1948 年由开明书店出版）。

同年，清华大学复原，回北京清华园，任助教。

1946 年

9 月与清华中文系季镇淮、王瑶、何善周及社会系潘光旦、费孝通等同志在吴晗同志家开会，组织讲助会，后来扩大为教职联。和学

生会互通声气，要求国民党实行民主，开放政权，反对内战。发动一部分教授包括朱自清先生在内拒领美国发放的救济面粉，在报上发动签名发表反内战反饥饿宣言，参加大游行。还发动抵制选举伪国大代表等活动。

1948 年

聘为清华大学讲师。

8 月，在天津《大公报》发表为悼念朱自清先生而作的文章《朱自清先生所给予我们的》。

此后至 1949 年 10 月前后负责民盟读书会并负责宣传工作，编辑广播稿。

全国解放前夕成功地劝说一些有声望的知名人士、老教授留下，为新中国服务。并以民盟身份参加中共地下党组织的清华新文化建设协会（后称教育工会）的筹备工作，直到解放军入城，北京市民盟支部成立。

解放后，历任民盟北京市委常委、北京市第六届、第七届政协委员。

1951 年

接受李何林先生邀请，到天津津沽大学中文系任教。聘为副教授，教研室主任。

1952 年

在人民大学中国文学系兼课，教授中国文学史。

1953 年

北京大学文学研究所成立，应所长郑振铎与何其芳之邀入所，研究中国文学史，聘为副研究员并负责文学研究所图书馆的工作。

1956 年

1 月 1 日，文学所归属中国科学院哲学社会科学部。仍为副研究员。

1 月与冯友兰、余冠英等人校阅闻一多《管子校释》未定稿。（此书由郭沫若编成《管子集校》，由科学出版社出版。）

3 月 8—15 日、5 月 13、20 日参加文学所李后主词学术讨论会，并发言。

7 月 20 日，参加中国文联召集的《琵琶记》专题讨论并发言。

1957 年

开始任《光明日报》副刊《文学遗产》编委。

同年，参与朱自清等编辑的《闻一多全集》修订工作。

1958 年

开始参与中国古籍整理出版工作。

1959 年

3 月，参与编选《话本选》并作序。

1960 年

初，文学所编写《中国文学史》。任第三卷即元明清卷主编。

同年，指导越南文学院进修生陈义研究课题《关于越南文学和中国文学之间的关系》。

1963 年

在"怎样批判地继承古典文学遗产"座谈会上发言。

1964 年

7 月，带领越南学者南珍、陈义、阮文环到中国南方收集资料，完成《中国文学对越南文学的影响》的课题。

9 月，随文学所集体去安徽寿县参加"四清"工作。

1966 年

夏，以"资产阶级反动学术权威"的罪名被"揪出"。

8 月下旬至年底，被抄家、藏书被封。当作牛鬼蛇神批斗游街。住进"牛棚"。

1969 年

宣布被"解放"。下放到河南省信阳中国科学院哲学社会科学部的"五七干校"劳动。

1972 年

从河南"五七干校"迁回。

1977 年

5 月,文学所并入中国社会科学院。任古代室副主任。

1978 年

指导尹恭弘、程鹏、扎拉嘎等研究生。

1979 年

恢复职称评定,评为研究员。

7 月 10 日在文学所古典文学研究工作座谈会上发言,见《光明日报》《古典文学研究工作的成就和存在问题》。

9 月 25—27 日,在辽宁师范学院讲学《金王朝统治下的北方文学》。

10 月,《文学遗产》复刊任常务编委。

同月,《红楼梦研究集刊》创刊,为顾问。

11 月,发表《忆一多师二三事》《文史资料选编》第 4 辑。

1980 年

夏,大百科全书《中国文学卷》立项,担任编委、元明清分支副总编。

同年,带研究生阎华。

1981 年

为近代史所编写的《中国通史》第 7 册撰稿,完成《宋金元时代的文学》一章。

1982 年

任闻一多研究学会副会长及闻一多遗作整理小组成员,整理出《楚辞校补》《天问疏正》等一批闻一多未竟之作。

1 月,参加纪念吴敬梓 280 周年学术讨论会,作专题发言。

秋,参加"中国文学通史"(十四卷本)广州讨论会。任副主编,并主持、参加《元代文学史》部分篇章的编辑撰写工作。

1983 年

3 月,出席汤显祖讨论会,并发言,见《汤显祖纪念集》。

1984 年

1 月 10 日,受聘为中国社会科学院研究生院教授。

2 月 16 日,被聘为学位论文答辩委员会委员。参加北大王能宪等一批博士论文答辩以及东北师大韩格平等硕士论文答辩及一些高校研究生毕业论文评审工作。

1985 年

1 月,参与整理闻一多《九章解诂》未完稿,上海古籍出版社出版。

5 月,湖北竟陵文学研究会举

办竟陵文学讨论会，赋诗致贺。

8 月赴日本考察明清小说研究版本资料。

1987 年

离休。

1988 年

9 月，辅导研究生撰写的《宋辽金诗选注》北京出版社出版。

1989 年

1 月，为《典诠丛书》（《全唐诗典故辞典》《全宋词典故辞典》《全元散曲典故辞典》）作序。

1990 年

4 月，为纪念王瑶先生作《昭琛二三事》，并为王瑶先生主编、北京大学出版社 1996 年 12 月出版的《中国文学研究现代化进程》一书撰写《郑振铎对中国文学研究的杰出贡献》。

1993 年

12 月，参与整理并任顾问的《闻一多全集》出版。

1997 年

12 月 5 日，逝世。

（范阳整理）